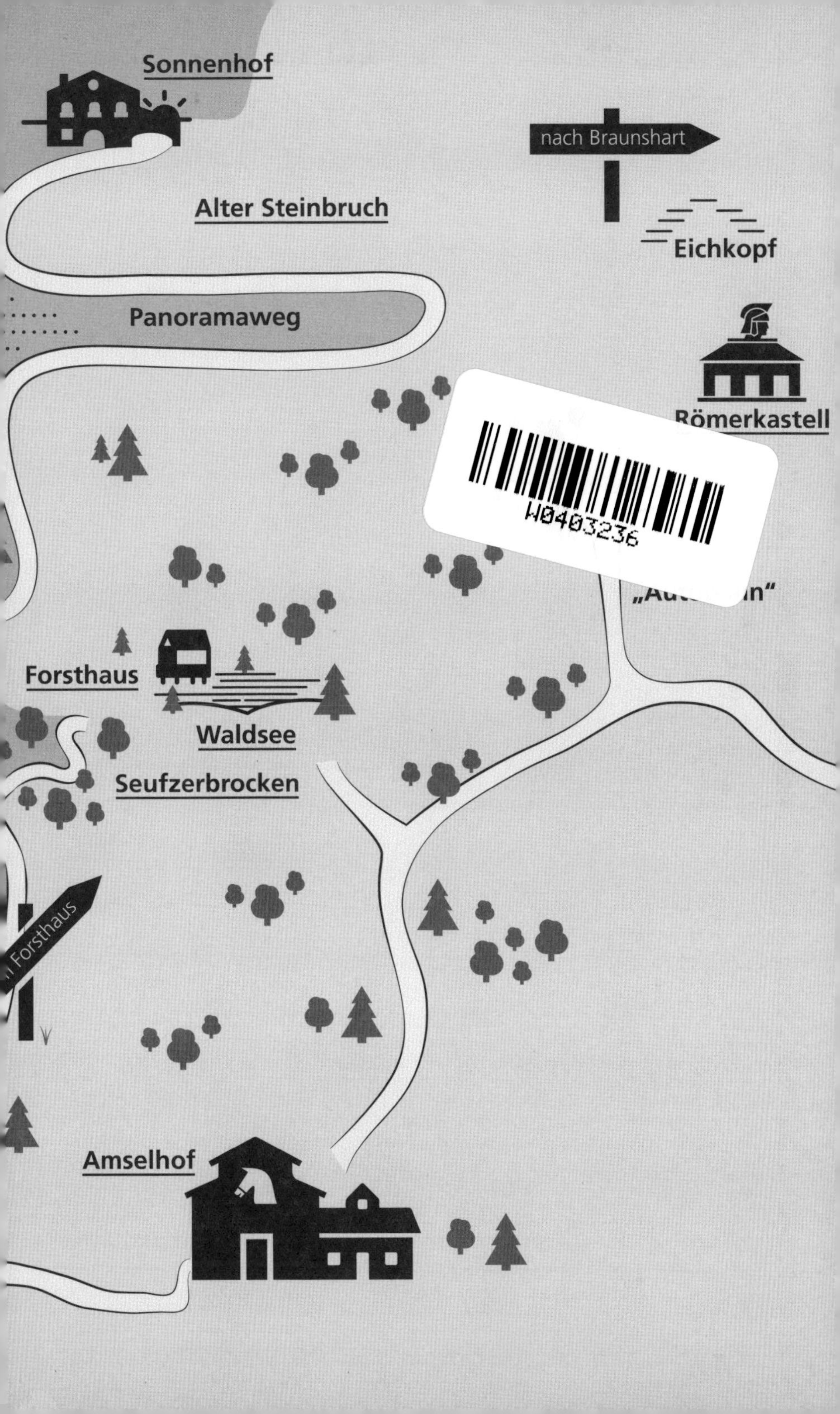
Sonnenhof
nach Braunshart
Alter Steinbruch
Eichkopf
Panoramaweg
Römerkastell
Forsthaus
Waldsee
Seufzerbrocken
Forsthaus
Amselhof

Elena – Ein Leben für Pferde

In letzter Sekunde

Nele Neuhaus, geboren 1967 in Münster/Westfalen, lebt heute im Taunus. Sie reitet seit ihrer Kindheit und schreibt bereits ebenso lange. Nach ihrem Jurastudium arbeitete sie zunächst in einer Werbeagentur, bevor sie begann, Erwachsenenkrimis zu schreiben. Mit diesen schaffte sie es auf die Bestsellerlisten und verbindet nun ihre zwei größten Leidenschaften: Schreiben und Pferde. Ihre eigenen Pferde Fritzi und Won Da Pie standen dabei Pate für die gleichnamigen vierbeinigen Romanfiguren. Von Nele Neuhaus ist auch die Reihe »Charlottes Traumpferd« bei Planet! erhältlich. **www.neleneuhaus.de**

Elena – Ein Leben für Pferde bei Planet!:

Elena – Ein Leben für Pferde
Bd. 1: Gegen alle Hindernisse

Elena – Ein Leben für Pferde
Bd. 2: Sommer der Entscheidung

Elena – Ein Leben für Pferde
Bd. 3: Schatten über dem Turnier

Elena – Ein Leben für Pferde
Bd. 4: Das Geheimnis der Oaktree-Farm

Elena – Ein Leben für Pferde
Bd. 5: Ihr größter Sieg

Elena – Ein Leben für Pferde
Bd. 6: Eine falsche Fährte

Mehr über unsere Bücher, Autoren und Illustratoren auf:
www.planet-verlag.de

Nele Neuhaus

Elena

In letzter Sekunde

PLANET!

In Gedenken an *Priamos*,
das großartigste und wunderbarste Pferd,
das ich jemals besessen habe.
1986 – 2016

1. Kapitel

Der Regen prasselte auf das Dach der großen Reithalle und vor den Fenstern war es so düster, als ob die Welt untergehen würde. Es war halb neun Uhr morgens und ich war mit meinem Pferd Lancelot, genannt Lenzi, ganz allein in der Halle. Noch vorgestern, am Ostersonntag, war es fast so warm gewesen wie im Sommer. Auf dem Turnier in Bischofsheim waren wir mit kurzen Ärmeln herumgelaufen und ich hatte mir sogar einen leichten Sonnenbrand auf den Armen geholt. Mitten in der Nacht hatte es ein heftiges Gewitter gegeben und seitdem schüttete es aus tief hängenden Wolken wie aus Kübeln. Laut meiner Wetter-App sollte es eigentlich heute Vormittag schon wieder trocken und sonnig sein, so bestand immerhin die Chance, dass die zweite Woche der Osterferien nicht komplett ins Wasser fallen würde.

Für Lenzi und meinen Hengst Fritzi stand heute nur leichte Arbeit auf dem Programm. Beide waren am Wochenende auf dem Turnier supertoll gegangen und ich hatte unter anderem mit Fritzi ein M**-Springen gewonnen. Mit Lenzi hätte ich am Sonntagnachmittag sogar noch um ein Haar meinen zweiten Sieg in einem S-Springen errungen, wenn wir nicht ausgerechnet am letzten Hindernis einen blöden Flüchtigkeitsfehler kassiert hätten! Unsere Zeit hatte keiner der anderen Teilnehmer des Stechens geholt. So hatte Niklas, der Freund meiner besten Freundin Melike, mit seinem erfahrenen Fuchswallach Palais de Danse gewonnen, knapp vor meinem Exfreund Tim Jungblut. Aber mein vierter Platz im S* hatte ausgereicht, um als erfolgreichste Reiterin des gesamten Turniers mit einem Sonderehrenpreis ausgezeichnet zu werden, über den sich unser Bereiter Jens, dem ich vor vielen Jahren den Spitznamen »Aknefrosch« verpasst hatte, lustig machte. Bei dem Preis, der von einem Reisebüro gestiftet worden war, handelte es sich nämlich um einen Gutschein für einen einwöchigen Urlaub in einem Fünf-Sterne-Wellness-Hotel auf Mallorca für zwei Personen, inklusive Flug.

»Tür frei, bitte!«, rief jemand in diesem Moment.

»Ist frei«, erwiderte ich und ließ Lenzi ganze Bahn galoppieren.

Der Aknefrosch öffnete die Bandentür und führte Pokerface, einen fünfjährigen braunen Wallach, in die Bahn. Pfeifend zog er die Steigbügel hinunter, gurtete nach und schwang sich in den Sattel, obwohl Pokerface tänzelte und unruhig mit dem Kopf schlug. Der junge Wallach machte ein paar Bocksprünge, doch so etwas beeindruckte den Aknefrosch nicht.

»Na, dummes Kind«, neckte er mich, als ich an ihm vorbeitrabte, »wann geht's nach Malle zum Wellnessen, hm?«

Früher hatte ich ihn nicht sonderlich leiden können, weil er entweder mürrisch war oder sich über mich lustig machte, aber in letzter Zeit war er gar nicht mehr so krass aknefroschig, sondern eigentlich ganz nett. Vielleicht lag es daran, dass er endlich eine Freundin hatte, denn seitdem er mit Gloria zusammen war, hatte er sich zu seinem Vorteil verändert.

»Keine Ahnung.« Ich hatte im Laufe der Jahre gelernt, mich nicht von Jens provozieren zu lassen. »Vielleicht gar nicht.«

»Wieso denn nicht?«, meinte der Aknefrosch. »Du könntest doch mit deinem Herzbuben zusammen in die Sauna gehen, im Infinitypool schwimmen, Yoga und Ayurveda machen und abends am Ballermann Sangria aus Eimern schlürfen.«

»Ganz sicher nicht!«, entgegnete ich. »Außerdem ist Farid an den nächsten Wochenenden sowieso immer unterwegs.«

Mein Freund Farid Belhedi war Fußballprofi und spielte bei Eintracht Frankfurt. Genau wie Tim und Christian hatte er vor den Osterferien schriftliches Abitur gemacht, dafür hatte sein Verein ihn freigestellt, aber für den Rest der Saison würde er an jedem Wochenende und manchmal sogar unter der Woche Spiele haben, meistens sogar in irgendwelchen anderen Städten. Farid spielte nicht nur in seinem Verein, sondern auch in der U19-Nationalmannschaft. Vor zwei Wochen war er achtzehn geworden, genau einen Tag vor meinem sechzehnten Geburtstag, und seitdem durfte er endlich selbst, ohne seine Mutter nebendran, Auto fahren, was ziemlich cool war. Auf einen Wellness-Urlaub auf Mallorca hatte er ebenso wenig Bock wie ich.

Ich parierte Lenzi zum Schritt durch, ließ ihn am langen Zügel gehen und checkte mein Smartphone. Melike hatte mir schon vor zwanzig Minuten eine Sprachnachricht geschickt. Sie war beim Zahnarzt früher fertig als gedacht und wollte um zehn Uhr im Stall sein. Das passte ja super, denn ich hatte Fritzi schon geritten und war damit fertig für heute.

Ich hielt Lenzi an und ließ mich aus dem Sattel gleiten. Als ich die Bandentür öffnete, kam Twix angewetzt. Mein braun-weißer Jack Russel Terrier folgte mir immer wie ein Schatten. Wenn ich ritt, saß er auf der Tribüne und schaute mir zu. Ich legte Lenzi die Abschwitzdecke über die Kruppe und kratzte ihm die Hufe aus. Hinter mir hörte ich den Aknefrosch singen. Die Tür ging auf und mein Exfreund Tim Jungblut betrat die Vorhalle. Er führte Acapulco, ein Pferd von Niklas, am Zügel. In den nächsten Wochen würde er jeden Tag Niklas' Pferde reiten, denn Melikes Freund und mein Bruder Christian waren gestern Abend nach Boston geflogen, wo Niklas ab dem Sommer studieren würde. Meine Eltern hatten Christian die Reise zum Abitur geschenkt und für ihn war damit ein Traum in Erfüllung gegangen. Er und Niklas würden für vier lange Wochen in Amerika bleiben.

»Hi«, sagte Tim zu mir. »Alles klar?«

»Hi«, erwiderte ich und hängte den Hufkratzer an den Haken. »Ja. Und bei dir?«

»Auch.« Tim blickte mich aus seinen hellblauen Augen prüfend an. »Ist es eigentlich okay für dich, wenn ich jetzt öfter hier bin?«

»Ja, klar.«

Schon im Winter hatte Niklas beschlossen, vier seiner sechs Turnierpferde zu verkaufen und nur seine beiden besten Pferde Palais de Danse und No Doubt mit nach Amerika zu nehmen. Obwohl er einer der erfolgreichsten Nachwuchsspringreiter Deutschlands war und vor zwei

Jahren Junioren-Europameister geworden war, hatte er nicht vor, das Reiten zu seinem Beruf zu machen. Viel mehr wollte er nach dem Studium in der Firma seines Vaters, einem internationalen Hoch- und Tiefbaukonzern, arbeiten und das Reiten nur noch als Hobby betreiben. Tims Vater Richard Jungblut hatte vorgeschlagen, Schützes sollten die vier Pferde zu ihm auf den Sonnenhof bringen, damit Tim sie dort reiten und er selbst sie vermarkten könne. Niklas' Eltern waren von dieser Idee jedoch nicht begeistert gewesen und das nicht nur deshalb, weil Richard Jungblut anderthalb Jahre im Gefängnis gesessen hatte. In dieser Zeit hatte er den Sonnenhof an den Vater von Ariane Teichert verpachtet, was sich als großer Fehler erwiesen hatte. Teicherts hatten keinen blassen Schimmer davon, wie man eine Reitanlage führt, und sie hatten alles total herunterkommen lassen und dann vorzeitig den Pachtvertrag gekündigt. Die Böden in der Reithalle und auf dem Reitplatz waren eine Katastrophe, bei einem Wintersturm war ein Teil des Stalldachs weggeflogen, weil niemand daran gedacht hatte, die Dachluken zu schließen, außerdem waren durch den Frost alle Wasserleitungen aufgefroren, sodass der Stall wochenlang unter Wasser gestanden hatte und die automatischen Tränken in den Boxen nicht mehr funktionierten. Schützes waren mit meinen Eltern übereingekommen, dass Tim solange die Pferde auf dem Amselhof reiten sollte, bis sich passende Käufer fanden.

Noch vor ein paar Monaten hätte mich die Aussicht, Tim jeden Tag sehen zu müssen, ziemlich genervt, aber mittlerweile hatte ich kein Problem mehr damit. Zwischen Farid und mir lief alles super und Tim hatte kapiert, dass er bei mir keine Chance mehr hatte.

»Ich bin der König von Mallorca!«, trällerte der Aknefrosch in der Reithalle laut und falsch und grinste mir zu, als er an der Tür vorbeitrabte.

»Was ist denn in den gefahren?«, fragte Tim mich erstaunt.

»Er ärgert mich dauernd mit diesem Reisegutschein, den ich in Bischofsheim gewonnen habe«, erklärte ich meinem Exfreund und verdrehte die Augen.

Tim grinste nur kopfschüttelnd, dann nahm er dem Schimmel die Decke ab und ging mit dem Pferd in die Reitbahn.

Mein Bruder hatte erzählt, dass er einen Job bei einem Getränkegroßhandel in Hettenbach angenommen hatte, wo er acht Euro in der Stunde verdiente. Von Schützes bekam er natürlich auch Geld dafür, dass er ihre Pferde ritt. Früher, als wir noch zusammen gewesen waren, hatten wir davon geträumt, dass Tim Tiermedizin studieren und wir dann eines Tages gemeinsam den Amselhof leiten würden, aber ein Studium kam für Tim nicht mehr infrage, das hatte er mir selbst gesagt. Er hatte stattdessen das ehrgeizige Ziel, den Sonnenhof wieder auf Vordermann zu bringen und Profi-Springreiter zu werden. Das Talent dazu besaß er ganz sicher, aber ob er jemals genug Geld verdienen würde, um den hoch verschuldeten Sonnenhof zu retten, wagte ich zu bezweifeln. Nachdem sein Opa, der steinreiche Bauunternehmer Friedrich Gottschalk, im letzten Jahr erst in die Insolvenz geraten und Anfang des Jahres überraschend gestorben war, hatte Tim die Hoffnung auf finanzielle Unterstützung aufgeben müssen. Seine Mutter hatte einen neuen Mann kennengelernt und war vor ein paar Wochen überstürzt zu ihm gezogen, deshalb lebte Tims kleine Schwester

Gina, die nicht mit nach Köln wollte, aber auch nicht bei ihrem vorbestraften Vater leben durfte, jetzt bei uns auf dem Amselhof. Alles in allem war Tims Situation nicht gerade rosig und nicht zuletzt deshalb war es für mich okay, wenn er nun wieder regelmäßig zu uns auf den Hof kam, um hier Geld zu verdienen.

Es war kurz nach zehn, als ich mit Lenzi hinüber zum Turnierstall lief. Die Sonne lugte zaghaft durch die Wolken und es sah ganz danach aus, als ob meine Wetter-App recht behalten würde.

»Elena!«

Ich wandte mich um und blieb stehen. Melike kam mit dem Fahrrad auf mich zugefahren und bremste atemlos neben mir ab. Twix sprang freudig an ihr hoch und sie stieg vom Rad und begrüßte meinen Hund.

»Hi!«, sagte ich. »Und? Hat Niklas sich schon gemeldet?«

»Klar! Mindestens zwanzig Mal!« Melike kicherte. »Ich glaube, ihm fällt es viel schwerer, vier Wochen ohne mich zu sein als umgekehrt.«

»Dann bin ich ja mal gespannt, wie er es aushält, in Amerika zu studieren!«

»Ihm wäre es am liebsten, wenn ich auch nach Boston käme«, sagte Melike. »Aber das kommt für mich nicht infrage. Mal für ein paar Tage hinfliegen, okay, aber mehr auch nicht.«

»Das kannst du mir auch gar nicht antun.« Ich grinste und ließ es scherzhaft klingen, doch in Wirklichkeit graute mir vor dem nächsten Jahr, wenn Melike Abitur machen und ich sie danach nicht mehr jeden Tag in der Schule und im Bus sehen würde.

»Mach ich auch nicht, keine Sorge!« Sie zwinkerte mir zu. »Ich gehe dann schon mal putzen und satteln. Bis gleich!«

Sie radelte Richtung Eichenstall, in dem ihr Buckskin-Wallach Smiley in einer der Paddockboxen stand, und ich betrat mit Lenzi den Turnierstall, der unseren eigenen und den Berittpferden vorbehalten war. Das Radio dudelte leise vor sich hin. Papa war gerade dabei, Le Yakimour zu satteln. Der dunkelbraune Wallach, den der Aknefrosch nur »Lolli« nannte, weil er sich den französischen Namen nicht merken konnte, gehörte Herrn Nötzli, dem Schweizer Pferdehändler, der auch der Besitzer von Lenzi war. Das Pferd war zu uns auf den Amselhof gekommen, weil es springsauer gewesen war. Mein Vater, der ein Händchen für schwierige Pferde hatte, hatte es mit viel Geduld geschafft, Lolli das Vertrauen zurückzugeben und mittlerweile sprang der Dunkelbraune wieder mit Freude. Ich nahm Lenzi die Trense ab, streifte ihm sein Halfter über und band ihn an seiner Box an. Dann nahm ich ihm den Sattel und die Gamaschen ab.

Melike und ich wollten heute die Strecke für die Reiterrallye abreiten, die an Christi Himmelfahrt stattfinden sollte. Seitdem Gloria auf dem Amselhof Westernreitunterricht anbot, konnte sie sich vor Anfragen kaum retten. Innerhalb weniger Monate hatte sie mehr Reitschüler als mein Großvater, der schon seit Jahrzehnten Reitstunden gab. Vor allen Dingen Erwachsene, die irgendwann aus Zeitgründen oder weil sie schlechte Erfahrungen gemacht hatten, mit dem Reiten aufgehört hatten, waren begeistert vom Westernreiten. Es war ursprünglich meine Idee gewesen, eine Reiterrallye zu veranstalten. Früher hatte Opa Hausturniere, Vereinsausritte, Reitjagden oder richtig große Turniere organisiert, aber er hatte die Lust daran verloren, weil es immer weniger Freiwillige gab, die ihm dabei halfen. Gloria hatte meinen Vorschlag aufgegriffen und meine Eltern waren auch damit einverstanden, deshalb würden wir nun an dem Feiertag im Mai die *1. Amselhofer Reiterrallye* veranstalten. Zuerst mussten die Teilnehmer auf dem Reitplatz mit ihren Pferden einen Geschicklichkeitsparcours absolvieren, bevor sie paarweise auf die Strecke gingen. An mehreren Stopps waren Aufgaben zu bewältigen, außerdem mussten Fragen rund ums Pferd beantwortet werden und zum Schluss würde es eine Siegerehrung mit Preisen und Urkunden geben. Obwohl wir die Reiterrallye bisher nur auf unserer Webseite und bei Facebook angekündigt hatten, waren zu unserer Überraschung innerhalb von zwei Tagen alle fünfzig Startplätze reserviert und es gab sogar eine Warteliste.

»Hast du noch etwas für mich zu tun oder kann ich jetzt mit Melike ins Gelände reiten?«, fragte ich Papa. »Wir haben Gloria doch versprochen, die Strecke für die Reiterrallye abzureiten, weil sie sich nicht so gut in der Gegend auskennt.«

»Wenn du deine Pferde bewegt hast, könnt ihr losreiten«, erwiderte Papa. »Habt ihr euch denn schon eine Strecke überlegt?«

»Ich dachte, wir reiten zuerst zum Römerkastell und dann übers Naturfreundehaus zum Viergötterstein.«

»Da seid ihr aber ziemlich lange unterwegs«, gab mein Vater zu bedenken.

»Insgesamt sind drei bis vier Stunden geplant«, bestätigte ich. »Auf der Strecke soll es ja mindestens fünf Stopps geben und dafür müssen wir geeignete Plätze finden. Den letzten Stopp könnten wir auf dem Parkplatz am Steinernen Kreuz machen, aber um dorthin zu kommen, muss man vom Viergötterstein aus zwei Mal über die Bundesstraße und durchs Steinauer Moor reiten. Das ist nicht so toll.«

»Warum reitet ihr nicht vom Naturfreundehaus zum Kapellenberg hinüber?«, schlug Papa vor. »In der Nähe der Kapelle gibt es einen Parkplatz und eine Möglichkeit, die Pferde anzubinden. Und man muss keine einzige Straße überqueren.«

»Stimmt, daran habe ich gar nicht gedacht«, sagte ich erfreut. »Damit würde die Strecke dann tatsächlich einmal rund um den Amselhof führen.«

»Genau.« Papa lächelte. »Viel Vergnügen! Nehmt euch am besten ein bisschen Proviant mit.«

Twix ließ enttäuscht die Ohren hängen, als er kapierte, dass er bei Oma bleiben musste. Beleidigt verzog er sich in sein Tagsüber-Körbchen, das im Flur zwischen der Gaststätte und der Wohnung meiner Großeltern stand. Oma packte uns ein paar leckere Frikadellen, zwei Schnitzel-Brötchen, Äpfel und Bananen ein, und ich nahm mir noch zwei Flaschen Wasser mit. Damit sollten wir für unseren Ausritt gerüstet sein.

2. Kapitel

Ein leichter Wind hatte die grauen Wolken vertrieben und die Sonne lachte vom hellblauen Himmel, als Melike und ich vom Hof in Richtung Wald ritten. Mit aller Macht erwachte die Natur zu neuem Leben. Überall grünte und blühte es, die sattgrünen Wiesen ringsum waren voller Schlüsselblumen. Jedes Jahr nach dem langen, dunklen Winter fürchtete ich insgeheim, es würde niemals wieder Frühling werden. Aber wenn dann die ersten Krokusse und Schneeglöckchen ihre Köpfe aus dem Boden der Sonne entgegenstreckten und Zehntausende von Kranichen und Wildgänsen aus dem Süden zurückkehrten und in V-Formation Richtung Norden flogen, wusste ich, dass meine Sorge unbegründet gewesen war.

Wir trabten die Wege entlang durch den Wald und ließen unsere Pferde die »Autobahn«, den schnurgeraden, leicht ansteigenden Weg, der zum Römerkastell führte, hochgaloppieren. Als wir losgeritten waren, hatte Melike auf ihrem Smartphone eine App aktiviert, um unsere Reitstrecke aufzuzeichnen. Um es den Teilnehmern der Rallye nicht zu leicht zu machen, blieben wir nicht nur auf den Wegen, sondern ritten den einen oder anderen Umweg. Von den Überresten des römischen Kastells ging es steil bergauf, bis wir den Gipfel des Eichkopfs erreicht hatten. Das Naturfreundehaus war nur ein paar Hundert Meter entfernt.

»Jeweils genau vierundzwanzig Minuten zwischen den beiden Stopps«, verkündete Melike zufrieden, als wir auf einer kleinen Lichtung anhielten und den Proviant aus unseren Satteltaschen holten. »Das ist perfekt.«

Hilda und Smiley knabberten am Gras, während wir uns die Brötchen mit Schnitzel und hart gekochte Eier schmecken ließen. Die Fernsicht von hier oben aus war großartig, man konnte sogar die Skyline von Frankfurt erkennen. Die Sonne war richtig warm, sodass wir unsere Jacken auszogen und in unsere Satteltaschen stopften, bevor wir weiterritten.

Unterwegs dachten wir uns Fragen aus, die die Teilnehmer der Rallye beantworten mussten, und Aufgaben, die man an den Stopps zu lösen hatte.

»Bandagen aufwickeln in einer vorgegebenen Zeit«, schlug ich vor. »Eine Trense auseinander- und wieder zusammenschnallen.«

»Unterwegs irgendwelche Sachen sammeln«, ergänzte Melike. »Verschiedene Blätter, einen Stein, eine Vogelfeder … oder irgendetwas dichten, in dem bestimmte Wörter vorkommen!«

»Pferderassen aufzählen!«

»Berühmte Reiter und Pferde!«

»Slalomreiten!«

»Utensilien ertasten!«

»Sackhüpfen mit Pferd!«

Die Ideen sprudelten nur so aus uns heraus und wir lachten uns kaputt.

Auf dem Weg zum Kapellenberg fanden wir noch einen

weiteren Platz unterhalb eines Aussichtsturms an einer Schutzhütte für Wanderer, der sich gut für einen dritten Stopp eignete.

Melike machte ein paar Fotos, dann ritten wir weiter. Dumpf erklang der Hufschlag unserer Pferde auf dem Waldboden. Ein Kuckuck rief, irgendwo plätscherte und gluckerte ein Bächlein. Ich machte ein Selfie von mir und schickte es Farid, den ich seit vier Tagen nicht mehr gesehen hatte.

»Ich liebe den Frühling!«, rief ich. »Ich könnte tagelang so reiten.«

»Ich auch!«, pflichtete Melike mir bei. »Ich bin so glücklich, dass ich Smiley habe! Früher hat mir das Ausreiten nie so richtig Spaß gemacht, weil Dickie dauernd gestolpert ist.«

Dickie, der eigentlich Jasper hieß, war das Pferd von Melikes Mutter. Er war schon achtzehn und hatte dauernd irgendwelche gesundheitlichen Probleme, deshalb sollte er im Mai auf einen Gnadenhof umziehen, wo er in einer Herde mit anderen alten Pferden auf der Koppel stehen konnte.

Die Strecke bis zu unserem nächsten Zwischenziel war ziemlich anspruchsvoll, denn es ging zuerst steil bergab und danach wieder bergauf. Dass es ein Fehler war, die breiten, geschotterten Forstwege zu ignorieren und stattdessen auf schmalen Wanderpfaden zu reiten, bemerkten wir erst, als wir plötzlich an einer Straße standen.

»Eigentlich«, sagte ich zu Melike, »sollte hier keine Straße sein.«

»Warte mal, ich checke, wo wir gerade sind.« Melike zog ihr Smartphone hervor, stellte aber fest, dass sie kein Netz hatte.

»Na super, wir haben uns verirrt!« Ich versuchte mich zu orientieren. Wenn wir ins Gelände ritten, hielten wir uns so gut wie immer zwischen Steinau und Hettenbach auf. Dort war mir jeder Stein und jede Abzweigung vertraut, aber hier kannte ich mich nicht aus. Melike und ich rätselten, um welche Straße es sich wohl handeln könnte, während Autos an uns vorbeisausten.

»Ich glaube, das ist die Landstraße zwischen Königshofen und Braunshart«, sagte ich. »Dann müsste der Kapellenberg irgendwo dahinten liegen.« Ich deutete nach rechts.

»Zwei Stunden und siebzehn Minuten bis jetzt«, sagte Melike nach einem Blick auf die App. »Mist! Jetzt haben wir uns die ganze Strecke verdorben.« Meine Freundin verzog das Gesicht. »Hoffentlich kann ich das korrigieren. Sonst müssen wir die komplette Tour noch einmal reiten.«

Wir wendeten unsere Pferde und ritten den schmalen Pfad, den wir gekommen waren, ein Stück zurück. Nach ein paar Hundert Metern kamen wir an eine Abzweigung und bogen ab. Irgendwann erreichten wir einen Forstweg, der bergauf führte.

»Das müsste die richtige Richtung sein«, sagte ich, allerdings ohne echte Überzeugung. »Wenn man auf einen Berg will, muss man schließlich bergauf.«

Wir ritten und ritten und Melike fluchte vor sich hin, weil wir nicht aus dem Funkloch herauskamen. Irgendwann mündete der Forstweg hinter einer rot-weißen Schranke in eine schmale asphaltierte Straße. Wir sahen uns ratlos an.

»Ein Satz mit X, das war wohl nix«, sagte Melike.

»Egal jetzt«, entgegnete ich. »Wir reiten die Straße hoch.

Vielleicht begegnen wir jemandem, den wir fragen können, wie wir zum Kapellenberg kommen.«

Es war ein blödes Gefühl, nicht zu wissen, wo man war. Umso größer war der Stein, der mir vom Herzen fiel, als ich zwischen den noch kahlen Bäumen ein verwinkeltes Fachwerkgebäude erblickte.

»Das ist das Waldrestaurant Hubertus!«, rief ich erleichtert. »So falsch sind wir also gar nicht geritten! Wir hätten nur viel früher irgendwo abbiegen müssen.«

Die Gaststätte lag am Waldrand mit Blick auf die weite grasbewachsene Hochebene des Kapellenbergs und war an Wochenenden ein beliebtes Ausflugsziel. Im Sommer lockten ein großer Biergarten, Kinderspielplätze und ein kleiner Streichelzoo wahre Menschenmassen von nah und fern an. Heute, am Dienstag nach Ostern, waren die Parkplätze allerdings leer, denn die Gaststätte hatte Ruhetag. Meine anfängliche Erleichterung wich jedoch schnell, als jeder unserer Versuche, an der Gaststätte vorbei zum Kapellenberg zu gelangen, vor einem Zaun endete.

»Und jetzt?«, fragte Melike, als wir wieder auf dem großen leeren Parkplatz standen.

»Ich kenne mich hier nicht aus.« Ich kaute nachdenklich auf meiner Unterlippe. »Vor ein paar Jahren bin ich mal mit Sirius eine Reitjagd mitgeritten, da fand das Halali auf dem Kapellenberg direkt unterhalb von dem Restaurant statt.«

»Hier geht's auf jeden Fall nicht weiter.« Melike deutete auf ein Sackgassenschild. »Lass uns die Straße wieder runterreiten. Irgendwo wird's schon eine Abzweigung Richtung Steinau geben.«

»Das wäre ein riesiger Umweg«, erwiderte ich. »Komm, wir gucken erst mal hier.«

In dem Augenblick kam ein schneeweißer SUV aus der Straße hinter der Gaststätte hervor, brauste am Parkplatz vorbei und verschwand mit hoher Geschwindigkeit. Obwohl das Verkehrsschild eine Sackgasse anzeigte, schien es dort noch weiterzugehen.

Wir ritten also in die Richtung, aus der der SUV gekommen war, und stellten fest, dass die Straße sogar noch ein ganzes Stück weiterführte. Sie wurde schmaler, dann machte sie einen scharfen Knick und endete abrupt vor einem hohen schmiedeeisernen Tor, in das kunstvoll der Name des Anwesens eingearbeitet worden war: *Hubertushof.* Auf einem der Torpfosten befand sich eine Überwachungskamera. »Privateigentum!«, warnte ein großes Schild. »Betreten streng verboten!« Daneben hing ein weiteres Warnschild, auf dem ein Rottweiler abgebildet war. »Vorsicht – gefährliche Hunde!«, stand darauf.

Hinter dem Tor lag ein großer gepflasterter Hof mit einem Blumenrondell in der Mitte. Zwischen weißen und gelben Narzissen und goldgelb blühenden Forsythienbüschen stand eine bronzene Pferdestatue.

»Endstation!«, sagte Melike genervt, aber dann lächelte sie. »Aber wenigstens habe ich hier wieder Empfang! Juhu!«

Während meine Freundin auf ihrer Karten-App unseren Standort überprüfte, blickte ich mich um. Das Grundstück des Hubertushofs war von einer zwei Meter hohen Kirschlorbeerhecke und einem Maschendrahtzaun umgeben.

»Da ist ein Weg.« Ich deutete nach links. »Da geht's runter, direkt an der Hecke entlang. Ist zwar etwas steil, aber das schaffen wir schon.«

»Hm«, machte Melike ohne von ihrem Handy aufzublicken. »Wer hier wohl wohnt? Die haben sogar einen eigenen See und da unten, das sieht aus wie ein Reitplatz! Schau mal!«

Sie hielt mir ihr Smartphone hin.

»Nicht schlecht.« Ich nahm es und zog mit Daumen und Zeigefinger das Satellitenbild auf, wobei ich nicht nach See oder Reitplatz schaute, sondern nach einem Weg, der uns zu der Kapelle führen würde. »Komm, wir reiten jetzt hier an der Hecke entlang, auch wenn es ein bisschen steil bergab geht. Aber wir haben ja Quarterhorses.« Ich grinste und Melike zuckte die Schultern.

Gehorsam zwängten sich Hilda und Smiley durch dichtes Unterholz, Brombeerranken und Tannengestrüpp, immer in der Nähe des übermannshohen Maschendrahtzauns und der dichten Kirschlorbeerhecke. Wir mussten uns im Sattel nach hinten lehnen und das eine oder andere Mal die Luft anhalten, wenn unsere Pferde auf ein Stück Fels traten, das heimtückisch unter dem Laub verborgen war, und ins Rutschen kamen.

»Boah, ich hasse das!«, beschwerte sich Melike, die hinter mir ritt. »Hoffentlich sind wir gleich unten, sonst krieg ich die Krise!«

Ganz plötzlich blieb Hilda stehen und riss den Kopf hoch. Sie blähte die Nüstern und wieherte.

»Was ist los?«, wollte Melike wissen.

»Keine Ahnung.« Ich stellte mich in den Steigbügeln auf, um über die Hecke zu gucken, konnte aber nichts sehen. »Hier riecht es nach Pferden.«

Ich kitzelte Hilda mit den Sporen und die Fuchsstute setzte sich wieder in Bewegung, aber sie hatte die Ohren aufmerksam gespitzt und den Kopf hoch erhoben. Noch ein paar Meter, dann hatten wir das steilste Stück des Abhangs hinter uns. Die Hecke lichtete sich etwas und gab den Blick auf eine wunderschöne weiße Villa frei, die in einem parkähnlichen Garten oberhalb eines kleinen Sees lag. Wir ritten weiter und der Geruch nach Pferden und Mist wurde intensiver. Ich sah ein flaches weiß getünchtes Gebäude, hinter dem sich ein kleiner Paddock befand. Aber dessen Boden bestand nicht etwa aus Sand oder Gummiplatten, sondern aus Schlamm und Pferdemist! In dem Paddock stand ein Pferd, ein Brauner mit einer breiten Blesse, mit gesenktem Kopf.

»Oh! Mein! Gott!«, murmelte Melike hinter mir und ich dachte genau dasselbe. Noch nie in meinem Leben hatte ich ein derart heruntergekommenes Pferd gesehen!

Schockiert starrten wir das bemitleidenswerte Tier an. Es war schon Mitte April, aber das Pferd hatte noch sein dickes Winterfell, das so aussah, als hätten die Motten darin gehaust, außerdem war es schrecklich schmutzig und so klapperdürr, dass trotz des dicken Fells Hüftknochen und Rippen deutlich zu sehen waren. Mähne und Schweif hingen zottelig und verfilzt herunter. Pferde sind neugierige Geschöpfe und spitzen normalerweise die Ohren, wenn sich ihnen jemand nähert, besonders dann, wenn es sich um Artgenossen handelt, aber dem Braunen war alles egal. Er hob nur kurz den Kopf und ließ ihn uninteressiert wieder sinken.

Ich hörte ein leises Ticken und bemerkte die weiße Litze, die an der Innenseite des Paddockzauns angebracht war. Wahrscheinlich deshalb, damit das Pferd den weißen Holzzaun nicht anknabberte.

Wir ritten ein Stück weiter, damit wir durch die geöffneten Türen in die Boxen schauen konnten. Nirgendwo ein Hälmchen Stroh oder Heu – nur Dreck und Pferdescheiße!

»Schau mal, Melike! Da drin ist noch ein Pferd!«, rief ich leise. »Es liegt in der Box!«

»Sag mal, was sind denn das für Idioten?«, regte sich Melike auf. »Ich könnte keine Nacht ruhig schlafen, wenn ich wüsste, dass meine Pferde in so einem *Dreck* stehen müssen!«

»Das ist echt eine Sauerei!«, pflichtete ich ihr bei und kramte mein Handy hervor. Ich war nicht weniger wütend als meine Freundin. »Solche Menschen muss man beim Tierschutzverein anzeigen!«

Ich fotografierte das elende Pferd. Der Gegensatz zwischen ihm und der schönen weißen Villa oben am Hang war gewaltig!

»Wir müssen etwas unternehmen«, sagte ich entschlossen. »Und zwar sofort!«

»Was willst du machen?«, fragte Melike.

»Ich rufe meinen Vater an«, erwiderte ich und suchte seine Nummer raus, aber ich hatte schon wieder kein Netz! Dann betrachtete ich das braune Pferd genauer. Irgendetwas an ihm schien mir vertraut.

»Irgendwie kommt mir das Pferd bekannt vor«, sagte ich zu Melike. »Ich weiß nur nicht, woher ich es kenne …«

Angestrengt dachte ich nach. Auf einmal stiegen Erinnerungsfetzen in mir auf. Ein Mann namens Peter. Eine rothaarige Frau, die Anne hieß. Zwei Jack Russel Terrier. Herr Nötzli. Ein großer Fuchswallach mit einem länglichen Stern. Wie gehörte das alles zusammen? Erinnerungen fluteten mein Gehirn. Mein Herz begann zu klopfen, als es in meinem Kopf »Klick« machte.

»Dieses Pferd hat mal bei uns im Stall gestanden!«, rief ich aufgeregt. »Ja, natürlich!«

Ganz plötzlich setzten sich die Puzzlestücke zu einem vollständigen Bild zusammen.

Melike war nicht besonders überrascht. Sie wusste, dass ich ein gutes Auge für Pferde besaß.

»Priamos und Tokka Willow!«, rief ich und der Kopf des braunen Pferdes zuckte prompt hoch. Ich ließ mich von Hildas Rücken gleiten, kramte in meinen Satteltaschen und fand einen Beutel mit Leckerliwürfel.

»Hey, Tokka, komm her«, lockte ich die braune Stute und schob meine Hand durch den Zaun.

Sie machte den Hals lang, dann zog sie einen Huf aus dem Schlamm, um zu mir zu kommen.

»Was ist *das* denn?«, stieß Melike entsetzt hervor. Die Hufe der Stute sahen schrecklich aus. Es musste Monate her sein, seitdem sie zuletzt bei einem Hufschmied gewesen war. Wie konnte man Tiere bloß derart herunterkommen lassen?

Tokka Willow flehmte, um meinen Geruch aufzunehmen. Dann schnappte sie gierig nach dem Leckerli und zerkaute es mit angelegten Ohren. Bestimmt war es fünf oder sechs Jahre her, seit die Stute auf dem Amselhof gestanden hatte, aber ich konnte mich nun wieder gut an sie erinnern. Ich gab ihr noch einen zweiten Leckerliwürfel, dann reichte ich Melike Hildas Zügel.

»Was hast du vor?«, wollte meine Freundin wissen.

»Ich gucke mich da drin mal um«, erwiderte ich und kletterte über den Maschendrahtzaun.

»Pass bloß auf!«, warnte Melike mich. »Denk an die Rottweiler!«

»Ja, klar! Ich will ja nur ganz kurz schauen, ob ich irgendwo Heu finde.« Ich duckte mich vorsichtig unter dem Elektroband hindurch und watete durch den stinkenden Matsch zu Tokka Willow hin. In meiner Erinnerung war sie ein kräftiges Pferd gewesen, aber jetzt stand ein jämmerliches Skelett vor mir. Wann hatte sie wohl das letzte Mal etwas zu fressen bekommen? Ich bemerkte die großen Löcher in den Boxentüren und schauderte bei der Vorstellung, dass die beiden Pferde vor lauter Hunger das Holz angenagt hatten.

Das andere Pferd erkannte ich sofort: Es war der Fuchs mit dem länglichen Stern und den weißen Stichelhaaren auf dem Nasenrücken.

»Oh nein! Priamos«, flüsterte ich fassungslos. »Du armer, armer Kerl!«

Der Wallach lag in einer der beiden Boxen direkt an einer Wand auf der Seite und hob mühsam den Kopf, als ich mich neben ihn hinhockte. Mit Entsetzen bemerkte ich offene und verkrustete Wunden und Bissverletzungen an seinem Körper. Vor Mitleid sprangen mir die Tränen in die Augen. Nie zuvor in meinem Leben hatte ich etwas Elenderes gesehen als diese beiden Pferde!

Priamos hatte damals in der Box neben Lagunas im Turnierstall gestanden und ich hatte ihn immer sehr gerngehabt, denn er war sehr freundlich und verschmust gewesen und nie so grob, wie es junge Pferde oft sind. Papa hatte ihn ausgebildet und auf Turnieren geritten. Es tat mir in der Seele weh, dieses stolze, schöne Pferd, dessen Fell wie Kupfer geglänzt hatte, so krank und zerstört hier vor mir liegen zu sehen. Er hatte goldbraune Augen, was ungewöhnlich war, denn die meisten Pferde haben dunkle Augen. Früher hatten sie geglänzt, aber jetzt waren sie stumpf und erloschen, so als hätte Priamos sich schon aufgegeben. Ich zog mit Daumen und Zeigefinger eine Hautfalte an seinem Hals hoch und ließ sie wieder los. Sie blieb stehen, anstatt sich sofort zurückzubilden, und das war ein deutliches Zeichen dafür, dass das Pferd stark dehydriert war.

»Halt durch, Priamos! Wir holen dich hier raus«, flüsterte ich heiser und strich zärtlich über seine verfilzte Mähne. »Das verspreche ich dir!«

Tokka Willow kam mit angelegten Ohren in die Box getrottet. Ich sprang auf und trieb sie energisch zurück auf den Paddock, dann schloss ich die Tür, damit sie Priamos nicht noch schlimmer verletzen konnte. Die Bisswunden an seinem Körper konnten ja nur von ihr stammen.

In dem kleinen Stall gab es drei große helle Boxen, die alle einen direkten Zugang zum Paddock hatten, aber die dritte Box war unbenutzt. Ein paar staubige Strohhalme auf dem Boden zeigten, dass früher dort einmal Stroh gelagert worden war. Mehrere Tonnen standen in einer Ecke, alle waren leer. Ich schlich zur Stalltür hinaus und behielt dabei das Wohnhaus im Auge, aber dort regte sich nichts. Neben dem Stall entdeckte ich einen Anbau. Ein Haufen schimmeliges Heu war alles, was noch da war, und das konnte ich den Pferden nicht füttern.

Ich machte ein paar Fotos und wollte gerade wieder zurückschleichen, als urplötzlich ein Mann vor mir auftauchte. Mir blieb vor Schreck beinahe das Herz stehen, denn ich blickte direkt in den Lauf eines Gewehrs.

3. Kapitel

»Was hast du hier zu suchen?«, fuhr der Mann mich an. Er wirkte fast genauso erschrocken, wie ich es war. »Hier hängen überall Schilder! Kannst du nicht lesen? Das ist Privatbesitz!«

»Ich … ich … ich«, stotterte ich panisch und starrte wie hypnotisiert auf die Gewehrmündung. »Ich bin nur … äh … ich habe … die … die Pferde …«

»Wie bist du hier reingekommen?«, unterbrach er mich.

»Ich … ich … bin ü…über den Zaun geklettert«, gab ich zu.

Der Typ sah genauso aus, wie ich mir einen Gangster vorstellte: Die Haare hatte er mit viel Gel aus dem Gesicht frisiert, er trug eine Sonnenbrille und einen schwarzen Anzug.

»Würden Sie bitte das Gewehr wegtun?« Ich versuchte, meine Stimme fest klingen zu lassen, dabei zitterte ich am ganzen Leib vor Angst und mein Mund war staubtrocken. Schritt für Schritt schob ich mich an der Stallmauer entlang. Ich musste Melike warnen! Vielleicht konnte sie irgendwohin reiten und Hilfe holen.

»Bleib gefälligst stehen!«, schnauzte mich der Typ an und

ich gehorchte. »Also, was willst du hier? Wieso bist du hier unbefugt eingedrungen?«

Ob er wirklich auf mich schießen würde, wenn ich versuchte, wegzurennen? Sollte ich es wagen? Mit seinen schicken Lackschuhen würde er mir kaum in den Matsch folgen.

»Ich … äh … wir … sind hier zufällig vorbeigekommen und haben …«, begann ich, doch er fiel mir wieder unhöflich ins Wort.

»Wir?«

»Äh, ja, meine Freundin und ich«, sagte ich. »Sie wartet auf der anderen Seite vom Zaun auf mich.«

»Blödsinn! Du bluffst doch nur.« Der Typ fuhr sich nervös mit der Zungenspitze über die Lippen und wedelte mit dem Gewehr herum wie ein Bösewicht in einem Westernfilm. »Los, komm mit! Und denk nicht mal dran abzuhauen!«

Was hatte er mit mir vor? Meine Gedanken überschlugen sich. Im Geiste sah ich mich schon gefesselt in irgendeinem dunklen Kellerloch liegen. Die Angst davor war größer als meine Vernunft.

»Meliiiike! Hilfe!!!«, kreischte ich deshalb, so laut ich konnte.

Der Mann zuckte erschrocken zusammen.

»Hilf mir, Melike! Schnell! Ich werde mit einer Waffe bedroht!«

»Mensch, schrei doch nicht so rum!«, zischte der Typ verunsichert. Er nahm seine Sonnenbrille ab, ließ das Gewehr sinken und machte einen Schritt auf mich zu.

Gerade als er meinen Arm ergreifen wollte, schoss Melike um die Ecke des Pferdestalls. Ich hörte ein scharfes

Zischen, dann einen Schmerzensschrei. Der Mann ließ Gewehr und Sonnenbrille fallen, presste die Hände vor die Augen und krümmte sich schreiend zusammen.

»Los, schnell, lass uns abhauen!« Melike packte mich am Handgelenk und zog mich mit sich. »Der ist erst mal für eine Weile schachmatt!«

»W...was hast du mit dem gemacht?«, stammelte ich verblüfft.

»Pfefferspray«, erwiderte meine Freundin und hielt mir eine kleine Sprühdose vor die Nase. »Hat Niklas mir mal besorgt.«

»Aua! Ich kann nichts mehr sehen!«, jaulte der Typ. »Ich bin blind! Oh, verdammt, tut das weh!«

Obwohl er mich eben noch bedroht hatte, tat er mir jetzt doch ein bisschen leid, wie er sich da auf dem Boden herumwälzte und schrie.

»Wir können ihn nicht einfach hier liegen lassen«, sagte ich.

»Mann, Elena, der stirbt schon nicht wegen etwas Pfeffer in den Augen.« Melike zerrte an meiner Hand. »Los, komm jetzt!«

»Nein, warte!« Ich blieb stehen. »Vielleicht gehören ihm die Pferde und wir können sie ihm ... abkaufen.«

»Abkaufen? Spinnst du?« Melike schüttelte den Kopf, dann bückte sie sich und hob rasch das Gewehr auf, das der Mann fallen gelassen hatte.

»Nicht reiben!«, riet sie ihm. »Dann wird es nur noch schlimmer.«

»Na, vielen Dank für den Tipp!« Der Mann presste die Augen zusammen und verzog das Gesicht, Tränen liefen ihm über die Wangen.

»Am besten, Sie waschen sich den Pfeffer mit viel Wasser aus den Augen«, sagte Melike ungerührt. »Also gut, warten Sie, da vorne ist ein Schlauch. Elena, guck doch mal, ob du einen Eimer findest. Ich halte den Kerl solange in Schach!«

»Als ob ich abhauen könnte«, stöhnte der Mann. »Aua, uuuh! Beeil dich bitte mit dem Wasser, sonst spring ich in den See!«

Ich lief in den Stall und blickte mich um. Hinter einer Tür befand sich eine Sattelkammer und dort stieß ich auf ein paar Eimer. Ich schnappte mir das Handtuch, das neben dem Spülbecken der Küchenzeile hing. Dort ließ ich auch den Eimer volllaufen.

»So, hier, bitte schön!« Ich stellte den Eimer vor dem Mann auf den Boden und drückte ihm das nasse Handtuch in die Hände.

Melike und ich sahen zu, wie der Typ es sich auf die Augen drückte und dabei schmerzerfüllte Geräusche von sich gab.

»Weichei«, murmelte Melike verächtlich.

»Was hast du gerade gesagt?«, fuhr der Mann sie an und öffnete mühsam die Augen. Sie waren zwar stark gerötet und tränten, aber er konnte wohl immerhin wieder etwas sehen.

»Jetzt jammern Sie doch nicht hier rum, nur wegen so ein bisschen Pfeffer«, erwiderte meine Freundin.

»Du hast gut reden! Hat dir schon mal jemand Pfefferspray in die Augen gesprüht?« Das klang ziemlich selbstmitleidig.

»Nein«, antwortete Melike. »Aber ich habe auch noch nie jemanden mit einem Gewehr bedroht.«

»Das ist ja gar nicht geladen«, gab der Typ kleinlaut zu.

»Kann man nicht erkennen«, sagte Melike. »Ich fand, es sah ziemlich gefährlich aus.«

»Ja, ja, schon gut. Tut mir leid.« Der Mann wirkte ehrlich zerknirscht und nicht mehr besonders bedrohlich. »Ich dachte, ihr wärt … ähm … Einbrecher. Hier ist in letzter Zeit zwei Mal eingebrochen worden und ich hatte … ähm … nun ja … Schiss.«

Seine Ehrlichkeit verblüffte uns.

Er wrang das Handtuch aus, stand auf und klopfte sich den Staub von den Hosenbeinen. Die Gelfrisur war zerstört und nasses dunkles Haar hing ihm ins Gesicht. Aus der Nähe betrachtet sah er jünger aus, als ich zuerst angenommen hatte. Und eigentlich ziemlich harmlos.

»Geht's wieder?«, erkundigte ich mich.

»Ja. Danke.« Er zog die Nase hoch und zwinkerte übertrieben mit den Augen.

»Wie heißen Sie?«, fragte Melike.

»Lennart. Sorry, wenn ich euch Angst eingejagt habe. Aber es ist ganz schön unheimlich, hier mitten im Wald zu leben.«

»Warum? Sie haben doch die Rottweiler«, sagte ich.

»Nee, die gibt's gar nicht.« Lennart seufzte. »Die Kameras sind auch nur Attrappe. Und für das Gewehr hab ich nicht mal Munition!«

»Wenn ich's mir genau überlege«, meinte Melike und wechselte vom »Sie« zum »Du«, »war das gerade eine gerechte Strafe für dich! Wie kannst du nur deine Pferde so schlecht behandeln? Sie brauchen beide dringend einen Tierarzt!«

»Die gehören mir nicht«, brummte Lennart.

»Sondern?«

»Meinem … äh … Schwager. Also dem Mann von meiner … äh … Schwester. Aber der ist letzte Woche gestorben. Keine Ahnung, wem die Viecher jetzt gehören.«

»Und warum hat sich deine Schwester nicht um die Pferde gekümmert?«, wollte ich wissen.

»Ich weiß auch nicht«, sagte Lennart schulterzuckend. »Wir haben beide mit Gäulen nichts am Hut. Und ich bin außerdem total allergisch! Ich kriege Asthma, wenn ich zu nahe an so ein Vieh rangehe.«

»Das heißt ›Pferde‹ und nicht ›Gäule‹ oder ›Viecher‹«, korrigierte ich ihn missbilligend.

»Wie auch immer. Sie kommen sowieso morgen oder übermorgen weg. Der Stall wird abgerissen. Meine … äh … Schwester will da lieber eine Orangerie für ihre Pflanzen bauen.«

»Wo kommen sie denn hin?«, fragte ich mit einem unguten Gefühl im Bauch, das sich bei Lennarts nächsten Worten verstärkte.

»Keine Ahnung. Ich glaube, der Schlachter holt sie ab.«

Melike und ich wechselten einen entsetzen Blick. Der *Schlachter!* Das mussten wir unter allen Umständen verhindern!

»Wo ist deine Schwester jetzt?«, erkundigte ich mich und erinnerte mich an den weißen SUV, der uns vorhin entgegengekommen war.

»Sie hat noch irgendwas zu regeln und müsste gleich zurück sein«, antwortete Lennart, der mit seinen geröteten Augen und den leicht vorstehenden Zähnen Ähnlichkeit mit einem verschreckten Kaninchen hatte. »Hört mal, es wäre besser, ihr verschwindet, bevor sie wiederkommt.«

»Damit sie nicht erfährt, dass du von zwei Jugendlichen überwältigt worden bist, oder was?« Melike grinste spöttisch und hob das Gewehr, das sie noch immer in der Hand hielt.

Lennart warf ihr einen verärgerten Blick zu, was trotz Pfefferspray schon wieder ganz gut funktionierte.

»Dann machen wir es anders«, schlug ich vor. »Wir sagen, wir wären zufällig vorbeigekommen und möchten ihr die beiden Pferde abkaufen.«

»Geht nicht. Die sind doch schon verkauft!«

»Wir bezahlen mehr als der Schlachter«, entgegnete ich. »Ich hole jetzt unsere Pferde und meine Freundin bleibt hier. Nicht, dass du uns nicht mehr reinlässt.«

»Geht klar.« Melike nickte. »Falls er frech wird, kriegt er noch mal eine Portion Pfeffer ab.«

Lennart schien nicht gerade die hellste Glühbirne im Lampenladen zu sein, aber er merkte, dass wir uns nicht so leicht abschütteln ließen.

»Okay, okay«, gab er sich schließlich geschlagen. »Aber sagt bitte nichts von dem Spray und dem Gewehr!«

Das versprachen wir ihm und er versprach uns im Gegenzug, seine Schwester davon zu überzeugen, die Pferde an uns zu verkaufen, statt an den Schlachter.

Ich kletterte zurück über den Zaun zu Hilda und Smiley, die geduldig ausgeharrt hatten, schwang mich in Hildas Sattel und nahm Smiley als Handpferd. Brav kletterten die Pferde den schmalen Weg wieder hoch, und als ich oben ankam, hatte Lennart das Tor tatsächlich geöffnet.

»Bitte bindet eure Gäu… äh … Pferde unten vor dem Stall an«, sagte er und wich vor mir zurück. »Meine Schwester macht mir die Hölle heiß, wenn sie hier in den Hof kacken.

Außerdem kriege ich sofort einen Asthmaanfall, wenn ich ein Pferdehaar abkriege.«

»Was für ein armseliges Würstchen«, schnaubte Melike, als wir Hilda und Smiley den Weg hinunter zum Stall führten. »Der hat ja vor allem Angst!«

Wir machten die Pferde an einem Anbindebalken fest, dann schaute ich noch einmal nach Priamos. Er lag unverändert da, was kein gutes Zeichen war. Pferde liegen normalerweise höchstens mal zwanzig Minuten auf der Seite, dann stehen sie wieder auf, denn sie können auch im Stehen dösen.

»Melike, hilf mir bitte!« Ich holte den Eimer, den ich Lennart vorhin gebracht hatte, füllte ihn wieder mit Wasser und betrat Priamos' Box. Vorsichtig goss ich dem Fuchswallach etwas Wasser über das Maul.

»Halt du den Eimer«, wies ich meine Freundin an. »So tief es geht.«

Ich streifte Priamos das schmutzige Halfter, das vor seiner Box gehangen hatte, über, dann zog ich den Kopf des Pferdes hoch und stemmte mein Knie hinter seinen Hals, damit er etwas besseren Halt hatte.

Melike hielt ihm den Eimer hin und tatsächlich begann der Fuchs zu trinken. Aber nach ein paar Schlucken hörte er wieder auf.

»Wir müssen ihn aus der Seitenlage kriegen«, sagte ich. »Zieh du am Halfter! Ich versuche, ihn zu hochzudrücken.«

Ich quetschte mich zwischen das Pferd und die Wand und presste diesmal meine Knie gegen die Schulter des Wallachs, während Melike seinen Kopf nach vorne zog. Vor Anstrengung zitterten meine Muskeln. Auch wenn Priamos bis auf die Knochen abgemagert war, so war er doch noch immer ganz schön schwer.

»Na, komm schon! Du musst ein bisschen mitmachen!«, keuchte ich. Der Schweiß rann mir in die Augen. Endlich bewegte sich das Pferd. Es zog seine Vorderbeine unter die Brust. Und dann trank es den ganzen Eimer Wasser leer. Ich holte alle Leckerliwürfel und die zwei Bananen, die Melike und ich nicht gegessen hatten, aus meinen Satteltaschen, denn ich erinnerte mich daran, dass Priamos Bananen geliebt hatte. Tokka Willow hämmerte fordernd mit dem Vorderhuf gegen die Boxenwand, als ich Priamos die Bananen und Leckerliwürfel fütterte.

»Er braucht das nötiger als du«, sagte ich zu der Stute, die daraufhin zornig in die Gitterstäbe biss.

Melike ließ den Wassereimer noch einmal vollllaufen und stellte ihn vor Priamos hin, dann gingen wir zurück zu Lennart, der auf den Stufen vor der Haustür saß und eine Zigarette rauchte.

»Puh, stinkt ihr«, sagte er und hielt sich die Nase zu. »Ist ja eklig!«

»Das ist der Geruch von Pferdescheiße gemischt mit Pisse«, entgegnete ich wütend. »In diesem Dreck müssen die Pferde liegen, weil ihr es nicht fertiggekriegt habt, mal die Boxen auszumisten!«

»Ich habe Angst vor Pferden«, redete sich Lennart heraus und erzählte uns, dass die Pferde das Hobby und die große Leidenschaft seines Schwagers gewesen seien, die seine Schwester Claudia nicht geteilt hatte. Im Gegenteil, Lennarts Schwester hatte die Tiere regelrecht gehasst.

»Ich glaube, sie war eifersüchtig«, sagte er. »Die Viecher erinnerten sie immer an Peters Exfrau.«

Anne mit den roten Haaren und den beiden Jack Russel Terriern, dachte ich, sagte es aber nicht laut. Mama und sie waren früher befreundet gewesen und Anne hatte oft bei uns in der Küche gesessen und mit Mama Tee getrunken und gequatscht.

»Und warum wohnst du hier, wenn du es so unheimlich findest?«, fragte Melike.

»Ich wohne eigentlich nicht hier. Ich bin nur hier, damit Claudia nicht ganz allein hier draußen ist«, antwortete Lennart. »Peter hatte vor ein paar Monaten einen schweren Unfall und hat seitdem im Koma gelegen. Und weil ich in Königshofen arbeite, kann ich auch von hier aus zur Arbeit fahren.«

»Du *arbeitest*?«, fragte meine Freundin und musterte Lennart von Kopf bis Fuß. »Als was denn?«

»Bei der Stadt Königshofen. Im Rathaus. Wieso?«

»Na ja, ich hätte dich eher für einen Drogendealer gehalten«, erwiderte Melike unverfroren. »Mit dieser Gelfrisur siehst du irgendwie … zwielichtig aus.«

»Ich sehe zwielichtig aus? Wie ein Drogendealer?« Lennart schnappte empört nach Luft, aber bevor er weitersprechen konnte, öffnete sich das große Tor wieder und der weiße SUV rauschte auf den Hof. Er umrundete das Blumenrondell und fuhr in eine Doppelgarage, in der ein schwarzes Porsche-Cabrio stand. Die Frau, die nun ausstieg, sah aus wie eine Promi-Frau aus einer Illustrierten. Sie war sehr schlank, hatte das dunkle Haar zu einem strengen Knoten im Nacken frisiert und war von Kopf bis Fuß in Schwarz gekleidet. Ihre Augen verbarg sie hinter einer riesigen schwarzen Sonnenbrille, die mit Glitzersteinchen besetzt war.

»Malificent, die schwarze Fee«, flüsterte Melike neben mir.

Ein winziges braunes Etwas, kaum größer als ein Meerschweinchen, schlüpfte aus der geöffneten Autotür, schoss auf uns zu und umkreiste uns kläffend.

»Der Rottweiler ist geschrumpft«, bemerkte Melike schmunzelnd, aber ich starrte die Frau an, die auf hohen Absätzen angestakst kam. Irgendwoher kannte ich sie, aber ich wusste nicht, wo ich sie schon mal gesehen hatte.

»Was ist hier los, Lennart?«, wandte sie sich an ihren Bruder, der aufgesprungen war und seine Zigarette schnell in ein Blumenbeet geschnippt hatte. »Wieso lässt du fremde Leute auf den Hof?« Sie stemmte die Hände in die Seiten und Lennart zog das Genick ein.

»Boah! Sie haben ja krass geile Stiefel an! Das sind *Jimmy Choos*, oder?«, sagte Melike, bevor er etwas erwidern konnte. Meine Freundin erkannte jede Klamottenmarke auf Anhieb. »Der Mantel ist von *Moncler*, wow!«

»Äh, ja, das stimmt«, antwortete die Frau überrascht.

»Solche Stiefel sind mein absoluter Traum«, gab Melike zu. »Und Ihre Sonnenbrille! Ist das eine echte *Gucci* aus der *Hollywood-Forever*-Collection oder ein Fake?«

Lennart musste grinsen, aber er blickte rasch auf den Boden, als seine Schwester ihm einen strafenden Blick zuwarf.

»Die ist *echt*«, sagte sie würdevoll, dann musterte sie uns. »Also, wer seid ihr und was wollt ihr hier?«

Das winzige braune Hündchen hörte auf zu kläffen. Es fing an mit dem Schwanz zu wedeln und sprang begeistert an Melike hoch.

»Was bist denn du für ein süßes kleines Ding?«, quiekte

meine Freundin und ging in die Hocke. »Uiiii! Ein Chihuahua!«

Das Hündchen fuhr total auf meine Freundin ab, ließ sich von ihr auf den Arm nehmen und streicheln.

»Ich möchte Ihre Pferde kaufen«, sagte ich.

»Wie bitte?« Die Frau schnaubte. Dafür, dass sie morgen ihren Mann beerdigen würde, wirkte sie nicht besonders traurig. »Ich habe jetzt keine Zeit für einen solchen Unsinn.« Sie wollte sich umdrehen, aber dann fiel ihr ein, dass ihr Hund noch bei Melike auf dem Arm saß. »Django, komm her!«, befahl sie, aber der Chihuahua dachte gar nicht daran, ihr zu gehorchen. Er versuchte, Melikes Gesicht abzulecken. Meine Freundin drückte den kleinen Hund an ihre Brust. »Würdest du mir bitte meinen Hund geben?«, fragte die Frau.

»Oh ja, natürlich!« Melike wollte ihr Django reichen, aber ich hielt ihren Arm fest. Wenn die Frau jetzt ins Haus ging, war unsere Chance vertan und die Pferde würden morgen vom Schlachter abgeholt und mussten sterben. Dieser blöden Tussi in ihren teuren Klamotten war es völlig egal, dass keine hundert Meter von ihrer Luxusvilla entfernt zwei Lebewesen elendig verhungerten! Und Lennart, der Feigling, war auch keine Hilfe.

»Verkaufen Sie mir die Pferde!«, stieß ich hervor. »Bitte! Ich zahle Ihnen mehr Geld als der Schlachter!«

»Ach ja?« Ein sarkastisches Lächeln umspielte ihre Lippen. »Und was willst du mit ihnen machen? Bei euch ins Wohnzimmer stellen?«

Am liebsten hätte ich sie angeschrien, aber sie gegen mich aufzubringen wäre dumm. Deshalb zügelte ich meinen Zorn. Ich war schon oft dabei gewesen, wenn Papa

Pferde ge- oder verkauft hatte, und wusste deshalb, dass es letztlich nur um Geld ging, nicht darum, ob man seinen Geschäftspartner mochte. Meine Knie waren ganz weich und mein Magen krampfte sich vor Aufregung zusammen.

»Ich heiße Elena Weiland. Meinen Eltern gehört der Amselhof in Steinau«, sagte ich. »Und ich habe Ihren Mann gekannt. Er hieß Peter Meisenberg, stimmt's?«

»Ja, das stimmt.« Die Frau setzte die Sonnenbrille ab und guckte mich verblüfft an. »Du meinst das wirklich ernst, oder?«

»Ja, natürlich.« Ich nickte heftig.

»Aha. Und was würdest du bezahlen?«

Ich kannte die Regeln des Pferdehandels, deshalb antwortete ich mit einer Gegenfrage. »Was wollen Sie denn haben?«

»Na ja.« Die Frau schob die Unterlippe vor und legte den Kopf schräg. In ihren Augen erschien ein berechnender Ausdruck. »Es sind ja sehr gute Springpferde. Mein Lebensgef… äh … mein Mann hat viele Turniere mit ihnen gewonnen. Ich will zehntausend. Für jedes fünftausend.«

Das war eine Menge Geld, oder auch nicht, je nachdem wie man die Sache betrachtete. Priamos war als junges Pferd sicherlich nicht billig gewesen, denn Herr Meisenberg hatte ihn damals von Pferdehändler Nötzli in der Schweiz gekauft und der handelte nur mit sehr teuren und guten Pferden. Andererseits waren die Pferde in einem derart schlechten Zustand, dass ihr der Schlachter wohl kaum mehr als achthundert Euro pro Pferd geben würde. Wenn überhaupt.

»Ich gebe Ihnen sieben«, erwiderte ich entschlossen und hielt ihr die Hand hin.

»Na, du bist mir ja eine!« Frau Meisenberg lachte auf, dann wurde sie ernst und betrachtete mich aus schmalen Augen. »Tauchst hier einfach so auf und willst jetzt auch noch mit mir handeln! Wissen deine Eltern, dass du hier bist?«

»Nein, das wissen sie nicht«, entgegnete ich. »Aber ich rufe meinen Vater an, sobald wir uns einig werden. Dann kommt er her und holt die Pferde ab.«

Die Witwe von Peter Meisenberg schüttelte amüsiert den Kopf.

»Siebentausend«, wiederholte ich.

Herr Nötzli zahlte mir zehn Prozent Provision, wenn er ein Pferd, das ich für ihn geritten hatte, verkaufte. Dank Quintano und Skyfall hatte ich deshalb eine ziemlich große Summe auf meinem Bankkonto.

»Es bricht mir das Herz, sie herzugeben. Sie waren nämlich das Ein und Alles meines lieben Mannes.« Die Frau war eine gute Schauspielerin, das musste man ihr lassen. Noch vor einer Minute waren ihr die Pferde schnurzpiepegal gewesen und sie hatte sie vom Schlachter abholen lassen wollen, aber jetzt zitterte ihre Stimme und sie verzog das Gesicht, als ob sie jeden Moment in Tränen ausbrechen wollte.

Ich verkniff mir jedoch eine Bemerkung.

»Neuntausend.«

»Achttausend«, hielt ich ungerührt dagegen. »Vom Pferdemetzger kriegen Sie nur den Schlachtpreis.«

Frau Meisenberg hob die sorgfältig gezupften Augenbrauen.

»Na gut, einverstanden«, sagte sie nach kurzem Nachdenken. »Aber ich will das Geld in bar und zwar heute noch.«

»Geht klar«, erwiderte ich und ergriff ihre ausgestreckte Hand.

»Herzlichen Glückwunsch!« Sie lächelte spöttisch. »Du hast gerade zwei Pferde gekauft!«

4. Kapitel

Ich hockte mit dem Rücken an der Boxenwand und stemmte meine Knie gegen Priamos' Schulter, um zu verhindern, dass er sich wieder auf die Seite legte. Dabei streichelte ich seinen Kopf und redete unablässig leise auf ihn ein. Es schien ihm ein klein wenig besser zu gehen, nachdem er zwei Eimer Wasser leer getrunken und die Bananen gefressen hatte.

Die Minuten vergingen. Mein Rücken und meine Wadenmuskulatur schmerzten und mein linkes Bein war eingeschlafen, als Melike hereinstürzte und verkündete, mein Vater und der Aknefrosch seien gerade in den Hof gefahren. Mühsam erhob ich mich und hüpfte auf einem Bein aus der Pferdebox. Mein linker Fuß kribbelte und war ganz taub. Oben im Hof stand unser großer silberner Pferdetransporter. Noch nie in meinem Leben war ich so froh gewesen, meinen Vater zu sehen, und ich unterdrückte nur mit Mühe den Impuls, ihm wie ein kleines Kind um den Hals zu fallen. Als ich ihn angerufen und ihn gebeten hatte, so schnell wie möglich mit dem Lkw und achttausend Euro auf den Hubertushof am Kapellenberg zu kommen, weil ich gerade zwei Pferde gekauft hätte, hatte er, anders als Mama, die mir erst mal tausend Fragen gestellt hätte, nur gesagt »Ich bin in einer Stunde da« und aufgelegt. Mein Vater hatte in seinem Tresor immer Bargeld, das wusste ich, denn es war nach wie vor üblich, ein Pferd, den Hufschmied oder die Löhne für unsere Stallarbeiter bar zu bezahlen.

»Priamos geht es ganz, ganz schlecht«, sagte ich zu Papa. »Er liegt in der Box und kann nicht mehr alleine aufstehen.«

Bevor er antworten konnte, kam Kaninchen-Lennart mit seiner Schwester aus dem Haus und Claudia Meisenberg zog eine große Schau ab. Nachdem Papa ihr zum Tod ihres Mannes kondoliert hatte, tat sie doch tatsächlich so, als ob sie die Pferde über alles lieben würde.

»Peter hat *so sehr* an ihnen gehangen! Jeden Morgen, gleich nach dem Aufwachen, hat er das Fenster aufgemacht und die Pferde haben ihm zugewiehert. Sie gehören zu unserer Familie. Ich habe es bisher einfach nicht übers Herz gebracht, die süßen Fellnasen herzugeben«, behauptete sie mit bebender Stimme und es gelang dieser falschen Schlange sogar, ein paar Tränen zu verdrücken. »Als mein armer Peter dann nach diesem schrecklichen Unfall im Koma gelegen hat, haben sie jeden Morgen gewiehert, als ob sie ihn rufen wollten!«

»Wahrscheinlich hatten sie Hunger«, sagte Melike trocken, aber Frau Meisenberg überhörte ihre Bemerkung.

»Wann ist denn der Unfall passiert?«, erkundigte sich Papa.

»Am 7. November«, antwortete Frau Meisenberg und ließ den Kopf hängen. »Seitdem ist nichts mehr, wie es war. Ich war jeden Tag im Krankenhaus und habe an seinem Bett gesessen. Deshalb konnte ich mich auch um nichts richtig kümmern.«

»Ist denn in der Zeit irgendetwas mit den Pferden gemacht worden?«

»Wie meinen Sie das – *gemacht worden?*«, fragte Frau Meisenberg irritiert und putzte sich geziert die Nase.

»Nun ja, äh, hat sie jemand geritten oder longiert?«

»Nein! Peter hätte nicht gewollt, dass jemand anderes in seinem Stall herumwirtschaftet. Da war er sehr eigen.« Sie schüttelte den Kopf. »Nicht einmal ich durfte sein Heiligtum betreten, und ich habe fest daran geglaubt, dass er wieder aus dem Koma aufwacht. Er wäre fuchsteufelswild geworden, wenn ich jemanden in den Stall gelassen hätte!«

Ich konnte vor Ungeduld kaum stillstehen. Für Priamos ging es um jede Minute, das spürte ich. Das ganze Gequatsche und die blöden Ausreden von Claudia Meisenberg waren reine Zeitverschwendung. Die Frau war komplett ahnungslos, was Pferde betraf! Vielleicht hatte sie sie wirklich nicht in böser Absicht so herunterkommen lassen. Allerdings war das keine Entschuldigung und es änderte auch nichts daran, was geschehen war.

»Ach, Herr Weiland, wenn Sie schon mal hier sind, könnten Sie doch eigentlich auch gleich den Pferdeanhänger und das ganze Pferdezeugs mitnehmen, oder?«, wandte sie sich nun an Papa und legte ihm vertraulich eine Hand auf den Arm. »Jetzt, wo mein lieber, armer Peter nicht mehr da ist, ist das alles ja nur noch eine schmerzliche Erinnerung …« Sie schluchzte auf und presste den Handrücken vor den Mund.

»Ich weiß nicht, ob ich genug Geld dabeihabe«, erwiderte Papa zurückhaltend.

»Ach, da werden wir uns schon einig.« Die Witwe lächelte meinen Vater unter Tränen an.

»Okay«, stimmte Papa zu. »Dann lassen Sie uns einen Vertrag aufsetzen.«

»Einen Vertrag?« Claudia Meisenberg zögerte. »Ist das denn wirklich notwendig? Ich habe nicht viel Zeit. Seit mein armer Peter tot ist, wollen tausend Leute was von mir! Zum Glück steht mein Bruder mir bei und hilft mir.«

»Ohne Kaufvertrag nehme ich nichts mit«, entgegnete Papa und ich spürte schon Panik in mir aufsteigen. »Ich will mir später nicht nachsagen lassen, ich hätte Sie übers Ohr gehauen.«

»Na ja, gut, wenn's sein muss.« Die Tränen der Witwe versiegten schnell, ihre Stimme klang plötzlich geschäftsmäßig. »Kommen Sie mit. Ich suche alle Papiere raus und wir machen einen Kaufvertrag, wenn es Sie glücklich macht.«

»Fahr bitte schon mal den Lkw zum Stall und mach mit den Mädchen die Pferde fertig«, sagte Papa mit gesenkter Stimme zu Jens. »Und fotografiert bitte alles.«

»Nehmt den ganzen Krempel mit«, ergänzte Frau Meisenberg. »Komplett alles! Je weniger ich entsorgen lassen muss, umso besser!«

»Etwa auch das Sattelzeug?«, fragte ich ungläubig. »Und was ist mit den ganzen Pokalen und Schleifen?«

»Was soll ich wohl damit anfangen?«, erwiderte Claudia Meisenberg mit plötzlicher Bitterkeit. Sie presste die Lippen zu einem schmalen Strich zusammen. »Es waren Peters Erinnerungen, nicht meine. Und er wird auch nicht mehr lebendig, wenn ich mir diese alten Blechdinger ins Haus stelle! Was ihr von dem ganzen Kram nicht mitnehmt, landet spätestens nächste Woche im Müll.« Sie drehte sich auf dem Absatz um, und Papa folgte ihr in die weiße Villa, um das Geschäftliche abzuwickeln.

»Ja, also dann Tschüss«, murmelte Lennart verlegen, die Hände in den Hosentaschen vergraben. »Danke, dass ihr mich nicht verraten habt.«

»Wir«, sagte Melike kühl und zeigte mit dem Finger auf ihn, »haben unser Versprechen gehalten, im Gegensatz zu dir!«

Lennart ließ den Kopf hängen.

Auf dem Weg zum Stall erzählte Melike dem Aknefrosch brühwarm, was sich in den letzten Stunden abgespielt hatte, allerdings verschwieg sie ihm die Sache mit dem Gewehr und dem Pfefferspray.

Mich trieb die Sorge um Priamos an und ich drängte zur Eile, aber der Aknefrosch sah sich in aller Ruhe um. Der Reitplatz, der ein Stück unterhalb des Stallgebäudes lag, war ebenso vernachlässigt worden wie die Pferde. Niemand hatte sich die Mühe gemacht, vor dem Winter die Hindernisse abzuräumen. Die meisten waren umgefallen, die ehemals bunten Stangen gammelten im Schlamm vor sich hin. Ein silberner Kleintraktor, an dem ein Reitplatzplaner angehängt war, stand neben dem Tor des Reitplatzes. Offenbar hatte auch er die letzten Monate im Freien verbracht, denn er war von altem Laub bedeckt.

»Wow, das ist ja wirklich ein Träumchen«, staunte der Aknefrosch, beeindruckt von der schönen Villa, die sich in der Oberfläche des Sees spiegelte. »Axel und Manfred haben immer vom Hubertushof geschwärmt und sie haben wirklich recht! Ein richtiges Paradies!«

»Leider nicht für die Pferde«, sagte Melike, als wir nach links zum Pferdestall abbogen. »Für die war es hier die Hölle!«

»Kannst du dich eigentlich noch an Priamos erinnern?«, fragte ich den Aknefrosch.

»Klar!«, erwiderte der. »Meinst du, ich hab schon Alzheimer oder was, du dummes Kind?«

Wir betraten das kleine Stallgebäude, das früher sicherlich einmal hübsch und gepflegt gewesen war. Jetzt war alles schmutzig, voller Spinnweben und von einer dicken Staubschicht bedeckt.

Beim Anblick der beiden Pferde verging dem Aknefrosch das Grinsen. »Ach du Scheiße!«, stieß er entsetzt hervor. »So schlimm habe ich mir das nicht vorgestellt.«

»Priamos!«, rief ich und da geschah etwas, womit ich nicht gerechnet hatte. Der Fuchswallach hob den Kopf, spitzte die Ohren und wieherte leise. Mir wurde ganz warm ums Herz und plötzlich hatte ich Tränen in den Augen. Ich öffnete die Boxentür, ging zu ihm hin und umarmte ihn. Tokka Willow humpelte von draußen herein.

»Oje, oje, oje«, murmelte der Aknefrosch. »Das darf ja wohl nicht wahr sein!«

»Es gibt so was wie Karma«, sagte Melike dumpf. »Wer Tiere schlecht behandelt, kriegt das eines Tages zurück!«

Bei diesen prophetisch klingenden Worten lief mir eine Gänsehaut den Rücken herunter.

»Los, ihr beiden, an die Arbeit!«, kommandierte der Aknefrosch, dem offenbar klar geworden war, dass Priamos schnell einen Tierarzt brauchte. »Für Schmusestunden ist jetzt keine Zeit.« Er öffnete die Tür zur Sattelkammer und Melike und ich folgten ihm. Der kleine Raum war bis unter die Decke mit Holz verkleidet und roch feucht und unbenutzt. Das Sattelzeug war zwar ordentlich aufgehängt, aber von einer Schicht grünlichen Schimmels überzogen. Es gab eine Eckbank, einen Tisch und die kleine Küchenzeile, an der ich vorhin den Eimer gefüllt hatte. Die Heizung war abgestellt, wahrscheinlich war deshalb das Lederzeug verschimmelt. Mein Blick glitt über die Pokale, die in einer verglasten Vitrine standen, in einer anderen hingen eine Menge Turnierschleifen. Siegerschärpen und gerahmte Fotos von Peter Meisenberg und seinen Pferden im Parcours oder bei Siegerehrungen zierten die Wände. Ich entdeckte sogar ein Foto von Papa auf Priamos über einem mächtigen Birkenoxer. Der Gedanke, dass all diese Erinnerungen, die Herrn Meisenberg offensichtlich viel bedeutet hatten, von irgendjemandem achtlos weggeworfen würden, erfüllte mich mit Trauer.

»Das Sattelzeug ist total verschimmelt«, gab ich zu bedenken.

Der Aknefrosch begutachtete das Lederzeug. »Sieht schlimmer aus, als es ist«, urteilte er dann. »Das kriegt man mit Sattelseife und Lederfett wieder hin. Wir nehmen alles mit, bevor es im Müll landet. Legt schon mal los, ich hole in der Zeit den Lkw her.«

Und weg war er.

»Okay, wo fangen wir an?«, fragte meine Freundin.

»Am besten packen wir das ganze Zeug in den Turnierschrank«, schlug ich vor. »Den kann Papa dann mit der Seilwinde auf den Lkw ziehen.«

Ich konnte kaum fassen, dass Frau Meisenberg das alles einfach wegwerfen wollte! Für einen solchen fahrbaren Sattelschrank aus Aluminium hätte sie bei Ebay Kleinanzeigen locker tausend Euro bekommen, ganz abgesehen von den Sätteln, die von *Prestige* und *Equiline* waren. Ich öffnete die Türen des Sattelschranks und wir packten die drei verschimmelten Sättel, Trensen, Vorderzeuge, Martingale, Gamaschen und einen ganzen Stapel Winter-, Übergangs- und Abschwitzdecken hinein, dazu Longier- und Deckengurte, Putzzeug, Schabracken und Halfter. Gewissenhaft fotografierte ich jedes einzelne Stück.

»Was machen wir mit den Pokalen?« Melike fuhr sich mit dem Ärmel über die Stirn. »Sie sehen so hübsch aus.« Sie öffnete die Glastür der Vitrine und nahm vorsichtig den größten Pokal heraus. »1. Platz M**-Springen, Wiesbaden-Bierstadt 2012«, las sie von dem Schildchen, das auf dem Sockel des Pokals klebte, ab. Sie wollte den Deckel abnehmen, der etwas klemmte. Dabei rutschte ihr der Pokal aus den Händen, fiel auf den Boden und der Deckel sprang ab. Ich hörte, wie Melike tief Luft holte.

»Oh Mann, Elena! Guck dir das mal an«, flüsterte sie und ich drehte mich zu ihr um. Der Pokal war randvoll mit – Geldscheinen! Und zwar nicht etwa mit Zehnern oder Zwanzigern, sondern mit leuchtend grünen und violetten Hundert- und Fünfhundert-Euro-Scheinen, die jemand zu dicken Rollen gedreht und fein säuberlich mit Gummibändern umwickelt hatte.

»Du meine Güte«, staunte ich. »Das ist voll viel Geld!«

»Wahrscheinlich Schwarzgeld«, sagte Melike.

»Wie – *Schwarzgeld?*« Ich war verwundert.

»›Schwarz‹ bedeutet, dass dafür keine Steuern bezahlt worden sind und das Geld damit quasi illegal ist. Wahrscheinlich weiß niemand, dass dieses Geld überhaupt existiert.«

»Wenn Frau Meisenberg oder Lennart etwas davon gewusst hätten, hätten sie es sicherlich schon eingesteckt«, sagte ich.

»Hundertprozentig!« Melike nickte. »Vielleicht wollte ihr Mann es vor ihr geheim halten. Er wusste genau, dass sie niemals in den Stall gehen würde, deshalb war es hier sicher vor ihr.«

Wir blickten uns an.

»Sie hat doch eben gesagt, sie will den ganzen Kram nicht mehr, oder?«, sagte meine Freundin.

»Ja, das hat sie gesagt«, bestätigte ich. »Was wir nicht mitnehmen, wandert nächste Woche in den Müll.«

»Wenn wir es behalten, dann haben wir es genau genommen nicht gestohlen.« Melike zog mit spitzen Fingern eine Geldrolle aus dem Pokal und betrachtete sie. »Sondern nur vor dem Wegwerfen bewahrt.«

»Genau«, sagte ich. »Es könnte allerdings sein, dass unsere Eltern anders darüber denken.«

»Vermutlich.« Melike runzelte die Stirn.

Von draußen drangen Motorengeräusche zu uns herein. Jens manövrierte den großen Lkw rückwärts den Weg hinunter.

»Was machen wir jetzt damit?«, fragte ich.

»Erst mal mitnehmen«, entschied Melike. »Wir packen es in deine Satteltaschen!«

Ich lief vor den Stall, schnallte Hildas Satteltaschen ab und kehrte zurück. Gemeinsam durchsuchten wir alle Pokale, die in der Vitrine standen, und fanden noch in drei anderen Trophäen Geld.

»Das ist ja die reinste Schatzkammer!« Melike gluckste. »Uh! Damit könnte ich mir mindestens zehn Paar *Jimmy Choos* kaufen! Und noch eine Tasche von *Prada*, eine Sonnenbrille von …«

»Beeil dich lieber!«, riss ich sie aus ihren Träumen.

Diese Pokale, die man auf Turnieren als Ehrenpreis für eine gewonnene Prüfung bekam, waren aus Blech und ziemlich leicht, deshalb fiel mir auf, dass einer von ihnen sehr viel schwerer war als die anderen. Ich öffnete den Deckel und zog einen unscheinbaren braunen Stoffbeutel hervor, in dem es klimperte.

»Was ist das?«, fragte Melike neugierig.

»Keine Ahnung.« Ich stopfte den Beutel zu den Geldrollen in die Satteltaschen. Wir stellten die Pokale ordentlich zurück in die Vitrine und achteten darauf, dass sie genau dort standen, wo sie gestanden hatten, dann suchten wir systematisch den Rest des kleinen Raumes ab. In einer Kaffeedose, die im Oberschrank der Küchenzeile ganz hinten stand, fand ich ein Zellophan-Beutelchen. Ich öffnete es und hielt einen USB-Stick in der Hand.

»Elena?«, rief Papa von draußen.

»Schnell, steck's ein«, flüsterte Melike.

»Wir sind hier fertig«, rief ich und ließ den Stick rasch in meine Hosentasche gleiten. Melike klemmte sich die Satteltaschen unter den Arm und wir gingen hinaus.

»Wo ist denn Frau Meisenberg?«, fragte ich meinen Vater.

»Ihr ist eingefallen, dass sie ganz dringend irgendwohin musste«, antwortete Papa achselzuckend. »Übrigens heißt sie gar nicht ›Meisenberg‹, sondern Winter mit Nachnamen, denn sie war nicht mit Peter verheiratet.«

»Was für eine blöde, verlogene Trutsch!« Melike schnaubte sarkastisch. »Hat sich nicht mal von ihrer Fellnasen-*Familie* verabschiedet.«

»Ich glaube, es stimmt, was Lennart gesagt hat: Sie war immer eifersüchtig auf die Pferde«, vermutete ich.

Papa blickte sich stumm in dem dreckigen Stall um. Seine

Augen weiteten sich, als er die Pferde sah und den braunen Matsch aus Pferdeäpfeln und Urin.

»Die schlimmsten Grausamkeiten passieren oft aus Unwissenheit«, sagte er grimmig. »Beeilen wir uns, damit wir die Tiere so schnell wie möglich hier rauskriegen!«

Jens und er schoben den Sattelschrank zum Lkw, dann holten sie den kleinen Traktor mit dem Reitplatzplaner. Der Aknefrosch fuhr ihn die Rampe hoch auf den Transporter. Währenddessen nahm ich noch das gerahmte Foto, das Papa und Priamos zeigte, in der Sattelkammer von der Wand. Auch wenn es vielleicht etwas kindisch war, so war die Vorstellung, ein Bild von meinem Vater im Müllcontainer zu wissen, nur schwer zu ertragen.

Melike und ich hatten beschlossen, mit nach Hause zu fahren und die Rallyestrecke später noch einmal abzureiten, deshalb wurden zuerst Hilda und Smiley aufgeladen. Tokka Willow ging mit ihren viel zu langen Hufen und den lockeren Hufeisen wie auf Eiern, aber sie kletterte brav die Rampe hoch. Der Aknefrosch schloss die Verladeklappe, dann wurde der Anhänger, den Papa ebenfalls mitgekauft hatte, angehängt. Zu viert gelang es uns schließlich, Priamos auf die Beine zu kriegen. Es dauerte ein paar Minuten, bis er es auf den Pferdehänger geschafft hatte, den Papa dicht vor die Stalltür gefahren hatte. Jens hatte die Trennwand herausgenommen und Sägespäne auf dem Boden verteilt. Der Fuchswallach legte sich sofort wieder hin. Er verschmähte sogar das Heu, das Jens ihm hingestreut hatte.

»Ich habe ja wirklich schon viel gesehen in meinem Leben, aber so etwas noch nicht!« Papa schüttelte noch immer fassungslos den Kopf.

»Meinst du, er erholt sich wieder?«, erkundigte ich mich besorgt.

»Das hoffe ich.« Mein Vater und Jens schlossen gemeinsam die Verladeklappe des Pferdehängers. »Habt ihr alles fotografiert?«

»Ja, klar.« Ich nickte. Wir kletterten ins Fahrerhaus des Lkw und der Aknefrosch zog das große Tor des Hubertushofes zu, nachdem Papa hindurchgefahren war. Für die beiden Pferde war der Albtraum vorbei!

5. Kapitel

»Wo sollen die beiden eigentlich stehen, Papa?«, fiel mir plötzlich ein, als wir auf die Bundesstraße in Richtung Königshofen einbogen. »Im Stall ist doch alles voll und morgen kommen ja auch noch Brendas Pferde aus Amerika!«

Vor drei Jahren, als der Amselhof in so große finanzielle Schwierigkeiten geraten war, hatte sich wohl niemand von uns vorstellen können, dass es eines Tages mal lange Wartelisten von Leuten, die gerne ihre Pferde zu uns stellen wollten, geben würde. Durch den Verkauf von Papas bestem Springpferd Lagunas hatten meine Eltern den Schuldenberg, den Opa im Laufe der Jahre angehäuft hatte, gleich um die Hälfte reduzieren können. Seitdem war viel passiert. Wir hatten eine neue, große Reithalle mit Tribüne bauen können, an die sich ein Stall mit dreißig weiteren Boxen anschloss. Nachdem die alte Scheune abgebrannt war, war an dieser Stelle der u-förmige Eichenstall mit den bei Einstellern sehr begehrten Paddockboxen entstanden. Dr. Lajos Kertészy, der alte Freund von Papa und Mama, sorgte mit seiner Tierarztpraxis zusätzlich für Anziehungskraft, genau wie Glorias Westernreitschule. Außerdem gab es rings um den Amselhof ein traumhaftes Ausreitgelände und jede Menge weitläufiger Koppeln, was vielen Einstellern gefiel.

Brenda Murray, die amerikanische Springreiterin, auf deren Farm Melike und ich die letzten Sommerferien verbracht hatten, würde für ein paar Monate vier Pferde auf den Amselhof stellen, da sie den ganzen Sommer über in Europa Turniere reiten wollte. In vierzehn Tagen fand in Leipzig das Weltcup-Finale statt, für das sie sich qualifiziert hatte. Ihre Pflegerin Susan würde in dieser Zeit eines der kleinen Appartements über der Pferdetränke beziehen, wo auch der Aknefrosch und Gloria wohnten.

»Das kriegen wir schon irgendwie hin«, beruhigte Papa mich. »Jens, ruf Lajos an und frag ihn bitte, ob er zwei Boxen für Notfälle frei hat. Und dann meine Frau, sie soll den Hufschmied bestellen.«

Der Aknefrosch, der auf dem Beifahrersitz saß und WhatsApps schrieb, nickte und tat, worum Papa ihn gebeten hatte.

Als wir eine halbe Stunde später vor dem Tor des Stalltraktes, in dem Lajos' Klinik untergebracht war, anhielten, erwartete uns bereits ein Empfangskomitee: Lajos, Mama, Jens' Freundin Gloria und Gina, die kleine Schwester von Tim. Papa und der Aknefrosch stiegen aus, aber ich hielt Melike zurück.

»Was soll ich mit den Satteltaschen machen?«, flüsterte ich ihr zu.

»Dasselbe wie sonst auch«, erwiderte meine Freundin. »Häng sie einfach über Hildas Sattel.«

»Aber …«, wollte ich einwenden, doch Melike ließ mich nicht zu Wort kommen.

»Wir müssen uns genauso benehmen wie immer«, sagte sie mit gesenkter Stimme. »Sonst schöpft noch jemand Verdacht.«

»Okay.«

Wir kletterten aus dem Fahrerhaus.

Jens und Papa öffneten zuerst die Klappe des Pferdeanhängers.

»Ach du liebe Güte!« Mama schlug entsetzt die Hand vor den Mund. »Der liebe Priamos! Wie konnte das denn passieren?«

Lajos kletterte zu ihm in den Hänger und untersuchte ihn. Dann versuchte er zusammen mit Jens und Papa, ihn auf die Beine zu bringen, aber Priamos machte keine Anstalten aufzustehen. Lajos' Miene war besorgt, als er wieder herauskam.

»Er ist nicht nur sehr stark abgemagert, sondern auch ausgetrocknet«, sagte er. »Ich fürchte, dass er nichts trinken konnte, weil er zu entkräftet ist, um aufzustehen. Außerdem hat er 39,5 Grad Fieber. Er kriegt jetzt zuerst eine Kochsalzinfusion und Elektrolyte und dann müssen wir ihn irgendwie in den Stall bringen.«

Heinrich und Stani, unsere beiden Stallarbeiter, tauchten auf. Auch Opa gesellte sich zu uns. Papa holte Abstellstützen und schob sie mit Stanis Hilfe unter den Hänger, damit dieser stabil stehen blieb, wenn er die Anhängerkupplung vom Lkw löste, denn das musste er tun, um die anderen Pferde ausladen zu können.

Es war ein Bild des Elends, wie die schmutzige und bis aufs Skelett abgemagerte Tokka Willow die Verladerampe hinunterhumpelte.

»Oh mein Gott! Jens, das ist ja deine Tokka!« Mama war erschüttert.

»Zumindest das, was von ihr übrig ist«, knurrte der Aknefrosch und führte die Stute in den Stall.

»Puh, wie das stinkt!« Gina hielt sich die Nase zu.

»Das sind die Hufe«, sagte Papa. »Eine so schlimme Strahlfäule habe ich noch nie gesehen.«

Melike und ich luden Hilda und Smiley ab und brachten sie weg. Rasch sattelten wir sie ab und ich hängte die wertvollen Satteltaschen über den Sattel. Zur Sicherheit legte ich noch das Pad darüber. Dann rannten wir zurück.

Meine Eltern standen vor der Box, in die Tokka Willow gebracht worden war.

»Wären die Pferde irgendwo in einem Pensionsstall untergebracht gewesen, dann hätte sich jemand um sie gekümmert, aber so gab es wohl niemanden, der das Elend gesehen und etwas dagegen unternommen hat«, sagte Papa gerade.

»Was ist überhaupt passiert?«, erkundigte sich Mama.

»Peter ist letzte Woche gestorben«, antwortete Papa. »Vorher muss er einige Monate lang im Koma gelegen haben. Und in dieser Zeit hat sich wohl niemand richtig um die Pferde gekümmert. Dieses Modepüppchen, mit dem Peter zusammen war, hat mit Pferden nichts am Hut und war wahrscheinlich komplett überfordert.«

»Aber sie hätte doch nur jemandem Bescheid geben müssen«, sagte Mama empört.

»Angeblich dachte sie, Peter würde wieder aus dem Koma aufwachen und wütend sein, wenn sie jemand Fremdes in seinen Stall gelassen hätte.« Papa schüttelte den Kopf. »Wie auch immer. Elena und Melike haben den Pferden ganz sicher das Leben gerettet, denn diese Frau hatte schon Karl Georg angerufen, damit er sie abholt.«

»Sie wollte die Pferde *schlachten* lassen?« Mama schüttelte ungläubig den Kopf.

»Ich hatte den Eindruck, sie wollte sie und alles, was mit ihnen zu tun hat, so schnell wie möglich loswerden«, sagte Papa. »Irgendetwas stimmt da nicht. Sie hat mir den Anhänger, den kleinen Traktor mit dem Bahnplaner und das ganze Sattelzeug geradezu aufgedrängt – für fünftausend Euro! Das ist allein schon der Traktor wert.«

»Du hast aber einen Kaufvertrag, oder?«, wollte Mama wissen.

»Ja, allerdings.« Papa nickte. »Außerdem hat Elena jedes Stück, das wir mitgenommen haben, fotografiert. Wusstest du, dass die Frau gar nicht mit Peter verheiratet gewesen ist?«

»Nein, das wusste ich nicht«, entgegnete Mama und in ihrer Stimme schwang Geringschätzung mit. »Aber das wäre ja typisch für ihn. Er wollte sich immer alle Optionen offenhalten!«

Lajos rief nach meinem Vater und der ging hinaus. Ich wollte ihm folgen, aber Mama hielt mich zurück.

»Wie seid ihr überhaupt auf die Idee gekommen, dorthin zu reiten?«, fragte sie mich. Sie war heute den ganzen Tag mit Gina unterwegs gewesen, um noch ein paar Dinge für die Ankunft von Brenda und ihrer Familie in drei Tagen zu organisieren und hatte nicht mitbekommen, dass Melike und ich ausgeritten waren. Ich erklärte es ihr also.

»Wenn wir uns nicht verirrt hätten, wären wir gar nicht an dem Stall vorbeigekommen«, schloss ich meine Erzählung. »Es war echt der totale Zufall.«

»Und ein großes Glück!« Mama legte ihren Arm um meine Schultern und drückte mich kurz an sich. »Ihr habt genau richtig gehandelt.«

So, wie ich die Geschichte erzählte hatte, klang sie völlig

harmlos. Was würde Mama wohl sagen, wenn sie wüsste, dass Lennart mich mit einem Gewehr bedroht hatte und in meinen Satteltaschen ein Haufen Geld steckte?

Papa, Lajos, Opa und der Aknefrosch beratschlagten, was sie mit Priamos machen sollten. Schließlich kam Papa auf die Idee, den Pferdeanhänger an unseren Mercedes zu hängen und damit in den Stall bis direkt vor die Box mit der Hebekran-Vorrichtung zu fahren. Der Fuchswallach lag wieder auf der Seite und das bereitete Lajos große Sorgen. Mein Herz krampfte sich vor Mitleid und Angst zusammen, als ich sah, wie sich die Männer vergeblich mühten, das Pferd zum Aufstehen zu bewegen.

»Lass mich es mich mal probieren, Papa! Bitte!«, bat ich.

»Das ist viel zu gefährlich«, erwiderte mein Vater. »Wenn er in dem engen Hänger aufsteht und dann wieder zusammenbricht, könntest du unter ihn geraten.«

»Ich kann doch vorne aus der Tür schlüpfen«, beharrte ich. »Bitte!«

Meine Eltern wechselten einen Blick.

»Gut.« Papa seufzte. »Aber wenn ich dir sage, du sollst rausspringen, dann tust du es ohne zu diskutieren, verstanden?«

»Ja, natürlich!«

Mit klopfendem Herzen kletterte ich durch die Ausstiegsklappe in den Pferdehänger. Priamos brummelte leise. Er erkannte mich!

»Hey, du Süßer«, flüsterte ich und kniete mich neben ihn. Ich umfing seinen Kopf mit den Armen und streichelte ihn. »Du musst jetzt unbedingt aufstehen! Es sind nur drei Schritte, dann bist du in der Box. Da kannst du was trinken und Lajos kann dir helfen.«

Ich umfasste sein Halfter mit beiden Händen und zog sanft daran, dann zwängte ich mich zwischen ihn und die Wand des Pferdehängers, wie ich es vorhin im Stall auch schon gemacht hatte, und stemmte meine Knie gegen Priamos' Hals.

»Elena!«, sagte Papa scharf. »Nicht zwischen die Wand und das Pferd.«

»Das geht, Papa, du wirst sehen«, erwiderte ich zuversichtlich.

Ich verstärkte den Druck auf die Schulter des Pferdes und redete leise mit ihm. Auf einmal zog Priamos erst das eine Vorderbein an, dann das andere. Sein Kopf pendelte hin und her und er blieb in Brustlage liegen, als ob er alle Kräfte sammeln wollte.

»Na komm, jetzt nur ein kleiner Ruck und du stehst!«, lockte ich ihn und drückte auffordernd gegen seine Schulter. Papa, Lajos, der Aknefrosch und Heinrich standen bereit, um dem Pferd sofort zu Hilfe zu kommen, wenn es aufgestanden war, aber die Minuten verstrichen, ohne dass etwas geschah.

Bitte, Priamos!, dachte ich. Bitte steh auf! Wir können dir sonst nicht helfen und du wirst sterben!

Ich versuche es!, hörte ich plötzlich eine Stimme in meinem Kopf. *Hilf mir noch ein bisschen. Ich stehe auf … jetzt!*

Es passierte mir nicht zum ersten Mal, dass ich mit einem Tier auf eine telepathische Art reden konnte, deshalb war ich nicht überrascht. Mit Quintano war es mir so ergangen und auch mit Bonnie, dem Reh, das vor Melikes und meinen Augen von einem Wolf angefallen und schwer verletzt worden war.

»Achtung!«, sagte ich halblaut und presste mich eng an die Hängerwand. »Er kommt jetzt hoch.«

In derselben Sekunde stemmte sich Priamos auf die Vorderbeine, dann auf die Hinterbeine und er stand, wenn auch wackelig. Sofort waren Papa und Heinrich da, um ihn zu stützen. Ich drückte sanft gegen Priamos' Brust und er ging Schritt für Schritt rückwärts die Verladeklappe hinunter, direkt in die Box hinein.

Mit ein paar Handgriffen legten Lajos und der Aknefrosch ein Hängegeschirr aus breiten Gurten um den Leib des Pferdes, die in den Haken des Hebekrans eingehängt wurden. Jedes gesunde Pferd wäre wohl zusammengezuckt, als der Motor des Hebekrans ansprang und sich die Gurte strafften, aber Priamos war selbst zum Erschrecken zu schwach. Beinahe teilnahmslos ließ er alles mit sich geschehen. Da er aus eigener Kraft nicht stehen konnte, würde er für eine Weile in diesem Sack hängen. Seine Hufe berührten den Boden, mussten aber kaum Gewicht tragen.

Wir waren alle nass geschwitzt und klatschten uns erleichtert ab.

Papa nahm mich in die Arme. »Gut gemacht, Elena!«, spendete er mir ein seltenes Lob.

Der Aknefrosch fuhr den Hänger aus dem Stall und Lajos begann, Priamos zu untersuchen. Ich assistierte ihm, als er ihm Blut abnahm und in unterschiedliche Glasröhrchen laufen ließ.

»Hast du irgendetwas bei ihm gefühlt?«, fragte Lajos mich.

Ich wusste sofort, was er meinte. Wenn ich meine Hände auf den Körper eines Tieres oder auch eines Menschen legte, verspürte ich ein Prickeln, so ähnlich wie leichte Stromschläge, wenn etwas nicht in Ordnung war. Auf diese Weise hatte ich schon alle möglichen Verletzungen und Entzündungen bei Pferden, Hunden und sogar Menschen erfühlt und ein paar Mal damit sogar Tieren das Leben gerettet. Diese ungewöhnliche Gabe hatte ich schon immer gehabt, aber ich hatte sie, als ich jünger war, für nichts Besonderes gehalten. Bis heute gab es keine wissenschaftliche Erklärung für dieses Phänomen. Farids Mutter, eine Journalistin, würde es zu gerne mit irgendwelchen Untersuchungen ergründen. Sie hielt es für eine Synästhesie, also eine angeborene Vermischung der Sinne durch eine spezifische Vernetzung im Gehirn, wie das »Farbenhören«. Farid hatte seiner Mutter und auch seinem Vater, einem Neurochirurgen, untersagt, mich zu einem Versuchskaninchen zu machen, denn er verstand, dass mir die Vorstellung, was passieren würde, wenn meine Gabe in der Öffentlichkeit bekannt würde, schreckliche Angst einjagte.

»Nein, nichts«, antwortete ich auf Lajos' Frage.

»Sein Zustand ist erheblich schlechter als der der Stute.« Lajos setzte das Stethoskop ab, mit dem er Priamos' Herz und Lunge abgehorcht hatte. »Er ist nicht nur unterernährt, sondern stand auch extrem unter Stress. Die Stute hat ihn gebissen und getreten.«

»Wahrscheinlich beim Kampf um das bisschen Futter, das sie hatten«, vermutete Mama. »Tokka hat einen sehr dominanten Charakter und Priamos war schon immer gutmütig und rangnieder.«

Lajos stach eine Kanüle in Priamos Halsvene und schloss einen Infusionsbeutel an, der an einem Haken an den Gitterstäben befestigt wurde. Dadurch, dass er in diesem Sack hing, konnte Priamos sich nicht frei in der Box bewegen und die Kanüle herausreißen, aber er konnte problemlos den Trog und die Selbsttränke erreichen.

»Warum darf er sich nicht einfach hinlegen, wenn er krank ist?«, wollte Gina wissen.

»Wenn ein Pferd zu lange auf der Seite liegt, drücken die Därme auf die Hohlvene, die unterhalb der Wirbelsäule verläuft«, erklärte Lajos. »Die Vene transportiert dann weniger Blut zum Herzen und automatisch wird weniger sauerstoffangereichertes Blut in die Arterien gepumpt. Dadurch sinkt der Blutdruck, aber der Druck im Gewebe erhöht sich. In den Beinen bilden sich Wasseransammlungen, was hier schon passiert ist.« Er wies auf die angelaufenen Beine von Priamos, in denen sich das Wasser staute, und auf die offenen Wunden an seinem ganzen Körper. »Außerdem liegen sich Pferde schnell wund, weil ihr Körpergewicht feine Kapillaren und Adern abklemmt. Das Gewebe stirbt ab und solche Hautnekrosen entstehen, die sich schnell infizieren. Darüber hinaus wirkt sich langes Liegen auf der Seite negativ auf die Atmung und den Darm aus.«

Lajos nahm mir das Styroportablett ab, in das ich die Glasröhrchen mit dem Blut gesteckt hatte.

»Kann ich irgendetwas tun?«, fragte ich.

»Ich gebe dir eine Salbe, mit der du die Nekrosen und Bisswunden einschmieren kannst«, erwiderte Lajos. »Ansonsten ist es gut für seinen Kreislauf, wenn du ihn ein bisschen massierst und putzt.«

Mama kam mit zwei Schüsseln Mash zurück. Sie leerte eine Schüssel in Tokka Willows Trog, die andere reichte sie mir. Zu meiner Freude begann Priamos bedächtig das duftende lauwarme Mash, eine Mischung aus Leinsamenschrot, Kleie, Mineralfutter, Rübenschnitzeln und Melasse, zu fressen.

»Das ist schon mal ein gutes Zeichen«, sagte Lajos. »Trotzdem sollte jemand in den nächsten Stunden hierbleiben. Priamos muss engmaschig überwacht werden, falls sich sein Zustand verschlechtert. Ich muss noch schnell zu zwei Patienten, aber ich bin gegen sieben zurück und bleibe heute Nacht hier.«

»Ich mache das«, sagte ich rasch. »Ich kann in der Box schlafen!«

»Ich auch!«, rief Melike.

»Nein, nein«, mischte Papa sich ein. »Ihr beide schlaft mal schön in euren Betten. Ich bleibe im Stall und wechsele mich mit Lajos ab.«

Nach zehn Minuten war die Schüssel leer.

»Du solltest dich *unbedingt* umziehen«, riet Melike mir und malte mit den Händen ein Viereck in die Luft, so, dass es die Erwachsenen, die das Pferd anschauten, nicht sehen konnte.

»Hä?« Ich stand voll auf der Leitung und kapierte nicht, was sie meinte.

Melike verdrehte die Augen.

»Was meinst du denn?«, fragte ich sie verständnislos.

»Die *Satteltaschen* natürlich«, zischte sie mir ins Ohr.

»Oh mein Gott, das Geld«, flüsterte ich erschrocken. »Das hätte ich jetzt voll vergessen!«

6. Kapitel

Melike öffnete die Tür zur Putzhalle und wir stießen beinahe mit Ariane Teichert zusammen. Seit sie vor ein paar Monaten mit meinem Bruder Christian zusammengekommen war, war sie für eine Weile ganz erträglich gewesen, aber in den letzten Tagen benahm sie sich wieder so überheblich und eklig wie zu ihren schlimmsten Zeiten.

»Was ist denn das für ein Aufruhr hier?«, wollte sie wissen. »Die Polen stammeln nur wirres Zeug, wenn man sie fragt.«

Ich hasste es, wenn sie so abfällig von Heinrich und Stani, unseren Stallarbeitern, die schon viele Jahre auf dem Amselhof arbeiteten und irgendwie zu unserer Familie gehörten, sprach.

»Dann hoffe ich mal, dass du *mich* verstehst«, antwortete ich kühl. »Wir haben zwei Pferde gerettet. Mein Vater hat sie gerade geholt.«

»Wie? Gerettet? Wo denn?«, fragte Ariane neugierig und ich erzählte ihr eine Kurzfassung der Ereignisse.

»Ach Gottchen! Du mit deinem Helfer-Syndrom!« Sie grinste verächtlich und warf ihr blondes Haar, das sie seit einiger Zeit wieder wachsen ließ, über die Schulter. »Was willst du denn mit den platten Kleppern?«

»Wie kommst du darauf, dass sie platt sind?«, entgegnete ich verärgert. »Sie sind nur total krank und heruntergekommen, weil sich diese blöde Kuh nicht um sie gekümmert hat!«

»Vorsicht!«, sagte Ariane. »Die ›blöde Kuh‹, wie du sie nennst, ist eine Freundin von meiner Mom!«

»Das passt ja«, murmelte ich. Frau Teichert war genauso eine aufgedonnerte Modepuppe wie Claudia Wie-auch-immer, nur zwanzig Jahre älter.

»Ich kenne Priamos und Tokka noch von früher, als sie auf dem Amselhof gestanden haben«, sagte ich.

»Ach, stimmt, der Peter war ja auch mal hier Einsteller«, erinnerte sich Ariane. »Bis er dieses megageile Anwesen auf dem Kapellenberg gekauft hat. Danach ist er lieber auf den Sonnenhof zur Springstunde gefahren, bis der alte Jungblut in den Knast musste. Apropos! Wisst ihr schon das Neueste?« Ein boshaftes Grinsen breitete sich auf ihrem hübschen Gesicht aus. »Richard Jungblut fährt jetzt Betonmischer für die Firma Roselieb, die 'nem Freund von meinem Dad gehört. Hahaha! Ich hätte ja nicht gedacht, dass er als Ex-Knacki überhaupt noch mal einen Job kriegt. Schon witzig, weil der Stefan Roselieb ja fast alle Immobilien aus der Insolvenzmasse vom alten Gottschalk gekauft hat. Da bleibt es irgendwie in der Familie!«

Richard Jungblut war seit meiner Kindheit für mich das Böse in Person gewesen, so ähnlich wie Lord Voldemort bei Harry Potter. Die jahrzehntealte Feindschaft zwischen den Jungbluts und den Weilands hatte es Tim und mir damals schwer gemacht und wir hatten lange Zeit geheim halten müssen, dass wir zusammen waren. Aber schließlich war unsere Liebe stärker gewesen als die Abneigung zwischen unseren Familien, und als Tim meinem Bruder auf einem Reitturnier das Leben gerettet hatte, hatte selbst Christian eingesehen, wie unsinnig es war, jemanden zu hassen, nur weil er »Jungblut« mit Nachnamen hieß. Obwohl Tim längst nicht mehr mein Freund war und ich Richard Jungblut nach wie vor nicht besonders mochte, ärgerte ich mich über Arianes Schadenfreude.

»Irgendwie muss er ja Geld verdienen, um all das zu reparieren, was ihr auf dem Sonnenhof ruiniert habt«, sagte ich deshalb.

»Hä? Geht's noch?« Ariane zog die Augenbrauen hoch und starrte mich böse an. »Wir haben überhaupt nichts *ruiniert!*«

»Soweit ich weiß, habt ihr nicht mal mehr die Stromrechnung bezahlt«, erwiderte ich. »Sogar der Öltank war leer und im Reiterstübchen lag bergeweise Müll, das habe ich selbst gesehen!«

»Und was geht dich das bitte schön an?« Ariane wurde rot. »Wieso verteidigst ausgerechnet *du* die Jungbluts? Läuft da etwa wieder was zwischen Tim und dir? Oh nein, stimmt ja, ihr seid ja fast so was wie Verwandte, jetzt, wo ihr die gestörte Gina bei euch aufgenommen habt!« Sie rollte die Augen und lachte mit spöttischer Herablassung.

»Es ist so ätzend, wie du dich über andere Leute lustig machst«, entgegnete ich angewidert. »Hoffentlich bist du in deinem Leben nicht irgendwann mal auf andere angewiesen. Denn dann wirst du feststellen, dass *du* keine Freunde hast!«

»Phhh!«, machte Ariane. »Du verstehst ja wohl gar keinen Spaß mehr.«

»Keine Ahnung, was an deinen blöden Sprüchen witzig sein soll«, sagte ich kühl.

Früher hätte Ariane diesen Wortwechsel zum Anlass genommen, um mich über Tage und Wochen zu dissen, aber seitdem sie Christians Freundin war, herrschte zwischen uns ein Zustand mehr oder weniger stabilen Friedens. Sie wandte sich ab und ließ uns stehen.

Melike blickte ihr kopfschüttelnd nach. »Es gibt Tage, an denen ich versucht bin zu glauben, Ariane könnte doch ganz nett sein«, sagte sie. »Aber das erweist sich jedes Mal wieder als Trugschluss!«

»Als sie auf dem Sonnenhof war, hat sie sich an Richard Jungblut rangeschleimt und über uns gelästert und jetzt macht sie es genau andersherum. Ekelhaft!« Ich schnaubte verächtlich. »Hoffentlich hat Christian bald von ihr die Nase voll!«

»Glaube ich nicht«, erwiderte Melike. »Eigentlich passen die beiden ziemlich gut zusammen.«

Damit hatte sie leider nicht ganz unrecht.

Robbie, unser alter Berner Sennenhund, lag auf seiner Matte an der geöffneten Stalltür und wedelte freundlich mit der Schwanzspitze, als wir an ihm vorbeiliefen. Mama und Gina waren in der kleinen Küche neben der Futterkammer damit beschäftigt, das abendliche Extrafutter für die Turnierpferde und die Zuchtstuten zuzubereiten, Christian war weit weg in Amerika und Papa hatte im Stall zu tun, also war niemand bei uns im Haus. Die perfekte Gelegenheit, um das Geld zu zählen!

Wir rannten in den Eichenstall, in dem Hilda und Smiley in Paddockboxen standen, und beratschlagten auf dem Weg, wie wir das Geld in mein Zimmer schmuggeln konnten. Die Satteltaschen konnte ich unmöglich mitnehmen, denn falls Mama uns zufällig über den Weg lief, würde sie sich darüber wundern und sofort Lunte riechen.

»Wir packen alles in meinen Rucksack!«, fiel Melike ein. Sie holte ihn aus ihrem Spind und stand an der Tür der Sattelkammer Schmiere, während ich mit zitternden Fingern die Geldscheinrollen und den schweren Stoffbeutel in den Rucksack stopfte.

»Ich bin total neugierig, wie viel Kohle das wohl ist«, sagte Melike.

»Ich auch«, entgegnete ich. »Erzählst du Niklas davon?«

»Erst mal nicht.« Melike schüttelte den Kopf. »Dem traue ich zu, dass er auf die Idee kommt, wir müssten es dieser Tussi geben. Und das sehe ich überhaupt nicht ein!«

»Dann sag ich Farid besser auch nichts davon«, sagte ich.

Wir gelangten ungesehen in unser Haus und in mein Zimmer.

»Ich habe eine super Idee, wo wir das Zeug verstecken können!« Ich öffnete meinen Kleiderschrank und zog den Karton mit meinen alten Stofftieren, der auf dem obersten Brett stand, heraus. Bis ich den Plüschteddy fand, der einen Reißverschluss auf dem Rücken hatte, musste ich ein bisschen wühlen.

»Ha! Echt genial!« Melike grinste. »Da kommt keiner drauf! Aber wollen wir es nicht erst mal zählen?«

»Doch!«

Wir entfernten alle Gummibänder, sortierten die Geldscheine nach ihrem Wert und begannen zu zählen. Es war weitaus mehr, als wir zuerst gedacht hatten, und mir wurde ganz flau im Magen.

»Wenn wir uns nicht verzählt haben, dann sind das *hundertzehntausend* Euro«, flüsterte Melike mit weit aufgerissenen Augen. »Hach, am liebsten würde ich morgen gleich mal so richtig fett shoppen gehen! Aber nicht in unserem popeligen Einkaufszentrum, sondern in Frankfurt auf der Goethestraße!«

»Deine Eltern würden sich ziemlich wundern«, antwortete ich.

»Ja, leider. Und in den Läden würden sie wahrscheinlich auch blöd gucken, wenn ich mit Bargeld bezahle.« Melike seufzte versonnen. »Wenn ich's mir genau überlege, können wir eigentlich überhaupt nichts mit dem Geld anfangen.«

»Wollen wir es besser zurückgeben?«

»Nö. Lieber schenken wir es einem Tierheim oder so«, sagte Melike und legte den Kopf schief. »Ich überlege nur, ob ich nicht ein paar Scheinchen einstecke. Nur fünfzig Euro. Oder hundert ... Ich könnte meinen Eltern erzählen, das wäre zusätzliches Trinkgeld.«

Sie pflückte einen 50er-Schein aus einem Bündel und betrachtete ihn. Der Widerstreit ihrer Gefühle war ihr so deutlich anzusehen, dass ich lachen musste.

»Nein, ich tu's nicht!«, sagte sie schließlich. »Ich widerstehe der Versuchung!«

Wir rollten das Geld wieder sorgfältig zusammen und stopften die Geldrollen zwischen die Wattefüllung des Teddys. Dann leerten wir das schwere Säckchen aus und staunten nicht schlecht, als Goldmünzen auf meine Bettdecke klimperten.

»Wow!« Wir nahmen je eine der Münzen und wogen sie auf unseren Handflächen. Sie waren erstaunlich schwer. »Die sind sicher wahnsinnig wertvoll!«

Unten ging die Haustür auf. Sekunden später stürmte Twix die Treppe hoch, sprang auf mein Bett und wollte mir das Gesicht ablecken. Die Münzen flogen von der Decke und kullerten in meinem ganzen Zimmer herum.

»Mensch, Twix, du Trottel! Lass das! Runter vom Bett!« Ich versuchte, meinen Hund zu beruhigen. Melike kroch unterdessen auf dem Boden herum und sammelte die Goldmünzen auf.

»Melike?«, rief Mama von unten. »Willst du zum Abendessen hierbleiben?«

»Ja, gerne!«, rief Melike zurück und leerte hastig die Münzen in den Beutel. »Puh! Ich hoffe, ich habe alle gefunden.«

Ich quetschte den Beutel zu den Geldrollen in das Innere des Teddys und zog den Reißverschluss wieder zu. Der Plüschbär, der schon ein paar Jährchen auf dem Buckel hatte, war ganz prall und ziemlich schwer.

»Jetzt bist du der wertvollste Teddybär von ganz Steinau!«, sagte ich und bettete ihn vorsichtig in die Kiste. Die anderen Stofftiere packte ich obendrauf und verstaute den Karton wieder im Schrank. Melike und ich klatschten uns ab und kicherten. Dann zog ich mir schnell saubere Klamotten an und warf die schmutzigen Sachen in die Wäschetonne im Badezimmer.

Als wir wieder in den Stall kamen, war der Hufschmied gerade eingetroffen. Er war über den Zustand der beiden Pferde, insbesondere ihrer Hufe, nicht weniger entsetzt, als wir es gewesen waren. Papa hatte entschieden, dass Priamos und auch Tokka erst einmal barfuß, also ohne Eisen bleiben sollten, bis sie sich etwas erholt hatten und wieder geritten werden konnten. Ich schmuste mit Priamos, während der Schmied an seinen Füßen arbeitete, die alten Hufeisen abnahm, raspelte und vorsichtig die fauligen Stellen am Strahl und der Hufsohle wegschnitt. Zum Glück hatte der große Fuchs ein sehr ausgeglichenes Gemüt und akzeptierte den Sack und die Gurte, in denen er hing. Vielleicht spürte er aber auch einfach, dass man ihm helfen wollte.

Melike, die beschlossen hatte, ein Video von Priamos' Gesundung zu machen, filmte jede Kleinigkeit, auch wie ich die Salbe auf die zahlreichen Wunden am Körper des Fuchses strich.

»Ich frage mich schon die ganze Zeit, warum jemand so viel Bargeld in Turnierpokalen versteckt«, sagte sie. »Wieso hat er die Kohle nicht in einen Safe getan? Vor allen Dingen die Goldmünzen.«

»Vielleicht hat er geglaubt, dass es da besser aufgehoben ist«, erwiderte ich. »Einbrecher suchen doch als Erstes nach einem Safe.«

Melike setzte sich in die Sägespäne und googelte »Peter Meisenberg, Königshofen«. Twix schnappte sich ein Stück altes, gammeliges Hufhorn aus den Spänen und verzog sich damit, um es genüsslich zu zerkauen. Wie wohl jeder Hund liebte er die Abfälle, die Hufschmiede hinterließen, und höchstwahrscheinlich würde er das unverdauliche Zeug morgen wieder auskotzen.

»Ich habe die Todesanzeige in so einem Online-Portal gefunden!«, rief meine Freundin nach ein paar Sekunden. »Hör zu, was die Fee Malificent geschrieben hat: *Wir hatten noch so viel vor … Mein über alles geliebter Lebensgefährte und Herzensmensch Peter Josef Meisenberg wurde viel zu früh aus dem Leben gerissen. In tiefer Trauer, Claudia Winter.*«

»In tiefer Trauer – dass ich nicht lache! Den Eindruck hat sie aber nicht unbedingt gemacht«, sagte ich.

»Nee, wirklich nicht.« Melike verdrehte die Augen und schnaubte verächtlich. »Ah, was steht da denn noch? *Die Trauerfeier findet am 25. April um 11 Uhr in der Trauerhalle des Friedhofs in Königshofen statt.* Das ist doch morgen, oder?«

»Jepp.« Ich nickte und bearbeitete Priamos' verklebten Schweif Strähne für Strähne mit Schweifspray und Bürste.

»Ha, dann werde ich hingehen! Ich *liebe* Beerdigungen!«

»Du hast echt einen Knall«, stellte ich belustigt fest.

»Ja, vielleicht. Aber ich kann einfach nicht anders.« Melike lehnte ihren Kopf an die Wand und schloss die Augen. »Am ergreifendsten ist es, wenn Nebelfetzen über die Gräber wehen und die Nässe von den Bäumen tropft, während alle stumm hinter dem Sarg hergehen … und dann läutet die Totenglocke – bing, bing, bing! Uuuuh, das hat so was wahnsinnig Melancholisches!«

»Hauptsache, ich muss nicht mitgehen«, sagte ich.

Seitdem ich vor ein paar Wochen die Beerdigung von Tims Opa Friedrich Gottschalk erlebt hatte, hatte ich mir geschworen, so bald keinen Friedhof mehr zu betreten. Ich fand es grässlich und deprimierend, erwachsene Menschen weinen zu sehen und konnte Melikes eigenartige Faszination für Beerdigungen absolut nicht nachvollziehen. Obwohl wir allerbeste Freundinnen waren und so gut wie keine Geheimnisse voreinander hatten, hatte sie mir lange verschwiegen, dass sie jeden Morgen die Todesanzeigen in der Zeitung studierte und immer, wenn es ihre Zeit erlaubte, zu Beerdigungen wildfremder Menschen ging.

»Nee, musst du nicht. Das ist halt mein Hobby, auch wenn es ein bisschen schräg ist.« Melike tippte mit beiden Daumen auf ihrem Smartphone herum und starrte konzentriert auf das Display. »Ah! Ich habe noch was gefunden! Einen Nachruf! *Peter Meisenberg, 61, Leiter des Bauamts der Stadt Königshofen, verstarb an den Folgen eines tragischen Unfalls.* Bla, bla, blupp ... ah ja: *Der Pferdenarr und begeisterte Amateurspringreiter hinterlässt seine Lebensgefährtin.* Na ja, das ist nicht sehr ergiebig. Mich würde ja schon mal interessieren, was das für ein Unfall war. Hast du dir das Datum gemerkt?«

»7. November«, sagte ich. »Glaubst du, du findest da was?«

»Ich versuch's!« Melike recherchierte weiter.

Der Aknefrosch kam die Stallgasse entlang und begann mit dem Hufschmied zu quatschen, der gerade mit Tokka fertig war.

Melike stand auf. »Sag mal, Jens«, wandte sie sich an den Aknefrosch. »Weißt du, was für einen Unfall der Herr Meisenberg hatte?«

»Ich hab gehört, das wäre gar kein Unfall gewesen«, mischte sich der Schmied ein, bevor der Aknefrosch etwas sagen konnte. »Sondern er hätt' eins auf die Birne gekriegt! Würd' mich ehrlich gesagt nicht wundern. Der hat ja mit fast jedem Zoff gehabt, der Kerl!«

»Wie bitte?«, hakte Melike nach. »Das wäre dann ja ein *Mord!* Da muss die Polizei ermitteln.«

»Wenn schon, dann Körperverletzung mit Todesfolge«, sagte der Aknefrosch, der alte Klugscheißer.

»Woher wissen Sie das überhaupt?«, fragte Melike den Hufschmied, dem plötzlich unbehaglich zumute zu sein schien.

»Ich hab nix gesagt«, brummte er und raffte eilig sein Werkzeug zusammen. »Ich weiß auch gar nix. Dummes Gerede halt. Habe ich irgendwo aufgeschnappt.«

»Wo Rauch ist, ist auch Feuer«, erwiderte meine Freundin und trat ihm in den Weg. »Der Sache muss man doch auf den Grund gehen!«

»Ohne mich.« Der Schmied drängte sich an Melike vorbei und hastete eilig aus dem Stall. »Tschö, schönen Abend noch.«

»Wie ungeschickt du bist, Zobeline!« Der Aknefrosch lachte leise. »So plump mit der Tür ins Haus zu fallen.«

»Nenn mich nicht Zobeline!« Melike war aufgebracht. »Wieso war das bitte schön *plump?*«

»Na ja, man hätte sicherlich noch mehr aus ihm rausgekriegt, zum Beispiel, von wem er dieses Gerücht gehört hat«, erwiderte der Aknefrosch. »Aber du musstest ja gleich irgendwas von ›Mord‹ und ›Polizei‹ krähen, da hat er natürlich Angst gekriegt.«

Melike warf ihm einen finsteren Blick zu, aber bevor sie darauf etwas erwidern konnte, ging die Tür, die zur Putzhalle führte, auf und mein Vater betrat den Stall.

»Hat mit dem Schmied alles geklappt?«, erkundigte er sich.

»Ja, Priamos und Tokka waren beide ganz brav«, erwiderte ich.

Papa kam zu Priamos in die Box und streichelte seinen Kopf.

»Hoffentlich erholt er sich wieder«, sagte er. »Er ist so ein anständiges und freundliches Pferd.«

»War er ein gutes Springpferd?«, wollte ich wissen.

»Eines der besten, auf denen ich je gesessen habe.« Papa

nickte. »Ich hätte ihn damals am liebsten selbst gekauft, als ich ihn bei Nötzli gesehen habe, aber er sollte sehr viel Geld kosten. Das konnten wir uns nicht leisten.«

»Wann war das?«

»Hm.« Papa überlegte. »Priamos ist jetzt dreizehn, damals war er gerade vier. Also ist es neun Jahre her. Es war im Januar und ich war für ein paar Tage bei Nötzli, um Pferde von ihm auf einem Turnier in der Schweiz vorzustellen. Da kam Priamos gerade mit ein paar anderen Pferden aus Holland, wo Nötzli ihn gesehen und gekauft hatte. Und obwohl Priamos gerade dreißig Stunden Fahrt von Holland in die Schweiz hinter sich hatte, war ihm das nicht anzumerken! Ich habe selten ein Pferd mit so viel Leistungsbereitschaft und Einstellung geritten, ganz zu schweigen von seinem unglaublichen Springvermögen und seiner Vorsicht!«

Eine solche Begeisterung war für meinen Vater untypisch. Priamos musste wirklich ein ganz besonderes Pferd sein.

»Und wie kam es, dass der Herr Meisenberg ihn gekauft hat?«, fragte Melike.

»Er, seine Frau und Axel waren mit mir in der Schweiz«, erwiderte Papa. »Das haben sie öfter mal gemacht. Es war Zufall, dass Peter und Anne gerade in dem Moment in die Reithalle kamen, als einer von Nötzlis Bereitern auf Priamos saß. Peter war auf Anhieb begeistert, weil er ihn an ein Pferd erinnerte, das er mal besessen hatte. Vom Preis, den Nötzli aufgerufen hat, war er weniger begeistert.« Papa schmunzelte. »Aber dann hat er ihn trotzdem gekauft. 100.000 Euro für einen Vierjährigen auszugeben, der noch nicht ausgebildet war, war riskant, aber später, als Peter ihn dann selbst geritten hat, hatte er sehr viel Erfolg mit ihm. Zweifellos war Priamos das beste Pferd, das er je besessen hat. Dabei ist er gar nicht so einfach zu reiten, denn er war sehr guckig und er ist ein Sterngucker.«

»Was ist denn das?«, fragte Melike erstaunt.

»So nennt man Pferde, die gern mit hocherhobenem Kopf gehen«, erklärte ich.

»Genau.« Papa nickte. »Priamos stammt aus der Linie des holländischen Hengstes Notaris und der war bekannt dafür, dass seine Nachkommen oft Sterngucker waren.«

»Peter hat mir für Tokka damals auch viel Geld bezahlt«, ließ der Aknefrosch vernehmen.

»Wieso dir?«, fragte ich erstaunt.

»Weil sie mein Pferd war«, erwiderte der Aknefrosch und verkniff sich in Gegenwart meines Vaters, mich »dummes Kind« zu nennen. Das tat er nur, wenn meine Eltern nicht dabei waren. »Ich hatte sie als Fünfjährige in Irland gekauft, selbst ausgebildet und mit ihr bis S alles gewonnen. Für schwere Springen war sie dann nicht vorsichtig genug, aber als Amateurpferd ideal.«

»Dann sind sie ja gar nicht so alt, wie ich dachte!«, sagte Melike.

»Tokka ist jetzt vierzehn«, entgegnete der Aknefrosch.

»Priamos hat letztes Jahr mit Peter noch ein paar L-Springen gewonnen«, meinte Papa. »Er ist im besten Springpferdealter, und falls er sich wieder erholt und du mit ihm zurechtkommst, könnte er vielleicht ein Pferd für dich sein, Elena.«

»Für *mich?*«, fragte ich überrascht. »Ich habe doch schon Fritzi und Lenzi zum Reiten!«

»Das stimmt.« Papa nickte. »Aber es ist ja nicht sicher,

wie lange du Lenzi zum Reiten haben wirst. Und für die Europameisterschaften sind die beiden eigentlich noch zu unerfahren.«

Nachdem ich mit Lenzi, dem kleinen braunen Vollblüter, den ich von dem Schweizer Pferdehändler Gerhard Nötzli zur Verfügung gestellt bekommen hatte, letztes Jahr vor Weihnachten die Youngsters Tour beim Frankfurter Festhallen-Turnier gewonnen hatte, war der Bundestrainer der Junioren auf mich aufmerksam geworden und hatte mich zu einem Sichtungslehrgang nach Warendorf eingeladen. Er war mit meinen Leistungen so zufrieden gewesen, dass er mich mit Lenzi danach in den Nachwuchskader *Springen U18* berufen hatte. Niklas war im U25-Nachwuchskader und galt mit seinem erfahrenen Pferd Palais de Danse als gesetzt für die Europameisterschaften der Junioren und Jungen Reiter, die im August in Fontainebleau stattfinden sollten. Mein Magen vollführte eine komische Wellenbewegung und ich war plötzlich innerlich ganz zittrig.

»Äh … meinst du, ich hätte echt eine Chance, die EM zu reiten?«, wollte ich von meinem Vater wissen.

»Mit dem richtigen Pferd auf jeden Fall«, entgegnete Papa, als ob es um ein x-beliebiges Turnier ging. »Der Juniorenkader ist ziemlich dünn besetzt, weil so viele Reiter aus Altersgründen jetzt bei den Jungen Reitern starten müssen.«

»Okay …«, murmelte ich.

»Vorher musst du dich natürlich qualifizieren. Deshalb hast du ja Startgenehmigungen für das Pfingstturnier in Wiesbaden und das Maimarkt-Turnier in Mannheim bekommen.«

»Ich habe – *was?*« Ich war für einen Moment sprachlos. Das war wieder mal typisch für meinen Vater, eine solche Wahnsinnsneuigkeit ganz beiläufig zu erwähnen.

»Echt? Voll krass!«, rief Melike begeistert und schlug mir mit der Hand auf die Schulter. »Mann, Elena, du reitest im Schlosspark! Das ist ja mega! Freust du dich nicht?«

»Doch!« Ich sah Papa an. »Wieso hast du mir das denn nicht erzählt?«

»Weil es noch nicht offiziell ist.« Er zwinkerte mir zu. »Die Einladung wird aber wohl in den nächsten Tagen kommen.«

Mein Handy gab einen Dreiklang von sich. Mama hatte mir eine WhatsApp geschickt. Das Abendessen war fertig.

»Ich habe zwar keine Ahnung, was man als Leiter des Bauamts der Stadt Königshofen verdient«, sagte Melike auf dem Weg zum Haus nachdenklich. »Aber ich frage mich, ob das wirklich so viel ist, dass man sich Pferde für 100.000 Euro und so eine Mega-Villa leisten kann.«

»Dazu nur das teuerste Sattelzeug«, ergänzte ich. »Und in der Garage steht ein Porsche Cabrio!«

»Was allein die Klamotten kosten, die die Witwe heute anhatte!«, überlegte Melike weiter. »Ich kann mir nicht vorstellen, dass die im Secondhandshop einkaufen geht!«

»Vielleicht haben sie ja mal im Lotto gewonnen.«

»Hm. Glaube ich irgendwie nicht.« Melike sah mich an. »Irgendetwas ist da oberfaul. Ich werde morgen auf der Beerdigung mal meine Ohren aufsperren. Vielleicht kriege ich ja was raus!«

7. Kapitel

Ich schlief schlecht in dieser Nacht. Lennart und seine Schwester geisterten durch meine Träume, in denen Gewehre, Goldmünzen und Rottweiler eine Rolle spielten und böse Männer mit Sonnenbrillen hinter mir und Priamos her waren, mit dem ich durch finstere Wälder flüchtete. Um Viertel nach fünf Uhr war ich so hellwach, dass ich beschloss, aufzustehen und hinüber in den Stall zu gehen, um nach Priamos zu schauen. Twix hatte es sich angewöhnt, abwechselnd bei Gina und bei mir zu schlafen. Als ich mich nun leise und ohne Licht zu machen anzog, hörte ich im Nachbarzimmer einen Plumps und wenig später kam mein Hund angetrabt. Er streckte sich und gähnte und wedelte unternehmungslustig mit dem Schwanz. Auf Zehenspitzen schlich ich die Treppe hinunter, schlüpfte in meine Stallschuhe und nahm meine Jacke und den Schlüsselbund vom Haken.

Der Morgen graute. Über dem Wald rötete sich bereits der Himmel. In den Bäumen hatten die Vögel ihr Morgenkonzert angestimmt und die Luft war frisch und saftig. Es roch nach feuchter Erde und dem betörenden Duft der Magnolie, die in voller Blüte stand. Und wie so oft dachte ich, dass ich niemals in einer Stadt leben wollte, wo es nach Autoabgasen stank und es nur ein paar kleine Parks gab. Twix verschwand in der Dunkelheit zwischen den abgestellten Pferdehängern. Ich schloss die Stalltür auf und weckte Robbie, der erstaunt zusammenzuckte und mich verwirrt anstarrte, bis er mich erkannte und mit dem Schwanz wedelte. Er war mittlerweile fast völlig taub und hatte wegen seiner Arthrose Schwierigkeiten aufzustehen. Mit zwölf Jahren war er für einen Berner Sennenhund ungewöhnlich alt.

Ich durchquerte die Putzhalle und öffnete die Tür zu Lajos' Stall. Über der Tür zu seinem Büro brannte eine Lampe, deren Schein die Stallgasse in ein schummeriges Licht tauchte. Wie immer roch es nicht nur nach Pferden, sondern auch ein bisschen wie in einer Arztpraxis. Ich ging über die mit rutschfesten Gummimatten ausgelegte Stallgasse bis zu der Box, in der Priamos untergebracht war. Der Fuchswallach lag mit ausgestreckten Beinen auf der Seite. Die Gurte waren entfernt worden.

»Priamos!«, rief ich leise.

Der Kopf des Pferdes zuckte hoch. Weiß leuchtete der längliche Stern auf seiner Stirn im Halbdunkel. Priamos stellte die Ohren auf und brummelte zur Begrüßung. Ich schob die Boxentür auf. »Hey, mein Süßer!«, flüsterte ich, kniete mich hin und strich sacht über Priamos' Hals. »Hast du gut geschlafen?« Aus meiner Jackentasche kramte ich ein Leckerli hervor, das der Fuchswallach vorsichtig von meiner Hand nahm und zerkaute. Mir wurde ganz warm ums Herz, als ich ihn in den frischen, sauberen Sägespänen liegen sah, anstatt auf blankem Beton in seinem eigenen Mist.

»Stell dir vor, ich kriege vielleicht Startgenehmigungen für den Schlosspark und das Maimarktturnier!« Ich kraulte

Priamos hinter den Ohren und streichelte seinen Hals und seine Schulter. »Und wenn du ganz schnell gesund wirst und wir beide miteinander zurechtkommen, dann könnte ich dich dort reiten!« Ich dachte an das Foto von Papa und Priamos, auf dem sie einen gewaltigen Birkenoxer überwanden, und sah mich in meiner Fantasie schon auf dem Rücken des Fuchswallachs über die hohen Hindernisse fliegen.

Die Tür von Lajos' Büro quietschte, dann vernahm ich Schritte auf dem Gummiboden.

»Hi, Lajos!«, sagte ich, ohne mich umzudrehen.

»Guten Morgen, Elena«, erwiderte er. »Du bist ja früh auf den Beinen.«

»Ich konnte nicht mehr schlafen.« Ich wandte mich zu ihm um. »Warst du die ganze Nacht wach?«

»Nein, erst seit drei Stunden. Dein Vater war bis zwei Uhr hier.« Lajos wies auf die kleine Kamera, die oben an der Box angebracht war. »Dank der Überwachungskamera muss man nicht die ganze Zeit im Stall sitzen.«

»Warum habt ihr die Gurte abgemacht?«

»Damit Priamos sich besser hinlegen kann. Falls er nicht alleine hochkommt, werden wir ihn wieder an den Kran hängen.«

Ich erhob mich. »Glaubst du, er wird wieder so gesund, dass man ihn reiten kann?«, fragte ich, sagte aber nichts von meinen albernen Fantasievorstellungen.

»Ich werde auf jeden Fall alles dafür tun«, erwiderte Lajos. »Im Allgemeinen erholen sich Pferde schnell und Priamos ist ja nicht wirklich krank, nur in einem sehr schlechten Allgemeinzustand.«

In dem Moment streckte Priamos seine Vorderbeine nach vorne, bis er dasaß wie ein Hund, dann stemmte er die

Hinterhand hoch, schüttelte sich und kam zu mir. Bevor ich michs versah, legte er seinen Kopf auf meine Schulter und blies mir seinen warmen Atem ins Ohr. Plötzlich hatte ich einen Kloß im Hals und kämpfte mit den Tränen, so sehr rührte mich dieser unerwartete Vertrauensbeweis.

»Lajos!«, hauchte ich. »Hast du das gesehen?«

»Allerdings! Er mag dich.« Lajos schmunzelte. »Hoffentlich wird dein Fritzi nicht eifersüchtig.«

»Das muss er nicht«, sagte ich und schlang meine Arme um Priamos' Hals. »Man kann mehrere Pferde gleich doll lieb haben, oder? So, wie wenn man mehrere Kinder hat.«

»Natürlich«, antwortete Lajos. »Auf jeden Fall scheint es dem Burschen schon besser zu gehen. Komm, wir geben ihm und Tokka etwas Heu zum Frühstück und trinken erst mal einen Kaffee.«

Die braune Stute hatte in der Nacht auch gelegen. Ihre Mähne und ihr Schweif waren voller Sägespäne. Sie legte unfreundlich die Ohren an und knirschte mit den Zähnen, als ich die Tür zu ihrer Box öffnete und Lajos eine Gabel Heu unter den Trog warf.

»Mir wird jetzt erst richtig bewusst, was gestern passiert ist«, sagte ich wenig später, als ich in Lajos' Büro auf der gemütlichen Ledercouch saß, Twix auf dem Schoß und einen Becher Kaffee in der Hand. »Hätten Melike und ich nicht aus Versehen den falschen Weg eingeschlagen, wären wir nicht zufällig am Stall von Herrn Meisenberg vorbeigekommen. Dann wären Priamos und Tokka Willow heute oder spätestens morgen vom Schlachter abgeholt worden.«

»Ihr habt den beiden sprichwörtlich in letzter Sekunde das Leben gerettet«, bestätigte Lajos ernst. »Vor allen Dingen Priamos hätte wohl kaum noch viel länger durchgehalten.«

»Was glaubst du, wie lange sie nichts zu fressen bekommen haben?«, fragte ich.

»Ihrem Zustand nach zu urteilen, denke ich, dass es mindestens eine Woche war, und in den Monaten davor sind sie auch nicht regelmäßig gefüttert worden«, antwortete Lajos. »Ein Pferd verhungert leider ziemlich schnell, wenn es nicht genug Raufutter bekommt. Pferde sind von Natur aus Dauerfresser und ihr Magen, der darauf ausgelegt ist, permanent kleine Mengen Nahrung zu verdauen, produziert ständig Magensäure. Wenn der Magen aber nichts zu verdauen hat, greift die unverdünnte Magensäure die Magenwände an und das Tier bekommt Schmerzen. Es fängt dann an, alles zu fressen, was da ist, sogar seinen eigenen Kot.«

»Sie hatten schon Löcher in die Türen genagt«, sagte ich und schauderte bei der Erinnerung. »So etwas Schlimmes habe ich vorher noch nie gesehen!«

»Es wird eine Weile dauern, bis sich die Pferde davon erholt haben. Man darf sie jetzt auf keinen Fall zu schnell mit Futter vollstopfen. Sie müssen behutsam angefüttert werden. Heute bekomme ich die ersten Ergebnisse aus dem Labor und dann kann ich festlegen, wie sie weiterbehandelt werden.«

»Darf ich Priamos denn etwas herumführen?«, wollte ich wissen.

»Ja, Bewegung ist sogar sehr wichtig, damit Kreislauf und Verdauung in Schwung kommen. Aber er muss erst wieder kräftig genug sein, damit er nicht zusammenbricht. In ein oder zwei Tagen kannst du aber sicher schon mit ihm ein bisschen spazieren gehen.«

Die Sonne kletterte gerade über die Baumwipfel, als ich

mit Twix auf den Fersen zum Turnierstall hinüberging. Heinrich und Stani waren dabei, das Morgenheu zu füttern. Ich verspürte Fritzi und Lenzi gegenüber ein schlechtes Gewissen und versprach den beiden, dass ich sie auf keinen Fall vernachlässigen würde, nur weil Priamos jetzt da war. In der Sattelkammer fand ich das Bild von Papa und Priamos, das ich gestern mitgenommen hatte, klemmte es mir unter den Arm und ging zurück zum Haus.

Mama hatte schon den Frühstückstisch gedeckt, trank einen Kaffee und blätterte dabei in ihren Unterlagen, die sie vor sich ausgebreitet hatte, als ich hereinkam. Seit Monaten war sie damit beschäftigt, den Aufenthalt von Brenda und ihren Eltern in Deutschland vorzubereiten und sämtliche Turniere für Brenda zu koordinieren. Beinahe täglich telefonierte sie mit der Assistentin von Richard Baxter, mit Barbara oder Brenda selbst, mit der FN in Warendorf, Turnierveranstaltern in ganz Europa, irgendwelchen Behörden und den unterschiedlichsten Handwerkern. Die Baxters wollten nicht dauernd in Hotels wohnen, deshalb hatten sie ein Haus mieten wollen, am besten in der Nähe des Amselhofs, aber es war nicht einfach gewesen, ein geeignetes Haus zu finden, das nicht nur genug Schlafzimmer, sondern auch noch eine Einliegerwohnung für die Haushälterin hatte. Anfang des Jahres hatte Mama endlich ein Haus in Steinau gefunden, das Baxters Ansprüchen genügen würde, aber die Besitzer wollten nicht vermieten, sondern verkaufen. Und so hatte Richard Baxter kurzerhand das Haus gekauft und meine Mutter damit beauftragt, den Umbau zu organisieren. Natürlich war das in ganz Steinau *das* Gesprächsthema überhaupt, und es war ihr deshalb nicht schwergefallen, Handwerker zu bekommen, die innerhalb weniger Wochen Mauern einbrachen, um bodentiefe Fenster einzusetzen, mal schnell die Fußböden herausrissen, eine Fußbodenheizung und einen neuen Parkettboden verlegten, Wände strichen, zwei Bäder, eine Sauna und eine nagelneue Küche einbauten und eine Klimaanlage installierten. Zum Schluss war noch der Garten komplett eingezäunt und die Garage vergrößert worden. *Baxter Corporation*, der Medienkonzern, der Richard und Barbara Baxter gehörte, hatte Niederlassungen auf der ganzen Welt, auch in Frankfurt, und immer wieder waren irgendwelche Mitarbeiter aufgetaucht, um den Fortgang der Arbeiten zu überprüfen und die Rechnungen zu bezahlen.

Ich hatte geglaubt, Mama würde das alles zu viel werden, aber sie war voller Euphorie und begeistert von dieser Aufgabe. Als Christian einmal verächtlich gesagt hatte, sie würde sich für die Baxters zum Affen machen, da hatte sie nur abgewinkt und entgegnet, so gut habe sie noch nie in ihrem Leben verdient und dabei so viel Spaß gehabt.

»Guten Morgen, Mama!«, begrüßte ich sie und stellte das Bild an der Garderobe ab.

»Guten Morgen, Elena.« Mama blickte auf und lächelte. »Na, wie geht es den Patienten?«

»Viel besser! Stell dir vor, Priamos ist von selbst aufgestanden und hat mir seinen Kopf auf die Schulter gelegt. Das war so süß!«

»Ihr habt euch früher schon gut verstanden«, sagte Mama. »Du hast ganz oft bei ihm in der Box gesessen und ihm vorgelesen. Er hat immer gewiehert, wenn er deine Stimme gehört hat.«

»Meinst du etwa, er hat mich wiedererkannt?«

»Das ist durchaus möglich. Pferde haben ein gutes Gedächtnis.« Mama nickte. »Als Peter ihn und Tokka damals aufgeladen hat, hast du geweint und zu Peter gesagt, er dürfe doch nicht einfach unseren Priamos wegholen.«

»Echt?« Ich setzte mich an den Tisch, schüttete Müsli und Milch in meine *Pummel-Einhorn*-Schüssel, über die mein Bruder immer spottete. »Voll peinlich! Und wie hat er reagiert?«

»Er hat dich eingeladen, du könntest ihn jederzeit besuchen kommen.«

»Aber das haben wir nie gemacht, oder? Ich kann mich auf jeden Fall nicht an diesen Hof erinnern.«

»Nein, dazu kam es nie.« Mama schenkte sich noch einen Kaffee ein und klappte ihren dicken Chefplaner zu. »Peter hat sich uns gegenüber ziemlich schlecht benommen. Er ist hier mit Schulden ausgezogen und hat versprochen, dass er sie in Raten abstottert, was er aber nie gemacht hat. Später haben wir gehört, dass er überall herumerzählt hat, wir hätten ihn abgezockt und die Sieggelder von den Turnieren behalten. Dabei hat er uns gesagt, wir sollten sie behalten und mit den Nenn- und Startgeldern verrechnen.«

»Ariane hat gestern erzählt, dass er zu Jungbluts auf den Sonnenhof zur Springstunde gefahren ist«, sagte ich und schob mir einen Löffel Müsli in den Mund.

»Das stimmt. Er war auf einmal ganz dick mit Richard befreundet, aber Richard hatte schon immer die Begabung, Leuten Honig um den Mund zu schmieren.« Mama stieß einen Seufzer aus. »Peter war übrigens später auch die treibende Kraft hinter dem Auszug von Teicherts.«

»Hat er das Geld, das er uns geschuldet hat, zurückbezahlt?« Ich dachte unwillkürlich an die Geldrollen, die in meinem Teddy steckten.

»Nein, nie. Das waren fast zehntausend Euro. Gerade zu dem Zeitpunkt hätten wir das Geld sehr dringend gebraucht und das hat Peter gewusst.«

»Genau wie der Teichert! Das ist ja mies!«, rief ich wütend. »Vielleicht stimmt ja, was der Schmied vermutet hat, dass Peter nämlich gar keinen Unfall hatte, sondern von jemandem, mit dem er Streit gehabt hat, umgebracht worden ist!«

»Das ist doch Unsinn!« Mama schüttelte den Kopf. »Soweit ich weiß, ist er von einem Baugerüst gefallen.«

Mir fiel ein, was Ariane gestern gesagt hatte. »Wusstet ihr, dass Richard Jungblut jetzt Lkw-Fahrer bei einem Freund von Arianes Vater ist?«

»Ja.« Mama nickte. »Bei Stefan Roselieb. Den müsstest du eigentlich auch noch kennen. Seine Tochter, sie müsste in Christians Alter sein, hat vor ein paar Jahren bei uns mit dem Reiten angefangen, aber dann recht bald die Lust verloren. Stefan war ein Schulkamerad von Papa. Als wir damals noch selbst Turniere veranstaltet haben, hat er immer Prüfungen gesponsert.«

Ich hatte kein Bild von dem Mann vor Augen und sein Name löste nur eine vage Erinnerung in meinem Kopf aus. Rasch löffelte ich mein Müsli in mich hinein, stellte die Schüssel in die Spülmaschine und ging wieder hinüber in den Stall. Ich wollte jetzt gleich Fritzi und Lenzi reiten, denn Melike und ich hatten verabredet, dass wir heute noch den zweiten Teil der Rallyestrecke abreiten wollten. Und am Nachmittag, nach dem Training, wollte Farid herkommen. Gestern hatte ich noch lange mit ihm telefoniert und ihm ausführlich geschildert, was Melike und ich erlebt hatten. Außerdem hatte ich ihm ein paar Fotos von Priamos und Tokka geschickt. Die Geldscheinrollen und Goldmünzen hatte ich allerdings nicht erwähnt.

Während ich Fritzi putzte, überlegte ich mir, ob Peter Meisenberg wirklich an den Folgen eines Sturzes von einem Baugerüst gestorben war. Nach allem, was ich bis jetzt über ihn gehört hatte, hatte ich Zweifel an dieser Geschichte. Offenbar hatte sich hinter der Fassade des netten, immer zu Scherzen aufgelegten Mannes, als den ich Peter Meisenberg in Erinnerung gehabt hatte, ein unsympathischer Mensch verborgen, der nicht viele Freunde gehabt hatte.

»Wo Rauch ist, ist auch Feuer, Fritzi«, murmelte ich und zupfte ein paar Strohhalme aus dem Schweif des Hengstes. »Ich bin neugierig, was Melike heute herausfindet.«

»Na«, sagte plötzlich Tim hinter mir, und ich zuckte erschrocken zusammen, denn ich hatte ihn nicht kommen hören. »Führst du schon Selbstgespräche?«

»Ich rede mit meinem Pferd«, entgegnete ich spitz. »Wieso schleichst du dich so an?«

»Tu ich doch gar nicht. Ich suche deinen Vater. Gleich kommen Leute, die Unique de Rêve und Cosmic Girl ausprobieren wollen.«

»Der ist noch drüben im Haus.«

»Alles klar. Danke.« Er wandte sich um.

»Sag mal, Tim, wusstest du, dass Peter Meisenberg gestorben ist?«

»Ja, habe ich letzte Woche schon gehört«, erwiderte Tim und kam wieder näher. »Mein Vater geht heute auf die Beerdigung. Wie kommst du darauf?«

»Wir haben gestern seine Pferde gekauft«, verriet ich ihm.

»Echt?« Tim zog erstaunt die Augenbrauen hoch. »Priamos und Tokka Willow? Wie seid ihr denn dazu gekommen?«

Ich erzählte ihm eine Kurzfassung der gestrigen Ereignisse.

Fritzi machte den Hals lang und Tim kraulte ihn unter dem Kinn, wo es der Hengst besonders gernhatte.

»Diese komische Frau hatte die Pferde schon an den Schlachter verkauft«, sagte ich. »Ich habe ihr mehr Geld geboten und Papa hat sie dann abgeholt.«

»An den *Schlachter?*« Tims Gesicht war ein einziges Fragezeichen. »Aber wieso das denn?«

»Sie will den Stall in eine Orangiere oder so umbauen.«

»In eine – *was?*«

»Irgendwas, wo sie im Winter ihre Pflanzen reinstellen will.«

»Eine Orangerie.«

»Ja, genau.« Ich nahm Striegel und Kardätsche aus dem Putzkasten und begann Fritzis Fell vom Kopf bis zum Schweif zu putzen. »Die Pferde stehen drüben bei Lajos im Stall. Du kannst sie dir ja mal angucken. Dann weißt du, warum sie zum Schlachter sollten.«

»Okay.« Tim verschwand.

Ich sattelte und trenste meinen dunkelbraunen Hengst, zog mir die Fransenchaps über die Jeans, schnallte Sporen an meine Cowboystiefel und setzte den Helm auf. Seit ich in Amerika gewesen war, machte ich mir nur noch selten die Mühe, eine richtige Reithose anzuziehen. Papa war davon nicht sehr begeistert, aber er verbot es mir auch nicht, solange ich beim Reiten einen Helm trug. Eine halbe Stunde nachdem ich mit dem Reiten begonnen hatte, kam Tim mit Palais de Danse am Zügel in die Halle.

»Und? Was sagst du zu den Pferden?« Ich parierte Fritzi durch.

»So etwas habe ich ja noch nicht gesehen!«, sagte Tim empört. »Ich bin total schockiert! Wie kann denn so etwas passieren?«

»Fünf Monate ohne richtiges Futter«, erwiderte ich. »Diese blöde Tussi hat sich kein bisschen um die Pferde gekümmert!«

»Ich hoffe, ihr habt sie angezeigt!« Tim zog den Sattelgurt fest und die Steigbügel herunter und schwang sich in den Sattel.

»Nein. Das würde doch eh nichts bringen.« Früher hätte ich Tim von dem Geld erzählt, das wir gefunden hatten, aber da hatte ich ihm auch noch vertraut, was ich heute nicht mehr tat. Zu oft hatte er mich enttäuscht. »Jetzt sind sie ja in Sicherheit und wir werden alles tun, damit sie wieder gesund werden.«

»Hm«, brummte er nur, und ich glaubte, das Thema sei damit für ihn erledigt. Tim war es schon immer schwergefallen, seine Gefühle zu zeigen. Und darüber sprechen konnte er erst recht nicht. Als wir noch zusammen gewesen waren, hatte mich sein Verhalten oft verunsichert, weil ich nie wusste, woran ich bei ihm war.

Eine Weile ritten wir schweigend nebeneinanderher.

»Der Meisenberg war so ein richtig ekliger Typ«, platzte es plötzlich aus Tim heraus. »Der war nur nett, wenn er was wollte. Und diese Tussi, mit der er zusammen war, die war genauso! Kackfreundlich zu den *wichtigen* Leuten! Mich haben sie immer wie den letzten dämlichen Stallburschen behandelt. Aber wenn sie in den Urlaub wollten oder der Meisenberg aus irgendeinem Grund für eine Weile nicht reiten konnte, hat er seine Pferde bei uns abgeladen und ich musste sie jeden Tag reiten. Einmal hat er sie erst nach vier Wochen wieder abgeholt, mir zwanzig Euro und eine Tafel Schokolade in die Hand gedrückt!« Tim schnaubte verächtlich. »Mit 'nem fetten Porsche durch die Gegend fahren, herumprotzen, was für wichtige Leute sie kennen, und überall den Dicken markieren, das konnten die beiden! Warum hat die blöde Kuh nicht einfach angerufen, wie sie es früher bei jedem Pups gemacht hat? Wir hätten uns doch um die Pferde kümmern können!«

Er war richtig wütend. Der Zustand von Priamos und Tokka Willow war ihm offenbar an die Nieren gegangen.

»Angeblich hatte sie Angst, dass Peter sauer sein könnte, wenn er wieder aus dem Koma aufwacht und jemand hätte in der Zeit seinen Stall betreten«, sagte ich.

»So ein Quatsch!« Tim schüttelte den Kopf.

»Ich glaube, sie hat die Pferde gehasst, weil sie eifersüchtig auf sie war.« Ich nahm die Zügel kürzer, denn Fritzi versuchte, nach Palais de Danse zu schnappen.

»Kann schon sein.« Tim lachte, aber ohne Heiterkeit. »Ich bin mal gespannt, wer den ganzen Kram vom Meisenberg erbt! Die Claudia sicher nicht. Wenn sie bei uns im Reiterstübchen ihre Skatrunde hatten und Peter schon einen im Tee hatte, hat er immer gesagt, er würde nie und nimmer einer Frau etwas vererben, denn dann würde sie es nur mit einem anderen Mann verprassen!«

»Was? Wie krank ist das denn?«

»Wahrscheinlich hat sie euch die Pferde verkauft, um noch schnell an etwas Geld zu kommen, bevor sie vom Hubertushof verschwinden muss«, vermutete Tim. »Habt ihr wenigstens alle Papiere gekriegt?«

Ich begriff, was er meinte, und verspürte ein ängstliches Flattern hinter meinem Brustbein. Wenn Claudia Winter nicht die rechtmäßige Besitzerin der Pferde gewesen war, hätte sie uns die Pferde gar nicht verkaufen dürfen!

»Ich glaube schon«, antwortete ich. »Papa hat auf jeden Fall einen Kaufvertrag mit ihr gemacht.«

»Na, dann wird's schon in Ordnung sein«, meinte Tim. »Dein Vater kauft ja nicht zum ersten Mal in seinem Leben ein Pferd.«

»Wie ist Priamos eigentlich zu reiten?«, wollte ich wissen.

Da guckte Tim mich an. Seine Augen leuchteten auf. »Das Pferd ist der Hammer«, sagte er. »Er hat wahnsinnig viel Knieaktion und eine Riesen-Übersetzung, außerdem ist er ziemlich guckig und bodenscheu, aber er will seinem Reiter immer alles recht machen. Und er springt überall drüber! Egal, wie hoch oder wie breit, er hat echt alles drin!« Tim parierte durch, um noch mal den Sattelgurt nachzuziehen. Der Anflug eines Lächelns huschte über sein Gesicht. »Wenn ihr den wieder aufpäppelt und du ihn zum Reiten kriegst, Elena, dann bin ich echt neidisch!«

8. Kapitel

Papa und Tim waren in der großen Halle mit den Leuten beschäftigt, die sich für zwei von Niklas' Pferden interessierten und sie ausprobierten, deshalb ritt ich Lenzi in der alten Reithalle. Auf dem Dressurplatz gab Gloria drei Damen, die früher bei Opa in der Reitstunde geritten waren, Westernunterricht und der Aknefrosch ritt auf dem Springplatz. Nachdem ich mit Lenzi fertig war, machte ich mich daran, in der großen Sattelkammer an der Putzhalle das verschimmelte Sattelzeug, das wir gestern mitgenommen hatten, zu putzen. Ich schnallte die Trensen auseinander, wusch den Schimmel sorgfältig mit Sattelseife ab und ließ das Leder trocknen, bevor ich es einfettete. Dabei dachte ich unablässig darüber nach, was wir mit dem verflixten Geld machen konnten. Der Traum von letzter Nacht verfolgte mich. Ich hatte mich so sehr darauf gefreut, Quintano und die Baxters wiederzusehen, aber jetzt wurde meine Vorfreude von meiner Sorge wegen des Geldes und um Priamos überschattet. Wenn ich meinen Eltern von dem Geld erzählen wollte, dann musste ich es bald tun. Je mehr Zeit ich verstreichen ließ, desto schwieriger würde es sein, denn natürlich würden sie wissen wollen, weshalb ich es ihnen nicht sofort erzählt hatte. Aber ich konnte das nicht einfach machen, ohne vorher mit Melike gesprochen zu haben. Bis sie von der Beerdigung kam, musste ich mich also gedulden. Ich war gerade dabei, einen der Sättel einzuseifen, als mir die perfekte Lösung für unser Dilemma einfiel! Am unauffälligsten wäre es, wenn wir zum Hubertushof reiten, über den Zaun klettern und die Geldrollen und Goldmünzen einfach wieder in die Pokale stecken würden. Das erschien mir ziemlich ungefährlich, denn man musste nicht einmal vorne um den Stall herumgehen, sondern konnte durch den Paddock und die Pferdeboxen ungesehen in das Gebäude und in die Sattelkammer schleichen. Je länger ich darüber nachdachte, desto besser erschien mir diese Idee. Allerdings mussten wir uns beeilen. Lagen die Pokale erst in einem Müllcontainer, würde es dafür zu spät sein. Es war mir egal, dass wahrscheinlich irgendjemand das Geld finden würde. Hauptsache, wir waren es los. Papa würde am Nachmittag mit dem Lkw zum Flughafen fahren, um Brendas Pferde, die von Susan begleitet wurden, abzuholen. Wenn wir also gleich nach dem Mittagessen losritten und uns ein wenig beeilten, würden wir zurück sein, bevor Farid kam.

Es war kurz vor eins, als Melike anrief und wissen wollte, wo ich war. Eine Minute später kam sie mit dem Fahrrad in die Putzhalle gefahren, sprang ab, lehnte das Rad gegen die Wand und stürmte in die Sattelkammer.

Ich war gerade dabei, die Trensen wieder zusammenzuschnallen. Sie sahen aus wie neu.

»Und?«, begrüßte ich meine Freundin. »Wie war's?«

»Elena! Du *glaubst* nicht, was ich gehört habe«, stieß Melike atemlos hervor und wehrte Twix ab, der sie begeistert ansprang.

»Erzähl!« Ich warf ihr einen neugierigen Blick zu.

»Es war die Hölle los«, antwortete Melike und entledigte sich ihrer Jacke. »Die Trauerhalle war so voll, dass die meisten Leute stehen mussten! Ich bin ganz hinten geblieben, denn außer der Urne, megavielen Kränzen und 'nem Foto vom Meisenberg mit Trauerflor gab's eh nicht viel zu sehen.«

»Waren Teicherts auch da?«

»Ja.« Melike schüttelte ungeduldig den Kopf. »Ich hab auch Richard Jungblut gesehen, und sogar Farids Vater war da!«

»Was? Wieso denn das?«

»Keine Ahnung! Die Fee Malificent hat auf jeden Fall voll die Schau abgezogen und die ganze Zeit geschluchzt! Sie war ganz in Schwarz, mit einem schwarzen *Schleier* und Sonnenbrille, also bitte!«

»Hm«, machte ich nur und griff nach den eingefetteten Steigbügelriemen, die ich zum Trocknen über einen Sattelhalter gehängt hatte.

»Ich hab mich schon geärgert, dass ich überhaupt dahin gegangen bin, denn es war total öde«, fuhr Melike fort. »Der Bürgermeister und noch ein paar andere Leute haben endlos rumgesülzt, und wenn man diese ganzen Lobreden gehört hat, sollte man meinen, der Herr Meisenberg wäre Jesus und Gandhi in einer Person gewesen. Pah! Gerade als ich gehen wollte, haben die Leute, die neben mir standen, angefangen, voll abzulästern. Dass es schon erstaunlich wäre, warum sich nie jemand darüber gewundert hätte, wie sich der Meisenberg von einem Beamtengehalt eine Frau wie die Claudia, einen Porsche und einen SUV, teure Springpferde und dieses Luxusanwesen leisten konnte.«

»Dasselbe haben wir ja auch schon überlegt.«

»Genau!« Melike nickte heftig. »Ich habe also die Öhrchen gespitzt und einer von denen sagte: ›In Zukunft wird's wohl für bestimmte Leute nicht mehr so einfach sein, in Königshofen Baugenehmigungen zu kriegen‹, und ein anderer so: ›Auf jeden Fall wird es demnächst erheblich billiger.‹ Und dann haben sie gegrinst.«

»Verstehe ich nicht.« Ich fuhr damit fort, einen Steigbügelriemen mit Lederfett zu bearbeiten.

»Mann, Elena!« Melike senkte die Stimme. »Ist doch ganz klar! Das Geld aus den Pokalen. Das ist *Bakschisch!*«

»Hä?« Ich wandte mich zu meiner Freundin um. »Backfisch?«

»Der Begriff ›Bakschisch‹ stammt eigentlich aus dem Persischen«, erklärte Melike. Sie war vor Aufregung ganz rot im Gesicht. »In der Türkei ist es ein Ausdruck für Schmiergeld. Bestechung! Es ist genau, wie ich vermutet habe! Das Geld, das jetzt in deinem Teddy steckt, ist *illegal!* Schwarzgeld, von dem niemand etwas weiß! Außer natürlich dem, der es dem Meisenberg gegeben hat. Aber vielleicht hat der schon den Gefallen, für den er bezahlt hat, erhalten. Und dann weiß niemand mehr von dem Geld.«

Ich begann zu kapieren, wovon Melike sprach, und mir wurde noch unbehaglicher zumute. Leute, die so etwas taten, waren sicherlich keine besonders netten Zeitgenossen.

»Wir müssen das Geld loswerden«, sagte ich entschlossen.

»Ja, finde ich auch!«, bestätigte Melike. »Es war eine blöde Idee, es mitzunehmen. Wir können es aber doch nicht einfach in die Mülltonne schmeißen!«

»Nein, das nicht. Aber mir ist *die* Lösung eingefallen«, erwiderte ich und erzählte ihr, was ich mir überlegt hatte.

»Das können wir gleich heute Nachmittag erledigen. Wir sagen einfach, dass wir noch die Rallyestrecke fertig abreiten wollen.«

»Oh ja, das klingt super! So machen wir's!« Melike nickte und mir fiel ein Stein vom Herzen. In ein paar Stunden würde unser Problem gelöst sein.

Meine Freundin hatte auf der Beerdigung noch andere interessante Sachen aufgeschnappt. Peter Meisenberg hatte in seinem Testament angeblich nichts seiner Lebensgefährtin vererbt, sondern alles einem Neffen, genau, wie Tim es vermutet hatte.

»Die doofe Claudia kriegt wohl gar nichts, nicht einmal Schmuck und erst recht nicht den Hubertushof oder eins von den Autos. Nichts! Null! Eine *Orangerie* für ihre Pflanzen kann sie da nicht mehr bauen lassen.« Melike kicherte nicht ohne Schadenfreude, aber ich hatte plötzlich einen Kloß im Hals, weil ich an Tims Worte dachte.

»Wahrscheinlich hätte sie uns die Pferde und das ganze andere Zeug gar nicht verkaufen dürfen«, sagte ich und meine Freundin hörte auf zu grinsen.

»Oh Mist! Du könntest recht haben.« Sie verzog das Gesicht. »Daran habe ich überhaupt nicht gedacht.«

»Stell dir vor, wir müssten ...« Ich verstummte, denn Schritte näherten sich. Gina hüpfte um die Ecke.

»Hi!«, rief sie. »Mittagessen ist fertig!«, sagte sie. »Die Oma fragt, ob du auch mitessen willst, Melike?«

»Wenn genug da ist, klar.«

Früher hatte ich das Mädchen nicht ausstehen können und sie mich auch nicht, aber mittlerweile war sie wie eine kleine Schwester, die ich mir immer sehnlichst gewünscht hatte. Für sie war es erheblich schwerer gewesen als für Tim, als ihre Familie zerbrochen war und ihre Mutter sie im Stich gelassen hatte. An die Nacht, in der sie durch den Schneesturm geritten und in der Hütte im Steinbruch fast verbrannt wäre, wenn Christian sie nicht in letzter Sekunde gerettet hätte, hatte sie keine Erinnerungen mehr, aber die Brandnarben auf ihrem Körper und in ihrem Gesicht würden sie wohl niemals vergessen lassen, dass etwas Schreckliches passiert war. Seitdem sie bei uns wohnte, war sie richtig aufgeblüht. Sie fühlte sich wohl auf dem Amselhof, nannte meine Großeltern »Opa« und »Oma« und meine Eltern bei ihren Vornamen. Bei Gloria lernte sie das Westernreiten, sie ging seit ein paar Wochen in Steinau statt in Hettenbach auf die Grundschule, wo sie wegen ihrer Brandnarben gemein gemobbt worden war, und hatte schon Freundinnen gefunden.

Meine Oma kochte jeden Mittag für die komplette Belegschaft. Manchmal aß Lajos mit und heute war Tim dabei. Ich ging noch schnell auf die Damentoilette, um meine Hände zu waschen, die nach Sattelseife und Lederfett stanken. Im Flur, der zu den Toiletten führte, begegnete mir Tim.

»Ich hoffe, es ist okay für dich, wenn ich …«, begann er.

»Natürlich ist es das«, fiel ich ihm ungeduldig ins Wort. »Du musst das nicht dauernd fragen. Wenn es für mich nicht okay wäre, dann würde ich dir das schon direkt sagen.«

»Alles klar.« Er verzog das Gesicht zu einem kurzen Lächeln und ich öffnete die Tür zum Damenklo.

»Elena, warte mal kurz!«, hielt er mich zurück.

»Ja?«

»Es … es ist wirklich toll, was ihr für Gina tut«, sagte

Tim. »Sie ist total glücklich hier. Ich hab sie noch nie so … so … fröhlich erlebt.«

»Na, ist doch super.« Immer wenn ich mit Tim alleine war, fühlte ich mich seltsam befangen und ein bisschen so, als ob ich etwas Verbotenes tun würde.

»Na ja.« Er grinste verlegen, und in dem Moment ahnte ich, dass es ihm genauso ging wie mir. »Ich wollte eigentlich nur mal Danke dafür sagen. Du hast sie ja früher nicht besonders gut leiden können, deshalb frage ich mich manchmal, wie es wohl für dich sein muss, wenn sie jetzt bei euch lebt.«

Ich war überrascht von seiner unerwarteten Feinfühligkeit.

»Mach dir keine Sorgen«, sagte ich. »Ich mag Gina. Sie ist für mich wie eine kleine Schwester. Und sie ist auch überhaupt nicht mehr so ätzend, wie sie mal war. Ich hoffe, dass sie bei uns bleiben kann und deine Mutter nicht irgendwann auf die Idee kommt, sie wieder bei sich haben zu wollen.«

»Ehrlich jetzt?«

»Ja, ehrlich. Gina geht es gut. Sie ist happy. Und wir sind es auch.« Wir lächelten uns an. »Ich muss mir die Hände waschen«, fiel mir ein. »Meine Oma wird sauer, wenn man zu spät zum Essen kommt.«

»Oh! Ja, ja, klar.« Tim nickte eilig. »Dann bis gleich!«

Es gab Gulasch, Spätzle und Salat zum Mittagessen, und eine Weile war nur das Klirren von Besteck zu hören. Gina saß neben ihrem großen Bruder und strahlte über das ganze Gesicht. Auch ihretwegen störte es mich nicht, wenn Tim zum Reiten hierherkam. Es war für Gina wichtig, Kontakt zu ihrem Bruder und ihrem Vater zu haben. Obwohl meine Eltern, die mittlerweile auch offiziell vom

Jugendamt als Ginas Pflegeeltern eingesetzt worden waren, nichts dagegen hatten, wenn Richard Jungblut seine Tochter besuchte, kam er nur selten.

»Wann musst du heute am Flughafen sein?«, fragte Opa meinen Vater.

»Die Maschine landet um kurz nach zwei«, erwiderte Papa. »Bis die Pferde ausgeladen und alle Formalitäten erledigt sind, dauert es erfahrungsgemäß zwei bis drei Stunden. Ich werde also gegen drei losfahren.«

»Susan und Brenda werden staunen, wenn sie den Stall sehen!«, freute ich mich. Seitdem feststand, dass Brenda ihre wertvollen Pferde auf den Amselhof stellen würde, hatte ich darüber nachgedacht, wo sie untergebracht werden könnten. Ich kannte ihre luxuriösen Stallungen auf der Oaktree Farm, wo es sogar Fußbodenheizung unter den Wegen gab, damit die Pferde im Winter nicht ausrutschen konnten, und hatte schon die Sorge gehabt, dass es Brenda kaum gefallen würde, wenn ihre Pferde verteilt zwischen den Einstellern oder sogar bei den Schulpferden stehen mussten. Meine Eltern und Opa hatten wohl dieselben Überlegungen angestellt, aber es war Christian gewesen, der auf die Idee gekommen war, den ehemaligen Sechserstall zwischen Putzhalle und Turnierstall, in dem nur altes Gerümpel lagerte, umzubauen. Der Stall, kaum mehr als ein Schuppen, war dunkel und niedrig, die Boxen für heutige Verhältnisse viel zu klein und zum Teil ohne Fenster, weshalb sie seit vielen Jahren nicht mehr vermietet und nur gelegentlich genutzt wurden, wenn mal ein Pferd für ein, zwei Nächte oder während eines Lehrgangs auf dem Amselhof bleiben musste. Meine Eltern hatten hin und her gerechnet, ob es sich lohnen würde, in einen Umbau zu investieren. Sie hatten ein paar Angebote von Bauunternehmern aus der Gegend eingeholt, die alle viel zu teuer waren. Früher hatte Tims Opa seine Leute zu uns geschickt, wenn ein Umbau oder eine Renovierung anstand, aber diese Möglichkeit gab es jetzt nicht mehr. Schließlich hatte Dejan, der Bruder unseres Stallarbeiters Srdjan, den Auftrag bekommen. Er hatte eine kleine Firma für Innenausbau und kannte alle möglichen Handwerker. Innerhalb von drei Wochen hatten sie das Dach des Anbaus entfernt, die Asbest-Dachplatten und die alten Boxenwände entsorgt, die Mauern um einen Meter erhöht und den Stall mit einem neuen, mit Lichtbändern versehenen Dach gekrönt. Das Ergebnis war fantastisch! Der mickrigste und hässlichste Stall des ganzen Hofes, in dem niemand sein Pferd hatte unterbringen wollen, war nun der allerschönste geworden: vier sehr große Boxen mit Außenfenstern, eine Stallgasse mit rutschfestem Boden und eine eigene Sattel- und Futterkammer sowie ein Putzplatz waren entstanden. Vor Ostern waren die neuen Tränken in den Boxen, die Sattel- und Trensenhalter, wie auch die Deckenbeleuchtung montiert worden, und nun war der ehemalige Sechser-Stall ein echtes Schmuckstück, mit dem Brenda sicherlich sehr zufrieden sein würde.

Der Aknefrosch verspätete sich etwas und lud sich in der Küche seinen Teller voll. Dann setzte er sich zwischen Gloria und Tim an den Tisch.

»Und? Wie war's heute auf der Beerdigung?«, fragte er Melike, als wäre es das Normalste der Welt, wenn eine Sechzehnjährige auf die Beerdigungen fremder Menschen ging.

»Ich habe schon bessere erlebt«, erwiderte meine Freundin beiläufig und erntete dafür befremdete Blicke.

»Du warst auf einer *Beerdigung?*«, erkundigte Opa sich ungläubig und hörte auf zu essen. »Wer ist denn gestorben?«

»Peter Meisenberg.« Melike nickte und schob sich eine Gabel mit Gulasch in den Mund.

»Wieso gehst du auf seine Beerdigung?« Oma war völlig entgeistert. »Hast du ihn denn so gut gekannt?«

»Das nicht. Aber ich liebe Beerdigungen«, entgegnete Melike. »Ich lese morgens in der Zeitung immer die Todesanzeigen und wenn eine Beerdigung in Königshofen stattfindet und es zeitlich passt, gehe ich hin.«

Alle am Tisch starrten meine Freundin an, als wären ihr noch zwei Köpfe gewachsen. Nur ich war nicht überrascht.

»Ich würde sagen, du hast ein schwerwiegendes Problem!« Der Aknefrosch lachte und bewegte die Hand vor seinem Gesicht hin und her. »Du solltest mal mit einem Psychologen reden.«

»Wieso?« Melike zuckte die Schultern. »Es gibt Leute, die drehen Filme mit Legosteinen, sammeln Schmetterlinge oder Kronkorken, andere tauchen in Tropfsteinhöhlen oder springen an Gummiseilen von Brücken. Ich gehe halt gerne auf Beerdigungen!«

»Aber wieso denn?«, wollte meine Mutter wissen. »Was gefällt dir denn daran?«

»Es ist so schön melancholisch«, gab Melike zu.

»Du hast echt einen Knall!« Der Aknefrosch schnaubte spöttisch.

»Jedem Tierchen sein Plaisierchen«, kommentierte Opa und aß kopfschüttelnd weiter.

»Wir waren kürzlich mit unserer Stufe in Frankfurt auf

so einem Berufsinformationstag«, sagte Melike nun. »Und da habe ich endlich den ultimativen Beruf für mich gefunden!«

»Da bin ich aber neugierig«, sagte Mama.

Meine Freundin änderte ihre Zukunftspläne alle paar Wochen. Sie hatte schon Modedesignerin, Astrologin, Eventmanagerin oder Lehrerin werden wollen.

»Ich werde – Bestatterin!«, verkündete Melike und der Aknefrosch bekam daraufhin einen Lachanfall und prustete Nudeln und Gulasch über die Tischdecke, was ihm einen missbilligenden Blick von meiner Oma eintrug. Auch Tim und Gloria grinsten amüsiert.

»Was du immer für kuriose Einfälle hast, Melike!«, sagte Mama skeptisch.

»Das ist kein kurioser Einfall!«, widersprach meine Freundin. »Der Beruf des Bestatters ist krisenfest und hat Zukunft, gestorben wird schließlich immer! Man kann sich sogar zum Thanatopraktiker ausbilden lassen, wenn man möchte!«

»Was sagen denn deine Eltern und Niklas zu diesen Plänen?«, wollte Papa wissen.

»Die wissen noch nichts davon«, räumte Melike ein. »Aber ich habe mir schon alles gut überlegt. Ein Wettbewerbsvorteil wäre zum Beispiel auch, dass ich zur Hälfte Türkin bin. Ich könnte sarglose Bestattungen nach islamischem Brauch anbieten, das macht noch nicht jeder.«

»Ich sehe dich schon in einer Burka zwischen lauter Särgen stehen!«, spottete der Aknefrosch.

»Mach dich nur lustig!« Melike funkelte ihn an. »Allen meinen Freunden werde ich natürlich Vorzugspreise machen. Sogar dir, Jens!«

»Jetzt reicht es mit diesem morbiden Thema!« Oma schob ihren Stuhl mit einem Ruck nach hinten und stand auf. »Wer will noch einen Nachschlag?«

Fast alle hoben die Hand und für den Rest des Mittagessens wurde über andere Dinge gesprochen.

9. Kapitel

Aus unserem Plan, gleich nach dem Mittagessen loszureiten und das Geld zurückzubringen, wurde nichts, und daran war ausgerechnet mein Hund schuld. Tim bedankte sich bei Oma für das Essen und verabschiedete sich, weil er pünktlich um drei in dem Getränkeabholmarkt in Hettenbach sein musste, wo er nachmittags arbeitete. Melike, Gina und ich räumten den Tisch ab und trugen das schmutzige Geschirr in die Küche, während die Erwachsenen noch einen Kaffee tranken. Wir stellten gerade Teller, Gläser, Schüsseln und Bestecke in die große Industriespülmaschine, als in der Gaststätte plötzlich ein Tumult losbrach. Twix jaulte auf, Stühle polterten, mein Vater schrie irgendetwas. Vor Schreck fiel mir beinahe eine Salatschüssel aus der Hand und ich rannte zurück in den Gastraum. Mein Jack Russel Terrier sprang mir mit eingeklemmtem Schwanz und schreckgeweiteten Augen in die Arme. Ich erblickte einen umgefallenen Stuhl und meinen Vater, der auf dem Boden saß und sich mit schmerzverzerrtem Gesicht seinen rechten Knöchel hielt. Mama kniete neben ihm. Melike und Gina kamen auch aus der Küche gelaufen.

»Was ist passiert?«, fragte ich erschrocken.

»Ich habe den Hund nicht gesehen und bin über ihn gestolpert«, knurrte mein Vater. »Verdammt! Helft mir mal hoch!«

Der Aknefrosch und Opa griffen nach seinen Armen und zogen ihn nach oben, aber Papa stieß einen Schmerzensschrei aus, als er auftreten wollte. Er ließ sich auf den nächsten Stuhl sacken.

»Oje!«, sagte meine Großmutter. »Hoffentlich hast du dir nichts gebrochen.«

»Nein, da ist nichts gebrochen«, entgegnete Papa mit zusammengebissenen Zähnen. »Das geht gleich schon wieder. Wahrscheinlich habe ich mir nur etwas gezerrt.«

»Leg das Bein am besten einen Moment hoch«, riet Mama und Papa gehorchte. Sie versuchte, ihm so behutsam wie möglich die Stiefelette auszuziehen.

»Autsch!« Die Farbe wich meinem Vater aus dem Gesicht, er war kreidebleich. Alle standen besorgt um ihn herum, denn normalerweise war er hart im Nehmen. Ich hatte noch nie erlebt, dass er krank gewesen war und die zahlreichen Prellungen, Quetschungen und Blutergüsse, die man sich mit der Zeit im Umgang mit Pferden beinahe zwangsläufig zuzog, ignorierte er einfach. Wenn er so stöhnte, musste es wirklich höllisch wehtun, und dann war es auf jeden Fall etwas Schlimmeres als nur eine einfache Zerrung.

Twix zitterte in meinen Armen und ich streichelte den Hund und drückte ihn an mich, um ihn zu beruhigen. Er hatte das ja nicht mit Absicht gemacht, trotzdem hatte ich ein schlechtes Gewissen, als sei ich schuld daran, dass Papa sich verletzt hatte.

Sein Knöchel war in wenigen Minuten angeschwollen,

bis er so dick war wie eine Grapefruit. Oma holte ein Handtuch und Kühlpads, die sie um Papas Fuß packte.

Stani und Heinrich gingen wieder an die Arbeit, schließlich verschwand auch Gloria. Der Aknefrosch und Opa stützten Papa und halfen ihm hinüber zu uns ins Haus, wo mein Vater sich aufs Sofa legte und den verletzten Fuß auf drei Kissen bettete.

»So ein Mist!«, knirschte er. »Ich muss doch gleich zum Flughafen fahren. Und heute Abend ist Springstunde! Vielleicht wird es ja gleich besser, wenn ich den Fuß jetzt etwas kühle.«

»Das kannst du vergessen, Chef, so dick wie das geschwollen ist.« Der Aknefrosch schüttelte den Kopf. »Ich kann auch zum Flughafen fahren und die Springstunden heute Abend geben. Ist kein Problem. Allerdings sind noch ein paar Pferde zu reiten.«

»Wer steht noch auf dem Plan?«, wollte Papa wissen.

»Latus Lex, Lolli, Cotopaxi und die neue Stute von Frau Welcher.«

Papas Blick fiel auf mich und da ahnte ich, dass aus unserem geplanten Geld-Zurückbring-Ritt heute nichts werden würde.

»Elena, könntest du wohl Latus Lex und Cotopaxi reiten?«, fragte er mich. »Lolli und der Stute wird es nichts schaden, wenn sie heute mal einen Tag nur an der Führmaschine gehen.«

»Äh, Melike und ich wollten jetzt eigentlich noch den Rest der Rallyestrecke abreiten, den wir gestern nicht geschafft haben«, sagte ich.

»Die läuft euch schon nicht weg«, meinte Papa. »Die Rallye ist doch erst in vier Wochen.«

»Aber ich muss Hilda auch noch reiten«, wandte ich ein. Ich konnte schlecht sagen, was wir wirklich vorhatten, deshalb warf ich Melike nur einen kurzen Blick zu und sie zuckte die Schultern.

»Das macht Gloria sicher gerne«, warf der Aknefrosch ein und durchkreuzte unseren Plan damit endgültig.

Der Nachmittag verging wie im Flug, und gerade als ich Cotopaxi in seine Box gebracht und das Sattelzeug weggebracht hatte, summte mein Handy. Es war Farid, der wissen wollte, wo er mich finden konnte. Ich sagte es ihm, und wenige Sekunden später war er da.

»Leni! Meine Süße!« Er breitete die Arme aus und lächelte mich an. Wie jedes Mal, wenn ich ihn ein paar Tage nicht gesehen hatte, hüpfte mein Herz bei seinem Anblick vor Glück.

»Ich bin total verschwitzt!«, warnte ich ihn lächelnd, aber das störte ihn nicht. Er nahm mich in die Arme und küsste mich zärtlich. Farid war der mit Abstand süßeste Junge, den ich je gesehen hatte, und ich liebte alles an ihm: seine Stimme, sein Lachen, seine Zartbitterschokoladenaugen mit den goldenen Sprenkeln und seine optimistische und unkomplizierte Art. Es war alles so einfach mit ihm und manchmal fragte eine leise, skeptische Stimme in meinem Kopf, ob das wohl so bleiben würde.

»Wolltest du nicht mit Melike ausreiten?«, fragte Farid.

»Eigentlich schon, aber mein Vater ist heute Mittag über Twix gestolpert und dabei mit dem Fuß umgeknickt. Der Knöchel war total dick geschwollen, deshalb hat er mich gebeten, noch zwei Pferde zu reiten.«

»Das klingt aber nicht gut!« Farid verzog mitfühlend das Gesicht. »Ist er zum Arzt gefahren?«

»Nee, ich glaube, er liegt auf der Couch und kühlt den Knöchel«, erwiderte ich. »Er meint, es wäre nicht so schlimm.« Ich ergriff Farids Hand. »Komm, ich zeige dir Priamos. Das ist so ein süßes Pferd!«

»Die Bilder waren ja schrecklich«, sagte Farid. »Solche abgemagerten Pferde habe ich mal in Tunis gesehen, als wir bei Verwandten waren. Die armen Viecher mussten Kutschen mit dicken Touristen durch die Stadt ziehen.«

»Wie schlimm! Ich glaube, ich würde ausrasten, wenn ich so was sehen würde.«

»Meine Mom *ist* ausgerastet! Und zwar so krass, dass sie verhaftet wurde.« Farid grinste bei der Erinnerung.

»Was?« Ich konnte mir das gut vorstellen. Farids Mutter war Journalistin und völlig unerschrocken.

»Glücklicherweise ist mein Onkel ziemlich gut vernetzt. Er ist Uniprofessor und kennt alle wichtigen Leute in Tunis«, erzählte Farid. »Abends war meine Mutter wieder auf freiem Fuß. Aber immerhin hat sie es hingekriegt, dass die Kutschenbetreiber jetzt besser kontrolliert werden. Mittlerweile gibt es strenge Vorschriften und fette Strafen, wenn die Pferde nicht gut behandelt werden.«

»Deine Mutter ist echt mutig!«

»Ja, das ist sie«, bestätigte Farid und sah mich an. »Genau wie du!«

»Ich? Ich bin doch nicht mutig.« Ich lachte auf.

»Klar bist du das!«, widersprach er mir. »Du bist gestern immerhin über einen Zaun auf ein fremdes Grundstück geklettert, nur um zwei Pferde zu retten.«

»War das mutig?«

»Also, ich finde schon!«

Wir überquerten den Hof und betraten Lajos' Stall. Es

fiel mir schwer, Farid nichts von dem Geld zu erzählen. Ich hasste es, Geheimnisse vor ihm zu haben.

Priamos stand auf allen vier Beinen, allerdings unterstützt von den Gurten, die am Hebekran befestigt waren. Ein Infusionsschlauch war mit der Kanüle verbunden, die in seiner Halsvene steckte. Er spitzte die Ohren und wieherte dunkel, als er mich erkannte.

»Ist das nicht goldig? Mama glaubt, er erinnert sich von früher an mich«, sagte ich mit gesenkter Stimme.

Farid hatte Pferden nie viel abgewinnen können, seitdem er als Kind einmal gebissen worden war. Vor einem halben Jahr hätte er Adjektive wie »süß« oder »goldig« wohl eher mit Hundewelpen oder Katzenbabys in Verbindung gebracht, als mit einem Pferd.

»Wirklich süß.« Er nickte. »Aber er sieht echt sehr krank aus, der Arme! Wieso muss er an einem Kran hängen?«

»Er ist noch zu schwach, um lange stehen zu können«, erklärte ich. »Außerdem schafft er es nicht immer, alleine aufzustehen. Pferde dürfen aber nicht so lange liegen.«

»Hm. Meinst du, er wird wieder gesund?«

»Ich hoffe es sehr!« Ich nahm die Salbe aus dem Körbchen, das an der Box angebracht war, öffnete die Boxentür und ging zu Priamos. »Er braucht jetzt viel Pflege und gutes Futter, damit er wieder zu Kräften kommt.«

Der Fuchswallach machte einen wacheren Eindruck als noch heute Morgen. Er reckte den Hals und schnupperte an meiner Jackentasche. Farid war mir gefolgt, blieb aber in respektvollem Abstand stehen und sah mir zu, wie ich vorsichtig Salbe auf die wunden Stellen am Körper des Pferdes schmierte.

»Warum hat er solche Verletzungen?«, fragte er.

»Die Stute hat ihn wohl gebissen. Manche dieser Wunden kommen auch von der Dehydrierung und der Unterernährung. Lajos hat mir erklärt, wie so was passiert.«

»Du solltest echt Tierärztin werden«, sagte Farid bewundernd. »Es ist einfach toll, wie du mit Tieren umgehst.«

»Danke!« Ich grinste. »Aber ich schaffe wohl kaum den NC für Tiermedizin, nicht mal dann, wenn ich ab heute jeden Tag lernen würde wie eine Irre. Außerdem habe ich keinen Bock, jahrelang zu studieren.« Ich schraubte die Tube wieder zu.

»Darf ich ihn mal anfassen?«

»Klar! Er ist total verschmust!«

Farid näherte sich dem Pferd und ließ es an sich schnuppern. Ich zeigte ihm die Stelle zwischen den Ganaschen, an denen Priamos am allerliebsten gekrault wurde. Der Fuchswallach ließ den Kopf hängen und schloss genießerisch die Augen.

»Ist ja geil!« Farid lachte begeistert. »Der ist ja wie ein Hund! Fehlt nur noch, dass er sich auf den Rücken legt.«

Ich lächelte. Es freute mich sehr, dass mein Freund immer unbefangener mit unseren Pferden umging. Hin und wieder gab ich ihm Reitunterricht auf Gray Jac, dem bravsten der vier Quarterhorses von Gloria, den sie von der Oaktree Farm mitgebracht hatte. Farid hatte echt Talent und auf dem Pferderücken keine Angst. Aber laut einer Klausel in seinem Profivertrag durfte er eigentlich weder reiten noch Ski fahren oder sonst eine gefährliche Sportart ausüben. Sein Verein wollte natürlich nicht, dass er sich in seiner Freizeit verletzte und damit ausfiel. Fußballprofi zu werden war immer Farids großer Traum gewesen und dafür hatte er seit seiner Kindheit hart trainiert. Und jetzt, wo dieser Traum in Erfüllung gegangen war und er in der ersten Mannschaft von Eintracht Frankfurt spielte, durfte er kein Risiko eingehen. Deshalb drängte ich ihn nie, wieder mal zu reiten. Im Sommer, wenn Bundesligapause war, würde es sich vielleicht wieder ergeben.

In der Putzhalle begegneten wir Melike und Gina, die wie ein Wasserfall auf meine Freundin einredete.

»Farid!«, rief Tims Schwester begeistert und flog meinem Freund, den sie grenzenlos bewunderte und verehrte, um den Hals. »Du hättest gerade mal sehen sollen, wie ich geritten bin! Ich durfte zum ersten Mal auf Hilda reiten, Elena!«

»Echt? Cool.« Ich lächelte. »Und? War's gut?«

»Es war so mega!« Gina riss die Augen auf und faltete die Hände, ihre Wangen glühten. »Ich bin ganz viele Manöver geritten und es ging voll super! Stopps und Rollbacks und Run Downs! Und sogar die Spins haben geklappt. Hilda ist sooooo super! Danke, dass ich sie reiten durfte, Elena.« Gina umarmte mich und ich hielt sie einen Moment fest an mich gedrückt.

»Freut mich, dass du so gut mit ihr zurechtkommst!«

Hilda, die in Wirklichkeit Mainly Mathilda hieß, war ein erstklassig ausgebildetes Reiningpferd, die in den USA mit Luke, Brendas Sohn, viele Shows gewonnen hatte. Sie war ein sogenanntes »Open«-Pferd, also ein Pferd für einen Profi-Reiter, und an mich eigentlich verschwendet. Andererseits war sie auch schon neun Jahre alt und es tat ihr sicher gut, dass sie nicht mehr dauernd am Limit gehen musste.

»Wir wollten gerade mal gucken, ob Oma Käsekuchen gebacken hat«, sagte ich zu Melike und Gina. »Kommt ihr mit?«

»Nee, ich kann leider nicht«, erwiderte meine Freundin bedauernd. »Die Leute, bei denen ich wohne, haben mir eben geschrieben, dass ich um sechs zu Hause sein soll. Amca Mustafa ist aus Istanbul zu Besuch und ich muss mit ihnen zu Abend essen.«

»Bei welchen Leuten wohnst du denn?«, fragte Gina erstaunt, und Farid und ich mussten grinsen.

»Bei meinen Eltern, natürlich.« Melike zwinkerte Gina zu.

Oma hatte tatsächlich ihren leckeren Käsekuchen mit Mandarinen drin gebacken. Sie lud uns ein paar Stücke auf eine Kuchenplatte.

»Danke«, sagte ich. »Aber ein bisschen viel für uns drei.«

»Vielleicht freut sich dein Vater auch über ein Stück«, erwiderte Oma spitz.

»Oh, klar, sicher!« Ich hatte kurzfristig vergessen, dass Papa ja den Fuß verknackst hatte und nicht irgendwo auf dem Gelände des Amselhofs unterwegs war wie sonst.

Er freute sich sehr über den noch warmen Kuchen und Mama machte dazu Kaffee. Wir aßen im Wohnzimmer statt in der Küche, damit Papa auf der Couch liegen bleiben und weiterhin seinen verletzten Fuß hochlagern konnte. Twix mied unsere Gesellschaft. Er hatte sich in sein Körbchen verkrochen, als ob er ein schlechtes Gewissen hätte. Nicht einmal von mir ließ er sich herauslocken.

Auf Papas Knöchel hatte sich ein richtiges Ei gebildet, das violett schimmerte. An Auftreten oder gar Laufen war nicht zu denken.

»Ganz ehrlich, Herr Weiland, Sie sollten unbedingt danach gucken lassen«, sagte Farid ernst, nachdem er einen Blick auf den Fuß geworfen hatte. »Für mich sieht das aus wie eine Außenbandruptur nach einem Umknicktrauma. Bei so einer starken Schwellung könnte sogar die Kapsel beschädigt sein. Unbehandelt kann das zu einer dauerhaften Gelenkinstabilität führen.«

»Du klingst wie ein Arzt!«, rief Gina beeindruckt.

»Nee, wie ein Fußballer«, erwiderte Farid und grinste schief. »Außenbandrisse kommen bei uns leider ziemlich häufig vor, gerade dann, wenn ein Platz voller Löcher ist.«

»Ich fürchte, das könnte sein.« Niedergeschlagen stellte Papa seinen leeren Teller auf den Wohnzimmertisch. »Aber mir graut davor, stundenlang in irgendeinem Wartezimmer herumzusitzen.«

»Ich kann meinen Dad anrufen«, schlug Farid vor. »Der ist immerhin Chef von ’nem Krankenhaus.«

»Farid hat recht, Micha. Ich finde auch, du solltest das von einem Arzt untersuchen lassen«, sagte Mama besorgt. »Von alleine wird das nicht besser!«

Farid rief also seinen Vater an und schilderte ihm, was passiert war. Professor Belhedi war nicht nur Chefarzt der Neurochirurgie, sondern gleichzeitig auch ärztlicher Direktor des Königshofener Krankenhauses.

»Sie können sofort hinkommen«, teilte Farid Papa mit, als er das Gespräch beendet hatte. »Mein Vater gibt dem Orthopäden Bescheid, dann müssen Sie auch nicht lange warten.«

»Danke! Das ist wirklich nett.« Papa zwang sich zu einem Lächeln, nachdem ihm sicherlich nicht zumute war. »Ich weiß nur nicht, wie ich nach Königshofen kommen soll.

Jens ist zum Flughafen gefahren und du musst hier auf dem Hof bleiben, Susanne, damit du Susan in Empfang nehmen kannst.«

»Ich kann Sie fahren«, bot Farid an und grinste. »Wenn Sie sich trauen, bei einem Fahranfänger ins Auto zu steigen.«

»Na, immerhin lasse ich sogar meine Tochter mit dir mitfahren«, antwortete Papa trocken und grinste auch. »Dann werde ich mich das auch trauen!«

Mama bandagierte Papas Knöchel und zog ihm eine Socke über den Fuß, während Farid den Mini seiner Schwester, den er fahren durfte, solange sie in Amerika studierte, so nah wie möglich an den Zaun fuhr. Mama und Farid stützten Papa auf dem Weg nach draußen. Ich beschloss, mitzufahren und zwängte mich auf die Rücksitzbank, die im Mini extrem winzig war.

Eine halbe Stunde später hatten wir das Krankenhaus erreicht. Farid fuhr direkt zur Notaufnahme, doch hinter uns bog ein Rettungswagen mit blinkenden Blaulichtern ein, deshalb parkte er auf einem Parkplatz, der eigentlich für die Klinikverwaltung reserviert war.

»Wartet einen Moment, ich hole schnell jemanden«, sagte er und verschwand in der Notaufnahme. Nur zwei Minuten später kehrte er mit einem Pfleger und einem Rollstuhl im Schlepptau zurück. Zu zweit hievten sie Papa aus dem Auto und der Pfleger schob ihn ins Krankenhaus. In dem breiten Flur, von dem aus es in verschiedene Schockräume ging, herrschte hektische Betriebsamkeit. Sanitäter in orangefarbenen Jacken luden einen Verletzten aus dem Rettungswagen aus. Ein Arzt und mehrere Schwestern drängten sich sofort um die fahrbare Trage.

Ich versuchte, nicht allzu neugierig hinzugucken, aber als sie den Mann an uns vorbeirollten und ich einen Blick auf sein blutverschmiertes Gesicht erhaschte, durchzuckte mich ein heißer Schreck. Der Verletzte auf der fahrbaren Trage war Lennart, der Bruder von Claudia Winter!

10. Kapitel

Mir klopfte das Herz bis zum Hals, denn mich überfiel ein schrecklicher Verdacht. Hatte Lennart uns gestern nicht erzählt, er habe ein Gewehr bei sich, weil er sich vor Einbrechern fürchtete? War er etwa das Opfer von Einbrechern geworden, die … Nein! Ich verbot mir, diesen Gedanken weiterzudenken. Mein Blick klebte wie hypnotisiert an Lennarts Gesicht. Es sah irgendwie komisch aus, ganz zerdrückt und alles war voller Blut. Man hatte eine Manschette um seinen Hals gelegt, in seiner Armbeuge steckte ein Tropf und Schläuche führten in seine Nase und seinen Mund.

Ich bekam kaum mit, dass Professor Belhedi auftauchte, und war irritiert, als mir plötzlich jemand die Hand hinhielt.

»Entschuldigung«, stotterte ich. »Hallo!«

»Nimm Elena am besten mit in die Cafeteria«, sagte der Professor zu Farid. »Es wird nicht allzu lange dauern. Der Orthopäde ist schon unterwegs.«

Eine Schwester schob Papa in einen der Behandlungsräume und Farids Vater wandte sich dem bewusstlosen Lennart zu.

»Verdacht auf Schädelhirntrauma und innere Blutungen

durch äußerliche Gewalteinwirkung«, hörte ich den Notarzt sagen. »Patient ist nicht ansprechbar und ohne Bewusstsein. Während der Fahrt kam es zwei Mal zu einem Atemstillstand. Wir mussten intubieren.«

»Ich übernehme«, sagte Professor Belhedi. Als Neurochirurg war er wahrscheinlich der beste Arzt für einen Patienten mit Kopfverletzungen. Er zog nacheinander Lennarts Augenlider hoch und leuchtete ihm mit einer Taschenlampe in die Augen. Mir war klar, dass es total indiskret und unhöflich war, jemanden so anzustarren, aber ich konnte nicht anders.

»Wie heißt der Mann?«, wollte eine der Schwestern, die ein Klemmbrett in der Hand hielt, wissen.

»Name und Alter sind unbekannt«, erwiderte der Notarzt, ein hagerer Mann Mitte vierzig mit einem Fünftagebart. Erst jetzt erkannte ich Dr. Assmann, den Arzt, der mich damals ins Krankenhaus begleitet hatte, nachdem ich mit Bittersweet gestürzt war und mir den Arm gebrochen hatte. »Er wurde zufällig von Spaziergängern auf einem Parkplatz gefunden. Die Polizei versucht seine Identität herauszufinden, aber er hatte keine Brieftasche bei sich. Nicht mal ein Handy.«

»Atemstillstand!«, rief eine Schwester und plötzlich brach eine Riesenhektik aus. Die Trage mit Lennart und alle Ärzte und Schwestern verschwanden eilig hinter der Milchglastür von Schockraum 2 und ich hatte das Gefühl, meine Beine würden unter mir nachgeben.

»Du bist ja ganz blass!« Farid legte besorgt seinen Arm um meine Schulter. »Komm, Leni, lass uns an die frische Luft gehen.« Er führte mich den Flur entlang und hinaus ins Freie.

»Der Mann … meinst du, er wird sterben?«, stammelte ich.

»Keine Ahnung«, entgegnete Farid. »Sah schon ziemlich übel aus. Aber bei meinem Vater ist er in den besten Händen. Mach dir keine Sorgen!« Sanft drückte er mich auf eine niedrige Mauer, kniete sich vor mich und rieb meine Hände.

»Tief ein- und ausatmen!«, riet er mir, ohne mich aus den Augen zu lassen. »Gleich wird es dir sicher wieder besser gehen.«

Wahrscheinlich glaubte er, der Anblick des Schwerverletzten hätte mich so mitgenommen und ich stünde unter Schock, dabei gingen mir ganz andere Sachen durch den Kopf. Es erschien mir unwahrscheinlich, dass jemand durch den Wald fuhr, rein zufällig auf das einsam gelegene Haus stieß und spontan beschloss, dort einzubrechen. Ich erinnerte mich an das massive Tor mit den Spitzen obendrauf, den hohen Zaun, die Kamera und das Schild, das vor Rottweilern warnte. Niemand, der auf der Suche nach schnellem Geld oder etwas Schmuck war, würde das Risiko eingehen, möglicherweise von Hunden gebissen und von einer Überwachungskamera erfasst zu werden. Wenn derjenige jedoch wusste, dass sich in dem Haus etwas Wertvolles befand und die Kameras bloße Attrappen und der Rottweiler in Wirklichkeit nur ein Chihuahua war, dann sah die Sache schon ganz anders aus. Worauf hatten es die Einbrecher, von denen Lennart uns erzählt hatte, also abgesehen? Auf Geld, natürlich! Eine Gänsehaut lief mir über den Rücken und mir wurde übel vor Angst, als ich an die dicken Rollen mit Geldscheinen und die Goldmünzen in meinem Schlafzimmerschrank dachte.

»Du frierst ja, Leni!« Farid strich mir über die Wange. »Komm, wir trinken in der Cafeteria einen Kakao. Dann geht es dir sicher schnell besser.«

Seine Sorge um mich war rührend und ich kam mir mies vor, ihn in dem Glauben zu lassen, der Anblick von Blut hätte mir einen Schock versetzt. Ich musste ihm die Wahrheit sagen, wenigstens einen Teil davon. Und dann musste ich unbedingt mit Melike sprechen!

»Es ist nicht so, wie du denkst«, sagte ich zu Farid. »Ich kenne den Mann zufällig.«

»Was?« Farid starrte mich verblüfft an und ließ mich los. »Woher denn?«

»Er ist der Bruder von der Frau, von der wir gestern die Pferde gekauft haben«, sagte ich.

»Bist du dir sicher?«

»Ja.« Ich nickte.

»Das sollten wir meinem Vater sagen.« Farid nahm meine Hand und zog mich hoch. »Sie wissen ja nicht, wer der Mann ist.«

Meine Gedanken rasten. Aber dann kam ich zu dem Schluss, dass es unverfänglich war, wenn ich sagte, ich hätte den Mann wiedererkannt. Papa hatte einen Kaufvertrag mit Lennarts Schwester gemacht, es war kein Geheimnis, dass wir gestern auf dem Hof im Wald gewesen waren.

Ein Streifenwagen bog von der Straße ab und näherte sich im Schritttempo. Kam die Polizei etwa wegen Lennart?

»Okay, du hast recht«, stimmte ich Farid eilig zu, denn ich hatte keine Lust, von Polizisten ausgefragt zu werden, wenn sie erfuhren, dass ich Lennart kannte. Wir marschierten zurück zur Notaufnahme. Die Tür war zu und ließ sich nicht öffnen. Farid drückte auf die Klingel. Aus dem Augenwinkel beobachtete ich zwei Polizisten, die sich gemächlich aus dem Streifenwagen schälten. Sie hatten es offenbar nicht eilig.

Endlich ging die Tür auf.

»Hier ist kein Zutritt«, beschied uns ein dicker glatzköpfiger Krankenpfleger unfreundlich. »Der Haupteingang ist auf der anderen Seite des Gebäudes!«

»Wir müssen mit meinem Vater sprechen«, sagte Farid. »Professor Belhedi! Bitte, es ist dringend!«

»Der ist gerade bei einem Notfall«, erwiderte der Pfleger und machte schon Anstalten, uns die Tür vor der Nase zufallen zu lassen, aber Farid stellte seinen Fuß dazwischen.

»He!«, protestierte der Pfleger. »Tu den Fuß da raus!«

»Nein!«

»Dann wartet hier.«

»Wir warten drinnen.« Farid drückte einfach die Tür auf und quetschte sich an dem Pfleger vorbei. »Komm, Leni!«

Auf dem breiten Flur war keine Menschenseele zu sehen. Farid klopfte entschlossen an die Milchglastür von Schockraum 2, ohne auf die Einwände des Glatzkopfs zu achten. Endlich schob eine blau gekleidete Schwester mit kurzen knallrot gefärbten Haaren die Tür auf.

»Wir müssen mit meinem Vater sprechen«, forderte Farid, bevor die Schwester überhaupt etwas sagen konnte. »Würden Sie ihm bitte Bescheid sagen?«

»Und woher soll ich wissen, wer Ihr Vater ist?« Sie verzog genervt das Gesicht, und da reichte es Farid. Er drängte sie ungeduldig zur Seite.

»Papa?«, rief er in den Raum hinein. »Papa!«

»Ist ja unverschämt!«, schimpfte die Rotgefärbte los. »Raus hier! Das ist die Notaufnahme!«

»Was ist hier los?« Professor Belhedi hatte Farids Stimme gehört und kam aus dem benachbarten Raum, woraufhin die Schwester verstummte und zur Seite trat. »Farid! Elena! Ist etwas passiert?«

»Ich kenne den Mann, der eben mit dem Krankenwagen gekommen ist«, erwiderte ich.

»Tatsächlich?« Der Professor hob erstaunt die Augenbrauen. Sein weißer Kittel und seine Latexhandschuhe waren voller Blut. Lennarts Blut. Der Anblick des Verletzten hatte mir eben nichts ausgemacht, aber plötzlich wurde mir ganz schummerig. Ich spürte, wie sich mein Magen hob. Speichel sammelte sich in meinem Mund. Ich schluckte und konzentrierte mich darauf, den Brechreiz zu unterdrücken, denn ich würde Farids Vater nie mehr in meinem Leben in die Augen blicken können, wenn ich ihm jetzt Omas Käsekuchen vor die Füße kotzte oder in der Notaufnahme des Krankenhauses kollabierte.

»Er heißt Lennart Winter.« Ich umklammerte mit beiden Händen Farids Arm. »Er wohnt bei seiner Schwester in dem Haus neben der Waldgaststätte Hubertus zwischen Königshofen und Braunshart. Wir haben dort zufällig gestern zwei Pferde gekauft.«

Professor Belhedi guckte mich an, als ob ich plötzlich Suaheli sprechen würde. Zwischen seinen Augenbrauen erschien eine steile Falte.

»Bist du dir ganz sicher?«, vergewisserte er sich.

»Ja, natürlich! Ich habe ja gestern noch mit ihm gesprochen«, antwortete ich. »Seine Schwester heißt Claudia. Ihr Mann oder Lebensgefährte ist heute beerdigt worden. Er ist letzte Woche gestorben und vorher hat er im Koma gelegen.«

»Du meinst, der Mann, der hier gerade eingeliefert wurde, ist der *Bruder* von Claudia Winter?«, wiederholte Farids Vater, ganz langsam und deutlich, als ob ich nicht alle Tassen im Schrank hätte.

»Genau!« Ich nickte. Die Übelkeit verschwand allmählich und mit ihr meine Sorge, vor Farid und seinem Vater ohnmächtig auf den Boden zu sinken.

»Zufällig kenne ich Frau Winter. Ziemlich gut sogar«, sagte der Professor zu meiner Überraschung. »Ihr Lebensgefährte lag nach einem schweren Unfall fast ein halbes Jahr hier auf der Intensivstation und war mein Patient. Ich habe Frau Winter beinahe jeden Tag gesehen und mit ihr geredet. Soweit ich weiß, hat sie keinen Bruder.«

»Äh, was?« Jetzt kapierte ich gar nichts mehr. »Aber … aber er hat uns doch gesagt, er wäre der Bruder von ihr! Wer ist er denn sonst?«

»Das ist eine gute Frage.« Professor Belhedi schüttelte leicht den Kopf. »Ich muss jetzt in den OP. Vielen Dank für die Information, Elena. Wir können der Polizei dann mitteilen, dass wir die Identität des Mannes kennen. Ich werde Frau Winter anrufen, ich habe ja ihre Nummer. Sicherlich klärt sich dann alles auf.«

»Was … was ist denn eigentlich mit Lennart?«, fragte ich. »Hatte er einen Unfall?«

»Ich darf dir über seinen Zustand nichts sagen, schließlich bist du keine Angehörige«, erwiderte Farids Vater freundlich.

»Wird er … sterben?«, wollte ich wissen.

»Wenn ich es verhindern kann, dann nicht.«

Dieser Antwort war zu entnehmen, dass es schlecht um Lennart stehen musste. Einem Menschen, den ich – wenn auch nur ziemlich flüchtig – kannte, war etwas Schlimmes zugestoßen, und der Gedanke, dass ich möglicherweise daran schuld war, machte mir zu schaffen.

Farid und ich gingen in die Cafeteria und setzten uns an einen der Tische. Während Farid uns etwas zu trinken besorgte, schickte ich Melike eine Sprachnachricht und berichtete ihr, was ich erlebt hatte. An die Möglichkeit, dass Peter Meisenberg nach seinem Unfall im Krankenhaus in Königshofen gelegen haben könnte, hatte ich überhaupt nicht gedacht, obwohl es natürlich naheliegend war. Jetzt begriff ich auch, weshalb Farids Vater heute auf der Beerdigung gewesen war. In einem halben Jahr bekam man sicher ein enges Verhältnis zu den Angehörigen von Patienten.

Mein Smartphone vibrierte. Melike hatte mir zurückgeschrieben.

Kannst du reden?

Nein. F ist hier. Melde mich später, antwortete ich.

Farid kam zurück mit einer Cola für mich und einem Isodrink für sich selbst. »Was es für Zufälle im Leben gibt«, stellte er fest. »Dass ausgerechnet mein Vater die Frau kennt, von der ihr die Pferde gekauft habt, ist schon irgendwie witzig!«

Ich erzählte ihm, wer Peter Meisenberg gewesen war, und dass wir Priamos und Tokka Willow kannten, weil sie früher, bevor er den Hubertushof gekauft hatte, auf dem Amselhof gestanden hatten. Und dann erzählte ich ihm, wie Lennart mich gestern mit dem Gewehr bedroht, Melike ihm das Pfefferspray in die Augen gesprüht hatte und was er uns über die Einbrecher und seine Angst in dem einsam gelegenen Haus gesagt hatte.

»Wieso hast du mir das nicht gestern schon erzählt?« In Farids Stimme schwang ein Hauch von Enttäuschung mit.

»Ich habe nicht dran gedacht«, sagte ich wahrheitsgemäß und trank einen Schluck eiskalte Cola. »Danach ist so viel passiert! Das war ganz schön dramatisch mit Priamos gestern.«

»Ja, das glaube ich.« Farid schob nachdenklich die Unterlippe vor. »Meinst du, dieser Typ könnte wirklich von Einbrechern überfallen worden sein?«

»Möglich. Er hatte auf jeden Fall Angst vor jemandem, deshalb ist er mit dem Gewehr herumgelaufen, obwohl es gar nicht geladen war.« Ich schauderte bei der Vorstellung, das Grundstück des Hubertushofs noch einmal betreten zu müssen, um das Geld zurückzubringen. Wieder überkam mich der Wunsch, Farid alles zu erzählen, aber ich hielt mich an Melikes und meine Absprache.

Mein Handy klingelte. Es war Papa, der mit der Behandlung fertig war und wissen wollte, wo wir waren. Er wartete im Foyer des Krankenhauses auf uns, mit einem bandagierten und geschienten Fuß und Krücken. Farids Vermutung hatte sich bestätigt: Das Außenband war abgerissen!

11. Kapitel

»Sechs bis acht Wochen werde ich ausfallen, meint der Orthopäde«, sagte mein Vater deprimiert, als wir nach dem Abendessen noch am Tisch in der Pferdetränke saßen. Zu Ehren von Susan hatte Oma Clam Chowder, eine amerikanische Muschelsuppe, gekocht, nach dem Rezept, das ich letzten Sommer von Brendas Haushälterin Paula bekommen hatte. Ich hatte damit gerechnet, dass Gloria und ich dolmetschen müssten, aber zu meiner Überraschung sprachen meine Eltern und der Aknefrosch erstaunlich gut Englisch, sodass die Unterhaltung am Tisch überhaupt kein Problem war. Susan war von der Unterbringung der Pferde in dem neuen Viererstall hellauf begeistert und hatte Brenda sofort Bilder geschickt. Jetzt waren sie und Gloria, die sich ja von der Oaktree Farm kannten, zurück in den Stall gegangen, um nach den vier Pferden zu schauen, die den langen Flug gut überstanden hatten. Gina hatte sie begleitet und der Aknefrosch gab noch die letzte von vier Springstunden in der großen Reithalle. »Das Maimarktturnier in Mannheim und das Pfingstturnier in Wiesbaden kann ich abhaken. Hoffentlich bin ich wenigstens bis zur Heuernte wieder fit.«

»Wer reitet denn dann eigentlich alle Pferde?«, fragte

ich. »Der Aknefro… äh … Jens kann das doch alleine gar nicht schaffen! Und ich muss ja ab Montag leider wieder in die Schule. Nachmittags kann ich natürlich mithelfen.«

»Es kommt überhaupt nicht infrage, dass du jeden Tag mehr als zwei Pferde reitest«, mischte Mama sich ein. »Eigentlich ist das schon zu viel für eine Sechzehnjährige.«

»Aber der Amtsarzt hat gesagt, ich hätte stabile Knochen und es wäre alles in Ordnung«, widersprach ich. Als Kadermitglied musste man jedes Jahr zu einer amtsärztlichen Untersuchung, das war Vorschrift. Der Verband achtete streng auf die Gesundheit der Jugendlichen, und wenn der Arzt feststellte, dass jemand körperliche Probleme oder Schwierigkeiten mit dem Wachstum hatte, dann wurde derjenige erst mal zurückgestellt.

»Deine Mutter hat recht«, sagte Papa. »Zwei Pferde pro Tag sind das Maximum. Sonst hast du mit 25 einen kaputten Rücken. Nein, ich muss irgendeine andere Lösung finden. Vielleicht kann uns Nötzli einen seiner Bereiter schicken.«

»Carlos könnte dir doch helfen«, sagte ich. Carlos war der Pfleger, der sich um Niklas' Pferde kümmerte, sie longierte, pflegte und auf Turniere fuhr. Er konnte alles, was mit Pferden zu tun hatte, außer reiten.

»Carlos wird im Mai nach Belgien gehen«, erinnerte Papa mich. »Er hat doch einen neuen Job in einem internationalen Springstall.«

»Ach ja, stimmt.«

Natürlich betraf Niklas' Entscheidung, in Zukunft weniger Turniere zu reiten, um sich stattdessen auf sein Studium konzentrieren zu können, auch Carlos. Außerdem hatten seine Eltern den großen Lkw an Brenda vermietet, damit diese ihre Pferde zu den großen Turnieren in ganz Europa, an denen sie teilnehmen wollte, transportieren konnte.

»Dann muss eben Christian früher zurückkommen«, sagte ich.

»Nein, auf keinen Fall.« Papa schüttelte den Kopf. »Er hat sich so sehr auf Amerika gefreut, das werde ich ihm nicht kaputt machen.«

»Warum fragt ihr nicht Tim?«, schlug Farid, der sich bisher aus dem Gespräch herausgehalten hatte, vor. »Elena hat mir erzählt, dass er momentan in einem Getränkeabhollager arbeitet, um sich ein paar Kröten zu verdienen.«

Meine Eltern starrten meinen Freund überrascht an.

»Beim Getränke Hausmann beuten sie ihn voll aus«, sagte ich. »Er kriegt da gerade mal acht Euro die Stunde!«

»Nun ja …«, begann Mama und wechselte einen raschen Blick mit Papa. »Es ist ja nicht so ganz einfach …«

»Wieso?«, fragte Farid. »Ich könnte mir vorstellen, dass er lieber reiten würde, als Getränkekisten zu schleppen.«

»Ja, das kann schon sein. Aber … hm …«

Meine Eltern drucksten ein bisschen herum, und Farid durchschaute den Grund dafür schneller als ich.

»Also, wegen *mir* müssen Sie sich deshalb keine Gedanken machen«, sagte er. »Ich hätte kein Problem damit, wenn Tim hier für eine Weile arbeiten würde. Du, Leni?«

»Wenn es dich nicht stört.« Ich blickte in Farids braune Augen und mir wurde ganz warm vor Glück und Dankbarkeit. »Mir wäre es egal. Hauptsache, jemand hilft beim Reiten.«

Zwischen Farid und mir hatte es von Anfang an immer wieder mal leichte Irritationen gegeben und das hatte auch an Tim gelegen. Es war Lajos gewesen, der mir damals die Augen geöffnet hatte, als ich wieder mal voller Selbstzweifel gewesen war und am liebsten mit Farid Schluss gemacht hätte, aus Angst davor, wegen eines anderen hübscheren Mädchens von ihm verlassen zu werden. Ich hatte Lajos von meinen Sorgen erzählt und da hatte er erwidert, dass es für Farid ja noch erheblich schwieriger sei als für mich, schließlich sei er viel unterwegs und müsste damit klarkommen, dass mein Exfreund immer noch in meiner Nähe war, sei es in der Schule oder auf dem Amselhof. Anfang des Jahres hatte eine blöde Tussi aus unserer Schule Farid ein Foto von Tim und mir geschickt, wie wir in der Cafeteria saßen und uns anlächelten. Ich hatte schon geglaubt, Farid würde deshalb mit mir Schluss machen. Er war gekränkt und tief enttäuscht, weil er glaubte, ich würde mich heimlich wieder mit Tim treffen. Da war mir bewusst geworden, wie viel Farid mir bedeutete. Aber die Sache hatte auch ein Gutes gehabt, denn wir hatten daraufhin ein langes Gespräch geführt, in dem es um Missverständnisse und um Vertrauen gegangen war, und wir hatten uns geschworen, immer und sofort über alles zu reden, wenn es mal zu Problemen kommen sollte. Seitdem lief alles wunderbar und ich war nicht länger eifersüchtig, wenn Farid nach einem Spiel von kreischenden Mädchen umringt wurde, Selfies machen und Autogramme auf T-Shirts und nackte Arme schreiben musste. Ich wusste, es bedeutete ihm nichts, und er konnte wiederum sicher sein, dass zwischen Tim und mir nichts mehr war, auf das er eifersüchtig sein musste.

»Dann würde ich Tim mal anrufen und fragen, ob er in den nächsten Monaten Zeit hätte«, sagte Papa und wirkte ziemlich erleichtert. Es war sehr schwer, einen guten und zuverlässigen Bereiter zu finden.

Farid und ich räumten den Tisch ab und trugen das Geschirr in die Küche. Die Gaststätte hatte sich gefüllt, am Tresen saßen die üblichen Verdächtigen und natürlich wollte jeder wissen, was Papa mit seinem Fuß gemacht hatte. Der Aknefrosch kam herein, wenig später ein paar Reiter, die die Springstunde mitgeritten hatten. Mittlerweile wusste jeder auf dem Amselhof, wer Farid war. Die Männer wünschten ihm viel Erfolg für das Spiel in München am nächsten Abend.

»Wollen wir noch mal kurz bei Priamos vorbeischauen und Quintano Hallo sagen?«, fragte ich Farid.

»Okay.« Er warf einen Blick auf sein Handy und stellte fest, dass es schon kurz vor neun war. »Aber dann muss ich los. Der Flieger nach München startet morgen früh schon um acht Uhr.«

Zuerst gingen wir in den ehemaligen Sechserstall. Die vier Pferde aus Amerika kauten zufrieden ihr Heu. Sie waren frisch geschoren und deshalb eingedeckt und an allen vier Beinen bandagiert.

Quintano spitzte die Ohren und streckte seinen Kopf über die Halbtür seiner Box, als ich seinen Namen rief. Ich streichelte ihn und gab ihm ein Leckerli, wie ich es früher auch immer gemacht hatte, dann stellte ich Farid Quite Easy, Temporize und Camelot vor.

»Temporize war schon zweiter bei Olympischen Spielen«, sagte ich. »Außerdem hat er ganz viele Große Preise gewonnen, sogar den in Aachen, und das ist eins der allerschwersten Springen der Welt. Und mit Quite Easy ist Brenda vor vier Jahren Vizeweltmeisterin in der Einzelwertung gewesen und hat die Goldmedaille mit der Mannschaft gewonnen!«

Farid war beeindruckt. »Wenn man es mit Fußball vergleicht, würde das heißen, diese Pferde spielen in der Champions League, oder?«, meinte er und ich musste lachen.

»Ja, so in etwa«, bestätigte ich.

»Und wo steht Fritzi ungefähr?«

»Hm. Ich würde sagen, er spielt noch in der U25.« Es fiel mir wirklich schwer, Farid nichts von dem Geld und den Goldmünzen zu erzählen. Auf der Rückfahrt nach Steinau hatte ich mit Melike hin- und hergeschrieben und sie war dagegen gewesen, Farid in unser Geheimnis einzuweihen.

Wir bringen es morgen eh zurück, hatte sie geschrieben. *Dann ist das Thema durch. Du regst ihn doch nur unnötig auf!*

Okee. Hast recht, hatte ich geantwortet. *Wir reiten aber gleich morgen früh hin.*

Bin Morgen um acht im Stall, hatte Melike daraufhin getippt.

Farid und ich besuchten noch kurz Priamos, dann begleitete ich ihn zu seinem Auto. Wie immer fiel es mir schwer, von ihm Abschied zu nehmen, und ich hatte Tränen in den Augen, als ich den entschwindenden Rücklichtern nachblickte, bis sie hinter der Kurve am Sportplatz von der Dunkelheit verschluckt wurden. Langsam ging ich zurück zum Haus. Ich war froh, dass Farid beim Abendessen die Sache mit Lennart nicht erwähnt hatte. Auch wenn meine Mutter im Augenblick wegen der bevorstehenden Ankunft von Brenda und ihren Eltern und jetzt noch Papas Verletzung ein wenig abgelenkt war, so hatte sie doch eine erstaunliche Begabung, mich zu durchschauen und Zusammenhänge zu erkennen. Ich wünschte, wir hätten das unselige Geld schon wieder zurückgebracht.

12. Kapitel

Am nächsten Morgen hätte uns eine neue Komplikation beinahe einen Strich durch die Rechnung gemacht. Als ich um halb acht zum Frühstück runterkam, bat Mama mich nämlich, am Vormittag ein Auge auf Gina zu haben, denn Papa und sie hatten ein paar Dinge in Königshofen und in Frankfurt zu erledigen.

»Melike und ich wollen aber die Rallyestrecke abreiten.« Im Prinzip hatte ich nichts dagegen, auf Gina aufzupassen, aber gerade heute war es einfach ungünstig. »Das dauert sicher ein paar Stunden.«

»Ich kann doch mitkommen!« Gina, die schon am Küchentisch saß, war von der Aussicht auf einen schönen langen Ausritt begeistert. »Ich werde euch auch nicht stören!«

»Das ist eine gute Idee.« Mama hatte schon ihre Jacke an und den Autoschlüssel in der Hand. »Dann viel Spaß und reitet vorsichtig! Und lass Twix bitte hier.«

Sekunden später fiel die Haustür hinter ihr ins Schloss und ich beobachtete durchs Fenster, wie sie in den Mercedes einstieg und davonfuhr.

»Tim hat gestern gleich bei dem Getränkemarkt gekündigt«, sagte Gina. »Er ist total happy, dass er da nicht mehr arbeiten muss!«

»Hm, ja, toll. Kann ich mir vorstellen«, murmelte ich und tippte eine Nachricht an Melike, um sie auf eine eventuelle Planänderung vorzubereiten. Wenn sie auf Gina aufpassen würde, könnte ich in der Zwischenzeit alleine zum Kapellenberg reiten.

Auf keinen Fall!, antwortete Melike innerhalb einer Minute. *Zusammen oder gar nicht! Wir müssen Gina ja nicht erzählen, was wir da genau machen.*

Wie sie das bewerkstelligen wollte, war mir ein Rätsel. Ich schickte Gina in den Stall, damit sie schon mal ihr Pony putzen und satteln konnte, flitzte hoch in mein Zimmer, wühlte den Teddy aus der Kiste im Schrank und stopfte ihn in meinen Rucksack.

Danach besuchte ich Priamos. Er lag in dem Sack auf der Seite und hob nicht einmal den Kopf, als ich in seine Box kam. Das Heu hatte er nicht angerührt. Ich setzte mich für einen Moment zu ihm und streichelte seinen Hals. Die Salbe, die ich regelmäßig auftrug, sorgte dafür, dass sich auf allen Wunden bereits Krusten bildeten. Aber es würde noch eine Weile dauern, bis ich den Fuchswallach waschen und vielleicht sogar scheren konnte.

Im Turnierstall traf ich auf Tim, der Calvador sattelte und dabei fröhlich vor sich hin pfiff. Auch Susan war schon früh auf den Beinen, sie führte gerade Temporize zur Reithalle.

Eine halbe Stunde später ritten Melike, Gina und ich vom Hof, allerdings nicht an den Reitplätzen vorbei in den Wald, sondern nach Steinau. Um nicht erneut die komplette Strecke reiten zu müssen, bogen wir hinter dem Sportplatz links ab und ritten durch Wiesen und Felder in Richtung Königshofen. Natürlich war die Rettungsaktion von vorgestern unser Gesprächsthema.

»Ich war früher ziemlich oft mit Papa bei Peter und Anne«, erzählte Gina zu unserer Überraschung. »Es gab immer ganz leckeren Kuchen und ich durfte mit Annes Hunden spielen und auf dem See rudern, solange Papa mit Peter irgendwas besprochen hat. Das war schön!«

»Ach ja?« Ich horchte auf. »Warum seid ihr so oft da gewesen?«

»Weiß ich gar nicht«, gab Gina zu. »Meistens war Peter ja bei uns. Zusammen mit dem doofen Herrn Teichert und anderen blöden Männern. Die haben im Reiterstübchen gesessen, Karten gespielt und so viel Bier getrunken, bis sie kaum noch laufen konnten. Pfui! Dann haben sie mitten in der Nacht im Hof laut herumgelacht und geredet und Autotüren geknallt, bis ich aufgewacht bin.«

»War Peter damals schon mit dieser Claudia zusammen?«, wollte Melike wissen.

»Nee, die war eigentlich die Frau von einem anderen Mann«, sagte Gina und kicherte. »Ich habe sie und den Peter mal erwischt, wie sie in der Sattelkammer heimlich *geknutscht* haben – igittigitt! Das habe ich natürlich Mama erzählt und Mama hat es Anne erzählt, und dann gab's voll den Riesenkrach! Alle haben sich angeschrien und Papa war sauer. Auf jeden Fall habe ich die Anne danach nie mehr gesehen. Leider. Die war viel netter als die blöde Claudia!«

Hatte sich die schwarze Fee Malificent an Peter Meisenberg herangemacht, weil sie in der schönen Villa wohnen und mit einem Porsche herumfahren wollte? Welch böse Überraschung musste es nun für sie sein, dass sie nichts geerbt hatte.

Wir trabten grasbewachsene Wege entlang, die sich zwischen Wiesen und Äcker entlangschlängelten, ließen unsere Pferde einen flachen Bachlauf am Waldrand durchqueren und einen steilen Pfad, der durch eine Tannenschonung führte, hochklettern. Oben angekommen orientierte ich mich kurz.

»Nach links«, entschied ich. Ein breiter Forstweg, der sich in weiten Kurven bis hoch zum Kapellenberg zog, lud zum Galoppieren ein und wir ließen unsere Pferde ordentlich rennen. Ginas schneeweißes New-Forest-Pony Flöckchen hielt problemlos mit unseren Quarterhorses mit. Das Sonnenlicht fiel durch die blattlosen Baumkronen und zeichnete helle Flecke auf den moosigen Waldboden. Zwei Rehe huschten durchs Unterholz und verschwanden mit graziösen Sprüngen tiefer im Wald.

Eine Dreiviertelstunde später hatten wir die Kapelle, die von hohen Bäumen umgeben auf einer kleinen Anhöhe lag, erreicht. Der Parkplatz eignete sich perfekt für einen Stopp. Von hier aus konnte man in der Ferne Frankfurt sehen und auf der anderen Seite die Burgruine von Königshofen. Melike checkte die Daten der Strecke, die wir bis hierher zurückgelegt hatten, auf ihrer App.

Wir ließen unseren Pferden die Zügel lang und ließen sie am frischen grünen Gras knabbern. Auf der anderen Seite der großen Wiese am Waldrand lag das Gasthaus Hubertus. Mein Blick wanderte zu der weißen Villa, die ein Stück dahinter lag, und ich wünschte, wir wären das Geld schon los und auf dem Rückweg.

»Was meinst du, Elena?«, schreckte mich ihre Stimme aus meinen düsteren Gedanken auf.

»Was?« Ich hatte ihr nicht richtig zugehört.

»Vielleicht sollten wir die Strecke so herum reiten lassen, wie wir gerade eben geritten sind«, sagte Melike. »Die Galoppstrecke durch den Wald ist richtig cool, weil es leicht bergauf geht, und wir können hier an der Kapelle den ersten Stopp einrichten.«

»Ja, gute Idee«, sagte ich. »Aber jetzt lass uns das andere erst mal hinter uns bringen.«

»Was denn?«, fragte Gina neugierig.

»Wir müssen noch mal zum Stall vom Hubertushof«, erklärte ich ihr. »Aber das darfst du niemandem erzählen! Niemandem! Nicht meinen Eltern und auch nicht Tim, kapiert?«

»Okay.« Gina bekam große Augen. »Macht ihr was Verbotenes?«

»Nicht direkt«, sagte Melike. »Aber es muss keiner wissen.«

»Wenn du irgendjemandem davon erzählst, nehmen wir dich nie wieder mit«, drohte ich Tims Schwester. »Das musst du uns schwören!«

»Ich werde niemandem irgendwas sagen.« Gina hob brav die rechte Hand. »Keiner Menschenseele! Das schwöre ich bei Flöckchens Leben!«

»Okay.«

Wir ritten los. Ich fand problemlos den Pfad, der am Zaun des Grundstücks durch den Wald führte. Als wir in Höhe des Reitplatzes waren, hielt ich Hilda an und zog den Rucksack mit dem Teddy aus der Satteltasche.

»Ihr wartet hier«, sagte ich zu Melike und wollte ihr Hildas Zügel in die Hand drücken, aber meine Freundin schüttelte den Kopf.

»Nein«, entgegnete sie. »Wir beide gehen zusammen. Gina kann bei den Pferden bleiben.«

Ich sah ihr an, dass es keinen Zweck hatte, mit ihr zu

diskutieren, und insgeheim war ich froh, nicht alleine gehen zu müssen. Wir saßen alle drei ab. Melike und ich banden unsere Pferde am Zaun an, wie wir es vorgestern auch gemacht hatten. Ich schärfte Gina ein, sich nicht von der Stelle zu rühren und mucksmäuschenstill zu sein. Das Mädchen guckte mich aus großen Augen an und nickte.

Ich setzte den Rucksack auf und wir kraxelten den schmalen laubbedeckten Pfad hoch, bis wir den Stall sehen konnten. Einen Moment lang hielten wir inne und lauschten, aber es war nichts zu hören, außer dem Zwitschern der Vögel in den Bäumen ringsum. Ich bohrte die Spitze meines Cowboystiefels in eine Masche des Drahts, zog mich hoch und schwang mein rechtes Bein über den Zaun. Schon war ich auf der anderen Seite. Melike folgte mir. Die Tür von Tokkas Box, die in den matschigen Paddock führte, stand offen.

»Wir gehen in den Stall und checken, ob die Luft rein ist«, flüsterte Melike. »Ich gehe in die Sattelkammer und bringe das Geld zurück. Du passt solange auf, dass niemand kommt.«

»Okay.« Ich nickte.

Wir zogen unsere Halstücher, die wir extra umgebunden hatten, über Mund und Nase, dann wateten wir durch den stinkenden Matsch und betraten Tokkas ehemalige Box. Die Stalltür war weit geöffnet, ich konnte die weiße Villa sehen. Mist! Das bedeutete, dass man uns vom Haus aus auch sehen konnte, wenn wir zur Sattelkammer gingen und jemand gerade zufällig zum Stall hinunterguckte.

»Gib mir den Teddy!«, kommandierte Melike.

Ich öffnete den Rucksack, zog den prall gefüllten Teddy heraus und reichte ihn meiner Freundin. Mein Herz pochte zum Zerspringen, als sie nun quer über die Stallgasse zur Sattelkammer huschte, die Tür aufstieß und hineinschlüpfte. Von der Stalltür aus hatte ich einen Teil des Weges, der vom Haus zum Stall führte, im Blick. Außerdem riskierte ich, gesehen zu werden, deshalb schlich ich in Priamos' Box und schob mich an der Mauer entlang bis zum Fenster. Vor Schreck blieb mir beinahe das Herz stehen, als ich drei Leute den Weg herunterkommen sah. Claudia Winter und zwei Männer marschierten direkt auf den Stall zu. Wenn wir uns nicht sofort aus dem Staub machten, saßen wir in der Falle!

13. Kapitel

Ich rannte geduckt zurück in die Stallgasse.

»Melike«, zischte ich. »Da kommt jemand! Wir müssen abhauen! Los, los, beeil dich!«

»Verdammt! Ich krieg den Scheiß-Teddybär nicht auf!«

»Egal! Komm jetzt!«, drängte ich.

Schon waren Schritte und Stimmen zu hören.

Melike schoss wie der Blitz aus der Sattelkammer und wir rannten durch Tokkas Box hinaus ins Freie. Da fiel mir mein Rucksack ein. »Oh nein! Ich hab meinen Rucksack drin liegen lassen!« Ich bremste ab. »Da steht unsere Adresse drin!«

»Mist!«, sagte Melike. »Dann beeil dich! Ich warte hier!«

Ich kehrte also um und grapschte den Rucksack, aber es war zu spät, um wieder hinauszulaufen, denn genau in dem Augenblick betrat Claudia Winter, gefolgt von einem Mann, den Stall. Zitternd kauerte ich hinter der Boxenwand, presste mich ganz eng an die Mauer und betete stumm, dass sie nicht in die Pferdeboxen gucken würden. Durch einen Spalt zwischen zwei Boxenbrettern konnte ich sie sehen. Der eine Mann trug eine schwarze Lederjacke und Jeans, der andere einen Anzug und schicke Lackschuhe.

»… lasse mich doch von euch nicht für dumm verkaufen!«, sagte der Mann im Anzug und seine Stimme klang wütend.

»Ich weiß überhaupt nicht, wovon Sie reden«, erwiderte Claudia schrill. »Hier ist nichts! Ich habe schon alles hundertmal abgesucht! Wie oft soll ich Ihnen das denn noch sagen?«

Die beiden verschwanden in der Sattelkammer, aber Lederjacke blieb dummerweise draußen vor der Stalltür stehen. Er zündete sich eine Zigarette an.

»Es muss hier irgendwo sein«, hörte ich den Anzug-Mann in der Sattelkammer sagen, dann ging die Tür ein Stück zu und ich vernahm nur noch Wortfetzen. »Er hat's … gesagt! Dabei … ihm vertraut, diesem Schwein!«

In der Sattelkammer rumorte es, dann krachte und schepperte etwas. Glas ging zu Bruch. Claudia Winter schrie auf.

Vor Angst war ich wie gelähmt. Mein Mund war staubtrocken, das Blut rauschte in meinen Ohren. Plötzlich nahm ich hinter mir eine Bewegung wahr und dachte schon, man hätte mich entdeckt. Aber zu meiner Erleichterung war es nur Melike, die sich neben mir auf den Boden kauerte.

»Was machen die da drin?«, wisperte sie.

»Die suchen irgendwas, aber ich glaube, nicht das Geld«, flüsterte ich zurück. »Warum bist du nicht abgehauen?«

»Spinnst du? Ich lass dich doch nicht im Stich!« Melike drückte mir den Teddy in die Hand und ich schob ihn mit zitternden Fingern zurück in den Rucksack, schloss den Reißverschluss und streifte mir die Trageriemen über die Schultern. Ich sah, dass sie ihr Handy herausholte, die Kamera-App aufrief und anfing zu filmen.

Der Anzug kam aus der Sattelkammer. »Hol das Brecheisen aus dem Auto!«, befahl er dem Lederjacken-Kerl, dann ging er zurück und begann, aus der Einrichtung der Sattelkammer Kleinholz zu machen. Frau Winter heulte und wimmerte hysterisch. Ich hatte sie vorgestern nicht besonders sympathisch gefunden, aber jetzt tat sie mir leid.

Lederjacke kehrte zurück. In seiner Hand hielt er ein Werkzeug, das ziemlich bedrohlich aussah.

Durch den Spalt konnten Melike und ich in die Sattelkammer schauen. Entsetzt sahen wir zu, wie Lederjacke mit roher Gewalt die Küchenschränke und die komplette Holzverkleidung von den Wänden riss, während Anzug Turnierschleifen zerfetzte und Bilder und Pokale auf dem Fußboden zerschmetterte. Glasscherben und Holzsplitter flogen bis in die Stallgasse wie Geschosse. Bei jedem Krachen zuckten wir zusammen.

»Die sind da drin beschäftigt«, raunte ich Melike zu. »Lass uns abhauen, bevor sie auf die Idee kommen, den Stall zu durchsuchen!«

»Okay.« Meine Freundin steckte ihr Handy ein.

Als in der Sattelkammer wieder etwas Schweres auf den Boden krachte, spurteten wir los. Wir stürmten durch den Paddock, kletterten über den Zaun und rannten den schmalen Pfad hinunter, bis wir bei unseren Pferden angekommen waren.

»Schnell, steig auf!«, befahl ich Gina. Ich wartete, bis sie und Melike auf ihren Pferden saßen, dann schwang ich mich auf Hildas Rücken, dabei guckte ich immer wieder zurück, aber niemand folgte uns. Erst als wir im Galopp die Wiese überquerten und die Kapelle hinter uns gelassen hatten, atmete ich auf. Am Waldrand zügelten wir unsere Pferde und parierten durch zum Schritt.

»Was ist denn passiert?«, rief Gina atemlos. »Ich habe nur so ein Krachen gehört und mir Sorgen gemacht.«

»Um ein Haar wären wir da nicht mehr rausgekommen«, stieß ich hervor und holte erst einmal tief Luft.

»Plan A ist auf jeden Fall gescheitert«, sagte Melike. »Von der Sattelkammer und den Pokalen dürfte nicht mehr viel übrig sein.«

»Und einen Plan B haben wir nicht«, entgegnete ich.

»Worum geht's denn eigentlich?«, wollte Gina neugierig wissen. »Vielleicht kann ich euch ja helfen!«

»Das ist ein Geheimnis«, erwiderte Melike und fügte grinsend hinzu: »Wenn wir es dir sagen würden, müssten wir dich anschließend töten!«

»Oh!«, machte Gina erschrocken. »Dann will ich's lieber nicht wissen.«

Auf dem Nachhauseweg redeten wir nicht viel. Gina war ein bisschen gekränkt, weil wir ihr nicht verraten wollten, weshalb wir zum Hubertushof geritten waren. Sie verschwand mit Flöckchen in der Scheune, wo das Pony zusammen mit Sirius und dem uralten Shetlandpony Susi in einer der großen Laufboxen bei den Zuchtstuten untergebracht war, und wir ritten weiter zum Eichenstall.

»Weißt du was«, sagte ich zu Melike. »Ich hatte irgendwie den Eindruck, dass es dem Anzug-Typ gar nicht um das Geld ging! Ich glaube, der hat nach irgendetwas anderem gesucht.«

»Aber nach was denn?«

»Tja. Keine Ahnung.«

»Wir sollten die Polizei einschalten!«

»Geht nicht!« Ich seufzte. »Jetzt schon gar nicht mehr!«

»Wieso denn nicht?« Melike blickte mich fragend an.

»Wenn diese Typen, die gerade die Sattelkammer zerlegt haben, dieselben sind, die Lennart so zugerichtet haben, dann will ich nicht wissen, was sie mit uns machen, wenn herauskommt, dass wir das Geld gefunden und zur Polizei gebracht haben! Vielleicht tun sie aus Rache dafür meinen Eltern etwas an – oder deinen! Oder Farid!« Ich schüttelte den Kopf. »Außerdem rasten meine Eltern aus, wenn sie erfahren, dass wir so viel Geld mitgenommen haben. Wir hätten es ihnen gleich sagen müssen. Jetzt ist es dafür zu spät!«

Melike sog nachdenklich an ihrer Unterlippe. »Wir müssen herausfinden, was diese Kerle eigentlich gesucht haben«, sagte sie.

»Und wie willst du das bitte schön anstellen?«

»Indem wir mit Lennart reden«, erwiderte Melike. »Wir besuchen ihn im Krankenhaus!«

Ich ließ mir ihren Vorschlag durch den Kopf gehen. Warum eigentlich nicht? Wir hatten Lennart kennengelernt, als wir die Pferde gekauft hatten. Niemand konnte es komisch finden, wenn wir ihm jetzt einen Besuch abstatteten.

Wir ließen Gina in Tims Obhut zurück, holten Twix bei Oma ab und gingen auf mein Zimmer, um den Teddy mit Geld und Gold im Bauch wieder in der Kiste zu verstauen. Dann legten wir uns auf mein Bett und guckten uns das Video an, das Melike vorhin gemacht hatte. Zu sehen war kaum etwas, dafür hörte man die Stimmen ziemlich gut, wenn man sich Kopfhörer aufsetzte. Vorhin im Stall hatten wir nichts davon verstanden.

»… *du hast genau drei Tage Zeit*«, sagte der Anzug zu Claudia Winter. »*Wenn ich es bis dahin nicht habe, dann weißt du, was dir blüht!*«

»*Aber ich weiß wirklich nichts von so einer Liste!*« Frau Winter schluchzte. »*Peter hat mir nie etwas von seinen Geschäften erzählt, das schwöre ich Ihnen!*«

»*Es ist ziemlich dumm von dir, mich anzulügen!*«

»*Das tue ich nicht! Ich lüge nicht! Ich durfte überhaupt nicht hier reingehen. Peter ist jedes Mal fuchsteufelswild geworden, wenn ich in seinem Stallbüro war! Bitte, glauben Sie mir doch! Fragen Sie Peters Exfrau, die weiß ganz sicher mehr als ich.*«

»*Was denkst du, wer mir von der Liste erzählt hat?*«, schnaubte der Anzug. »*Also: drei Tage. Sonst landest du auch im Krankenhaus! Oder vielleicht gleich auf dem Friedhof, wie der gute Peter …*«

Dann krachte es ohrenbetäubend laut und Frau Winter schrie auf.

Melike und ich sahen uns betroffen an. Das waren massive Drohungen. Und es klang nicht so, als ob der Typ Spaß verstand.

»Oh Gott«, murmelte ich. »Lennart hatte tatsächlich keinen Unfall! Diese Typen haben ihm das angetan. Aber warum? Wonach suchen sie bloß?«

»Rekapitulieren wir, was wir bisher wissen.« Melike kraulte Twix' Bauch. »Herr Meisenberg hatte letztes Jahr im November einen mysteriösen Unfall, über den im Internet nichts zu finden ist. Er hat fast ein halbes Jahr im Koma gelegen, bevor er gestorben ist. In sein Haus wurde mehrfach eingebrochen, deshalb ist Lennart sogar mit einem Gewehr herumgelaufen. Ich frage mich allerdings, wer er eigentlich ist, wenn er nicht Claudia Winters Bruder ist.«

»Vielleicht irgendein Verwandter. Ein Cousin«, mutmaßte ich. »Oder ein Bodyguard.«

»Ein Bodyguard, der vor Angst schlottert?« Melike schüttelte den Kopf. »Niemals!«

»Stimmt.«

»Ich vermute«, fuhr Melike fort, »Herr Meisenberg hat Buch geführt und genau aufgeschrieben, wer ihm Geld gegeben hat und wofür! Eine Liste mit Bestechungsgeldern und Namen wäre ziemlich brisant und könnte denjenigen, der ihn bestochen hat, um einen Auftrag, eine Baugenehmigung oder irgendeinen Vorteil zu kriegen, richtig in die Bredouille bringen!«

Ich bewunderte meine Freundin wieder einmal für ihren Scharfsinn. Das, was sie da sagte, klang schlüssig.

»Der Typ war total davon überzeugt, dass diese Liste irgendwo in der Sattelkammer war«, sagte ich nachdenklich. »Aber wir haben doch wirklich nichts gefunden.«

»Vielleicht hat er die Liste nur vorgeschoben und sucht eigentlich das Geld«, erwog Melike.

Plötzlich fiel mir etwas ein und ich sprang wie von der Tarantel gestochen auf. »Dieser USB-Stick in dem Plastikbeutel!«, rief ich aufgeregt. »Der in der Tasse im Küchenschrank war.«

»Genau!« Melike richtete sich auf und hob Twix vom Bett. »Mensch, das könnte es sein! Wo ist das Ding hingekommen?«

»Warte mal, ich muss nachdenken.« Ich überlegte angestrengt. »Ah, ja! Ich glaube, ich habe den Stick in meine Hosentasche gesteckt.« Ich durchsuchte die Klamottenberge in meinem Zimmer, aber die Jeans, die ich vorgestern getragen hatte, war nicht da. Wir wühlten in der Wäschetonne im Badezimmer – vergeblich! Schließlich rannten wir hinunter in die Waschküche im Keller. Auf der Wäscheleine hingen fein säuberlich ein paar Jeans und andere dunkle Kleidungsstücke zum Trocknen und hier fand ich auch meine Jeans.

»Mist! Meine Mutter hat sie schon gewaschen.« Ich zupfte die Hosentaschen von innen nach außen. Nichts. Dann hockte ich mich vor die Waschmaschine und tastete die Waschtrommel ab. Zwischen den Gummitürdichtungen wurde ich tatsächlich fündig. »Ich hab ihn! Komm, lass uns gucken, was da drauf ist!«

Ich gab ihn Melike. Sie zog die Kappe ab. Wasser tropfte heraus.

»Bevor wir irgendetwas machen, muss das Ding erst mal trocknen, sonst kann es einen Kurzschluss geben und dann sind alle Daten futsch«, warnte sie. »Wir könnten ihn föhnen. Oder bei 40 Grad in den Backofen legen.«

»Ich muss noch Lenzi und Fritzi reiten«, fiel mir ein. »Wir legen ihn einfach solange auf die Heizung und drehen sie voll auf.«

14. Kapitel

Fritzis Box war leer, als wir in den Turnierstall kamen. Wir gingen hinüber in die Reithalle, aber dort ritt nur Berit Teves auf einem ihrer Dressurpferde. Schließlich fanden wir meinen Hengst auf dem Springplatz. Tim saß auf seinem Rücken und ritt mit ihm große Achten im Galopp. Gina saß auf der Umzäunung, ließ die Beine baumeln und filmte ihren Bruder beim Reiten. Melike und ich stellten uns neben sie und sahen Tim und Fritzi zu. Ich wartete auf den feinen Stich der Eifersucht, der mich selbst dann durchzuckte, wenn ich meinen Vater auf Fritzi reiten sah, aber er blieb zu meiner Überraschung aus. Sogar das Gegenteil war der Fall: Es freute mich, wie zufrieden und locker der dunkelbraune Hengst über den Platz galoppierte, wie geschmeidig er die fliegenden Wechsel sprang und wie seine Muskeln spielten und seine Mähne flatterte. Wenn Papa Fritzi ritt, gab es immer wieder Machtkämpfe zwischen den beiden. Zu Hause, beim täglichen Training, kam ich mit Fritzi gut zurecht, denn er war fein zu reiten und durchaus gehorsam. Aber im Gelände und ganz besonders beim Springen war ich von der explosiven Kraft des Hengstes überfordert und in letzter Zeit hatte ich mich auf seinem Rücken oft wie ein Passagier in Seenot gefühlt, nicht wie der Kapitän.

Bei Tim sah es ganz anders aus, beinahe spielerisch, wie er auf Fritzi über den Platz galoppierte, das musste ich neidlos anerkennen.

»Echt Wahnsinn, wie Tim reiten kann«, sagte Melike neben mir. In ihrer Stimme schwang Ehrfurcht mit. »Und wie Fritzi sich entwickelt hat!«

»Ja, allerdings«, gab ich zu.

Ich erlaubte mir nicht oft, an die Zeit zurückzudenken, als Tim Fritzi und mich heimlich auf der Waldwiese trainiert hatte. Damals war Fritzi vier Jahre alt gewesen, ein schmaler Hänfling im Vergleich zu heute. Jetzt war er sieben Jahre alt und ein wahres Kraftpaket. Von der schlimmen Verletzung, die er sich als Jährling zugezogen hatte, war nichts mehr zu bemerken. Letztes Jahr hatte mir Herr Nötzli ein Wahnsinnsangebot gemacht. Er hatte mir die unglaubliche Summe von 400.000 Euro für meinen Fritzi geboten, oder 200.000 für die Hälfte, wobei er dann an einem späteren Verkauf prozentual beteiligt sein wollte. Ich hatte natürlich abgelehnt und meine Eltern hatten das Thema nie wieder erwähnt, aber trotzdem dachte ich jeden Tag über dieses Wahnsinnsangebot nach. Irgendwann war der Punkt erreicht, an dem es pure Dummheit wäre, ein Kaufangebot für ein Pferd, das sich jederzeit verletzen konnte, auszuschlagen. Ganz abgesehen davon wären mit 400.000 Euro alle Schulden, die noch auf dem Amselhof lasteten, mit einem Schlag bezahlt.

Urplötzlich überfiel mich ein Gefühl der Wehmut, weil ich begriff, dass ich Fritzi niemals so gut würde reiten können wie Tim oder mein Vater. Sosehr ich den Hengst auch liebte, ich war nicht die richtige Reiterin für ihn.

»Hey!« Tim parierte vor uns durch. »Elena, dein Vater

meinte, ich sollte heute mit Fritzi auf den Springplatz. Ich hoffe, das ist für dich …«

»Tim!«, unterbrach ich ihn mit warnendem Unterton und drohte ihm mit dem Zeigefinger.

»Ach, stimmt, das soll ich ja nicht mehr sagen.« Er lachte so unbefangen und fröhlich, wie ich ihn schon seit Jahren nicht mehr hatte lachen sehen, und klopfte Fritzis Hals. »Mensch, der ist so super zu reiten! Ich bin echt total begeistert!«

»Du reitest ihn ja auch toll«, erwiderte ich ehrlich. »Macht richtig Spaß, euch beiden zuzugucken.«

»Wir arbeiten gerade ein bisschen an seiner Durchlässigkeit. Da hapert's bei ihm noch.« Tim zwinkerte mir zu. »Dann hast du es in Zukunft leichter mit ihm.«

Ihm war also nicht entgangen, welche Mühe es mir in Bischofsheim bereitet hatte, den Hengst im Parcours zu regulieren, obwohl ich ihn mit Pelham und kurzem Martingal geritten hatte.

»Schaut ruhig noch weiter zu. Ich gehe Lenzi satteln«, sagte ich zu Melike und Gina, denn auf einmal konnte ich den Anblick von Tim und Fritzi nicht mehr ertragen.

Auf dem Weg in den Stall kämpfte ich mit den Tränen und wünschte, Farid wäre jetzt hier, um mich aufzuheitern und auf andere Gedanken zu bringen. Aber er war schon in München und würde erst am Samstag zurückkommen.

Wir saßen beim Mittagessen, als Papa und Mama nach Hause kamen. Tim, der sonst kaum ein Wort sagte, war wie ausgewechselt. Er lachte und scherzte mit dem Aknefrosch und Gloria, berichtete meinem Vater ausführlich, wie die Pferde, die er geritten hatte, gegangen waren, und zeigte ihm die Videos, die Gina von ihm und Fritzi gemacht hatte. Gemeinsam analysierten sie dieses und jenes und besprachen dann mit dem Aknefrosch den Plan für den Nachmittag. Ich hörte nur mit einem Ohr zu. Mir gingen ganz andere Dinge durch den Kopf und ich wünschte, meine einzige Sorge wäre auch, wie dieses oder jenes Pferd zu reiten wäre. Stattdessen machte ich mir Gedanken darüber, ob Melike und ich schuld daran waren, dass Lennart im Krankenhaus lag und Claudia Winter von zwei Männern bedroht wurde. Ich hoffte, dass auf dem USB-Stick diese blöde Liste abgespeichert war, nach der sie suchten, denn dann konnten wir den Stick anonym mit der Post schicken und alles wäre gut. Melike musste am Nachmittag arbeiten, aber sie wollte, wenn sie es schaffte, danach noch einmal vorbeikommen. Bis dahin war der Stick hoffentlich getrocknet. Der Anzug-Typ hatte Frau Winter eine Frist bis Sonntag gesetzt. Bis dahin mussten wir …

»Schmeckt es dir nicht, Elena?«, fragte Oma mich.

»Äh, doch, super«, antwortete ich schnell und schob mir hastig eine Gabel Kartoffelbrei in den Mund. Ich spürte Mamas prüfenden Blick auf mir ruhen und hütete mich davor, sie anzusehen. Mit Mühe schaffte ich es, meinen Teller leer zu essen, verzichtete aber auf einen Nachschlag.

Tim und ich verließen zusammen die Gaststätte. In dem Moment kam ein weißer SUV in hoher Geschwindigkeit die Auffahrt hoch und fuhr auf den Parkplatz. Tims Miene verfinsterte sich.

»Was will die denn hier?«, fragte er.

Mein Puls schnellte in die Höhe, als ich die dunkelhaarige Frau erkannte, die ausstieg und sich suchend umblickte. Claudia Winter!

»Hallo! Warte bitte mal kurz!« Sie hatte mich erkannt und kam nun mit schnellen Schritten auf uns zu. Vorgestern war sie mir wie ein richtiges Luxusgeschöpf vorgekommen – perfekt geschminkt und gestylt mit teuren Klamotten und einem Chihuahua auf dem Arm. Heute hingegen war ihr Gesicht bleich, die Lider geschwollen und unter ihren geröteten Augen lagen violette Halbmonde. Sie trug Jeans, abgelatschte Sneakers und eine graue Kapuzenjacke.

»Tim!«, stieß sie überrascht hervor und ich glaubte, so etwas wie Erschrecken in ihren Augen aufblitzen zu sehen. Wie seltsam! Sie hatte sich aber schnell wieder gefangen. »Was machst du denn hier?«

»Dasselbe könnte ich dich auch fragen«, erwiderte Tim und verschränkte die Arme vor der Brust. »Es ist echt eine Schande, wie Priamos und Tokka aussehen! Wieso hast du nicht bei uns angerufen, wie ihr es früher auch immer gemacht habt?«

»Ich habe nicht dran gedacht«, behauptete Claudia Winter. »Ich hatte in den letzten sechs Monaten wahrhaftig andere Sorgen als die Gäule.«

»Du hattest nicht mal fünf Minuten Zeit, bei uns anzurufen?«, fragte Tim ungläubig. »Das glaube ich dir nicht!«

»Dein Vater saß dummerweise im Gefängnis«, erwiderte sie schroff. »Da war er leider schlecht zu erreichen. Und deine Telefonnummer hatte ich nicht.«

»Blöde Ausrede!« Tim klang auf einmal richtig aggressiv. »Es ist echt das Allerletzte, Tiere so mies zu behandeln, nur weil du sie nicht mochtest. Wenn es nach mir ginge, würde ich dich anzeigen!«

»Glücklicherweise geht es nicht nach dir«, sagte Claudia Winter kalt. Die beiden starrten sich einen Moment lang an wie zwei Hunde, kurz bevor sie aufeinander losgingen, dann schien der Frau wieder einzufallen, weshalb sie hergekommen war.

»Ist dein Vater da?«, wandte sie sich an mich. »Ich muss dringend mit ihm sprechen.«

»Falls Sie Priamos zurückhaben wollen, das können Sie vergessen!«, sagte ich schnell.

»Will ich ja gar nicht.« Sie schüttelte ungeduldig den Kopf. »Ich bin heilfroh, dass ich die stinkenden Viecher los bin. Also, ist er da?«

Ihr Tonfall war genauso herrisch wie vorgestern. Mein Mitleid löste sich in Rauch auf. Weshalb machte ich mir eigentlich Sorgen um diese Frau? Sie hatte ja auch kein Mitleid mit den Pferden gehabt. Es geschah ihr nur recht, wenn sie jetzt Ärger hatte!

»Hallo? Bist du ein bisschen schwer von Begriff?«, fuhr sie mich jetzt auch noch an.

»Sie haben das Wörtchen ›bitte‹ vergessen!«, antwortete ich verärgert. »Ich bin nicht Ihr Bruder Lennart!«

Da lachte Tim spöttisch auf. »Was? Hast du etwa erzählt, Lennart wäre dein Bruder?«

»Das geht dich überhaupt nichts an!« Die Frau kniff zornig die Augen zusammen. »Ich …«

Sie sprach nicht weiter, denn in diesem Augenblick öffnete sich die Tür der Gaststätte und meine Eltern kamen heraus.

»Danke für deine Hilfe«, zischte Claudia Winter ironisch und ließ Tim und mich einfach stehen.

»Irgendwoher kenne ich die«, sagte ich. »Mir fällt nur nicht ein, woher.«

»Sie war früher mal die Sekretöse von Arianes Vater und

Lennart war ihr Freund«, erklärte Tim. »Peter Meisenberg war der beste Kumpel vom alten Teichert und gleichzeitig Lennarts Chef. Daher hat Claudia den Meisenberg gekannt.«

»Ach so!« Plötzlich fielen ein paar Puzzlestücke in meinem Kopf an die richtigen Plätze und ich erinnerte mich an den Tag, an dem ich in das Büro von Herrn Teichert gegangen war, um das Geld zu holen, das er uns geschuldet hatte. Claudia Winter war die aufgedonnerte Frau hinter dem weißen Empfangstresen gewesen, die versucht hatte, mich abzuwimmeln.

»Diese Claudia ist nur auf ihren Vorteil bedacht«, fuhr Tim fort. »Irgendwann hat sie wohl beschlossen, dass der Meisenberg die bessere Partie wäre als Lennart, der treudoofe Schluffi, und hat sich an ihn rangemacht.« Er gab ein verächtliches Geräusch von sich und ich erinnerte mich an das, was Gina uns heute Morgen auf dem Weg zum Kapellenberg erzählt hatte. Und dann fiel mir noch ein, was Mama über Herrn Meisenberg gesagt hatte. »Donnerstags war früher bei uns im Reiterstübchen Skat-Abend«, sagte Tim. »Manchmal haben die bis nachts um zwei Karten gespielt und gesoffen. Eigentlich war das so eine Männersache, aber irgendwann war auch Claudia dabei, was meiner Mutter und der Frau Meisenberg nicht gepasst hat, wie du dir denken kannst. Tja, und dann war Claudia plötzlich die Freundin vom Meisenberg und ist zu ihm in die schicke Villa gezogen. Sie hat sicher gedacht, er würde sie heiraten, aber dazu hatte er dann wohl keine Lust.«

Gerade als ich Tim erzählen wollte, dass Lennart gestern schwer verletzt ins Krankenhaus eingeliefert worden war, rief Papa nach mir.

»Wir sehen uns später«, sagte ich rasch und ging zu meinen Eltern, die mit Claudia Winter noch immer vor der Gaststätte standen.

»Elena, du hast doch alles fotografiert, was wir vorgestern mitgenommen haben, oder?« Papa wirkte verärgert.

»Ja.« Ich nickte. »Wieso?«

»Frau Winter sucht etwas«, bemerkte Mama. »Sie glaubt, dass ihr es vielleicht aus Versehen mitgenommen haben könntet.«

»Okay … Und was soll das sein?« Ich guckte Claudia Winter fragend an und hoffte, dass man mir nicht anmerkte, wie wild mein Herz pochte.

»Ich weiß es auch nicht so genau. Eine CD. Ein USB-Stick. Oder vielleicht ein paar Blätter.« Sie lachte künstlich und tat so, als ob es eigentlich nicht so wahnsinnig wichtig wäre, aber sie war nervös. Und ich wusste, weshalb. »Klingt ein bisschen seltsam, ich weiß, aber der Testamentsvollstrecker braucht bestimmte Unterlagen wie Grundbuchauszüge und Kaufverträge. Ich habe schon das Haus vom Speicher bis zum Keller, die Garagen und den Stall abgesucht und natürlich habe ich auch in das Bankschließfach geschaut, aber da war leider nichts.«

Sie musste wirklich verzweifelt sein, um eine solch abwegige Geschichte zu erfinden, aber meine ahnungslosen Eltern schienen ihr die Lüge zu glauben. Die Geldrollen und Goldmünzen erwähnte sie nicht. Wahrscheinlich hatte sie von deren Existenz wirklich keine Ahnung. Ich dachte daran, wie sie heute Morgen geschrien und geschluchzt hatte und an Lennarts blutüberströmtes Gesicht und plötzlich wollte ich diesen blöden USB-Stick einfach nur loswerden. Es konnte uns völlig egal sein, was darauf gespeichert war! Und ich wollte nicht dafür verantwortlich sein, dass diese

Männer Frau Winter etwas antaten, mochte sie auch eine noch so blöde Kuh sein.

»Wir haben tatsächlich einen USB-Stick gefunden«, sagte ich deshalb und Frau Winter riss überrascht die Augen auf. »Er war … in der Box mit dem Putzzeug.«

»Und wo ist er jetzt?«, fragte sie aufgeregt. »Hast du ihn noch?«

»Ja, klar«, nickte ich. »Ich habe ihn in meine Hosentasche gesteckt und vergessen, ihn rauszutun. Leider war er in der Waschmaschine.«

Mama warf mir einen ihrer Röntgenblicke zu und ich wusste, dass sie mir kein Wort glaubte.

»Könntest du ihn mir wohl bitte geben?«, flötete Frau Winter und lächelte süßlich. »Das wäre wirklich sehr nett von dir.«

»Ich hole ihn«, sagte ich und lief zu unserer Haustür. Melike würde schon verstehen, weshalb ich das tat. Wir waren schließlich keine Detektive und die ganze Sache war ein paar Nummern zu groß für uns. In meinem Zimmer klaubte ich den Stick von der Heizung, rannte wieder nach unten und drückte ihn Frau Winter in die Hand.

»Sie sollten ihn noch ein bisschen trocknen lassen«, riet ich ihr. »Sonst könnte es einen Kurzschluss geben und dann sind alle Daten futsch.«

»Ja, natürlich, das werde ich machen.« Frau Winter lächelte mich an, als seien wir die besten Freundinnen. »Danke. Vielen, vielen Dank! Wenn das drauf gespeichert ist, was ich hoffe, dann erspart mir das eine Menge Ärger.«

Meine Eltern, die keinen blassen Schimmer davon hatten, um was es hier wirklich ging, nickten und lächelten auch.

Ich verspürte eine grenzenlose Erleichterung, als sich Frau Winter nun verabschiedete und eilig zu ihrem Auto ging. Papa humpelte an seinen Krücken Richtung Stall und Mamas Lächeln erlosch, als er außer Hörweite war.

»Was war das denn jetzt?«, fragte sie mich.

»Was meinst du?« Ich stellte mich begriffsstutzig.

»Wo hast du den Stick gefunden?«

»In der Waschmaschine«, sagte ich und merkte, dass ich einen Fehler gemacht hatte.

»Diese ganze Geschichte stinkt doch zum Himmel.« Mama blickte mich scharf an. »Ich würde dir noch glauben, dass du einen USB-Stick in einem Putzkasten findest. Möglicherweise glaube ich dir sogar, dass du ihn in die Hosentasche steckst. Aber wieso solltest du ausgerechnet in der Waschmaschine nach dem Ding suchen?«

Um mich nicht noch mehr in Lügen zu verstricken, entschloss ich mich, bei der Wahrheit zu bleiben. Wenigstens ein bisschen.

»Melike und ich wollten gucken, was auf dem Stick gespeichert war«, gab ich also zu. »Wir waren neugierig.«

»Und? Was war drauf?«, wollte meine Mutter wissen.

»Keine Ahnung.« Ich zuckte die Schultern. »Du hast das Ding ja mitgewaschen. Vielleicht ist es jetzt kaputt.«

»Ach, bin ich etwa schuld, wenn du deine Hosentaschen nicht ausleerst?« Mama legte den Kopf schief. Zum Glück klingelte in diesem Moment ihr Handy und ich ergriff die Gelegenheit, in den Stall zu verschwinden, bevor sie auf die Idee kam, mir noch weitere Fragen zu stellen.

15. Kapitel

Nachdem ich Melike geschrieben hatte, was passiert war, holte ich meinen Putzkasten und ging zu Priamos, um ihn ein wenig zu putzen. Jemand hatte das Außenfenster geöffnet, aber der Fuchswallach zeigte kein Interesse an seiner Umwelt. Kraftlos hing er in den Gurten, aber wenigstens nahm er die Karotte, die ich ihm anbot, und zerkaute sie langsam.

»Jetzt werde ich dich mal ein bisschen schön machen«, sagte ich zu dem Pferd. »Vielleicht tut dir das ja gut.«

Mit einem Federstriegel begann ich, vorsichtig das zottige und verschmutzte Winterfell überall da, wo ich es zwischen den breiten Gurten erreichen konnte, auszubürsten. Priamos schien die Massage zu genießen. Er stand ganz still, mit gesenktem Kopf und halb geschlossenen Augen. Wie lange mochte es her sein, dass ihn jemand so gründlich geputzt hatte? Innerhalb weniger Minuten lag ein Berg Haare in den Sägespänen. An den Beinen war das Fell jedoch dermaßen verklebt, dass selbst der Federstriegel kaum etwas ausrichtete, deshalb nahm ich die Schere und schnitt den schlimmsten Dreck einfach weg.

»Hallo, Elena«, sagte Lajos hinter mir. »Das ist schön, dass du ihn putzt. Es wird ihm guttun.«

»Ich wünschte, ich könnte ihn waschen«, entgegnete ich und klaubte die abgeschnittenen Haare aus den Spänen. »Ihm muss doch das Fell schrecklich jucken!«

»Eine Dusche würde seinem Kreislauf sicherlich nicht schaden.« Lajos blickte auf seine Uhr. »Ich habe einen Moment Zeit. Komm, wir bringen ihn rüber in die Waschbox.«

»Echt?«

Ich hatte angenommen, Lajos würde die Gurte entfernen, aber stattdessen ergriff er das Steuergerät der Kranvorrichtung. Die Schiene an der Decke führte hinaus auf die Stallgasse, dann zweigte sie ab in den OP-Raum, die gepolsterte Aufwachbox und in die Waschecke. Ich zog Priamos ein Halfter an und er folgte mir brav. Das hydraulische Geräusch, das der Kran verursachte, schien ihn nicht zu stören.

Wir brauchten ein paar Minuten für die wenigen Meter und ich begriff, wie schlecht es dem Pferd tatsächlich ging.

»Warmes oder kaltes Wasser?«, fragte ich Lajos.

»Erst mal kaltes, für die Beine.«

Priamos stand still wie ein Denkmal, als ich den Schlauch aus der Halterung nahm, das Wasser aufdrehte und ihm vorsichtig mit einem dünnen Strahl ein Bein nach dem anderen abspritzte. Es schien ihm wirklich gutzutun, denn er schnaubte zufrieden.

»Ah, hier bist du, Elena.« Papa blieb neben Lajos stehen, auf seine Krücken gestützt, und sah mir zu.

»Das Pferd sieht ja wirklich schlimm aus«, sagte er.

»Ich hatte ihn gestern auf der Bodenwaage«, erwiderte Lajos. »Er wiegt gerade mal 410 Kilo. Bei seiner Größe müsste er mindestens 150 Kilo mehr wiegen.«

Papa strich Priamos über den Kopf und zauste seinen Schopf.

»Er hat einfach einen unglaublich ausgeglichenen Charakter«, sagte er. »Ein tolles Pferd! Ich war damals sehr enttäuscht, als Peter ihn hier weggeholt hat.«

»Jetzt gehört er uns und niemand holt ihn mehr weg«, antwortete ich und massierte Priamos' Beine und seinen verklebten Schweif mit Shampoo ein.

»Er gehört dir«, lächelte Papa.

»Erst, wenn ich dir das Geld zurückbezahlt habe«, erinnerte ich ihn.

»Das eilt nicht«, versicherte Papa mir.

Ich stellte das Wasser etwas wärmer ein und spülte das Shampoo ab.

»Wie geht's deinem Fuß?«, erkundigte sich Lajos.

»Mit der Orthese habe ich kaum Schmerzen«, antwortete mein Vater. »Aber an Reiten ist in den nächsten Wochen nicht zu denken. Zum Glück hat das mit Tim geklappt!«

»Was sagt Richard eigentlich dazu, dass sein Sohn jetzt bei euch in Lohn und Brot ist?«

Ich wiederholte die Waschprozedur.

»Er war einverstanden«, sagte Papa und ich spitzte die Ohren. »Besser, als im Getränkemarkt für acht Euro die Stunde Kisten schleppen, meinte er. Ich habe das Gefühl, er glaubt selbst nicht mehr daran, dass es ihm gelingt, den Sonnenhof zu retten.«

»Tim hat mir erzählt, Stefan Roselieb will den Hof kaufen.« Lajos lehnte sich an die Wand der Waschbox und hielt den Strick nur noch ganz locker in der Hand. »Viel wird dann am Schluss nicht mehr übrig bleiben, wenn die Bank ihren Anteil gekriegt hat.«

Sie sprachen mit gesenkten Stimmen und ich tat so, als würde ich nicht zuhören, aber ich schnappte einiges auf.

Mein Vater überlegte tatsächlich, Tim einen Lehrvertrag anzubieten. Schon früher hatten wir auf dem Amselhof Auszubildende gehabt, aber viele der jungen Frauen hatten sich Illusionen darüber gemacht, wie hart die Arbeit mit den Pferden wirklich war, und die meisten von ihnen hatten schon nach ein paar Monaten aufgegeben. Ich wusste, dass Papa gerne junge Leute ausbildete, und er war ein sehr guter Lehrmeister, aber er hatte keine Lust mehr, sich Vorwürfe von Eltern weinender Mädchen, die ihr Können und ihre Belastbarkeit überschätzt hatten, machen zu lassen. Mein Vater humpelte davon und ich spülte ein drittes Mal das Shampoo aus. Endlich war das Wasser nicht mehr bräunlich-schwarz, sondern klar. Ich schrubbte Priamos' Hufe mit einer Wurzelbürste innen und außen und fettete sie danach ein, dann betrachteten Lajos und ich zufrieden das Ergebnis meiner Arbeit. Zwar war ich durchgeschwitzt und hatte lahme Arme, aber es hatte sich gelohnt: zumindest der untere Teil von Priamos war wieder sauber und dort, wo das Fell trocknete, glänzte es sogar ein bisschen.

»Finde ich übrigens ganz großartig von Farid und dir«, sagte Lajos beiläufig.

»Was denn?« Ich tat überrascht, aber Lajos durchschaute mich natürlich.

Er lachte amüsiert. »Na komm, tu bloß nicht so, als hättest du eben nicht zugehört!«

»Na ja, okay, ein bisschen was habe ich mitgekriegt«, gab ich zu. »Farid hat zu meinen Eltern gesagt, warum sie nicht Tim zum Reiten holen.«

»Toll. Wirklich.« Lajos nickte.

»Denkst du, die Jungbluts verlieren den Sonnenhof?«, fragte ich.

»Ich fürchte, ja. Wenn Richard den Hof jetzt verkaufen kann, kriegt er vielleicht noch ein bisschen Geld raus, von dem er eine Wohnung oder ein Häuschen kaufen kann. Wartet er noch länger und zahlt den Kredit bei der Bank nicht regelmäßig zurück, dann besteht das Risiko, dass er alles verliert.«

Wie immer sprach Lajos mit mir wie mit einer Erwachsenen. Noch nie hatte er Melike und mich mit Sätzen wie »dafür seid ihr noch zu jung« oder »das versteht ihr noch nicht« abgespeist. Damals, als niemand wissen durfte, dass Tim und ich zusammen waren, hatte er uns nicht verraten, und auch sonst war er verschwiegen, wenn wir ihn darum baten. Das war auch der Grund dafür, weshalb ich ihm vertraute und ihm oft mehr erzählte als meinen Eltern. Vielleicht sollten wir mit Lajos über das Geld aus den Pokalen reden. Ihm würde sicherlich etwas einfallen, was wir damit machen sollten. Allerdings war das kein Thema, über das ich mit ihm auf der Stallgasse sprechen konnte.

Susan kam herein und blieb stehen. Natürlich wollte sie wissen, was mit Priamos passiert war. Sie war entsetzt, als ich ihr die Geschichte erzählt hatte.

»So etwas Ähnliches ist vor ein paar Jahren in Amerika passiert«, sagte sie. »In einem Stall in Colorado wurden zwölf Pferdeskelette und acht halb verhungerte Pferde gefunden, unter ihnen Dual Peppy, eines der erfolgreichsten Cutting-Pferde Amerikas.«

»Ist er wieder gesund geworden?«, fragte ich.

»Ja, er und die anderen Pferde wurde gerettet. Die Halterin wurde übrigens zu einer Gefängnisstrafe verurteilt und darf nie wieder Tiere halten.«

Wir manövrierten Priamos zurück in seine Box und ich

gab ihm und Tokka die Nachmittagsfutterrationen. Lajos hatte mir genau erklärt, was und wie viel jedes der beiden Pferde zu fressen bekommen sollten. Die Spezialmischung bestand aus Kräutern zum Aufbau der Magenschleimhaut, Spurenelementen, Aminosäuren für den Muskelaufbau, Elektrolyten und Eiweiß und sie schien beiden Pferden gut zu schmecken.

Weil ich nichts Besseres zu tun hatte, putzte ich auch Tokka Willow noch. Es war albern, sie nicht zu mögen, nur weil sie Priamos gebissen hatte, aber irgendwie hatte ich keinen Draht zu der braunen Stute. Ohnehin hatte ich schon immer Wallache und Hengste lieber gemocht als Stuten, ohne zu wissen, warum das so war.

Endlich meldete Melike sich. Ich befürchtete schon, sie sei sauer auf mich, aber das war sie zu meiner Erleichterung nicht.

»Hätte ich an deiner Stelle genauso gemacht«, sagte sie. »Vielleicht ist die Sache ja damit erledigt. Und wegen dem *Du-weißt-schon-was* machen wir uns mal Gedanken.«

»Wir könnten mit Lajos darüber reden«, schlug ich vor und setzte mich auf die Bank an der Remise, in der im Winter die Hindernisse gelagert wurden. »Ich will das Zeug loswerden, so schnell es geht!«

Während ich mit Melike quatschte, blickte ich auf den Springplatz. Der Aknefrosch ritt eine junge dunkelbraune Stute, die einer Einstellerin gehörte. Tim saß auf Niklas' Fuchswallach No Doubt und Ariane ließ ihren Con Amore über ein paar Bodenstangen traben. Gina machte Turnübungen an der Reitplatzumzäunung und wurde von Ariane angemeckert, weil sich ihr Pferd angeblich erschrecken würde. Von den Dressurplätzen schallte Glorias Stimme herüber und Opa tuckerte mit dem Traktor zum Eichenstall, auf den Zinken des Frontladers steckte ein Rundballen Heu. Heinrich und Stani holten die Stuten mit ihren Fohlen von der Koppel, auf der sie den sonnigen Nachmittag verbracht hatten. Alltag auf dem Amselhof. Im Gegensatz zu Christian, der es nicht abwarten konnte, endlich wegzukommen und die Welt zu sehen, war ich nur hier wirklich glücklich und wenn ich von Pferden umgeben war. Ich beobachtete die Stuten und Fohlen, die den sandigen Weg zwischen den Reitplätzen entlangtrotteten. Fritz Junior, Fritzis ältester Sohn, hatte sich zu einem hochbeinigen, schicken Hengstfohlen entwickelt, aber Flip Flop, das Fohlen von Ma Baker, sah Fritzi am ähnlichsten. Nächste Woche würde die Auswahlkommission des Hannoveraner Verbandes auf den Amselhof kommen, um sich unsere Fohlen anzusehen und zu prüfen, ob eines oder mehrere gut genug für die Verdener Elite-Fohlenauktion im August waren. Es war jedes Jahr dasselbe: Zuerst kam die aufregende Zeit, in der die Fohlen, auf die wir elf Monate gewartet hatten, endlich das Licht der Welt erblickten. Dann erlebte man, wie sie wuchsen, größer wurden und zu richtigen kleinen Persönlichkeiten heranreiften. Im Herbst, wenn sie dann sechs Monate alt waren, kam die Zeit des Abschieds. Nur ganz selten behielten meine Eltern mal ein Fohlen, die meisten wurden verkauft. Aber nicht nur wir selbst hatten den ersten Fohlenjahrgang von Fritzi mit Spannung erwartet. Mein Hengst hatte in den letzten zwei Jahren auf Turnieren in ganz Deutschland für Furore gesorgt, indem er jede Springpferdeprüfung, in der Papa mit ihm gestartet war, mit Traumnoten gewonnen hatte. Aufgrund dieser Leistungen war Fritzi ins Hengstbuch 1b des Hannoveraner Verbandes aufgenommen worden und hatte überdies die Zuchtzulassung für weitere Pferdezuchtverbände erhalten, denn wegen seiner Verletzung hatte er als Zweijähriger ja nicht zur Körung gehen können, wie das normalerweise der Fall war. Wir hatten sehr viele Anfragen von Stutenbesitzern bekommen, aber Fritzi hatte nur dreißig Stuten decken dürfen.

»Bist du noch dran, Elena?«, fragte Melike.

»Ja«, erwiderte ich.

»Alles okay bei dir? Soll ich noch mal rauskommen?«

»Nee, musst du nicht.« Ich blickte mich um, aber es war niemand in der Nähe, der mich belauschen konnte. Rasch erzählte ich Melike von dem Gespräch zwischen Papa und Lajos.

»Tim als Azubi jeden Tag bei euch auf dem Hof?«, überlegte Melike. »Wäre das für dich okay? Und für Farid?«

Als wäre es Gedankenübertragung gewesen, rief Farid an. Ich sagte Melike Tschüss und nahm Farids Anruf entgegen. Seine Stimme zu hören tat mir gut. Er erzählte mir vom Hotel und vom heutigen Training und dass der Trainer ihm angekündigt hatte, er habe ihn morgen für die Startelf vorgesehen, allerdings würde er wohl nicht wie sonst im offensiven Mittelfeld spielen, sondern als rechter Verteidiger. Sein Glück war das Pech seiner Mannschaftskollegen, die aus Verletzungsgründen nicht mit nach München gereist waren.

»Gegen die Bayern von Anfang an dabei«, frohlockte er. »Das hätte ich mir vor einem halben Jahr nicht träumen lassen!«

»Denk dran, dass du dem Aknefrosch versprochen

hast, ihm das Trikot von Arjen Robben mitzubringen«, erinnerte ich ihn.

»Mal sehen, ob der überhaupt noch Lust hat, es mir zu schenken, wenn wir sie besiegt haben!« Farid lachte. Die Chance, dass dies geschehen würde, war denkbar gering. Bayern München war in der Bundesliga kaum zu schlagen. Auch ihm erzählte ich, dass Papa überlegte, Tim als Auszubildenden einzustellen.

»Aha. Und wie findest du das?«, wollte er wissen.

»Er kann wirklich super reiten«, antwortete ich. »Heute saß er auf Fritzi und ich sage dir, so gut habe ich ihn noch nie gehen sehen.«

»Dass er super reiten kann ist ja nicht die Frage«, entgegnete Farid. »Sondern eher, ob du Bock drauf hast, ihn jeden Tag zu sehen.«

»Tim und ich, das ist Vergangenheit«, sagte ich. »Das hat er mittlerweile auch begriffen. Und zwischen ihm und mir war es sowieso nie so, wie es mit uns ist.«

»Das heißt?«

Ich konnte hören, dass er lächelte.

»So schön und so unkompliziert«, erwiderte ich. »Mit dir ist es nie stressig. Ich kann mit dir über ernste Sachen reden und auch lachen und albern sein. Und ich vertraue dir. Außerdem …«

»Ja?«

»Außerdem finde ich dich toll. Du bist der mit Abstand süßeste Junge, den ich je gekannt habe.«

»Süßer als Priamos?«, fragte Farid.

»Na ja … hm …« Ich grinste. »Sogar ein bisschen süßer, würde ich sagen.«

»Puh, da bin ich jetzt aber froh!« Er lachte, wurde dann

aber ernst. Farids Stimme wurde zärtlicher. »Ich vermisse dich, meine süße Leni. Danke für die coole Playlist, die du mir gemacht hast. Ich höre sie die ganze Zeit und denke dabei an dich.«

Bei diesen Worten flutete ein warmes Glücksgefühl durch meinen ganzen Körper und ich spürte, wie sich meine Seele, die durch die Ereignisse der letzten Tage irgendwie aus dem Gleichgewicht geraten war, beruhigte.

»Ich hätte übrigens auch kein Problem damit, wenn Tim bei euch für länger arbeiten würde«, sagte Farid. »Hauptsache, er reitet deinen Fritzi ordentlich.«

Ich musste lachen. »Gegen dich«, antwortete ich, »hat er sowieso keine Chance.«

16. Kapitel

»Du musst dir keine Sorgen machen«, sagte ich zu meiner Mutter, als wir am Freitagnachmittag mit dem gemieteten VW-Bus zum Flughafen fuhren, um Brenda, ihre Eltern und Paula, die Haushälterin der Oaktree-Farm, abzuholen. »Barbara und Richard sind total nett. Und Brenda kennst du ja schon!«

»Ich mache mir keine Sorgen«, erwiderte Mama und lachte. »Ich bin bloß wahnsinnig aufgeregt! Die Baxters gehören zu den reichsten Leuten Amerikas und sie haben mich für das, was ich gemacht habe, wirklich sehr großzügig bezahlt. Und jetzt hoffe ich, dass alles klappt und dass sie das Haus mögen.«

»Ganz sicher werden sie das«, versuchte ich sie zu beruhigen.

»Na ja, sie leben normalerweise in einem Appartement in Manhattan, auf der Oaktree-Farm oder in dem Haus auf Cape Cod und wer weiß, wie viele Luxus-Immobilien sie sonst noch überall auf der Welt haben.« Mama presste die Lippen zusammen und schüttelte den Kopf. »Und jetzt – Steinau! Dieses *Kaff!*«

»Sie werden es toll finden, du wirst schon sehen«, entgegnete ich. »Außerdem sind es nur ein paar Kilometer bis nach Königshofen oder Frankfurt. Aus Amerika sind sie ganz andere Entfernungen gewöhnt.«

»Danke, dass du mir Mut machst, mein Schatz!« Mama lächelte mich an und drückte dankbar meine Hand. »I hope my English is good enough!«

»Du hast doch in den letzten Monaten mehr Englisch als Deutsch gesprochen«, grinste ich. »Außerdem spricht Barbara fließend Deutsch.«

Wir näherten uns dem Frankfurter Flughafen. Baxters kamen nicht etwa mit einer normalen Linienmaschine aus New York, sondern mit einem Privatjet, der Richards Konzern *Baxter Corporation* gehörte. Mama und ich mussten deshalb nicht ins Parkhaus fahren und an irgendeinem Gate in der Ankunftshalle warten, sondern durften direkt bei der VIP-Lounge parken. Um den Transport des Gepäcks, das die Baxters für ihren Europa-Aufenthalt mitgebracht hatten, kümmerten sich irgendwelche Mitarbeiter der Frankfurter Niederlassung. Wir hielten vor dem Eingang der Lounge, in der Filmstars, berühmte Sportler, Firmenbosse und Milliardäre wie die Baxters ungestört und unbeobachtet auf ihren Flug warten oder eben nach einer Flugreise ankommen konnten, stiegen aus und betraten die Lounge. Ich hatte gedacht, wir würden noch warten müssen, aber Baxters waren schon eingetroffen.

»Elena!« Brenda schloss mich strahlend in die Arme. »So good to see you again! How are you? How is Melike?«

Dann umarmten mich Barbara und Richard nicht weniger herzlich, bevor sie Mama die Hand schüttelten und sich überschwänglich für die tolle Organisation und die Abholung bedankten. Auch Paula freute sich sehr, mich wiederzusehen, und sie erzählte Mama sofort, wie ich sie von ihren Schmerzen befreit hatte. Seitdem ich auf der Oaktree Farm gewesen war, hatte ich regelmäßig mit Brendas Kindern Joana und Luke geschrieben, wir hatten zusammen mit Melike auch eine Chatgruppe, deshalb kam es mir gar nicht so vor, als ob ich Baxters acht Monate lang nicht gesehen hatte. Ich wusste, dass Chris, Brendas zweiter Mann, im Gefängnis saß und Brenda sich hatte scheiden lassen, weshalb sie jetzt wieder Brenda Channing-Baxter hieß. Chad Channing, der Vater von Luke und Joana, leitete wie früher die Oaktree Farm und würde in ein paar Wochen auch nach Deutschland kommen, um hier Lehrgänge zu seiner Methode der gewaltfreien Ausbildung von Pferden zu geben.

Natürlich wollten die Baxters zuerst zu ihren Pferden, deshalb fuhr Mama direkt auf den Amselhof. Ich bemerkte, dass ich jetzt auch ziemlich aufgeregt war. Im Vergleich zur Oaktree Farm war unser Hof winzig.

»How charming!«, rief Barbara jedoch, als wir an den blühenden Magnolienbäumen vorbeifuhren, die vorne an der alten Reithalle standen. Und sie fanden dann auch alles andere »lovely« und »wonderful«, die gute Luft, die Ruhe, den nahen Wald, den großen Springplatz und ganz besonders den Stall, in dem ihre Pferde untergebracht waren.

Papa kam dazu und ich stellte ihn den Baxters vor. Für den Abend hatten meine Eltern ein gemeinsames Dinner in der Pferdetränke geplant, zu dem sie Lajos und Miriam, Gloria und Jens, Farids und Niklas' Eltern und natürlich auch Tim und Melike eingeladen hatten. Oma hatte ein Schild »Freitag – Geschlossene Gesellschaft« in die Tür gehängt und war seit zwei Tagen mit den Vorbereitungen des Menüs beschäftigt.

Für meine Mutter kam jetzt der wohl spannendste Teil, denn wir brachten Baxters zu ihrem Haus, das sich am entgegengesetzten Ende von Steinau befand. Es lag am Hang und hatte einen schönen Ausblick. In der Ferne konnte man sogar die Skyline von Frankfurt sehen. Der Kleinbus mit dem Gepäck war bereits eingetroffen, vor der Doppelgarage standen die beiden Mietwagen, trotzdem war Mamas Lächeln angespannt, als sie die Haustür aufschloss. Ich wartete im Windfang, während sie den Baxters das Haus zeigte.

»Susanne«, sagte Richard feierlich, als Mama die Hausführung beendet und alle Schlüssel übergeben hatte, »you did a fantastic job! Vielen, vielen Dank, es ist alles perfekt!«

»Wir werden uns hier sehr wohlfühlen«, bestätigte Barbara. »Unglaublich, wie Sie das in der kurzen Zeit alles hinbekommen haben!«

»Es war mir eine Freude«, antwortete meine Mutter bescheiden, aber ich konnte ihr ansehen, wie erleichtert und glücklich sie über das Lob und die Anerkennung war.

»Projekt ›Baxters in Deutschland‹ erfolgreich abgeschlossen«, sagte ich zu ihr, als wir wieder in den VW-Bus stiegen und nach Hause fuhren.

»Zumindest Phase eins.« Mama lächelte. Ich hielt ihr meine Hand hin und sie klatschte mich ab. »Mein Gott, du glaubst nicht, wie froh ich bin!«

»War mir klar, dass das gut wird«, erwiderte ich und grinste auch. »Du bist einfach super, Mama!«

»Es ist gar nicht so schwer, wenn Geld keine Rolle spielt.« Mama setzte den Blinker und bog am Rathaus Richtung Sportplätze ab. »Aber wenn man immer auf den Cent gucken muss, so wie wir das tun müssen, dann wird alles zu einer Herausforderung.«

»Sind Baxters wirklich *so* reich?«, fragte ich.

»Allerdings.« Meine Mutter nickte. »Richard Baxter steht in der Forbes-Liste der reichsten Menschen der Welt seit Jahren unter den Top 10. Sein Vermögen beläuft sich angeblich auf 40 Milliarden Dollar! Das ist eine Zahl mit zwölf Nullen. Eine Milliarde sind tausend Millionen … und davon hat er vierzig!«

»Krass!« Mir war natürlich klar gewesen, dass Richard Baxter ziemlich viel Geld hatte, schließlich kannte ich das zweistöckige Luxusappartement in der teuersten Gegend Manhattans, aber ich hatte nicht geahnt, welche unfassbare Dimension sein Vermögen hatte! Auch die Eltern von Niklas waren wohlhabend und konnten es sich locker leisten, sechs Pferde auf dem Amselhof unterzustellen, aber ganz sicher waren sie nicht annähernd so reich wie Baxters.

»Brendas älterer Bruder wurde entführt, als er zwölf Jahre alt war«, sagte ich. »Die Entführer wollten viel Geld von Richard erpressen, aber irgendetwas lief schief und der Junge wurde ein paar Wochen später tot aufgefunden. Deshalb konnten Luke und Joana nie ein normales Leben führen. Weil Brenda und ihre Eltern Angst davor hatten, dass ihnen dasselbe passieren könnte, haben sie immer irgendwelche Aufpasser in der Nähe.«

»Wie schrecklich!« Mama warf mir einen entsetzten Blick zu. »Das ist eben die Kehrseite der Medaille. Wer viel besitzt, hat automatisch viele Neider. Leider gibt es sehr viele Menschen, die vor absolut nichts zurückschrecken, um an Geld zu kommen. Auch nicht vor Verbrechen.«

»Wer beschützt die Baxters denn jetzt hier?«, fragte ich besorgt. »In Steinau wissen doch alle, dass sie hier für eine Weile wohnen werden.«

»Es weiß niemand, wer sie wirklich sind«, beruhigte Mama mich. »Natürlich habe ich ihren Namen nicht an die große Glocke gehängt. Der Hauskauf lief zum Beispiel über eine deutsche Tochterfirma von Baxters Konzern, mit den Handwerkern habe nur ich verhandelt.«

So offen hatte Mama schon lange nicht mehr mit mir geredet. In den letzten Monaten war das Verhältnis zwischen meiner Mutter und mir schwierig gewesen. Egal, wie harmlos ein Thema auch sein mochte, oft gerieten wir uns in kürzester Zeit in die Haare. Ich überlegte, ob jetzt der geeignete Augenblick war, um ihr von dem Geld aus den Pokalen und den Goldmünzen zu erzählen, aber gerade als ich den Mund öffnete, klingelte wieder ihr Handy. Sie warf einen Blick auf das Display.

»Da muss ich schnell rangehen«, sagte sie.

»Sechzig Euro Strafe, wenn du ohne Freisprechanlage telefonierst«, erinnerte ich sie. »Wir sind doch gleich zu Hause!«

»Jetzt sei nicht so kleinlich!« Sie verdrehte die Augen und nahm trotzdem das Gespräch entgegen. Typisch Erwachsene! Das eine predigen, aber selbst das Gegenteil davon tun. Ich zuckte die Schultern. Die Gelegenheit, ihr von dem Geld zu erzählen, war vorbei.

»Seid ihr fertig mit dem Tischdecken?«, fragte Oma uns um halb sieben. Sie hatte ihrer Kellnerin abgesagt, weil Melike, Gina und ich versprochen hatten, den Service an diesem Abend zu übernehmen.

»Ja, aber ein Gedeck fehlt«, erwiderte Melike. »Wo sitzen Sie denn?«

»Nirgendwo.« Oma hantierte mit Töpfen und Pfannen.

»Ich bin in der Küche. Da gehöre ich hin.« Sie schaute nach der Uhr, die über der Tür zum Gastraum hing, und fluchte leise vor sich hin. Ihr Beikoch, der normalerweise abends kam, war nicht aufgetaucht, nur Nilay Singh, der indische Spüler, war da, aber der konnte ihr nicht bei der Zubereitung der Speisen helfen.

»Hoffentlich kommt Toni noch«, brummte sie. »Sonst bin ich ganz schön gelackmeiert.«

»Paula kann dir doch helfen«, schlug Melike vor. »Sie hat eh keinen Bock, mit ihren Chefs den ganzen Abend am Tisch zu sitzen. Das hat sie mir vorhin erzählt.«

»Wer ist denn Paula?« Oma konnte es nicht leiden, wenn irgendetwas nicht so lief, wie sie es geplant hatte.

»Die Haushälterin von Baxters. Sie ist super!«

»Und spricht kein Wort Deutsch!«, schnaubte Oma. »Wie soll ich mich denn mit ihr verständigen?«

»Mit Händen und Füßen, so wie mit Nilay auch«, erwiderte Gina und naschte einen Käsewürfel mit einer Weintraube.

»Ich hole sie«, flüsterte Melike mir zu. »Deine Oma gehört zu den Menschen, die zu ihrem Glück gezwungen werden müssen.«

Sie verschwand und kehrte fünf Minuten später mit Paula zurück. Es stellte sich heraus, dass sie sich auf ihren Aufenthalt in Deutschland gut vorbereitet und einige Vokabeln Deutsch gelernt hatte. Auf jeden Fall reichte es für »Was kann ich tun?« und »Kein Problem« und damit würde es schon laufen.

Brenda und ihre Eltern freuten sich sehr, Tim wiederzusehen. Er und Brody hatten Joana und Gloria in einer dramatischen Rettungsaktion das Leben gerettet, nachdem

Chris mit den beiden im Kofferraum in den Saw Mill River gerast und danach geflüchtet war.

Für die Erwachsenen gab es ein Glas Sekt zum Aperitif und Melike und ich reichten Häppchen und Fingerfood herum. In kürzester Zeit waren alle miteinander am Quatschen. Lajos, Tim, Jens und Gloria mit Brenda, Miriam und Frau Belhedi mit Barbara, Herr Schütze und Professor Belhedi mit Richard. Meine Eltern sprachen mit jedem ein bisschen. Höchstwahrscheinlich durchschauten unsere Gäste aus Amerika nicht so wirklich, wer wer war und wie die einzelnen Leute zusammengehörten, aber das spielte auch keine Rolle. Beim Begrüßungs-Barbecue auf der Oaktree Farm hatten Melike und ich auch erst mal nicht durchgeblickt.

Wir hatten beim Bedienen ordentlich zu tun und kamen selbst gar nicht zum Essen. Paula war überglücklich, in der Küche sein und helfen zu dürfen und Opa, der kein Englisch konnte, war heilfroh, sich hinter dem Büffet um die Getränke kümmern zu können.

»Aber das Spiel müssen wir doch unbedingt schauen!«, hörte ich Richard zu Farids Vater sagen, als ich gerade die Vorspeisenteller abräumte. Offenbar hatte Professor Belhedi, der neben ihm saß, erzählt, dass Farid heute Abend ein wichtiges Spiel hatte. »Ich bin ein großer Fußballfan und ich liebe die Bundesliga! Und wenn Ihr Sohn heute Abend auch noch gegen Bayern München spielt, dann ist das ein besonderer Grund! Wäre das okay, Susanne, oder ist das unhöflich?«

»Absolut nicht!« Mama nickte lächelnd. »Wir sind auch große Fußballfans geworden, seitdem Elena und Farid zusammen sind.«

Nun waren die Baxters natürlich überrascht, denn ich hatte ihnen zwar erzählt, dass Tim und ich nicht mehr zusammen waren, aber von Farid hatte ich nichts gesagt, weil es irgendwie blöd und angeberisch geklungen hätte.

»Juhu!«, raunte ich Melike auf dem Weg in die Küche zu und grinste. Ich hatte mich darauf eingestellt, später nur eine Zusammenfassung des Spiels sehen zu können.

»Glück gehabt!«, erwiderte Melike.

»Und unser Glück, dass Oma ein Eurosport-Abo hat«, erwiderte ich. »Die Freitags- und Montagsspiele gibt's ja nicht mehr bei SKY.«

Um halb neun zog die Hälfte der Gäste an den Tresen um, von wo aus man den besten Blick auf den großen Fernsehbildschirm hatte.

»Geh ruhig auch gucken«, sagte Tim zu mir. »Ich mach das hier schon.«

»Echt?« Ich schaute meinen Exfreund verwundert an.

»Ja, echt.« Er grinste und nahm mir den Stapel Teller aus den Händen. »Na los, sonst verpasst du den Einlauf der Spieler.«

Beinahe hätte ich ihm einen Kuss auf die Wange gegeben, beherrschte mich aber im letzten Moment.

»Danke«, sagte ich stattdessen nur. »Das ist echt voll nett.«

Eintracht Frankfurt hatte eigentlich keine Chance, in der Allianz-Arena in München gegen den Tabellenführer zu gewinnen, aber sie machten es den Bayern schwer. Es war Farid, der in der 63. Minute die Vorlage zum Anschlusstreffer für die Eintracht gab, und in der Nachspielzeit gelang ihm in der 92. Minute zum Jubel der mitgereisten Fans und uns sogar der Ausgleichstreffer zum 2:2!

Ich hätte fast geheult, so froh und stolz war ich, als Farid nun in Großaufnahme gezeigt wurde, wie er lässig einen Salto rückwärts machte und sich dann von seinen Teamkameraden feiern ließ.

»Pfeif ab! Los! Ist doch eh schon rum!«, schrie der Aknefrosch aufgeregt in Richtung Fernseher, als ob der Schiedsrichter ihn hören könnte. Dann war das Spiel endlich vorbei, Gina und Melike tanzten jubelnd durch die Pferdetränke, Farids Eltern strahlten glücklich und alle anderen freuten sich mit ihnen und beglückwünschten sie. Opa schmiss eine nächste Runde Bier für die Männer und alle tranken auf Farid. Meinen Farid.

»Der Junge wird mal ein ganz Großer«, prophezeite Richard dem Professor und mir rann bei seinen Worten unwillkürlich eine Gänsehaut über den Rücken. »Es würde mich nicht wundern, wenn sich bald alle europäischen Top-Clubs um ihn reißen.«

Wie immer in Momenten der großen Freude wollte ich am liebsten alleine sein, deshalb verdrückte ich mich unauffällig durch die Küche nach draußen. Twix sprang aus seinem Körbchen auf und folgte mir. Ich setzte mich auf die Treppe vor dem Eingang der Pferdetränke, lehnte mich an die Wand und schrieb Farid eine WhatsApp, die er später, auf dem Weg ins Hotel, lesen konnte.

17. Kapitel

Am Montag begann wieder die Schule und ich fand es diesmal noch ätzender als jemals zuvor, wieder jeden Morgen mit dem Bus nach Königshofen fahren zu müssen. Viel lieber wäre ich von morgens bis abends im Stall gewesen, hätte mich um Priamos gekümmert und meine Pferde geritten. Susan würde heute mit Brendas Pferden nach Leipzig fahren, wo am kommenden Wochenende das Weltcup-Finale stattfand, und ich hätte sicherlich mitfahren können, wenn ich mich nicht stattdessen mit Sachen wie Mathe, Chemie und Physik beschäftigen müsste, die ich komplett überflüssig fand. Papa hätte ich vielleicht davon überzeugen können, dass es mehr Sinn machen würde, gleich eine Ausbildung als Bereiterin zu beginnen, anstatt noch anderthalb Jahre in der Schule herumzusitzen, aber meine Mutter blieb stur. Abitur war Pflicht.

Natürlich war Farids Tor gegen die Bayern das große Gesprächsthema in der Schule, und selbst Leute, die nie mit ihm ein Wort gewechselt hatten, taten jetzt so, als sei er ihr bester Kumpel. Aber viel schlimmer als diese Jungs, die Eintracht-Fans waren oder einfach Fußball geil fanden, waren die Mädchen, die hinter Farid her waren und glaubten, ich sei nur so etwas wie eine vorübergehende Geschmacksverirrung, von der er sich erholen würde, wenn er sie erst kennenlernen würde.

In der Fünf-Minuten-Pause zwischen der Doppelstunde PoWi quatschten Ariane und ihre treuen Anhängerinnen Tessa und Ricky extralaut darüber, dass Madjan Khazaeli und Nadia Simon aus der Elften bei Instagram schon über 600 Follower bei ihrem @BiggestFaridBelhediFan-Account hatten.

»Sie waren am Freitag sogar in München im Stadion! Cool, oder nicht, Elena?« Tessa wartete begierig auf eine wütende oder gekränkte Reaktion von mir.

»Ja, *total* cool.« Ich tippte meine Nachricht an Melike weiter.

Mit jedem Tor, das Farid schoss, wurde der Rummel um seine Person größer. Bei Facebook und Instagram hatte er mittlerweile über hunderttausend Follower. Am Anfang hatte mich das total verunsichert, denn ich hatte einmal mit Tim erlebt, wie er mich in der Festhalle einfach hatte stehen lassen, als sich begeisterte Mädchen um ihn gedrängt hatten, um ein Autogramm zu bekommen. Farid war anders. Als sich Journalisten und Fotografen auf ihn gestürzt hatten, hatte er meine Hand festgehalten, den Arm um mich gelegt, locker die Fragen beantwortet und ein paar Autogramme gegeben. Er hatte Verständnis für die Begeisterung der Menschen, sogar für die hysterisch kreischenden Mädchen, denn irgendwie war das auch eine Anerkennung für seine Leistungen als Sportler. Ganz sicher würde das noch viel mehr werden, wenn er noch erfolgreicher und berühmter werden würde. Das änderte aber nichts zwischen ihm und mir, und deshalb störte es mich auch nicht, wenn Madjan und Nadia auf

Insta alberne Selfies in Eintracht-Trikots mit Farids Rückennummer posteten, auf denen sie Kussmünder und Peace-Zeichen machten.

»Sie haben sogar ein Selfie mit Farid gepostet, vor dem Hotel«, fügte Ricky hinzu. »Hast du das schon gesehen?«

»Nee. Aber Farid hat mir gestern erzählt, dass ihn ein paar nervige Tussis aus unserer Schule sogar bis nach München verfolgen. Voll peinlich!« Ich schüttelte grinsend den Kopf, weil ich genau wusste, dass eine von den dreien das garantiert Madjan und Nadja stecken würde.

»Wieso bist du eigentlich nicht mitgefahren?«, stichelte Tessa. »Du könntest doch mit den anderen *Spielerfrauen* auf der Tribüne sitzen.« Sie kicherte und ich sah, wie sich Ariane und Ricky anstießen.

»Weil wir Besuch aus Amerika gekriegt haben und mit denen abends gegessen und danach das Spiel geguckt haben.«

»Ach! War etwa deshalb ›geschlossene Gesellschaft‹ in der Pferdetränke?«, platzte es aus Ariane, die sich bisher zurückgehalten hatte, heraus.

»Genau.« Ich blickte von meinem Smartphone auf. »War echt schön. Farids Eltern waren da, Niklas' Eltern. Lajos und Miriam. Tim, Gina, Jens, Gloria und Melike und ich, klar.«

Arianes Gesicht verzerrte sich. Sie glaubte, sie wäre wahnsinnig wichtig, und hasste es, wenn sie irgendwo nicht dabei war.

»Wieso war ich nicht eingeladen?«, fragte sie gekränkt.

»Upps«, erwiderte ich. »Sorry, hab total vergessen, dir Bescheid zu sagen.«

Mama hatte tatsächlich daran gedacht, Ariane einzuladen, schließlich war sie Christians Freundin, aber ich hatte im Trubel der letzten Tage wirklich vergessen, es ihr auszurichten.

»Pah!«, schnaubte sie. »Ich hätte eh nicht kommen können. Wir waren mit ein paar Leuten im Tigerpalast in Frankfurt. Das war echt megacool.«

Ricky und Tessa merkten, dass sie mich nicht aus der Reserve locken konnten.

»Madjan schreibt sich ja auch voll oft mit Farid«, versuchte es Ricky noch einmal.

»Sie hat ihm vor ein paar Wochen *ein Mal* geschrieben und ihm ein Bild von Tim und mir in der Cafeteria geschickt«, korrigierte ich sie und steckte mein Smartphone weg. »Farid hat's mir gezeigt und dann hat er sie gleich blockiert.«

Da guckten sie blöd, die drei.

Es gongte zur vierten Stunde.

»… echt voll die arrogante Bitch geworden«, hörte ich Tessa hinter mir zu Ricky und Ariane sagen, aber das interessierte mich nicht. Glücklicherweise war PoWi der einzige Kurs, den ich mit Ariane und ihren beiden treuen Anhängerinnen zusammen hatte. Die meisten anderen Leute aus meiner Stufe behandelten mich genauso wie früher, als ich noch nicht mit Farid zusammen gewesen war.

Die Tage vergingen und wir hörten nichts mehr von Claudia Winter. Andere Dinge waren wichtiger. Die Auswahlkommission vom Hannoveraner Verband war auf dem Amselhof gewesen und hatte unsere Fohlen begutachtet. Zur Freude meiner Eltern hatten sie alle vier Fohlen von Fritzi und die beiden Calvador-Fohlen von Gretna, Fritzis

Mutter, und Barbarella für gut genug befunden, in das Verkaufslot der Elite Fohlenauktion im August in Verden aufgenommen zu werden. Jens, Tim und Gloria mussten nun jeden Tag mit den Fohlen arbeiten, sie ans Halfter gewöhnen, ihnen beibringen, die Hufe zu geben und sich putzen und einflechten zu lassen. Außerdem trainierten sie mit ihnen unter Papas Aufsicht das Verladen auf Hänger und Lkw und das Vorführen neben ihrer Mutter.

Ich kümmerte mich jeden Tag um Priamos, putzte ihn und schmuste mit ihm, lernte in seiner Box für die Geschi- und die Deutsch-Klausur. Stani schnitt mit der Sense frisches Gras ab, das ich dem Fuchswallach fütterte, und ich hatte den Eindruck, dass es ihm ganz allmählich etwas besser ging. Bald würde ich hoffentlich mit ihm erste kurze Spaziergänge machen können.

Aus Warendorf waren die Einladungen für das Maimarktturnier in Mannheim, das Pfingstturnier in Wiesbaden und das Turnier in Balve gekommen und Mama hatte mich mit Lenzi und Fritzi für die Prüfungen zum U25 Springpokal gemeldet. Auf jedem Turnier mussten drei Wertungsprüfungen geritten werden, jeweils 2 S** und ein S***-Springen. Papa hätte auf allen Turnieren die internationale Tour reiten dürfen, so wie auch Brenda, aber wegen seiner Bänderverletzung war das natürlich nicht möglich. Niklas und Tim hatten ebenfalls Einladungen für den U25 Springpokal erhalten, aber Tim hatte kein Pferd, mit dem er dort reiten konnte, und Niklas würde bis dahin noch nicht aus den USA zurück sein.

Am Donnerstagnachmittag gab Papa Tim und mir auf dem Springplatz Unterricht. Ich ritt zuerst Lenzi und Tim Lolli, den Schwarzbraunen von Herrn Nötzli. Nachdem wir die Pferde aufgewärmt hatten, ließen wir sie über ein paar Kreuze hüpfen, danach mussten sie ein paarmal durch eine Reihe kleiner Steilsprünge und Oxer gehen. Wie üblich nahm Lenzi die niedrigen Hindernisse nicht ernst und klapperte mit den Hufen an beinahe jedem Sprung. Doch sobald wir anfingen, Parcours zu reiten, war er wie ausgewechselt. Und als Papa die Hindernisse zum Schluss richtig hochbaute, bis der Parcours von den Abmessungen her den Anforderungen von S** entsprach, war der kleine Vollblüter ganz bei der Sache. Ich liebte es, mit ihm zu springen! Lenzi brauchte ein ziemlich hohes Grundtempo, aber er reagierte fein auf jede meiner Hilfen und mir gelangen zwei richtig gute Runden. Papa lobte mich und ich klopfte Lenzi zufrieden den Hals. Ich ließ ihn im Trab am langen Zügel auslaufen, während Tim mit Lolli denselben Parcours ritt wie ich. Auf einem der Dressurplätze gab Gloria, die auf Gunny saß, Melike und Gina Unterricht. Auf dem anderen Dressurplatz ritten Lisa-Sophie Kaiser und Laura Baumgarten. Ariane hatte sich die ganze Woche noch nicht im Stall blicken lassen, worüber ich nicht wirklich traurig war. Con Amore ging nur an der Führmaschine oder wurde von Laura longiert.

Farid wollte Melike und mich später abholen. Wir wollten ins Einkaufszentrum fahren und vielleicht noch ins Kino gehen. Am Telefon hatte er vorhin ganz geheimnisvoll getan und angekündigt, dass er mir eine Wahnsinnsneuigkeit zu erzählen hätte.

»Macht's dir eigentlich Spaß, hier zu arbeiten?«, fragte ich Tim, als wir zurück zum Stall ritten.

»Oh ja!« Ein Lächeln flog über sein Gesicht. »Es ist einfach super! Früher, bei uns, musste ich ein Pferd nach dem anderen reiten und es gab immer nur Druck. Aber hier habe ich das Gefühl, ich lerne richtig was. Dein Vater hat's als Trainer echt spitzenmäßig drauf. Und auch die Arbeit mit den Fohlen und den jungen Pferden ist klasse!«

So euphorisch hatte ich ihn nur selten erlebt. Es musste ihm wirklich gut gefallen und das freute mich.

»Hat mein Vater schon mit dir gesprochen?«, erkundigte ich mich.

»Über was?«, fragte Tim zurück.

»Ich glaube, er würde dir gerne eine Lehrstelle anbieten«, antwortete ich. »Zumindest habe ich neulich gehört, wie er das zu Lajos gesagt hat.«

Tims Miene verschloss sich. Das Lächeln war verschwunden.

»Das wird nicht gehen«, sagte er. »Ich habe meinem Vater versprochen, dass ich ihm helfe, den Sonnenhof wieder in Ordnung zu bringen. Er verlässt sich auf mich, gerade jetzt, wo er einen guten Investor gefunden hat, der Geld in den Hof stecken und vielleicht sogar das ein oder andere Pferd kaufen will.«

Es klang nicht so, als sei er total begeistert von dem Plan seines Vaters. Ich dachte an das, was Lajos zu mir gesagt hatte, hielt aber den Mund. Es ging mich nichts an, was die Jungbluts machten.

Wir hatten den Turnierstall erreicht, saßen von unseren Pferden ab und brachten sie in ihre Boxen.

Wie alle Turnierpferde war auch Fritzi morgens bereits eine Stunde an der Führmaschine gegangen. Trotzdem tänzelte er erwartungsvoll, als ich ihn wenig später aus dem Stall führte und aufsitzen wollte. Seine Muskeln spielten unter seinem Fell, das wie dunkle Schokolade glänzte. Er wieherte wild und scharrte ungeduldig mit den Vorderhufen.

»Soll ich ihn festhalten?«, fragte Tim. Er saß schon im Sattel von Cornado, dem braunen Holsteiner Wallach, der Kunden meines Vaters gehörte.

»Nee, geht schon«, erwiderte ich und bemühte mich, meinen Fuß in den Steigbügel zu bekommen. »Ja, ich weiß, du bist ein toller Kerl, Fritzi! Aber du könntest echt mal eine Sekunde ruhig stehen bleiben.«

Endlich gelang es mir, in den Sattel zu kommen und ich ritt neben Tim her zum Springplatz. Seit Fritzi Stuten decken durfte, hatte er sich verändert. Immer wieder testete er, wie weit er gehen konnte, und ich hatte bei seinen Rangfolgespielchen schon so manchen blauen Fleck davongetragen. Mit meinem Vater, dem Aknefrosch oder Tim machte er das nicht. Bei ihnen war er lammfromm, und es ärgerte mich insgeheim, dass er mich nicht respektierte. Auch jetzt brummte er Cornado an, legte die Ohren flach an und schnappte blitzschnell nach dem braunen Wallach, der sich mit einem erschrockenen Satz zur Seite rettete.

»He! Lass das, Fritz!« Ich gab ihm eine Parade und versetzte ihm einen mahnenden Klaps gegen den Hals, aber statt klein beizugeben, knirschte Fritzi zornig mit den Zähnen und schlug nach hinten aus. Auf dem Springplatz benahm er sich besser. Tim hatte in den vergangenen Tagen regelmäßig intensiv mit ihm gearbeitet, und ich bemerkte den Unterschied sofort: Fritzi war rittiger, biegsamer und stand besser an den Hilfen. Auch als wir die ersten Aufwärmsprünge machten und durch die Gymnastikreihen ritten, war alles okay. Aber beim Parcoursspringen bekam ich Probleme. Der Hengst legte sich heftig aufs Gebiss und sprang so hoch in die Luft, dass er mich ein paarmal fast aus dem Sattel katapultierte. Ich musste mich an seiner Mähne festkrallen, um nicht herunterzufliegen. Meine Hände taten weh und plötzlich hatte ich Angst, komplett die Kontrolle zu verlieren. Zwischen den Sprüngen schlug er mit dem Kopf und keilte nach meinem Schenkel.

»Was machst du denn da, Elena? Halt ihn doch nicht so fest!«, rief Papa mir zu. »Lass ihn mehr galoppieren!«

An der Reitplatzumzäunung stand jemand und ich erkannte Farid, allerdings konnte ich ihm nicht mal zulächeln, so sehr hatte ich mit Fritzi zu kämpfen. Als ich auf die dreifache Kombination zuritt, machte der Hengst Luftsprünge, sodass ich nicht mehr passend an den Einsprung kam. Im letzten Moment wendete ich ab, sonst wären wir womöglich im mittleren Oxer gelandet. Meine Schultern schmerzten und ich hatte das grässliche Gefühl, Fritzi würde mir die Arme rausreißen. Es gelang mir nicht einmal mehr, ihn zum Schritt durchzuparieren. Jedes Mal, wenn ich etwas die Hand aufmachte, stürmte Fritzi nach vorne wie ein Irrer. Ich merkte, wie mir die Kraft ausging.

»Komm noch mal über den blau-weißen Oxer und dann linkerhand die Folge«, rief Papa.

»Hör doch auf damit, Fritzi!«, keuchte ich, aber der Hengst war nicht zu beruhigen. Vor lauter Zorn und Frust gab ich ihm die Sporen, woraufhin er wütend bockte.

»Elena! Hör auf damit!«, schrie Papa. »Schritt! Pariere ihn durch! *Jetzt!*«

»Ich kann nicht!«, schrie ich zurück. »Ich habe überhaupt keine Kontrolle mehr!«

Fritzi machte sich selbstständig. Er raste in unkontrollierbarem Tempo los, obwohl ich an den Zügeln zerrte wie eine Wahnsinnige. Selten zuvor hatte ich solche Angst auf einem Pferd gehabt! Ich überlegte schon, ob ich mich nicht einfach aus dem Sattel fallen lassen sollte, aber dann wäre Fritzi auf und davon gerast und würde sich und anderen womöglich Schaden zufügen.

Ganz plötzlich tauchte Cornado vor mir auf und Fritzi machte eine Vollbremsung.

Ich sprang sofort aus dem Sattel und Tim auch.

»Nimm Cornado!«, sagte er knapp, schnappte sich Fritzis Zügel und brachte den Hengst mit einem nachdrücklichen Knuff gegen die Schulter zur Vernunft.

Ich hielt Cornados Zügel umklammert. Wenn Tim uns nicht in den Weg geritten wäre, hätte ich meinen Hengst nicht anhalten können.

»Was ist denn los?« Papa humpelte heran und blickte mich besorgt an.

»Ich konnte ihn überhaupt nicht mehr halten«, schluchzte ich los.

»Dann lass uns ein anderes Gebiss reinschnallen«, schlug Papa vor. »Kombiniert mit einem Hackamore.«

»Nein, das will ich nicht! Ich will mich gar nicht mehr auf Fritzi draufsetzen!« Ich wischte mir mit dem Unterarm die Tränen ab. »Du sagst ja selbst, dass er immer stärker wird, je schärfer die Gebisse sind.«

Papa blickte mich ratlos an. »Jetzt beruhige dich erst mal«, sagte er. Ich zog die Nase hoch und atmete zitternd ein und aus. Der Aknefrosch war aufgetaucht und stand neben Farid an der Umzäunung. Auch Melike, Gloria und Gina guckten vom Dressurplatz aus herüber.

»Jens!«, rief Papa. »Setz dich bitte mal auf Cornado! Tim, du machst mit Fritzi noch ein paar Sprünge!«

Der Aknefrosch kam auf den Platz und nahm mir den braunen Wallach ab. Tim schnallte die Steigbügel etwas länger und schwang sich in Fritzis Sattel.

Ich flüchtete in Farids Arme, presste mein Gesicht an seine Schulter und brach in Tränen aus. Meine Beine waren so weich wie Pudding. Der Schreck war mir in alle Glieder gefahren. Es gibt kaum ein schlimmeres Gefühl, als die Kontrolle über ein sechshundert Kilo schweres Pferd zu verlieren! Und dass es ausgerechnet Fritzi war – *mein Fritzi!* –, der mir so etwas antat, schmerzte und enttäuschte mich noch viel mehr.

»Ich bin echt voll die Loserin«, schluchzte ich. »Am besten höre ich auf mit dem Reiten!«

»Ach was«, tröstete Farid mich und streichelte meine Arme. »Du reitest toll! Jeder hat mal einen miesen Tag!«

»Aber ich habe überhaupt keine Kontrolle mehr gehabt. Ich war so hilflos. Fritzi hat einfach gemacht, was er wollte!« Meine Stimme versagte und ich heulte wie ein Schlosshund. Farid hielt mich ganz fest, strich mir übers Haar und murmelte lauter liebe Sachen.

»Oh, *wow!*«, sagte er plötzlich.

»Was denn?«, flüsterte ich.

»Guck doch mal!«

Ich riskierte einen Blick. Fritzi galoppierte mit Tim über den Parcours, ohne irgendwelche Kapriolen zu machen. Weder ging er gegen das Gebiss, noch machte er Bocksprünge oder schlug aus.

»So ein Verräter«, murmelte ich. Und obwohl es mich wurmte, dass ich mit meinem Pferd nicht mehr zurechtkam, so freute es mich zu sehen, wie traumhaft der Hengst mit dem richtigen Reiter im Sattel springen konnte.

»Tim kann wirklich super reiten«, sagte Farid beeindruckt.

»Er reitet halt in der Bundesliga«, seufzte ich. »Und ich höchstens in der Regionalliga.«

Papa erhöhte noch einmal alle Hindernisse und Tim absolvierte den anspruchsvollen Parcours ein zweites Mal, flüssig und fehlerfrei. Fritzi spielte mit den Abmessungen. Egal wie hoch oder breit die Hindernisse auch waren, es bereitete ihm keine Mühe, über sie hinwegzufliegen. Mir ging das Herz auf, so großartig war mein Hengst anzusehen.

»Sehr gut, Tim«, rief Papa und lächelte zufrieden. »Das reicht für heute!«

Tim grinste und klopfte Fritzi den Hals.

Mein Vater war ein sehr guter Reiter, er gehörte zu den erfolgreichsten Springreitern Deutschlands, hatte schon Nationenpreise geritten und über 500 S-Springen gewonnen. Aber Tim konnte ihm wirklich das Wasser reichen!

»Hi, Farid.« Tim blieb vor uns stehen. »Alles klar?«

Fritzi scheuerte seine Nase an seinem Vorderbein. Sein Fell war nass vom Schweiß, aber er wirkte ausgeglichen und gelassen.

»Hi, Tim«, erwiderte Farid und grinste begeistert. »Ich bin total geflasht! Du kannst echt super reiten! Wahnsinn!«

»Danke.« Tim nickte bescheiden, aber ich konnte ihm ansehen, dass er geschmeichelt war. »Dafür kannst du super Fußball spielen. Glückwunsch noch mal zu dem Hammer-Tor letzten Freitag!«

»Danke«, erwiderte Farid. »Wenn du Bock und Zeit hast, kannst du ja am Samstag mit ins Stadion zum Spiel kommen. 18 Uhr 30. Gegen Düsseldorf.«

Die beiden guckten sich an, und ich wartete voller Anspannung auf Tims Reaktion. Ich wünschte mir so sehr, dass die beiden sich gut verstanden.

Auf einmal lächelte Tim. »Klar«, sagte er und mir fiel ein riesiger Stein vom Herzen. »Total gerne.«

»Super.« Farid lächelte auch. »Ich gebe Elena die Karte für dich.«

18. Kapitel

Farid wartete in meinem Zimmer und spielte mit Twix, während ich rasch duschte. Als ich mir im Badezimmer vor dem Spiegel die Haare föhnte, fasste ich den Entschluss, Fritzi in nächster Zeit erst mal nicht mehr zu reiten. Vielleicht konnte Tim mit ihm bei der U25-Tour in Mannheim, Wiesbaden und Balve starten. Er war ja dazu eingeladen, ihm fehlte nur das passende Pferd für eine Teilnahme. Und vielleicht kam ich ja irgendwann, wenn er wieder fit war, mit Priamos zurecht, und würde dann ein zweites Pferd für die Wettbewerbe haben. Ich glättete meine Haare mit dem Glätteisen, schlüpfte in die frische Jeans und ging hinüber in mein Zimmer.

Farid saß auf meinem Bett und warf irgendetwas hoch und fing es wieder auf. Twix ließ ihn dabei nicht aus den Augen und lauerte darauf, loszuschießen.

»Fertig!«, verkündete ich. »Wir können!«

»Schau mal, was ich eben bei dir unterm Bett gefunden habe.« Farid hielt mir seine Faust hin, drehte sie um und öffnete sie.

Mir blieb fast das Herz stehen, als ich die Goldmünze auf seiner Handfläche schimmern sah.

»Äh … unterm Bett?«, fragte ich nur dämlich.

»Wenn mich nicht alles täuscht, ist das eine Krügerrand-Münze von 2013«, sagte Farid. »Die ist mehr als tausend Euro wert.«

Er blickte mich aus seinen dunklen Augen abwartend an. Da war kein Lächeln in seinem Gesicht und ich spürte, dass es in diesem Moment nicht um eine Goldmünze ging, sondern um Ehrlichkeit. Um Vertrauen. Beides war mir wichtiger als das Versprechen, das ich Melike gegeben hatte.

Ich traf innerhalb einer Sekunde eine Entscheidung.

»Es gibt davon noch mehr«, flüsterte ich und setzte mich neben ihn. »Du musst mir aber versprechen, dass du niemandem etwas davon erzählst!«

Farid hob die Augenbrauen.

»Melike und ich, wir haben etwas getan, was … nun ja … wahrscheinlich irgendwie illegal ist«, begann ich. »Deshalb haben wir ausgemacht, dass wir erst mal niemandem davon erzählen.«

»Na, da bin ich ja neugierig.« Falls Farid gekränkt war, ließ er es sich nicht anmerken. »Schieß los!«

Ich schilderte ihm also, wie wir zufällig das Geld und die Goldmünzen in den Pokalen entdeckt und beschlossen hatten, alles mitzunehmen. Erst nachdem Melike auf der Beerdigung die Gespräche der Leute belauscht hatte, war uns bewusst geworden, dass es sich bei dem Geld höchstwahrscheinlich um Bestechungsgeld handelte.

»Hundertzehntausend Euro! Das ist ja krass!« Farid schüttelte den Kopf. »Und dazu noch die Goldmünzen!«

»Bist du sauer, dass ich es dir nicht erzählt habe?«, fragte ich vorsichtig.

»Nee«, sagte er zu meiner Erleichterung. »Ich wäre aber

sauer gewesen, wenn du mir jetzt irgendeine Lügenstory aufgetischt hättest. Wo habt ihr das Zeug versteckt?«

»In einem alten Teddy von mir.« Ich deutete auf meinen Kleiderschrank. »Er liegt in einem Karton mit anderen Stofftieren.«

Da musste Farid grinsen, aber er wurde schnell wieder ernst.

»Wir wollten es eigentlich zurückbringen«, sagte ich. »Aber dann ist Papa das mit dem Fuß passiert und wir konnten erst einen Tag später wieder hinreiten. Wir waren schon in der Sattelkammer, als die Frau mit zwei Männern aufgetaucht ist.«

Ich erzählte, wie wir uns in einer der Boxen versteckt und aufgenommen hatten, was der Anzugtyp gesagt und wie Lederjacke die Sattelkammer zu Kleinholz gemacht hatte.

»Hat er wirklich: *Sonst landest du auch im Krankenhaus oder auf dem Friedhof* gesagt?«, vergewisserte Farid sich.

»Ja, so was in der Art«, bestätigte ich. »Und da war uns klar, dass Lennart ganz sicher keinen Unfall gehabt hatte.«

»Was hat der damit zu tun?«

»Das weiß ich auch nicht so genau«, erwiderte ich. »Frau Winter hatte uns erzählt, er wäre ihr Bruder, aber das stimmt nicht. Tim hat gesagt, er sei ihr Exfreund gewesen. Er arbeitet auch im Rathaus in Königshofen beim Bauamt. Peter Meisenberg war sein Chef.«

»Das klingt alles irgendwie gefährlich«, meinte Farid besorgt.

»Das find ich auch«, sagte ich. »Und deshalb habe ich Frau Winter, als sie etwas später hier auf dem Amselhof aufgetaucht ist, den USB-Stick gegeben, den wir in einer Kaffeetasse im Schrank in der Sattelkammer gefunden hatten.«

»Was war da drauf?«, wollte Farid wissen.

»Keine Ahnung.« Ich zuckte die Schultern. »Wahrscheinlich diese Liste, über die sie geredet haben.«

Farid kaute nachdenklich an seiner Unterlippe. »Angenommen, der Mann wurde wirklich zusammengeschlagen«, dachte er laut, »dann sind die Typen, die das getan haben, zu allem fähig. Was, wenn sie rausfinden, dass ihr die Pferde geholt habt und dazu das ganze Sattelzeug? Und wenn irgendwann einer von denen auf die Idee kommt, dass das Geld in den Pokalen gewesen sein könnte?«

»Dasselbe haben wir uns auch schon überlegt«, gab ich zu. »Deshalb wollten wir das Geld ja auch wieder loswerden. Aber ich glaube mittlerweile, niemand weiß von der Kohle und dem Gold!«

»Du meinst, dann könnt ihr's einfach behalten?«

»Wem sollten wir es denn geben?«, fragte ich zurück.

Darauf wusste Farid auch keine Antwort.

Wir verstauten die Goldmünze im Teddybauch, dann gingen wir nach unten und verabschiedeten uns von Mama. Sie ermahnte Farid, mich spätestens um zehn wieder zurückzubringen, weil ich morgen Schule hatte.

Es war das erste Mal, dass ich alleine mit Farid im Auto fahren würde. Galant hielt er mir die Beifahrertür des Mini auf. Melike war nach Hause geradelt, um sich umzuziehen. Sie musste sich ziemlich beeilt haben, denn sie wartete schon auf der Straße vor ihrem Haus.

»Ich habe Farid die Geschichte mit den Pokalen erzählt«, beichtete ich meiner Freundin, als sie sich auf die Rückbank gezwängt und ihren riesigen Rucksack neben sich verstaut hatte.

»Ich habe nämlich eine Krügerrand-Münze unter Elenas Bett gefunden«, fügte Farid hinzu.

»Ich frage jetzt nicht, was du bei Elena *unterm* Bett machst«, neckte Melike ihn, und Farid bekam tatsächlich ganz rote Ohren. »Aber ehrlich gesagt bin ich froh, dass du es weißt, Farid! Ich hab auch schon überlegt, ob ich es Niklas erzählen soll.« Sie kramte einen Zettel aus ihrem Rucksack hervor. »Übrigens habe ich herausgekriegt, wie Lennart-Hasenzahn mit Nachnamen heißt, nämlich – *nomen est omen* – ›Haas‹. Ich habe ihn auf der Webseite der Stadtverwaltung Königshofen gefunden. Und stellt euch vor, ich habe sogar seine Privatadresse rausgekriegt! Vielleicht sollte ich mir überlegen, zur Kripo zu gehen!«

Melike hatte fest vor, Lennart einen Besuch abzustatten. Mir war nicht wohl bei der Vorstellung, dass uns womöglich Farids Vater im Krankenhaus über den Weg laufen und uns fragen könnte, was wir dort wollten.

»Sie werden uns sowieso nicht zu ihm lassen«, sagte ich. »Wir können uns das echt sparen. Was willst du überhaupt von ihm wissen?«

»Was mit ihm passiert ist natürlich«, erwiderte Melike und wedelte mit dem Zettel herum. »Ich denke die ganze Zeit schon darüber nach und ich glaube, dass ihm das dieselben Typen angetan haben, die Herrn Meisenberg umgebracht haben.«

»Der Meisenberg hatte einen Unfall!«, widersprach ich ihr, aber Melike wischte meinen Einwand mit einer ungeduldigen Handbewegung beiseite.

»Das glaube ich nicht. Mein Gefühl sagt mir, dass da etwas vertuscht wird.«

»Genau deshalb solltet ihr das Geld schleunigst loswerden«, mischte sich Farid ein. »Für mich klingt das so, als ob diese Typen wirklich gefährlich und zu allem entschlossen sind. Hunderttausend Euro sind eine Menge Kohle. Es sind schon Leute für weniger umgebracht worden. An eurer Stelle würde ich zur Polizei gehen!«

»Und daran sieht man, dass du die Sache nicht zu Ende gedacht hast«, entgegnete Melike. »Wenn wir zur Polizei gehen, müssen wir unsere Namen und Adressen angeben. Es wird ein Protokoll geben. Wir wissen doch gar nicht, wer in dieser Bestechungssache mit drinhängt!«

»Ich will das auch lieber gar nicht wissen«, sagte ich.

»Ihr könntet das Geld in einen Umschlag stecken und anonym an die Polizei schicken«, schlug Farid vor.

»Ja, das könnten wir natürlich machen«, antwortete Melike. »Aber dann passiert nichts mehr und der Mörder von Herrn Meisenberg kommt ungeschoren davon! Wollt ihr meine Theorie hören, was da gelaufen ist?«

»Nein«, sagte ich.

»Ja«, sagte Farid zeitgleich.

»Also.« Melike holte tief Luft. »Herr Meisenberg war der Leiter vom Bauamt der Stadt Königshofen. Laut Webseite war er zuständig für Bebauungspläne, Stadtentwicklung, Bauanträge und die Vergabe von Baugenehmigungen. Als Mitarbeiter im öffentlichen Dienst war er entweder Angestellter und wurde nach Tarif bezahlt, oder er war Beamter. Ich habe mal gegoogelt, was er ungefähr verdient haben könnte, und bin auf eine Zahl zwischen fünf- und siebentausend Euro im Monat gekommen.«

»Ziemlich viel«, fand ich.

»Ganz ordentlich, stimmt«, nickte Melike. »Aber das reicht hinten und vorne nicht, wenn man für Hunderttausende von Euro Pferde, Autos und Klamotten kauft, teure Reisen macht und ein Luxusanwesen mit eigenem Stall und Reitplatz unterhalten muss. Also hat Herr Meisenberg sein Gehalt aufgestockt, indem er unter der Hand Geld kassiert hat.«

»Du meinst, er hat sich von Leuten, die ein Haus bauen wollten, bestechen lassen?«, fragte Farid.

»Exakt«, antwortete Melike. »Ich hab auf der Beerdigung ja Bemerkungen, die in diese Richtung gingen, aufgeschnappt. Jetzt hab ich etwas nachgedacht und mir überlegt, wie ich rausfinden kann, wer das Geld gezahlt hat. Dabei bin ich auf die Idee gekommen, mal zu schauen, wer in den letzten Jahren die meisten Bauvorhaben in Königshofen und Umgebung realisiert hat. Es war ein bisschen mühsam, aber wenn man weiß, wonach man sucht, dann findet man auch irgendwann etwas. Ich bin auf eine Firma namens *SR Consult* mit Sitz in Hettenbach gestoßen. Sie haben in letzter Zeit alle Häuser in den Neubaugebieten hochgezogen, außerdem den Neubau des Krankenhauses, aber noch ziemlich viel anderes Zeug.«

»Nicht schlecht!« Farid war beeindruckt. »Wann recherchierst du so was?«

»In meinen Freistunden oder nachts.« Melike beugte sich nach vorne. »Und jetzt kommt's, Leute: *SR Consult* gehört einem Typen namens Stefan Roselieb! Klingelt bei dir was, Elena?«

»Allerdings! Der war mit meinem Vater zusammen in

der Schule«, sagte ich. »Und seine Tochter hat bei uns mal mit dem Reiten angefangen.«

»Tims Vater arbeitet jetzt für ihn«, erinnerte mich Melike. »Das hat uns Ariane doch erst kürzlich so schadenfroh auf die Nase gebunden.«

»Stimmt!« Ich wandte mich zu ihr um. »Lajos hat mir gesagt, Tim hätte ihm erzählt, dass er den Sonnenhof kaufen und Geld reinstecken will.«

»Wäre ja schön für Jungbluts«, sagte Melike. »Fakt ist, dass Stefan Roselieb in den letzten Jahren so gut wie jedes größere Bauprojekt in der Gegend an Land gezogen hat. Und deshalb will ich mit Lennart sprechen. Ich will ihm meine Aufnahme vorspielen und von ihm wissen, ob das Roseliebs Stimme ist. Wenn das so ist, ist der Roselieb wahrscheinlich derjenige, der den Meisenberg auf dem Gewissen hat.«

»Du machst einen Denkfehler.« Farid schüttelte den Kopf. »Wieso sollte der Roselieb dem Meisenberg etwas antun? Damit hätte er doch nur den Ast abgesägt, auf dem er saß. Es lief doch alles super für ihn!«

Melike legte die Stirn in Falten und dachte nach. »Du hast recht«, räumte sie schließlich ein. »Das würde keinen Sinn machen.«

»Aber er könnte trotzdem der Mann im Stall gewesen sein«, warf ich ein. »Er wollte die Liste haben, auf der wahrscheinlich ziemlich häufig sein Name stand, damit nicht rauskommt, dass er den Meisenberg bestochen hat.«

»Ihr seid wirklich zwei clevere Mädchen.« Farid grinste. Er verlangsamte das Tempo, denn die Ampel vor uns schaltete auf Rot.

»Bieg doch bitte nach rechts ab«, sagte Melike.

»Wieso? Ich denke, wir wollten ins Zentrum fahren?«, wunderte sich Farid.

»Shoppen gehen können wir immer noch«, meinte Melike. »Wie wäre es, wenn wir schön essen gehen würden? Im Gasthaus Hubertus, zum Beispiel?«

»Und dann?«

»Wir könnten mal einen Blick über den Zaun werfen«, grinste meine Freundin. »Ich würde ja schon gerne wissen, ob die Claudia Winter noch dort wohnt.«

19. Kapitel

Es brauchte keine große Überredungskunst, um Farid herumzukriegen. Er war selbst neugierig geworden oder vielleicht dachte er auch, es sei besser, wenn er dabei war und ein Auge auf uns hatte, als wenn Melike und ich auf eigene Faust loszogen und uns in Gefahr begaben.

Der Parkplatz der Gaststätte war ziemlich gut gefüllt und wegen des guten Wetters war sogar schon die Terrasse geöffnet. Wir ergatterten den letzten freien Vierertisch in dem großen holzgetäfelten Gastraum und störten uns nicht daran, in der Nähe des Büffets und der Küche sitzen zu müssen. Bei einer gestressten Kellnerin bestellten wir Schnitzel mit Grüner Soße und Pommes. Während wir auf unser Essen warteten, redeten wir über Fritzi und die Probleme, die ich in letzter Zeit mit ihm hatte.

»Nicht jeder kann jedes Pferd reiten«, meinte Melike. »Dein Vater ist der beste Reiter, den ich kenne. Aber mit Quintano oder Skyfall kam er nicht zurecht.«

»Ja, stimmt schon«, sagte ich. »Trotzdem. Dass ich ausgerechnet mit Fritzi nicht klarkomme, frustriert mich voll. Ich dachte immer, es wäre etwas ganz Besonderes zwischen uns. Aber er respektiert mich kein bisschen!«

Ich war froh, als wir das Thema wechselten. Farid wollte

alles über Herrn Meisenberg wissen und hörte uns aufmerksam zu. Plötzlich fiel mir etwas ein.

»Eigentlich müssten wir nur Tim fragen«, sagte ich. »Im Reiterstübchen auf dem Sonnenhof gab es einmal in der Woche einen Skatabend, und ich könnte mir vorstellen, dass derjenige, der den Meisenberg umgebracht hat, dabei gewesen ist.«

»Wieso geht ihr so fest davon aus, dass der Typ nicht wirklich an den Folgen eines Unfalls gestorben ist?«, erkundigte Farid sich.

»Der Hufschmied hat letztens gesagt, der Meisenberg hätte keinen Unfall gehabt, sondern eins auf die Birne gekriegt«, entgegnete Melike. »Leider habe ich ihn verschreckt, sodass er uns nicht sagen wollte, wo er das gehört hat. Aber ich denke mir: Wo Rauch ist, ist auch Feuer!«

»Im Krankenhaus hätte man doch festgestellt, dass seine Verletzungen nicht von einem Sturz stammten«, gab Farid zu bedenken.

»Wie denn? Wenn ihm jemand auf den Kopf geschlagen und vom Baugerüst gestoßen hat, liegt es ja erst mal nahe, dass es ein Unfall gewesen ist«, sagte Melike.

Die Tür ging auf und ein Mann kam herein. Er war bullig und glatzköpfig und ich erkannte ihn sofort, obwohl ich neulich nur einen kurzen Blick auf sein Gesicht erhascht hatte. Denn er trug dieselbe abgeschabte, schwarze Lederjacke! Statt einer Jeans hatte er eine dreckige weiße Arbeitshose an, wie Maler sie bei der Arbeit tragen.

»Melike!«, zischte ich. »Da ist gerade der Lederjackentyp reingekommen! Der mit dem Brecheisen. Nicht umdrehen!«

»Was macht er?«, fragte meine Freundin.

»Steht am Tresen und redet mit dem Wirt«, sagte Farid, der auch einen guten Blick in den Gastraum hatte.

»Wir müssen rauskriegen, wer er ist«, sagte Melike.

Lederjacke lehnte am Tresen. Der Wirt, ein rothaariger Mann mit einem verschlagenen Fuchsgesicht, schob ihm ein kleines Bier hin, lachte und scherzte mit ihm.

»Hier, Wilma, frag doch mal, wie lange es mit den Schnitzeln für den Stübi noch dauert«, rief er der Kellnerin zu, als sie mit einem Berg Teller beladen auf die Schwingtür der Küche zusteuerte.

»Mach ich, Chef!«, erwiderte sie.

»Stübi?«, flüsterte ich. »Was ist denn das für ein Name?«

»Wahrscheinlich eine Abkürzung«, vermutete Farid.

»Wenn er rausgeht, schleich ich ihm nach«, sagte Melike entschlossen. »Ganz sicher ist er mit einem Auto da und ich kann mir das Kennzeichen aufschreiben.«

Farid kannte meine Freundin mittlerweile gut genug, um zu wissen, dass sie sich nichts ausreden ließ, was sie sich einmal in den Kopf gesetzt hatte. Die Kellnerin kam aus der Küche und stellte drei Plastiktüten auf den Tresen. Lederjacke zückte sein Portemonnaie und bezahlte, dann trank er sein Bier aus und ergriff die Tüten.

Melike stand auf und ging gleichzeitig mit ihm zum Ausgang.

»Bitte schön!«, sagte sie höflich und hielt ihm die Tür auf.

»Danke«, brummte der Typ.

Farid und ich warteten gespannt auf Melikes Rückkehr. Unser Essen kam. Wir begannen schon, uns Sorgen zu machen, als sie endlich wieder auftauchte und sich atemlos auf ihren Stuhl fallen ließ.

»Und?«, fragte Farid neugierig.

»Lederjacke ist direkt zum Meisenberg-Hof marschiert«, berichtete sie und steckte sich ein paar Pommes in den Mund. »Das Tor ist sperrangelweit offen. Vor der Haustür steht ein verschrammelter weißer Lieferwagen mit litauischem Kennzeichen, so wie die, die nachts durch die Straßen fahren, wenn Sperrmüll ist. Ich hab ein paar Fotos gemacht.«

»Weiter!«, sagte ich ungeduldig.

»Ich bin ums Haus geschlichen und ich glaube, die reißen innen die ganze Bude ab. Auf der Terrasse haben sie alle Platten aufgestemmt und der Rasen und die Beete sind umgegraben worden. Von Frau Winter allerdings keine Spur. Auch ihr Auto war nicht da.«

»Die suchen nach dem Geld«, flüsterte ich. »Hundertprozentig!«

»Nach irgendetwas suchen sie auf jeden Fall.« Davon war auch Melike überzeugt. »Und diesen Typen will man nachts nicht begegnen! Ehrlich gesagt, nicht mal tagsüber!«

Wir sahen uns unschlüssig an.

»Ich würde euch raten, das Geld und die Goldmünzen anonym an die Polizei zu schicken«, sagte Farid mit der Stimme der Vernunft. »Und dann haltet ihr euch aus der ganzen Sache raus und lasst diesen Lennart in Ruhe.«

»Ja, das finde ich auch das Beste«, pflichtete ich ihm bei.

Ein schwer zu deutender Ausdruck flog über Melikes Gesicht, aber dann nickte auch sie. »Ihr habt recht«, gab sie zu. »Letztlich haben wir ja auch für nichts echte Beweise.«

Weil es noch früh war, fuhren wir doch noch ins Zentrum und gingen in einen Horrorfilm, den Melike unbedingt sehen wollte. Fast den ganzen Film über hielt ich mir die Hände vors Gesicht, weil der Film echt gruselig war.

»Du wolltest mir doch heute Nachmittag noch was Wichtiges erzählen«, erinnerte ich Farid, als wir Melike vor dem Haus ihrer Eltern abgesetzt hatten und zum Amselhof fuhren.

»Ja, richtig.« Farid warf mir einen kurzen Seitenblick zu. »Mein Verein hat mir am Montag einen neuen Vertrag angeboten. Viel mehr Geld als bisher, dafür ohne Ausstiegsklausel. Bis Juni 2020. Sie wollen, dass ich so schnell wie möglich unterschreibe.«

»Cool! Jetzt merken sie endlich, wie gut du bist«, antwortete ich und wartete darauf, dass er weitersprach. Im Gegensatz zu vielen Fußballprofis hatte Farid keinen Berater, sondern wurde von seiner Mutter gemanagt. Zwar habe die nicht die letzte Ahnung vom Geschäft, hatte er mir mal erzählt, aber ihr würde er am meisten vertrauen. Ich zweifelte nicht daran, dass Frau Belhedi, scharfsinnig und furchtlos wie sie war, eine taffe Verhandlungspartnerin war, die sich nicht so leicht über den Tisch ziehen ließ.

»Du wirst den Vertrag doch unterschreiben?«, fragte ich zögernd, als Farid mir nicht antwortete. Daraufhin verlangsamte er die Fahrt, setzte den Blinker und fuhr auf den Parkplatz des Friedhofs. Er stellte den Schalthebel auf P und blickte mich an. Eine kalte Hand griff nach meinem Herz, denn in dieser Sekunde wusste ich, dass genau das eingetreten war, wovor ich mich insgeheim die ganze Zeit schon gefürchtet hatte: Ein anderer Verein wollte ihn haben! Womöglich sogar irgendein Club aus dem Ausland!

»Wer?«, krächzte ich nur.

»Der BVB«, erwiderte Farid mit leuchtenden Augen. »Dortmund, Leni! Stell dir vor, die wollen mich unbedingt haben! Die Scouts haben schon ein paarmal mit meiner Mutter geredet, aber sie hat bisher immer abgelehnt, weil ich erst Abi machen sollte.«

»Wie toll!«, log ich. »Ich freue mich für dich.« Ich brachte tatsächlich ein mühsames Lächeln zustande, obwohl sich in meinem Innern ein tiefes, schwarzes Loch auftat und ich das schreckliche Gefühl hatte, jemand würde mir das Herz aus der Brust reißen. Dortmund war für mich genauso unerreichbar wie Barcelona oder Turin oder Manchester! Ich war gerade erst sechzehn geworden und musste noch zwei Jahre zur Schule gehen. Ich würde mich nicht ins Auto, den Zug oder ins Flugzeug setzen können, um ihn zu besuchen. Farid würde nicht mehr in Königshofen leben, sondern irgendwo weit weg von mir. In einer eigenen Wohnung. Wir würden telefonieren, uns vielleicht noch ein paarmal sehen, aber da er jedes Wochenende Spiele hatte und ich Turniere, würde es extrem schwierig werden. Und eines Tages würde er ein anderes Mädchen kennenlernen, eine, die Zeit für ihn hatte. Alle meine Zweifel und Befürchtungen brachen wieder in mir auf und fluteten jede Zelle meines Körpers. Sollten Christian und Tim am Ende recht behalten? *Der Tag kommt todsicher, an dem er keinen Bock mehr auf dich hat. Solchen Typen steigt es nämlich schnell zu Kopf, wenn sie plötzlich berühmt werden. Dann kaufen sie sich einen Ferrari und suchen sich irgendwelche coolen Models als Freundin, nicht so eine wie dich!* Das hatte mein Bruder mir nicht nur einmal gesagt, und Tim auch.

Ach, hätte ich doch bloß mit ihm Schluss gemacht, als es mir noch nicht so wehgetan hätte!

Farid redete und redete, aber seine Worte und seine Begeisterung rauschten an mir vorbei. Plötzlich verstummte er.

»Leni?« Er beugte sich zu mir und nahm mein Gesicht in seine Hände. »Leni, was ist denn?«

»Nichts«, würgte ich hervor und vermied es, ihn anzusehen.

»Hey, du weinst ja!« Seine Stimme klang erschrocken. »Oh Leni, es tut mir leid! Ich labere dich hier voll und du …«

»Nein, schon gut«, unterbrach ich ihn, hielt meinen Blick aber auf meine Hände gerichtet. »Ich freue mich für dich, wirklich! Du hast recht: Dortmund ist eine Riesenchance für dich.«

»Leni! Bitte guck mich doch mal an«, flüsterte er.

Ich schluckte und gehorchte seiner Bitte. Wir sahen uns an. Im grünlichen Licht des Armaturenbretts konnte ich erkennen, wie betroffen er war.

»Ich mach das nicht, wenn du das nicht willst«, sagte er ernst. »Du bist mir wichtiger als der Fußball, ehrlich. Ich kann weiter in Frankfurt spielen, das ist auch super.«

Seine Worte stürzten mich in ein neues Gefühlschaos.

Ja!, schrie der egoistische Feigling in meinem Kopf, der sich immer dann meldete, wenn irgendwelche Veränderungen auf mich zukamen, vor denen ich mich fürchtete. *Bleib in Frankfurt! Geh nicht weg von hier!*

Aber welches Recht hatte ich, Farid von etwas abhalten zu wollen, was ihn womöglich weit voranbringen würde? Er war kein Hobbykicker, der neben seinem Job ein bisschen

Fußball spielte, nein, er war ein Ausnahmetalent, dem die Fachwelt eine große Zukunft prophezeite. Wenn ich ihn jetzt daran hinderte, den nächsten Schritt auf der Karriereleiter zu machen, dann würde er mich dafür womöglich eines Tages hassen. Wollte ich das? Würde ich es andersherum betrachtet gut finden, wenn Farid von mir verlangte, nur noch auf Turnieren hier in der Gegend zu starten?

»Quatsch!«, entgegnete ich deshalb und zog die Nase hoch. »Natürlich musst du nach Dortmund gehen, wenn sie dich haben wollen!«

»Meinst du das wirklich?« Farid war verunsichert. »Warum weinst du denn dann?«

Ich streckte meine Hand aus, streichelte seine Wange und seufzte. »Vielleicht, weil ich Angst habe, dass du mich vergisst, wenn du so weit von hier weg bist.«

»*Dich* vergessen?« Er riss die Augen auf. »Was glaubst du denn? Dass du *irgendjemand* für mich bist? Elena, du bist das tollste, mutigste, schönste, großzügigste, lustigste ...« Bei jedem Adjektiv musste ich ein wenig mehr lächeln, bis ich schließlich lachte. »... verständnisvollste, authentischste Mädchen, das ich jemals kennengelernt habe!«

»Und was ist mit dem Ferrari? Und den ganzen Models, die hinter dir her sein werden?« Ich hatte Farid mal von Christians blöden Sprüchen erzählt und verpackte meine schlimmsten Befürchtungen in etwas, das wie ein Scherz klang.

»Ferrari!«, schnaubte er in gespielter Empörung. »Den fährt doch jeder! Ich dachte eher an einen Aston Martin oder einen Bugatti Veyron!«

Wir grinsten beide.

»Damit wärst du auf jeden Fall schnell hier«, sagte ich.

»Hör mal, Leni.« Farid nahm wieder mein Gesicht in seine Hände. »Wir werden immer Mittel und Wege finden, um uns zu sehen, das verspreche ich dir.«

Die Angst, die mich ergriffen hatte, löste sich auf wie Frühnebel in der Sonne. Das Leben war Veränderung, Entwicklung. Man konnte nichts festhalten und die Zeit nicht zurückdrehen. Das hatte Lajos mal zu mir gesagt und er hatte recht. Melikes Freund würde sogar in Amerika studieren! Was war dagegen Dortmund?

»Niklas geht im Sommer nach Boston an die Uni«, sagte ich. »Da ist mir Dortmund schon sehr viel lieber.«

»Mir auch.« Farid zog mich an sich, was in dem engen Mini nicht ganz einfach war. Sein Gesicht war meinem ganz nah. »Ich liebe dich, Leni. Daran wird sich nichts ändern, ob ich jetzt in Königshofen oder in Dortmund oder sonst wo auf der Welt bin. Du machst die Schule fertig und reitest Turniere und ich spiele ein bisschen Fußball, und irgendwann bin ich dafür zu alt und dann wohnen wir zusammen auf dem Amselhof. Ich lerne reiten und Traktor und Lkw fahren, und wir stehen nachts auf, wenn Fohlen auf die Welt kommen. Wir werden ein fantastisches Leben haben.«

Er küsste zärtlich meine Lippen. Mein Herz begann schneller zu pochen. Wenn ich früher mit Tim über die Zukunft geredet hatte, hatten wir immer im Konjunktiv gesprochen, als hätten wir beide geahnt, dass das, was zwischen uns gewesen war, nicht so weit reichen würde. Bei Farid war es anders. Das, was er sagte, klang wie eine Tatsache, ein realistischer Plan, der eines Tages Wirklichkeit sein würde. In den sieben Monaten, die wir jetzt zusammen waren, hatte Farid mich noch nie enttäuscht. Er war nie zu spät gekommen, wenn wir uns verabredet hatten, hatte mir nie etwas versprochen, was er nicht auch gehalten hatte. Ein warmes Glücksgefühl stieg in mir auf. Ich schmiegte meine Wange an seine, schloss die Augen und genoss das Gefühl der Geborgenheit in Farids Armen.

»Das werden wir haben«, flüsterte ich und wünschte, die Welt würde aufhören, sich weiterzudrehen, damit dieser Moment nie zu Ende ging. »Ich liebe dich auch!«

20. Kapitel

Noch in der Nacht hatte Farid mir eine WhatsApp geschrieben. Wie er es versprochen hatte, hatte er sich bei seinem Vater nach dem Gesundheitszustand von Lennart Haas erkundigt und erfahren, dass der Exfreund von Claudia Winter auf dem Weg der Besserung und von der Intensivstation in ein normales Krankenzimmer verlegt worden war. Ich leitete Melike die Nachricht weiter und bekam prompt eine Antwort.

Dann besuchen wir ihn heute, den Armen, schrieb sie. *Er freut sich sicher, wenn wir ihm ein paar Blumen mitbringen!* ☺

Es war mir völlig klar gewesen, dass Melike die Sache nicht einfach auf sich beruhen lassen würde, so, wie Farid es uns geraten hatte. Ich kannte meine Freundin und hatte mich gestern schon gewundert, dass sie so schnell eingelenkt hatte.

Meine Eltern saßen am Frühstückstisch, als ich die Küche betrat. Ich mischte mein Müsli zusammen.

»Ich muss heute die Nennung für Mannheim abschicken, bevor wir losfahren«, sagte Mama. »Bleibt es dabei, dass Elena die U25 reitet?«

»Wo fahrt ihr denn hin?«, fragte ich mit vollem Mund.

»Also wirklich, Elena!« Mama schüttelte den Kopf. »Papa und ich fahren doch nach Leipzig zum Weltcupfinale!«

»Ach ja.« Ich erinnerte mich. Sie hatten sich kurzfristig dazu entschlossen, als klar gewesen war, dass Tim und Jens problemlos alleine mit den Pferden zurechtkamen. »Ich reite in Mannheim nur Lenzi. Tim könnte doch Fritzi reiten.«

»Bist du sicher?«, fragte Papa mich.

Ich nickte und schluckte das Müsli runter. »Ich glaube, Fritzi ist kein Pferd mehr für mich. Gestern habe ich echt Angst gekriegt.«

Jetzt war es heraus und ich war erleichtert.

Einen Moment lang sagten meine Eltern nichts. Offenbar hatte Papa Mama erzählt, was gestern losgewesen war.

»Okay.« Papa räusperte sich. »Fritzi ist dein Pferd. Wenn du möchtest, dass Tim ihn reitet, dann ist das deine Entscheidung.«

»Natürlich ist er eigentlich ein Pferd für dich«, entgegnete ich. »Aber solange du nicht reiten kannst, könnte Tim es doch wenigstens mal versuchen. Ich bin mir ziemlich sicher, dass er super mit ihm zurechtkommt.«

»Das glaube ich auch.« Papa nickte nachdenklich.

»Und er könnte doch auch an deiner Stelle Calvador und Cornado reiten, oder?«

»Hm.« Mein Vater rührte nachdenklich in seinem Kaffee. Tim war für die internationale Tour startberechtigt. Er gehörte dem C-Bundeskader an, hatte die passende Leistungsklasse und sogar schon das Goldene Reitabzeichen für zehn S-Siege verliehen bekommen. »Bödickers würden sich sicherlich freuen, wenn ihr Cornado doch in Mannheim und

Wiesbaden gehen könnte. Warum eigentlich nicht? Dann darf Tim allerdings nicht im U25 Springpokal starten.«

»Dafür könnte er Fritzi in der Youngster Tour reiten«, warf Mama ein. »Und Latus Lex auch.«

Während meine Eltern sich noch Gedanken machten, räumte ich meine Müslischale in die Spülmaschine, steckte einen Apfel und eine Banane für Priamos ein und schlüpfte in Jacke und Schuhe.

»Kommst du hier drei Tage ohne uns klar?«, fragte Mama mich.

»Logo, Mama! Mach dir keine Sorgen«, versicherte ich. »Melike wird hier übernachten. Opa und Oma sind da, Jens und Gloria auch.«

»Kann ich mich darauf verlassen, dass ihr keinen Unsinn macht und du nach Gina guckst?«

»Natürlich! Mama, ich bin *sechzehn* und nicht elf, okay?«

»Alles klar.« Sie lächelte und umarmte mich und ich gab auch Papa ein Küsschen auf die Wange.

»Viel Spaß in Leipzig und grüßt Brenda von mir!«, rief ich und verabschiedete mich von Twix, der sich mittlerweile wieder aus seinem Körbchen traute, wenn Papa da war.

Ich hatte es mir zur Gewohnheit gemacht, bei Priamos vorbeizuradeln, bevor ich zur Bushaltestelle fuhr, und nach ihm zu schauen. Heute wieherte er schon, als ich die Stalltür öffnete. Lajos hatte das Gitter weggeklappt und der Fuchswallach streckte seinen Kopf auf die Stallgasse und sah mir mit gespitzten Ohren entgegen.

»Guten Morgen, Priamos«, rief ich und bremste vor seiner Box. »Du siehst echt viel besser aus! Heute Nachmittag machen wir unseren ersten Spaziergang, okay?« Ich streichelte ihn unter dem Kopf und reichte ihm die geschälte

Banane, die er so genussvoll lutschte wie ein Bonbon. Wehmütig dachte ich daran, dass es früher mit Fritzi genauso gewesen war: Als er noch in der Scheune gestanden hatte, hatte er schon meine Schritte erkannt und gewiehert, bevor ich überhaupt bei ihm gewesen war. Aber das war Vergangenheit. Seitdem er Stuten decken durfte und öfter von Papa als von mir geritten wurde, schien er mich vergessen zu haben. Ich liebkoste Priamos, drückte ihm ein Küsschen zwischen die Nüstern, warf den Apfel in den Heuberg unter der Krippe und radelte auf der anderen Seite aus dem Stall hinaus. Ich beeilte mich, trotzdem hätte ich um ein Haar den Schulbus verpasst. Er stand bereits wartend an der Haltestelle, als ich angekeucht kam. Der Busfahrer hupte ungeduldig und natürlich fiel mir zwei Mal das Schloss aus der Hand, bis ich es endlich schaffte, mein Fahrrad am Fahrradständer anzuketten.

»Danke«, schnaufte ich, als ich am Busfahrer vorbeilief.

Melike saß ganz hinten in der letzten Sitzreihe auf unseren Lieblingsplätzen. Meine Freundin sah müde aus und gähnte ein paarmal.

»Na, wie viele Folgen *Good Wife* hast du letzte Nacht geguckt?«, fragte ich sie.

»Keine einzige!« Melike renkte sich beim Gähnen fast den Unterkiefer aus. Sie lehnte ihren Kopf an die Kopfstütze und schloss die Augen. »Ich habe recherchiert. Und du wirst nicht glauben, was ich alles herausgefunden habe! Ich sollte echt zum Geheimdienst gehen.«

»Erzähl!«

»Der geschäftsführende Gesellschafter von *SR Consult* ist Stefan Roselieb«, sagte sie und guckte mich an. »Aber dieser Laden ist total verschachtelt. Es gibt verschiedene

Tochterfirmen wie zum Beispiel *SteRo*, *Beilesor Concept*, *Beilesor Architekten …*«

»*Beilesor …* Was ist denn das für ein Name?«, fragte ich dazwischen.

»Das ist Roselieb rückwärts gelesen.« Melike grinste. »Unter anderem gibt es eine Firma namens *ARMITA* und die gehört nicht alleine dem Herrn Roselieb, sondern – was glaubst du?«

»Keine Ahnung. Peter Meisenberg?«, riet ich. »Lenni-Hasenzahn?«

»Nein! Hans-Dieter Teichert!«

»Wie bitte?« Jetzt war ich wirklich überrascht. »Arianes Vater?!«

»Exakt! Roselieb baut und verkauft Wohn- und Gewerbeimmobilien und der Teichert bietet den Käufern dazu die passenden Finanzierungskonzepte an«, erklärte Melike und gluckste amüsiert. »Der Firmenname setzt sich übrigens aus den Anfangsbuchstaben ihrer Kinder zusammen: ARiane Teichert, MIna und TAbea Roselieb! Haha!«

Der Bus fuhr durch den Wald Richtung Königshofen und passierte die Straße, die hoch zur Gaststätte Hubertus und dem Hubertushof führte.

»Zufällig«, fuhr Melike fort, »sucht ein großer Konzern im Moment nach einer passenden Fläche für ein riesiges neues Logistikzentrum. Hettenbach wäre ein idealer Standort, wegen der direkten Anbindung an die Autobahn. Der Sonnenhof liegt am Rande eines Gewerbegebiets, das demnächst erweitert werden soll. Das Bäuerchen, das uns neulich angemeckert hat, weil du über seinen Kartoffelacker galoppiert bist, hat sämtliche Äcker schon verkauft und mehr Kohle eingesackt, als er mit seinen Kartoffeln jemals verdienen könnte. Jetzt stört nur noch der Sonnenhof.«

»Woher weißt du bloß so was?«, staunte ich.

»Die ganzen Infos findet man im Internet, wenn man weiß, wonach man suchen muss.« Melike zuckte die Schultern. »Verstehst du, was das alles bedeutet, Elena?«

»Nicht so ganz«, gab ich zu.

»Wenn dieser Herr Roselieb Jungbluts den Sonnenhof abkauft, dann tut er das nicht etwa, weil er unbedingt eine Reitanlage haben und Pferde für Tim kaufen will. Sondern weil er wahnsinnig viel Geld für das Grundstück bekommt, falls dort das Logistikzentrum gebaut werden sollte!«

»Oh nein!« Jetzt kapierte ich langsam die Zusammenhänge. Ich dachte an Tim, der fest daran glaubte, dass sie endlich einen Investor für ihren Hof gefunden hatten. Die Jungbluts hatten ganz sicher nicht den Hauch einer Ahnung, dass Stefan Roselieb ein Wolf im Schafspelz war, und was er wirklich vorhatte!

»Ich vermute«, sagte Melike, »der Roselieb hat sich bei Jungbluts eingeschleimt, um an den Sonnenhof zu kommen. Deshalb hat er Tims Vater auch einen Job verschafft. Ihm ist es wurscht, dass er vorbestraft ist, und ich bin ganz sicher, dass er ihn wieder rausschmeißt, wenn er bekommen hat, was er will. Von Herrn Meisenberg wusste er, dass der Flächennutzungsplan für das Gebiet neben dem jetzigen Gewerbegebiet geändert werden soll. Er hat deshalb nach und nach alle Äcker ringsum aufgekauft – jetzt fehlt ihm nur noch der Sonnenhof!«

»Ich wette, davon haben Tim und sein Vater keinen blassen Dunst«, sagte ich.

»Ganz sicher nicht«, pflichtete Melike mir bei. »Sie glauben, der Roselieb ist ein netter Kumpel. Ich bin mir sicher, dass er bei den Skatabenden immer dabei war und sich das Vertrauen von Jungbluts erschlichen hat.«

»Was für ein Schwein!«, ärgerte ich mich.

»Für mich sieht das alles folgendermaßen aus«, fasste Melike zusammen, »Roselieb und Teichert wollen das Logistikzentrum in Hettenbach bauen und bestechen Meisenberg, der ihnen daraufhin verspricht, dass sie den Zuschlag kriegen. Roselieb kauft alle Grundstücke zusammen. Dann hat Meisenberg den Unfall. Roselieb und Teichert hoffen, dass er wieder aus dem Koma aufwacht, was aber nicht der Fall ist, wie wir wissen. Daraufhin erfährt Roselieb, dass Meisenberg sich abgesichert hat, indem er Buch über die Bestechungsgelder geführt hat. Und natürlich will er diese Liste haben, damit niemand davon erfährt!«

»Die Liste, die auf dem Stick war.«

»Vermutlich, ja.« Melike biss sich nachdenklich auf die Lippen. »Und an diesem Punkt komme ich nicht weiter. Farid hat recht: Wieso sollte Roselieb Herrn Meisenberg etwas antun? Er hätte viel mehr davon gehabt, wenn der noch ein paar Jahre Bauamtsleiter gewesen wäre.«

»Meinst du, Lennart weiß etwas darüber?«, zweifelte ich.

»Ich werde ihn natürlich nicht konkret danach fragen, aber er ist immerhin auch beim Bauamt und Claudia Winter war mal seine Freundin«, antwortete Melike. »Wir werden einfach ein bisschen mit ihm plaudern und nette Sachen sagen. Vielleicht erzählt er uns ja irgendetwas.«

Nach der sechsten Stunde stiegen wir in den Schulbus, verließen ihn aber nach zwei Haltestellen am Krankenhaus wieder. Melike hatte in einer Freistunde einen kleinen

Blumenstrauß besorgt und die Dame am Empfang verriet uns ohne zu zögern die Stations- und Zimmernummer von Lennart Haas. Er lag in einem Einzelzimmer in der luxuriösen Privatklinik, mit Parkettfußboden, bodentiefen Fenstern und einem riesigen Flachbildfernseher. Bei unserem Anblick bekam er große Augen. Unser Blumenstrauß rührte ihn beinahe zu Tränen, was mir ein bisschen peinlich war.

»Das ist ja eine Überraschung!«, sagte er, wurde aber gleich misstrauisch. »Woher wisst ihr, dass ich hier bin?«

In seinem Gesicht schillerten Blutergüsse in allen Farben des Regenbogens, aber bis auf ein Pflaster an der Schläfe sah er beinahe wieder normal aus.

»Ich war zufällig gerade in der Notaufnahme, als du eingeliefert wurdest«, antwortete ich und durchsuchte die Schränke nach einer Vase. Ich hatte ja selbst mal eine Nacht in einem dieser coolen Zimmer zugebracht und wusste, dass es welche gab. Ich ließ im Badezimmer Wasser reinlaufen, quetschte den Blumenstrauß hinein und stellte ihn auf den Tisch der Couchecke.

»Wir wollten eigentlich nur mal gucken, wie es dir geht.« Melike hatte es sich in einem der Ledersessel gemütlich gemacht.

»Danke, wieder ganz gut«, antwortete Lennart. »Zum Wochenende hin soll ich entlassen werden.«

»Deine Schwester kann sich ja sicherlich um dich kümmern«, sagte Melike und ich bemerkte, wie es kurz in Lennarts Gesicht zuckte.

»Sie wussten gar nicht, wer du bist, als du eingeliefert wurdest.« Ich setzte mich auf eine Sessellehne. »Ich habe es ihnen dann gesagt.«

»Danke«, murmelte Lennart.

»Was ist eigentlich passiert?«, wollte Melike wissen. »Hattest du einen Unfall?«

»Nicht … direkt. Ich … ich kann mich an nichts erinnern.« Es war offensichtlich, dass er uns anlog, denn seine Finger spielten nervös mit der Bettdecke und sein Blick huschte hin und her.

Ich fühlte mich schrecklich unwohl, bei diesem fremden Typen am Bett zu sitzen. Melike erhob sich und schlenderte unbefangen durch das große Zimmer. Neugierig öffnete sie die Minibar.

»Oh! Darf ich mir eine Cola nehmen?«

»Klar.« Lennart folgte jeder ihrer Bewegungen mit den Augen. Mich beachtete er hingegen überhaupt nicht mehr. Mir gefiel die Art, wie er meine Freundin anstarrte, nicht. Melike tat so, als ob sie es nicht bemerkte, nahm sich eine Cola, öffnete sie und trank aus der Flasche. Für eine Weile sagte niemand etwas.

»Cooles Zimmer«, durchbrach Melike die Stille. »Kostet sicher ein Vermögen. Wobei … deine Schwester hat jetzt viel Geld geerbt, oder?«

»Das Zimmer bezahlt meine private Zusatzversicherung«, antworte Lennart. »Übrigens ist Claudia nicht meine Schwester und geerbt hat sie auch nichts.«

»Ach? Echt nicht?« Melike tat überrascht. »Aber du hattest uns doch selbst gesagt, sie wäre deine Schwester!«

»Ja, stimmt. Das war ihre Idee. Damit niemand auf dumme Gedanken kommt, wenn ich bei ihr wohne. Wir … wir waren mal zusammen. Ist aber schon lange her.« Lennart richtete sich auf und stöhnte. »Woher weißt du eigentlich, wie ich heiße?«

»Google«, gab Melike zu und lehnte sich an das Fußteil des Krankenbetts. »Du hast uns doch erzählt, dass du im Rathaus arbeitest. War ganz einfach.«

»Du hast mich gegoogelt?« Lennarts Augen wurden noch etwas größer.

»Mach ich immer, wenn mich jemand interessiert.« Sie kicherte verlegen, fuhr sich kokett durch die Haare, und Lennart starrte sie wie hypnotisiert an. »Als ich gehört habe, dass du einen Unfall hattest, habe ich mir voll Sorgen um dich gemacht!«

Sie trug ziemlich dick auf, aber Lennart glaubte ihr.

»Echt? Das ist aber nett! Sonst macht sich nämlich niemand Sorgen um mich«, sagte er in einem selbstmitleidigen Tonfall. »Claudia hat sich nicht ein Mal hier blicken lassen! Nach allem, was ich für sie getan habe, geht sie nicht mal mehr ans Telefon, wenn ich sie anrufe. Und sie hat mich bei WhatsApp blockiert.«

»Das ist echt mies!« Melike spielte die Empörte. »Dabei hast du ihr beigestanden, als sie alleine auf dem Hof Angst hatte!«

»Ja, genau.« Lennart nickte düster. »Und nicht nur das …«

»Na ja, viel Spaß hat sie gerade sicher nicht, aber das geschieht ihr nur recht.« Meine Freundin ließ sich auf der Bettkante nieder.

»Wie meinst du das?« Lennart horchte auf und Melike erzählte ihm, sie sei gestern im Gasthof Hubertus zum Essen gewesen und habe zufällig beobachtet, wie ein paar Typen in das Haus von Peter Meisenberg gegangen seien.

»Das Tor war offen und ich dachte, Claudia wäre da und ich könnte sie nach dir fragen«, sagte sie. »Aber beide Autos waren weg. Irgendwie kam mir das komisch vor. Ich hab durch ein Fenster ins Haus geguckt und stell dir vor, die haben alles kurz und klein geschlagen! Die ganzen schönen Möbel! Sie haben sogar die Bilder von den Wänden gerissen!« Sie seufzte und schüttelte den Kopf.

»Wie sahen diese Typen denn aus?« Lennart war plötzlich angespannt.

»Der Anführer war so ein dicker Glatzkopf mit Lederjacke.« Melike trank noch einen Schluck Cola. »Ein total fieser Typ.«

Lennarts Augen weiteten sich. Er wurde totenbleich und sein hervorstehender Adamsapfel hüpfte an seinem Hals auf und ab.

»Irgendwie hatte ich das Gefühl, sie würden irgendetwas suchen. Nach Handwerkern sahen die auf jeden Fall nicht aus.« Meine Freundin lehnte sich an das Fußteil und sah Lennart an. Dann tat sie so, als sei ihr eben eine Idee gekommen. »Könnten das nicht die Kerle sein, die bei euch eingebrochen haben?«

»Eingebrochen?«, fragte er, dann schien er sich zu erinnern, was er uns erzählt hatte. »Ach so, ja, klar, könnte sein.«

Er war in Gedanken ganz woanders und man konnte ihm ansehen, dass er Angst hatte. Wovor fürchtete er sich?

Melike stand auf und stellte die Flasche mit einem Knall auf den Tisch. »Wir gehen«, sagte sie plötzlich kühl. »Komm, Elena!«

»A… aber wieso? Ihr … ihr seid doch gerade erst gekommen«, stammelte Lennart.

»Weißt du, Lennart, ich fand dich ganz süß und hab mir Sorgen um dich gemacht.« Melike stemmte die Hände in die Seiten und sah ihn streng an. »Ich habe dir von meinem Taschengeld einen Blumenstrauß gekauft, herausgefunden, wie du heißt, und bin extra hergekommen. Ich frage dich, was dir passiert ist, und du lügst herum. Mir ist meine Zeit echt zu schade dafür, angelogen zu werden. Also, gute Besserung und …«

»Nein, warte doch! Geh noch nicht!« Lennart schnellte hoch. Er streckte die Hand nach Melike aus und ließ sie wieder sinken. »Ich … es tut mir leid! Es ist nur … ich bin … na ja … Ich weiß auch nicht, wie ich in diese Situation geraten konnte. Ich hatte keinen Unfall. Dieser Typ mit der Glatze und noch zwei andere Männer haben mir aufgelauert. Sie … sie haben mich niedergeschlagen! Ich dachte, das wäre mein Ende!«

»Sie haben dich *einfach so* überfallen?«

»Nein, sie … sie wussten, dass ich eine Weile bei Claudia gewohnt habe«, fuhr Lennart fort. »Sie waren hinter irgendwelchem Geld her und haben gedacht, ich wüsste, wo es ist! Aber ich hatte keine Ahnung! Das haben sie mir aber nicht geglaubt …«

Bei seinen Worten fuhr mir ein eiskalter Schreck in die Glieder.

Melike setzte sich wieder. »Hast du das der Polizei erzählt?«, fragte sie.

»Oh Gott, nein! Auf keinen Fall!« Lennart ließ den Kopf wieder hängen. »Die bringen mich um, wenn ich mit der Polizei rede. Das haben sie mir gleich gesagt. Und ich weiß, dass sie wiederkommen. Es geht um eine ganze Menge Geld.«

»Wem gehört das Geld denn?«, fragte Melike unverfroren.

»Das … das kann ich nicht sagen«, murmelte Lennart.

»Aber du weißt es?«, bohrte meine Freundin weiter.

Die Tür ging auf und eine Krankenschwester schob einen Rollstuhl ins Zimmer.

»So, Herr Haas, jetzt muss ich Sie Ihrem netten Besuch leider entführen«, sagte sie und lächelte. »Zeit für das MRT.«

Ich sprang auf und auch Melike erhob sich.

»Kannst du mir deine Telefonnummer geben?«, fragte Lennart meine Freundin.

»Leider nein.« Sie schüttelte bedauernd den Kopf. Ich traute meinen Augen kaum, als sie jetzt ihren Rucksack öffnete, ein schwarzes Tuch hervorzog und es sich geschickt um den Kopf schlang. »Ich bin Türkin und meine Familie sind strenggläubige Muslime. Meine Brüder checken jeden Abend mein Handy. Wenn die sehen, dass mich ein Mann anruft, dann … na ja … Du hast schon genug Schwierigkeiten.«

Lennart starrte Melike mit offenem Mund an. Sie winkte ihm zu und wir flüchteten aus dem Zimmer.

»Boah, ist das ein ekliger Wicht«, flüsterte Melike und zog sich den Hijab wieder aus. »Aber wir wissen jetzt, dass sie doch hinter dem Geld her sind.«

»Wir müssen es loswerden!«, zischte ich.

»Nein, wir müssen rauskriegen, woher es kommt und in wessen Auftrag der Glatzkopf handelt«, widersprach Melike mir.

»Mensch, Melike, das ist kein Spiel mehr«, sagte ich. »Ich habe echt Schiss!«

Wir eilten die Treppe hinunter.

»Wenn sie den Verdacht hätten, dass wir das Geld haben, dann wären sie schon bei euch aufgetaucht«, entgegnete meine Freundin. »Glaub mir, Elena, die haben keine Ahnung, wo sie suchen sollen!«

Wir eilten durch das Foyer auf die gläserne Drehtür zu. Gerade als wir hineingingen, trat von draußen ein Mann in das Abteil. Ich hatte das Gefühl, mir würde das Blut in den Adern gefrieren, als der Typ mir aus wässrigen blauen Augen direkt ins Gesicht blickte. Es war der Lederjackenglatzkopf! Und er war ganz sicher auf dem Weg zu Lennart!

21. Kapitel

Als ich eine halbe Stunde später von der Bushaltestelle zum Amselhof radelte, nahm ich mir fest vor, mit meinen Eltern zu sprechen und ihnen alles zu erzählen. Erst als ich zu Hause ankam, fiel mir wieder ein, dass sie ja nach Leipzig gefahren waren. Auf dem Küchentisch lag ein Zettel mit lauter Anweisungen, den ich nur kurz überflog. Meine Mutter neigte manchmal dazu, mich immer noch für ein Kleinkind zu halten. Ich zwang mich, meine Hausaufgaben zu erledigen, doch es fiel mir schwer, mich auf Geschi und Mathe zu konzentrieren. Dauernd schweiften meine Gedanken ab und meine Fantasie entwarf alle möglichen Schreckensszenarien. Vielleicht hatte Melike recht und niemand hatte uns auf dem Schirm, aber was, wenn doch jemand hier auftauchte? Vor allen Dingen jetzt, wenn meine Eltern nicht da waren? Ich stieß einen Seufzer aus. Es hatte keinen Sinn, ich kriegte nichts Gescheites hin. Gedankenverloren blickte ich aus dem Fenster und zuckte zusammen, als ich den weißen SUV von Claudia Winter die Auffahrt entlangkommen sah. Das Auto hielt auf dem großen Parkplatz vor der Pferdetränke, die Beifahrertür schwang auf und – Ariane stieg aus!

»Was hat das denn wohl zu bedeuten?«, murmelte ich

verwundert. Ich stand auf, zog meine Stalljeans an und verließ mit Twix auf den Fersen das Haus.

Ariane kam gerade mit ihrem Putzkasten in der Hand aus der Sattelkammer, als ich die Putzhalle betrat.

»Habt ihr ein neues Auto?«, fragte ich sie beiläufig.

»Nein, haben wir nicht«, erwiderte sie, ohne stehen zu bleiben. »Das Auto gehört einer Freundin von meiner Mutter, die mich hergefahren hat. Hast du eigentlich nichts Besseres zu tun, als am Fenster zu hängen und rauszuglotzen wie eine neugierige alte Oma auf dem Dorf?«

»Ich habe dich zufällig aussteigen sehen«, verteidigte ich mich.

»Eigentlich wollte ich ja überhaupt nicht mehr mit dir reden«, sagte sie. »Es war voll die linke Nummer von dir, mir nicht Bescheid zu geben, dass ihr alle zusammen feiert. Das findet Christian übrigens auch.«

»Ich habe es wirklich vergessen«, beteuerte ich. »Und das tut mir echt leid. Aber es war so viel los! Die Sache mit den Pferden vom Meisenberg, dann sind Baxters gekommen und mein Vater hatte den Unfall.«

Ariane blieb stehen, wandte sich um und musterte mich. »Na gut. Entschuldigung angenommen. Wir waren ja auch wirklich *fantastisch* essen«, sagte sie hoheitsvoll, dann kam sie näher heran und senkte die Stimme. »Stell dir vor, Richard Jungblut musste uns chauffieren, damit alle was trinken konnten. Er hat den ganzen Abend draußen im Auto warten müssen. Das hat ihm sicher schön gestunken!«

»Was habt ihr denn mit Tims Vater zu tun?«, wunderte ich mich.

»Roseliebs hatten uns eingeladen«, antwortete Ariane. »Und Richard Jungblut arbeitet doch bei ihm. Da muss er eben abends auch mal Überstunden machen. Jeder, wie er es verdient!« Sie lachte hämisch und ging in den langen Stall, wo ihr Pferd stand.

Ob sie wohl ahnte, dass ihr Vater mit Kriminellen Geschäfte machte? Oder war Hans-Dieter Teichert gar selbst ein Verbrecher?

In dem Augenblick tat mir Richard Jungblut beinahe leid. Wie musste es sich für ihn anfühlen, ausgerechnet die Leute durch die Gegend zu kutschieren, die seinen Hof in seiner Abwesenheit so schmählich vernachlässigt hatten? Wahrscheinlich biss er nur deshalb die Zähne zusammen, weil er glaubte, Stefan Roselieb würde den Sonnenhof und damit seine und die Zukunft seiner Kinder retten. Es würde eine böse Überraschung für ihn sein, wenn er erst merkte, dass Roselieb vorhatte, den Sonnenhof abzureißen, um ein Logistikzentrum auf dem Grundstück zu errichten.

Gina ritt in der alten Reithalle auf Sugar, Gloria saß auf Gunny und gab ihr Unterricht. Ich ging zu Lajos in den Stall, holte Priamos aus seiner Box und begann ihn auf der Stallgasse zu putzen. Alle Wunden waren gut verheilt und sein Fell glänzte sogar ein bisschen. Er hatte auch schon an Gewicht zugelegt, das merkte ich, weil seine Rippen und Hüftknochen nicht mehr so krass unter dem Fell hervortraten. Ich kramte den Mähnenkamm heraus, stellte mich auf den Putzkasten und verzog Priamos' Mähne, bis sie ordentlich aussah und auf der linken Halsseite lag. Anschließend schnitt ich die Schweifrübe aus und kürzte den Schweif um ein paar Zentimeter, kratzte seine Hufe aus und fettete sie ein.

»So, jetzt siehst du wieder richtig zivilisiert aus«, sagte ich zu dem Fuchswallach, der die Prozedur geduldig ertragen hatte. »Zeit für unseren Spaziergang!«

Ich drehte mich um und wurde vor Schreck fast ohnmächtig, als mir unvermittelt Lajos gegenüberstand.

»Was bist du denn heute so schreckhaft?«, grinste er amüsiert.

»Ich habe dich gar nicht reinkommen hören«, stieß ich hervor und presste die linke Hand auf meine Brust, um den rasenden Herzschlag zu beruhigen. Mit der rechten Hand griff ich nach Priamos' Führstrick und merkte, wie sie zitterte.

Lajos sah das auch. Er hörte auf zu grinsen und blickte mir forschend ins Gesicht. »Alles in Ordnung, Elena?«, erkundigte er sich.

Was sollte ich ihm sagen? Wir haben zufällig über hunderttausend Euro und einen Sack Goldmünzen gefunden, hinter dem irgendwelche unheimlichen Typen her sind, die nicht davor zurückscheuen, Menschen zu bedrohen und zusammenzuschlagen? Er würde mir sowieso nur dasselbe raten wie Farid und eigentlich war das ja auch die vernünftigste Lösung. Denn sobald wir das Geld nicht mehr hatten, hätte der Lederjackenglatzkopf keinen Grund mehr, hinter uns her zu sein.

»Ja, klar, alles supi!«, erwiderte ich übertrieben fröhlich. »Wir waren bloß gestern in so einem beknackten Horrorfilm. Das war nichts für meine Nerven.«

»Aha. Na dann.« Lajos hob kurz die Augenbrauen.

»Ist es okay, wenn ich Priamos am Springplatz ein bisschen grasen lasse?«

»Nein, lieber nicht. Das frische Gras hat zu viel Eiweiß und das Letzte, was er jetzt braucht, ist eine Hufrehe. Du kannst ihn draußen hin und her führen, aber langsam. Er ist immer noch sehr schwach.«

Ich ging mit dem Fuchswallach an ihm vorbei und spürte Lajos' Blick in meinem Rücken. Er glaubte mir nicht, das wusste ich. Lajos konnte man nur schwer etwas vormachen.

Auf dem Springplatz trabten Tim und Jens auf Carnando und Embarcadero herum, auf dem vorderen Dressurplatz ritten Laura und Lisa-Sophie im Schritt nebeneinanderher und lachten über irgendetwas. Zwei Einstellerinnen ließen ihre Pferde auf dem Grasstreifen zwischen Eichenstall und Dressurplätzen grasen. Die Stuten und ihre Fohlen waren auf der großen Winterkoppel am Waldrand. Ein friedlicher Frühlingstag mit Sonnenschein und blauem Himmel, aber die Idylle täuschte. Irgendwo heckten böse Menschen düstere Pläne aus und dabei ging es immer nur um Geld!

Ich spazierte mit Priamos langsam zwischen den Stallgebäuden und der neuen Reithalle hin und her.

Genau betrachtet drehte sich das ganze Leben um das Thema Geld. Jeder wollte es haben, und wer schon viel besaß, wollte noch mehr und noch mehr Geld zusammenraffen. Es war irgendwie widerlich, dass an allem ein Preisschild zu hängen schien und niemand etwas einfach so machte. Klar, man brauchte Geld, um leben zu können, aber war es nicht mindestens genauso wichtig, gute Freunde und wirklich Freude an etwas zu haben?

Priamos blieb stehen, um seine Nase an einem Vorderbein zu kratzen. Ich beobachtete ihn dabei und versuchte in Gedanken zu sortieren, was ich eben von Ariane erfahren hatte. Claudia Winter war nicht etwa spurlos verschwunden, sondern offenbar bei Teicherts untergeschlüpft. Ob sie wohl am vergangenen Freitag auch bei dem *fantastischen*

Abendessen dabei gewesen war? Wohl kaum! Roselieb hatte sie bedroht und nicht sehr nett mit ihr gesprochen.

Farid rief an, um mir zu sagen, dass er heute Abend direkt nach dem Training auf den Amselhof kommen würde. Ich erzählte ihm von Melikes Erkenntnissen und unserem Besuch bei Lennart Haas.

»War mir völlig klar, dass ihr hingeht.« Farids Stimme klang belustigt. »Ich habe meinen Vater übrigens gestern Abend gefragt, ob er den Unterschied zwischen einem Sturz und einem Schlag auf den Kopf erkennen würde.«

»Und?«

»Natürlich wollte er erst mal wissen, wie ich darauf komme. Dieser Mann kann einem ja nicht ein Mal eine einfache Antwort auf eine einfache Frage geben«, sagte Farid. »Also habe ich den Fall von Peter Meisenberg erwähnt. Wusstest du eigentlich, wo der Unfall passiert ist?«

»Auf irgendeiner Baustelle, habe ich gehört«, sagte ich.

»Von wegen!«, rief Farid. »Er ist im Rathaus durch die Brüstung des Treppenhauses im vierten Stock gebrochen und wohl mit dem Kopf unten aufgeschlagen. Als er am nächsten Morgen gefunden und ins Krankenhaus eingeliefert wurde, hatte er noch immer ordentlich Alkohol im Blut. Die Kripo hat ermittelt und es gab eine große Untersuchung von der Versicherung. Mein Vater und ein Rechtsmediziner mussten Gutachten schreiben. Hätte man den Mann eher gefunden und behandelt, hätte er vielleicht noch eine Chance gehabt, aber so war das Gehirn zu lange ohne Sauerstoffversorgung. Die Hirnschädigung war irreparabel.«

Ich schauderte bei der Vorstellung, dass der Mann die ganze Nacht verletzt dagelegen hatte, ohne bemerkt zu werden.

»Woran ist er eigentlich gestorben?«

»Er war hirntot. Als die Maschinen, die seinen Körper am Leben erhalten haben, abgestellt wurden, ist er gestorben.«

»Das ist ja gruselig.«

Nachdem ich Priamos versorgt und ihm und Tokka die Nachmittagsrationen an Medikamenten und Mineralfutter gegeben hatte, ging ich hinüber in den Turnierstall.

Ariane stand vor der großen Tafel, auf der jeden Tag eingetragen wurde, was mit welchem Pferd gemacht werden sollte, welches Pferd zum Schmied musste, und was sonst noch wichtig war. Tim schleppte, sein Handy zwischen Ohr und Schulter geklemmt, Sattelzeug in die Sattelkammer, der Aknefrosch führte Embarcadero unter das Solarium und schaltete es ein.

»Hat Farid dir die Karten für Samstag gegeben, dummes Kind?«, fragte er mich, nahm dem Grauschimmelwallach die Trense ab und schnallte ihm ein Halfter um.

»Ja, hat er«, erwiderte ich. »Und bevor du weiternervst: Ja, es ist auch ein Einfahrtschein für die Stadiongarage dabei.«

»Du hast kapiert, auf was es ankommt im Leben«, grinste der Aknefrosch anerkennend.

»Geht ihr übermorgen etwa auch ins Stadion?«, mischte Ariane sich ein.

»Jepp«, antwortete Jens.

»Ich auch!«, verkündete Ariane, obwohl sie niemand gefragt hatte. »Wir sind bei Freunden in die Loge eingeladen.«

»Ist ja toll«, sagte der Aknefrosch übertrieben bewundernd, dann wandte er sich an mich. »Wie weit ist die Zobeline eigentlich mit ihrer Mordermittlung gekommen? Seid ihr dem Mörder vom Meisenberg schon auf der Spur?«

»Hä?« Ich starrte ihn erschrocken an.

»Wohlerzogene Kinder fragen *wie bitte*, nicht *hä*«, korrigierte Jens mich und ging lachend weg.

»Der *Mörder* vom Meisenberg?«, fragte Ariane mich neugierig. »Was hat er denn damit gemeint?«

»Ach, der Hufschmied hat neulich so eine Bemerkung gemacht«, redete ich mich heraus. »Er hat angeblich irgendwo gehört, dass der Meisenberg gar keinen Unfall gehabt, sondern ihm jemand auf den Kopf geschlagen hätte.«

»Nee, oder?« Ariane bekam große Augen.

»Keine Ahnung.« Ich zuckte die Schultern und holte Lenzi aus seiner Box. »Ich denke, das ist nur blödes Gerede.«

Da kam Tim aus der Sattelkammer. Er war ganz rot im Gesicht. Bevor ich mich versah, nahm er mich in die Arme und drückte mich so fest, dass ich nach Luft japsen musste.

»Spinnst du?«, fuhr ich Tim verärgert an, als er mich losließ.

»Sorry, aber das musste jetzt mal sein.« Er strahlte so glücklich, dass ich ihm nicht böse sein konnte. »Dein Vater hat mich gerade angerufen. Danke! Danke, Elena! Das ist ja soooo abgefahren-wahnsinns-endgeil!«

Da kapierte ich, was mit ihm los war. Aber Ariane nicht.

»Kann mir mal einer erklären, was hier abgeht?«, fragte sie und blickte zwischen uns hin und her.

»Ich darf in Mannheim, im Schlosspark und in Balve reiten«, erklärte Tim begeistert.

»Ist ja toll!« Ariane war wenig beeindruckt. »Elena und ich auch. Und?«

»Ich reite Fritzi und Latus Lex in der Youngster Tour.« Tim ballte seine Hand zur Faust und lachte triumphierend.

»Und die internationale Tour mit Calvaro, Cornado und Palais de Danse!«

»Na, herzlichen Glückwunsch.« Ariane konnte ihre Missgunst nur schwerlich verbergen. »Wenn du jetzt der neue Amselhof-Star-Reiter bist, brauchst du ja keinen Sponsor mehr. Dann kann Stefan *mir* ein neues Pferd finanzieren!«

»Elenas Vater ist ja irgendwann wieder fit und reitet selbst«, antwortete Tim. »Was ist jetzt mir dir? Willst du Unterricht oder nicht?«

»Nee, danke, ich hab's mir anders überlegt«, sagte Ariane kühl. »Du kannst dich ja noch ein bisschen bei deiner neuen Sponsorin einschleimen.«

Als sie weg war, holte ich Lenzi aus seiner Box und band ihn rechts und links fest. Tim war in Plauderlaune. Während ich Lenzi putzte, lehnte er an der Boxenwand und schwärmte mir vor, wie toll es sei, hier auf dem Amselhof zu sein und die Pferde meines Vaters und Fritzi reiten zu dürfen, und dass er am liebsten das Angebot annehmen und hier eine Ausbildung zum Bereiter machen würde. Aber das könnte er nicht machen, wegen des Sonnenhofs und weil er seinem Vater doch fest versprochen hatte, ihn beim Neuaufbau zu unterstützen. Was ich denn darüber denken würde, wollte er wissen.

Ich klopfte den Striegel auf dem Boden aus und sah ihn an. »An deiner Stelle würde ich hier eine Ausbildung machen. Denn der Herr Roselieb wird kein Geld in den Sonnenhof stecken. Und er wird dir auch keine Pferde kaufen!«

»Äh, was?« Tim starrte mich so verblüfft an, als ob ich ihm gegen das Schienbein getreten hätte.

In dem Moment kam Melike in den Stall. »Hi!«, begrüßte sie uns. »Was habt ihr mit Ariane gemacht? Sie ist wie ein wütender Stier an mir vorbeige…« Sie verstummte und blickte zwischen mir und Tim hin und her. »Störe ich?«

»Nein, tust du nicht.« Ich ließ Lenzi herumtreten und bearbeitete seine andere Seite. »Ich habe Tim gerade gesagt, dass der Roselieb nicht vorhat, Geld in den Sonnenhof zu investieren und dass es deshalb klüger wäre, hier eine Lehre zu machen.«

»Woher willst du das denn wissen?«, fragte Tim.

Ich ließ das Putzzeug sinken. »Du weißt, dass ich deinen Vater nicht besonders leiden kann«, sagte ich zu ihm. »Aber als mir Ariane eben erzählt hat, wie der Roselieb ihn behandelt und was er alles machen muss, da hätte ich gerade kotzen können!«

Tim war total verwirrt, aber Melike hatte blitzschnell begriffen, um was es ging, und erklärte Tim, was sie herausgefunden hatte. Mit jedem Satz, den sie sagte, wurde er eine Spur blasser.

»Das kann doch nicht stimmen«, sagte er verunsichert. »Das wäre ja total link!«

»Das *ist* total link!«, bestätigte Melike. »Der Herr Roselieb und Arianes Vater sind Grundstücksspekulanten. Von Herrn Meisenberg wussten sie immer schon vorher, welche Flächen zu Bauland und damit richtig teuer werden würden. Auf diese Weise haben sie in den letzten Jahren richtig viel Geld verdient. Das Grundstück vom Sonnenhof ist das letzte, was ihnen noch fehlt. Dann haben sie in Hettenbach alles aufgekauft, was möglich ist. Und sobald der Flächennutzungsplan geändert ist, werden sie alles doppelt und dreifach so teuer an den Investor verkaufen, der das Logistikzentrum bauen will.«

Das Solarium ging aus. Ohne ein Wort zu sagen band Tim Embarcadero los und führte ihn in seine Box.

»Schock«, diagnostizierte Melike mitleidig. »Der Ärmste!«

»Besser jetzt, als wenn es zu spät ist«, antwortete ich.

»Genau.« Melike nickte. »Gut, dass du es ihm gesagt hast! Egal was gewesen ist: Wir sind ja doch irgendwo noch Freunde.«

22. Kapitel

Am Abend trafen Farid, Tim, Melike und ich uns zu einer Krisensitzung in unserer Küche. Es war Farids Idee gewesen, Tim einzuladen. Wir hatten auf Omas Angebot verzichtet, in der Pferdetränke zu Abend zu essen und ich hatte stattdessen Spaghetti Bolognese gekocht, während Melike eine halbe Stunde lang an meinem Laptop alles Mögliche ausdruckte. Um Mama zu beruhigen, schickte ich ihr ein paar Selfies von Melike, Gina und mir beim Essen. Farids und Tims Anwesenheit verschwieg ich ihr lieber, um unnötige Diskussionen zu vermeiden.

Nach dem Essen schoben wir Gina ins Wohnzimmer ab, wo sie zu ihrer Freude den zweiten Teil von *Harry Potter* auf *Netflix* gucken und dazu Chips und Salami-Sticks futtern durfte. Ich räumte den Tisch ab und Melike legte Tim die Ausdrucke von Internetartikeln hin, in denen es um die geplante Erweiterung des Gewerbegebiets in Hettenbach und den Bau eines riesigen Logistikzentrums ging. Außerdem zeigte sie ihm die Beweise dafür, dass Roselieb und Teichert gemeinsam eine Firma hatten. Weil er momentan meistens bei seiner Oma in Steinau und nicht auf dem Sonnenhof wohnte, hatte Tim nicht mitbekommen, wie sein Vater sich von Stefan Roselieb demütigen lassen musste. Seine anfängliche Fassungslosigkeit verwandelte sich allmählich in hilflosen Zorn.

»Du musst unbedingt herausfinden, wann der Notartermin stattfinden soll, bei dem der Verkauf protokolliert wird«, riet Melike ihm. »Oder ist das schon passiert?«

»Nein, soweit ich weiß noch nicht«, erwiderte Tim düster. »Meine Mutter muss ja mit unterschreiben. Aber es gibt noch ein anderes Problem. Als mein Vater im Gefängnis war, hat meine Mutter sich von Roselieb Geld geliehen. Als Gegenleistung wollte er einen Grundbucheintrag haben, und das hat sie auch gemacht. Der Sonnenhof gehört eigentlich jetzt schon Roselieb und der Bank.«

»Wie viel hat sie sich geliehen?«, wollte Melike wissen.

»Achtzigtausend«, sagte Tim. »Sie dachte, sie kriegt das Geld von meinem Opa wieder und kann es zurückzahlen. Aber der hat dann ja Bankrott gemacht und ist gestorben. Außerdem gibt es noch irgendeinen Wisch, auf dem meine Mutter dem Roselieb ein Vorkaufsrecht eingeräumt hat, für den Fall, dass der Sonnenhof mal verkauft wird.«

»Weißt du, um wie viel Geld es geht?«, erkundigte sich Farid.

»Nicht ganz genau«, antwortete Tim. »Bei der Bank haben wir ungefähr zweihundertfünfzigtausend Euro Schulden. Ursprünglich wollte der Roselieb diese Schulden bei der Bank ablösen und dasselbe Geld investieren, um alles wieder in Schuss zu bringen.«

»Wäre doch super«, sagte ich. »Dann gehört euch der Hof weiterhin!«

»Ja, das dachten wir uns auch«, nickte Tim. »Aber meine Mutter will Geld. Der Hof ist ihr egal. Deshalb hat der Roselieb jetzt das Angebot gemacht, dass er uns den Hof für fünfhunderttausend abkauft, dann bleiben zweihundertfünfzig übrig, die meine Eltern sich teilen. Mein Vater kriegt per Vertrag das Recht eingeräumt, dass er innerhalb von fünf Jahren den Hof zurückkaufen kann, und muss bis dahin dreitausendfünfhundert Euro Pacht im Monat für die Reitanlage und achthundert Miete für das Haus zahlen.«

»Und was passiert, wenn er das nicht schafft?«, fragte Farid skeptisch. »Das ist eine Menge Geld.«

»Wenn wir zwei Monate lang die Pacht nicht bezahlen, verfällt das Rückkaufsrecht«, gab Tim zu. »Aber wenn wir zwanzig Boxen vermieten können, würde das locker gehen.«

Seine Zuversicht war nicht echt.

»Mal ganz ehrlich: Wem wollt ihr denn Boxen vermieten?« Melike schüttelte den Kopf. »Erst mal müsst ihr doch alles wieder reparieren und die Böden in der Reithalle und auf dem Reitplatz erneuern.«

»Ja, stimmt schon …«

»Das stinkt doch zum Himmel«, regte sich Melike auf. »Ich garantiere euch: Das war alles genau so geplant. Teichert pachtet den Sonnenhof und lässt alles vergammeln und dann kommt sein Kumpel Roselieb um die Ecke und tut so, als wäre er der selbstlose Retter. Für das Grundstück kriegen die von den Investoren, die dort bauen wollen, mindestens das Fünffache, wenn nicht noch mehr.«

Für einen Moment sagte niemand etwas. Aus dem Wohnzimmer drangen Schreie und Musik. Gina starrte wie gebannt auf den Bildschirm und interessierte sich nicht für unser Gespräch.

Melike spielte Tim ihre Videoaufnahme von Claudia Winter und dem Mann in der Sattelkammer vor, und er identifizierte die Stimme des Mannes eindeutig als die von Stefan Roselieb.

»Damit gibt es keinen Zweifel: Er hat Peter Meisenberg bestochen«, sagte Melike zufrieden. »Und er hatte Angst, dass das irgendwie rauskommen könnte, denn dann wandert er in den Knast! Deshalb wollte er diese Liste haben.«

»Woher wusste er überhaupt, dass der Meisenberg das alles aufgeschrieben hat?«, fragte Tim.

»Von Anne, seiner Exfrau«, erwiderte ich. »Das hat er auf jeden Fall zu Claudia gesagt.«

»Aber die Liste kann ja nicht auf diesem USB-Stick gewesen sein.« Tim runzelte die Stirn. »Sonst hätten sie jetzt nicht noch das Haus vom Meisenberg auseinandernehmen müssen.«

Farid, Melike und ich blickten uns an.

»Na los«, sagte Farid. »Wenn, dann sollte Tim auch alles wissen.«

»Okay.« Ich zögerte kurz. »Es gibt noch etwas anderes, wonach sie suchen. Nämlich … Geld.«

»Ziemlich viel Geld«, ergänzte Melike. »Und Goldmünzen.«

»Sagt bitte nicht, dass ihr das Geld habt!« Tim riss die Augen auf.

»Doch.« Melike lächelte schief. Wir erzählten Tim, wo wir das Geld und das Gold gefunden hatten. Dann berichtete sie von unserem Besuch bei Lennart Haas.

»Wir würden es ja zurückgeben«, sagte ich. »Wir wissen nur nicht wem.«

»Der Polizei«, sagte Farid.

»Genau«, pflichtete Tim ihm bei. »Sprecht doch einfach mit Berit!«

Berit Teves, die Dressurreiterin, die schon seit ewigen Zeiten ihre Pferde auf dem Amselhof stehen hatte, war bei der Polizei. Erst vor ein paar Monaten hatte sie Gina und mich in Hettenbach aus einer brenzligen Situation gerettet.

»Berit ist bei der Streifenpolizei«, gab Melike zu bedenken. »Für so was ist wohl eher die Kriminalpolizei zuständig.«

»Hm.«

»Dieser Glatzkopf ist also Roseliebs Mann fürs Grobe«, rekapitulierte Farid nun. »Er schlägt Lennart krankenhausreif, weil der ihm nicht verraten will, wo das Geld ist. Kann das sein?«

»Warum sollte er das sonst tun?«, fragte Melike zurück.

»Ich glaube, es gab dafür einen anderen Grund«, sagte Farid. »Lennart Haas ist laut Webseite der Stadt Königshofen der Nachfolger von Peter Meisenberg. Das bedeutet, er ist jetzt zuständig für alle Bau- und Grundstückssachen, also auch für die Veränderung des Flächennutzungsplans in Hettenbach. Was, wenn Lennart sich nicht bestechen lassen will und Roselieb seine Felle davonschwimmen sieht? Oder Lennart will jetzt plötzlich auch Geld für Gefälligkeiten kassieren und Roselieb hat keinen Bock noch mal zu zahlen!«

»Hm«, machte Melike nachdenklich. »Du könntest recht haben.«

»Wie viel Geld habt ihr in den Pokalen gefunden?«, fragte Tim.

»Hundertzehntausend«, flüsterte ich.

»Oh! Das ist wirklich viel!«

Wir diskutierten, bis Ginas Film fertig war. Sie sagte Tim Gute Nacht und verschwand auf ihrem Zimmer. Tim zog sich seine Jacke an und ergriff seinen Motorradhelm.

»Wir haben für nichts Beweise«, seufzte Melike deprimiert, als wir im Windfang standen. »Nur Vermutungen! Vielleicht ist ja auch alles ganz anders, als wir denken, weil wir falsch interpretieren.«

»Peter Meisenberg ist auf jeden Fall nicht ermordet worden, sondern betrunken übers Treppengeländer im Rathaus gefallen«, ergänzte ich. »Wie machen wir jetzt weiter?«

»Unbedingt das Geld loswerden«, sagte Farid.

»Verhindern, dass der Roselieb sich den Sonnenhof schnappt«, sagte Melike.

»Aber was, wenn er es ernst meint?«, zweifelte Tim. »Wenn er uns wirklich helfen will?«

Mein Handy klingelte. Meine Mutter!

»Seid mal still!«, sagte ich zu den anderen, dann ging ich dran.

Brenda hatte die erste Qualifikation mit Quite Easy für sich entschieden und war zusätzlich siebte mit Temporize geworden. Sie hatten im VIP-Bereich Brendas Sieg gefeiert und waren jetzt auf dem Weg in ihr Hotel.

»Und? Hattet ihr auch einen netten Abend?«, fragte Mama.

»Ja, wir haben Spaghetti gekocht und *Harry Potter* geguckt«, erwiderte ich. »Gina ist schon im Bett.«

»Schön«, sagte Mama. »Danke für die Fotos. Sind Farid und Tim noch da?«

»Äh … wie kommst du denn darauf, dass sie hier sind?« Ich war überrascht. Hatte Oma sie etwa bei uns ins Haus gehen sehen und sofort bei Mama angerufen, um zu petzen?

»In euren Selfies kann man das Küchenfenster sehen«, verriet Mama mir. »Und im Fenster haben sich die beiden gespiegelt.«

Ertappt! Wie blöd von mir, an so etwas nicht zu denken!

»Sie … wollen gerade fahren«, sagte ich rasch, um meine Verlegenheit zu überspielen.

»Wenn Farid bleiben will, weißt du ja, was Papa und ich erwarten.«

Ich wurde knallrot im Gesicht und ging schnell in die Küche.

»Ja, ja, schon klar, Mama«, zischte ich mit gesenkter Stimme. »Er muss aber sowieso nach Hause, wegen Joyce.«

Meine Eltern waren, was das Übernachten betraf, genauso streng wie Farids Eltern. Ein Verstoß gegen ihre Regeln würde ernste Konsequenzen haben.

»Aber falls er …«

»Mama, *bitte!* Melike pennt hier, sonst niemand. Okay?«

»Ich vertraue dir«, sagte meine Mutter in diesem gewissen Tonfall. Das sagte sie nur, damit ich mich mies fühlte, falls ich doch gegen ihre Regeln verstieß. Sie wünschte mir eine Gute Nacht und ich ihr auch.

»Tja, ungeschickt«, grinste Farid, als ich von meinem Missgeschick mit den Selfies erzählte. Tim ging zu seinem Moped, setzte den Helm auf und fuhr weg. Twix verschwand zwischen den Büschen.

Ich ergriff Farids Hand und begleitete ihn bis zu seinem Auto. Er nahm mich in die Arme und blickte mich ernst an. »Elena, bitte haltet euch aus dem ganzen Kram raus. Ich will mir keine Sorgen um dich machen müssen.«

»Ja, du hast recht«, sagte ich. »Ich will damit auch nichts

mehr zu tun haben. Übrigens finde ich es toll, dass du dich mit Tim gut verstehst. Danke.«

»Kein Problem.« Farid zwinkerte mir zu. »So übel ist er ja auch gar nicht, dein Ex. Hast halt einen guten Geschmack!«

Wir küssten uns zum Abschied und er setzte sich ins Auto.

Ich winkte ihm und sah zu, wie er den Mini wendete und davonfuhr.

23. Kapitel

Die Longierhalle war leer, deshalb nutzte ich die Gelegenheit, Priamos dort ein wenig frei laufen zu lassen. Ich schloss die Tür, hakte den Führstrick aus und ging in die Mitte der runden Halle. Priamos setzte sich langsam in Bewegung. Er schnoberte auf dem Boden herum, dann trottete er im Kreis um mich herum, als ob ich eine Longe in der Hand hielte. Nach einer Weile fiel er sogar kurz in Trab. Obwohl er noch immer erbärmlich dünn war, kehrte seine Energie allmählich zurück. Während das Pferd um mich herumlief und hin und wieder stehen blieb, um den Boden abzuschnuppern, dachte ich an Farid, der jetzt mit seiner Mutter auf dem Weg nach Dortmund zum Medizincheck war. Ich hatte nicht einmal Melike davon erzählt, und so wusste außer mir und Farids Eltern niemand, dass er, wenn die Ärzte grünes Licht gaben, einen Vier-Jahres-Vertrag unterschreiben und ab Juli beim BVB spielen würde. Nach dem Spiel am Samstag, das Eintracht Frankfurt durch zwei Tore von Farid gewonnen hatte, ging jedermann davon aus, dass man ihm schon bald einen neuen, besseren Vertrag anbieten würde. Einige Journalisten schienen hellsichtiger zu sein und schrieben, dass sich die Verantwortlichen des Vereins jetzt beeilen müssten, bevor ihnen ein Top-Club das

Nachwuchstalent Farid Belhedi wegschnappte. Ganz sicher würden die Eintracht-Fans – allen voran der Aknefrosch – tief enttäuscht sein, wenn die Nachricht von Farids Wechsel nach Dortmund bekannt wurde. Ich selbst war mir noch nicht ganz sicher, was ich davon hielt, aber in erster Linie freute ich mich für Farid.

Priamos scharrte mit den Vorderhufen im Sand, dann knickte er die Vorderbeine ein, ließ sich auf die Seite sinken und wälzte sich genüsslich. Er kam problemlos alleine wieder hoch und schüttelte sich, sodass der Staub in alle Richtungen flog. Wenn er sich weiterhin so gut erholte, würde ich vielleicht bald auf ihm reiten können, und darauf war ich schon sehr gespannt.

Brenda war am Vorabend sensationell Zweite im Weltcup-Finale gewesen, ganz knapp geschlagen von einem schwedischen Springreiter. Papa und Mama wollten gegen Mittag zurück sein aus Leipzig, und Melike und ich hatten beschlossen, ihnen gleich von dem Geld zu erzählen. Aber natürlich kam wieder alles ganz anders als geplant. Papa rief an und teilte mir mit, dass sie sich wegen einer Vollsperrung auf der A4 vor dem Kirchheimer Dreieck wahrscheinlich um ein paar Stunden verspäten würden.

Ich war mit Lenzi auf dem Springplatz und Gina ritt Hilda, als plötzlich Linda Jungblut, Tims und Ginas Mutter, an der Umzäunung des Springplatzes stand. Sie war seit Wochen nicht mehr hier gewesen und es dauerte ein paar Sekunden, bis ich sie erkannte, und Gina ging es genauso. Linda war sehr dünn geworden. Ihr dunkles Haar war hellblond gefärbt.

»Mama!«, rief Gina erstaunt und hielt Hilda an. »Was machst du denn hier?«

»Hallo, Schätzchen«, hörte ich Linda Jungblut sagen. »Ich wollte dich abholen, wie ich es dir versprochen habe.«

»Oh, okay.« Gina lächelte verwirrt. »Das wusste ich gar nicht.«

»Hallo, Frau Jungblut.« Ich hielt Lenzi neben Hilda an. »Wissen meine Eltern Bescheid, dass Sie Gina mitnehmen wollen?«

»Ich kann ja wohl mein Kind besuchen, wann ich will.« Ihr Blick flackerte, sie sah ein bisschen irre aus.

»Besuchen – ja, mitnehmen – nein«, entgegnete ich.

Ich hatte genug mitbekommen, um zu wissen, dass meine Eltern vom Jugendamt offiziell zu Ginas Pflegeeltern bestellt worden waren und ihre leiblichen Eltern sie, nach allem was passiert war, nur nach vorheriger Ankündigung und unter Aufsicht sehen durften.

»Beeil dich, Gina!« Linda bückte sich unter der Umzäunung durch, ergriff Hildas Zügel und versuchte, Gina aus dem Sattel zu ziehen. »Pack schnell deine Sachen zusammen! Du wirst ein hübsches Zimmer haben, mit einem tollen Balkon und einem Badezimmer ganz für dich allein. Und ich habe eine sehr nette Schule für dich gefunden. Die ist nur drei Minuten zu Fuß von uns weg!«

»Bitte lass mich los, Mama!« Das Lächeln auf Ginas Gesicht war erloschen. Sie blickte sich Hilfe suchend nach mir um und ich erkannte Verwirrung und Angst in ihren Augen.

»Mein kleines Mädchen«, flüsterte Linda. »Ich habe dir doch versprochen, dass ich dich, so schnell wie möglich, zu mir hole und du nicht lange bei fremden Leuten bleiben musst.«

Das war wirklich frech! Linda hatte Gina nach dem

plötzlichen Tod ihres Vaters einfach zu ihrer Mutter abgeschoben, weil sie einen neuen Mann kennengelernt und keine Lust gehabt hatte, ihre traumatisierte Tochter mit in ihr neues Leben zu nehmen. Gina verstand sich aber nicht mit ihrer Oma und war überglücklich gewesen, als wir angeboten hatten, dass sie bei uns leben konnte. Linda Jungblut war auch erleichtert gewesen und hatte sich nie mehr gemeldet, weder bei meiner Mutter, mit der sie mal befreundet gewesen war, noch bei Tim oder Gina! Und jetzt tauchte sie hier auf einmal auf und wollte ihre Tochter mitnehmen.

Ich wusste nicht, was ich tun sollte. Tim, Jens und Gloria hatten den Nachmittag frei und waren nicht auf dem Hof, Opa und Oma waren mit den Landfrauen unterwegs und würden erst am Abend zurücksein.

»Lassen Sie Gina los, Frau Jungblut!«, sagte ich deshalb. »Meine Eltern sind gleich da, dann können Sie das …«

»Steig sofort ab!«, schrie Linda Gina an, ohne auf mich zu achten. »Beeil dich, los, los!«

Gina fing an zu weinen, gehorchte aber ihrer Mutter.

»Ich muss aber erst Hilda wegbringen«, wandte sie ein und hielt das Sattelhorn fest.

»Dazu haben wir jetzt keine Zeit.« Linda packte Ginas Handgelenk und zog das Mädchen hinter sich her.

»Elena!«, schrie Gina und versuchte sich dem Griff ihrer Mutter zu entwinden. »Nein, Mama, nein, ich will hierbleiben!«

Mit einer Kraft und Entschlossenheit, die ich ihr nicht zugetraut hätte, zerrte Linda Gina über den Rasen Richtung Parkplatz.

»Ich helfe dir, Gina!«, schrie ich zurück.

Panik wallte in mir auf. Was sollte ich jetzt machen? Zum Telefonieren war keine Zeit, ich musste sofort etwas unternehmen, um zu verhindern, dass diese Irre mit Gina davonfuhr. Rasch angelte ich nach Hildas Zügel, spornte Lenzi zum Trab und ritt aus dem Springplatz raus.

»Melike!«, schrie ich, so laut ich konnte. »Melike! Hilfe!« Ich trabte zum Eichenstall.

»Was ist denn passiert?« Aufgeschreckt durch meine Hilferufe tauchte Melike in Smileys Paddock auf.

»Ginas Mutter ist eben gekommen und will Gina mitnehmen«, rief ich ihr zu. »Schnell! Wir müssen sie daran hindern!«

Melike begriff sofort und ließ die Wurzelbürste fallen.

Ich warf ihr Hildas Zügel zu und sie schwang sich in den Sattel der Fuchsstute. Wir trabten an der neuen Reithalle und der Longierhalle vorbei, aber genau in dem Moment, in dem wir die Auffahrt erreicht hatten, brauste ein kleines weißes Auto mit Kölner Kennzeichen an uns vorbei zum Tor hinaus. Gina saß auf dem Beifahrersitz. Ich erhaschte einen Blick auf ihr angsterfülltes Gesicht.

»Wir müssen hinterher!«, schrie ich Melike zu.

»Elena, warte! Nicht mit Lenzi!«, brüllte Melike. »Wenn ihm was passiert, macht der Nötzli dich einen Kopf kürzer. Nimm Hilda! Und ich versuche, Tim zu erreichen.«

Melike hatte recht.

»Okay!« Ich sprang von Lenzis Rücken, drückte Melike seine Zügel in die Hand und saß im nächsten Moment in Hildas Sattel. Ich trabte durchs Tor und spornte Hilda zum Galopp. Die Fuchsstute war wahnsinnig schnell, vielleicht konnte ich das kleine weiße Auto einholen. Ich lenkte die Stute auf den Grasstreifen neben der Straße. Linda Jungblut näherte sich in viel zu hoher Geschwindigkeit der unübersichtlichen Kurve vor dem Sportplatz, in der der Weg, der zum Forsthaus führte, in die Straße mündete. Für ein paar Augenblicke war mir die Sicht durch eine kleine Baumgruppe versperrt, deshalb konnte ich nicht sehen, was passierte. Ich hörte nur einen lauten Krach von berstendem Metall und einen schrillen Dauerhupton.

»Oh, Scheiße!«, schrie ich panisch und jagte um die Kurve. Das kleine weiße Auto lag auf dem Dach im Acker, die Reifen drehten sich noch. Im Straßengraben hing der dunkle Berlingo von Miriam Böhl-Schempp, Lajos' Freundin, mit völlig eingedrückter Front. Mir wurde kalt vor Angst.

»Hoho!« Ich zügelte Hilda und ließ mich aus dem Sattel gleiten.

Miriam versuchte gerade, aus dem Auto zu steigen, aber die Fahrertür ließ sich nicht öffnen. Sie war schneeweiß im Gesicht. Ich ließ die Zügel einfach fallen. Hilda war darauf trainiert, stehen zu bleiben. Sie würde nicht wegrennen.

»Ist dir was passiert?«, fragte ich Miriam, die über die Beifahrerseite ausstieg.

»Nein, ich glaube nicht«, erwiderte sie mit zittriger Stimme.

»Ruf bitte Lajos an!«, bat ich sie und sie nickte benommen.

Ich hörte Gina meinen Namen rufen und lief zu dem weißen Auto.

Bei dem Aufprall war die Beifahrertür abgerissen worden. Gina hing im Sicherheitsgurt mit dem Kopf nach unten. Ihr Gesicht war voller Blut.

»Ganz ruhig, Gina«, sagte ich. »Ich hole dich da raus.«

Linda Jungblut lag seltsam verkrümmt zwischen Lenkrad und Armaturenbrett. Sie war gar nicht angeschnallt gewesen!

»Das ist der Fluch«, murmelte sie und starrte mich aus weit aufgerissenen Augen an wie eine Wahnsinnige. Blut rann ihr über das Gesicht in die Haare. Überall waren Glassplitter von der geborstenen Windschutzscheibe. »Sie hat uns verflucht, Richard und mich … Das ist unsere Strafe!«

Gina weinte hysterisch.

»Mensch, jetzt seien Sie doch ruhig«, herrschte ich ihre Mutter wütend an. Es war gar nicht so einfach, den Verschluss des Sicherheitsgurtes zu öffnen, weil Gina mit ihrem ganzen Gewicht im Gurt hing, aber irgendwie gelang es mir, sie zu befreien. Dann war auch schon Miriam da und half mir, Tims Schwester vorsichtig aus dem Autowrack zu ziehen.

»Lajos ist gleich da«, informierte Miriam mich. »Und den Notarzt habe ich auch angerufen.«

»Danke.« Ich streichelte Gina, die sich schluchzend an mich klammerte. Sie bebte am ganzen Körper.

»Was ist mit Mama?«, fragte sie mich. »Wo ist sie? Du musst ihr helfen, Elena, bitte!«

Ich bückte mich und strich ihr beruhigend über die Wange. Dabei stellte ich fest, dass sie nicht verletzt war. Das Blut in ihrem Gesicht stammte offenbar von ihrer Mutter.

Melike kam über die Wiese gerannt.

»Ach du Scheiße!«, keuchte sie. »Ich hab Tim erreicht! Er kommt her, so schnell er kann!«

Miriam war unterdessen in das Wrack des kleinen weißen Autos gekrochen, um nach Linda Jungblut zu sehen.

Ginas Mutter gab gurgelnde Geräusche von sich, die gar nicht gut klangen.

Ich zog Gina fest in meine Arme und trug sie fast zur Straße, denn sie zitterte so sehr, dass sie kaum einen Fuß vor den anderen setzen konnte. Ein schwarzer Schatten war über den Tag gefallen, der so normal begonnen hatte.

»Da kommt Lajos!«, rief Melike erleichtert. Der silberne Kombi bremste auf der Straße und Lajos sprang heraus.

»Ist alles okay bei euch?«, rief er mir zu, während er Miriam kurz in die Arme nahm.

»Ja«, antwortete ich. »Aber ich glaube, Linda ist im Auto eingeklemmt!«

Lajos eilte zu dem auf dem Dach liegenden Auto und bückte sich in das Autowrack, um nach Linda Jungblut zu sehen. Beim Anblick der Besorgnis in seiner Miene zog sich in meinem Innern etwas zusammen und ich ahnte, dass etwas Schlimmes geschehen sein musste. Miriam stand telefonierend auf der Straße. Gina hatte aufgehört zu schluchzen. Sie stand einfach nur stumm da und starrte vor sich hin. In der Ferne hörte ich die Sirenen von Rettungswagen und Feuerwehr.

»Geht nach Hause und nehmt Gina mit«, sagte Lajos zu Melike und mir. »Ich kümmere mich hier um alles und dann komme ich gleich zu euch.«

»Okay.« Ich fragte nicht, was mit Ginas Mutter los war. Eigentlich wollte ich es auch gar nicht wissen. Gina weigerte sich jedoch, mit Melike und mir zu gehen.

»Ich will zu Mama«, flüsterte sie und versuchte sich von mir loszumachen, aber ich ließ sie nicht gehen.

»Lajos kümmert sich um deine Mama«, sagte ich. »Komm, wir müssen Hilda in ihre Box bringen.«

»Nein, ich will hierbleiben! Ich will zu meiner Mama!«, protestierte Gina. »Lass mich los! Mama! *Mama!*«

Sie entwand sich aus meinem Griff und rannte schluchzend zu dem Auto.

»Lass sie!« Melike hielt mich zurück, als ich ihr nachlaufen wollte.

»Ich verstehe sie nicht«, sagte ich, aufgebracht und enttäuscht zugleich. »Diese blöde Kuh hätte sie eben fast umgebracht! Sie hat sich überhaupt nicht um Gina gekümmert. Wie kann sie zu ihr hinwollen?«

»Sie ist halt ihre Mutter«, erwiderte Melike. »Blut ist dicker als Wasser, wie es so schön heißt.«

Die freiwillige Feuerwehr von Steinau kam mit drei Einsatzfahrzeugen. Rettungswagen und Notarzt folgten kurz darauf. Dann sah ich den grünen Geländewagen von Richard Jungblut, aus dem Tim und sein Vater ausstiegen. Gina rannte zu ihrem Vater und sprang in seine Arme.

»Komm, lass uns Hilda wegbringen«, sagte ich zu Melike und nahm Hildas Zügel vom Boden auf. Die Stute hatte gehorsam an genau der Stelle gewartet, an der ich sie stehen gelassen hatte. Auf dem Weg zum Hof rief ich Mama an. Es war mein Vater, der dranging, weil Mama am Steuer saß.

»Ach du liebe Güte!«, rief er schockiert, als ich ihm berichtet hatte, was hier passiert war. »Wir sind in ungefähr einer halben Stunde da.«

»Ich wünschte manchmal, ich hätte mich nie in Tim verliebt«, sagte ich voller Bitterkeit zu Melike. »Diese Familie Jungblut ist grässlich. Sie bringen alle nur Unglück für jeden, der mit ihnen zu tun hat.«

Meine Freundin blieb stehen und sah mich ernst an.

»Ihr seid auf irgendeiner metaphysischen Ebene mit den

Jungbluts verbunden«, sagte sie. »Deine Eltern, Tims Eltern und Lajos waren Freunde. Dann ist das mit diesem schlimmen Unfall passiert, aber diese Situation ist nie aufgelöst worden. Das bedeutet, dass es noch immer Verbindungen gibt, die eure Schicksale miteinander verknüpfen.«

Mir lief eine Gänsehaut über den Rücken. »Linda hat eben im Auto irgendetwas von einem Fluch dahergeredet«, sagte ich langsam.

Melikes Augen weiteten sich und ein unbehagliches Gefühl machte sich in mir breit.

»Was genau hat sie gesagt?«, wollte sie wissen.

»Hm.« Ich überlegte. »So was wie: *Sie hat uns verflucht, Richard und mich … Das ist unsere Strafe*. Was kann sie wohl damit gemeint haben?«

»Keine Ahnung.« Melike legte den Kopf schief. »Aber das könnte der Schlüssel dafür sein, weshalb den Jungbluts so viel Unglück widerfährt.«

»Das ist doch Quatsch!« Ich lachte auf, aber das Unbehagen wurde stärker. »Alles, was denen passiert ist, haben sie sich selbst eingebrockt! Es kann ja wohl kaum an einem Fluch gelegen haben, dass Tims Vater beim Pferdeklauen erwischt worden ist.«

»Wer hat diesen Fluch wohl ausgesprochen?« Melike hörte mir gar nicht zu. »Wenn wir das wüssten, könnten wir diese Person bitten, den Fluch zurückzunehmen und …«

»Oh Gott, Melike, bitte!«, fiel ich meiner Freundin ins Wort, aber sie griff nach meinem Handgelenk.

»Energetische Angriffe wie Flüche oder Verwünschungen können schreckliche Auswirkungen haben.« Melike senkte die Stimme zu einem verschwörerischen Flüstern. »Ein starker Fluch kann einen Menschen ein ganzes Leben lang schwächen. Geistheiler oder Schamanen können Flüche aufheben. Sie arbeiten mit den Energien von Engeln.«

»Okay, das reicht.« Schaudernd setzte ich mich in Bewegung.

»Du erinnerst dich doch daran, dass ich mal damit geliebäugelt habe, Astrologin zu werden, oder?«

»Kann sein.« Ich erinnerte mich nicht mehr genau daran, denn Melikes Zukunftspläne wechselten schneller als das Wetter.

»Ich bin damals auf die Webseite von einer Astrologin in Frankfurt gestoßen. Ich habe sie angerufen und wir haben mindestens eine Stunde lang geredet. Danach war mir klar, dass der Beruf nichts für mich ist, weil ich leider kein bisschen spirituell begabt bin.« Melike seufzte versonnen. »Schade, eigentlich.«

»Und was hat das bitte schön mit Linda Jungblut zu tun?«

»Frau Faber ist auch Geistheilerin«, sagte Melike. »Wir bitten sie, den Fluch, der auf den Jungbluts lastet, aufzulösen. Und – zack! – nächste Woche gewinnen sie im Lotto!«

»Abgesehen davon, dass das für mich alles nach totaler Spinnerei klingt, kostet es wahrscheinlich auch noch einen Haufen Geld!«

»Aber wir haben doch das Geld!«, erinnerte Melike mich.

»Nein, haben wir nicht!«, widersprach ich ihr. »Wir werden meinen Eltern nämlich heute noch von diesem verdammten Geld erzählen. Ich habe es Farid versprochen und ich will es nicht länger in meinem Zimmer haben. Und selbst wenn wir es hätten, würde ich es nicht für die Jungbluts ausgeben!«

»Schade.« Melike stieß einen Seufzer aus, der meine Enttäuschung über Ginas Verhalten und meinen Zorn zum

Überkochen brachte. Alle schlimmen Dinge, die meiner Familie je widerfahren waren, hatten immer nur mit Jungbluts zu tun. Bei einem Autounfall war Mamas Schwester ums Leben gekommen, und Tims Vater, der gefahren war, obwohl er zu viel Alkohol getrunken hatte, hatte die Schuld auf Lajos geschoben. Lajos hatte bei dem Unfall das Bewusstsein verloren und nicht beweisen können, dass er nicht am Steuer gesessen hatte. Er war wegen fahrlässiger Tötung verurteilt worden und unschuldig ins Gefängnis gewandert. Während Lajos im Gefängnis sitzen musste, hatte ihm Richard seine Freundin Linda Gottschalk, Mamas beste Freundin, weggeschnappt und geheiratet. Und als wir vor ein paar Jahren in finanzielle Schwierigkeiten geraten waren, hatte Richard Jungblut uns beinahe den Todesstoß versetzt, indem er unsere Einsteller abgeworben hatte.

»Die Jungbluts sind ein Haufen Egoisten!«, schnaubte ich zornig. »Sie haben alle einen miesen Charakter und sind undankbar! Nach allem, was wir für Gina getan haben ...«

»Hey, hey, nicht aufregen«, besänftigte mich Melike. »So habe ich das doch gar nicht gemeint! Ich hätte nur einfach gerne mal ausprobiert, ob so was wie Flüche aufzulösen wirklich klappt!«

Wider Willen musste ich grinsen.

Wir brachten Hilda in ihre Box, dann versorgten wir Lenzi, den Melike vorhin nur schnell in der Stallgasse angebunden hatte. Mein Handy gab einen Ton von sich. Eine Nachricht von Farid! Ich öffnete sie sofort. Er hatte mir nur einen Daumen-hoch-Emoji und ein Herz geschickt. Meine Knie wurden weich. Er hatte den Medizin-Check also bestanden und würde demnächst in Dortmund leben. Eine Woge aus Freude für Farid und Angst vor dem, was sich dann verändern würde, flutete über mich hinweg und ich brach in Tränen aus.

»Elena!« Melike sah mich erschrocken an. »Was ist passiert?«

»Nichts Schlimmes«, beruhigte ich sie. »Farid war heute in Dortmund zur medizinischen Untersuchung. Alles ist gut gelaufen. Ab Sommer wird er beim BVB spielen.«

»*Waaas?*« Meine Freundin starrte mich ungläubig an. »Wie geil ist das denn?«

»Ja, ich freu mich auch voll für ihn«, schniefte ich.

»Das sehe ich.« Melike schüttelte spöttisch den Kopf. »Elena, du bist echt der einzige Mensch auf der Welt, der heult, wenn er glücklich ist!«

24. Kapitel

Es war ein komisches Gefühl, Richard Jungblut und Tim am Tisch in unserer Küche sitzen zu sehen. Gina lag auf der Couch im Wohnzimmer, eingewickelt in ihre Kuscheldecke, und schlief tief und fest.

»Das Auto gehört dem Mann, mit dem sie zusammen war«, sagte Richard Jungblut gerade, als ich in die Küche kam. »Leider hat sie ihm nicht gesagt, dass sie es sich ausleihen will und er hat es deshalb vorgestern als gestohlen gemeldet.«

Ich rechnete beinahe damit, dass Mama mich aus der Küche schicken würde, aber sie sagte nichts, deshalb blieb ich da und lehnte mich gegen die Arbeitsplatte.

»Na klasse.« Mama schüttelte den Kopf. Sie war genauso sauer wie ich über Lindas Verhalten. Tims Mutter hatte sich bei dem Unfall das Brustbein und ein paar Rippen gebrochen. Schlimmer als die Verletzungen wog jedoch die Tatsache, dass sie Gina entführt und damit gegen die strengen Auflagen des Jugendamtes verstoßen hatte.

»Es tut ihr sehr leid, Susanne, wirklich«, sagte Richard Jungblut und sah Mama mit einem bittenden Ausdruck in den Augen an. »Sie weiß selbst nicht, was sie in dem Moment geritten hat. Wenn man die ganze Geschichte ein bisschen anders erzählt, dann ...« Er brach ab und fuhr sich mit der Hand übers Gesicht. Papa sagte nichts, auch Mama schwieg.

Tims Vater war alt geworden. Früher hatte ich mich schrecklich vor ihm gefürchtet, vor dem kalten stahlblauen Blick und vor seinem zynischen Lächeln. Sein ehemals blondes Haar war grau geworden, seine blauen Augen hatten ihre bedrohliche Strahlkraft verloren. Er saß zusammengesunken auf dem Stuhl, und wenn ich nicht gewusst hätte, dass er nur ein Jahr älter war als mein Vater und Lajos, dann hätte ich ihn auf sechzig oder noch älter geschätzt. Mit Schrecken wurde mir bewusst, dass Tim mittlerweile beinahe so aussah wie sein Vater vor ein paar Jahren: dieselben eisblauen Augen, dasselbe dichte dunkelblonde Haar, das kräftige Kinn, die schmalen Lippen ... Nur der Ausdruck seiner Augen war ein anderer.

»Richard«, brach Mama nun das Schweigen. Ihre Stimme war sehr kühl und ich merkte, dass es ihr nicht gefiel, Tims Vater in ihrer Küche sitzen zu haben. »Es geht hier nicht um Linda oder um dich. Es geht vor allen Dingen um eure Tochter, ein elfjähriges Mädchen, das heute schon wieder etwas Traumatisches erleben musste. Wir tun wirklich alles, was wir können, damit sie ein normales, friedliches Leben hat. Wir haben nichts dagegen, dass du oder Linda sie besuchen kommt, im Gegenteil, wir sind großzügiger, als das Jugendamt es eigentlich vorsieht. Aber das, was Linda heute getan hat, ist nicht damit zu entschuldigen, dass sie in einer psychischen Ausnahmesituation war, weil ihre Beziehung in die Brüche gegangen ist! Seitdem ich Linda kenne – und das sind über zwanzig Jahre – ist sie in einer psychischen Ausnahmesituation! Immer sind ihre Fehler von irgendjemandem ausgebügelt worden, oft genug mit

Friedrichs Geld. Diesmal geht das nicht mehr. Ich werde dem Jugendamt morgen melden, was sich hier heute abgespielt hat.«

»Susanne, ich verstehe dich ja, aber …«, begann Richard Jungblut.

»Wenn du mich verstehst, dann müssen wir darüber nicht mehr diskutieren«, schnitt Mama ihm das Wort ab. »Micha und ich sind mit eurem Einverständnis zu Pflegeeltern eurer Tochter bestellt worden. Wir haben uns darauf eingelassen, obwohl es zwischen unseren Familien weiß Gott große Probleme gegeben hat. Gina bedeutet uns etwas. Wir mögen sie sehr und wir nehmen unsere Verantwortung ihr gegenüber so ernst, als ob es um eines unserer eigenen Kinder ginge. Linda kennt die Vereinbarungen. Sie hat dagegen verstoßen und Gina dadurch in Lebensgefahr gebracht.«

Richard Jungblut räusperte sich und richtete sich auf. Er atmete tief durch. Früher hätte er wahrscheinlich herumgebrüllt, aber jetzt beherrschte er sich. »Ich habe die Chance, alles wieder in Ordnung zu bringen, was ich kaputt gemacht habe«, sagte er. »Jemand will eine nicht unbeträchtliche Summe in den Sonnenhof investieren.«

Mein Blick begegnete dem von Tim. Er hob die Augenbrauen und schüttelte fast unmerklich den Kopf.

»Ja, Tim hat schon so etwas angedeutet.« Zum ersten Mal mischte sich Papa in das Gespräch ein. »Wir wünschen euch, dass alles klappt und Zukunft hat. Aber das hat nichts mit Gina zu tun.«

»Doch«, behauptete Tims Vater. »Gina könnte nach Hause zurückkommen. Wir wären wieder eine Familie!«

Abermals suchte ich Tims Blick. Sein Gesicht zeigte keine Regung. Was mochte ihm jetzt wohl durch den Kopf gehen?

Ich wusste, welche Hölle sein Leben früher gewesen war: ein jähzorniger Vater, dem schnell die Hand ausrutschte, und eine Mutter, die immer weggesehen und ihn nie beschützt hatte.

»Susanne! Wenn ihr jetzt zum Jugendamt geht, dann werden wir das nie mehr sein!« Richard Jungblut blickte meine Mutter flehend an.

»Hast du vergessen, dass meine Schwester sterben musste, weil du betrunken Auto gefahren bist und einen Unfall gebaut hast?«, zischte Mama und beugte sich über den Tisch. »Linda hatte 1,2 Promille Alkohol im Blut! Und ausgerechnet *du* bittest *mich* jetzt darum, das zu ignorieren?«

Richard Jungblut senkte den Kopf. Er blähte die Nasenflügel, seine Kiefermuskulatur vibrierte.

Ich sah, wie sich Tims Gesichtsausdruck veränderte. Alle Farbe wich aus seinem Gesicht.

»Wie bitte?« Er sprang auf und starrte seinen Vater fassungslos an. »Mama ist *betrunken* Auto gefahren? Wieso hast du mir das nicht gesagt?«

»Tim! Bitte!« Auch Richard Jungblut stand von seinem Stuhl auf. Er hob besänftigend die Hände. »Ich wollte es dir ja noch sagen, aber … aber es gab noch keine Gelegenheit.«

»Was? Wir sind zusammen hierhergefahren! Du hattest genug Zeit, mir das zu sagen!« Tim wich angewidert vor ihm zurück. »Du lügst mich doch nur an! Mama lügt, Oma lügt! Und ich Idiot bin so gutmütig und glaube euch immer wieder.« Plötzlich hatte er Zornestränen in den Augen und er tat mir schrecklich leid. »Weißt du was? Ich will mit euch allen nichts mehr zu tun haben! Ich habe die Schnauze voll von meiner tollen *Familie!*«

»Warte, Tim, bitte!« Richard Jungblut wollte seinem Sohn die Hand auf den Arm legen, aber der schüttelte sie ab.

»Fass mich nicht an!«, fauchte er, drängte sich unsanft an seinem Vater vorbei, verließ die Küche und wir hörten die Haustür hinter ihm ins Schloss fallen.

»Na super«, brummte Tims Vater bitter. »Das habt ihr ja toll hingekriegt!«

Da reichte es meiner Mutter. Sie erhob sich von ihrem Stuhl, ging um den Tisch herum und baute sich so furchtlos vor Richard Jungblut auf wie Mutter Wolf vor Shir Khan, dem Tiger.

»Wann lernst du endlich aus deinen Fehlern, Richard?«, fragte sie mit eisiger Stimme. »Wieso kannst du nicht einmal zu deinem eigenen Sohn ehrlich sein?«

Mein Handy piepste. Tim hatte mir geschrieben. *Bin bei Priamos. Kannst du herkommen?*

Komme, schrieb ich zurück und ging hinaus. Twix sprang aus seinem Körbchen und folgte mir. Ich rannte über den Parkplatz, auf dem nur noch der Geländewagen von Tims Vater stand.

Tim saß in Priamos' Box in den Sägespänen, die Arme um seine Knie geschlungen.

»Elena!« Er blickte auf, als ich mich neben ihn kniete.

Ich zögerte einen winzigen Moment, dann umarmte ich ihn. Tim presste seinen Kopf an meine Schulter und begann so verzweifelt zu weinen, wie ich noch nie einen Menschen hatte weinen sehen. Mir brach fast das Herz vor Mitleid. Ich hielt ihn ganz fest, murmelte unsinnige, beruhigende Worte und wartete, bis er sich ein wenig gefangen hatte und nur noch trocken schluchzte.

»Entschuldigung«, flüsterte er und machte sich vorsichtig von mir los. »Es … es tut mir leid, dass ich …«

»Schon okay.« Mir zuckte der Gedanke durch den Kopf, dass ich mich wahrscheinlich niemals von ihm getrennt hätte, wenn er mir irgendwann einmal so offen seine Gefühle gezeigt hätte wie gerade eben. Ich fand ein Papiertaschentuch in meiner Jackentasche und reichte es ihm.

Tim putzte sich die Nase und rieb sich die Augen. »Danke, Elena«, sagte er und lehnte sich an die Wand.

Ich setzte mich neben ihn. Priamos blickte von seinem Heu auf und betrachtete uns einen Moment, dann kaute er weiter.

»Ich werde deinen Vater fragen, ob er mich immer noch als Azubi haben will«, sagte Tim mit heiserer Stimme. »Und dann suche ich mir irgendwo ein Zimmer. Meine Eltern sind endgültig für mich erledigt. Das heute hat mir gezeigt, dass ich ihnen nicht vertrauen kann. Sie denken nur an sich, bei allem, was sie tun.«

Ich verstand ihn nur zu gut. Ohnehin hatte ich seine Entscheidung, seinem Vater zu helfen, den Sonnenhof wiederaufzubauen, nie richtig nachvollziehen können, nach allem, was Richard Jungblut ihm angetan hatte.

»Deine Eltern sind so … anständig«, fuhr Tim fort. »Sie hätten jeden Grund, nichts mit Gina und mir zu tun haben zu wollen, aber sie beurteilen uns nicht nach unseren verkorksten Eltern, sondern sie mögen uns wirklich.«

»Ja, das stimmt«, bestätigte ich.

»Ich schäme mich so!« Er schüttelte deprimiert den Kopf. »Hätte ich gewusst, was mein Vater wirklich von deinen Eltern wollte, dann wäre ich heute Abend nicht mitgekommen. Es ist unfassbar, dass er verlangt, deine Eltern sollten das Jugendamt anlügen. Und es ist ihm völlig egal, dass meine Mutter ein Auto klaut, betrunken durch die Gegend fährt und meine Schwester entführt!«

Er verstummte und ich sagte auch nichts. Nur das Mahlen von Priamos' Zähnen war zu hören. Hin und wieder schnaubte ein Pferd. Twix kam an und drängte sich auf meinen Schoß.

»Deine Mutter hat etwas Komisches gesagt, vorhin, als ich Gina aus dem Auto geholt habe.« Ich kraulte Twix' weiches Fell. »Sie sagte, schuld an allem wäre nur der Fluch, den irgendjemand gegen sie und deinen Vater ausgesprochen hätte.«

»Der Fluch?« Tim zog die Nase hoch und sah mich an.

»Ist wahrscheinlich nur Quatsch.« Ich zuckte die Schultern. »Aber ich frage mich trotzdem, was sie wohl damit gemeint haben könnte.«

Die Stalltür ging auf, das Licht flammte auf. Twix spitzte die Ohren, sprang von meinem Schoß und wieselte davon.

»Hey, Twix«, hörten wir Lajos' Stimme. »Elena sagt sicher noch ihrem Schätzchen gute Nacht, hm?«

Tim stand auf, reichte mir die Hand und zog mich hoch. Wir traten hinaus auf die Stallgasse.

»Na, ihr zwei.« Lajos' forschender Blick wanderte von mir zu Tim und zurück. »Alles okay?«

»Hallo, Lajos«, sagte Tim. »Nein, nichts ist okay. Hast du einen Moment Zeit? Ich bräuchte mal deinen Rat.«

Ich hatte noch nie erlebt, dass Tim jemanden um Rat gebeten hätte. Stolz und stur hatte er seine Probleme immer alleine lösen wollen und nicht selten hatten wir deswegen gestritten.

»Klar«, erwiderte Lajos. »Ich muss noch schnell nach einem Patienten gucken. Geht schon mal in mein Büro und setzt Wasser auf. Dann trinken wir einen Tee, hm?«

»Willst du nicht lieber alleine mit Lajos reden?«, fragte ich Tim.

»Nein. Wenn es für dich okay ist, wäre es gut, wenn du dabei bist«, erwiderte mein Exfreund.

Etwas später saßen wir auf der gemütlichen Ledercouch in Lajos' Stallbüro, jeder von uns mit einer Tasse Tee in den Händen. Ich hatte Mama eine Nachricht geschrieben, wo ich war. Farid hatte ich schon früher am Abend eine Sprachnachricht geschickt und ihm kurz berichtet, was alles passiert war. Mit ihm würde ich später noch telefonieren.

»Ich weiß, dass Peter Meisenberg bestochen worden ist«, sagte Tim. »Sie haben sich immer donnerstags bei uns im Reiterstübchen getroffen und ihre Geschäfte als Skatrunde getarnt.«

»Wer?«, fragte Lajos stirnrunzelnd.

»Stefan Roselieb, Hans-Dieter Teichert, Dr. Rainer Schwarz, der Notar aus Königshofen, und Peter Meisenberg.«

»Weiter.« Lajos beugte sich in seinem Sessel vor und blickte Tim abwartend an.

»Ich habe erst jetzt kapiert, dass mein Vater denen dabei geholfen hat, meinen Opa zu ruinieren.«

»Wie kommst du denn darauf?« Ich war erstaunt.

»Ich habe Gespräche mit angehört, auf die ich mir früher keinen Reim machen konnte«, erwiderte Tim. »Es ging um Grundstücke, die mein Opa kaufen wollte, wo er dann aber überboten wurde, weil irgendwer verraten hat, was er bezahlen wollte. Die Informationen haben meine Mutter und mein Vater besorgt, wobei ich glaube, dass meine Mutter keine Ahnung hatte, warum sie Opa bestimmte Fragen zu Projekten oder Handwerkern stellen sollte. Peter Meisenberg hat dann dafür gesorgt, dass der Roselieb und der alte Teichert immer schneller Bescheid wussten als mein Opa.«

In Lajos' Augen erschien ein alarmierter Ausdruck.

»Mein Vater hat meinen Opa gehasst«, fuhr Tim fort. »Und dich auch, Lajos! Er hat gehofft, dass du das Forsthaus verlassen musst, wenn es in die Insolvenzmasse kommt. Meine Mutter sollte dich dazu zu bringen, deine Klinik auf den Sonnenhof zu verlegen. Wenn du das getan hättest, hätte er deinen Ruf ruiniert und dich rausgeschmissen.«

Lajos wurde blass. Er presste die Lippen zusammen und nickte.

Ich konnte mich gut daran erinnern, wie Linda Jungblut Lajos dieses Angebot gemacht hatte, denn ich hatte dieses Gespräch zufällig belauscht. Und ich erinnerte mich auch daran, wie schockiert ich war, dass Linda, die einmal die beste Freundin meiner Mutter gewesen war, uns so hintergehen wollte.

»Aber wieso?«, fragte ich bestürzt. »Lajos hat ihm doch überhaupt nichts getan!«

»Ich weiß es auch nicht.« Tim seufzte. »Sie haben meinen Alten für die Informationen bezahlt, der Roselieb und der Teichert. Von dem Geld haben wir früher mehr oder weniger gelebt. Auch dass der Teichert den Sonnenhof gepachtet hat, als mein Vater im Knast war, hing irgendwie damit zusammen. Dann hat der Roselieb meiner Mutter achtzigtausend Euro geliehen und die sollen jetzt verrechnet werden, wenn er in den Sonnenhof investiert. Allerdings hat er in Wirklichkeit gar nicht vor, Geld in den Hof und in Pferde zu stecken. In Hettenbach soll das Gewerbegebiet erweitert werden und dazu brauchen sie das Grundstück vom Sonnenhof.«

»Woher weißt du das?«, erkundigte sich Lajos.

Tim sah mich kurz an.

»Das hat Melike herausgefunden«, sagte ich. »Sie hat im Internet recherchiert und ist darauf gestoßen, dass Herr Roselieb und Herr Teichert gemeinsam eine Firma haben, die *ARMITA* heißt. Diese Firma hat fast alle Immobilien aus der Insolvenz von Friedrich Gottschalk aufgekauft. Zu Spottpreisen natürlich.«

»Mein Vater glaubt fest daran, dass der Roselieb sein Kumpel ist und ihm helfen will.« Tim machte eine wegwerfende Handbewegung. »Eigentlich ist es mir mittlerweile völlig egal, aber sie haben die Firma von meinem Opa ruiniert und dafür sollten sie bestraft werden.«

»Übrigens denkt Melike, Herr Roselieb hätte Herrn Meisenberg umgebracht«, warf ich ein. »Der hat nämlich alles aufgeschrieben.«

»Was hat er aufgeschrieben?« Lajos kam nicht mehr ganz mit.

»Wie viel Geld er von wem kassiert hat«, sagte ich und erzählte ihm von Claudia Winter, dem USB-Stick und den Männern in der Sattelkammer und im Haus von Meisenberg.

Zu spät merkte ich, dass ich wohl etwas zu viel verraten hatte.

»Moment mal«, sagte Lajos nämlich. »Woher weißt du das?«

»Äh«, machte ich nur.

»Elena! Tim! Das ist kein Spiel!« Lajos sprang von dem

Sessel auf und ging aufgeregt in dem kleinen Raum hin und her. »Bestechlichkeit im Amt ist eine höchst kriminelle Sache. Wenn das alles stimmt, dann müsst ihr zur Polizei gehen!« Er blieb stehen und blickte uns an. »Woher wisst ihr das alles? Wie kommt Melike überhaupt dazu, solche Sachen im Internet zu recherchieren?«

Das war die Gelegenheit, einem Erwachsenen von dem Geld zu erzählen. Ich hatte Lajos immer vertrauen können und tat es auch jetzt. Tim und ich wechselten einen Blick.

»Ich glaube«, sagte ich, »ich sollte Melike anrufen.«

25. Kapitel

Meine Eltern trauten ihren Augen nicht, als ich mit meinem alten Teddybär unterm Arm die Treppe hinunterkam und das Stofftier auf den Küchentisch legte. Lajos saß auf dem Stuhl, auf dem eben noch Richard Jungblut gesessen hatte, Papa und Mama hatten ihm gegenüber Platz genommen. Tim und Melike standen am Fenster.

»Was hat das jetzt zu bedeuten?«, fragte Mama.

Ich öffnete den Reißverschluss auf der Rückseite des Teddys und pulte die Geldscheinrollen heraus.

»Das sind hundertzehntausend Euro«, sagte Melike. »Wir haben es gezählt.«

Ich leerte das Säckchen aus und die Goldmünzen kullerten über den Tisch.

»Und siebenunddreißig Krügerrand-Münzen.«

Stumm starrten meine Eltern, Lajos und Tim auf die blinkenden Münzen und den Berg Geldscheine.

»Ach du meine Güte!«, brach Lajos das fassungslose Schweigen.

»Wo kommt das her?«, wollte Mama wissen.

»Na ja, es ist uns im wahrsten Sinne des Wortes vor die Füße gefallen«, antwortete Melike.

»Als wir Priamos und Tokka abgeholt haben, sollten

wir doch alles mitnehmen, was in der Sattelkammer war«, führte ich aus. »Die Freundin von Herrn Meisenberg wollte aus dem Stall eine Orga… Orgi…«

»Orangerie«, half Tim mir weiter.

»… genau, eine Orangerie machen. Sie hätte sonst alles in einen Müllcontainer geschmissen. Also haben Melike und ich das Sattelzeug zusammengepackt. In so einer Vitrine standen ganz viele Pokale.«

»Ich fand sie so hübsch«, übernahm Melike. »Es tat mir irgendwie voll leid, dass sie weggeworfen werden sollten. Ich habe einen Pokal aus der Vitrine genommen, und als ich den Deckel aufmachen wollte, ist er mir aus der Hand gefallen. Tja, und da haben wir die Geldrollen entdeckt. Wir haben dann schnell auch alle anderen Pokale durchsucht und … noch mehr Geld gefunden.«

»Und wir dachten, bevor alles auf dem Müll landet …«

»… nehmt ihr das Geld lieber mit«, beendete Papa meinen Satz. Er stieß einen Seufzer aus. »Wieso habt ihr mir nichts davon gesagt?«

»Wir dachten, du würdest uns verbieten, es mitzunehmen«, antwortete ich. »Und wir wollten nicht, dass diese blöde Kuh, die die Pferde so schlecht behandelt hat, es kriegt.«

»Ich glaube es nicht!« Mama schüttelte den Kopf.

»Wir wollten es am nächsten Tag zurückbringen«, sagte ich. »Doch da hatte Papa den Unfall mit dem Fuß. Deshalb konnten wir erst ein paar Tage später zum Hubertushof reiten. Und als wir das Geld zurück in die Pokale stecken wollten, kam Frau Winter mit zwei Männern in den Stall. Wir konnten gerade noch abhauen.«

»Die beiden Männer haben die komplette Sattelkammer

zu Kleinholz gemacht«, fuhr Melike fort. »Und ein paar Tage später auch das Wohnhaus. Wir dachten erst, dass sie das Geld suchen, aber dann ...«

»... ist Frau Winter ja hier aufgekreuzt und wollte die Lis... äh ... diesen USB-Stick«, korrigierte ich mich hastig.

»Ich glaube, wir sollten die ganze Geschichte hören«, schaltete sich Lajos ein. Melike und ich wechselten einen Blick, dann erzählten wir von unserem Verdacht, dass Peter Meisenberg von Herrn Roselieb und Herrn Teichert bestochen worden war. Tim wiederholte, was er vorhin schon Lajos erzählt hatte. Unseren Besuch bei Lennart Haas im Krankenhaus erwähnten wir jedoch nicht.

»Keiner weiß, dass dieses Geld und die Goldmünzen existieren«, sagte Melike zum Schluss. »Deshalb dachten wir, dass wir das Geld vielleicht heimlich einem Tierheim oder einem Verein für misshandelte Pferde schenken könnten.«

»Solche Vereine müssen Spenden verbuchen«, sagte Lajos. »Sie können nicht einfach Bargeld annehmen.«

»Was ihr für Ideen habt! Ihr seid doch keine kleinen Kinder mehr.« Mama schüttelte den Kopf. »So etwas nennt man Unterschlagung und das ist eine Straftat!«

Papa nahm eine der Goldmünzen und betrachtete sie eingehend. »Sieht aus, als wären sie echt.«

»Ich hab das mal gegoogelt. Eine Münze ist ungefähr tausendfünfhundert Euro wert«, sagte Melike. »Insgesamt sind das also etwa fünfundfünfzigtausend Euro. Plus das Bargeld.«

»Ich finde«, grinste Papa und zwinkerte Lajos zu, »wir behalten es. Was denkst du, Lajos?«

»Micha!«, rief Mama empört. »Das meinst du doch wohl nicht ernst!«

Mein Vater raffte mit beiden Händen die Münzen zusammen und kicherte dabei wie ein kleiner Junge. Melike und ich guckten uns verblüfft an. Lajos und Tim grinsten auch, nur Mama war der Sinn für Humor abhandengekommen.

»Schluss mit dem Unsinn!«, sagte sie scharf. Sie stand auf, nahm einen Stoffbeutel mit dem Aufdruck des Futtermittelhändlers aus einer Schublade und kehrte das Geld und die Münzen hinein. »Das kommt jetzt in den Tresor und morgen rufen wir die Kripo an.«

Später am Abend telefonierte ich noch lange mit Farid und erzählte ihm ausführlich von den Ereignissen des Tages, auch von der Sache mit Tim in Priamos' Box.

»Der Arme«, sagte Farid voller Mitgefühl. »Er kann einem echt leidtun! Ich weiß gar nicht, was ich machen würde, wenn meine Eltern mich derart belügen würden.«

Er und seine Mutter waren noch in Dortmund im Hotel, denn sie mussten weitere Gespräche mit dem Vorstand des Vereins führen. Wenn alles gut lief, würden sie abends zurück sein und natürlich auf die Party kommen, die Brenda zur Feier ihres zweiten Platzes im Weltcup-Finale in der Pferdetränke schmeißen wollte. In dieser Nacht schlief ich zum ersten Mal seit Wochen richtig gut, ohne von irgendwelchen Verbrechern mit Brecheisen durch meine Träume gehetzt zu werden.

Am nächsten Tag gingen Melike und ich nach der achten Stunde zur Polizeiwache, die sich direkt neben dem Rathaus befand. Mama, Melikes Mutter und Tim warteten schon auf dem Parkplatz vor dem Eingang auf uns. Mama hatte am Vormittag mit jemandem bei der Polizei telefoniert und ausgerechnet unser alter Bekannter, Kommissar Behrendt, der mittlerweile zum Chef der Königshofener Polizei aufgestiegen war, holte uns an der Sicherheitsschleuse ab, führte uns in sein Büro im ersten Stock und bat uns, an dem Besprechungstisch Platz zu nehmen. Er hatte damals, als Fritzi gestohlen worden war, die Ermittlungen geleitet und mit unserer Hilfe Liam O'Brien alias Andy, Richard Jungblut, Pieter van Schuiren und die ganze Bande ins Gefängnis gebracht.

»Ihr habt also mal wieder Detektiv gespielt.« Er lehnte sich in seinem Chefsessel am Kopfende des langen Besprechungstisches zurück und faltete die Hände über dem Bauch. »Na, dann lasst mal hören.« Sein leutseliges Lächeln erlosch schlagartig, als Mama den Stoffbeutel vor ihm ausleerte. »Was ist das?«, fragte er irritiert.

»Wir vermuten, dass es sich um Bestechungsgeld handelt«, antwortete Melikes Mutter, die uns zuvor eingeschärft hatte, erst dann zu reden, wenn sie es uns sagte, und schob dem Kommissar ihre Visitenkarte hin. Es war ziemlich praktisch, dass sie Anwältin war, denn sie sprach genau die Sprache, die der Kommissar verstand. Sie handelte mit ihm aus, dass unsere Namen unter keinen Umständen irgendwo in einem Protokoll auftauchen durften. Nachdem Kommissar Behrendt das zugesichert hatte, holte er noch zwei Kollegen vom Kommissariat für Wirtschaftsdelikte dazu und Melike, Tim und ich erzählten ein drittes Mal, woher Geld und Goldmünzen stammten und was wir beobachtet und gehört hatten. Hier, in dem hellen Büro, in Gegenwart unserer Mütter und der Polizisten erschien mir das, was wir erlebt hatten, so unwirklich wie ein Film und gar nicht mehr bedrohlich. Kriminalhauptkommissar Lars Bellmann und Kriminaloberkommissar Kemal Arslan hörten sehr aufmerksam zu, stellten dann und wann eine Frage und machten sich jede Menge Notizen. Außerdem wiesen sie Tim darauf hin, dass er nichts sagen musste, was seinen Vater belasten könnte. Richard Jungblut war im Januar nur auf Bewährung aus dem Gefängnis entlassen worden und würde den Rest seiner Strafe absitzen müssen, wenn er sich wieder etwas zuschulden kommen ließ.

»Ich glaube, er ist auch nur ein Opfer«, entgegnete Tim. »Ganz sicher hat mein Vater niemanden bestochen. Dazu fehlt ihm das nötige Kleingeld.«

»Nun ja«, sagte Kommissar Bellmann und lehnte sich zurück. Er wirkte ein bisschen enttäuscht. »Ihr habt wirklich äußerst sorgfältig recherchiert, das muss man euch lassen!«

»Danke.« Melike lächelte bescheiden.

»Aber leider sind das alles keine Neuigkeiten für uns«, fuhr der Kommissar fort. »Wir haben Herrn Roselieb und Herrn Teichert schon seit Jahren wegen ihrer Immobiliengeschäfte im Blick. Und wir haben auch den Verdacht, dass Herr Meisenberg sein Amt dazu missbraucht hat, sich Vorteile zu verschaffen. Doch wir haben keine stichfesten Beweise gegen sie in der Hand. Das, was ihr uns jetzt erzählt habt, untermauert zwar unseren Verdacht, aber es reicht nicht aus, um etwas zu unternehmen.«

»Und was passiert jetzt?«, wollte Melike wissen.

Die Polizisten sahen sich an, dann zuckte Kommissar Bellmann die Schultern. »Gar nichts. Das Geld und die

Goldmünzen wandern in die Asservatenkammer im Landeskriminalamt und wir hoffen weiter darauf, dass wir irgendwann etwas in die Hand bekommen, was mehr ist als nur ein Gerücht.«

Kommissar Behrendt hatte das Interesse verloren. Er ging zu seinem Schreibtisch. Kommissar Arslan erhob sich ebenfalls und checkte sein Handy.

»Und was wäre das zum Beispiel?«, fragte Melike.

»Etwas Schriftliches, das die Verbindung zwischen Meisenberg und Roselieb beweist«, antwortete Kommissar Bellmann, schob seine Unterlagen zusammen und lächelte bedauernd. »Vielen Dank, dass ihr hierhergekommen seid und uns erzählt habt, was ihr wisst.«

Melike guckte mich an und nickte mir zu.

»Es gibt wohl tatsächlich eine Liste«, sagte ich daraufhin. »Wir glauben, dass Herr Meisenberg immer aufgeschrieben hat, wie viel Geld er von wem und wofür bekommen hat. Deshalb hat Herr Roselieb ja von dem Glatzkopf die Sattelkammer und das Haus von Herrn Meisenberg auseinandernehmen lassen. Wahrscheinlich war sie auf dem USB-Stick gespeichert, den wir in einer Kaffeetasse in der Sattelkammer gefunden hatten.«

»Ein USB-Stick?« Kommissar Bellmann, der gerade aufstehen wollte, hielt mitten in der Bewegung inne. »Und wo ist der jetzt?«

»Ich habe ihn Frau Winter gegeben«, erwiderte ich. »Offenbar war das drauf, was Herr Roselieb haben wollte, denn wir haben danach nichts mehr von ihr gehört.«

Kommissar Bellmann winkte seine Kollegen zurück an den Besprechungstisch und plötzlich waren alle drei höchst interessiert.

»Als wir im Stall von Herrn Meisenberg waren, um das Geld zurück in die Pokale zu tun, ist Frau Winter mit zwei Männern gekommen«, erzählte Melike nun und legte ihr Handy vor sich auf den Tisch. »Wir mussten uns schnell in einer Box verstecken. Ich habe ein Video gemacht, auf dem zwar nicht viel zu sehen ist, aber man kann ziemlich gut hören, was Herr Roselieb und Frau Winter reden.«

Das war auch für Mama und Frau Koyupinar neu. Melike rief das Video auf und drückte auf Start.

Die Augen der drei Polizisten wurden immer größer, während sie der Aufnahme lauschten, und als Melike ihnen die Fotos zeigte, die sie von dem Glatzkopf und seinen Leuten durch das Wohnzimmerfenster von Peter Meisenbergs Haus gemacht hatte, begann Kommissar Bellmann zu grinsen.

»Alfred Stübinger«, sagte er. »Roseliebs Mann fürs Grobe.«

»Er hat Lennart Haas, den Stellvertreter von Peter Meisenberg, zusammengeschlagen«, merkte Melike an. »Lennart war mal der Freund von Claudia Winter, die früher die Assistentin von Herrn Teichert gewesen ist, bevor sie Lennart verlassen hat und zu Herrn Meisenberg gezogen ist.«

»Langsam, langsam!«, rief Kommissar Bellmann. »Woher weißt du das alles?«

»Ich habe meine Hausaufgaben gemacht«, entgegnete Melike kühl und schlug die Beine übereinander. »Sie offensichtlich nicht. Sonst wüssten Sie das alles.«

»Melike!«, tadelte Frau Koyupinar ihre Tochter, aber meine Freundin ließ sich nicht beeindrucken.

»Lennart wird Ihnen erzählen, er hätte einen Unfall gehabt«, fuhr sie fort. »Der Glatzkopf wollte von ihm wissen, wo das Geld ist, und hat ihm gedroht, er würde ihn umbringen, wenn er der Polizei etwas sagt. Und übrigens glaube ich nicht, dass Herr Meisenberg einen Unfall hatte. Er wurde ermordet. Jemand hat ihn durch das Treppengeländer im Rathaus gestoßen.«

Die drei Polizisten starrten meine Freundin sprachlos an, genauso wie Frau Koyupinar und meine Mutter.

»Lennart und Claudia sind vorher schon bedroht worden«, sprach Melike weiter. »Als Elena über den Zaun geklettert ist, um nach den halb verhungerten Pferden zu gucken, hat Lennart sie mit einem Gewehr bedroht, weil er dachte, sie wäre ein Einbrecher. Er hat das Gewehr erst fallen lassen, als ich ihm Pfefferspray ins Gesicht gesprüht habe.«

»Stimmt das?«, fragte Mama mich und ich nickte. Meine Mutter seufzte und schüttelte den Kopf.

Die Polizisten stellten Melike und mir zig Fragen. Plötzlich musste ich daran denken, was Gina uns erzählt hatte, als wir zum Hubertushof geritten waren. Sie war mit ihrem Vater früher öfter bei Herrn Meisenberg und seiner Frau zu Besuch gewesen. Und dann erinnerte ich mich an den Tag, als ich ins Büro von Herrn Teichert marschiert war, um das Geld zu holen, das er uns nach dem Umzug seiner Pferde auf den Sonnenhof geschuldet hatte. Richard Jungblut hatte bei ihm gesessen und sich darüber amüsiert. Herr Teichert war zu seinem Tresor gegangen, hatte ein Bündel mit Fünfhundert-Euro-Scheinen geholt und mir in die Hand gedrückt. In meinem Kopf verbanden sich ein paar lose Enden und auf einmal erschien mir alles sonnenklar: Auf Melikes Video war ganz deutlich zu hören, wie Herr Roselieb zu Frau Winter sagte, er habe von Peter Meisenbergs Exfrau von der Existenz einer Liste erfahren. Die nette rothaarige Anne mit den beiden Jack Russel Terriern, die so oft bei Mama in der Küche gesessen und mit ihr gequatscht und Tee getrunken hatte, wusste Bescheid! War es vielleicht Richard Jungblut gewesen, der das Geld von Herrn Roselieb und Herrn Teichert zu Peter Meisenberg gebracht hatte?

Mein Blick wanderte zu Tim. Wenn ich meinen Verdacht jetzt äußerte, würden die Polizisten sofort zu seinem Vater fahren. Und falls an meinen Vermutungen etwas dran war, konnte es passieren, dass Richard Jungblut wieder ins Gefängnis musste. Nein, es war besser, wenn ich meinen Mund hielt.

»Zu schade, dass wir nicht wissen, was auf dem USB-Stick drauf gewesen ist.« Kommissar Bellmann fand als Erster seine Sprache wieder. »Das wäre womöglich genau die Art von Beweis, mit dem wir sie festnageln könnten.«

»Was werden Sie jetzt unternehmen?«, fragte Melike.

»Wir werden natürlich alles, was ihr uns erzählt habt, prüfen«, erwiderte der Kommissar. »Und dann sehen wir weiter.«

Melike schickte ihm das Video und die Fotos, die sie gemacht hatte, danach begleitete uns Kommissar Bellmann nach unten. Der Polizeibeamte, der hinter der dicken Glasscheibe am Eingang war, drückte auf einen Knopf und die Tür öffnete sich.

»Auf Wiedersehen und nochmals vielen Dank«, sagte der Kommissar zu uns.

»Die Polizei macht überhaupt nichts.« Melike war frustriert. »Das regt mich voll auf! Solche Verbrecher wie der

Teichert und der Roselieb kommen ungestraft davon, nur weil man ihnen nichts nachweisen kann.«

»Ihr habt getan, was ihr tun konntet«, versuchte Frau Koyupinar ihre Tochter zu trösten. »Vielleicht macht einer von ihnen doch eines Tages einen Fehler.«

26. Kapitel

Am Freitag durfte ich die Schule ausfallen lassen, um aufs Turnier zu fahren. Mein erster Start im U25-Springpokal war erst um 17 Uhr, aber vorher würden der Aknefrosch, Brenda und Tim in verschiedenen Springen starten. Mama hatte alle Pferdepässe herausgesucht und in der Wohnkabine des Lkw auf den Tisch gelegt. Im Schrank hingen meine, Jens' und Tims Turnierklamotten. Ich war von klein auf daran gewöhnt, mit meinem Vater an den Wochenenden auf Turniere zu fahren und trotzdem war es diesmal etwas Besonderes für mich, denn ich war noch nie selbst auf einem internationalen Turnier gestartet. Der Aknefrosch parkte den großen und den kleinen Lkw, den Gloria fahren würde, direkt vor dem Turnierstall und wir luden Sattelzeug, Decken, Futter für vier Tage und alles notwendige Zubehör ein. Tim und ich putzten die Pferde, die mitkommen würden, und bandagierten ihre Beine, damit sie sich auf dem Transport nicht verletzten. Zuerst wurde Calvador verladen, neben ihm stand Cotopaxi, mit dem sich der Schimmelhengst gut verstand. Es folgten Palais de Danse, Cornado, Qantas und Nevertheless. Fritzi, Lenzi, Embarcadero und Arianes Con Amore fuhren mit dem kleinen Lkw.

Um zehn Uhr war alles fertig und die drei Transporter rollten im Konvoi vom Hof. Der Aknefrosch saß am Steuer des großen Lkw, an den unser Wohnwagen angehängt war. Dahinter fuhr Gloria, und Susan folgte uns mit Schützes großem Lkw und Brendas Pferden. Bis Mannheim war es nicht besonders weit, aber erfahrungsgemäß dauerte es immer eine Weile, bis Pferde, Turnierschränke und Futter in den Stallzelten untergebracht, die Lkws geparkt und mit Strom versorgt waren, denn natürlich reisten alle Teilnehmer mehr oder weniger gleichzeitig an. Auf großen internationalen Turnieren durften die Pferde das Turniergelände nicht mehr verlassen, deshalb hatten wir Boxen gemietet, obwohl es kein Problem gewesen wäre, abends wieder nach Hause zu fahren. Papa, Jens und Tim unterhielten sich miteinander über die bevorstehenden Springen. Ich hörte nur mit halbem Ohr zu. Von der Polizei hatten wir nichts mehr gehört und ich war froh, dass das Thema für uns erledigt war. Gina hatte den Unfall am Sonntag einigermaßen gut weggesteckt und auch den Besuch von der Jugendamtsfrau, die sofort zu uns gekommen war, nachdem Mama sie angerufen hatte, gemeistert. Nach ihrer Mutter hatte sie nicht mehr gefragt.

Farid hatte bei Borussia Dortmund einen Vertrag bis Juni 2022 unterschrieben und würde dort unglaublich viel Geld verdienen. Heute Vormittag wollte sein neuer Verein eine Pressemitteilung herausgeben, um die Neuigkeit zu verkünden. Morgen musste er in Wolfsburg spielen, aber am Sonntag wollte er aufs Turnier kommen, um mich reiten zu sehen.

Auf dem Turniergelände angekommen, sprach Papa mit dem Stallmeister, der uns den Boxenplan aushändigte, danach kümmerte er sich um die Formalitäten an der Meldestelle. Wir luden die Pferde aus, rollten die Sattelschränke und Futtertonnen in die Box, die wir zusätzlich gemietet hatten. Um 13 Uhr begann ein nationales S**-Springen, in dem der Aknefrosch Nevertheless und Qantas und Tim Fritzi und Cotopaxi reiten würde. Ich war schrecklich aufgeregt, denn Fritzi war bisher noch nie ein so schweres Springen gegangen! In Mannheim war alles am Start, was in Deutschland Rang und Namen hatte, außerdem waren viele internationale Reiter da, denn es war das erste Freilandturnier der Saison. Am nächsten Wochenende würden sich fast alle Reiter in Hamburg beim Derby wiedersehen und zwei Wochen später in Wiesbaden, und so ging es dann weiter, bis im Herbst die Hallenturniersaison begann.

»Tim, du bist mit Cotopaxi fünfter Starter«, verkündete Papa, als er mit der Starterliste ins Stallzelt kam. »Jens ist mit Never als 27. an der Reihe, dann Tim mit Fritzi als 34. und Jens mit Qantas als 56. Wir haben also zwischendurch bequem Zeit.«

Das Handy vom Aknefrosch piepste und er warf einen Blick aufs Display. Seine Augen wurden groß. »Das gibt's doch wohl nicht!«, rief er und guckte mich an. »Hast du das etwa gewusst, du dumm… äh … Elena?«

»Was denn?« Mein Herz begann zu pochen, aber ich stellte mich ahnungslos.

»Meine Kicker-App meldet gerade, dass Farid im Sommer zum BVB wechselt!« Der Aknefrosch war ganz außer sich. Papa, Gloria und Tim schauten mich nun auch erstaunt an.

»Ja«, bestätigte ich und lächelte. »Ich hab's gewusst. Ich durfte nur nichts sagen.«

»Das ist ja cool«, fand Tim.

»Ist das gut?«, erkundigte sich Gloria, die von Fußball noch weniger Ahnung hatte als ich.

»Dortmund ist einer der besten Clubs in Deutschland!«, erwiderte der Aknefrosch. »Das gibt's ja nicht! Die Eintracht hat nicht mal eine Ablösesumme für ihn gekriegt. Wie blöd sind die denn?«

Ich zog mein Smartphone heraus und schrieb Farid eine Nachricht.

Jetzt wissen es alle. Ich freu mich so für dich! Dahinter tippte ich drei Herzen und ein Kuss-Emoji.

Der Aknefrosch regte sich weiter auf, während Tim Cotopaxi aus seiner Box holte, um ihn fertig zu machen.

»Du bist mir ja eine!«, sagte Papa zu mir und lächelte. Es hatte ihn schon immer beeindruckt, dass ich Geheimnisse für mich behalten konnte, ganz im Gegensatz zu Christian, der sofort jede Neuigkeit herausplappern musste. »Seit wann hast du es gewusst?«

»Seit ein paar Tagen.« Ich steckte mein Handy wieder weg.

»Und wie ist das für dich?« Papa sah mich prüfend an.

»Es ist okay«, antwortete ich ehrlich. »Farid und ich haben lange darüber gesprochen. Er hätte es nicht gemacht, wenn ich nicht einverstanden gewesen wäre.«

»Tatsächlich?«

»Ja.« Ich nickte. »Natürlich ist es blöd, wenn er so weit weg ist. Aber es ist eine Riesenchance für ihn, die ich ihm niemals kaputt machen würde.« Ich grinste, obwohl mir eher nach Weinen zumute war. »Er wird so oft nach Hause kommen, wie er kann. Und in zwei Jahren habe ich den Führerschein. Dann kann ich immer zu ihm hinfahren.«

»Mein großes Mädchen.« Papas Stimme klang seltsam belegt. Er breitete die Arme aus. »Komm, lass dich mal umarmen.« Er zog mich an sich und hielt mich für einen Moment ganz fest. »Das ist sehr selbstlos von dir. Und sehr klug. Ich bin stolz auf dich, Elena. Sehr, sehr stolz.«

Fritzi war gut drauf. Als Tim ihn zum Abreiteplatz ritt, machte er keine Mätzchen und tänzelte nicht herum, sondern kaute gelassen am Gebiss. Ihn störten die Lautsprecheransagen genauso wenig wie die vielen Fahnen, die überall flatterten. Mit Cotopaxi hatte Tim eben einen blöden Fehler am überbauten Wassergraben kassiert, dafür lag Jens mit Nevertheless momentan mit einem flotten, fehlerfreien Ritt an dritter Stelle der laufenden Wertung. Wie immer an den ersten Tagen eines Turniers bestand das Publikum hauptsächlich aus Profi-Zuschauern, wie mein Bruder die sachkundigen Besucher, Angehörigen der Teilnehmer, Pfleger und Pferdehändler zu nennen pflegte. Die großen Massen würden erst am Wochenende und am Dienstag ins Reitstadion strömen, wenn die wichtigeren Springprüfungen ausgetragen wurden. Natürlich war auch Herr Nötzli da. Der Schweizer Pferdehändler sprach mit Brenda, der er vor zwei Jahren Quintano verkauft hatte, und lächelte mir grüßend zu. Ich lehnte mich an die Umzäunung und beobachtete Tim. Er hatte noch sechzehn Starter vor sich, genügend Zeit also, um den dunkelbraunen Hengst in Ruhe abzureiten. Nachdem Tim eine Weile getrabt und galoppiert war, humpelte Papa an die Probesprünge und legte die Stangen des Steilsprungs zu einem Kreuz. Tim ließ Fritzi im Trab an das niedrige Hindernis herangehen. Ich bemerkte, dass er die Hand erst im letzten Moment aufmachte, woraufhin Fritzi wie ein Flummi in die Luft schnellte.

»Nicht so!«, tadelte Papa, der sofort durchschaute, dass Tim dies beabsichtigt hatte um ein bisschen die Show zu machen. »Einfach lässig hingehen lassen.«

Ich guckte nach links und rechts und bemerkte, dass fast alle Leute meinem Hengst zusahen, und plötzlich war ich nervös. Fritzi war extrem wichtig für die Zukunft des Amselhofs! Durch seine Erfolge in Springpferdeprüfungen und M-Springen war er ein begehrter Deckhengst geworden. Jeder Züchter träumte davon, ein Fohlen zu züchten, das so spektakulär springen konnte wie Fritzi, und die Decktaxe, die sie dafür, dass Fritzi ihre Stuten deckte, bezahlten, war ein nicht unbedeutender Verdienst. Je erfolgreicher ein Hengst im Sport war, desto höher war die Deckgebühr und auf diese Weise konnte Fritzi in Zukunft dem Amselhof viel Geld einbringen. Allerdings wusste ich, dass es genügend Pferde gab, die zwar in Springpferdeprüfungen brillierten, jedoch dann, wenn die Parcours schwerer und technisch anspruchsvoller wurden, überfordert waren. War es wirklich eine gute Idee von mir gewesen, Tim mit Fritzi die ersten schweren Springen reiten zu lassen? Was, wenn Fritzi vor aller Augen versagte? Jedes Springen des Maimarkt-Turniers wurde von *Clip my Horse* übertragen, und wenn es heute schiefging, würde man sich das immer wieder anschauen können. Noch drei Starter! Tim hielt vor mir an und ich reichte ihm sein rotes Jackett.

»Und? Was denkst du?«, fragte ich ihn.

»Er springt super«, erwiderte Tim und grinste. »Er hat richtig Bock!«

Ich blickte den beiden nach, und als sie in die Einreiteschneise einbogen, lief ich zu Papa, der sich einen Platz neben dem Eintritt gesucht hatte, von dem aus man den ganzen Turnierplatz gut überblicken konnte.

Ich schaute über die Zuschauerreihen und sah Herrn Teichert, der mit Herrn Nötzli redete. Ariane, die wieder mal aussah wie Reiter-Barbie in ihrem maßgeschneiderten braunen Turnieroutfit, stand bei Johanna Messner, Katie von Richter und Sophie Maria Bach, drei anderen Kaderreitern, und zeigte ihnen irgendetwas auf ihrem Smartphone. Als ich Arianes spöttischem Blick begegnete, wusste ich, dass sie über mich lästerte.

»In der Bahn begrüßen wir die Startnummer 142, Fritz Power, geritten von Tim Jungblut für den Reitverein Amselhof Steinau, Deutschland«, schallte es aus den Lautsprechern.

Tim ließ Fritzi in den Parcours traben, parierte vor dem Richterturm durch und grüßte. Die Hindernisse waren gewaltig! Plötzlich war mir vor lauter Aufregung schlecht. So viel stand auf dem Spiel! Ich wollte Papa fragen, ob er glaubte, dass es gut gehen würde, aber mein Vater war nicht viel weniger angespannt als ich selbst.

Fritzi hob den Kopf und blickte sich mit gespitzten Ohren neugierig um. Sein dunkelbraunes Fell schimmerte wie flüssige Schokolade. Die Startglocke ertönte und es ging los. Fritzi sprang locker über das erste Hindernis, einen blau-weißen Steilsprung. Ich umklammerte die weiße Umzäunung und riss bei jedem Sprung mein Bein in die Luft, als ob ich selbst über die Hindernisse springen müsste. Doppeloxer-Kombination, Mauer und das überbaute Wasser waren kein Problem für Fritzi. Jetzt kam die kniffeligste Stelle des Parcours, an der es bisher die meisten Fehler gegeben hatte, nämlich eine Folge von einer mächtigen Triplebarre auf einen sehr hohen und schmalen Steilsprung mit weißen Stangen, die für Pferde schwierig zu taxieren waren. Fritzi flog in einem weiten Bogen mühelos über die Triplebarre.

»Hand dranlassen, nicht das Tempo rausnehmen«, flüsterte Papa neben mir und Tim tat genau das. Fritzi kam ideal an den tückischen Steilsprung und überwand ihn problemlos. Als die beiden durch die Ziellinie galoppierten, brandete Applaus auf.

»Puh, ist das schrecklich!«, stieß Papa hervor. »Ich hasse es, zugucken zu müssen.« Dann lachte er vor Erleichterung und Freude und hielt mir die Hand hin. Ich klatschte ihn ab und strahlte.

»Ohne Strafpunkte in 66,2 Sekunden! Damit übernimmt die Startnummer 142 die Führung in diesem Wettbewerb«, verkündete der Turniersprecher.

Ich rannte hinüber zum Einritt. Tim grinste über das ganze Gesicht und Fritzi trottete am hingegebenen Zügel aus dem Stadion, als ob er gerade eben sein hundertstes S-Springen gegangen wäre.

»Und? Bist du zufrieden?«, fragte Tim mich.

»Das war so toll! Echt Wahnsinn!«, rief ich begeistert. Fritzi schnappte sich das Leckerli von meiner Handfläche und rieb seinen Kopf an meiner Schulter. Ich umarmte meinen Hengst und küsste überglücklich seinen verschwitzten Hals. »Es sah aus, als müsste er sich überhaupt nicht anstrengen.«

Ich folgte den beiden zum Abreiteplatz, wo Papa lächelnd wartete. Tim ritt noch ein paar Runden Schritt, dann saß er ab und ich nahm Fritzi, lockerte den Sattelgurt und legte ihm eine leichte Decke über. Angespannt verfolgte ich den Rest des Springens. Einige Reiter waren schneller als 66,2 Sekunden, aber sie hatten Fehler.

Papa half dem Aknefrosch auf dem Abreiteplatz. Auch Jens gelang es nicht, Tim und Fritzi zu schlagen und am Ende gewannen sie das Springen! Ich filmte die Ehrenrunde und weinte dabei vor Rührung und vor Glück.

»Weißt du noch, auf der Waldwiese?«, fragte ich Tim, als wir später vor Fritzis Box standen und zusahen, wie er zufrieden am Heu knabberte.

»Wie könnte ich das vergessen?«, erwiderte er rau. »Es kommt mir vor, als wäre es erst ein paar Monate her. Ich habe damals sofort gesehen, dass er ein Ausnahmepferd ist. Ich hätte allerdings nie gedacht, dass ich ihn eines Tages mal reiten würde.«

Mein Handy piepste. »Farid gratuliert dir zum Sieg!«, sagte ich zu Tim. »Ich habe ihm das Video von der Siegerehrung und der Ehrenrunde geschickt.«

»Danke.«

»Bitte lächeln«, sagte plötzlich jemand hinter uns. Es war Ariane und sie machte ein Foto mit ihrem Handy, als wir uns überrascht umdrehten. »Wie *süß*, ihr beiden! Genau wie früher. Ob Farid das Bild wohl auch so *goldig* findet?«

»Schick es ihm doch. Dann weißt du es.« In meinem Innern begann es zu brodeln.

»Huch, hab ich was Falsches gesagt?« Ariane machte Kulleraugen.

»Geh doch einfach weiter und mach dein Pferd fertig«, sagte Tim genervt. »Lass uns mit deinen blöden Sprüchen in Ruhe.«

»*Uns?* Gibt's etwa wieder ein ›*Uns*‹*?*« Sie tat so, als würde sie staunen. »Na, ich habe mir schon gedacht, dass es mit euch beiden wieder was werden könnte. Ihr seid ja ein richtiges Traumpaar. Übrigens, die anderen schließen schon Wetten ab.«

»Was für Wetten?«, fragte ich.

»Dreimal darfst du raten!« Sie lachte boshaft.

»Warum bist du eigentlich wieder so eklig?«, fragte ich sie. »Bist du sauer, weil mein Bruder in Amerika ohne dich Spaß hat?«

Für den Bruchteil einer Sekunde verzerrte sich ihr Puppengesicht zu einer hässlichen Fratze, und ich wusste, dass ich voll ins Schwarze getroffen hatte.

»Ganz sicher nicht!«, fauchte sie mich an.

Glücklicherweise betraten in diesem Moment Papa und Herr Nötzli das Stallzelt.

»Herzlichen Glückwunsch dem Reiter und der Pferdebesitzerin«, sagte Herr Nötzli mit seinem drolligen Schweizer Akzent und deutete eine Verbeugung an. »Ein großartiger Ritt, Tim!«

»Vielen Dank.« Tim lächelte. »Fritzi ist ja auch ein fantastisches Pferd.«

»Das weiß ich.« Der Pferdehändler zwinkerte mir zu. »Ich habe gehört, du bist momentan auf dem Amselho–«

»Tim! Glückwunsch!« Arianes Vater drängte Herrn Nötzli einfach zur Seite, lachte ölig und klopfte Tim jovial auf die Schulter. »Gut gemacht! Du kannst doch eigentlich auch mal wieder unseren Conny reiten.«

Tim wich vor ihm zurück und warf ihm einen eisblauen Lord-Voldemort-Blick zu, der seinem Vater zu dessen besten Zeiten alle Ehre gemacht hätte. Nach allem, was er in den letzten Tagen über Teichert und seine linken Touren erfahren hatte, war es fast ein Wunder, dass er ihm nicht gegen das Schienbein trat.

»Äh … w… was meinst du, Arianchen?«, stotterte Herr Teichert, von Tims abweisender Reaktion aus dem Konzept gebracht.

»Vielen Dank, nein! *Ich* brauche zum Glück keinen, der mein Pferd reitet«, sagte Ariane schnippisch. »Das schaffe ich schon selbst.«

27. Kapitel

Das Maimarkt-Turnier wurde zu einem großen Erfolg für die Reiter vom Amselhof.

Tim war mit Fritzi in beiden Springen der Youngster Tour hochplatziert, er gewann ein internationales Springen mit Niklas' bewährtem Palais de Danse und wurde Zweiter in einem anderen Springen auf Cornado, sehr zur Freude seiner Besitzer. Auch der Aknefrosch war mehrfach platziert und mir gelangen mit Lenzi in allen drei U25-Springen Null-Fehler-Ritte, aber leider war Ariane jedes Mal vor mir platziert. Beim wichtigsten Springen des Turniers, der Badenia, die am Dienstag stattfand, ließ Brenda mit Quintano das ganze hochkarätige Starterfeld hinter sich und siegte im Stechen, in dem Tim mit Calvador Sechster wurde.

Ariane hatte das ganze Turnierwochenende über kein Wort mehr mit Tim, Melike oder mir gewechselt. Es hatte nicht gestimmt, dass die anderen Juniorenreiter Wetten abschlossen, ob Farid sich von mir trennte oder nicht – ganz im Gegenteil! Alle fragten mich nach ihm und fanden es toll, dass er zum BVB wechseln würde. Und als er am Sonntag mit aufs Turnier gekommen war, hatte er jede Menge Autogramme geben und Selfies machen müssen. Es hatte Ariane fast zur Weißglut getrieben, vielleicht hatte sie deshalb jedem, der es hören oder nicht hören wollte, aufs Ohr gedrückt, dass sie ein neues Pferd bekommen würde, bei dem der Preis keine Rolle spielte.

Am Mittwochmittag standen Melike und ich in der Schulkantine hinter Ariane, Tessa und Ricky an der Essenausgabe in der Schlange. Beinahe jeder Junge und sogar einige Mädchen sprachen mich auf Farids Wechsel zum BVB an. Obwohl er nicht lange bei uns auf der Schule gewesen war, waren alle total stolz darauf.

»Ich kann's bald echt nicht mehr hören«, maulte Ariane. »Als ob's nichts Wichtigeres gäbe!«

»Also, ich find's voll cool«, gab Tessa zu und kicherte. »Wenn er zum mündlichen Abi herkommt, muss ich unbedingt ein Selfie mit ihm machen.«

»Ich auch!«, rief Ricky. »Farid hat bei Insta schon über 400.000 Follower! Das ist mega, echt!«

»Phhh!« Ariane warf ihre Haare über die Schulter. »Ist ja wohl keine Kunst, wenn man dauernd im Fernsehen ist. Da muss man ja überhaupt nichts mehr machen, das geht dann einfach von selbst.«

»Aber er ist ja nur deshalb im Fernsehen, weil er so göttlich Fußball spi–«, begann Ricky, doch Ariane ließ sie nicht ausreden.

»Ich hab keinen Bock mehr auf das Thema! Wenn ihr solche Farid-Fans seid, dann schleimt euch doch bei der Weiland ein«, zickte sie die Mädchen, die seit Jahren unerschütterlich zu ihr hielten, an. Dabei fiel ihr Blick auf Melike und mich.

»Huhu«, lächelte ich, und Ariane schnaubte grimmig.

Ricky und Tessa ließen sich Essen geben und zogen ab, ohne auf Ariane zu warten.

»Sag mal, stimmt es eigentlich, dass du ein neues Pferd kriegst?«, fragte Melike.

»Ja«, erwiderte sie, ohne sich umzudrehen. »Mein Dad hat dem Nötzli den Auftrag gegeben, nach einem passenden Pferd für mich Ausschau zu halten. Es soll mindestens schon S** gewonnen haben, damit ich gleich losreiten kann.«

»Klar, *du* brauchst ein fertiges Pferd«, verpasste ich ihr die Retourkutsche für ihre blöde Bemerkung auf dem Turnier. »Dauert eben eine Weile, bis man ein Pferd so weit ausgebildet hat.«

»Du sagst es! Für so was habe ich keine Zeit«, antwortete Ariane herablassend. »Ist halt auch eine Frage des Geldes. Ein fertiges S-Pferd kann sich eben nicht jeder leisten.«

»Und was passiert dann mit Conny?«, erkundigte sich Melike.

»Der geht in Zahlung«, antwortete Ariane kühl.

»Was machst du denn dann mit deinem Tattoo?« Melike nahm sich ein Tablett. »Lässt du es entfernen? Oder überschreiben?«

Ariane zuckte herum. »Was, zur Hölle, geht *dich* das an?«, zischte sie zornig.

»Nichts.« Melike lächelte liebenswürdig. »Aber du hast damals gesagt, dein Pferd wäre dein einziger Freund. Und ich finde es schon ziemlich krass, seinen *einzigen* Freund kaltherzig in Zahlung zu geben, ohne zu wissen, wo er hinkommt. Vielleicht endet er als Schulpferd oder kommt zu –«

»Halt sofort dein Maul, Melike!«, kreischte Ariane unbeherrscht los. Speichel sprühte von ihren Lippen, sie war krebsrot im Gesicht. Noch niemals, solange ich sie kannte, hatte ich sie derart ausrasten sehen. »Glotz mich nicht so blöd an, du dumme Kuh!«, brüllte sie mich an. Sie riss das leere Tablett hoch und ich glaubte schon, sie würde es Melike oder mir auf den Kopf hauen, aber sie besann sich im letzten Moment anders und pfefferte es auf den Boden.

»Upps!«, machte Melike nur, hob das Tablett auf und legte es zurück auf den Stapel.

Wutschäumend drängte sich Ariane durch die Schülermenge und rannte davon. Die Gespräche in der Cafeteria waren verstummt und alle guckten Ariane verblüfft hinterher. Als die Glastür hinter ihr zufiel, fingen ausgerechnet Ricky und Tessa als Erste an zu lachen, dann fielen die anderen ein.

»Was ist denn in Ariane T. gefahren?«, gluckste Franzi, unsere Stufensprecherin, schadenfroh. »Hat sie sich etwa einen Fingernagel abgebrochen?«

Die Umstehenden lachten und machten gemeine Bemerkungen. Entgegen ihrer eigenen Meinung war Ariane nicht sonderlich beliebt in der Schule. War der Grund für ihre Dünnhäutigkeit wirklich nur der Tatsache geschuldet, dass Christian ohne sie nach Amerika geflogen war? Ariane war extrem ehrgeizig und hasste es, nicht im Mittelpunkt zu stehen. Sie träumte davon, eine berühmte Influencerin mit Millionen Followern und einem eigenen YouTube-Channel zu werden, aber ihr Plan, gemeinsam mit meinem Bruder eine Firma zur Herstellung von nachhaltig produzierten Lebensmitteln zu gründen, war schon in den Ansätzen gescheitert. War sie deshalb so sauer auf Farid, weil der es höflich abgelehnt hatte, für ihr *Aristian-*

Projekt als Testimonial zu werben? Vielleicht wurmte es sie ja auch, dass Farid, auf den sie ursprünglich selbst ein Auge geworfen hatte, gelang, woran sie gescheitert war? Oder ging es ihr überhaupt nicht um Farid, sondern eigentlich um mich?

Meine Eltern mussten am Nachmittag nach Königshofen zum Jugendamt zu einer Anhörung, denn Linda Jungbluts Aktion hatte natürlich ein Nachspiel, deshalb sollte ich mich um Gina kümmern.

Am Vormittag war Herr Nötzli da gewesen. Brenda hatte Lenzi ausprobiert und sie war leider ziemlich gut mit ihm zurechtgekommen. Noch war keine Entscheidung gefällt worden, aber der Gedanke, Lenzi zu verlieren, machte mich traurig, auch wenn ich von Anfang an gewusst hatte, dass ich mich eines Tages von ihm trennen musste. Bei Brenda würde er es auf jeden Fall sehr gut haben, und wenn er eines Tages alt sein würde und nicht mehr springen konnte, würde er auf den Koppeln der Oaktree Farm ein gemütliches Rentnerleben führen.

Nachdem ich mit den Hausaufgaben fertig war, beschloss ich, einen Spaziergang mit Priamos zu machen. Gina begleitete mich auf Flöckchen und natürlich war auch Twix mit von der Partie. Ariane ließ sich nicht im Stall blicken. Tim wusste, dass sie dem Aknefrosch eine Nachricht geschrieben und ihn gebeten hatte, Con Amore in die Führmaschine zu stellen.

Gina und ich umrundeten die große Koppel, auf der die Stuten mit ihren Fohlen in der warmen Maisonne grasten.

»Sag mal, Gina«, sagte ich zu Tims Schwester, »wenn

du und dein Vater früher Peter Meisenberg besucht habt, wie war das eigentlich? Wart ihr länger da oder nur ganz kurz?«

Ich kam mir ein bisschen mies vor, sie auszuhorchen, aber seitdem wir bei der Polizei gewesen waren, fragte ich mich, welche Rolle Richard Jungblut wohl bei dieser ganzen Bestechungssache gespielt hatte.

»Nie sehr lange«, erwiderte Gina. »Ich wäre immer gerne viel länger geblieben, weil es dort so schön war. Sonst habe ich ja meistens nur bei Mama im Haus herumgehockt.«

»Habt ihr denn nur Meisenbergs besucht, oder warst du mit deinem Vater auch woanders?«

»Och, ich war ganz oft mit Papa bei irgendwelchen Leuten«, sagte Gina. »Mama durfte ich das aber nicht erzählen, weil die sonst vielleicht geschimpft hätte.«

»Fallen dir noch die Namen von den Leuten ein?«, forschte ich weiter. »Zum Beispiel Teichert. Roselieb? Oder ein Dr. Schwarz.«

»Ja, alle drei.« Gina nickte arglos. »Da musste ich aber im Auto warten. Danach sind wir immer zu Peter und Anne gefahren.«

Volltreffer!

Ich hatte also recht mit meiner Vermutung! Richard Jungblut war der Geldbote gewesen, der das Bestechungsgeld Herrn Meisenberg übergeben hatte. Zwar spielte es keine Rolle mehr, denn die Polizei würde sowieso nichts unternehmen, aber ich musste es trotzdem unbedingt Melike erzählen.

Wir überquerten eine Streuobstwiese. Hin und wieder ließ ich Priamos ein paar Büschel Gras ausrupfen. Nach einer halben Stunde waren wir wieder auf dem Hof und brachten die Pferde weg. Ich wollte als Nächstes Hilda reiten, aber vorher musste ich schnell mein Handy holen, das ich in meinem Zimmer vergessen hatte.

Auf dem Parkplatz vor der Pferdetränke stand ein silberner BMW mit Münchener Kennzeichen. Ein dicklicher Mann mit dünnem blondem Haar stand neben dem Auto und blickte sich suchend um. Er war ungefähr Mitte vierzig, trug einen mausgrauen Anzug und sah auf den ersten Blick freundlich und harmlos aus.

»Kann ich Ihnen helfen?«, erkundigte ich mich höflich.

»Hallo«, erwiderte er. »Ich suche Herrn Michael Weiland. Weißt du, wo ich ihn finden kann?«

Bei seinen Worten überfiel mich ein heftiges Déjà-vu und alle Alarmglocken in meinem Kopf begann zu schrillen. Schon einmal war durch einen solchen harmlos aussehenden Mann ohne jede Vorwarnung eine Katastrophe über den Amselhof hereingebrochen.

»Sind Sie ein Gerichtsvollzieher?«, fragte ich misstrauisch.

»Äh, nein.« Der Mann guckte mich verwundert an. »Mein Name ist Constantin Meisenberg.«

Der Neffe, schoss es mir durch den Kopf und ich hatte plötzlich ein ganz schlechtes Gefühl. Es konnte nur einen Grund geben, weshalb er hier war.

»Mein Vater ist momentan nicht da«, sagte ich.

»Weißt du, wann er zurück sein wird? Ich komme aus München und bin nur für ein paar Tage hier, um geschäftliche Dinge zu erledigen.«

»Keine Ahnung.« Mein Herz pochte. »Worum geht's denn? Ich kann es ihm ja ausrichten.«

Constantin Meisenberg betrachtete mich einen Moment, dann öffnete er die Tür seines Autos, beugte sich hinein und holte einen Stapel Papiere heraus.

»Es geht um den Nachlass meines Onkels Peter Meisenberg«, erklärte er und zog ein Papier aus dem Stapel. »Da gibt es einige Unklarheiten. Offenbar wurden nach dem Tod meines Onkels verschiedene Vermögenswerte, die im Testament explizit aufgeführt sind, unberechtigterweise veräußert.«

Er reichte mir das Papier. Ich warf einen Blick auf das Blatt, bei dem es sich wohl um die Kopie des Testaments handelte. Einige Stellen waren geschwärzt, aber ein paar Zeilen waren mit einem Leuchtstift markiert worden.

Ich las *Priamos, Fuchswallach, geboren am 21.4.2005, Wert: 100.000 Euro,* und *Tokka Willow, braune Stute, geboren am 17.3.2004, Wert: 80.000 Euro. Pferdeanhänger Marke Böckmann, Wert: 21.000 Euro. Iseki Kleintraktor mit versch. Zubehör, Wert: 37.580 Euro.*

Mir wurde schwindelig, als ich die Summen sah.

»Ich habe in den Unterlagen, die mir zur Verfügung gestellt wurden, einen handschriftlichen Kaufvertrag über diese Gegenstände zwischen deinem Vater und Frau Claudia Winter, der Lebensgefährtin meines verstorbenen Onkels, gefunden.«

»Priamos und Tokka Willow sind Lebewesen, keine *Gegenstände*«, protestierte ich.

»Ah, ich sehe, du weißt Bescheid.« Ein dünnes Lächeln erschien auf dem Schweinchengesicht von Constantin Meisenberg. »In juristischer Hinsicht handelt es sich bei Tieren übrigens um *Sachen*.«

Der Mann wurde mir in Windeseile unsympathisch.

Er nestelte eine Visitenkarte hervor und hielt sie mir mit seinen Wurstfingern hin. »Bitte sag deinem Vater, dass er mich anrufen soll. Am besten noch heute. Vielleicht lässt sich die ganze Angelegenheit gütlich regeln. Falls nicht, werde ich auf Herausgabe der Gegenstände klagen. Dieser Kaufvertrag ist sittenwidrig und wird vor keinem Gericht der Welt Bestand haben.«

28. Kapitel

Constantin Meisenberg pflückte mir das Blatt aus der Hand, nickte mir zu und stieg in seinen BMW. Ich stand wie betäubt mitten auf dem Parkplatz und starrte hinter dem entschwindenden Auto her. Jetzt war also genau das eingetreten, was ich insgeheim befürchtete, seitdem Tim mir erzählt hatte, dass Claudia Winter nichts geerbt hatte. Diese blöde Kuh hatte uns reingelegt! Sie hatte ganz sicher gewusst, dass sie nicht dazu berechtigt gewesen war, uns die Pferde und den ganzen anderen Kram zu verkaufen und hatte es trotzdem getan. Ich erwachte aus meiner Erstarrung, rannte ins Haus, klaubte mein Handy von meinem Schreibtisch und rief erst Mama, dann Papa an, aber beide gingen nicht an ihre Telefone. Also wählte ich Melikes Nummer.

»Notfall!«, rief ich, als sie sich meldete. »Der Neffe vom Meisenberg war gerade hier.«

»Ich bin in zehn Minuten im Stall.« Melike kapierte sofort.

Wir trafen uns im Turnierstall. Ich ließ mich auf einen Schemel sinken und berichtete Tim, Melike und Gina, was das Schweinchen aus München eben zu mir gesagt hatte.

Der Aknefrosch holte Paradiso aus seiner Box und band ihn auf der Stallgasse an.

»Was macht ihr denn für ernste Gesichter?«, fragte er. »Ist mal wieder jemand gestorben?«

»Nein, aber fast«, erwiderte ich düster und erzählte ihm die Geschichte ebenfalls. »Der Typ hat gesagt, der Kaufvertrag wäre unsittlich!«

»Sittenwidrig«, korrigierte der Aknefrosch mich auf seine besserwisserische Art.

»Oder das.« Ich seufzte. »Dieses eklige Schweinchen hat Priamos und Tokka als *Gegenstände* bezeichnet! Sie sind ihm völlig egal. Aber in dem Testament steht, dass Priamos hunderttausend und Tokka achzigtausend Euro wert sein sollen!«

»Wahrscheinlich will er nur Geld«, vermutete Melike. »Wie alle Erwachsenen auf dieser Welt.«

»Was habe ich euch gesagt?« Tim schüttelte grimmig den Kopf. »Diese Claudia war schon immer eine ganz hinterhältige Person!«

»Was machen wir denn jetzt?« Mir stiegen vor Verzweiflung die Tränen in die Augen. Mit Fritzi kam ich nicht mehr zurecht. Lenzi würde irgendwann verkauft werden, vielleicht sogar schon bald! Das alles konnte ich nur deshalb ertragen, weil es jetzt Priamos gab. Aber es würde mir das Herz brechen, wenn wir dieses süße Pferd diesem ekligen Typen geben mussten.

»Wir könnten Priamos und Tokka doch irgendwo verstecken«, schlug Gina vor.

»Ach, das nützt doch nichts.« Ich winkte ab.

»Paragraf 932 BGB«, sagte der Aknefrosch beiläufig und zupfte Strohhalme aus Paradisos Schweif.

»Hä?«, machte Melike.

»Das heißt ›wie bitte‹, Zobeline.«

»Nenn mich nicht immer Zobeline!«, fuhr Melike ihn an. »Sonst nenne ich dich ›Fröschlein‹.«

»Wenn's dir Spaß macht, Zobelinchen.« Der Aknefrosch grinste. »Google lieber mal Paragraf 932 BGB. Nur ein guter Rat aus dem großen Erfahrungsschatz vom lieben Onkel Jens.«

»Klugscheißer«, murmelte Melike, zückte aber trotzdem ihr Smartphone und tippte ein, was Jens gesagt hatte. »Oha! § 932 BGB lautet: Gutgläubiger Erwerb von Nichtberechtigten.«

»Und was bedeutet das?«, fragte Tim.

»Durch eine nach § 929 BGB erfolgte Veräußerung wird der Erwerber auch dann Eigentümer, wenn die Sache nicht dem Verkäufer gehörte, es sei denn, dass er zu der Zeit, zu der er nach diesen Vorschriften das Eigentum erwerben würde, nicht in gutem Glauben ist«, las Melike vor.

»Verstehe kein Wort.« Ich war verwirrt.

»Der Erwerber ist nicht in gutem Glauben, wenn ihm bekannt oder infolge grober Fahrlässigkeit unbekannt ist, dass die Sache nicht dem Veräußerer gehörte«, las Melike weiter vor.

»Kapierst du das?«, fragte ich meine Freundin.

»Ich glaube schon.« Ein Lächeln breitete sich auf Melikes Gesicht aus. »Fröschlein, du bist ganz schön schlau. Das muss man dir lassen!«

»Herzlichen Dank für diese anerkennenden Worte, Zobelinchen!« Der Aknefrosch verbeugte sich übertrieben vor Melike, dann guckte er mich an. »Hör zu, dummes Kind: Es kommt öfter vor, als man denkt, dass jemand irgendetwas verkauft, was ihm nicht gehört, deshalb gibt's diese Regelung. Die Frau, die euch die Pferde verkauft hat,

hat so getan, als ob sie die Eigentümerin gewesen wäre. Dein Vater ist automatisch davon ausgegangen, dass sie die Erbin vom Meisenberg und damit berechtigt ist, die Pferde und den anderen Krempel zu verkaufen. Er hat den Kaufvertrag mit ihr also ›im guten Glauben‹ über die Rechtmäßigkeit der Besitzverhältnisse geschlossen.«

Ich verstand, was er meinte.

»Demzufolge muss der wirkliche Erbe …«, fuhr der Aknefrosch fort.

»Der Neffe«, merkte Melike an.

»… also in unserem Fall der Neffe«, sagte der Aknefrosch in lehrerhaftem Tonfall, »Schadensersatzansprüche gegen die unberechtigte Verkäuferin geltend machen.«

»Und wir können die Pferde behalten?«, wollte ich wissen.

»Ich denke, es gibt zumindest eine Chance«, nickte der Aknefrosch. »Wenn der Chef beweisen kann, dass er in gutem Glauben gehandelt hat.«

»Danke, Jens!« Ich sprang auf. »Du bist super!«

»Ich weiß«, grinste der Aknefrosch selbstgefällig und feixte. »So, Tim, die Pause ist vorbei, die Arbeit ruft!«

Papa rief Constantin Meisenberg sofort an, nachdem ich ihm berichtet hatte, was geschehen war und was der Aknefrosch uns über diesen Paragrafen gesagt hatte.

»Der Mann war vollkommen überrascht, als er vom Amtsgericht darüber informiert wurde, dass sein Onkel ihn zum Alleinerben gemacht hatte«, erzählte Papa Mama und mir nach dem Abendessen. »Er hatte Peter seit Jahren nicht mehr gesehen und fiel aus allen Wolken. Und als er nach Königshofen kam, um sich sein Erbe anzusehen, musste er feststellen, dass das Haus völlig verwüstet wurde und alle Wertgegenstände, die im Testament aufgeführt waren, verschwunden sind. Von Claudia Winter fehlt auch jede Spur.«

»Und was will er jetzt machen?«, erkundigte Mama sich.

»Keine Ahnung«, antwortete Papa. »Auf jeden Fall scheint er mir zu glauben, dass ich nicht wusste, wer der wahre Eigentümer gewesen ist. Ich habe ihm geschildert, in welchem Zustand die Pferde sind, und bei Weitem nicht mehr das wert, was im Testament steht.«

»Das heißt, wir können sie behalten?«, fragte ich hoffnungsvoll.

»Ich denke schon«, sagte Papa zu meiner Erleichterung. »Ich glaube nicht, dass er sich wegen zwei Pferden auf einen Rechtsstreit einlässt, der ihn viel Geld kostet und dessen Ausgang ungewiss ist. Außerdem hat er offenbar einige Immobilien geerbt, die er zu Geld machen kann. Aber er will natürlich herausfinden, wo Claudia Winter sich jetzt aufhält. Sie hat wohl nicht nur die Pferde, sondern auch die Autos verhökert, dazu einige Bilder und Kunstgegenstände, die ziemlich wertvoll waren. Außerdem waren beide Tresore, die Peter bei zwei verschiedenen Banken hatte, völlig leer.«

»Ich weiß, wo sie ist«, sagte ich zur Verblüffung meiner Eltern. »Sie hat vor ein paar Tagen Ariane in den Stall gebracht. Soweit ich weiß, ist sie bei Teicherts untergeschlüpft.«

»Das ist ja ein Ding.« Papa schüttelte den Kopf.

»Sie war früher die Assistentin vom Teichert. Aber nachdem sie sich den Meisenberg geschnappt hat, ist sie die beste Freundin von Arianes Mutter geworden«, erzählte ich.

»Das muss der Mann selbst herausfinden«, meinte Mama. »Wir sollten uns nicht in die Angelegenheiten von Teicherts einmischen. Immerhin ist Ariane Christians Freundin.«

»Leider«, murmelte ich.

»Wie auch immer, aber sie ist es nun einmal«, erwiderte Mama, die auch nicht sehr glücklich darüber war. »Ich muss jetzt erst mal die Beine hochlegen. Der Tag heute hat mich geschafft.«

Papa ging noch mal rüber in die Pferdetränke, wo heute Stammtisch war. Mama schenkte sich ein Glas Weißwein ein und wir gingen raus auf die Terrasse. Sie setzte sich in einen Liegestuhl, streifte die Schuhe von den Füßen und legte die Beine hoch. Die Sonne ging unter. In den Bäumen sangen die Vögel ihr Abendlied. Die Luft war voller Düfte.

»Wie ist es heute auf dem Jugendamt gelaufen?«, erkundigte ich mich. »War die doofe Linda da?«

»Ja, natürlich. Richard auch.« Mama nickte. Dann erzählte sie, dass für Tims und Ginas Mutter die Zukunft düster aussah. Abgesehen davon, dass sie wegen Alkohol am Steuer ihren Führerschein los war, wartete jede Menge Ärger mit ihrem Exfreund aus Köln und der Versicherung des Autos, das sie einfach mitgenommen und zu Schrott gefahren hatte, auf sie. Das Jugendamt hatte ihr bis auf Weiteres jeden Kontakt zu Gina untersagt, und ihre eigene Mutter, Annemarie Gottschalk, weigerte sich, ihre Tochter bei sich aufzunehmen.

»Früher, als wir so alt waren wie Melike und du, da waren wir wirklich gute Freundinnen«, sagte Mama traurig. »Seit dem Unfall und der Sache mit Lajos ist es vorbei. Linda hatte immer irgendwie Glück im Leben und musste nie für ihre Fehler geradestehen. Aber jetzt, wo ihr Vater tot ist, gibt es niemanden mehr, der ihr aus der Patsche hilft.«

»Sie glaubt ja, das läge alles nur an dem Fluch.« Ich schnaubte verächtlich, denn ich hatte Linda Jungblut noch nie leiden können.

»An dem Fluch?«, wiederholte Mama. »Woher weißt du davon?«

»Sag bloß, es gab echt einen!« Ich grinste. »Sie hat davon gebrabbelt, als sie im Auto eingeklemmt war.«

Mama trank einen Schluck Wein. Dann lehnte sie sich zurück, schloss die Augen und seufzte.

»Ja, diesen Fluch gab es wirklich«, sagte sie dann. »Lajos' Mutter hat ihn ausgesprochen. Sie war so traurig und enttäuscht und wütend! Linda war seit der Schulzeit Lajos' Freundin gewesen, sie ging bei Kertéczys ein und aus und alle glaubten, die beiden würden eines Tages heiraten. Lajos war noch keine zwei Wochen im Gefängnis, da war Linda schon Richards Freundin. Und auf ihrer Hochzeit – zu der Papa und ich damals übrigens nicht hingegangen sind – tauchte Lajos' Mutter auf und verwünschte das Brautpaar vor allen Leuten.«

»Richtig so!«, fand ich.

»Linda hätte Richard nie heiraten dürfen«, sagte Mama nachdenklich. »Er hat sie nie geliebt. Ihn interessierte nur Gottschalks Geld.«

»Aber das hätte sie doch merken müssen!«

»Na ja, Richard konnte schon ausgesprochen charmant sein«, erwiderte Mama. »Er hat ihr wirklich den Kopf verdreht und ihr das Blaue vom Himmel herunterversprochen.

Friedrich war sehr unglücklich darüber, aber sie war seine einzige Tochter, deshalb hat er ihr und Richard damals den Sonnenhof gekauft.«

»Und wovon wird sie jetzt leben?«

»Das weiß ich nicht. Sie hat nie einen Beruf gelernt und ihr Studium nach ein paar Semestern abgebrochen. Sie würde wohl am liebsten zurück zu Richard gehen. Ob sie das nur so gesagt hat, weil die Jugendamtsleute das hören wollten, oder ob sie es ernst gemeint hat, weiß ich nicht. Ich hatte den Eindruck, dass Richard das gar nicht will. Wie ich ihn kenne, hat der schon irgendeinen Plan.« Mama trank ihr Glas aus. »Richard Jungblut hatte schon immer das Talent, sich aus jedem Schlamassel herauszuwinden.«

Momente wie diese, in denen ich mit Mama ganz allein war, waren selten.

»Meinst du wirklich …«, begann ich, aber da ging die Terrassentür auf und Gina kam nach draußen.

»Ich habe geduscht, Haare gewaschen und Zähne geputzt«, zählte sie auf. »Darf ich dann jetzt noch ein bisschen ›Mädchen-WG‹ gucken?«

»Klar.« Mama lächelte ihr zu. »Eine Folge. Ich komme gleich hoch zu dir.«

Mein Telefon summte. Farid rief an. Ich gab Mama einen Kuss auf die Wange und rannte hoch in mein Zimmer. Die Türklinke rutschte mir aus der Hand und die Tür knallte so heftig zu, dass das Priamos-Bild, das ich neben dem Türrahmen aufgehängt hatte, von der Wand fiel.

»Shit!«, stieß ich hervor, denn die Glasscheibe war gesprungen.

»Was ist los?«, wollte Farid wissen.

»Ach, ein Bild ist von der Wand gefallen und kaputtgegangen«, erwiderte ich. »Nicht so tragisch. Wie geht's dir?«

Wir quatschten eine halbe Stunde, dann wünschten wir uns eine Gute Nacht. Ich hob vorsichtig das Bild hoch und legte es auf meinen Schreibtisch. Der Rahmen war sowieso hässlich und das Fotos war ein bisschen schief gewesen. Eine gute Gelegenheit, es neu zu rahmen. Vorsichtig löste ich die Klammern auf der Rückseite und beförderte die Glassplitter in meinen Papierkorb. Das Foto rutschte zur Seite und ich traute meinen Augen nicht. Zwischen Foto und der dünnen Sperrholzplatte klemmten ein paar eng beschriebene Blätter. Mein Puls beschleunigte sich, als ich mir die Papiere nun genauer ansah. In Tabellen waren fein säuberlich Namen, Daten und Zahlen eingetragen worden. Der letzte der vielen Einträge stammte vom 19. September vergangenen Jahres: *H. J. Teichert / S. Roselieb 150 Tsd Euro / Hettenbach/ Projekt LZ,* stand da.

»Oh mein Gott«, flüsterte ich und ließ mich auf meinen Schreibtischstuhl sinken. »Die Liste! Da ist sie ja!«

29. Kapitel

Am nächsten Morgen mussten wir nicht den Schulbus nehmen, sondern Mama fuhr uns nach Königshofen. Aber bevor sie Melike und mich an der Schule absetzte, machten wir einen Abstecher zur Polizei, um die Listen abzugeben. Kommissar Bellmann und sein Chef, Hauptkommissar Behrendt, erwarteten uns schon, denn Mama hatte angerufen und unseren Besuch angekündigt. Ich hatte die vierzehn eng beschriebenen Blätter sicherheitshalber abfotografiert, bevor ich sie meinen Eltern gegeben hatte, und die Fotos Melike geschickt. Meine Freundin war total aus dem Häuschen gewesen.

»Wo hast du diese Papiere gefunden?«, fragte mich Kommissar Behrendt und ich erklärte es ihm.

»Wahnsinn!« Kommissar Bellmanns Augen glänzten vor Begeisterung, als er Meisenbergs Notizen überflog. »Damit kriegen wir sie alle dran! Die ersten Aufzeichnungen sind fünfzehn Jahre alt. So lange geht das alles schon.«

»Wieso hat Herr Meisenberg das eigentlich alles aufgeschrieben?«, wollte Melike wissen. »Das war doch für ihn selbst auch ziemlich gefährlich, oder?«

»Ja, das stimmt«, bestätigte Kommissar Bellmann. »Allerdings war es gleichzeitig eine Absicherung. Damit konnte er die Männer, die ihn bestochen haben, erpressen.«

»Aber es hat ihm nichts genützt«, sagte Melike düster. »Sie haben ihn trotzdem umgebracht.«

»Junge Dame, du kannst ganz sicher sein, dass Herr Meisenberg nicht durch Einwirkung Dritter verunglückt ist«, entgegnete Kommissar Behrendt von oben herab. »Unsere Ermittler und die Gutachter von der Versicherungsgesellschaft, bei der Meisenberg eine Lebensversicherung abgeschlossen hatte, waren ausgesprochen gründlich. Es war ein tragischer Unfall unter Alkoholeinfluss. Kein Mord.«

»Lebensversicherung?« Melike horchte auf. »Wer hat das Geld bekommen? Und wie viel ist es gewesen?«

»Das entzieht sich meiner Kenntnis.« Behrendt machte ein Gesicht, als ob er bereute, das Wort »Lebensversicherung« überhaupt ausgesprochen zu haben.

»Zwei Millionen«, grinste Kommissar Bellmann, zwinkerte Melike zu und übersah geflissentlich den wütenden Blick seines Chefs. »Wer der Begünstigte ist, weiß ich aber leider auch nicht.«

Melike öffnete schon den Mund, um etwas zu sagen, aber Mama war schneller.

»Kommt jetzt, ihr zwei«, forderte sie uns energisch auf. »Sonst verpasst ihr auch noch die zweite Stunde.«

Wir bekamen von der Polizei noch eine Bescheinigung für die Schule, dann durften wir gehen.

Der Vormittag zog sich in die Länge wie Kaugummi. Ich konnte mich kaum auf den Unterricht konzentrieren. Was geschah jetzt gerade wohl bei der Polizei?

In der Pause sah ich Ariane aus der Ferne. Sie saß alleine auf einer der Bänke vor der Turnhalle in der Sonne und tippte auf ihrem Smartphone herum. Plötzlich tat sie mir leid. Die Polizei würde ihren Vater verhaften und ihr ganzes Leben würde sich verändern. Aber dann musste ich an all ihre Gemeinheiten denken, unter denen ich so sehr gelitten hatte. Daran, wie sie mich wie eine heiße Kartoffel fallen gelassen hatte, nachdem sie von Steinau nach Königshofen gezogen war. An ihre Mobbing-Kampagne gegen mich und daran, wie sie versucht hatte, Tim und mich auseinanderzubringen, indem sie ihm Fotos von Niklas und mir geschickt hatte, die Kiki heimlich gemacht hatte. Ariane hatte den Amselhof schlechtgemacht und über uns gelästert, und dann hatte sie den Sonnenhof schlechtgemacht und über Jungbluts gelästert. Immer wieder hatte sie boshafte Sachen über Tims Vater gesagt, als der im Gefängnis gesessen hatte.

»Sie wird mich jetzt noch mehr hassen, wenn sie herausfindet, dass wir ihren Vater bei der Polizei angeschwärzt haben«, sagte ich zu Melike.

»Machst du dir deshalb etwa Gedanken?«, fragte Melike erstaunt.

»Ja, schon.« Ich nickte.

»Musst du nicht«, erwiderte Melike leichthin. »Du hast überhaupt nichts falsch gemacht! Arianes Vater ist ein Betrüger und hat sich auf illegale Weise bereichert. Dafür wird er jetzt seine Strafe kriegen. Und für Ariane ist es vielleicht ganz heilsam, wenn sie mal kleinere Brötchen backen muss.«

»Hm.«

»Ach, Elena, du hast so ein gutes Herz!« Melike legte

einen Arm um meine Schulter. »Wenn Ariane an deiner Stelle wäre, würde sie sich jetzt die Hände reiben und sich aus Schadenfreude kaputtlachen.«

Es gongte zur fünften Stunde.

»Wollen wir in der Freistunde in die Eisdiele gehen?«, fragte Melike auf dem Weg ins Schulgebäude. Wir hatten beide die sechste Stunde frei. »Ich kann den Kantinenfraß nicht mehr sehen.«

»Ja, gute Idee«, stimmte ich zu. »Dann bis gleich!«

Eine Dreiviertelstunde später liefen wir durch die engen Gassen der Altstadt hoch zum Marktplatz. Vor dem Eiscafé Venezia standen Tische und Stühle, und ein paar Rentner, Mütter mit Kinderwagen und eine Gruppe von älteren Schülern aus dem anderen Königshofener Gymnasium saßen in der warmen Sonne, schlürften Kaffee oder löffelten Eisbecher. Melike und ich setzten uns an einen Tisch am Rand und bestellten frisch gepressten Orangensaft und unsere Lieblingseisbecher. Der Wochenmarkt war zu Ende und die Händler räumten ihre Waren zusammen.

»Guck mal«, sagte ich. »Das ist doch Tims Vater da drüben, oder?« Ich nickte mit dem Kopf in die Richtung, in der ich Richard Jungblut gesehen hatte.

Melike spähte hinüber. »Ja, das ist er.« Sie kratzte den letzten Rest Eis aus dem Glas. »Und Linda ist auch dabei!«

Plötzlich ließ sie den Löffel fallen. »Oh, Shit! Elena! Die gehen zum Notar!«, rief sie aufgeregt. »Komm, wir müssen sie warnen.«

Wir rafften unsere Sachen zusammen und rannten los. Die anderen Gäste der Eisdiele guckten uns überrascht nach.

»Was willst du machen?«, fragte ich Melike.

»Erst mal verhindern, dass sie da reingehen«, entgegnete meine Freundin. Ein Kühl-Lkw fuhr im Schneckentempo an uns vorbei. Ihm folgte ein Sprinter, an den der Wurstverkaufswagen angehängt war. Wir zwängten uns zwischen den Autos und Marktverkäufern durch. Tims Eltern waren vor einem rosafarbenen Gebäude stehen geblieben und blickten einem dunkelhaarigen Mann in Anzug und Krawatte entgegen, der sich von der anderen Seite näherte. Stefan Roselieb! Auf einem großen Schild neben der Eingangstür stand NOTARIAT – DR. RAINER SCHWARZ. Melike hatte recht! Herr Roselieb schüttelte erst Linda, dann Richard Jungblut die Hand. Er klopfte Tims Vater lächelnd auf die Schulter, dann öffnete er schwungvoll die Eingangstür des Notariats und ließ Linda Jungblut galant den Vortritt.

»Herr Jungblut!«, schrie ich. »Warten Sie!«

Tims Vater wandte sich um. Auch Stefan Roselieb blieb stehen.

»Elena!«, sagte Richard Jungblut überrascht. »Ist irgendetwas passiert?«

»Nein!«, keuchte ich. »Aber können wir kurz mit Ihnen reden?«

»Hat das nicht noch einen Moment Zeit?« Tims Vater war irritiert. »Ich habe jetzt einen wichtigen Termin.«

»Um den geht es ja«, sagte ich mit gesenkter Stimme. »Sie dürfen auf keinen Fall etwas unterschreiben.«

»Wie bitte? Warum denn nicht?«

»Komm, Richard«, drängte Herr Roselieb, der aufgehört hatte zu lächeln. »Wir müssen.«

»Geh schon vor. Ich komme gleich«, sagte Tims Vater zu

ihm, dann wandte er sich wieder uns zu. »Könnt ihr mir erklären, was das soll?«

»Der Roselieb will Sie betrügen«, flüsterte Melike eindringlich. »Er hat gar nicht vor, Geld in den Sonnenhof zu stecken oder Pferde für Tim zu kaufen. Wir haben herausgefunden, dass er das Grundstück vom Sonnenhof für den Bau des neuen Logistikzentrums in Hettenbach braucht!«

»Richard!«, rief Stefan Roselieb ungeduldig. »Der Notar wartet!«

Richard Jungblut achtete nicht auf ihn. »Woher weißt du das?«, wollte er von Melike wissen.

»Wir haben recherchiert«, sagte meine Freundin. »Bitte, glauben Sie uns einfach und gehen Sie jetzt nicht da rein!«

Tims Vater blickte unschlüssig von uns zu Herrn Roselieb und wieder zurück. Linda Jungblut erschien wieder in der Tür.

»Wo bleibst du denn?«, rief sie, dann erkannte sie Melike und mich und ihre Miene verfinsterte sich. »Richard! Komm jetzt!«

»Bitte«, bat ich den Mann, vor dem ich mich mein ganzes Leben lang gefürchtet hatte. »Tun Sie das nicht! Sie werden den Sonnenhof verlieren.«

Tims Vater starrte mich an.

Stefan Roselieb ließ die Tür los und kam auf uns zu.

»Was ist hier los?«, wollte er wissen. »Warum kommst du nicht?«

In Roseliebs kantigem Gesicht war nichts Freundliches mehr und mir wurde angst und bange bei der Vorstellung, was er tun würde, wenn er erfuhr, was Melike Tims Vater gerade erzählt hatte.

»Die …«, begann Richard Jungblut und mir wurde eiskalt vor Angst. Aber Tims Vater verriet uns nicht. Er verstummte und schüttelte den Kopf. »Ich … ich muss mir das alles noch mal überlegen.«

»Was gibt's da noch zu überlegen?«, zischte Herr Roselieb. An seiner Schläfe begann eine Ader zu pochen. »Wir haben doch alles *en detail* besprochen! Komm jetzt! Sonst ist der Deal geplatzt.«

Linda Jungblut drängte sich an uns vorbei. Sie sah aus wie ein Zombie. Violette Blutergüsse verunstalteten eine Hälfte ihres totenbleichen Gesichts. Über eine Augenbraue zog sich eine frische Naht.

»Verschwindet hier!«, blaffte sie Melike und mich an. »Haut ab! Ihr macht alles kaputt, ihr dummen kleinen Mädchen.«

Stefan Roselieb ging ein paar Meter weg und führte ein kurzes Telefonat, ohne uns dabei aus den Augen zu lassen. Richard Jungblut war zu einer Salzsäule erstarrt. Und plötzlich schien alles um uns herum in Zeitlupe abzulaufen. Ich sah den Glatzkopf, der die Sattelkammer in Stücke und Lennart krankenhausreif geschlagen hatte, um die Ecke biegen und auf uns zukommen. Gleichzeitig tauchten von überall her Polizeiautos auf. Obwohl es eine Fußgängerzone war, fuhren sie quer über den Marktplatz, allerdings ohne Blaulicht und Sirene. Der Glatzkopf hatte sie auch bemerkt und machte auf dem Absatz kehrt. Leute blieben stehen und gafften neugierig.

»Kommen Sie, Herr Jungblut!«, drängte ich Tims Vater, ohne zu wissen, weshalb ich das tat. »Sie müssen hier verschwinden! Sofort!«

Zu meiner eigenen Überraschung gehorchte er. Er drehte sich einfach um und ging mit schnellen Schritten davon, ohne auf seine Frau zu achten, die seinen Namen rief. Melike und ich rannten hinter ihm her. Die Streifenwagen und zwei Mannschaftsbusse stoppten, Polizisten quollen aus den Fahrzeugen und stürmten auf das rosafarbene Gebäude zu. Ich warf einen Blick über die Schulter und sah den verdatterten Gesichtsausdruck von Stefan Roselieb, als Handschellen um seine Handgelenke klickten.

Melike zerrte mich in eine Seitengasse. Schwer atmend blieben wir stehen.

»Was war das denn jetzt?«, wollte Richard Jungblut wissen. Er lehnte sich keuchend an eine Hausmauer.

»Die Polizei wird Herrn Roselieb und Dr. Schwarz festnehmen«, erwiderte Melike. »Und auch Herrn Teichert. Sie haben herausgefunden, dass sie Herrn Meisenberg bestochen haben.«

Tims Vater wurde so weiß wie die Wand.

»Wie … woher … wisst ihr das?«, stammelte er.

»Spielt doch keine Rolle«, antwortete Melike.

»A… aber wieso habt ihr mich gerade daran gehindert, da reinzugehen?«, wollte er wissen.

»Weil der Roselieb Sie bescheißen wollte«, sagte Melike. »In dem Moment, in dem Sie den Vertrag unterschrieben hätten, wären Sie den Sonnenhof los gewesen. Der Teichert und er haben in den letzten Jahren alle Grundstücke um den Sonnenhof herum aufgekauft, weil sie einen Tipp von Herrn Meisenberg bekommen hatten. Der Teichert hatte den Sonnenhof nur deshalb von Ihnen gepachtet, um ihn herunterzuwirtschaften. Er und Herr Roselieb haben auch Herrn Gottschalk in die Insolvenz getrieben.«

»Wir haben das nicht nur wegen Ihnen gemacht«, ergänzte ich. »Sondern vor allen Dingen wegen Tim und Gina.«

Die Rathausuhr schlug zwei Mal.

»Komm, Melike, wir kommen sonst zu spät zur Sieben«, sagte ich. »Tschüss, Herr Jungblut!«

Richard Jungblut hatte es die Sprache verschlagen. Er stand mit hängenden Armen in der schmalen Gasse und blickte uns stumm hinterher.

30. Kapitel

»… in einer groß angelegten Aktion konnten Staatsanwaltschaft und Polizei heute mehrere Personen festnehmen, die im Verdacht stehen, unter anderem den verstorbenen Leiter des Bauamtes im Rathaus der hessischen Kleinstadt Königshofen bestochen zu haben«, sagte die Nachrichtensprecherin. *»Firmengebäude, Privathäuser sowie die Räumlichkeiten des Bauamts wurden durchsucht und belastendes Material sichergestellt.«*

Das Gebäude, in dem sich die Büros von Herrn Teichert befanden, wurde eingeblendet und es wurde gezeigt, wie Arianes Vater in Handschellen von der Polizei abgeführt wurde.

Jetzt erschien ein Mitarbeiter der Staatsanwaltschaft Frankfurt auf dem Bildschirm. *»Wir ermitteln seit vielen Jahren gegen diese Männer wegen des Verdachts der Korruption, Geldwäsche und Steuerhinterziehung in Millionenhöhe«*, sagte er ernst. *»Ersten Erkenntnissen zufolge handelt es sich um ein ganzes Netzwerk von Korruption, in das der mittlerweile verstorbene Bauamtsleiter der Stadt Königshofen verwickelt gewesen ist und das über viele Scheinfirmen abgewickelt wurde. Die Aktivitäten erstreckten sich offenbar bis ins Ausland. Wir arbeiten mit Polizeibehörden in der*

Schweiz, Luxemburg, Liechtenstein und Monaco zusammen und …«

Die Aufdeckung des Korruptionsskandals wurde in jeder Nachrichtensendung gezeigt. Offenbar war es eine viel größere Angelegenheit, als wir vermutet hatten. Dass Melike und ich maßgeblich dazu beigetragen hatten, die Verbrecher zu entlarven, wurde nirgendwo erwähnt, und das war auch besser so. Mama hatte uns eingeschärft, kein Wort über die ganze Sache zu verlieren.

Als ich abends im Bett lag, dachte ich an Ariane. Wie mochte es ihr jetzt wohl gehen? Ich erinnerte mich gut daran, wie oft ich nachts wach gelegen und mir Sorgen um den Amselhof gemacht hatte. Sie würde kein neues Pferd bekommen, das war klar, und ob sie Con Amore behalten konnte, war fraglich.

Die Woche ging herum, ohne dass Ariane in der Schule oder im Stall aufgetaucht war. Gerüchten zufolge war sie krank, aber niemand wusste etwas Genaues und die ganze Schule platzte vor Neugier.

Am Montag kam Christian aus Amerika zurück. Dank unseres Cliquen- und des Familienchats bei WhatsApp wusste Christian über alles, was in den vergangenen vier Wochen auf dem Amselhof passiert war, Bescheid. Wir hatten ihm Fotos und Videos von Priamos und Tokka Willow geschickt und auch vom Turnier und von Linda Jungbluts Entführungsaktion berichtet. Gleich nach seiner Ankunft war Christian nach Königshofen zu Teicherts gefahren, wahrscheinlich um Ariane zu trösten.

Hans-Dieter Teichert saß im Untersuchungsgefängnis in Weiterstadt, genau wie Stefan Roselieb und Dr. Rainer

Schwarz, der Notar. Eine vorläufige Freilassung gegen Kaution war abgelehnt worden, weil Flucht- und Verdunklungsgefahr bestand. Polizei und Staatsanwaltschaft hatten alle Konten von Teicherts eingefroren, ihr Haus und die Büros durchsucht und viele Unterlagen beschlagnahmt.

»Sie haben nicht mal Geld, um Lebensmittel einzukaufen oder zu tanken«, erzählte Christian, als wir nachmittags zu viert in der Pferdetränke am Stammtisch saßen und Kuchen aßen. »Ariane hat keinen Bock, in die Schule zu gehen, weil sie Angst hat, dass sich alle über sie lustig machen.«

»Sorry, Chris.« Tim stand auf und nahm seinen Teller, um ihn in die Küche zu bringen. »Aber Ariane tut mir nicht leid. Was sie alles über meinen Vater gesagt hat, als der im Knast gesessen hat, habe ich nicht vergessen.«

»Schon okay.« Christian winkte ab.

Tim brachte seinen Teller und seine Kaffeetasse in die Küche, dann ging er wieder hinüber in den Stall, denn er hatte noch zwei Pferde zu reiten.

»Diese Korruptions- und Steuerhinterziehungssachen sind ja schlimm genug«, sagte Christian. »Aber die Polizei glaubt, Arianes Vater oder Stefan Roselieb hätten etwas mit dem Tod von Peter Meisenberg zu tun.«

Melike versetzte mir unter dem Tisch unauffällig einen Tritt.

»Ich dachte, er hätte einen Unfall gehabt!«, sagte ich.

»So hat es wohl zuerst auch ausgesehen«, bestätigte Christian, »aber die Polizei hat wohl Zweifel bekommen und will den Fall noch mal aufrollen.«

»Sie waren schon im Krankenhaus und haben Nachforschungen angestellt«, bestätigte ich. »Das hat Farid mir erzählt.«

»Was passiert denn jetzt mit Conny?«, wollte Melike wissen.

»Keine Ahnung.« Christian schob das Stück Schokoladenkuchen auf seinem Teller hin und her. »Ich glaube nicht, dass Teicherts noch die Boxenmiete bezahlen können. So, wie es aussieht, können sie auch ihr Haus und die Autos nicht behalten. Arianes Vater wird wohl sehr lange im Gefängnis bleiben und dann muss er ja noch die hinterzogenen Steuern nachzahlen und Geldstrafen. Ich frage mich echt, wer ihn wohl bei der Polizei angeschwärzt hat.«

Mir stockte vor Schreck der Atem. Was würde Christian tun, wenn er wüsste, dass *wir* die Polizei auf Teicherts Spur geführt hatten?

»Äh, entschuldige mal bitte«, sagte Melike verstimmt. »Der Typ ist ein Verbrecher! Er hat Leute bestochen und betrogen und fett Steuern hinterzogen. Nur deshalb haben Teicherts überhaupt in Saus und Braus leben können!«

»Na ja, so was macht doch jeder!« Christian zuckte die Schultern.

»Du tust gerade so, als ob das eine Kleinigkeit wäre!«, empörte sich Melike. »Es geht um Millionen! Der Teichert und der Roselieb haben Friedrich Gottschalk ruiniert und hatten dasselbe mit Tims Vater vor. Sie haben Leute übervorteilt und betrogen.«

»Als Ariane mir das erzählt hat, klang es aber ganz anders.«

»Das kann ich mir denken!«, schnaubte Melike. »Wer will schon hören, dass der eigene Vater einer von den Bösen ist!«

Christian schien verunsichert zu sein. »Woher weißt du das eigentlich alles so genau?«

»Guck doch mal ins Internet«, entgegnete Melike. »Oder frag Tim! Der Teichert ist ein mieser Gauner und es geschieht ihm recht, dass er dafür jetzt büßen muss!«

»Ariane kann aber nichts dafür«, verteidigte Christian seine Freundin.

»Wir konnten auch nichts dafür, dass Opa damals Schulden gemacht hat«, mischte ich mich ein. »Aber ich weiß noch genau, wie Ariane sich über uns lustig und den Amselhof überall schlechtgemacht hat, nachdem sie ausgezogen sind und versucht haben, uns um siebentausend Euro zu betrügen!«

»Wie ist die ganze Sache überhaupt rausgekommen?«, wollte mein Bruder wissen.

»Dadurch, dass Peter Meisenberg gestorben ist«, antwortete Melike. »Er hatte genau aufgeschrieben, wer ihm wann wie viel bezahlt hatte. Und diese Liste ist der Polizei in die Hände geraten.«

Für einen Moment sagte niemand von uns etwas. Außer uns saßen nur zwei Mütter von jugendlichen Reitschülern an einem Tisch. Oma werkelte in der Küche herum. Mein Blick fiel aus dem Fenster und ich sah das Auto von Constantin Meisenberg auf den Parkplatz rollen.

»Da ist der Neffe!«, rief ich und sprang auf.

»Wer?«, fragte Christian irritiert, aber ich hatte keine Zeit für Erklärungen.

»Ich sterbe, wenn er mir Priamos wegnimmt!«

»Ganz ruhig.« Melike erhob sich ebenfalls. »Meine Mutter meint, dass er keine Chance hat.«

Meine Eltern hatten Frau Koyupinar in ihrer Eigenschaft als Anwältin um Rat gebeten und heute sollte um 17 Uhr ein klärendes Gespräch stattfinden.

Melike und ich liefen ans Fenster und stellten fest, dass der Neffe mit Verstärkung gekommen war. Auf der Beifahrerseite stieg eine rothaarige Frau aus. Sie gingen zielstrebig zu unserem Haus.

»Er hat die Exfrau mitgebracht«, sagte ich zu Melike. »Was hat das zu bedeuten?«

»Der Neffe. Die Exfrau«, meckerte Christian hinter uns. »Ist das ein Geheimcode, oder was?«

Melike erklärte Christian, was Sache war. Mama hatte mir gesagt, dass Papa, sie und Frau Koyupinar die Angelegenheit klären und wir dabei nicht gebraucht würden.

Christian ging hinüber in den Stall. Melike und ich blieben in der Pferdetränke und warteten ungeduldig.

»Warum dauert das so lange?« Ich guckte zum hundertsten Mal auf die Uhr. Der Neffe und die Exfrau saßen schon eine geschlagene halbe Stunde bei uns in der Küche. Das konnte ja nur bedeuten, dass es Schwierigkeiten gab! Auch Melikes Optimismus schmolz von Minute zu Minute.

Um kurz vor sechs klingelte mein Handy. Mama! Ich ging dran.

»Kommst du bitte mal rüber?«, fragte sie.

»Ja. Was ist denn …?«, wollte ich fragen, aber sie hatte schon wieder aufgelegt.

Ich atmete tief durch, wappnete mich innerlich gegen die schlechte Nachricht, die ich erwartete.

Als wir hereinkamen, saßen meine Eltern, Melikes Mutter, die Exfrau und der Neffe entspannt um unseren Küchentisch herum.

»Ah, das sind ja die zwei Heldinnen«, sagte der Neffe, stand auf und lächelte freundlich. »Ich muss mich bei euch bedanken!«

»Äh, wieso?«, fragte ich perplex.

»Dank eurer Ehrlichkeit bekomme ich von der Polizei die Goldmünzen, die auch ein Teil des Erbes sind«, erwiderte er. »Da kann ich den Rest ganz gut verschmerzen.«

»Das heißt, ich kann Priamos behalten?« Ich riss die Augen auf.

»Ja, das kannst du«, bestätigte Constantin Meisenberg. »Ich werde den Kaufvertrag nicht anfechten. Aber da Frau Winter ja aus der Lebensversicherung eine Menge Geld erhalten wird, werde ich sie auf Schadensersatz verklagen.«

Mir fiel mit Donnergepolter die halbe Eiger Nordwand vom Herzen. Insgeheim hatte ich schon befürchtet, dass der Neffe stur bleiben würde.

»Was? Claudia Winter kassiert die Lebensversicherung?«, platzte es aus Melike heraus.

»Ja, das tut sie«, sagte Anne Meisenberg und lächelte schief. »Peter hat die Police vier Wochen vor seinem Unfall zu ihren Gunsten geändert. Pech für mich. Aber glücklicherweise brauche ich das Geld nicht.« Sie schien es nicht sonderlich schwerzunehmen. »Was ich dich fragen wollte, Elena: Wärst du damit einverstanden, wenn mir dein Vater Tokka Willow verkauft? Sie war eigentlich mein Pferd und ich habe sie immer sehr gerngehabt.«

»Äh, klar.« Ich guckte meinen Vater an. »Nur Priamos gebe ich nicht mehr her.«

»Das musst du auch nicht«, sagte Constantin Meisenberg herzlich und plötzlich fand ich ihn total nett. »Ich hoffe, dass er wieder ganz gesund wird und du noch viel Freude mit ihm hast.«

31. Kapitel

»Ich frage mich, wie die Polizei so blind sein kann«, ereiferte sich Melike, als wir etwas später bei Priamos in der Box mit lauwarmen Energydrinks darauf anstießen, dass er bei uns bleiben würde. »Es ist doch glasklar, dass Claudia Winter den Meisenberg umgebracht hat. Wenn zwei Millionen Euro kein Tatmotiv sind, dann weiß ich gar nichts mehr!«

»Glaubst du nicht, dass das nicht längst überprüft wurde?«, fragte Christian. »Wahrscheinlich hat sie ein Alibi.«

»Ist mir alles egal.« Ich hatte meine Arme um Priamos' Hals gelegt und schmiegte meine Wange an seinen Hals. Jetzt gehörte er wirklich uns und niemand konnte ihn mir wieder wegnehmen! Und bald würde ich ihn reiten können. Wenn ich mit ihm zurechtkam, dann würde ich bei Turnieren mit ihm antreten können und …

Melikes Handy klingelte. Es war ihre Mutter, die sie mit nach Hause nehmen wollte. Wir verabredeten uns für den nächsten Morgen im Bus, umarmten uns und sie lief nach draußen. Ich sagte Priamos Gute Nacht, dann gingen Christian und ich zurück zum Haus. Sein Telefon piepste unablässig, aber er beachtete es nicht.

»Ist das dein Fanklub, der froh ist, dass du zurück bist?«, scherzte ich.

»Nee, das ist Ariane«, erwiderte mein Bruder. Er blieb stehen und blickte mich an. »Ist es für dich und Farid eigentlich okay, wenn Tim bei uns eine Ausbildung macht?«

»Ja, ist es.«

»Obwohl Farid bald nach Dortmund geht und Tim jeden Tag hier auf dem Hof sein wird?«

»Ja, klar. Zwischen Tim und mir ist nichts mehr. Wir sind Freunde und Farid weiß das.«

»Wow.« Mein Bruder steckte die Hände in die Hosentaschen und blieb stehen. »Stimmt es, dass Melike und du Tims Vater daran gehindert habt, den Sonnenhof zu verkaufen?«

»Wie kommst du denn darauf?«

»Tim hat's mir erzählt.«

»Hm, ja. Das stimmt.«

»Wieso habt ihr das gemacht? Ich dachte, es würde dich freuen, wenn die Jungbluts untergehen?«

»Das sind sie im Prinzip doch schon«, sagte ich. »Wir wollten nicht, dass der Teichert und der Roselieb noch jemanden betrügen.«

Christian starrte mich argwöhnisch an.

»Habt ihr was mit der ganzen Sache zu tun gehabt?«, wollte er wissen.

Ich biss mir auf die Unterlippe und zögerte. Es war unfair, ihm nicht die Wahrheit zu sagen. Vielleicht würde er sauer auf mich sein, aber ich vertraute darauf, dass es stimmte, was Melike neulich gesagt hatte, und Blut wirklich dicker als Wasser war. Und deshalb erzählte ich Christian die ganze Geschichte, angefangen von den Geldrollen und Goldstücken bis zu der Liste, die hinter dem Foto von Priamos geklemmt hatte.

»Bist du mir jetzt böse? Wegen Ariane?«, fragte ich vorsichtig.

»Nein, bin ich nicht«, erwiderte Christian nach ein paar Sekunden. Er stieß einen Seufzer aus. »Ich habe mit Ariane Schluss gemacht. Vor drei Wochen schon.«

»Echt? Wieso das denn? Und warum hast du nichts davon gesagt?«, fragte ich entgeistert und spürte gleichzeitig eine Welle der Erleichterung, die durch meinen Körper schwappte. Das war also die Erklärung für Arianes biestiges Verhalten! Aber sie hatte uns alle in dem Glauben gelassen, alles sei in bester Ordnung und sie würde dauernd mit Christian schreiben und telefonieren, diese falsche Kuh!

»Weil ich erst noch mal mit ihr reden wollte. Ich habe gemerkt, dass ich nicht in sie verliebt bin. Und ich war es auch nie wirklich«, gab mein Bruder mit einer für ihn untypischen Offenheit zu. »Sie ist mir voll auf die Nerven gegangen mit ihrer bescheuerten Eifersucht. Ich hab am Tag fünfzig WhatsApps von ihr gekriegt. Dauernd wollte sie wissen, ob wir mit irgendwelchen Mädchen abhängen. Sie hat Fotos bei Insta gesehen, wo wir mit ein paar Leuten was unternommen haben, und da waren auch Mädchen dabei. Sie hat rausgekriegt, wie die Mädchen heißen, und hat sie über Insta gestalkt! Stell dir das mal vor! Das war megapeinlich!«

Aber typisch für Ariane, dachte ich, sagte es aber nicht laut.

»Wenn ich sehe, wie cool das mit Melike und Niklas läuft, oder mit Farid und dir, dann weiß ich einfach, dass Ariane nicht die Richtige für mich ist.«

Wir guckten uns an.

»Jetzt sag schon was«, sagte Christian.

»Wieso bist du dann vorhin noch mal zu ihr hingefahren?«

»Ich wollte nicht einfach per WhatsApp mit ihr Schluss machen, sondern ihr erklären, warum es mit uns nicht funktioniert«, erwiderte mein Bruder. »Außerdem hatte sie noch ein paar Sachen von mir. Die hab ich geholt.«

»Gott sei Dank!«, stieß ich hervor. »Mann, bin ich froh!«

»Ich ehrlich gesagt auch.« Christian lächelte kurz. »Das war echt das anstrengendste halbe Jahr meines ganzen Lebens!«

Es dauerte keine zwei Stunden, bis die Neuigkeit am nächsten Tag in der Schule die Runde gemacht hatte. Ariane war wieder zum Unterricht erschienen. In der ersten Fünf-Minuten-Pause kam sie auf mich zu. Sie war ungeschminkt und sah schrecklich aus, aber sie tat mir nicht leid.

»Ich weiß, was Melike und du getan habt«, sagte sie zu mir. »Dafür hasse ich euch!«

»Wir haben überhaupt nichts getan«, erwiderte ich kalt. »Dein Vater hat was getan, nämlich betrogen und bestochen und …«

»Halt die Klappe, Elena Weiland!«, zischte sie drohend. »Ich weiß, dass ihr euch jetzt alle ins Fäustchen lacht, du und Melike und deine ganze Scheiß-Bauernfamilie, aber ihr werdet schon sehen: Wer zuletzt lacht, lacht am besten!«

»Keiner von uns lacht sich ins Fäustchen«, entgegnete ich. »Im Gegenteil: Ihr tut uns schrecklich leid, deine Mutter und du. Weil ihr so blöd gewesen seid und nicht kapiert habt, dass dein Vater ein mieser Verbrecher ist!«

Ein hasserfüllter Ausdruck trat in Arianes Augen.

»Aber weißt du was«, sagte ich. »Claudia Winter, die gute Freundin von deiner Mutter, hat zwei Millionen Euro Lebensversicherung kassiert! Da kann sie euch doch locker was von abgeben.«

Ariane klappte vor Verblüffung der Mund auf.

Ich ließ sie stehen und in diesem Moment wusste ich, dass ich nie wieder mit ihr reden würde. Noch nie in meinem Leben hatte ich mich so befreit gefühlt. All die Jahre hatte ich unter Ariane und ihren Gemeinheiten gelitten, aber das war jetzt vorbei.

In der zweiten Pause verabredeten Melike und ich, nach der sechsten Stunde zusammen den Bus ins Zentrum zu nehmen. Meine Eltern hatten die Gunst der Stunde genutzt und waren zusammen mit Miriam und Lajos nach Hamburg gefahren, um dort gemütlich als Zuschauer aufs Derby zu gehen und Brenda die Daumen zu drücken. Christian hatte versprochen, Jens und Tim mit den Pferden zu helfen und auf Gina aufzupassen. Ich lief also im Strom der Schüler durch die Gassen Richtung Busbahnhof. Melike hatte ihre Freistunde genutzt, um im Rathaus angeblich ihren Pass verlängern zu lassen. Mir war aber völlig klar, dass sie vorhatte, Lennart Haas zu besuchen. Ihr ließ es keine Ruhe, dass Claudia Winter so viel Geld von der Lebensversicherung bekommen hatte.

Der erste Bus, der in Richtung Einkaufszentrum fuhr, rollte voll besetzt davon. Von Melike keine Spur. Ich schrieb ihr eine Nachricht. Erst jetzt stellte ich fest, dass sie zuletzt vor beinahe zwei Stunden online gewesen war, was extrem ungewöhnlich war. Ich starrte auf das einzelne graue Häkchen unter meiner Nachricht und plötzlich hatte ich eine schlimme Vorahnung. Normalerweise meldete Melike sich in Sekundenschnelle zurück. Beunruhigt versuchte ich sie anzurufen, aber ihr Telefon war aus. Der nächste Bus kam. Kurz entschlossen schulterte ich meinen Rucksack und rannte los Richtung Rathaus.

Atemlos erreichte ich ein paar Minuten später den Marktplatz und sah schon von Weitem, dass hier irgendetwas nicht in Ordnung war. Vor dem Rathaus standen Streifenwagen. Schaulustige drängten sich hinter einer Polizeiabsperrung. Mein Herz schlug schmerzhaft gegen meine Rippen und ich betete lautlos, dass dies alles nichts mit Melike zu tun hatte und meine Freundin gleich aus der Menschenmenge auftauchen und mir irgendeine verrückte Geschichte erzählen würde.

Ich hastete weiter, drängelte mich durch die neugierigen Gaffer und schnappte Satzfetzen auf, die meine Angst in heiße Panik verwandelten. *Geiselnahme im Rathaus!*

»Bitte, bitte, lieber Gott, lass es nicht Melike sein«, flüsterte ich, aber mein Gefühl sagte mir, dass meine Freundin etwas damit zu tun hatte.

»Halt! Hier geht's nicht weiter!« Ein schwer bewaffneter Polizist versperrte mir den Weg.

»Aber ich muss ins Rathaus«, bettelte ich. »Bitte!«

»Da kann gerade niemand rein«, entgegnete er. »Geh zurück hinter die Absperrung!«

Ich stellte mich auf die Zehenspitzen, um zu sehen, was los war, aber ich konnte nur jede Menge Polizisten und einen Notarztwagen ausmachen. Um einen dunklen Lieferwagen standen schwarz gekleidete Männer herum, die schusssichere Westen, Helme und Sturmhauben trugen. In den Händen hielten sie Maschinenpistolen, wie im Film. Und dann entdeckte ich Kommissar Bellmann! Er sprach mit den schwarzen Männern, die ihm aufmerksam lauschten. Ich ging ein Stück weiter, dann duckte ich mich unter dem Absperrband hindurch und rannte einfach los.

»He! Stehen bleiben!«, riefen zwei Polizisten und versuchten mich festzuhalten, aber ich war flinker als sie. Eine Polizistin erwischte mich am Arm und wollte mich wegziehen.

»Kommissar Bellmann!«, schrie ich verzweifelt, und der Angesprochene drehte sich tatsächlich um. Er erkannte mich und gab seinen uniformierten Kollegen ein Zeichen, mich loszulassen.

Die schwarz gekleideten Männer sahen aus der Nähe noch bedrohlicher aus als von Weitem. Sie umringten mich nun und starrten mich unfreundlich an.

»Elena! Was machst du hier?«, fragte Kommissar Bellmann mich.

»Melike, meine Freundin«, stieß ich hervor. »Ich glaube, sie ist im Rathaus!«

»Wie kommst du denn darauf?«

»Ich bin mir ziemlich sicher, dass sie zu Herrn Haas, dem Nachfolger von Herrn Meisenberg, gegangen ist«, sagte ich und atmete tief durch. »Sie denkt, dass die Frau Winter den Herrn Meisenberg umgebracht hat, und wollte deshalb mit ihm reden!«

»Ach du grüne Neune«, sagte Kommissar Bellmann. Er biss sich auf die Lippen und überlegte kurz. »Hör zu, Elena. Herr Haas hat eine Geisel genommen und sich in seinem Büro verschanzt, wir wissen nicht, warum und was er will. Bisher sind wir davon ausgegangen, dass es sich bei der Geisel um eine türkische Mitarbeiterin des

Rathauses handelt, denn die Frau trägt einen Hijab. Aber mittlerweile haben wir die Frau zu Hause erreicht. Sie war heute krank und überhaupt nicht bei der Arbeit.«

Oh mein Gott! Mir wurde schwindelig vor Angst.

»D… das kö… könnte Melike sein«, stammelte ich. »Sie … sie verkleidet sich manchmal … und sie hat Lennart … ich meine Herrn Haas … erzählt, dass sie strenggläubige Muslimin ist, weil er … weil er ihre Telefonnummer haben wollte, aber sie wollte sie ihm nicht geben.«

»Komm mit«, sagte Kommissar Bellmann und zog mich hinter sich her zu einer anderen Gruppe von Männern. Er stellte mir seine Kollegen vor: den Leiter des Mobilen Einsatzkommandos, einen Polizeipsychologen, den Spezialisten der Kripo für Geiselnahmen, ein weißhaariger Mann, der Erfahrung darin hatte, mit Geiselnehmern zu verhandeln. Auch der Bürgermeister war da und andere Leute aus dem Rathaus. Ich musste noch einmal erzählen, was ich gerade schon gesagt hatte.

Auf einmal klingelte ein Telefon. Unruhe entstand.

»Das ist er!«, rief jemand. »Er meldet sich!«

Der weißhaarige Mann ging ans Telefon.

Ich stand da, starrte ihn an und konnte nicht fassen, dass dies alles wirklich passierte. Ohne Melike kam ich mir hilflos vor. Ihr wäre ganz sicher eine Lösung eingefallen, aber mein Kopf war total leer. Ich ballte die Hände zu Fäusten und konnte nur immer wieder dasselbe denken: Hoffentlich passierte Melike nichts!

»Bei der Geisel handelt es sich um eine junge Frau namens Melike«, verkündete der Weißhaarige und mein letzter Rest Hoffnung, dass ich mich geirrt haben könnte, zerfiel zu Asche. »Er fordert einen SUV mit Automatikgetriebe, das keinen GPS-Tracker hat, und freie Fahrt. Wenn er merkt, dass er verfolgt wird, ob auf der Straße oder in der Luft, droht er damit, das Mädchen und sich selbst zu erschießen.«

»Hat er ein Ultimatum gestellt?«, erkundigte sich der Einsatzleiter des Mobilen Einsatzkommandos, ein grimmig aussehender Mann mit einem Schnauzbart.

»In einer Stunde«, erwiderte der Weißhaarige. »Um Punkt 14 Uhr. Direkt hier vor dem Haupteingang.«

Die Männer und Frauen begannen zu beraten. Sie erwogen alle Möglichkeiten, wie man den Geiselnehmer überwältigen könnte, ohne dass die Geisel – Melike! – dabei zu Schaden kam. Offenbar war das Büro, in dem Lennart und Melike sich befanden, schlecht zu erreichen. Es lag im vierten Stock des Rathauses.

Die Menge, die sich hinter dem Absperrband sammelte, wurde immer größer. Ein Fernsehteam in einem Übertragungswagen tauchte auf. Man beratschlagte, ob man den Marktplatz räumen sollte. Das Auto wurde gebracht, ein schwarzer SUV mit getönten Scheiben und einer Anhängerkupplung. Ich starrte diese Anhängerkupplung an. Und plötzlich hatte ich eine Idee, wie man Lennart völlig ohne Blutvergießen außer Gefecht setzen konnte. Ich tippte Kommissar Bellmann auf die Schulter und er wandte sich zu mir um.

32. Kapitel

»Pferdehaare!«, sagte ich aufgeregt. »Lennart ist total allergisch gegen Pferdehaare! Wenn Sie zum Beispiel einen Putzhandschuh in das Auto legen, dann kriegt er in kürzester Zeit keine Luft mehr.«

Natürlich wollten alle wissen, woher ich das wusste. Die Zeit verrann und die Idee wurde hin und her diskutiert, aber ich wartete nicht so lange. Ich rief Tim an, doch der ging nicht dran. Ebenso wenig Christian. Verdammt! Meine Eltern waren in Hamburg und würden sich nur unnötig aufregen. Blieb nur der Aknefrosch oder Lajos! Mit zitternden Fingern wählte ich Jens' Nummer, wartete mit klopfendem Herzen und meine Knie wurden ganz weich, als er sich meldete.

»Was gibt's, dummes Kind?«, fragte er. »Hast du den Bus verpasst?«

»Jens, hör zu«, sagte ich mit bebender Stimme. »Kannst du bitte, so schnell es geht, mit einem Putzhandschuh mit so vielen Pferdehaaren dran wie möglich nach Königshofen zum Rathaus kommen?«

»Geht's dir gut?« Der Aknefrosch lachte amüsiert. »Hast du Fieber?«

»Melike ist im Rathaus als Geisel genommen worden.«

Ich merkte selbst, wie irrsinnig das klang. »Der Typ, der sie festhält, ist allergisch gegen Pferdehaare.«

»Verarschen kann ich mich selbst«, antwortete der Aknefrosch ärgerlich. »Ich habe Mittagspause und …«

»Nein! Bitte leg nicht auf!« Ich reichte mein Telefon an Kommissar Bellmann weiter und der redete ein paar Minuten mit dem Aknefrosch.

»Er kommt her«, sagte der Kommissar und holte tief Luft. »Hoffentlich hast du recht. Wenn das nicht klappt, wird es wirklich schwierig.«

Wie Lennart es gefordert hatte, war der Marktplatz geräumt worden. Auch die schwarz gekleideten Polizisten hatten sich in eine Nebengasse zurückgezogen.

Ich stand bei Kommissar Bellmann und seinen Leuten in einem Arkadengang ein paar Häuser vom Rathaus entfernt. Der Aknefrosch hatte den ältesten und dreckigsten Lammfellputzhandschuh mitgebracht, den er hatte finden können, und dieser Handschuh lag jetzt unter dem Fahrersitz des schwarzen Autos. Außerdem hatten die Polizisten Pferdehaare in die Lüftungsrohre gestopft und das Gebläse auf die höchste Stufe gestellt. Sobald der Motor angelassen werden würde, würden die Pferdehaare durchs Auto gepustet.

Zwei Minuten vor zwei!

Der schwarze SUV stand einsam und alleine vor dem Rathaus. Die Fahrertür war offen, der Zündschlüssel steckte. Wie fühlte Melike sich jetzt? Hatte sie Angst? Lennart hatte sie gemocht, vielleicht würde er ihr gar nichts tun und das waren alles nur leere Drohungen. Aber was, wenn nicht?

Ich zitterte am ganzen Körper. Der Aknefrosch legte mir beruhigend den Arm um die Schulter, und ich war froh, dass er da war.

»Sie kommen«, knarzte eine Stimme aus dem Funkgerät eines der Polizisten. Wie gebannt blickten alle auf die weit geöffnete Eingangstür des Rathauses. Und dann kamen sie!

Ich presste beide Hände vor den Mund, als Melike zuerst aus der Tür trat. Sie trug tatsächlich den schwarzen Hijab! Lennart schob sich direkt hinter ihr her, er hielt ihren Arm umklammert und drückte ihr eine Pistole gegen den Kopf. Er guckte nervös in alle Richtungen und stieß Melike zum SUV. Die Polizisten rührten sich nicht. Nicht ein Husten oder ein Räuspern war zu hören.

»Atmen, dummes Kind«, zischte der Aknefrosch mir ins Ohr und ich holte krampfhaft Luft.

Meine Melike! Sie war so tapfer! Lennart zwang sie, über die Fahrerseite einzusteigen und auf den Beifahrersitz rüberzurutschen. Jetzt kam der spannende Moment! War er wirklich so allergisch, wie er Melike und mir erzählt hatte, oder war das eine Lüge gewesen? Ich betete stumm jedes Gebet, das ich jemals gelernt hatte.

Die Autotür schlug zu.

Der Motor des SUV sprang an.

»Verdammt, es klappt nicht«, murmelte ein Mann hinter mir.

»Abwarten«, sagte ein anderer.

Der schwarze SUV fuhr los.

»Oh nein«, flüsterte ich voller Angst. »Oh nein!«

Das Auto fuhr ein paar Meter, dann stoppte es abrupt.

»Was macht sie denn da?«, rief einer der Polizisten.

»Sie hat ihm die Waffe abgenommen!«, erwiderte jemand.

Da flog die Autotür auf. Lennart sprang aus dem Auto, hustend und würgend, knallrot im Gesicht. Er taumelte ein paar Meter, dann sackte er in die Knie.

Mein Herz schlug einen Salto in meiner Brust. Es hatte funktioniert!

Melike riss die Beifahrertür auf.

Ich machte mich vom Aknefrosch los und rannte auf meine Freundin zu.

»Melike!«, kreischte ich.

»Elena!«, schrie Melike und dann war sie bei mir und wir umarmten uns und weinten und lachten und ich wollte sie am liebsten nie wieder in meinem Leben loslassen.

Auf dem Marktplatz brach die Hölle los. Von überallher stürmten vermummte Polizisten auf das Auto zu.

Ich bekam nicht mit, wie Lennart überwältigt und in den Notarztwagen gebracht wurde, denn der Asthmaanfall, den die Pferdehaare ausgelöst hatten, war lebensbedrohlich heftig.

Der Leiter des Mobilen Einsatzkommandos nahm Melike vorsichtig die Waffe aus der Hand, dann wurden wir ins Rathausfoyer geführt. Meine Freundin zog sich den Hijab aus.

»Wie geht's dir?«, erkundigte ich mich besorgt.

»Alles okay«, versicherte Melike mir und grinste aufgeregt. »Lennart hat den Meisenberg umgebracht, stell dir vor! Und ich habe sein Geständnis sogar aufgenommen!«

»Du hast *was?*«, fragte Kommissar Bellmann ungläubig.

»Ich habe die Aufnahmefunktion von meinem Handy aktiviert und es auf Lennarts Schreibtisch gelegt«, erwiderte Melike. »Da müsste es jetzt noch liegen.«

Sofort stürmten ein paar Polizisten davon. Der Polizeipsychologe wollte mit Melike sprechen und natürlich auch der Kommissar.

»Ich brauche keinen Psychologen«, sagte meine Freundin

ungeduldig. »Ich muss jetzt erst mal aufs Klo. Und dann sollte ich fairerweise meine Eltern anrufen, damit sie nicht aus dem Fernsehen erfahren, dass ich eine Geisel war.«

»Ich glaub's ja nicht«, sagte der Aknefrosch kopfschüttelnd. »Du bist echt eine coole Socke, Zobeline!

»Was machst du überhaupt hier, Fröschlein?«, wollte sie wissen.

»Jens hat den Putzhandschuh mit den Pferdehaaren hergebracht«, erklärte ich ihr. »Die Polizisten haben überlegt, wie sie Lennart überwältigen können, ohne dass dir was passiert. Und da ist mir in letzter Sekunde eingefallen, dass er gegen Pferdehaare allergisch ist.«

Eine Stunde später saßen wir in einem Büro auf der Polizeiwache, der Aknefrosch, Melike und ich. Melikes Eltern waren gekommen und umarmten ihre Tochter immer wieder. Ich sah meiner Freundin an, dass sie genervt war von dem ganzen Theater. Der Aknefrosch hatte meine Eltern, Christian und Tim angerufen und auf einmal rief Niklas auf meinem Handy an. Ich reichte ihn an Melike weiter.

»Ich nehme den nächsten Flug nach Frankfurt!«, versprach er ihr. »Musst du nicht«, erwiderte Melike. »Mir geht's gut, wirklich.«

Aber Niklas war außer sich vor Sorge und ließ sich nicht davon abbringen, nach Hause zu kommen.

Kommissar Bellmann und seine Kollegen hatten Melikes Handy auf Lennarts Schreibtisch gefunden und die Aufnahme angehört. Daraufhin waren sie zu Teicherts gefahren und hatten Claudia Winter festgenommen.

»Das war ganz schön riskant, wie du den Mann provoziert hast«, tadelte Hauptkommissar Behrendt meine

Freundin. »Die ganze Sache hätte richtig ins Auge gehen können!«

»Ist sie aber nicht«, erwiderte Melike kühl. »Ich glaube auch nicht, dass Lennart mir wirklich etwas getan hätte. Er war einfach total verzweifelt, als er kapiert hat, dass Claudia Winter ihn nur benutzt hatte.«

»Wieso hast du nicht mit uns gesprochen?« Der Hauptkommissar war verärgert. »Wir hätten …«

»Entschuldigung!« Melike stand von ihrem Stuhl auf. Ihre Augen blitzten. »Ich habe immer wieder gesagt, dass ich glaube, dass Peter Meisenberg umgebracht worden ist. Aber Sie und Ihre Kollegen haben mir überhaupt nicht zugehört! Mir blieb also gar nichts anderes übrig, als die Sache auf eigene Faust zu klären, sonst wären Lennart und Claudia ungeschoren davongekommen!«

Hauptkommissar Behrendt starrte sie mit offenem Mund an. Auch die anderen Polizisten und der Psychologe waren perplex.

»So, Leute, mir reicht's. Ich will nach Hause.« Melike schnappte ihren Rucksack. »Außerdem will ich mein Handy wiederhaben. Wenn Sie noch was von mir wollen, rufen Sie meine Mutter an. Komm, Elena, wir wollten doch noch ausreiten.«

Niklas kam am Freitagmorgen aus Boston an. Farid und Christian holten ihn am Flughafen ab. Zu dritt erwarteten sie Melike und mich nach der letzten Stunde auf dem Schulhof. Natürlich wusste jeder in der Schule, was gestern passiert war, und Melike war die große Heldin. Alle klatschten und pfiffen begeistert, als sie Niklas um den Hals fiel und ihn küsste.

»Du hättest zwar nicht extra kommen müssen, aber ich freue mich trotzdem wahnsinnig!«, gestand sie ihm lächelnd.

»Ich glaube, ich werde nicht in Amerika studieren.« Niklas hatte Tränen in den Augen und hielt sie ganz fest. »Ich hab dich wahnsinnig vermisst!«

»Studier doch in Dortmund!«, schlug Melike vor. »Dann kommen Elena und ich Farid und dich immer zusammen besuchen.«

»Dortmund oder Boston, ist doch fast dasselbe«, spottete Christian auf dem Weg zu Niklas' Auto, das vor der Schule parkte, aber Niklas meinte es ernst. »Amerika ist ganz schön weit weg. Auf dem Flug habe ich mir überlegt, dass ich auch genauso gut in Deutschland Maschinenbau studieren kann.«

»Ist das jetzt dein Ernst?« Melike blieb stehen.

»Ja. Absolut.« Niklas nickte, dann grinste er. »Ich glaube, ich muss besser auf dich aufpassen!«

»Das musst du unbedingt«, strahlte Melike.

Wir hatten sein Auto erreicht. Ariane ging an uns vorbei, ohne uns anzugucken. Zum ersten Mal, seitdem ich sie kannte, wurde sie nicht von ihrer Mutter abgeholt, sondern ging zu Fuß nach Hause.

»Komm, Leni!« Farid ergriff meine Hand. »Tim wartet im *La Strada* auf uns.

»Was?« Ich blickte ihn erstaunt an. »Wieso das denn?«

Das *La Strada* war eines der nobelsten Restaurants in Königshofen. Es war so vornehm, dass auf der Speisekarte nicht mal die Preise standen.

»Wir haben uns überlegt, dass wir euch zur Feier des Tages mal schön zum Essen einladen.« Farid grinste und gab mir einen Kuss. »Jetzt, wo wir alle wieder mal zusammen sind, ist das doch eine gute Gelegenheit.«

»Äh, Farid?«

Wir drehten uns um und da standen Ricky und Tessa vor uns.

»Meinst du, wir könnten mal schnell ein Selfie mit dir machen?«, fragte Ricky und kicherte verlegen. »Wir haben bei Insta eine Fanpage für dich und da wäre es einfach irre, wenn …«

»Selfies sind doch blöd.« Ich pflückte ihr das Smartphone aus der Hand. »Stellt euch einfach zusammen hin, ich fotografiere euch.«

»Echt? Geht das?« Die beiden bekamen kugelrunde Augen.

»Klar.« Farid lächelte mir zu. Dann nahm er Ricky und Tessa links und rechts in den Arm. Ich schoss ein paar Bilder und gab Tessa ihr Handy zurück.

»Oh danke! Danke! Das ist ja soooo geil!« Tessa war knallrot im Gesicht und vor Glück ganz außer sich.

»Keine Ursache. Ich schau mal bei euch auf Insta vorbei.« Farid zwinkerte ihr zu, dann ergriff er meine Hand. »Nach dir, meine Süße!«

Ich kletterte auf die Rückbank. Farid setzte sich neben mich und legte den Arm um meine Schulter. Ricky und Tessa guckten sich die Bilder an und waren ganz außer sich vor Freude. Und ich wusste in dieser Sekunde, dass ich damit leben konnte, wenn sich die Mädchen um Farid drängten, um mit ihm Selfies zu machen oder ein Autogramm zu ergattern, denn ich wusste, dass er mich genauso liebte, wie ich ihn.

Drei Wochen später …

Richard, Barbara und Brenda hatten am Samstagabend des ersten turnier- und spielfreien Wochenendes zum Barbecue zu sich nach Hause eingeladen. Die Temperaturen waren fast sommerlich und wir saßen an Biertischen in dem mit Lampions und Fackeln liebevoll geschmückten Garten des Hauses, das Mama für Baxters besorgt hatte: meine Eltern, Christian, Tim, Melike, Farid, Niklas, Gina, Lajos und Miriam, Koyupinars, Belhedis, Schützes sowie Susan, Gloria und der Aknefrosch.

Paula stand mit roten Backen hinter einem großen Gasgrill, auf dem neben Steaks, Hamburgern und Riesengarnelen Maiskolben, Auberginen und Zucchinischeiben brutzelten. Es gab verschiedene Salate mit Avocados, Walnüssen, frischem Spargel und viele andere Köstlichkeiten.

Richard Baxter hielt eine kurze Ansprache. Er hieß uns, seine »Amselhof-Familie«, herzlich willkommen und bedankte sich für alles, was wir für Brenda getan hatten, und wünschte uns einen schönen Abend. Wir stießen auf Brendas und Farids Erfolge an. Am letzten Wochenende waren wir alle in Berlin gewesen und hatten miterlebt, wie Farid mit seiner Mannschaft im Olympiastadion die favorisierten Bayern im Pokalfinale geschlagen hatte! Brenda hatte mit Temporize das Championat der Stadt Hamburg gewonnen und war auch mit Quintano und Quite Easy in anderen Springen hoch platziert gewesen.

Ich war am Nachmittag zum ersten Mal auf Priamos geritten und noch immer ganz überwältigt von dem wunderbaren Gefühl, das ich auf dem Rücken des Fuchswallachs gehabt hatte. Es war genau so, wie Tim es beschrieben hatte: gewaltig! Priamos war nicht leicht zu reiten, allein schon wegen seiner großen Übersetzung, seiner Knieaktion und seiner Eigenart, mit hohem Kopf gehen zu wollen. Aber gleichzeitig war er unglaublich fein im Maul und am Bein und wollte seinem Reiter immer alles recht machen.

Papa und ich waren in der letzten Woche zusammen auf der Bank gewesen und hatten von meinem Konto das Geld abgehoben, das er für Priamos bezahlt hatte. Anne Meisenberg hatte uns Tokka Willow abgekauft und bereits abgeholt und Priamos war in den Turnierstall umgezogen.

Falls Brenda Lenzi kaufen würde, würde ich zwar schrecklich traurig sein, aber es würde mir nicht das Herz brechen, denn mit Priamos hatte ich nun ein Pferd, das allein mir gehörte und mir niemand mehr wegnehmen würde.

Melike trug ganz stolz ihre Stiefel von *Loboutin*, die Niklas ihr aus Amerika mitgebracht hatte, obwohl es eigentlich viel zu warm für Stiefel war.

»Ich will übrigens doch keine Bestatterin werden«, verkündete sie. »Ich denke, dass ich zur Kriminalpolizei gehen werde.«

»Wie schade!« Der Aknefrosch feixte. »Ich hatte mich schon so auf den Rabatt gefreut!«

Melike streckte ihm die Zunge heraus, dann berichtete sie, was sie von der Polizei erfahren hatte. Claudia Winter würde wegen des Verdachts auf Beihilfe zum Mord, Unterschlagung und Betrugs angeklagt werden. Die Versicherung würde ihr keinen Cent auszahlen, wenn ihr eine Beteiligung an der Ermordung von Peter Meisenberg nachgewiesen werden konnte. Lennart würde sich wegen Freiheitsberaubung, Bedrohung und Mordes an Peter Meisenberg vor Gericht verantworten müssen.

»Eigentlich kann Lenni einem leidtun«, sagte Melike und seufzte. »Er hat sich von der Fee Malificent echt an der Nase herumführen lassen. Sie wollte den Meisenberg loswerden, weil sie keinen Bock mehr auf ihn hatte. Nachdem er die Lebensversicherung auf ihren Namen umgeschrieben hatte, hat sie Lenni vorgespielt, sie würde ihn immer noch lieben, und wollte wieder mit ihm zusammen sein. Und der Trottel hat ihr das echt geglaubt! Die beiden haben den Meisenberg spätabends in sein Büro gelockt, als er vorher mit Teichert und Roselieb was gefeiert und schon ziemlich viel Wein getrunken hatte. Als er aus dem Aufzug gestiegen ist, hat die Claudia ihm eins mit dem Baseballschläger über den Kopf gehauen und Lenni hat ihn durchs Treppengeländer gestoßen. Und als der Meisenberg schließlich tot war, hat diese Tussi Lenni doch glatt ins Gesicht gesagt, sie hätte jemand anderen kennengelernt und würde mit ihm und dem Geld aus der Lebensversicherung nach Südfrankreich ziehen.«

»Also hatte das alles gar nichts mit dieser Bestechungssache zu tun«, stellte Farid fest.

»Ja, du hattest recht«, nickte Melike. »Claudia Winter wollte die Kohle aus der Lebensversicherung kassieren, und Lenni dachte, er kriegt Claudia wieder zurück.«

Auch der glatzköpfige Alfred Stübinger saß hinter Gittern. Ariane und ihre Mutter mussten von der protzigen Villa in eine Drei-Zimmer-Wohnung nach Braunshart ziehen. Papa hatte Teicherts Con Amore zu einem fairen Preis abgekauft, weil er nicht wollte, dass das Pferd an irgendeinen Pferdehändler verscherbelt wurde, nur weil Teicherts jetzt dringend Geld brauchten.

»Mein Vater wird den Sonnenhof übrigens an Rudi Weitzel verkaufen«, sagte Tim. »Er will dort eine Hundepension aufmachen und hat meinem Vater angeboten, dass er da wohnen bleiben, den Umbau und später die Hundepension leiten kann.«

Seitdem er vor vielen Jahren Grundstücke an eine Investorengruppe verkauft hatte, die dort das Einkaufszentrum errichtet hatte, galt Rudi Weitzel als reichster Mann der Gegend, auch wenn man ihm das nicht ansah. Er lief immer in verblichenen blauen Arbeitsklamotten herum, war wortkarg und legte keinen großen Wert auf die Gesellschaft oder Meinung anderer Leute. Vor ein paar Jahren hatte er Tim die Wiese verpachtet, auf der wir Fritzi trainiert hatten.

»Und was wirst du dann machen?«, wollte Melikes Mutter wissen.

Tim lächelte. »Ich habe einen Ausbildungsvertrag bei Weilands unterschrieben«, antwortete er. »Ich fange im August eine Lehre als Bereiter an.«

»Und er kriegt meine Wohnung«, verkündete der Aknefrosch.

»Wie? Was?« Melike guckte ihn erschrocken an. »Geht ihr etwa vom Amselhof weg?«

»Im Gegenteil.« Der Aknefrosch grinste. »Gloria und ich haben ein Häuschen in Steinau gemietet und ziehen im Mai um.«

Darauf erhob natürlich die ganze Runde die Gläser.

»Ach, ich habe mir übrigens mal die Unis im Ruhrgebiet näher angesehen«, sagte Christian. »Wenn Niklas einen Studienplatz an der Ruhr-Uni in Bochum kriegt, dann bewerbe ich mich dort auch. Für Volkswirtschaft und Wirtschaftsinformatik.«

»Und dann ziehen wir zu dritt in eine WG.« Farid grinste. »Mein neuer Verein ist schon auf der Suche nach einem netten Häuschen.«

Melike und ich guckten uns überrascht an.

»War eine gute Idee von dir, Melike.« Niklas nahm sie in den Arm. »Ich habe gemerkt, dass ich euch alle vermisse, wenn ich so weit weg bin. An der Ruhr-Uni hat schon mein Vater studiert. Warum nicht also auch ich?«

Richard Baxter erklärte das Buffet für eröffnet und alle standen auf, um sich etwas zu essen zu holen.

»Du, Jens«, sprach ich den Aknefrosch an.

»Was gibt's, dummes Kind?«, erwiderte er, ohne den Grill aus den Augen zu lassen.

»Kannst du dich noch an den Reisegutschein erinnern, den ich in Bischofsheim gewonnen habe?«

»Klar.« Er schüttelte den Kopf. »Ich bin noch nicht dement.«

»Ich habe mir überlegt, den Gutschein dir und Gloria zu schenken.«

»*Wie bitte?*« Der Aknefrosch drehte sich um und guckte

mich ungläubig an. »Du willst *mir* eine Woche Mallorca schenken? Warum? Was muss ich dafür tun?«

»Gar nichts!« Ich zuckte die Schultern. »Ich dachte nur, dir würde es sicher Spaß machen, mit Gloria zusammen mal in den Urlaub zu fahren. Mit Yoga und Sauna und Intifiny und Avujeda, oder wie das heißt.«

»Ist das jetzt dein Ernst oder veräppelst du mich?« Jens war noch immer argwöhnisch.

»Mein voller Ernst!«, beteuerte ich. »Aber wenn du nicht willst, dann schenke ich die Reise eben meinen El–«

»Klar will ich!«, fiel er mir eilig ins Wort. Seine Augen leuchteten und ein Grinsen breitete sich auf seinem Gesicht aus. »Du bist echt ein ziemlich nettes dummes Kind. Danke!«

»Schon okay.« Ich grinste auch. »Man soll ja jeden Tag ein gutes Werk tun.«

Mit einem Teller voller gegrilltem Gemüse und Salaten setzte ich mich zu Farid, der als Einziger schon wieder am Tisch saß.

»*Ich bin der König von Mallorca!*«, trällerte der Aknefrosch am Nachbartisch laut und falsch. »*Ich bin der Prinz von Arenal! Ich hab einen in der Krone, aber das ist mir scheißegal!*«

»Was ist denn mit dem los?«, fragte Farid erstaunt.

»Ach, ich habe ihm den Reisegutschein geschenkt, den ich in Bischofsheim gewonnen habe«, erklärte ich beiläufig. »Ich glaube, er freut sich darüber.«

Farid grinste kopfschüttelnd, dann wurde er ernst. Er blickte mich aus seinen Schokoladenaugen an und nahm meine Hand.

»Du bist das tollste Mädchen, das ich jemals kennengelernt habe, Elena«, sagte er, und mir wurde innerlich ganz warm bei seinen Worten. »Und weißt du was? Ich freue mich darauf!«

»Äh, auf was?«

»Auf das Leben. Mit dir. Mit unseren Freunden.« Farid legte meine Hand an seine Wange. »Ich glaube, das wird alles richtig cool.«

Nachwort

Liebe Fans von Elena, Melike, Farid, Tim und den anderen!

Ich hoffe, das neue Abenteuer von Elena hat euch gefallen! Es ist diesmal beinahe so etwas wie ein Krimi geworden. Und vor allen Dingen habe ich ein neues Pferd in die Geschichte aufgenommen, nämlich Priamos!

Immer wieder werde ich gefragt, ob es Lenzi, Fritzi oder Won Da Pie aus *Charlottes Traumpferd* wirklich gibt. Ja, tatsächlich haben viele Pferde aus meinen Büchern Vorbilder im realen Leben.

Priamos war das tollste und wunderbarste Pferd, das ich jemals besessen habe! Er war auf der einen Seite wahnsinnig schreckhaft und fast sogar ängstlich, auf der anderen Seite gab es kein Hindernis, über das er nicht drübergesprungen wäre. Er liebte das Springen und er liebte es, seinem Reiter zu gehorchen. Seine Leistungsbereitschaft kannte keine Grenzen und er wäre wohl noch auf drei Beinen gesprungen, aber das musste er natürlich nie tun. Wir haben ihn als Fünfjährigen gekauft und er war bei uns, bis er kurz vor seinem 30. Geburtstag über die Regenbogenbrücke in den Pferdehimmel getrabt ist. 25 Jahre lang hat er mich begleitet und es hat keine Sekunde gegeben, in der ich Grund gehabt hätte, mich über ihn zu ärgern. Dazu war er eine Seele von Pferd, höflich, freundlich und vorsichtig. Er hat in seinem langen, gesunden Springpferdeleben über 300 Siege und Platzierungen in Springen von A bis S errungen und er war nie krank.

Auf keinem anderen Pferd hatte ich so ein tolles Gefühl. Ja, ich kann sagen, dass Priamos mich für jedes andere Pferd »verdorben« hat, denn unwillkürlich ziehe ich immer Vergleiche. Ich vermisse dieses großartige Pferd jeden Tag! Aber ich weiß auch, dass es ein Privileg war, ihn gehabt zu haben. Manch ein Reiter findet sein ganzes Reiterleben lang nicht sein Seelenpferd. Ich hatte es in Priamos gefunden und durfte einen langen Weg mit ihm gehen. Dafür bin ich dankbar!

Und ich danke auch euch von ganzem Herzen dafür, dass ihr meine Geschichten von Elena und ihren Freunden so gerne lest. Ich danke euch für euer Feedback, eure Begeisterung, eure vielen, vielen Briefe, Mails und Kommentare auf Instagram! Ihr seid einfach super!!!!!

Alles Liebe wünscht euch

Eure

WILLST DU MEHR ÜBER DIE WELT VON ELENA UND CHARLOTTE ERFAHREN?

Dann schau doch mal hier rein:
www.thienemann-esslinger.de/pferdeliebe

Wir zeigen dir, wie die echten Pferde aussehen, du bist immer auf dem Laufenden und erfährst alle Neuigkeiten rund um unsere Bücher. Und es gibt tolle Preise bei unserem großen Gewinnspiel!

Neuhaus, Nele:
Elena – In letzter Sekunde
ISBN 978 3 522 50616 8

Umschlaggestaltung: Johannes Wiebel | punchdesign, München
unter Verwendung von Motiven von Shutterstock.com
Vor- und Nachsatz: Tamara Lang
Innentypografie: Kadja Gericke
Reproduktion: Medienfabrik GmbH, Stuttgart
Druck und Bindung: GGP Media GmbH, Pößneck

FSC www.fsc.org MIX Papier aus verantwortungsvollen Quellen FSC® C014496

Der Amselhof

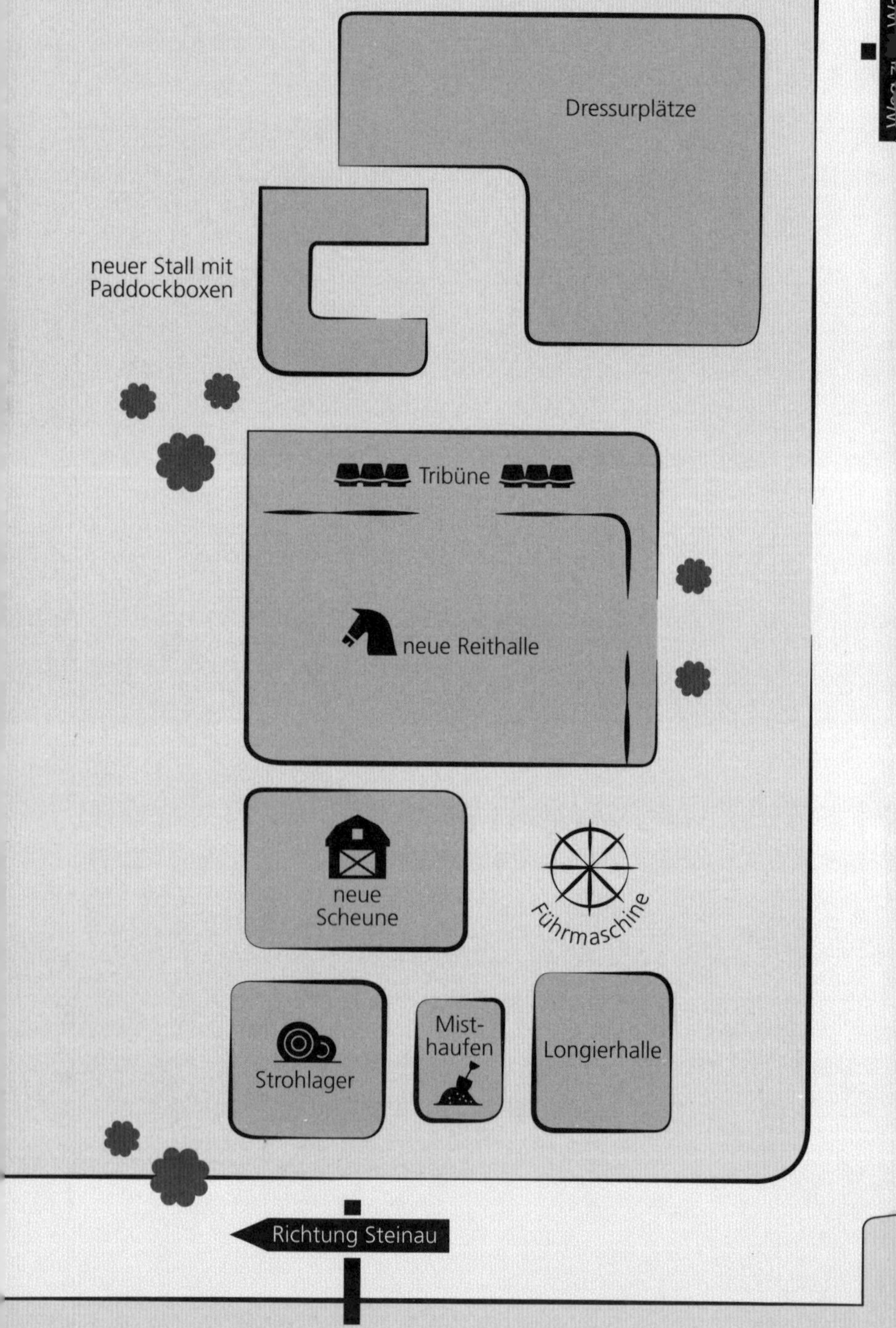

Inhaltsverzeichnis

Modul 3 – Recht und Steuern

Modul 4 – Unternehmensführung

Modul 3
Recht und Steuern

1 Rechtliche Zusammenhänge

1.1 Grundlagen des BGB

Das BGB (Bürgerliches Gesetzbuch) ist die Rechtsgrundlage für das bürgerliche Recht, das Zivilrecht. Das Zivilrecht regelt die Rechtsbeziehungen zwischen Rechtssubjekten (Personen des Rechtsverkehrs) und Rechtsobjekten (Gegenstände des Rechtsverkehrs).

1.1.1 Rechtssubjekte

Rechtssubjekte sind natürliche und juristische Personen.

Natürliche Personen sind alle Menschen.

Juristische Personen sind Vereinigungen von Personen oder Vermögensmassen mit vom Gesetz anerkannter rechtlicher Selbstständigkeit; die juristische Person besitzt eine eigene Rechtsfähigkeit. Unterschieden werden:

- **juristische Personen des Privatrechts**

  Beispiele:
  - *Gesellschaft mit beschränkter Haftung (GmbH)*
  - *Aktiengesellschaft (AG)*
  - *eingetragener Verein (e. V.)*
  - *eingetragene Genossenschaft (e. G.)*
  - *Stiftungen des Privatrechts (entstehen durch Stiftungsgeschäft und die staatliche Anerkennung), z. B. Konrad-Adenauer-Stiftung*

- **juristische Personen des öffentlichen Rechts**

  Beispiele:
  - *Gebietskörperschaften (Bund, Länder, Gemeinden)*
  - *sonstige Körperschaften (z. B. Industrie- und Handelskammern, Rechtsanwaltskammern)*
  - *Anstalten (z. B. Bundesagentur für Arbeit, Rundfunk- und Fernsehanstalten)*
  - *Stiftungen des öffentlichen Rechts (vom Staat durch Verwaltungsakt errichtet) z. B. Stiftung Warentest, Stiftung Preußischer Kulturbesitz, Berliner Philharmoniker*

1.1.2 Rechtsobjekte

Zu den Rechtsobjekten gehören vor allem die körperlichen Gegenstände (Sachen), aber auch die unkörperlichen Gegenstände (Rechte). Die Rechtsobjekte sind in der Regel den Rechtssubjekten in irgendeiner Weise zugeordnet (z. B. Eigentum). Die Beziehungen von

Personen und Sachen, die sogenannten „dinglichen Rechte", sind in den Rechtsnormen des Sachenrechts (3. Buch des BGB) geregelt.

Sachen

Sachen im Sinne des § 90 BGB sind nur körperliche Gegenstände. Sie müssen abgrenzbar sein, entweder durch eigene körperliche Begrenzung oder durch Fassung in einem Behältnis oder z. B. Grenzsteine. Mangels Abgrenzbarkeit sind freie Luft, fließendes Wasser oder das Meer keine Sachen im Sinne des § 90 BGB. Tiere sind keine Sachen, werden aber rechtlich so behandelt, wenn keine anderen Vorschriften bestehen (§ 90a BGB).

Beispiel: *Beim Tierkauf erfolgt die Anwendung der §§ 929 f. BGB für den Eigentumserwerb.*

Unbewegliche Sachen sind Grundstücke und deren Bestandteile (z. B. Gebäude), aber auch sogenannte „grundstücksgleiche Rechte" wie z. B. Erbbaurecht, Grunddienstbarkeit.

Bestandteile von Sachen

Bestandteile einer Sache sind die Teile einer Sache, die als zu der Hauptsache gehörig – und nicht als selbstständige Sache – angesehen werden.

Beispiele *für Bestandteile (die aber nicht wesentliche Bestandteile sind):*
Motor, Räder und Radio eines Kfz, Einbauküche eines Mieters

Bestandteile teilen das rechtliche Schicksal der Hauptsache (z. B. im Hinblick auf die Eigentumsverhältnisse), dies kann jedoch auch anders vereinbart werden.

Beispiele:
- *Im Kaufvertrag kann wirksam vereinbart werden, dass das Autoradio nicht mit verkauft/mit übereignet wird.*
- *Wenn der Hersteller von Kfz-Motoren unter Eigentumsvorbehalt liefert, bleibt dieser Eigentumsvorbehalt auch bei Verbindung mit dem Kfz bestehen.*

Anders ist jedoch die Rechtslage, wenn es sich um einen **wesentlichen Bestandteil** handelt. Dazu zählen Bestandteile, die nicht getrennt werden können, ohne dass der eine oder andere zerstört oder in seinem Wesen verändert wird (§ 93 BGB). Mit einem Grundstück oder Gebäude verbundene Sachen sind i. d. R wesentliche Bestandteile (§ 94 BGB), nicht aber, wenn sie nur vorübergehend eingebaut wurden (Scheinbestandteile, § 95 BGB).

Beispiele *für wesentliche Bestandteile: Einband eines Buches, Tapeten an der Wand eines Hauses, Fenster eines Hauses, Einbauküche des Eigentümers (rechtlich umstritten), Karosserie eines Pkw*

Wesentliche Bestandteile teilen immer das rechtliche Schicksal der Hauptsache, etwas anderes kann nicht vereinbart werden.

Beispiele:
- *Im Kaufvertrag kann nicht vereinbart werden, dass die Einbauküche des Eigentümers nicht mit verkauft oder mit übereignet wird.*
- *Der Eigentumsvorbehalt eines Fensterlieferanten geht bei Einbau der gelieferten Fenster unter.*

1.1.3 Rechts- und Geschäftsfähigkeit, Rechtsgeschäfte

Sachverhalt

Ein 6-jähriges Kind erbt aufgrund der gesetzlichen Erbfolge das Haus seiner Eltern. Kann es Eigentümer des Hauses sein? Wenn ja, kann es über das Eigentum verfügen?

1.1.3.1 Rechtsfähigkeit

Rechtsfähigkeit ist die Fähigkeit, Träger von Rechten (z. B. Eigentumsrecht) und Pflichten (z. B. Steuerpflicht) zu sein. Rechtsfähig sind alle natürlichen und juristischen Personen.

Die Rechtsfähigkeit geht einher mit der **Parteifähigkeit** (Fähigkeit, in einem Rechtsstreit Kläger oder Beklagter zu sein).

Rechtsfähigkeit natürlicher Personen

Jede natürliche Person, also jeder Mensch, ist rechtsfähig; die Rechtsfähigkeit beginnt mit der Vollendung der Geburt (§ 1 BGB) und endet mit dem Tod. Sonderregelungen gelten für ungeborene Kinder, z. B. der strafrechtliche Schutz in § 218 StGB.

Rechtsfähigkeit juristischer Personen

Auch juristische Personen sind von der Gründung bis zur Auflösung rechts- und damit parteifähig. Die Tatsache, dass eine eigenständige juristische Person besteht, hat weitreichende Konsequenzen:

- Erleichterung des Rechtsverkehrs, z. B. bei Klagen (verklagt wird die Gesellschaft, nicht jeder einzelne Gesellschafter) und Vertragsschlüssen
- Beständigkeit der Gesellschaft beim Tod oder Ausscheiden von Gesellschaftern
- Begrenzung des wirtschaftlichen Risikos der Gesellschafter auf ihre Einlage, da für Verbindlichkeiten der Gesellschaft nur das Gesellschaftsvermögen und nicht das Privatvermögen der Gesellschafter haftet

Teilrechtsfähigkeit von Personengesellschaften

Die offene Handelsgesellschaft (OHG) und die Kommanditgesellschaft (KG) und auch die BGB-Gesellschaft nehmen eine *Zwischenstellung* ein:

Die Gesellschaft als solche ist keine juristische Person und somit grundsätzlich nicht rechtsfähig, dies äußert sich z. B. darin, dass für Verbindlichkeiten der Gesellschaft nicht nur das Gesellschaftsvermögen, sondern auch das Privatvermögen der Gesellschafter haftet. Die Gesellschaft wird jedoch als teilweise rechtsfähig angesehen, sie kann unter ihrem Namen (der Firma) z. B. Verbindlichkeiten eingehen, Eigentum erwerben, vor Gericht klagen und verklagt werden (vgl. § 124 HGB).

1.1.3.2 Geschäftsfähigkeit

Geschäftsfähigkeit ist die Fähigkeit natürlicher Personen, rechtswirksame Willenserklärungen abgeben und somit Rechtsgeschäfte tätigen zu können.

Die Geschäftsfähigkeit geht einher mit der **Prozessfähigkeit** (Fähigkeit, im Zivilprozess selbst zu handeln bzw. dafür selbst einen Vertreter zu bestellen).

Folgende Stufen der Geschäftsfähigkeit werden unterschieden:

Geschäftsunfähig (§ 104 BGB)	Beschränkt geschäftsfähig (§ 106 ff. BGB)	Voll geschäftsfähig
▪ Kinder unter 7 Jahren ▪ dauernd Geisteskranke	Kinder und Jugendliche ab 7 und unter 18 Jahren	alle anderen Personen
Daraus ergeben sich folgende rechtliche Wirkungen:		
Nichtigkeit des Rechtsgeschäftes; § 105 BGB: Der gesetzliche Vertreter muss also für den Geschäftsunfähigen das Rechtsgeschäft vornehmen. Der Geschäftsunfähige kann jedoch als Bote fremde Willenserklärungen übermitteln.	**Schwebende Unwirksamkeit** des Rechtsgeschäftes; § 107 ff. BGB: Das Rechtsgeschäft wird jedoch wirksam ▪ bei Zustimmung des gesetzlichen Vertreters; ▪ ohne Zustimmung bei – Zahlung mit Taschengeld (nicht aber bei Ratenzahlung); – rechtlich lediglich vorteilhaften Geschäften; – Eingehen von Arbeitsverhältnissen der gestatteten Art und deren Abwicklung; – (genehmigter) selbssttändiger Führung eines Erwerbsgeschäftes.	**Wirksamkeit** des Rechtsgeschäftes: Das Rechtsgeschäft ist von Anfang an wirksam.

1.1.3.3 Rechtsgeschäfte

Ein Rechtsgeschäft ist die gewollte Herbeiführung einer ganz bestimmten Rechtsfolge durch Abgabe von einer oder mehreren Willenserklärungen.

Rechtsfolge

Die mit dem Rechtsgeschäft gewollte Rechtsfolge besteht in der Begründung oder Änderung von

- Rechtsbeziehungen zwischen den Rechtssubjekten (z. B. der Abschluss eines Kaufvertrags, die Vereinbarung über ein höheres Gehalt, die Kündigung eines Vertrags) oder
- zwischen Rechtssubjekten und Rechtsobjekten (z. B. die Übereignung eines Autos).

Zum Eintritt der Rechtsfolge sind manchmal noch weitere Tatbestandmerkmale erforderlich; so ist für eine Eigentumsübertragung neben der Einigung i. d. R. auch die Übergabe der Sache erforderlich, für den Vermögensübergang neben dem Testament leider auch der Tod des Erblassers.

1.1.3.4 Willenserklärung

Eine Willenserklärung ist eine rechtlich wirksame Äußerung, durch die die abgebende Person bewusst eine Rechtsfolge herbeiführen will.

Die Abgabe von Willenserklärungen kann auf unterschiedliche Weise erfolgen:

<table>
<tr><th colspan="4">Abgabe von Willenserklärungen</th></tr>
<tr><th colspan="2">Ausdrückliche Erklärung</th><th>Schlüssiges Handeln</th><th>Schweigen/Nichtstun</th></tr>
<tr><td>mündlich

Beispiel:
„Ich hätte gerne 4 Pfund von den Tomaten!“</td><td>schriftlich

Beispiel:
Bestellung, Kündigung eines Abos</td><td>Beispiele:
– Kopfnicken
– eine Zeitung nehmen und 1,00 EUR auf die Theke legen
– Einsteigen in den Bus</td><td>Schweigen oder Nichtstun hat normalerweise keine Bedeutung. Ausnahme: Schweigen kann unter Kaufleuten Zustimmung sein

Beispiel: Schweigen auf die Zusendung von Ware an Kaufmann bei bestehender Geschäftsbeziehung</td></tr>
</table>

Arten von Rechtsgeschäften

Nach der Anzahl der erforderlichen Willenserklärungen unterscheidet man zwischen ein- und mehrseitigen Rechtsgeschäften. Bei einseitigen Rechtsgeschäften kann man weiter danach unterscheiden, ob die Willenserklärung empfangsbedürftig ist oder nicht.

Beispiel: *Eine Kündigung wird erst wirksam mit dem Zugang beim Arbeitgeber; im Gegensatz dazu wird die Verpflichtung, 50,00 EUR als Belohnung für das Zurückbringen des entflogenen Wellensittichs zu zahlen („Auslobung“), schon rechtswirksam mit ihrer Abgabe, also z. B. dem Aushängen an einem Baum.*

<table>
<tr><th colspan="2">Einseitige Rechtsgeschäfte</th><th>Mehrseitige Rechtsgeschäfte</th></tr>
<tr><td colspan="2">Für das Zustandekommen ist nur eine Willenserklärung erforderlich.</td><td>Für das Zustandekommen sind mindestens zwei Willenserklärungen erforderlich.</td></tr>
<tr><td colspan="2">Beispiele:
– Kündigung
– Anfechtung
– Testamentserrichtung
– Aussetzen einer Belohnung („Auslobung“)</td><td>Alle Verträge sind mehrseitige Rechtsgeschäfte.

Beispiele:
– Mietvertrag
– Erbvertrag
– Gesellschaftsvertrag</td></tr>
<tr><td>Willenserklärung ist empfangsbedürftig:

Sie wird wirksam mit Zugang.</td><td>Willenserklärung ist nicht empfangsbedürftig:

Sie wird wirksam mit Abgabe.</td><td rowspan="2">Bei mehrseitigen Rechtsgeschäften sind die Willenserklärungen immer empfangsbedürftig.</td></tr>
<tr><td>Beispiele:
– Kündigung
– Anfechtung</td><td>Beispiele:
– Testamentserrichtung
– Auslobung</td></tr>
</table>

Wirksamwerden von empfangsbedürftigen Willenserklärungen

Sachverhalt

Ein Mieter wirft am Abend des 30.09. um 23 Uhr ein Kündigungsschreiben an seinen Vermieter in dessen Briefkasten; der Vermieter ist bis zum 14.10. in Urlaub. Wann wird die Willenserklärung wirksam?

Eine empfangsbedürftige Willenserklärung wird wirksam ...	
bei einem anwesendem Empfänger	bei einem abwesendem Empfänger
– mit Vernehmen der mündlichen Willenserklärung; – mit der Übergabe der schriftlichen Willenserklärung.	mit dem Zugang, d. h. sobald – die Willenserklärung in den Machtbereich des Empfängers gelangt ist **und** – unter normalen Umständen mit dem Zugang der Willenserklärung zu rechnen ist.

Beispiel: *Im o. g. Fall gelangt die Kündigung zwar am 30.09. in den Machtbereich des Empfängers, unter normalen Umständen ist jedoch erst mit dem Zugang am nächsten Morgen zu rechnen. Die Willenserklärung des Mieters wird also am Morgen des 1.10. wirksam, da dann beide Zugangsvoraussetzungen erfüllt sind. Ohne Bedeutung für das Wirksamwerden ist, dass die Kündigung erst nach dem 1.10. gelesen wird.*

Wiederholungsfragen zu Kapitel 1.1

1. *Was versteht man unter Rechtsobjekten, was unter Rechtssubjekten?*
2. *Wie werden die Rechtsobjekte, wie die Rechtssubjekte untergliedert?*
3. *Was ist im 3. Buch des BGB, dem Sachenrecht, geregelt?*
4. *Was versteht man unter Rechtsfähigkeit?*
5. *Wer ist rechtsfähig und wann beginnt bzw. endet die Rechtsfähigkeit?*
6. *Was versteht man unter Geschäftsfähigkeit?*
7. *Wie wird die Geschäftsfähigkeit untergliedert?*
8. *Was versteht man unter einem Rechtsgeschäft?*
9. *Wie werden Rechtsgeschäfte untergliedert?*
10. *Welche Voraussetzungen sind erforderlich, damit eine empfangsbedürftige Willenserklärung wirksam wird?*

1.2 BGB Schuldrecht

1.2.1 Grundlagen des Schuldrechts

Das Schuldrecht ordnet die rechtlichen Beziehungen zwischen Personen; hier sind die Rechte und Pflichten geregelt, die in einem Schuldverhältnis bestehen. Das Schuldrecht ist im 2. Buch des BGB geregelt.

1.2.1.1 Schuldverhältnis

§ 241 (1) BGB: Kraft des Schuldverhältnisses ist der Gläubiger berechtigt, vom Schuldner eine Leistung zu fordern. Die Leistung kann auch in einem Unterlassen bestehen.

Schuldverhältnisse können nach § 305 BGB entstehen

- **durch Rechtsgeschäfte;**

  Beispiele:
  A schließt mit B einen Kaufvertrag über ein Fahrrad für 300,00 EUR. Die X-OHG setzt eine Belohnung für Hinweise auf den Brandstifter aus, der eine Lagerhalle anzündete.

- **kraft Gesetzes;** hier entsteht die Verpflichtung nicht durch ein Rechtsgeschäft, sondern durch die Verwirklichung eines gesetzlich umschriebenen Tatbestandes; wichtige Fälle sind

  - die unerlaubte Handlung nach §§ 823 ff. BGB:
    Beispiel: *Der Monteur der X-OHG lässt einen Hammer aus dem Fenster fallen, der einen vorbeigehenden Fußgänger verletzt; per Gesetz entsteht ein Schuldverhältnis, aus dem der Fußgänger Schadenersatz von der X-OHG verlangen kann.*

  - die ungerechtfertigte Bereicherung nach §§ 812 ff. BGB:
    Beispiel: *Einem Angestellten wird das Gehalt doppelt überwiesen; per Gesetz entsteht ein Schuldverhältnis, aus dem der Arbeitgeber vom Angestellten die Rückzahlung verlangen kann.*

1.2.1.2 Grundprinzip Vertragsfreiheit

Grundprinzips des Schuldrechts ist die Vertragsfreiheit, die aus folgenden Komponenten besteht:

Abschlussfreiheit

Grundsätzlich steht es jeder Person frei, ob und mit wem sie einen Vertrag abschließt. Die Abschlussfreiheit wird jedoch eingeschränkt durch den Abschlusszwang (Kontrahierungszwang), der z. B. für Stromversorgungsunternehmen oder Nahverkehrsbetriebe gilt.

Ist aber ein Vertrag erst geschlossen, gilt das Prinzip der **Vertragstreue** oder – wie die Juristen sagen – „pacta sunt servanda“ (Verträge müssen erfüllt werden).

Formfreiheit

Grundsätzlich sind Vertragsparteien nicht an eine bestimmte Form für den Vertragsschluss gebunden. In Ausnahmefällen ist die Formfreiheit jedoch eingeschränkt, wenn das Gesetz die Einhaltung einer ganz bestimmten Form fordert:

- die **Textform** als schriftliche Niederlegung ohne eigenhändige Unterschrift (z. B. E-Mail, Fax, Kopie) wird gefordert, z. B. für den Widerruf von bestimmten Verbrauchergeschäften (§ 355 BGB);
- die **Schriftform** als schriftliche Niederlegung mit eigenhändiger Unterschrift ist gesetzlich vorgeschrieben, z. B. für Bürgschaftserklärungen von Nicht-Kaufleuten (§ 766 BGB) für den Abschluss von Verbraucherdarlehensverträgen (§ 492 BGB);
- die **handschriftliche Form** des gesamten Dokuments ist erforderlich für ein Testament (§ 2247 BGB);
- die **notarielle Beglaubigung** der Unterschrift, z. B. für die Anmeldungen zur Eintragung ins Handelsregister, Erklärung der Erbschaftsausschlagung (§ 1945 BGB);
- die **notarielle Beurkundung** des gesamten Vertragsinhalts, z. B. für das Schenkungsversprechen (§ 518 BGB) oder Grundstückskaufverträge (§ 311b BGB).

Inhaltsfreiheit

Grundsätzlich können die Vertragsparteien frei über den Inhalt des Vertrages bestimmen. Die Inhaltsfreiheit wird jedoch durch Bestimmungen eingeschränkt, welche oft den Sinn haben, die Allgemeinheit oder die schwächere, unerfahrene Partei zu schützen.

***Beispiele** für Einschränkungen der Inhaltsfreiheit:*

- *Verträge, die gegen ein gesetzliches Verbot verstoßen (z. B. Waffengeschäfte) sind nichtig (§ 134 BGB).*
- *Bestimmte Regelungen in Arbeitsverträgen (z. B. Kündigungsfristen, Urlaubstage) unterliegen nicht der freien Vereinbarung.*
- *Werden Vertragsbedingungen in der Form von Allgemeinen Geschäftsbedingungen gestellt, so sind die Regelungen der §§ 305–310 BGB zu beachten, wonach bestimmte AGB-Klauseln unwirksam sind (siehe dazu das folgende Kapitel).*

1.2.1.3 Allgemeine Geschäftsbedingungen (AGB)

Vertragsinhalte können auch durch Allgemeine Geschäftsbedingungen vereinbart werden. Dabei besteht die Gefahr, dass der Verwender von AGB, z. B. der Verkäufer, einseitig für ihn günstige Bestimmungen festlegt; daher stellt das Gesetz in den §§ 305–310 BGB strenge Anforderungen an die Einbeziehung und den Inhalt von AGB.

§ 305 (1) BGB: Einbeziehung Allgemeiner Geschäftsbedingungen in den Vertrag
Allgemeine Geschäftsbedingungen sind alle für eine Vielzahl von Verträgen vorformulierten Vertragsbedingungen, die eine Vertragspartei (Verwender) der anderen Vertragspartei bei Abschluss eines Vertrags stellt.

Indizien für das Vorliegen von AGB

Indizien für das Vorliegen von AGB:
- Die Klauseln wurden vom Verwender vorformuliert.
- Die Klauseln sollen für eine Vielzahl von Verträgen verwendet werden.

Vertragsbedingungen, die individuell von den Vertragsparteien ausgehandelt wurden **(Individualvereinbarungen)**, sind also keine AGB und unterliegen nicht den Beschränkungen der §§ 305–310 BGB.

Einbeziehung von AGB in den Vertrag

AGB werden nach § 305 (2) BGB nur Bestandteil des Vertrages, wenn folgende Voraussetzungen gegeben sind:

- Der Verwender muss spätestens bei Vertragsschluss ausdrücklich oder per Aushang auf die AGB hingewiesen haben.
- Der Verwender muss der anderen Seite (unaufgefordert) die Möglichkeit geben, in zumutbarer Weise von den AGB Kenntnis zu nehmen (z. B. durch Aushang oder Beifügen der AGB zum Angebot).
- Die andere Partei muss ihr Einverständnis zur Geltung der AGB geben; das Einverständnis kann auch durch schlüssiges Handeln, z. B. den Vertragsschluss erfolgen.

Unwirksamkeit von AGB-Klauseln

Verschiedene Regelungen bestimmen die Unwirksamkeit bestimmter AGB-Klauseln. So sind unwirksam

- **überraschende Klauseln**, mit denen der Vertragspartner nicht zu rechnen braucht (§ 305c BGB);

  ***Beispiele** aus der Rechtsprechung:*
  - *Gehaltsabtretung im Voraus als Forderungssicherung bei Kreditkauf*
  - *Fixterminklausel in Einkaufsbedingungen;*

- Klauseln, die **gegen Treu und Glauben** verstoßen (§ 307 BGB);

  ***Beispiele** aus der Rechtsprechung:*
  - *Vereinbarung eines erweiterten Eigentumsvorbehalts gegenüber Verbrauchern*
  - *Klausel, dass Teillieferungen grundsätzlich zulässig sind;*

- die in den §§ 308 und 309 BGB ausdrücklich genannten Klauseln;

  Beispiele:
  - *Ausschluss des Rücktrittsrechts bei Pflichtverletzungen*
  - *Vereinbarung von Vertragsstrafen*
  - *Abwälzung der Nachbesserungskosten bei Mängeln auf den Käufer.*

Rechtsfolge bei Unwirksamkeit von AGB-Klauseln

Sind AGB ganz oder teilweise nicht Vertragsbestandteil geworden oder unwirksam, so bleibt der Vertrag nach § 306 (1) BGB im Übrigen wirksam. Ist eine AGB-Klausel unwirksam, so tritt an ihre Stelle nach § 306 (2) die entsprechende gesetzliche Bestimmung.

Beispiel: *Der Verkäufer einer neuen Ware hat in seinen AGB die Verjährungsfrist für Ansprüche des Käufers wegen Mängeln auf 6 Monte verkürzt. Nach § 309 Nr. 8b BGB muss eine per AGB verkürzte Verjährungsfrist aber mindestens 1 Jahr betragen. Die Klausel ist damit unwirksam; statt ihrer gilt die gesetzliche Regelung über die Verjährung nach § 438 (2) Nr. 3 BGB (2-jährige Verjährungsfrist).*

Einzelvertragliche Vereinbarungen/(Individualvereinbarungen)

Nach § 305b BGB haben individuelle Vertragsabreden Vorrang vor den Allgemeinen Geschäftsbedingungen.

Beispiel: *Der Verkäufer legt in seinen AGB fest, dass reduzierte Ware vom Umtausch ausgeschlossen ist. Handelt der Käufer aber mit dem Verkäufer aus, dass er bei Nichtgefallen die reduzierte Ware umtauschen kann, so ist die AGB-Klausel ohne Bedeutung.*

Vorgehensweise bei bedenklichen AGB-Klauseln

Einzelne AGB kann der Kunde im Streitfall durch ein Gericht auf ihre Wirksamkeit überprüfen lassen. Damit es gar nicht so weit kommt, ist es besser, bedenkliche oder unliebsame Klauseln schon vor Vertragsschluss zu streichen.

Eine allgemeine Überprüfung von AGB ist nur auf Veranlassung von Verbraucherverbänden, Industrie- und Handelskammern oder Innungen möglich; diese Institutionen können auch einen Anspruch auf zukünftige Unterlassung der AGB-Klausel nach dem Unterlassungsklagengesetz (UKlaG) geltend machen.

1.2.1.4 Zustandekommen von Verträgen

Verträge werden durch zwei im Wesentlichen übereinstimmende Willenserklärungen (Antrag und Annahme) geschlossen.

Antrag und Annahme

Der **Antrag** muss an eine bestimmte Person gerichtet sein. Nicht um einen Antrag handelt es sich daher z. B. bei Katalogen, Schaufenster- oder Regalauslagen und Werbeprospekten. Diese stellen nur eine Aufforderung zur Abgabe eines Antrags dar, eine sogenannte „invitatio ad offerendum“. Der Antrag erfolgt auf diese Weise erst durch den Käufer, wenn er z. B. aufgrund des Katalogs eine Bestellung macht.

Beispiel: *Ein häufiger Irrtum von Verbrauchern besteht darin, anzunehmen, dass der Kaufvertrag über ein „Schnäppchen“ im Schaufenster bereits zustande gekommen ist, wenn sie in das Geschäft gehen und sagen: „Das Angebot nehme ich an!“ – Tatsächlich ist das erst der Antrag, auf den der Verkäufer nicht eingehen muss, z. B. wenn die Ware schon an eine andere Person verkauft wurde.*

Die **Annahme** kann auch durch schlüssiges Handeln (z. B. Zusendung der bestellten Ware) erfolgen, Schweigen bzw. Nichtstun gilt aber in diesem Fall nur ausnahmsweise als Annahme:

Beispiele *hierfür sind:*
- *Schweigen auf die die Zusendung unbestellter Ware an einen Kaufmann bei einer bereits bestehenden Geschäftsbeziehung (§§ 362, 346 HGB),*
- *wenn der Käufer eine Sache auf Probe erhalten hat (§ 455 S. 2 BGB),*
- *vertragliche Vereinbarung, dass Schweigen Annahme bedeutet.*

Der Antrag auf Vertragsschluss ist **verbindlich**, d. h. mit der Annahme – ggf. mit einem simplen „Ja"! – kommt der Vertrag zustande.

Diese Bindung an den Antrag kann jedoch von vornherein **eingeschränkt** sein durch sogenannte Freizeichnungsklauseln wie „unverbindliches Angebot", „Menge freibleibend", „Preis freibleibend" usw.

Zum **Erlöschen** des Antrags kommt es durch:

- Ablehnung des Antrags (§ 146 BGB);
- Überschreiten einer gesetzten Annahmefrist (§ 148 BGB);
- Überschreiten der gesetzlichen Annahmefrist (§ 147 BGB);
  so kann nach § 147 BGB ein Antrag unter Anwesenden oder am Telefon nur sofort angenommen werden, unter Abwesenden nur bis zu dem Zeitpunkt, in dem der Antragende die Annahme „unter regelmäßigen Umständen erwarten" darf.

  Beispiel: *Schickt ein Händler ein schriftliches Angebot per Brief an einen Kunden, so kann er erwarten, dass innerhalb von einer Woche die Annahme erfolgt (2 × Postlaufzeit plus Bearbeitungszeit).*

- Abänderungen bei der Annahme (§ 150 (2) BGB);
- rechtzeitigen Widerruf des Antrags (§ 130 BGB).

Eine vermeintliche „Annahme" stellt in allen diesen Fällen nur einen **neuen Antrag** dar; § 150 (1), (2) BGB.

Kaufmännisches Bestätigungsschreiben vs. Auftragsbestätigung

Anders als die Auftragsbestätigung, die erst zum Entstehen des Vertrags führt, bestätigt das kaufmännische Bestätigungsschreiben einen unter Kaufleuten mündlich, z. B. am Telefon, bereits zustande gekommenen Vertrag (Grundlage: § 346 HGB Handelsbräuche). Die Begriffe werden in der Praxis häufig verwechselt, so wird sehr häufig mit „Auftragsbestätigung" überschrieben, was rechtlich gesehen ein kaufmännisches Bestätigungsschreiben ist.

Etwaige **Abweichungen** im kaufmännischen Bestätigungsschreiben stellen einen Antrag auf Abänderung des mündlich vereinbarten Vertrags dar. Wenn der Empfänger nicht **unverzüglich widerspricht**, gilt sein Schweigen als Zustimmung zur Abänderung des mündlich Vereinbarten.

1.2.1.5 Grundsatz von Treu und Glauben

> **§ 242 BGB: Leistung nach Treu und Glauben** Der Schuldner ist verpflichtet, die Leistung so zu bewirken, wie Treu und Glauben mit Rücksicht auf die Verkehrssitte es erfordern.

Der Grundsatz von Treu und Glauben verpflichtet zur Rücksichtnahme auf die Bedürfnisse und Interessen des Vertragspartners; er erlegt den Vertragsparteien neben den im Gesetz genannten Hauptpflichten gewisse Nebenpflichten auf wie:

- **Aufklärungspflichten**

  Beispiel: *Bemerkt ein Vertragspartner einen Irrtum der anderen Partei, so muss er ihn darauf hinweisen.*

- **Mitwirkungspflichten**

  Beispiel: *Der Mieter muss den vom Vermieter beauftragten Handwerkern Zugang gestatten.*

- **Allgemeine Schutzpflichten**

  Beispiel: *Vermieter gewerblicher Räume dürfen nicht direkt nebenan an die Konkurrenz vermieten.*

1.2.1.6 Nichtigkeit von Verträgen

Verträge können – wie alle Rechtsgeschäfte – von vornherein nichtig sein, wenn ein **Nichtigkeitsgrund** vorliegt. Es entstehen keine Verpflichtungen, weil das Rechtsgeschäft erst gar nicht zustande gekommen ist.

- **Geschäftsunfähigkeit** (§ 105 BGB)

  Beispiel: *Kaufvertrag mit einem 6-jährigen Kind*

- **Beschränkte Geschäftsfähigkeit**, falls die Zustimmung des gesetzlichen Vertreters fehlt und keine Ausnahme (z. B. Taschengeldkauf) vorliegt (§§ 106 ff. BGB)

  Beispiel: *Vertrag über Ratenkauf mit einem 16-Jährigen*

- **Dissens**, d. h. die Willenserklärungen stimmen nicht überein (§§ 154, 155 BGB)

  Beispiel: *Der Käufer will nur einen Preis akzeptieren, der unter dem vom Verkäufer geforderten Warenpreis liegt.*

- **Formmängel** (§ 125 BGB);

  Beispiel: *Mündliche Bürgschaft eines Privatmanns*

- Verträge, die einen **Verstoß gegen ein gesetzliches Verbot oder die guten Sitten** beinhalten (§§ 134, 138 BGB)

  Beispiele: *Rauschgifthandel; Bürgschaft, die den Bürgen krass überfordert*

- **Scheingeschäfte**, d. h. Geschäfte, deren Inhalt in Wirklichkeit gar nicht gewollt ist (§ 117 BGB)

  Beispiel: *Im notariell beurkundeten Grundstückskaufvertrag wird, um Steuern zu sparen, ein niedrigerer Preis angegeben als derjenige, der tatsächlich gezahlt werden soll.*

- **Scherzgeschäfte**, d. h. offensichtlich nicht ernst gemeinte Willenserklärungen (§ 118 BGB)

  Beispiel: *„100 EUR für ein richtig kühles Bier!"*

1.2.1.7 Anfechtbarkeit von Verträgen

Das Rechtsgeschäft kommt zunächst zustande, kann aber bei Vorliegen eines Anfechtungsgrundes angefochten werden; der Vertrag gilt nach der Anfechtung als nie zustande gekommen (von Anfang an nichtig).

Anfechtungsgrund: Irrtum des Anfechtenden (§§ 119, 120 BGB)

- **Erklärungsirrtum:** Jemand erklärt wegen Versprechens, Verschreibens oder Vergreifens etwas anderes, als er wollte.

  Beispiel: *Ein Händler wollte ein Angebot zu 320,00 EUR abgeben, schreibt aber versehentlich 230,00 EUR.*

- **Inhaltsirrtum:** Jemand erklärt, was er will, irrt jedoch über die Bedeutung des Gesagten.

  Beispiel: *In einer Kölner Kneipe ordert ein Gast einen „halven Hahn" in Erwartung eines Brathähnchens. Ein „halver Hahn" ist jedoch ein Brötchen mit einer besonders dicken Scheibe Käse.*

- Irrtum über die für dieses Geschäft **wesentliche Eigenschaften einer Person**.

  Beispiele: *Kreditwürdigkeit, Alter, Zuverlässigkeit, Unbestraftheit, Sachkunde*

- Irrtum über für dieses Geschäft **wesentliche Eigenschaften einer Sache;** damit sind alle wertbildenden Faktoren wie Material, Herkunft, Alter, Bebaubarkeit, Echtheit, Ertragsfähigkeit, nicht aber der Wert selbst gemeint.
- **Übermittlungsirrtum:** Ein Bote oder eine Übermittlungseinrichtung übermittelt eine falsche Nachricht oder gibt die Nachricht an einen falschen Empfänger weiter.

Die Anfechtung muss **unverzüglich** nach Entdecken des Irrtums durch eine einseitige, empfangsbedürftige Erklärung erfolgen (§ 121 (1) BGB). Unverzüglich bedeutet dabei ohne schuldhaftes Zögern.

Der Anfechtende wird **schadensersatzpflichtig**: Er muss den Anfechtungsgegner so stellen, als wäre von dem Rechtsgeschäft nie die Rede gewesen.

Beispiel: *Als der Käufer mit einem gemieteten Lkw zur Abholung der Ware kommt, erklärt der Verkäufer die Anfechtung des Kaufvertrags wegen Irrtums. Der Verkäufer muss nun die Kosten für den gemieteten Lkw ersetzen.*

Anfechtungsgrund: Beeinflussung des Vertragspartners

Kommt das Rechtsgeschäft nur zustande, weil der Vertragspartner widerrechtlich beeinflusst wurde, so kann der Vertragspartner das Rechtsgeschäft anfechten. Die Beeinflussung kann erfolgen durch eine

- **arglistige Täuschung**

  Beispiel: *Ein Autohändler hat dem Kunden wider besseren Wissens oder „ins Blaue hinein" die Unfallfreiheit eines Kfz zugesichert.*

- **widerrechtliche Drohung**

  Beispiel: *A hat dem B nur deswegen ein wertvolles Kunstwerk unter Preis verkauft, weil B ihm gedroht hatte, bei Nichtunterzeichnung des Kaufvertrags eine von A begangene Steuerhinterziehung anzuzeigen.*

Die Anfechtung muss in diesen Fällen **innerhalb eines Jahres** nach Entdecken der Täuschung bzw. nach Aufhören der Zwangslage erfolgen. Hier wird nicht der Anfechtende schadensersatzpflichtig, sondern derjenige, der die Täuschung bzw. Drohung verübte.

1.2.1.8 Verjährung von Ansprüchen

Sachverhalt

Als der Verkäufer die Kaufpreiszahlung am 17. Juli des Jahres 2011 anmahnt, beruft sich der Käufer darauf, dass die ursprünglich am 1. Juni des Jahres 2007 fällige Forderung verjährt sei. Was bedeutet das?

Wesen der Verjährung

Die Verjährung ist der Ablauf einer gesetzlich festgelegten Frist; danach hat der Schuldner ein dauerndes Leistungsverweigerungsrecht (§ 214 (1) BGB).

Verjähren kann jeder Anspruch. Ein Anspruch ist nach § 194 (1) BGB das Recht, von einem anderen ein Tun oder Unterlassen zu verlangen.

Der Anspruch ist nach Ablauf der Frist nicht mehr erzwingbar; er erlischt aber nicht, daraus folgt:

- Wenn trotz Verjährung geleistet, z. B. gezahlt wurde, kann der Schuldner die Zahlung nach § 214 (2) BGB nicht mehr zurückfordern;
- Trotz Verjährung ist eine Klage möglich. Der Schuldner kann sich aber im Gerichtsverfahren auf die Verjährung berufen. Er trägt die **Einrede der Verjährung** vor, was bedeutet, dass das Gericht ihn nicht zur Leistung (z. B. Zahlung) verurteilen kann. Tut er dies nicht, darf das Gericht die Verjährung nicht berücksichtigen und der Schuldner kann trotz Verjährung zur Leistung verurteilt werden.

Regelmäßige Verjährungsfrist

Die regelmäßige Verjährungsfrist beträgt nach § 195 BGB **3 Jahre**. Sie gilt grundsätzlich für alle Ansprüche (z. B. für Ansprüche auf Zahlung des Kaufpreises), falls nicht eine Sonderregelung per Gesetz oder vertraglicher Vereinbarung besteht.

Die regelmäßige Verjährungsfrist beginnt mit dem Schluss des Jahres, in dem der Anspruch entstanden bzw. fällig ist und der Gläubiger über die Person des Schuldners und die anspruchsbegründenden Umstände Kenntnis erlangt bzw. erlangen müsste.

Dies ist in der Regel kein Problem, wenn es z. B. um den Anspruch auf Zahlung aus einem Kaufvertrag geht, da die Person des Schuldners (Käufer) ebenso wie die anspruchsbegründenden Umstände (Vertragsschluss) bekannt sind.

Anders kann es aber z. B. bei Schadensersatzansprüchen aussehen: Wird z. B. jemand im Jahr 2001 von einem unbekannten Täter verletzt, so ist weder der Schuldner bekannt, noch ist der Kostenersatz für Folgeschäden, welche erst z. B. im Jahr 2006 anfallen, fällig, obwohl er schon in 2001 entstanden ist. Aus diesem Grunde bestimmt § 199 (2) BGB Höchstfristen, um die unendliche Durchsetzbarkeit von Ansprüchen einzuschränken.

Besondere Verjährungsfristen

Es gibt so viele besondere Verjährungsfristen, dass manche Stimmen behaupten, die regelmäßige Verjährungsfrist sei eigentlich die Ausnahme. Daher sollen hier nur einige wichtige besondere Verjährungsfristen aufgeführt werden. Wird in der Sonderregel kein besonderer Beginn der Verjährungsfrist angegeben, beginnt sie nach § 200 BGB mit dem Datum der Entstehung des Anspruchs.

Besondere Verjährungsfristen		
Ansprüche	**Verjährungsfrist**	**Beginn**
... auf Übertragung von Eigentum an einem Grundstück und Ansprüche auf die Gegenleistung (z. B. Anspruch auf Zahlung des Grundstückskaufpreises)	**10 Jahre** § 196 BGB	mit Entstehung bzw. Fälligkeit des Anspruchs (§ 200 BGB)
... auf Herausgabe des Eigentums (z. B. der Anspruch auf Herausgabe eines gestohlenen Gegenstandes)	**30 Jahre** § 197 (1) Nr. 1 BGB	
... aus rechtskräftigen Urteilen bzw. sonstigen vollstreckbaren Titeln („titulierte Ansprüche") (z. B. Urteil auf Zahlung, Vollstreckungsbescheid im gerichtlichen Mahnverfahren)	**30 Jahre** § 197 (1) Nr. 3 ff. BGB	mit Rechtskraft der Entscheidung bzw. Errichtung des Titels
... wegen Sachmängeln (z. B. Anspruch auf Nacherfüllung)	**2 Jahre** § 438 (1) BGB	mit Ablieferung der Sache

Neubeginn der Verjährung

Folgende Sachverhalte lösen nach § 212 BGB einen Neubeginn der Verjährungsfrist aus:

- **Anerkennung des Anspruchs** durch den Schuldner. Die Anerkennung muss nicht ausdrücklich erfolgen, es genügt jede Bezugnahme auf den Anspruch wie z. B. Zahlung eines Teilbetrags, Bitte um Stundung, Zinszahlung, Leistung von Sicherheiten, Richtigstellung des Zahlungsbetrages u. Ä.

  Beispiel: *Die Kaufpreiszahlung war fällig am 20.11.2008; der Verkäufer schickt dem Käufer am 19.10. 2011 einen Mahnbrief. Am 28.11.2011 erhält der Verkäufer vom Käufer folgendes Schreiben: „Bezugnehmend auf Ihr Schreiben muss ich Ihnen leider mitteilen, dass Ihre Forderung verjährt ist ...".*
  Anders als der Käufer annimmt, verjährt die Forderung erst mit dem Ablauf des 31.12.2011. Sein Schreiben ist jedoch eine Anerkennung des Anspruchs; die Verjährungsfrist von 3 Jahren beginnt mit der Anerkennung am 28.11.2011 neu zu laufen, d. h. die Verjährungsfrist endet erst am 28.11.2014.

- **Beantragung oder Vornahme von Vollstreckungshandlungen** wie z. B. Antrag auf Sachpfändung oder auf Gehaltspfändung.

Bei Klageeinreichung oder gerichtlichem Mahnbescheid kommt es nicht zu einem Neubeginn der Verjährung (dies war nur vor der Schuldrechtsreform so). Wenn aber aus der Klage ein Urteil oder aus dem Mahnbescheid ein Vollstreckungsbescheid resultiert, wird die ursprüngliche Verjährungsfrist durch die besondere Verjährungsfrist bei titulierten Ansprüchen (30 Jahre) ersetzt.

Hemmung der Verjährung

Die Hemmung der Verjährung bewirkt die Verlängerung der Verjährungsfrist um den Zeitraum, in dem die Verjährung gehemmt ist. Die Rechtsgrundlagen finden sich in §§ 203 ff. BGB.

Die Verjährung wird gehemmt durch

- **schwebende Verhandlungen** zwischen den Vertragsparteien über den Anspruch oder die anspruchsbegründenden Umstände (§ 203 BGB);
- **Rechtsverfolgungsmaßnahmen** des Gläubigers (§ 204 (1) BGB);

  Beispiele:
  - *Klageerhebung*
  - *Zustellung eines gerichtlichen Mahnbescheids*
    Die weit verbreitete Ansicht, zur Hemmung der Verjährung sei es ausreichend, den Schuldner in Form eines eingeschriebenen Briefes zu mahnen, ist falsch!
  - *Anmeldung des Anspruchs zur Insolvenztabelle*
  - *Antrag auf selbstständiges Beweisverfahren*
- vertraglich vereinbarte **Leistungsverweigerungsrechte des Schuldners** wie z. B. die Gewährung eines Zahlungsaufschubs (Stundung) (§ 205 BGB). Häufig tritt der Schuldner an den Gläubiger heran und bittet darum, ihm einen Zahlungsaufschub zu gewähren. Wird dieser gewährt, verlängert sich die Verjährungsfrist entsprechend (Hemmung). In der Bitte um Stundung liegt zugleich eine Anerkennung des Anspruchs, was zusätzlich zum Neubeginn der Verjährung führt.
- **höhere Gewalt**, die den Gläubiger an der Rechtsverfolgung hindert (§ 206 BGB), z. B. Naturkatastrophen, schwere Erkrankung des Gläubigers.

1.2.1.9 Gerichtsbarkeit und Gerichtsstand

Arten der Gerichtsbarkeit

Die deutsche Gerichtsbarkeit (Judikative) als eine der drei Säulen der Staatsgewalt ist in verschiedene Gerichtsbarkeiten eingeteilt:

Verfassungsgerichtsbarkeit	Im Rahmen der Verfassungsgerichtsbarkeit geht es um die Kontrolle der Staatsgewalten und die Konkretisierung und Fortentwicklung des Verfassungsrechts.
ordentliche Gerichtsbarkeit	Der ordentlichen Gerichtsbarkeit zugewiesen sind alle bürgerlichen Rechtsstreitigkeiten (Zivilgerichtsbarkeit) und Strafsachen (Strafgerichtsbarkeit).
besondere Gerichtsbarkeit	Die besondere Gerichtsbarkeit umfasst ▪ die Arbeitsgerichtsbarkeit, welche zuständig ist bei Streitigkeiten zwischen Arbeitnehmern und Arbeitgebern und Tarifpartnern, ▪ die Finanzgerichtsbarkeit, bei der Klagen gegen Finanzbehörden wegen Steuer- und Abgabeangelegenheiten vorgetragen werden, ▪ die Sozialgerichtsbarkeit, die Entscheidungen in sozialrechtlichen Fragen trifft, z. B. bei Streitigkeiten zwischen Bürgern und Sozialversicherungsträgern, ▪ die Verwaltungsgerichtsbarkeit, die Entscheidungen über öffentlich-rechtliche Streitigkeiten zwischen Bürgern und Behörden oder zwischen Behörden verhandelt.

Gerichtsstand

Welches Gericht im Einzelfall die Gerichtsbarkeit auszuüben hat, bestimmt sich nach zwei Gesichtspunkten:

Zum einen nach der sogenannten **sachlichen Zuständigkeit**, die bestimmt, welches Gericht in der **1. Instanz** zuständig ist. So sind in Zivilsachen die Amtsgerichte der 1. Instanz bei Streitwerten bis 5.000,00 EUR, ebenso bei Wohnraummietsachen und Familiensachen zuständig. Außerdem sind die Amtsgerichte zuständig für das gerichtliche Mahn- und Zwangsvollstreckungsverfahren. Die Landgerichte sind in 1. Instanz bei Streitwerten über 5.000,00 EUR und z. B. bei Klagen aufgrund des UWG zuständig.

Zum anderen nach dem Gerichtsstand, welcher die **örtliche Zuständigkeit** aufgrund der Zivilprozessordnung (ZPO) bestimmt.

Allgemeiner Gerichtsstand

Der allgemeine Gerichtsstand wird bei einer natürlichen Person durch deren Wohnsitz, bei einer juristischen Person durch den Sitz der Verwaltung bestimmt (§§ 13, 17 ZPO).

Besonderer Gerichtsstand

Dies sind für bestimmte Klagen im Gesetz ausdrücklich vorgesehene Gerichtsstände; für den Kläger besteht hier die Möglichkeit, zwischen dem allgemeinen und dem besonderen Gerichtsstand zu wählen.

Beispiele:
- *Ort der Niederlassung als besonderer Gerichtsstand für Klagen, die auf den Geschäftsbetrieb der Niederlassung Bezug haben (§ 21 ZPO);*
- *Erfüllungsort als besonderer Gerichtsstand für Streitigkeiten aus einem Vertragsverhältnis (§ 29 ZPO);*
- *Ort, wo die unerlaubte Handlung begangen wurde, als besonderer Gerichtsstand für Klagen aus unerlaubten Handlungen (§ 32 ZPO).*

Ausschließlicher Gerichtsstand

Für bestimmte Klagen hat der Gesetzgeber bestimmt, dass nur ein Gerichtsstand ausschließlich gegeben ist, der sogenannte ausschließliche Gerichtsstand.

Beispiele:
- *In Mietsachen ist ausschließlich das Gericht zuständig, in dessen Bezirk sich die Räume befinden (§ 29a ZPO).*
- *Für Klagen gegen einen Verbraucher aus Haustürgeschäften ist ausschließlich das Gericht zuständig, in dessen Bezirk der Verbraucher seinen Wohnsitz hat (§ 29c ZPO).*

Gerichtsstandsvereinbarungen

Gerichtsstandsvereinbarungen sind grundsätzlich nicht bei ausschließlichen Gerichtsständen möglich; ansonsten können vom Gesetz abweichende Gerichtsstandsvereinbarungen zwischen den Vertragspartnern nur getroffen werden, wenn die Parteien Kaufleute oder juristische Personen des öffentlichen Rechts sind (§ 38 ZPO).

1.2.2 Produkthaftung

Sachverhalt

Verbraucher V kauft in einem Elektromarkt ein nagelneues Markennotebook. Das Notebook funktioniert zunächst einwandfrei. Nach einer Woche kommt es allerdings während der Benutzung zu einer Verpuffung und einem Brand. Der Grund: Die Akkus weisen einen Produktionsfehler auf. V erleidet Verbrennungen an den Händen; seine Schreibtischplatte weist Brandflecken auf und das Notebook ist irreparabel zerstört.

1.2.2.1 Wesen und Bedeutung der Produkthaftung

Die Mängelhaftung des Vertragspartners (im beschriebenen Fall der Elektromarkt) beschränkt sich bei Produktionsfehlern durch den Hersteller auf den Ersatz der mangelhaften Ware (hier das zerstörte Notebook), ein Schadensersatz für die Folgeschäden kommt mangels Verschulden nicht in Frage. Mit dem Hersteller, den ein Verschulden trifft, besteht jedoch kein Vertrag, aus dem der Schadenersatz hergeleitet werden könnte.

Jedoch sieht das **Produkthaftungsgesetz (ProdHaftG)** eine Haftung des Herstellers vor.

Unter Produkthaftung nach dem ProdHaftG versteht man die Haftung des Herstellers für Schäden, die als Folge eines Fehlers seiner Produkte entstehen.

1.2.2.2 Voraussetzungen für die Haftung des Herstellers

Es muss sch um einen (Folge-)Schaden an Leben, Körper bzw. Gesundheit oder Eigentum handeln. Die Produkthaftung deckt nicht die Schäden am Produkt selbst.

Der Schaden muss durch ein fehlerhaftes Produkt entstanden sein, wobei der Fehler in einem Konstruktions-, Produktions-, Instruktions- oder Produktbeobachtungsfehler bestehen kann (Beweislast liegt beim Geschädigten; § 1 (4) ProdHaftG).

Nach dem ProdHaftG haftet der Hersteller des Produktes. Die Bestimmung des Herstellers ist jedoch sehr weit gefasst: So haftet nach § 4 ProdHaftG z. B. auch der Händler anonymer Produkte oder ein Händler, der Produkte fremdfertigen lässt und mit seinem Label versieht (sogenannter Quasi-Hersteller, z. B. bei Handelsmarken).

1.2.2.3 Umfang der Haftung

Ersetzt werden nach den §§ 5 ff. ProdHaftG Vermögensschäden, die als Folge von Personen- oder Sachschäden eingetreten sind. Nicht ersetzt werden hingegen reine Vermögensschäden.

- **Personenschäden** umfassen auch Schmerzensgeld; die Haftungshöchstgrenze bei Personenschäden beträgt 85 Mio. EUR.
- **Sachschäden** sind nur zu ersetzen für Schäden an anderen Sachen als dem Produkt selbst. Die beschädigte Sache muss gewöhnlich für den Privatgebrauch bestimmt sein und vom Geschädigten auch hauptsächlich für private Zwecke verwendet worden sein. Die Selbstbeteiligung bei Sachschäden beträgt 500,00 EUR.

1.2.2.4 Ausschluss der Haftung

Grundsätzlich haftet der Hersteller auch ohne Verschulden. Die Haftung des Herstellers ist nach § 1 (2) u. (3) ProdHaftG jedoch ausgeschlossen, wenn

- er das Produkt nicht in den Verkehr gebracht hat (z. B., wenn es ihm gestohlen wurde);
- der Fehler, der den Schaden verursacht hat, erst nach dem Inverkehrbringen entstanden ist;
- er das Produkt nicht im Rahmen seiner beruflichen Tätigkeit hergestellt oder vertrieben hat;
- der Fehler auf der Berücksichtigung zwingender Rechtsvorschriften beruht;
- der Fehler nach dem Stand der Wissenschaft und Technik zum Zeitpunkt des Inverkehrbringens nicht erkannt werden konnte;
- er Hersteller eines fehlerfreien Teilproduktes ist und der Fehler erst durch die Konstruktion des Endproduktes oder Anleitungen zum Endprodukt verursacht wurde.

1.2.3 Kaufvertrag

1.2.3.1 Abschluss des Kaufvertrags

Der Kaufvertrag wird, wie jeder andere Vertrag auch, durch zwei übereinstimmende Willenserklärungen (Antrag und Annahme) geschlossen. Der Antrag kann dabei sowohl vom Käufer ausgehen (Beispiel: Bestellung) als auch vom Verkäufer (Beispiel: Angebotsschreiben). Eine bestimmte Form ist nur in bestimmten Fällen erforderlich, z. B. notarielle Beurkundung beim Grundstückskauf; § 311b BGB.

1.2.3.2 Verpflichtung und Erfüllung

Sachverhalt

Ein Käufer (K) schließt mit einem Verkäufer (V) einen Kaufvertrag ab.
Einige Wochen später liefert der Verkäufer die Ware, 2 Wochen darauf zahlt der Käufer bar.

- Wie viele Rechtsgeschäfte wurden insgesamt getätigt?
- Welche unterschiedlichen Folgen haben die Rechtsgeschäfte?

§ 433 BGB: Kaufvertrag

(1) Durch den Kaufvertrag wird der Verkäufer einer Sache verpflichtet, dem Käufer die Sache zu übergeben und das Eigentum an der Sache zu verschaffen. Der Verkäufer hat dem Käufer die Sache frei von Sach- und Rechtsmängeln zu verschaffen.

(2) Der Käufer ist verpflichtet, dem Verkäufer den vereinbarten Kaufpreis zu zahlen und die gekaufte Sache abzunehmen.

§ 929 BGB: Einigung und Übergabe

Zur Übertragung des Eigentums an einer beweglichen Sache ist erforderlich, dass der Eigentümer die Sache dem Erwerber übergibt und beide darüber einig sind, dass das Eigentum übergehen soll. Ist der Erwerber im Besitz der Sache, so genügt die Einigung über den Übergang des Eigentums.

Wie aus den vorstehenden Gesetzestexten zu entnehmen ist, sind beide Parteien des Kaufvertrags sowohl Schuldner als auch Gläubiger. Bei jedem Kaufvertrag gibt es also immer zwei Schuldner und zwei Gläubiger:

- Der Verkäufer schuldet die mangelfreie Ware, die Übergabe und die Verschaffung des Eigentums.
- Der Käufer schuldet die Annahme der Ware und die Zahlung des Kaufpreises.

Durch den Kaufvertragsschluss entstehen Verpflichtungen:

Der Kaufvertrag ist – wie grundsätzlich alle Verträge des Schuldrechts im BGB – nur ein **Verpflichtungsgeschäft**, bei dem aber zum Zeitpunkt des Vertrages noch kein Eigentum übergeht.

Dies geschieht erst im Rahmen des **Erfüllungsgeschäfts**, wenn also der Verkäufer die Ware und der Käufer das Geld übergibt und übereignet und somit die Verpflichtungen erfüllt werden. Es handelt sich im obigen Sachverhalt also um drei Rechtsgeschäfte und sechs Willenerklärungen.

Verpflichtungsgeschäft und Erfüllungsgeschäft sind also streng voneinander zu trennen und haben unabhängig voneinander Bestand. So ist das Erfüllungsgeschäft, die Übereignung, auch dann wirksam, wenn der Kaufvertrag unwirksam ist, z. B. wegen Anfechtung. Dieses Prinzip der deutschen Rechtsordnung nennt man **Abstraktionsprinzip**.

1.2.3.3 Verbrauchsgüterkauf

Der Verbrauchsgüterkauf ist nach § 474 (1) BGB der Kauf einer beweglichen Sache, bei dem der Käufer Verbraucher und der Verkäufer Unternehmer ist.

Unternehmer ist nach § 14 BGB eine natürliche oder juristische Person oder eine rechtsfähige Personengesellschaft, die bei Abschluss eines Rechtsgeschäfts in Ausübung ihrer gewerblichen oder selbstständigen beruflichen Tätigkeit handelt.

Verbraucher ist nach § 13 BGB jede natürliche Person, die ein Rechtsgeschäft zu einem Zweck abschließt, der weder ihrer gewerblichen noch ihrer selbstständigen beruflichen Tätigkeit zugerechnet werden kann.

Kein Verbrauchsgüterkauf liegt demnach z. B. vor bei Kaufverträgen
- über Immobilien,
- zwischen Unternehmern,
- bei denen der Verkäufer kein Unternehmer ist (z. B. Verkauf von „privat“ bei ebay).

Beim Verbrauchsgüterkauf finden ergänzende Bestimmungen zum Schutz des Verbrauchers Anwendung, insbesondere im Bereich der Mängelhaftung.

1.2.3.4 Zusendung unbestellter Ware an Verbraucher

Sachverhalt

K erhält – obwohl nicht bestellt – ein Paket mit Fußballgedenkmünzen zugesandt. Im beiliegenden Schreiben heißt es: „Rücksendung innerhalb von 14 Tagen möglich. Bei nicht innerhalb der Frist erfolgter Rücksendung gilt das Angebot als angenommen und der Kaufpreis wird fällig.“

Wenn ein Unternehmer einem **Verbraucher** unbestellte Ware zusendet, schließt § 241a BGB sowohl vertragliche Ansprüche (hier: die Zahlung des Kaufpreises) als auch gesetzliche Ansprüche (z. B. auf Herausgabe der Ware, Schadensersatz bei Beschädigungen) aus.

Dies gilt jedoch nicht, wenn der Verbraucher erkennen konnte, dass die Ware eigentlich nicht für ihn bestimmt war („Irrläufer") oder dass die Zusendung nur erfolgte, weil der Unternehmer irrtümlich von einer Bestellung ausging.

1.2.3.5 Mängelhaftung (Gewährleistung)

Voraussetzungen für die Haftung des Verkäufers

Grundsätzliche Voraussetzung für die Mängelhaftung des Verkäufers ist, dass ein Sach- oder Rechtsmangel vorliegt.

Unter einem **Sachmangel** ist nach § 434 BGB zu verstehen:

- eine Abweichung von der vertraglich vereinbarten Beschaffenheit bzw. Eignung für eine bestimmte Verwendung;

  Beispiel: *Ein „für die Verwendung im Badezimmer geeigneter" Schrank quillt durch die bestehende Feuchtigkeit auf.*

- eine Abweichung von der üblichen Beschaffenheit bzw. Eignung (bei fehlender Vereinbarung).

  Beispiel: *Ein Kratzer auf der Tischplatte des gekauften Tisches.*

Diese Abweichung muss schon beim **Gefahrübergang** (d. h. der Ablieferung) vorhanden sein, die Beweislast dafür liegt beim Käufer.

Beim **Verbrauchsgüterkauf** gelten jedoch folgenden Besonderheiten:

- Tritt der Mangel in den ersten sechs Monaten auf, muss der Verkäufer beweisen, dass die Ware bei Gefahrübergang mangelfrei war, und nicht der Käufer, dass die Ware bei Gefahrübergang einen Mangel hatte (sogenannte **Beweislastumkehr**).
- Auch bei Schickschulden ist der Gefahrübergang nach § 474 (2) BGB erst beim Verbraucher. Mängel, die während des Transports entstehen, liegen also schon bei Gefahrübergang vor.

Daneben versteht das Gesetz unter einem Sachmangel

- Montagefehler des Verkäufers,
- Montagefehler des Käufers aufgrund einer fehlerhaften Anleitung,
- die Lieferung einer anderen Sache als der gekauften oder einer zu geringen Menge.

Ein **Rechtsmangel** liegt nach § 435 BGB vor, wenn die verkaufte Sache nicht frei ist von Rechten, die Dritte gegen Käufer geltend machen können, so z. B. ein Eigentumsrecht, ein Mietrecht, ein Vorkaufsrecht oder ein Urheberrecht.

Beispiel: *Ein Einzelhändler wird am Weiterverkauf der vom Hersteller bezogenen Thermoskannen durch Designrechte Dritter gehindert.*

Ansprüche bei der Mängelhaftung

Nacherfüllung als vorrangiger Anspruch

Sachverhalt

Der Ausziehmechanismus des gelieferten Tisches klemmt heftig. Der Kunde verlangt Abholung und Rückzahlung des Kaufpreises.

Bei Mängeln muss der Käufer dem Verkäufer zunächst die Möglichkeit zur **Nacherfüllung** geben.

Dabei hat der Käufer gem. § 439 (1) BGB das **Wahlrecht** zwischen
- Mangelbeseitigung (= Nachbesserung der Sache)
- Lieferung einer mangelfreien Sache (= Ersatzlieferung einer gleichen Sache)

Der Verkäufer darf nach § 439 (3) BGB die vom Käufer gewählte Nacherfüllungsart berechtigt verweigern bei:

- **Unmöglichkeit** der Ersatzlieferung

  Beispiel: *Der Käufer verlangt Ersatzlieferung bei mangelhaftem Einzelstück, z. B. einer Antiquität.*

- **unverhältnismäßig hohem Aufwand**

  Beispiel: *Der Käufer verlangt Nachbesserung bei geringwertiger Massenware, z. B. einem Kopfhörer für 10,00 EUR. Die Nachbesserung würde ein Vielfaches des Preises kosten.*

Dem Käufer steht dann nur die jeweils andere Nacherfüllungsart zu; der Verkäufer darf auch diese aus den o. g. Gründen verweigern.

Verweigert der Verkäufer berechtigterweise beide Nacherfüllungsarten, kann der Käufer **Minderung** oder – beim Vorliegen weiterer Voraussetzungen – **Rücktritt** oder **Schadensersatz** geltend machen.

Dies gilt auch für folgende Fälle:

- Die Nacherfüllung ist nicht innerhalb einer angemessenen Frist ausgeführt worden. Verbraucher müssen nicht einmal ausdrücklich eine Frist gesetzt haben. Es reicht, dass sie die Nacherfüllung verlangt haben und eine angemessene Frist erfolglos verstrichen ist.

- Die Nacherfüllung ist fehlgeschlagen. Als „fehlgeschlagen“ ist eine Nachbesserung i. d. R. nach zwei erfolglosen Versuchen anzusehen.

Die **Kosten der Nacherfüllung** muss nach § 439 (2) BGB der Verkäufer tragen. Andere Vereinbarungen sind per AGB und beim Verbrauchsgüterkauf nicht möglich.

Erhält der Käufer eine Ersatzlieferung, so kann der Verkäufer nach § 439 (4) BGB die mangelhafte Sache zurückverlangen.

Ersatzlieferung vs. Umtausch

Sachverhalt

Ein Kunde hat eine wegen Lagerräumung reduzierte Ware gekauft. Als diese Mängel aufweist, bringt der Kunde sie nach 4 Wochen in den Laden zurück und verlangt „Umtausch oder Geld zurück". Der Verkäufer verweist auf den Aushang an der Kasse „Umtausch nur innerhalb von 14 Tagen gegen Gutschein. Kein Umtausch reduzierter Ware".

Wie ist die Rechtslage? Die folgende Übersicht verschafft Klarheit:

Nachlieferung	Umtausch
gesetzlicher Anspruch des Käufers beim Vorliegen von Sachmängeln:	**Kulanz** des Verkäufers, wenn Käufer aus subjektiven Gründen andere Ware haben will:
▪ Anspruch besteht auch bei Sonderangeboten ▪ innerhalb der gesetzlichen Verjährungsfristen ▪ falls Nachlieferung und auch Nachbesserung nicht möglich: Geld zurück	▪ bei Sonderangeboten: im Ermessen des Händlers ▪ Frist: im Ermessen des Händlers ▪ falls Umtausch nicht möglich: im Ermessen des Händlers, z. B. auch Gutschein

Der Aushang an der Kasse im dargestellten Sachverhalt bezieht sich nur auf den Umtausch aus subjektiven Gründen, z. B. wegen Nichtgefallens. Der Kunde, der „Umtausch" verlangt, möchte aber rechtlich gesehen keinen Umtausch, sondern eine Ersatzlieferung. Das ist sein gesetzlicher Anspruch wegen des Mangels. Insofern kann er auch bei reduzierter Ware Ersatz verlangen. Eine Ausnahme läge vor, wenn die Ware genau wegen dieses Mangels reduziert worden wäre und der Käufer dies wusste.

Rücktritt/Minderung

Bei Mängeln kann der Käufer nach §§ 440, 323, 326 (5) BGB vom Kaufvertrag zurücktreten, falls ein erheblicher Mangel vorliegt. Mit der Erklärung des Rücktritts wird der Kaufvertrag zu einem Rückgewährschuldverhältnis, d. h. die empfangenen Leistungen, also Ware und Geld (nicht Gutschein!), sind zurückzugeben.

Ebenso kann der Kunde nach § 441 BGB den Kaufpreis mindern; dies ist auch bei unerheblichen Mängeln möglich. Nach Erklärung der Minderung ist der vereinbarte Kaufpreis im Verhältnis des Werts der Sache mit und ohne Mängel herabzusetzen.

Sowohl Rücktritt als auch Minderung sind **nachrangige Rechte**, d. h. zunächst muss dem Verkäufer eine Möglichkeit zur Nacherfüllung gewährt worden sein. Erst nach erfolglosem Ablauf einer angemessenen Nacherfüllungsfrist oder wenn die Nacherfüllung fehlgeschlagen ist bzw. verweigert wurde, kommt ein Rücktritt oder eine Minderung in Frage.

Schadensersatz

Schadensersatz kann nach § 440 BGB neben oder statt Minderung bzw. Rücktritt verlangt werden. Zusatzvoraussetzung ist jedoch, dass der Mangel vom Verkäufer zu vertreten ist. Dies ist der Fall, wenn der Verkäufer

- den Mangel selbst verursacht hat, weil er z. B. die Ware für den Transport nicht richtig befestigt hat;

- den Mangel kannte bzw. kennen musste, z. B. durch Hinweise von anderen Kunden;
- bestimmte Eigenschaften garantiert hat.

Auch der Anspruch auf Schadensersatz ist ein nachrangiger Anspruch des Käufers, d. h. zunächst muss dem Verkäufer i. d. R. eine Möglichkeit zur Nacherfüllung gewährt worden sein.

Verjährung der Ansprüche bei Mängeln

Nach § 438 BGB verjähren die Ansprüche bei Mängeln nach folgenden Fristen:

Verjährung der Ansprüche bei Mängeln		
beim Kauf beweglicher Sachen	beim Kauf von Bauwerken und Bauteilen	bei arglistig verschwiegenen Mängeln
2 Jahre ab Ablieferung	5 Jahre	regelmäßige Verjährungsfrist: 3 Jahre ab Schluss des Jahres, in dem der Mangel bekannt wurde

Bauwerke sind mit dem Erdboden fest verbundene unbewegliche Sachen, z. B. Gebäude und deren An- oder Umbauten. **Bauteile** sind Sachen, die zur Herstellung von Bauwerken verwendet werden, z. B. Zement, Holz, Fenster, Heizung, Bodenbelag, Installationen.

Eine vertragliche Verkürzung der Verjährungsfrist („Erleichterung der Verjährung“) ist nach § 475 (2) BGB beim Verbrauchsgüterkauf nur bei gebrauchten Sachen möglich; die Frist muss aber mindestens ein Jahr betragen.

Außerhalb des Verbrauchsgüterkaufs (z. B. Privatverkauf oder Kauf zwischen Unternehmern) ist per Individualvereinbarung eine uneingeschränkte Verkürzung möglich, geschieht sie jedoch per AGB für neue Sachen, muss die Frist mindestens ein Jahr betragen.

Rügefrist beim zweiseitigen Handelskauf

Auch beim zweiseitigen Handelskauf gelten die Verjährungsfristen des § 438 BGB, also im Normalfall zwei Jahre. Während jedoch der nichtkaufmännische Käufer irgendwann innerhalb der zweijährigen Verjährungsfrist prüfen und Mängel rügen kann – besser jedoch früher wegen der Beweislastumkehr innerhalb der ersten 6 Monate –, ist der Kaufmann nach § 377 HGB verpflichtet, erhaltene Ware **unverzüglich**, d. h. ohne schuldhaftes Zögern zu prüfen und bei der Prüfung entdeckte Mängel unverzüglich beim Verkäufer zu rügen. Versteckte Mängel, die erst später zu Tage treten, sind unverzüglich nach deren Entdecken zu rügen.

Ausschluss der Mängelhaftung per Gesetz

Gesetzlich ist die Haftung des Verkäufers ausgeschlossen, z. B.

- für die Mängel, die der Käufer bei Vertragsabschluss kennt bzw. die ihm infolge grober Fahrlässigkeit unbekannt geblieben sind (§ 442 BGB);
- beim zweiseitigen Handelskauf, wenn der Käufer der Prüf- bzw. Rügepflicht nicht nachkommt (§ 377 HGB).

Vertragliche Beschränkung der Mängelhaftung

Beim Verbrauchsgüterkauf ist nach § 475 BGB die einzig mögliche vertragliche Einschränkung die Verkürzung der Gewährleistungsfrist bei gebrauchten Sachen auf ein

Jahr. Ansonsten kann der Verkäufer nur dem Verbraucher bestehende Mängel bekannt machen; dies führt zu einem Haftungsausschluss per Gesetz (§ 442 BGB).

Außerhalb des Verbrauchsgüterkaufs, z. B. beim Privatverkauf oder Verkauf zwischen Unternehmern, ist jegliche Haftungseinschränkung möglich. Erfolgt diese jedoch per AGB, so ist bei neuen Sachen § 309 Nr. 8b BGB zu beachten. Danach ist beispielsweise eine Beschränkung der Ansprüche auf *eine* der Nacherfüllungsarten (z. B. Reparatur) zwar möglich, aber nur, falls die Klausel dem Käufer bei deren Fehlschlagen ausdrücklich das Recht auf Minderung oder Rücktritt vorbehält.

Vertragliche Haftungsbeschränkungen, auch Kürzungen der Verjährung, sind gemäß § 444 BGB grundsätzlich unwirksam

- für eine Beschaffenheit bzw. Eigenschaft, die vom Verkäufer garantiert wurde;
- bei arglistigem Verschweigen des Mangels.

Rückgriffrechte des Verkäufers auf seinen Lieferanten

Beim Verbrauchsgüterkauf kann der Händler gegenüber dem Verbraucher die Mängelhaftung kaum einschränken. Andererseits können die Rechte des Händlers als Käufer bei seinem Lieferer vertraglich stark eingeschränkt sein. Aus diesem Grund sieht das Gesetz in §§ 478, 479 BGB besondere Rückgriffsrechte des Händlers auf seinen Lieferer vor (sogenannter „Unternehmerregress“):

- Der Händler kann alle berechtigten Aufwendungen zur Mängelbeseitigung aus dem Verbrauchsgüterkauf beim Lieferanten geltend machen.
- Auch hier gilt die Vermutung, dass der Mangel bei Gefahrübergang auf den Unternehmer vorhanden war, falls er sich innerhalb von sechs Monaten ab Gefahrübergang auf den Verbraucher zeigt (Beweislastumkehr).
- Die Ansprüche des Händlers verjähren erst frühestens zwei Monate nach Erfüllung der Verbraucheransprüche.

Dieselben Rechte gelten für alle Zwischenhändler in der Lieferantenkette.

Garantie

Sachverhalt

Der Kunde reklamiert beim Händler eine schadhafte Waschmaschine. Der Händler verweist den Kunden darauf, dass nicht er hafte, sondern der Hersteller, da dieser eine Garantie gewährt.

Der Unterschied zwischen Gewährleistung und Garantie wird durch folgende Übersicht dargestellt:

Gewährleistung	Garantie (§ 443 BGB)
gesetzlich vorgeschriebene Haftung des Verkäufers Beachte: Diese gesetzlichen Rechte des Käufers gegenüber dem Verkäufer bestehen unabhängig von einer Garantie (§ 443 (1) BGB).	**zusätzliche, freiwillige Haftung** des Verkäufers oder eines Dritten (z. B. Hersteller) für eine bestimmte Beschaffenheit („Beschaffenheitsgarantie“) oder dafür, dass die Sache für eine bestimmte Dauer eine bestimmte Beschaffenheit behält („Haltbarkeitsgarantie“).

1.2.4 Weitere Vertragsarten

1.2.4.1 Fernabsatzgeschäfte

Unter „Fernabsatzverträgen" versteht das Gesetz Verträge, die unter ausschließlicher Nutzung von Fernkommunikationsmitteln wie Briefen, Katalogen, Telefonanrufen, E-Mails, Rundfunk, Telediensten und Mediendiensten (Internet) zustande kommen.

Für den Kunden ist bei Fernabsatzverträgen problematisch, dass er die Ware bzw. Dienstleistung vor Vertragsschluss keiner näheren Prüfung unterziehen kann und die Informationsbeschaffung schwieriger ist als beim persönlichen Kontakt, was eine spätere Rechtsverfolgung unter Bezugnahme auf diese Informationen erschwert. Kernpunkte des Verbraucherschutzes sind bei Fernabsatzsituationen daher umfangreiche **Informationspflichten** des Unternehmers und das **Widerrufsrecht** des Verbrauchers.

Damit die Regelungen über Fernabsatzgeschäfte Anwendung finden, muss es sich um einen Fernabsatzvertrag zwischen einem **Unternehmer** und einem **Verbraucher** handeln, der unter ausschließlicher Verwendung von Fernkommunikationsmitteln geschlossen wurde. Fälle, in denen sich z. B. der Kunde im Geschäft beraten lässt und anschließend nur noch die Bestellung abgibt, fallen nicht unter die Regelungen der § 312b ff. BGB. Ebenso muss ein für den Fernabsatz organisiertes System vorliegen. Ein Händler, der normalerweise seine Verträge im Ladengeschäft abschließt und nur gelegentlich z. B. Bestellungen per Mail entgegennimmt, unterliegt nicht den Regelungen der §§ 312b ff. BGB.

Grundsätzlich nicht anwendbar sind die Bestimmungen z. B. auf Versicherungsverträge, Grundstücksgeschäfte, Lieferung von Lebensmitteln (vgl. § 312b (3) BGB).

Informationspflichten nach § 312c (1) BGB

Gemäß § 312c (1) BGB i. V. m. Art. 246 EGBGB muss der Verbraucher vor Abgabe seiner Vertragserklärung Informationen haben über

- Identität und Anschrift des Unternehmers,
- wesentliche Warenmerkmale,
- Preis- und Zahlungsmodalitäten,
- Widerrufs- und Rückgaberecht.

Die Informationen muss der Unternehmer dem Verbraucher alsbald nach Vertragsschluss, bei Waren spätestens bis zur Lieferung, in Textform zur Verfügung stellen.

Widerrufs- und Rückgaberecht des Verbrauchers

Dem Verbraucher steht bei Fernabsatzverträgen nach § 312d BGB ein 14-tägiges **Widerrufsrecht** gemäß § 355 BGB zu. Die Widerrufsfrist beginnt nicht vor Erfüllung der o. g. Informationspflichten und dem etwaigen Wareneingang beim Empfänger.

Das Widerrufsrecht erlischt spätestens sechs Monate nach Vertragsschluss bzw. Wareneingang. Es erlischt nicht, wenn der Verbraucher nicht ordnungsgemäß belehrt wurde (§ 355 (3) BGB).

Das Widerrufsrecht ist ausgeschlossen bei Fernabsatzverträgen über bestimmte Vertragsgegenstände, z. B.

- bei Waren, die auf den Kunden speziell zugeschnitten sind,
- bei vom Verbraucher entsiegelten Audio-/Videoaufzeichnungen,
- bei Lieferung von Zeitungen, Zeitschriften und Illustrierten.

Der Widerruf kann durch Erklärung in Textform oder Rücksendung der Ware vorgenommen werden, die rechtzeitige Absendung genügt zur Fristwahrung. Die Rücksendekosten können dem Verbraucher vertraglich nur auferlegt werden, wenn der Wert der zurückzusendenden Sache nicht höher als 40,00 EUR ist.

Zusätzliche Pflichten bei elektronischem Geschäftsverkehr

Während der Begriff „Fernabsatzvertrag" jede Form des Vertragsschlusses unter physisch abwesenden Personen umfasst (z. B. auch Katalogbestellungen), fallen unter § 312g BGB nur Verträge, die unter Einsatz von elektronischen Kommunikationsmitteln (sog. „Tele- oder Mediendiensten" wie z. B. per Internet, Teleshopping) zustande kommen.

Beim Einsatz elektronischer Kommunikationsmittel ergeben sich zusätzliche Pflichten. So muss der Unternehmer dem Kunden z. B.

- technische Mittel zur Erkennung und Korrektur von Eingabefehlern vor der Bestellungsabgabe zur Verfügung stellen;
- rechtzeitig vor der Bestellung die in Art. 246 § 3 EGBGB bestimmten Informationen, z. B. über die einzelnen technischen Schritte, die zum Vertragsschluss führen, klar und verständlich mitteilen;
- den Zugang der Bestellung unverzüglich elektronisch bestätigen, dabei genügt die Abrufbarkeit;
- die Möglichkeit verschaffen, die Vertragsbestimmungen bei Vertragsschluss abzurufen und abzuspeichern.

Diese Pflichten gelten - im Gegensatz zu den Informationspflichten nach § 312c (1) BGB - unabhängig davon, ob der Kunde Verbraucher oder selbst Unternehmer ist.

1.2.4.2 Miet- und Pachtvertrag

Wesen des Miet- und Pachtvertrags

Ein Mietvertrag ist nach § 535 ff. BGB ein Dauerschuldverhältnis, das die entgeltliche Gebrauchsüberlassung einer Sache zum Gegenstand hat. Der Vermieter wird durch den Mietvertrag verpflichtet, dem Mieter den Gebrauch der Mietsache während der Mietzeit zu gewähren; der Mieter ist dagegen verpflichtet, dem Vermieter den vereinbarten Mietzins zu zahlen.

Als Mietsachen kommen Wohnräume, Geschäftsräume sowie sonstige bewegliche Sachen (z. B. Pkw, DVD, Fahrräder, Werkzeuge) in Betracht. Für das Mietverhältnis über Wohnräume gelten die besonderen Regelungen der §§ 549 ff. BGB.

Bei einem **Pachtvertrag** ist der Verpächter darüber hinaus verpflichtet, dem Pächter auch die „Früchte" des Pachtgegenstandes (z. B. Erträge einer Gaststätte, Feldfrüchte) zu überlassen. Auf den Pachtvertrag finden gem. § 581 (2) BGB – mit einigen Abweichungen – die Mietvorschriften entsprechend Anwendung.

Zustandekommen des Mietvertrags

Der Mietvertrag kann formfrei, d. h. auch durch schlüssiges Handeln (z. B. Handschlag) geschlossen werden.
Handelt es sich bei Räumen, Grundstücken jedoch um einen befristeten Vertrag über mehr als ein Jahr, so ist nach § 566 i. V. m. § 580 BGB die Schriftform erforderlich. Die Nichtbeachtung der Schriftform hat keine Nichtigkeit des Vertrages zur Folge, der Mietvertrag gilt dann nach § 550 BGB als auf unbestimmte Zeit geschlossen.

Bei Veräußerung des Mietobjektes bleibt der Mietvertrag bestehen („Kauf bricht nicht Miete"), der Erwerber übernimmt nach § 566 BGB alle Rechten und Pflichten des bestehenden Vertrages.

Pflichten des Vermieters

Nach § 535 BGB obliegt dem Vermieter neben der Gebrauchsgewährung – z. B. durch Übergabe aller Schlüssel – auch die Überlassung der Mietsache in vertragsgemäßen Zustand und die Instandhaltung dieses Zustands durch die Behebung von – insbesondere infolge von Abnutzung, Alterung, Witterungseinflüssen entstandenen – Mängeln.

Die Instandhaltungspflicht des Vermieters kann vertraglich auf den Mieter umgelegt werden, individuell kann hier – in den Grenzen von Treu und Glauben bzw. Sittenwidrigkeit – alles frei vereinbart werden. Beschränkungen ergeben sich jedoch dann, wenn der Mieter formularmäßig, z. B. bei dem üblichen Gebrauch vorformulierter Standardmietverträge, verpflichtet werden soll.

Üblich ist eine vertragliche Verpflichtung des Mieters zur Beseitigung von durch den normalen Mietgebrauch entstandenen Abnutzungsspuren („Schönheitsreparaturen"), wie z. B. Tapezieren und Anstreichen von Wänden, Decken, Heizkörpern und -rohren, Innentüren, Fenstern und Außentüren von innen.

Rechte bzw. Ansprüche des Mieters

Kommt der Vermieter der Pflicht zur Gebrauchsgewährung oder zur Überlassung/Erhaltung in vertragsgemäßem Zustand nicht nach, ergeben sich folgende Rechte bzw. Ansprüche des Mieters:

- **Mietminderung** für den Zeitraum, in dem die Tauglichkeit zum vertragsgemäßen Gebrauch wegen eines Mangels nicht gegeben oder vermindert ist (§ 536 BGB);
- **Schadensersatz wegen Nichterfüllung**, wenn der Mangel aufgrund eines vom Vermieter zu vertretenden Umstandes entstanden ist oder der Vermieter mit der Beseitigung eines Mangels im Verzug ist, z. B. Ersatz der Kosten für die Unterbringung in einem Hotel (§ 536a (1) BGB);
- **Ersatz der Aufwendungen für die Mängelbeseitigung** durch den Mieter, falls der Vermieter mit der Beseitigung in Verzug ist (§ 536a (2) BGB);
- **Außerordentliches Kündigungsrecht** nach erfolglosem Ablauf einer Frist für die Mängelbeseitigung oder – ohne Fristsetzung – wenn bei Wohnräumen die Nutzung mit erheblichen Gesundheitsgefahren verbunden ist (§§ 543, 569 (1) BGB).

Der Mieter wiederum ist verpflichtet, dem Vermieter Mängel oder drohende Gefahr, z. B. einen Schaden am Dach, unverzüglich anzuzeigen; ein schuldhaftes Unterlassen führt zu Schadensersatzansprüchen gegen den Mieter. Konnte der Vermieter wegen der unterlassenen Anzeige keine Abhilfe schaffen, stehen dem Mieter gemäß § 536c BGB auch die o. g. Rechte nicht zu.

Pflichten des Mieters (Mietzinszahlung)

Die Höhe des Mietzinses unterliegt zwar grundsätzlich der freien Vereinbarung, Grenzen ergeben sich aber bei der Wohnraummiete durch § 5 Wirtschaftsstrafgesetz, wonach u. U. eine Mietpreisüberhöhung vorliegt, wenn die ortsübliche Vergleichsmiete um mindestens 20 % überschritten wird, und nach § 291 Strafgesetzbuch, wonach u. U. Mietwucher gegeben ist, wenn die ortsübliche Vergleichsmiete um mehr als 50 % überschritten wird.

Die **Betriebskosten**, z. B. die Kosten für Wasserversorgung, Entwässerung, Heizung, Straßenreinigung, Müllabfuhr, Grundsteuer, Sach- und Haftpflichtversicherungen, hat nach gesetzlicher Regelung der Vermieter zu tragen, diese Nebenkosten werden aber i. d. R. vertraglich auf den Mieter abgewälzt.

Nach § 556b BGB ist die Miete spätestens am 3. Werktag der einzelnen Zeitabschnitte, nach denen sie bemessen ist (i. d. R. sind das Monate), fällig. Da für die Zahlung eine bestimmte Zeit nach dem Kalender bestimmt ist, kommt der Mieter auch ohne Mahnung in Verzug und der Vermieter kann neben der Erfüllung den Ersatz des Verzugsschadens verlangen.

Eine fristlose Kündigung wegen Zahlungsverzugs ist nach § 543 (2) BGB möglich, wenn der Mieter an zwei aufeinander folgenden Terminen mit der Entrichtung der gesamten Miete oder eines nicht unerheblichen Teils in Verzug ist oder wenn die Rückstände über einen längeren als zweimonatigen Zeitraum insgesamt die Höhe von mindestens zwei Monatsmieten erreichen. Bei Wohnraummietverhältnissen wird die Kündigung unwirksam, wenn die Rückstände kurzfristig ausgeglichen werden (§ 569 (3) BGB).

Zur **Sicherung** der Forderungen aus dem Mietverhältnis hat der Vermieter nach den §§ 562 ff. BGB ein **gesetzliches Pfandrecht**, wonach er die Entfernung der dem Pfandrecht unterliegenden Sachen verhindern kann; beim Auszug des Mieters darf er die Sachen sogar in Besitz nehmen und durch Verkauf verwerten.

In der Regel wird die Leistung weiterer Sicherheiten vereinbart, z. B. eine Bürgschaft oder die Zahlung einer Kaution. Diese dürfen nach § 551 BGB bei Wohnraummiete insgesamt das Dreifache des monatlichen Mietzinses nicht übersteigen; eine Kaution kann in drei Raten gezahlt werden und ist getrennt vom Vermögen des Vermieters zum üblichen Zinssatz anzulegen (§ 551 BGB).

Erhöhungen der vertraglich vereinbarten Miete sind nach § 558 BGB vom Vermieter als Anpassung an die ortsübliche Vergleichsmiete und nach § 559 BGB als Umlage der Kosten für eine Modernisierungsmaßnahme durchsetzbar; dann hat der Mieter jedoch ein Sonderkündigungsrecht (§ 561 BGB).

Daneben können Änderungen der Miethöhe nach § 557b BGB von vornherein vertraglich als Indexmiete vereinbart werden, bei der sich die Miete im gleichen Verhältnis wie die vertraglich vereinbarte Bezugsgröße (z. B. Preisindex für die Lebenshaltungskosten) verändert, oder nach § 557a BGB als Staffelmiete, bei der sich die Miete an einem jeweils im Voraus bestimmten Termin um einen bestimmten Betrag erhöht.

Beendigung bei Mietverhältnissen auf unbestimmte Zeit durch ordentliche Kündigung

Ein Mietverhältnis, bei dem nicht von vornherein ein Vertragsende vereinbart wurde, läuft auf unbestimmte Zeit. Es endet normalerweise dadurch, dass es von einer der Vertragsparteien unter Einhaltung einer **Kündigungsfrist** (das ist die Frist zwischen Erklärung der Kündigung und Ende des Mietverhältnisses) durch eine Kündigung in Schriftform gekündigt wird (sog. „ordentliche" Kündigung). Die ordentliche Kündigung ist bei Zeitmietverträgen ausgeschlossen.

Bei Wohnraummiete beträgt die Kündigungsfrist für den Mieter unabhängig von der Dauer des Mietverhältnisses immer drei Monate; für den Vermieter verlängert sich die gesetzliche Kündigungsfrist bei ordentlicher Kündigung mit zunehmender Mietdauer (§ 573c BGB). Das Kündigungsschreiben muss dem Vertragspartner spätestens am 3. des Monats zugehen.

Beispiel: *Geht die Kündigung dem Vermieter bis spätestens am 3. Juli zu, so endet das Mietverhältnis zum 30. September. Eine erst am 4. Juli zugehende Kündigung verschiebt die Beendigung des Mietverhältnisses auf den 31. Oktober.*

Kündigt der Vermieter, so braucht er gemäß § 573 BGB bei Mietverhältnissen über Wohnraum einen Kündigungsgrund, ein „berechtigtes Interesse" wie z. B. schuldhafte, nicht unerhebliche Pflichtverletzungen des Mieters trotz Abmahnung oder Eigenbedarf des Vermieters.

Beendigung durch außerordentliche Kündigung

Sowohl unbefristete als auch befristete Mietverhältnisse können bei Vorliegen eines wichtigen Grundes außerordentlich und fristlos gekündigt werden, wenn das Verhalten einer Vertragspartei dazu führt, dass eine Fortsetzung des Vertragsverhältnisses für die andere Partei unzumutbar ist. Hier muss i. d. R. eine erfolglose Abmahnung vorangegangen sein (§ 543 BGB).

Beispiel: *nachhaltige Störung des Hausfriedens durch laufende erhebliche Ruhestörung*

Gewerbliche Mietverträge

Für Räume, die zu anderen Zwecken als zu Wohnzwecken bestimmt sind, gelten die Schutzvorschriften, die bei Wohnraummiete vorgesehen sind, nicht bzw. die bestehenden Rechte des Mieters können weitgehend vertraglich ausgeschlossen werden.

Unterschiede im Vergleich zur Wohnraummiete ergeben sich z. B. in folgenden Bereichen:

Kündigung

- Eine Schriftform ist nicht erforderlich.
- Auch hier ist eine ordentliche Kündigung im Rahmen von Zeitmietverträgen nicht möglich, ansonsten besteht jedoch kein Kündigungsschutz per Gesetz. Eine ordentliche Kündigung ist z. B. ohne Angabe von Kündigungsgründen und ohne Nachweis eines berechtigten Interesses möglich.

- Kündigungsfristen sind frei vereinbar; besteht keine Vereinbarung über Kündigungsfristen, so ist gemäß § 580a (2) BGB für beide Seiten die Kündigung spätestens am 3. Werktag des Kalendervierteljahres für den Ablauf des nächsten Kalendervierteljahres möglich.

  Beispiele:
  - *Zugang der Kündigung am 3. Januar*
  - *Ablauf des Mietverhältnisses zum 30.Juni*

Kaution als Sicherheit

- Die Kautionshöhe ist frei vereinbar; Ratenzahlung kann nur bei Vereinbarung verlangt werden.
- Die Verzinsung kann vertraglich ausgeschlossen werden.

Mieterhöhungen

- Mieterhöhungen sind bis zur Wuchergrenze frei vereinbar; Wucher liegt erst vor, wenn die Marktmiete um 100 % überschritten wurde.
- Die für Wohnraum nur eingeschränkten Mieterhöhungsmöglichkeiten, z. B. die Anpassung an die ortsübliche Vergleichsmiete, gelten hier nicht. Häufig wird eine Mieterhöhung im Wege einer Änderungskündigung durchgeführt, das ist eine fristgerechte Kündigung des Mietverhältnisses, verbunden mit dem Angebot auf Abschluss eines neuen Mietvertrages mit höherer Miete.

Nebenkosten

Auch hier muss vertraglich vereinbart werden, dass der Mieter Nebenkosten zu tragen hat, da sie sonst gem. § 535 (1) BGB vom Vermieter zu tragen sind. Im Gegensatz zu Wohnraummietverhältnissen können die Parteien aber frei vereinbaren, welche Nebenkosten der Mieter zu tragen hat (z. B. auch Verwaltungskosten), und wie diese Kosten abgerechnet und umgelegt werden.

Mängelhaftung

Das Mietminderungsrecht bei Mängeln kann vertraglich ausgeschlossen werden; so müsste der Mieter auch dann die volle Miete zahlen, wenn z. B. die Heizung über einen längeren Zeitraum nicht richtig funktioniert. Ein zu weit gehender formularmäßiger Haftungsausschluss kann aber gegen Treu und Glauben verstoßen (§ 307 BGB) und daher unwirksam sein.

1.2.4.3 Dienstvertrag

Der Dienstvertrag ist nach § 611 BGB ein schuldrechtlicher Vertrag, durch den der eine Teil zur Leistung der versprochenen Dienste und der andere Teil zur Entrichtung der vereinbarten Vergütung verpflichtet wird.

Geschuldet wird vom Dienstverpflichteten die Leistung, in Abgrenzung zum Werkvertrag jedoch nicht der Erfolg. Der Dienstvertrag verlangt vom Dienstverpflichteten lediglich ein vertragsgemäßes „Bemühen". Typische Dienstverträge sind Arztverträge, Mandatsverträge mit Rechtsanwälten, Unterrichtsverträge, Telekommunikationsverträge (z. B. Mobilfunk-Verträge), Versicherungsverträge.
Der **Arbeitsvertrag** ist eine Unterform des Dienstvertrags mit der Besonderheit, dass der Tätige nicht selbstständig tätig ist, er ist angestellter Arbeitnehmer. In diesem Zusammenhang grenzt sich der Dienstvertrag vom Werkvertrag durch die Gestaltung als Dauerschuldverhältnis ab.

Beispiel: *Während der Rechtsanwalt mit seinem Mandanten einen Dienstvertrag abschließt, steht die Rechtsanwaltsgehilfin in einem Arbeitsverhältnis.*

Der Arbeitsvertrag beinhaltet außerdem tiefergehende gegenseitige Rechte und Pflichten als der Dienstvertrag. Dazu gehören vor allem die Entgeltfortzahlung, die Gewährung von Urlaub, Weisungsabhängigkeit, Fürsorge- und Treuepflichten. Daher gelten neben den Vorschriften über den Dienstvertrag die Sondervorschriften des Arbeitsrechts, z. B. das Kündigungsschutzgesetz.

1.2.4.4 Werkvertrag

Ein Werkvertrag liegt nach § 631 BGB vor, wenn sich jemand („ Unternehmer") zur Herstellung eines individuellen Werkes, d. h. zur Herbeiführung eines bestimmten Arbeitsergebnisses („Erfolg") für den Kunden („Besteller") verpflichtet.

Das „Werk" kann dabei die Herstellung einer Sache, z. B. die Änderung eines Anzugs des Bestellers, sein oder die Herbeiführung „unkörperlicher" Arbeitsergebnisse, z. B. die Reparatur eines Kfz oder das Gutachten durch einen Anwalt. Geschuldet wird ein **Erfolg**.

Beispiel: *Während vom Arzt im Rahmen eines Dienstvertrages verständlicherweise nur das Bemühen, nicht aber der Erfolg verlangt werden kann, kann beim Werkvertrag vom Uhrmacher der Erfolg einer Reparatur verlangt werden.*

Anzuwendende gesetzliche Regelungen beim Werkvertrag

Gesetzliche Regelungen bei der Erstellung eines Werkes nach § 651 BGB		
Erstellung nicht körperlicher Werke	Herstellung von Sachen	
	unbeweglich	beweglich
Beispiel: *Reparatur eines PKW*	***Beispiel:*** *Errichtung eines Gebäudes*	***Beispiel:*** *Anfertigung eines Anzuges*
Werkvertragsrecht		**Kaufvertragsrecht**

Pflichten des Unternehmers

Der Unternehmer schuldet nach den §§ 631, 633 BGB die mangelfreie, rechtzeitige Herstellung eines Werkes.

Ein **Werkmangel** liegt nach § 633 (2) BGB vor,

- wenn das Werk nicht die vereinbarte Beschaffenheit hat,
- wenn sich das Werk nicht für die vertraglich vereinbarte, mangels Vereinbarung nicht für die gewöhnliche Verwendung eignet,
- wenn der Unternehmer ein anderes als das bestellte Werk oder eine zu geringe Menge hergestellt hat.

Ein Rechtsmangel liegt entsprechend § 633 (3) BGB vor, wenn Dritte in Bezug auf das Werk Rechte geltend machen können, z. B. Urheberrechte.

Die Regelungen über die **Mängelhaftung** beim Werkvertrag entsprechen ihrer Struktur nach den beim Kaufvertragsrecht dargestellten Regelungen, d. h. der Besteller kann zunächst Nacherfüllung verlangen, nach erfolglosem Ablauf einer Frist für die Nacherfüllung Rücktritt, Minderung, Schadensersatz.

Es sind jedoch folgende Besonderheiten zu beachten:

- die Art der Nacherfüllung (Mangelbeseitigung oder Neuherstellung) richtet sich nach der Wahl des Unternehmers;
- nach erfolglosem Fristablauf für die Nacherfüllung hat der Besteller neben den anderen o. g. Rechten nach § 634 BGB das Recht, den Mangel selbst zu beheben bzw. beheben zu lassen und vom Unternehmer nach § 637 BGB den Ersatz für die Aufwendungen der Mängelbeseitigungskosten zu verlangen („Selbstvornahme“).

Die **Verjährungsfristen** beim Werkvertrag hängen nach § 634a BGB von der Art des erstellten Werks ab:

Art des Werks	Verjährungsfrist
Arbeiten an einer Sache (Herstellung, Veränderung, auch Reparatur einer Sache, soweit nicht Bauwerk)	2 Jahre ab Abnahme Bei arglistigem Verschweigen regelmäßige Verjährungsfrist: 3 Jahre
Arbeiten an einem Bauwerk (Herstellung, Veränderung) und entsprechende Planung/ Überwachung	5 Jahre ab Abnahme
Werke, die in „einem anderen Erfolg als der Herstellung oder Veränderung einer Sache bestehen“ (unkörperliche Arbeitsprodukte wie z. B. Transportleistung, Gutachtenerstellung u. Ä.)	3 Jahre ab Schluss des Jahres, in dem Kenntnis vom Mangel erlangt wurde bzw. werden musste (regelmäßige Verjährungsfrist)

Pflichten des Bestellers

Der Besteller ist nach §§ 631, 640 BGB zur Abnahme des Werkes und zur Zahlung des vereinbarten Werklohns verpflichtet.

Ist das Werk vertragsgemäß ohne wesentliche Mängel hergestellt, ist der Besteller zur Abnahme verpflichtet, d. h. er muss das Werk als vertragsgemäß anerkennen und – soweit möglich – körperlich entgegennehmen. Mit der Abnahme beginnt die Verjährungsfrist für die Mängelansprüche.

Mit der Abnahme wird auch die Vergütung fällig. Der Besteller ist nicht zur Vorleistung verpflichtet, der Unternehmer kann jedoch Abschlagszahlungen auf erbrachte Teilleistungen verlangen, z. B. entsprechend dem Baufortschritt.

Ist eine Mängelbeseitigung erforderlich, kann der Besteller nach § 641 (3) BGB einen angemessenen Teil der Vergütung, das ist i. d. R. das Doppelte der für die Mängelbeseitigung anfallenden Kosten, zurückbehalten.

Falls erforderlich, ist der Besteller nach § 642 BGB auch zur Mitwirkung verpflichtet, z. B. zur Anprobe für einen Maßanzug.

Kostenvoranschlag

Nur wenn der Unternehmer ausdrücklich eine Gewähr für den Kostenvoranschlag – im Gesetz „Kostenanschlag" – übernommen hat **(verbindlicher Kostenvoranschlag)**, muss das Werk zum vereinbarten Preis hergestellt werden.

Wurde vom Unternehmer nicht ausdrücklich eine Gewähr übernommen **(unverbindlicher Kostenvoranschlag)**, so kann der Unternehmer die Mehrkosten verlangen, falls er eine drohende, wesentliche Überschreitung (10–20 %) dem Besteller unverzüglich angezeigt hat, sodass dieser entscheiden kann, ob er den Vertrag kündigen will.

Kostenvoranschläge sind nach § 632 (3) BGB nicht zu vergüten, es sei denn, dies ist – individualvertraglich, nicht per AGB – vereinbart worden.

Kündigung des Werkvertrags

Während der Unternehmer nach § 643 BGB nur wegen unterlassener Mitwirkung des Bestellers kündigen kann, kann der Besteller jederzeit auch ohne Angabe von Gründen kündigen, er muss dann nach § 649 BGB aber die volle Vergütung abzüglich der vom Unternehmer ersparten Aufwendungen zahlen, z. B. für nun nicht mehr benötigtes Material. Außerdem kann der Besteller nach den §§ 650, 645 BGB wegen wesentlicher Überschreitung des Kostenvoranschlags kündigen; er muss dann nur für die bis dahin geleistete Arbeit zahlen.

Sicherung der Forderungen des Unternehmers

Zur Sicherung der Forderungen aus dem Werkvertrag kommen je nach den Umständen unterschiedliche Möglichkeiten in Frage.

Nach Werkvertragsrecht steht dem Unternehmer per Gesetz ein **Unternehmerpfandrecht** zu, d. h. er kann nach § 647 BGB die Sache zurückbehalten und ggf. versteigern lassen. Das Unternehmerpfandrecht besteht an allen beweglichen Sachen, an denen der Unternehmer den Besitz erlangt hat.

Beispiel: *Solange der Kunde seine Reparaturrechnung nicht bezahlt, kann der Kfz-Betrieb die Herausgabe des Pkw gegenüber dem Kunden verweigern.*

Besteht das Werk jedoch in der **Herstellung** einer beweglichen Sache, ist Kaufvertragsrecht anzuwenden. Hier kommt zur Sicherung ein Zurückbehaltungsrecht (§§ 273, 320 BGB) oder ein Eigentumsvorbehalt (§ 449 BGB) in Frage.

Beispiel: *ein vom Schneider hergestellter Maßanzug*

Der Unternehmer eines **Bauwerks** kann für seine Forderung jederzeit je nach Baufortschritt die Eintragung einer **Sicherungshypothek** zu Lasten des Grundstücks, an dem die Bauarbeiten durchgeführt werden, verlangen. Dies sichert ihm einen Rang für den Fall einer wegen Zahlungsverzugs erforderlichen Zwangsversteigerung. Möglich ist die Sicherungshypothek jedoch nur, wenn der Auftraggeber auch gleichzeitig der Grundstückseigentümer ist. Die Sicherung der Forderungen von Bauhandwerkern, die als Subunternehmer für einen Generalunternehmer tätig werden, ist hierdurch nicht möglich.

Jeder Bauhandwerker – auch der Subunternehmer – kann jedoch gemäß § 648a BGB in Höhe der Vergütung plus Nebenforderungen, welche mit 10 % des Vergütungsanspruchs anzusetzen sind, eine **Sicherheitsleistung** verlangen, z. B. in Form eines hinterlegten Geldbetrags. Praktisch kommt hauptsächlich die Sicherheit durch eines Bankbürgschaft vor. Hat der Unternehmer erfolglos eine angemessene Frist (i. d. R. genügen 7–10 Tage) zur Leistung dieser Sicherheit gesetzt, kann er nach § 648a (5) BGB die Leistung verweigern oder den Vertrag kündigen.

1.2.4.5 Darlehensvertrag

Bei einem Darlehensvertrag verpflichtet sich ein Darlehensgeber entweder Geld (Gelddarlehen: §§ 488–498 BGB) oder vertretbare Sachen (Sachdarlehen: §§ 607–609 BGB) einem Darlehensnehmer auf Zeit zu überlassen. Der Darlehensnehmer ist verpflichtet, nach Ablauf der Zeit eine Sache gleicher Art und Güte zurückzugeben.

Im Gegensatz zum Darlehensvertrag ist bei einer **Leihe** die Rückgabe derselben Sache geschuldet. Sachdarlehen haben nur eine geringe praktische Bedeutung, daher wird hier nur das Gelddarlehen (Kredit) näher behandelt.

Bei einem Gelddarlehen verpflichtet sich der Darlehensgeber, dem Darlehensnehmer einen Geldbetrag in vereinbarter Höhe zur Verfügung zu stellen. Der Darlehensnehmer ist verpflichtet, einen Zins zu entrichten, vertraglich kann allerdings auch Unentgeltlichkeit vereinbart werden. Ferner hat der Darlehensnehmer den Geldbetrag bei Fälligkeit zurückzuzahlen und – sofern vereinbart – Sicherheiten zu bestellen (§ 488 BGB).

Mit dem Ende des Darlehensverhältnisses wird die Rückzahlung spätestens fällig, wenn nicht andere Vereinbarungen (z. B. Rückzahlung in Form von Teilbeträgen während der Laufzeit des Vertrags) getroffen wurden.

Kündigung

Das Darlehensverhältnis endet mit dem Ablauf der Zeit, für die es eingegangen ist, ansonsten mit einer Kündigung (§ 488 (3) BGB). Dazu bestehen unterschiedliche Möglichkeiten:

- Die **ordentliche Kündigng** ist bei einem Darlehensvertrag mit einem veränderlichen („variablen“) Marktzinssatz nach § 489 (2) BGB jederzeit unter Einhaltung einer Kündigungsfrist von 3 Monaten möglich. Wurde jedoch vereinbart, dass die Zinsen während einer bestimmten Dauer (Zinsbindungsfrist) unverändert bleiben sollen, so ist die ordentliche Kündigung ausgeschlossen, solange die Zinsbindung dauert, es sei denn, es sind seit dem vollständigen Empfang des Darlehens bereits 10 Jahre vergangen (§ 489 (1) BGB).

- Eine **außerordentliche Kündigung** seitens des Darlehensgebers ist nach § 490 (1) BGB möglich, wenn die Rückzahlung gefährdet ist, weil sich die Vermögensverhältnisse des Darlehensnehmers oder die Werthaltigkeit der Sicherheiten verschlechtert haben oder zu verschlechtern drohen.
- Der **Darlehensnehmer** kann ein grundpfandrechtlich gesichertes Festzinsdarlehen nach § 490 (2) BGB außerordentlich kündigen, wenn ein berechtigtes Interesse besteht (z. B. Arbeitslosigkeit). Er muss dem Darlehensgeber für dessen Zinsverlust dann eine sogenannte „Vorfälligkeitsentschädigung" zahlen.

1.2.4.6 Finanzierungsverträge mit Verbrauchern

Finanzierungsmittel, die ein Unternehmen einem Verbraucher zur Finanzierung eines Kaufvertrages zur Verfügung stellt, sind Verbraucherdarlehen und sogenannte „Finanzierungshilfen", wie z. B. Teilzahlung (Ratenzahlung) und Zahlungsaufschub.

Verbraucherdarlehen

Für Verbraucherdarlehen nach § 491 BGB, d. h. **entgeltliche** Darlehen zwischen Unternehmern und Verbrauchern, gelten neben den o. g. Regelungen zum Darlehensvertrag einige Spezialregelungen:

- Für den Vertragsschluss ist nach § 492 (1) BGB die **Schriftform** erforderlich; der Verbraucher muss davon eine Vertragsabschrift erhalten.
- Der Vertrag muss nach § 492 (2) BGB **Mindestangaben** enthalten, über die der Verbraucher schon vor Vertragsschluss in Textform zu unterrichten ist, wie z. B.
  - den Nettodarlehensbetrag (= Höchstbetrag, auf den der Darlehensnehmer Anspruch hat),
  - den Gesamtbetrag inkl. Tilgung, Zinsen, sonstiger Kosten,
  - die Auszahlungsbedingungen,
  - Sicherheiten,
  - ein etwaiges Widerrufsrecht,
  - den Sollzinssatz,
  - alle sonstigen Kosten,
  - den effektiven Jahreszins (Effektivzinssatz).
- Der Verbraucher hat nach § 495 BGB ein **Widerrufsrecht** gemäß § 355 BGB, über das er belehrt werden muss.

Ein Verstoß gegen die Formvorschriften oder das Fehlen einer der vorgeschriebenen inhaltlichen Angaben führen zur Nichtigkeit des Vertrages. Hat der Verbraucher das Darlehen dennoch in Anspruch genommen, kommt der Vertrag zustande. Nicht angegebene Kosten und Sicherheiten können dann jedoch nicht gefordert werden. Fehlt eine der Zinssatzangaben, ist nach § 494 BGB höchstens der gesetzliche Zinssatz zu entrichten.

Die Vorschriften gelten gemäß § 491(2) BGB nicht bei Darlehensverträgen

- mit einem Nettodarlehensbetrag bis 200,00 EUR;
- zwischen Arbeitgeber und Arbeitnehmer zu einem marktüblichem Zinssatz.

Teilzahlung (Ratenzahlung) und Zahlungsaufschub

Die oben erläuterten Sonderregelungen zu Schriftformerfordernis, erforderlichen Inhaltsbestandteilen, Widerrufsrecht gelten auch für Teilzahlungsverträge und Zahlungsaufschub. Auch hier muss eine Entgeltlichkeit, d. h. der Preisaufschlag für die Teilzahlung, angegeben sein, damit die Vorschriften angewandt werden.

Beim Verbraucher-Teilzahlungsvertrag ist zusätzlich § 498 BGB zu beachten. Danach kann der Darlehensgeber beim Zahlungsverzug des Verbrauchers die Teilzahlungsabrede nur unter folgenden Voraussetzungen außerordentlich kündigen, was zur Gesamtfälligkeit des Darlehens führt:

- Der Darlehnsnehmer muss mit mindestens zwei ganzen oder teilweisen Teilzahlungen **und** mindestens 10 % – bei Laufzeiten über drei Jahre 5 % – des Nennbetrags in Verzug sein,
- und dem Darlehnsnehmer muss erfolglos eine zweiwöchige Frist zur Zahlung gesetzt worden sein mit der Erklärung, dass bei Nichtzahlung innerhalb der Frist die gesamte Restschuld verlangt werde.

Leasing

Auch das Leasing stellt ein Finanzierungskonzept dar; es bietet den Vorteil, einen Gegenstand nutzen zu können, ohne sofort die finanziellen Mittel dafür aufbringen zu müssen.

Bei einem Leasingvertrag handelt es sich um ein miet- oder pachtähnliches Vertragsverhältnis, bei dem einem Leasingnehmer ein von ihm gewünschtes Leasingobjekt (z. B. ein Kfz) von einem Leasinggeber zur Nutzung gegen Entgelt zur Verfügung gestellt wird.

Leasinggeber kann der Hersteller selbst sein, meist handelt es sich aber um ein vom Hersteller unabhängiges Leasingunternehmen, das das gewünschte Leasingobjekt für den Leasingnehmer beim Hersteller beschafft und finanziert.

Der Leasinggeber ist verpflichtet, dem Leasingnehmer das Leasingobjekt vertragsgemäß zur Verfügung zu stellen; im Gegenzug ist der Leasingnehmer zur Zahlung der Leasingraten verpflichtet, die die Anschaffungskosten für das Leasingobjekt, die Finanzierungs- und Verwaltungskosten zuzüglich eines Gewinnzuschlags des Leasinggebers decken.

Leasingverträge haben einen ähnlichen Charakter wie Mietverträge, deren Regelungen auch herangezogen werden, da spezielle gesetzliche Regelungen zum Leasing nicht existieren. Von der Miete unterscheidet sich Leasing z. B. dadurch, dass der Leasingnehmer die Sachgefahr trägt, d. h. er haftet für Untergang, Beschädigung und Verlust der Sache auch ohne Verschulden. Er trägt auch die Preisgefahr, d. h. die Pflicht zur Zahlung der Leasingraten bleibt auch bei Schäden, Verlust oder Zerstörung bestehen. Eine Vollkaskoversicherung mildert dieses Risiko. Der Leasinggeber schließt i. d. R. auch seine Vermieterhaftung für Sach- und Rechtsmängel im Rahmen Allgemeiner Geschäftsbedingungen aus.

Beim **Finanzierungsleasing** besteht eine feste Grundmietzeit über einen längeren Zeitraum (i. d. R. zwei bis sechs Jahre), innerhalb dessen eine Kündigung durch den Leasingnehmer ausgeschlossen ist. Die Vertragsdauer umfasst den wesentlichen Teil der Lebensdauer des Vermögensgegenstands; der gesamte Aufwand des Leasinggebers wird während der Vertragslaufzeit durch die Leasingraten voll abgedeckt („Vollamortisation"). Nach Ablauf der Vertragslaufzeit steht dem Leasingnehmer üblicherweise eine vertraglich eingeräumte Kaufoption zum Restbuchwert zu, dadurch kann der Leasinggeber zusätzlichen Veräußerungserlös erzielen. Der Leasinggeber überwälzt das Investitionsrisiko auf den Leasingnehmer, welcher ebenso Maßnahmen zur Werterhaltung (z. B. Wartung, Versicherung) trägt; der Leasinggeber trägt nur das Kreditrisiko.

Beim **Operate Leasing** besteht nur eine sehr kurze Grundmietzeit oder keine feste Grundzeit mit jederzeitigem Kündigungsrecht. Die Vollamortisation der Aufwendungen soll durch das Überlassen an mehrere Leasingnehmer erreicht werden. Der Leasinggeber trägt das volle Investitions-, Überalterungs- und Kreditrisiko, ebenso zusätzliche Dienstleistungen wie Wartung und Reparatur.

1.2.5 Leistungsstörungen und Haftung

Der Schuldner hat eine mangelfreie Leistung zur rechten Zeit am rechten Ort zu erbringen.

Verletzt der Schuldner eine dieser Vertragspflichten, so liegt eine **Leistungsstörung** vor. Dies ist z. B. der Fall, wenn der Schuldner die Leistung, zu der er aufgrund des Schuldverhältnisses verpflichtet ist, nicht mehr erbringen kann **(Unmöglichkeit der Leistung)**. Ist die Leistung zwar möglich, wird aber trotz Fälligkeit nicht erbracht, liegt ein **Schuldnerverzug** vor; wenn der Gläubiger die Leistung nicht annimmt, ein **Gläubigerverzug**.

Von **Schlechtleistung** spricht man, wenn die Leistung zwar erbracht wird, aber **Mängel** aufweist. Im Gegensatz zu den anderen Leistungsstörungen, welche bei jeder Vertragsart vorkommen können, sind Mängel besondere Störungen bei Kauf- und Werkverträgen. Daher wurde die Mängelhaftung im Rahmen der Unterkapitel 1.2.3 Kaufvertrag und im Kapitel 1.2.4 im Abschnitt Werkvertrag behandelt.

1.2.5.1 Leistung am rechten Ort

Der Erfüllungsort (Leistungsort) ist der Ort, an dem Schuldner rechtzeitig das zur Leistung Erforderliche tun muss.

Bedeutung des Erfüllungsortes

Vom Erfüllungsort hängt u. a. ab,

- wo der Schuldner seine Leistungshandlung zu erbringen hat;
- auf wessen Gefahr der Transport erfolgt („Gefahrübergang");
- wer bei fehlender Vereinbarung die Transportkosten trägt;
- wo die Leistung einzuklagen ist („Gerichtsstand"), siehe hierzu Kap. 1.2.1.9.

Bestimmung des Erfüllungsortes

Der Erfüllungsort wird bestimmt

- durch Vereinbarung der Vertragsparteien, z. B. die AGB-Klausel „Erfüllungsort ist der Sitz des ...“;
- sonstige Umstände, aus denen sich der Erfüllungsort ergibt, wie z. B.
  - die Natur des Schuldverhältnisses (z. B. Dachreparatur, Einbauküche)
  - die Verkehrssitte (z. B. Barverkauf im Laden).
- Ansonsten ist Leistungsort nach § 269 BGB der Sitz des jeweiligen Schuldners.

__Beispiel:__ Der Lieferant hat seinen Sitz in Hamburg, sein Kunde in Köln. Leistungsort für die Warenlieferung ist der Sitz des Warenschuldners, also Hamburg.

Begriffe „Holschuld“ – „Bringschuld“ – „Schickschuld“

Eine Übersicht über die drei Begriffe und die damit verbundenen Pflichten vermittelt die folgende Übersicht.

Begriff	Davon spricht man, wenn der Erfüllungsort ...	Schuldner hat Erforderliches getan mit ...
Holschuld	... beim Schuldner ist. ⇨ Schuldner muss für Bereitstellung sorgen	... Bereitstellung
Schickschuld (= Versendungskauf)	... beim Schuldner ist **und** eine Versendungsvereinbarung vorliegt. ⇨ Schuldner muss für Absendung sorgen	... Übergabe an die Transportperson
Bringschuld	... beim Gläubiger ist. ⇨ Schuldner muss für Ankommen sorgen	... Übergabe an den Gläubiger an dessen Sitz

Gefahrübergang

Sachverhalt

Als die von einem Kölner Käufer bei einem Händler in Hamburg bestellte Ware nicht zum vereinbarten Termin ankommt, steht zu befürchten, dass sie auf dem Postweg verloren gegangen ist. Muss der Händler nochmals liefern bzw. muss der Käufer zahlen, obwohl er keine Ware erhalten hat?

Mit „Gefahr“ wird im BGB das Risiko eines zufälligen, d. h. weder vom Schuldner noch vom Gläubiger zu vertretenden Untergangs bzw. einer zufälligen Verschlechterung der Leistung in einem Schuldverhältnis bezeichnet.

Es geht dabei zum einen um die Frage, ob der Schuldner erneut leisten muss („Leistungsgefahr“), zum anderen darum, ob der Gläubiger trotz Untergangs der Leistung die Gegenleistung erbringen muss („Gegenleistungsgefahr“).

Der Zeitpunkt, in dem das Risiko des Untergangs oder der Verschlechterung der Leistung auf den anderen Vertragspartner übergeht, wird als „Gefahrübergang" bezeichnet.

Für die **Warenschuld** beim Kaufvertrag sieht die Regelung wie folgt aus: Die Gefahr geht auf den Käufer über bei der

- Holschuld ⇨ mit Übergabe der Ware im Laden des Verkäufers, § 446 BGB;
- Bringschuld ⇨ mit Übergabe der Ware an den Käufer an dessen Sitz, § 446 BGB;
- Schickschuld ⇨ mit der Übergabe der Ware an die Transportperson, § 447 BGB.

Abweichung beim Verbrauchsgüterkauf: Wird hierbei die Ware versandt, reist diese immer auf Gefahr des Verkäufers, selbst wenn nur eine Schickschuld vereinbart wurde (siehe § 474 (2) BGB). Abweichende Vereinbarungen wie z. B. *„unversicherter Versand nur auf Gefahr des Käufers"* sind beim Verbrauchsgüterkauf unwirksam.

Bei **Geldschulden** gilt die Sonderregel des § 270 BGB, wonach der Gläubiger Geld auf seine Gefahr an den Schuldner übermitteln muss. Geht das Geld unterwegs verloren, d. h. kommt die Überweisung oder der Scheck nicht an, muss der Gläubiger im Zweifel erneut zahlen.

Transportkosten

Normalerweise wird durch eine vertragliche Vereinbarung bestimmt, wer die Transportkosten trägt; typische Klauseln sind „ab Werk" (der Käufer trägt die Transportkosten oder „frei Haus" (der Verkäufer trägt die Transportkosten).

Liegt keine Vereinbarung vor, bestimmt sich nach dem Erfüllungsort, welche Partei den Transport der Ware bezahlt. So werden die Transportkosten – mangels anderer Vereinbarungen – getragen

- bei einer Holschuld vom Käufer,
- bei einer Bringschuld vom Verkäufer und
- bei einer Schickschuld vom Verkäufer bis zur Übergabe an das Transportunternehmen; ab der Übergabe trägt der Käufer die Transportkosten.

Nicht zulässig ist nach § 269 (3) BGB der umgekehrte Schluss von der Transportkostenvereinbarung auf den Erfüllungsort.

Beispiel: *Die Ware soll an den Kunden versandt werden, über den Erfüllungsort werden keine Vereinbarungen getroffen; es liegt also eine Schickschuld vor. Auch durch die Vereinbarung „frei Haus" wird daraus keine Bringschuld, dafür müsste zusätzlich eine Vereinbarung wie „Erfüllungsort beim Käufer" getroffen worden sein.*

1.2.5.2 Leistung zur rechten Zeit

Die Fälligkeit gibt an, wann die Leistung fällig, d. h. einklagbar ist. Verzug kann nicht vor Fälligkeit eintreten, ebenso kann die Verjährung nicht vor Fälligkeit beginnen.

Ist die Fälligkeit der Leistung weder vertraglich bestimmt noch aus den Umständen zu entnehmen (z. B. bei einer Hochzeitstorte), kann der Gläubiger sie nach § 271 BGB **sofort** verlangen.

<table>
<tr><th colspan="4">Fälligkeitstermin vorhanden</th><th>Fälligkeitstermin weder vereinbart noch aus den Umständen zu entnehmen</th></tr>
<tr><td colspan="3">Fälligkeitstermin genau bestimmt oder ab einem Ereignis, das der Leistung vorauszugehen hat, genau berechenbar (§ 286 (2) BGB)</td><td>nicht genau bestimmter Fälligkeitstermin</td><td rowspan="3">Nach § 271 BGB: Fälligkeit sofort, d. h. so schnell, wie der Schuldner objektiv gesehen leisten kann.</td></tr>
<tr><td colspan="2">Fixgeschäft, d. h. das Geschäft steht und fällt mit der Termineinhaltung</td><td>Termingeschäft</td><td rowspan="2"></td></tr>
<tr><td>durch den Zusatz „fix“ erkennbar</td><td>durch die Umstände erkennbar (Zweckkauf)</td><td></td></tr>
<tr><td>Beispiel:
„15.04.2011 fix“</td><td>Beispiel:
Hochzeitstorte</td><td>Beispiele:
„15.04.2011“
„14 Tage nach Abruf“</td><td>Beispiele:
„ca. 15.04.2011“
„ca. 38. KW“</td><td></td></tr>
<tr><td colspan="3">Verzugseintritt ohne Mahnung</td><td colspan="2">Verzugseintritt mit Mahnung</td></tr>
<tr><td colspan="2">Rücktritt ohne Nachfrist</td><td colspan="3">Rücktritt nach Ablauf einer Nachfrist</td></tr>
</table>

Grundsätzlich kann die Leistung nach § 188 (1) BGB zwar am Fälligkeitstag bis 24:00 Uhr erbracht werden, nach dem Grundsatz von Treu und Glauben muss sie aber zu einer „üblichen Zeit“ erfolgen; unter Kaufleuten versteht man nach § 358 HGB darunter die gewöhnliche Geschäftszeit.

1.2.5.3 Schadensersatz und Rücktritt bei Pflichtverletzungen

Als Rechtsfolge bei Pflichtverletzungen sieht das Gesetz (teilweise neben anderen Rechten) Schadensersatz und Rücktritt vor.

Schadensarten

Ein Schaden ist jede Einbuße, die ein Rechtssubjekt an seinen Lebensgütern erleidet.

Folgende Schadensarten werden vom Gesetz unterschieden

<table>
<tr><th colspan="3">Schadensarten</th></tr>
<tr><td colspan="2">Vermögensschäden/materielle Schäden
(= jeder in Geld bewertbare Vermögensnachteil)</td><td>Nichtvermögensschäden
= immaterielle Schäden</td></tr>
<tr><td>Vermögensschäden, die auftreten als Folge einer Verletzung der in § 823 (1) BGB genannten „absoluten“ Rechte</td><td>reine Vermögensschäden</td><td>Schmerzensgeld</td></tr>
</table>

Schadensarten		
Beispiele: *Arztkosten, Verdienstausfall, Reparaturkosten, Reinigungskosten, Minderwert*	***Beispiele:*** *Mehrkosten für einen anderweitigen Kauf wegen Lieferverspätung, Zinsentgang bei verspäteter Zahlung*	***Beispiele:*** *Schmerzen, Narben, Schock, verletzte Ehre*

Schadensersatzarten

Anspruchsnormen wie z. B. § 823 (1) BGB sehen nur vor, **dass** ein Anspruch auf Schadensersatz besteht; **welcher Art** der Schadensersatz ist, ist in den §§ 249 ff. BGB geregelt:

Naturalrestitution (Wiederherstellung des ursprünglichen Zustands)

Grundsätzlich hat der zum Schadensersatz Verpflichtete den Zustand wieder herzustellen, der ohne das schädigende Ereignis bestehen würde (sog. „Naturalrestitution"); § 249 (1) BGB.

Beispiele: *Reparatur, Reinigung, Heilung, Widerruf der Ehrenkränkung*

Bei Sach- oder Personenschaden kann der Geschädigte dabei nach § 249 (2) BGB wählen zwischen

- einer Wiederherstellung durch den Schädiger oder
- dem dazu erforderlichen Geldbetrag.

Wenn die Wiederherstellung nicht möglich ist, kann der Geschädigte nach § 251 BGB bei Sach- oder Personenschäden statt der Wiederherstellung einen Ersatz in Geld verlangen, z. B. für die Neubeschaffung einer beschädigten Sache.

Zusätzlich zur Wiederherstellung kommt ein Geldersatz als Ausgleich des Minderwerts in Frage, wenn die Wiederherstellung allein nicht ausreichend ist.

Ersatz des entgangenen Gewinns

Gem. § 252 BGB umfasst der zu ersetzende Schaden auch den entgangenen Gewinn, d.h. alle Vermögensvorteile, die dem Geschädigten durch die Schädigung entgehen, wie z. B. auch Verdienstausfall, Nutzungsausfall für Fahrzeuge u. Ä.

Der entgangene Gewinn kann nach § 252 BGB nicht nur **konkret** als Nachweis einer tatsächlich ausbleibenden Vermögensmehrung ermittelt werden, sondern auch **abstrakt** durch den Nachweis des bei gewöhnlichem Lauf der Dinge zu erwartenden – nun aber ausbleibenden – Durchschnittsgewinns.

Ersatz immaterieller Schäden

Grundsätzlich gewährt das Gesetz auch bei immateriellen Schäden nur eine Naturalrestitution, z. B. einen Widerruf bei einer Beleidigung.

Ersatz des immateriellen Schadens in Geld („Schmerzensgeld") kann nach § 253 (1) BGB nur in den vom Gesetz bestimmten Ausnahmefällen verlangt werden. Der wichtigste diese Ausnahmefälle ist die Verletzung des Körpers, der Gesundheit, der Freiheit oder der sexuellen Selbstbestimmung (§ 253 (2) BGB).

Minderung bei Mitverschulden
Ein Mitverschulden bei der Schadensentstehung, z. B. das Fahren eines Pkw, ohne angeschnallt zu sein, oder die unterlassene Schadensabwendung, z. B. das Nichtaufsuchen eines Arztes, kann nach § 254 BGB die Höhe des Schadensersatzes mindern.

Voraussetzung für vertragliche Schadensersatzansprüche

Grundsätzliche Voraussetzung für vertragliche Schadensersatzansprüche ist zum einen die Verletzung einer vertraglichen Pflicht, z. B. eine nicht rechtzeitige Lieferung (Lieferungsverzug).

Hinzu kommt, das der Schuldner diese Pflichtverletzung zu vertreten hat, was i. d. R. bedeutet, dass ein Verschulden vorliegt. Das kann Fahrlässigkeit sein, darunter ist nach § 276 BGB das Außerachtlassen der erforderlichen Sorgfalt zu verstehen, oder Vorsatz. Dabei wird grundsätzlich davon ausgegangen, dass der Schuldner die Pflichtverletzung zu vertreten hat, daher muss der Schuldner nach § 280 (1) Satz 2 BGB das Gegenteil beweisen, um der Haftung zu entgehen, d. h. er muss sich **exkulpieren**.

Rücktritt bei Pflichtverletzungen

Als Rechtsfolge bei einer Verletzung der Vertragspflichten sieht das Gesetz neben dem Schadensersatz den Rücktritt vor.

Grundsätzliche Voraussetzung für einen Rücktritt ist die Verletzung einer vertraglichen Pflicht, z. B. die nicht rechtzeitige Lieferung. Im Gegensatz zum Schadensersatzanspruch ist das Recht zum Rücktritt nicht verschuldensabhängig, i. d. R. ist jedoch eine Nachfrist erforderlich.

Beispiel: *Vereinbart war, dass die Ware „am 15.12. fix" geliefert wird. Wegen eines plötzlich einsetzenden Eisregens ist dies dem Verkäufer nicht möglich. Obwohl ihn kein Verschulden trifft, kann der Käufer zurücktreten. Eine Nachfrist ist hier wegen des Fixgeschäftes nicht erforderlich.*

Rechtsfolgen
Liegen die Voraussetzungen für einen Rücktritt vor, so erfolgt dieser durch eine einseitige empfangsbedürftige Erklärung. Damit erlöschen die gegenseitigen Leistungspflichten und es entsteht zwischen den Parteien ein „Rückgewährschuldverhältnis", d. h. beide Seiten haben die bereits empfangenen Leistungen Zug um Zug einander zurückzugewähren. Bei einem Kaufvertrag muss der Käufer die Ware, der Verkäufer den gezahlten Kaufpreis, zurückgeben. Kann die Leistung nicht zurückgewährt werden – z. B. bei einer gewährten Dienstleistung –, ist der Wert zu vergüten.

1.2.5.4 Unmöglichkeit der Leistung

Sachverhalt

Der verkaufte Gebrauchtwagen wird noch beim Verkäufer durch einen Brand vernichtet. Was wird aus der Leistungspflicht des Verkäufers? Muss der Verkäufer Schadensersatz an den Käufer leisten, und muss der Käufer trotzdem den Kaufpreis zahlen?

Unmöglichkeit der Leistung als Voraussetzung

Wenn der Schuldner die Leistung, zu der er aufgrund des Schuldverhältnisses verpflichtet ist, nicht mehr erbringen kann, liegt Unmöglichkeit vor. Das Gesetz unterscheidet:

- **objektive Unmöglichkeit**, bei der niemand in der Lage ist, die geschuldete Leistung zu erbringen;

  Beispiel: *Der geschuldete Gebrauchtwagen wird bei einem Brand vernichtet.*

- **subjektive Unmöglichkeit**, bei der nur der Schuldner nicht in der Lage ist, die Leistung zu erbringen;

  Beispiel: *Der geschuldete Gebrauchtwagen wird dem Verkäufer gestohlen, der Dieb könnte zumindest theoretisch die Leistung noch erbringen.*

Der Unmöglichkeit **gleichgestellt** sind die Fälle,

- in denen der erforderliche **Aufwand unverhältnismäßig groß** wäre („faktische Unmöglichkeit");

  Beispiel: *Der geschuldete Ring liegt auf dem Meeresgrund.*

- in denen eine persönlich zu erbringende **Leistung unzumutbar** ist.

  Beispiel: *Eine Sängerin verweigert den Auftritt, da ihr Kind am selben Tag schwer verunglückt ist.*

Rechtsfolgen bei Unmöglichkeit

- Der Schuldner – im Sachverhalt der Verkäufer – wird nach § 275 BGB von seiner Leistungspflicht frei, denn eine unmögliche Leistung kann man nicht erbringen. Dies gilt unabhängig davon, ob der Schuldner die Unmöglichkeit zu vertreten hat, also wenn z. B. der Verkäufer des Wagens im Eingangsfall den Brand verschuldet hat.
- Hat der Schuldner jedoch die Unmöglichkeit verschuldet, kann der Gläubiger nach §§ 280 (1), 283 BGB Schadensersatz statt der Leistung verlangen.
- Der Schuldner verliert nach § 326 (1) BGB den Anspruch auf die Gegenleistung, so muss z. B. der Käufer den Kaufpreis für die untergegangene Ware nicht zahlen.
- Die Leistungspflicht des Gläubigers entfällt allerdings nicht, wenn der Gläubiger selbst die Unmöglichkeit zu vertreten hat oder wenn die Unmöglichkeit erst nach Übergang der Gefahr auf den Schuldner eintritt.

  Beispiel: *Bei einer Schickschuld wird die Ware beim Transport durch einen von einem Dritten verursachten Unfall zerstört.*

1.2.5.5 Leistungsstörung Schuldnerverzug

Sachverhalte

1. Vereinbart wurde im Kaufvertrag, dass die Ware am 15.12. beim Käufer anzuliefern ist. Die Lieferung erfolgt jedoch nicht zum vereinbarten Termin. Welche Rechte hat der Käufer?
2. Vereinbart wurde im Kaufvertrag „Lieferung am 1.07., Zahlung einen Monat nach Lieferung". Bei Fälligkeit erfolgt jedoch keine Zahlung – welche Rechte hat der Verkäufer?

Erfüllung und Schadensersatz neben der Leistung

Bei der Pflichtverletzung einer verspäteten Leistung kann der Gläubiger nach den §§ 280 (1), (2) u. 286 BGB vom Schuldner neben der Erfüllung den Schadensersatz neben der Leistung („Verzugsschaden“) verlangen.

Voraussetzungen dafür sind:

- schuldhafte Nichterbringung einer fälligen Leistung; dabei wird von einem Verschulden des Schuldners ausgegangen, es sei denn, der Schuldner kann sich mit einen Entschuldigungsgrund „exkulpieren“.

  ***Beispiel** zu Fall 1): Ein plötzlich einsetzender Eisregen machte die termingerechte Anlieferung unmöglich.*

  - Verzugseintritt gem. § 286 BGB:
    i. d. R. mit Mahnungszugang beim Schuldner;
  - ohne Mahnung, wenn die Fälligkeit vertraglich nach Kalender bestimmt ist *(**Beispiel:** „Lieferung am 15.12.“)* oder bestimmbar ist *(**Beispiel:** „Zahlung 1 Monat nach Lieferung“)*;
  - ohne Mahnung bei endgültiger und ernsthafter Leistungsverweigerung durch den Schuldner („Selbstinverzugsetzung“).
  - Nur bei **Entgeltforderungen** (= Forderung, die als Gegenleistung für eine Leistung geschuldet wird) tritt nach § 286 (3) BGB Verzug ohne Mahnung spätestens mit dem Ablauf von 30 Tagen (also am 31. Tag) nach Rechnung **und** Fälligkeit ein. Ist der Schuldner Verbraucher, muss er allerdings vorher in der Rechnung auf diese Rechtsfolge hingewiesen worden sein.

Der **Verzugsschaden** umfasst alle Kosten, die aufgrund des Verzugs entstanden sind, z. B. Mahnkosten, Rechtsanwaltskosten, Hotelkosten bis zur Fertigstellung der gemieteten Wohnung. Zu beachten ist, dass die Kosten für ein Mahnschreiben, das den Verzugseintritt erst herbeiführt, noch kein Verzugsschaden und daher nicht ersatzfähig sind.

Außerdem ist beim **Zahlungsverzug** die Geldschuld ab Verzugseintritt zu verzinsen. Bei Geschäften zwischen Unternehmern liegt der gesetzliche Zinssatz p. a. bei 8 Prozentpunkten über dem Basiszinssatz, ist ein Verbraucher beteiligt, bei 5 Prozentpunkten über dem Basiszinssatz. Der Basiszinssatz ist veränderlich und wird in Deutschland seit dem 1. Januar 2002 jeweils am 1. Januar und 1. Juli eines jeden Jahres von der Deutschen Bundebank festgelegt bzw. berechnet. Siehe hierzu z. B. auch www.basiszinssatz.info. Er liegt gegenwärtig (Stand 2. Halbjahr 2012) bei 0,12 %. Dieser Basiszins würde also gegenwärtig zu einem Verzugszins von 5,12 % bzw. 8,12 % p. a. führen. Sind konkret höhere Verzugszinsen angefallen (z. B. durch eine Kreditaufnahme), sind diese zu ersetzen.

Rücktritt oder Schadensersatz statt der Leistung

Bei der Pflichtverletzung einer verspäteten Leistung kann der Gläubiger nach § 323 (1) BGB bzw. § 280 (1), (3) sowie § 281 BGB auch zurücktreten oder unter Ablehnung der Leistung einen Schadensersatz statt der Leistung verlangen.

In beiden Fällen ist es jedoch erforderlich, dass dem Schuldner eine **angemessene Nachfrist** zur Leistung gesetzt wurde, die erfolglos abgelaufen ist. Die Nachfrist kann jedoch bei ernsthafter Leistungsverweigerung oder wenn ein Fixgeschäft vorliegt entfallen.

Typischer Schadensersatz statt der Leistung sind die Mehrkosten für einen anderweitigen Kauf, den sogenannten **Deckungskauf.**

1.2.5.6 Leistungsstörung Gläubigerverzug („Annahmeverzug")

Sachverhalt

Drei Tage vor der Neueröffnung einer Versicherungsagentur soll die komplette EDV-Ausstattung für die Büros angeliefert werden. Da entgegen der Vereinbarung die bauseits zu erbringende Verkabelung noch nicht erfolgt ist, kann nicht installiert werden. Da ebenso der Innenausbau noch nicht abgeschlossen ist, muss die EDV-Anlage wieder mitgenommen werden. Welche Rechte kann der Verkäufer geltend machen?

Ein Gläubigerverzug (= Annahmeverzug) liegt vor, wenn eine angebotene, ordnungsgemäße Leistung zur rechten Zeit, am rechten Ort durch einen leistungsfähigen Schuldner vom Gläubiger nicht angenommen wird.

Voraussetzungen des Gläubigerverzugs

- **Nichtannahme der Leistung**
  Das Gesetz versteht dabei unter Nichtannahme auch, wenn der Gläubiger die erforderliche Mitwirkung (z. B. Abholung) unterlässt oder zwar zur Annahme bereit ist, aber nicht zur Erbringung der Gegenleistung.
- **Angebot der Leistung**
  Grundsätzlich erforderlich ist ein tatsächliches Angebot der Leistung, d. h. dass der Gläubiger nur noch zuzugreifen braucht. Ein wörtliches Angebot genügt jedoch, falls der Gläubiger mitwirken (z. B. die Ware abholen) muss.
- **Ordnungsmäßigkeit der Leistung**
  Die Nichtannahme einer unvollständigen, falschen, mangelhaften, nicht zur rechten Zeit oder nicht am Leistungsort erbrachten Leistung begründet keinen Annahmeverzug.
- **Leistungsfähigkeit des Verkäufers**
  Annahmeverzug kann nur eintreten, wenn der Verkäufer zur Leistung überhaupt in der Lage ist; liegt bereits Unmöglichkeit oder Lieferverzug vor, so kann kein Annahmeverzug eintreten (§ 297 BGB).

Entschuldigungsgründe des Gläubigers für die Nichtannahme sind i. d. R. irrelevant, da ein Verschulden für den Gläubigerverzug nicht erforderlich ist.

Rechtsfolgen des Gläubigerverzugs

Hinterlegung/Selbsthilfeverkauf
Der Schuldner kann aus dem Vertrag gemäß § 433 (2) BGB vom Gläubiger die Annahme und Zahlung verlangen. Bis dahin kann der Schuldner die Ware auf Kosten und Gefahr des Gläubigers hinterlegen; beim Handelskauf nach § 373 HGB „in sicherer Weise", also auch in seinem eigenen Lager, beim bürgerlichen Kauf nach § 372 BGB nur an einem öffentlichen Ort (i. d. R. beim Amtsgericht) und falls es sich um hinterlegungsfähige Sachen, z. B. Geld oder Wertpapiere, handelt.

Der Schuldner hat außerdem ein Recht auf den sogenannten **Selbsthilfeverkauf**, das ist i. d. R. eine öffentliche Versteigerung auf Kosten des Gläubigers gem. § 373 HGB bzw. § 383 ff. BGB. Der Selbsthilfeverkauf ist jedoch erst nach Androhung zulässig, es sei denn, es handelt sich um einen „Notverkauf", z. B. bei verderblicher Ware.

Ersatz der Mehraufwendungen
Der Gläubiger muss dem Schuldner nach § 304 BGB die durch den Annahmeverzug verursachten Mehraufwendungen wie Lagerkosten und die Kosten des erfolglosen Angebots, z. B. zusätzliche Transportkosten, ersetzen.

Schadensersatz
Grundsätzlich ist die Annahme nur eine Obliegenheit, deren Erfüllung nicht verlangt werden kann; der Gläubigerverzug führt daher nicht zu einem Schadensersatzanspruch.

In Ausnahmefällen, wie z. B. dem Kaufvertrag, ist die Annahme der Leistung jedoch eine Hauptpflicht, daher kommt der Käufer bei Nichtannahme nach den §§ 293 ff. BGB nicht nur in Gläubigerverzug, sondern nach § 284 ff. BGB auch in Schuldnerverzug. Aus Letzterem kann Schadensersatz verlangt werden.

1.2.5.7 Haftung aus unerlaubter Handlung

Sachverhalt

Ein Kunde verletzt sich im Laden eines Händlers schwer, als er an einem Nagel in der Dekoration hängen bleibt. Welche Ansprüche hat der Kunde gegen den Händler?

Schadensersatzansprüche sieht das Gesetz nicht nur bei der Verletzung vertraglicher Pflichten vor, sondern auch als Rechtsfolge einer unerlaubten Handlung nach den §§ 823 ff. BGB, die als **Delikthaftung** bezeichnet wird.

Anders als bei den o. g. Folgen aus Vertragsverletzungen setzt eine Haftung aus unerlaubter Handlung kein Vertragsverhältnis voraus.

Voraussetzungen

- Der Schädiger muss nach § 823 (1) BGB ein **absolutes Recht** verletzt haben oder nach § 823 (2) BGB gegen ein Schutzgesetz (z. B. StVO) verstoßen haben.

  Beispiele: *Zu den absoluten Rechten zählt man das Eigentum, das Leben, die Gesundheit, die Freiheit und einige sonstige Rechte wie z. B. Urheberrechte, Persönlichkeitsrechte, den berechtigten Besitz sowie das Recht am eingerichteten und ausgeübten Gewerbebetrieb.*

  Nicht unter die absoluten Rechte fällt das Vermögen, daher sind reine Vermögensschäden (z. B. ein entgangener Gewinn) nicht ersatzfähig. Anders liegt der Fall bei Vermögensschäden, die als Folge der Verletzung eines absoluten Rechts entstehen, z. B. Behandlungskosten nach Körperverletzung.

- Der Schaden muss durch ein Tun oder Unterlassen des Schadensersatzpflichtigen verursacht worden sein. Es muss also eine **Kausalität** bestehen. Dabei scheiden jedoch solche Kausalverläufe aus, die dem Schädiger billigerweise nicht mehr zugerechnet werden können.

  Beispiel: *Verletzung beim Streit mit Mitpatienten während eines Krankenhausaufenthalts nach einem Verkehrsunfall*

- Die Handlung muss **rechtswidrig** gewesen sein. Grundsätzlich ist jede Verletzung der Rechte anderer rechtswidrig, es sei denn, dass ein Rechtfertigungsgrund wie Amtsausübung (z. B. bei der Tätigkeit eines Gerichtsvollziehers), Notwehr (z. B. die Verletzung eines Angreifers), Notstand (z. B. der Aufbruch der Wohnungstür bei Wohnungsbrand) oder Einwilligung (z. B. bei einer Operation) vorliegt.

- Grundsätzlich kann Schadensersatz nur beansprucht werden, wenn ein **Verschulden**, also Fahrlässigkeit (Außerachtlassen der erforderlichen Sorgfalt, § 276 BGB) oder Vorsatz vorliegt.

  Nur ausnahmsweise sieht das Gesetz eine verschuldensunabhängige Haftung vor, die sogenannte **Gefährdungshaftung.**

  Beispiele: *Haftung des Tierhalters nach § 833 BGB; außerhalb des Deliktsrechts die Haftung des Verkäufers auf Nacherfüllung, die Produkthaftung nach dem ProdHaftG, die Haftung des Kfz-Halters nach § 7StVO*

Die deliktische Haftung ist auch möglich, wenn ein Vertragsverhältnis besteht.

Beispiel: *Im Eingangsfall hat der Kunde daher sowohl einen Anspruch aus der Verletzung vertraglicher Nebenpflichten aus §§ 280 ff. BGB, als auch aus der Verletzung eines absoluten Rechts nach § 823 (1) BGB.*

Rechtsfolge

Der Schädiger hat den durch die schädigende Handlung entstandenen Schaden zu ersetzen; dazu gehören sowohl die Vermögensschäden, z. B. der Wertersatz für beschädigte Sachen oder Behandlungskosten, als auch die Nichtvermögensschäden, wie z. B. Schmerzengeld, welche durch die Verletzung der absoluten Rechte entstanden sind.

Wiederholungsfragen zu Kapitel 1.2:

1. *Was ist im 2. Buch des BGB (Schuldrecht) geregelt?*
2. *Was versteht man unter einem Schuldverhältnis?*
3. *Wodurch entstehen Schuldverhältnisse?*
4. *Aus welchen Komponenten besteht die Vertragsfreiheit?*
5. *Nennen Sie Beispiele für Einschränkungen der Vertragsfreiheit.*
6. *Welche unterschiedlichen gesetzlichen Formerfordernisse gibt es?*
7. *Wann liegen Allgemeine Geschäftsbedingungen vor?*
8. *Welche Voraussetzungen müssen gegeben sein, damit AGB Vertragsbestandteil werden?*
9. *Welche Arten von AGB-Klauseln sind unwirksam?*
10. *Welche Rechtsfolge ergibt sich, wenn AGB-Klauseln unwirksam sind?*
11. *Wie kommt ein Vertrag zustande?*
12. *Wodurch kommt es zum Erlöschen des Antrags auf Abschluss eines Vertrages?*
13. *Unterscheiden Sie „Kaufmännisches Bestätigungsschreiben" und „Auftragsbestätigung".*
14. *Erläutern Sie, was man unter dem Grundsatz von „Treu und Glauben" versteht.*

15. *Aus welchen Gründen kann ein Vertrag von vornherein nichtig sein?*
16. *Aus welchen Gründen kann ein zustande gekommener Vertrag angefochten werden?*
17. *Was versteht man unter „Verjährung"?*
18. *Wie lang ist die regelmäßige Verjährungsfrist und wann beginnt sie?*
19. *Nennen Sie Beispiele für besondere Verjährungsfristen.*
20. *Wodurch beginnt die Verjährungsfrist neu zu laufen?*
21. *Was bewirkt eine Hemmung der Verjährung und wodurch kommt es dazu?*
22. *Was gibt der Gerichtsstand an?*
23. *Was versteht man unter der „Produkthaftung"?*
24. *Inwieweit ist der Haftungsumfang der Produkthaftung eingeschränkt bei Personenschäden/bei Sachschäden?*
25. *Unterscheiden Sie Verpflichtungs- und Erfüllungsgeschäft bei einem Kaufvertrag.*
26. *Welche Pflichten haben die Vertragsparteien bei einem Kaufvertrag?*
27. *Was versteht man unter einem „Verbrauchsgüterkauf"?*
28. *Was versteht man unter einem „Sachmangel"/einem „Rechtsmangel"?*
29. *Die Nacherfüllung ist im Rahmen der Gewährleistung ein „vorrangiger" Anspruch – erläutern Sie dies.*
30. *Unterscheiden Sie „Ersatzlieferung" und „Umtausch".*
31. *Wann verjähren die Ansprüche des Käufers bei Mängeln an der Ware?*
32. *In welchen Fällen ist die Mängelhaftung per Gesetz ausgeschlossen?*
33. *Unterscheiden Sie „Gewährleistung" und „Garantie".*
34. *Was versteht man unter einem „Fernabsatzgeschäft"?*
35. *Erläutern Sie das Widerrufsrecht bei Fernabsatzverträgen.*
36. *Welche Pflichten haben die Vertragsparteien bei einem Mietvertrag?*
37. *Unterscheiden Sie Dienstvertrag und Werkvertrag.*
38. *Wie werden die Forderungen des Werkunternehmers gesichert?*
39. *Welche Pflichten haben die Vertragsparteien bei einem Darlehensvertrag?*
40. *Was versteht man unter „Leasing"?*
41. *Welche Leistungsstörungen gibt es bei Schuldverhältnissen?*
42. *Was versteht man unter dem Erfüllungsort und wodurch wird er bestimmt?*
43. *Grenzen Sie Holschuld, Schickschuld und Bringschuld voneinander ab.*
44. *Welche Arten von Schäden werden unterschieden?*
45. *Welche Arten von Unmöglichkeit gibt es?*
46. *Erläutern Sie die Rechtsfolgen bei Unmöglichkeit der Leistung.*

47. Wodurch tritt Schuldnerverzug ein?

48. Erläutern Sie die Rechtsfolgen bei Schuldnerverzug.

49. Wann liegt Gläubigerverzug vor?

50. Was versteht man unter „Delikthaftung"?

1.3 BGB Sachenrecht

Das Sachenrecht behandelt die Beziehungen zwischen Personen und Sachen (= körperliche Gegenstände).

Gesetzliche Grundlagen des Sachenrechts finden sich
- im 3. Buch des BGB (Sachenrecht: §§ 854–1296),
- in grundlegenden Definitionen im Allgemeinen Teil des BGB (§§ 90 ff. BGB),
- in Nebengesetzen (z. B. Wohnungseigentumsgesetz).

1.3.1 Eigentum und Besitz

1.3.1.1 Begriffsunterscheidung

Eigentum	Besitz
Eigentum ist die rechtliche Herrschaft über eine Sache.	***Besitz ist die tatsächliche Herrschaft über eine Sache. Besitzer ist, wer die Sache tatsächlich hat.***
Beispiele: *Der Pkw-Vermietung gehört der Pkw, sie ist als Eigentümer im Kfz-Brief eingetragen. Der Erwerber einer Uhr ist der Eigentümer.*	***Beispiele:*** *Der Mieter ist der Besitzer des gemieteten Pkw. Aber auch der Dieb ist der Besitzer der gestohlenen Uhr.*

1.3.1.2 Herrschaftsrechte an Sachen

Das **Eigentumsrecht** ist das umfassendste Herrschaftsrecht an Sachen.

> **§ 903 BGB: Befugnisse des Eigentümers**
> Der Eigentümer einer Sache kann, soweit nicht das Gesetz oder Rechte Dritter entgegenstehen, mit der Sache nach Belieben verfahren und andere von jeder Einwirkung ausschließen.

Aus dem Eigentumsrecht lassen sich u.a. folgende **Ansprüche** des Eigentümers ableiten:
- Herausgabeanspruch nach § 985 BGB,
- Beseitigungs- und Unterlassungsanspruch bei Störungen nach § 1004 BGB,
- Schadensersatzanspruch bei Schädigung nach § 823 (1) BGB.

Eingeschränkte Herrschaftsrechte an Sachen sind Nutzungsrechte wie die **Grunddienstbarkeit**, die das Recht zur Nutzung eines Grundstücks in einzelnen Beziehungen umfasst, z. B. das Wegerecht.

Beim **Nießbrauch** erhält der Nießbraucher nicht nur ein Nutzungsrecht auf einzelne Teile der Sache, sondern er kann die Sache umfassend nutzen und die „Früchte" hieraus ziehen, also z. B. die Immobilie selbst bewohnen oder auch vermieten.

Bei einer **Reallast** ist der Grundstückseigentümer verpflichtet, wiederkehrende Leistungen an Dritte zu erbringen; infrage kommen nicht nur Geldleistungen (z. B. Rente), sondern auch Naturalien (z. B. Holzlieferung) und Dienstleistungen (z. B. Pflege). Wenn der Eigentümer die Leistungen nicht mehr erbringen kann, kann der Berechtigte das Grundstück zur Zwangsvollstreckung bringen und sich aus dem Erlös befriedigen.

Durch die Eintragung der Nutzungsrechte ins Grundbuch, Abteilung II, sind sie mit dem Grundstück verbunden und wirken damit auch gegenüber zukünftigen Eigentümern.

1.3.1.3 Übertragung des Eigentums per Rechtsgeschäft

Einigung und Übergabe

Das Eigentum an einer beweglichen Sache wird nach § 929, S. 1 BGB im Regelfall übertragen

- durch **Einigung** über den Eigentumsübergang zwischen dem Eigentümer und dem Erwerber **und**
- durch **Übergabe** der Sache; bei Grundstücken erfolgt anstelle der Übergabe der Eintrag ins Grundbuch.

Einigung ohne Übergabe

Das Gesetz sieht aber auch vor, dass die Übergabe entfallen und eine Einigung genügen kann, wenn

- der Erwerber bereits im Besitz der Sache ist (§ 929, S. 2 BGB);

  Beispiel: *Der Entleiher möchte die entliehene Sache kaufen.*

- der Veräußerer (noch) im Besitz bleiben will (§ 930 BGB).

  Beispiel: *A verkauft sein Fahrrad, möchte es aber noch eine Woche nutzen; die Übergabe wird durch die Vereinbarung eines Leihvertrages ersetzt.*

  Beispiel *Sicherungsübereignung: B finanziert den Kaufpreis eines Neuwagens durch einen Bankkredit; als Kreditsicherheit wird der Wagen an die Bank sicherungsübereignet, wobei die Übergabe durch die Vereinbarung ersetzt wird, dass B im Besitz des Wagens bleiben soll.*

Einigung mit einem Nichteigentümer

Ebenso ist es möglich, Eigentum von einem anderen als dem Eigentümer zu erwerben, z. B. wenn

- der Veräußerer vom Eigentümer dazu ermächtigt war (§ 185 BGB);
- der Erwerber den Veräußerer gutgläubig für den Eigentümer gehalten hat (§ 932 BGB).

  Beispiel: *A leiht sich das Fahrrad des B und veräußert es an den ahnungslosen C.*

Dieser gutgläubige Erwerb ist aber nur möglich, wenn die Sache nicht „abhanden gekommen", d. h. gestohlen oder verloren gegangen war (§ 935 BGB).

Beispiel: *Hätte A das Fahrrad des B gestohlen, könnte C trotz Gutgläubigkeit kein Eigentum an dem Rad erwerben.*

1.3.1.4 Erwerb des Eigentums per Tathandlung

Der Eigentumserwerb ist hierbei kein Rechtsgeschäft, er erfolgt durch eine tatsächliche Handlung und ist sogar möglich bei abhanden gekommenen Sachen.

Beispiel: *A entwendet Baumaterial und verwendet es zum Bau eines Hauses auf seinem Grundstück; A wird durch die Verbindung des Baumaterials mit dem Grundstück nach § 946 BGB Eigentümer.*

Verbindung beweglicher Sachen mit einem Grundstück nach § 946 BGB	Verbindung beweglicher Sachen miteinander nach § 947 BGB	Verarbeitung von Sachen zu neuer Sache nach § 950 BGB
Bewegliche Sachen werden zu einem wesentlichen Bestandteil eines Grundstücks.	Bewegliche Sachen werden wesentliche Bestandteile einer anderen Sache.	Verarbeitung zu einer neuer Sache
Beispiele: – *Errichtung Haus* – *Einbau Aufzug in Haus*	***Beispiele:*** – *Maschinenbau* – *Anbringung von Beschlägen in der Möbelproduktion*	***Beispiele:*** *Herstellung von Brot, Papier, Spanplatten u. Ä. aus Rohstoffen*
Rechtsfolge: Eigentümer des Grundstücks wird der Eigentümer der mit dem Grundstück verbundenen Sache.	Rechtsfolge: ▪ Bisherige Eigentümer werden Miteigentümer der Sache (Bruchteilseigentum). ▪ Falls einer Eigentümer der Hauptsache ist, wird er Alleineigentümer.	Rechtsfolge: Hersteller wird Eigentümer der neuen Sache. Hersteller = derjenige, in dessen Interesse bzw. Namen die Verarbeitung erfolgt.

1.3.1.5 Eigentumsvorbehalt

Der einfache Eigentumsvorbehalt beinhaltet nach § 449 BGB die Vereinbarung, dass der Verkäufer bis zur vollständigen Bezahlung Eigentümer der Ware bleibt.

Grundsätzlich geht nach § 929 BGB das Eigentum mit Einigung und Übergabe über, die Bedingung, dass zuvor bezahlt sein muss, erwähnt das Gesetz nicht. Daher muss ein Eigentumsvorbehalt spätestens vor der Übergabe (meist schon beim Kaufvertragsabschluss) ausdrücklich z. B. per AGB oder per Individualvereinbarung vereinbart werden.

Bedeutung des Eigentumsvorbehalts

Sachverhalt

Händler Marx hat an die Comtec-Software OHG am 01.06. d. J. Büroeinrichtungen im Wert von 100.000 EUR geliefert, zahlbar 14 Tage nach Lieferung. Am 01.08. ist noch nicht gezahlt worden.

	ohne Eigentumsvorbehalt	mit Eigentumsvorbehalt
Ansprüche auf die Ware bei Nichtzahlung	Schuldrechtlicher Anspruch nach § 346 BGB auf Rückgabe nach erfolgtem Rücktritt (relatives Recht, nur gegenüber dem Vertragspartner)	
	kein Anspruch aus § 985, da der Verkäufer kein Eigentümer mehr ist	zusätzlich sachenrechtlicher Anspruch auf Herausgabe des Eigentums nach § 985 BGB (= absolutes Recht, das gegenüber jedermann wirkt)
Pfändung der Ware durch Dritte	keine Möglichkeit	Widerspruch als Eigentümer
Insolvenz des Schuldners	Sache geht in die Insolvenzmasse ein; Anspruch auf Rückgabe wird zu „normaler" Insolvenzforderung auf Geld (Erfolgsquote ca. 5 %)	Sache geht nicht in Insolvenzmasse ein; Aussonderung und Rückgabe der Ware an den Eigentümer

Problematik des einfachen Eigentumsvorbehalts

Der einfache Eigentumsvorbehalt geht unter

- bei Weiterverkauf an einen Dritten mit Ermächtigung nach § 185 BGB,
- bei Weiterverkauf an einen gutgläubigen Dritten nach § 932 BGB,
- wenn die gelieferte Sache wesentlicher Bestandteil eines Hauses oder Grundstücks wird (§ 946 i. V. m. §§ 93, 94 BGB),
- bei Verbindung oder Verarbeitung der gelieferten Ware nach den §§ 947 ff. BGB.

Aufgrund der Problematik des einfachen Eigentumsvorbehalts haben sich in der Wirtschaft verschiede Sonderformen des Eigentumsvorbehalts herausgebildet. Diese Sonderformen können auch per AGB vereinbart werden, falls die andere Seite Kaufmann ist.

Sonderform „Erweiterter Eigentumsvorbehalt"

Beim erweiterten Eigentumsvorbehalt behält sich der Verkäufer sein Eigentum auch an den schon bezahlten Waren vor, bis alle Waren bezahlt sind.

Formulierungsbeispiel: *„Der Verkäufer bleibt Eigentümer der Ware bis zur vollen Bezahlung seiner sämtlichen, auch zukünftig entstehenden Forderungen aus der Geschäftsverbindung."*

Bei Insolvenz des Käufers führt der erweiterte Eigentumsvorbehalt zur Absonderung der bereits bezahlten Waren: sie gehen nicht in die Masse ein, sondern werden vorweg verwertet und der Erlös geht an den Vorbehaltsverkäufer (siehe hierzu auch Kapitel 1.3.3).

Sind jedoch **alle** Waren bereits verkauft oder verarbeitet, greift auch der erweiterte Eigentumsvorbehalt nicht.

Sonderform „Verarbeitungsklausel"

Der Lieferant macht sich durch die Verarbeitungsklausel zum Hersteller i. S. d. § 950 BGB. Er wird dadurch Eigentümer der neu hergestellten Sache („Wer durch Verarbeitung ... eine neue bewegliche Sache herstellt, erwirbt das Eigentum an der neuen Sache."; § 950 BGB).

Formulierungsbeispiel: *„Eine etwaige Verarbeitung der gelieferten Rohstoffe erfolgt durch den Käufer **für den Lieferanten**."*

Bei Insolvenz des Käufers führt die Verarbeitungsklausel zur Absonderung der mit den gelieferten Rohstoffen hergestellten Ware.

Die Verarbeitungsklausel ist sinnlos bei Sachen, die wesentliche Bestandteile von Grundstücken werden (§ 946 BGB ist nicht dispositiv).

Beispiel: *Ein Baustofflieferant liefert Baustoffe, die zum Bau eines Hauses verwendet werden; trotz etwaiger Verarbeitungsklausel würde der Grundstückseigentümer in diesem Fall Eigentümer der Baustoffe nach § 946 BGB.*

Sonderform „Verlängerter Eigentumsvorbehalt"

Beim verlängerten Eigentumsvorbehalt werden vom Käufer (z. B. Händler) diejenigen Forderungen an den Verkäufer (z. B. Lieferant) im Voraus abgetreten, die der Käufer durch die Weiterveräußerung der Waren erwerben wird.

Formulierungsbeispiel: *„Veräußert der Käufer die von uns gelieferte Ware, so tritt er schon jetzt die ihm aus der Veräußerung zustehenden Forderungen gegen den Abnehmer an uns ab. Vereinnahmte Beträge gelten als Inkasso für uns."*

Der Verkäufer verliert zwar das Eigentum an der Sache, ihm steht aber die Forderung gegen den Abnehmer der Ware zu.

1.3.2 Finanzierungssicherheiten

Sachverhalt

Ein Händler möchte einen Bankkredit aufnehmen; neben einer Bürgschaft seiner Ehefrau verlangt die Bank auch „dingliche Sicherheiten". Wie kann der Händler z. B. den Firmen-Lkw, das Firmengrundstück und einige Wertpapiere dafür nutzen?

1.3.2.1 Pfandrechte an beweglichen Sachen und Sicherungsübereignung

Pfandrechte

Ein Pfandrecht ist ein dingliches Recht, das dem Gläubiger die Befugnis einräumt, unter bestimmten Voraussetzungen Befriedigung aus der verpfändeten Sache zu suchen („Realkredit").

Wie im Kapitel Schuldrecht beschrieben, besteht z. B. per Gesetz ein Pfandrecht beim Werkvertrag oder Mietvertrag (§ 562 BGB). So hat eine Kfz-Reparaturwerkstatt ein Werkunternehmerpfandrecht an einem zur Reparatur abgegebenen Pkw des Kunden, falls dieser die Reparatur nicht zahlen kann.

Ein Pfandrecht kann auch vertraglich vereinbart werden („Verpfändung"). Dazu ist es immer erforderlich, dass der Schuldner dem Gläubiger die Sache übergibt.

Beispiel: *A bringt ein Schmuckstück ins Pfandhaus und erhält dafür einen Kredit von 200,00 EUR. Zahlt A den Kredit nicht zurück, kann das Pfandhaus das Schmuckstück verwerten, d. h. in einer Zwangsversteigerung zu Geld machen.*

Als Pfand eignen sich vor allem Sachen, die besonders wertvoll sind und ein geringes Volumen haben, z. B. Wertpapiere, Edelmetalle, Schmuck und dergleichen. Außerdem muss der Eigentümer für die Zeit der Pfandhingabe auf diese Gegenstände verzichten können, sie also nicht in Gebrauch haben.

Sicherungsübereignung

Da eine Verpfändung ohne Besitzübergang an den Sicherungsnehmer nicht möglich ist, wurde sie im Geschäftsleben weitgehend von der Sicherungsübereignung verdrängt.

Bei der Sicherungsübereignung wird an den Gläubiger eine Sache zur Sicherung übereignet, die fehlende Übergabe wird nach § 930 BGB durch die Vereinbarung ersetzt, dass der Schuldner die Sache weiter in Besitz behalten kann („Besitzkonstitut").

Vergleich Verpfändung/Sicherungsübereignung	
Verpfändung	**Sicherungsübereignung**
▪ Gläubiger wird Besitzer ▪ Schuldner bleibt Eigentümer	▪ Gläubiger wird Eigentümer ▪ Schuldner bleibt Besitzer
Nachteile (gegenüber der Sicherungsübereignung) ▪ Gläubiger: Lagerung ▪ Schuldner: kann Sicherungsgut nicht nutzen	**Vorteile** (gegenüber der Verpfändung) ▪ Für den Gläubiger ist keine Lagerung erforderlich. ▪ Für Gläubiger **und** Schuldner: Der Schuldner kann das Sicherungsgut zur Umsatzerzielung nutzen (wichtig für die Darlehenstilgung). **Nachteile:** (Gefahren für den Gläubiger) ▪ höherer Wertverlust durch Gebrauch (Abnutzung) ▪ Verlust des Sicherungsgutes durch Unfälle, Brand, Diebstahl u. Ä. ▪ gutgläubiger Erwerb des Sicherungsguts durch Dritte = Verlust des Eigentums ▪ Sicherungsgut war schon an anderen Gläubiger übereignet

Sowohl bei einer Verpfändung als auch bei einer Sicherungsübereignung darf der Gläubiger sofort bei Fälligkeit und Nichtzahlung das Sicherungsgut verwerten, ein Vollstreckungstitel ist nicht erforderlich.
Im Fall der Insolvenz des Schuldners besteht ein Recht auf Absonderung: Das Sicherungsgut geht nicht in die Insolvenzmasse ein, es wird abgesondert und vorweg verwertet, d. h. zu Geld gemacht, und der Erlös geht in Höhe der gesicherten Forderung an den Gläubiger.

1.3.2.2 Pfandrechte an Immobilien (Grundpfandrechte)

Sachverhalt

Der Händler Herting lässt zur Sicherung eines Bankkredits zugunsten seiner Bank die Belastung seines Firmengrundstücks mit einer Hypothek oder Grundschuld ins Grundbuch eintragen.

Wesen der Grundpfandrechte

Bei den Grundpfandrechten wird das Grundstück des Schuldners zugunsten des Gläubigers mit einem **dinglichen Verwertungsrecht** belastet. Der Gläubiger wird berechtigt, sich aus dem Grundstück zu befriedigen, d. h. er kann das Grundstück (incl. seiner wesentlichen Bestandteile und Zubehör) im Wege einer Zwangsversteigerung zu Geld machen. Grundpfandrechte werden in Abteilung III des **Grundbuchs** eingetragen.

Rang der Grundpfandrechte

Nach dem Rang des Grundpfandrechtes richtet sich, in welcher Reihenfolge die Gläubiger bei einer Zwangsversteigerung ihr Geld bekommen: Jeder vorrangige Gläubiger wird bei einer Zwangsversteigerung zunächst möglichst voll befriedigt. Der Rang richtet sich nach der zeitlicher Reihenfolge der Eintragung; bei der **Löschung** eines Grundpfandrechtes rücken die Nachrangigen auf.

Unterschied Grundschuld/Hypothek

Sachverhalt

Das Grundbuch weist in Abteilung III (Grundpfandrechte) bezüglich des Firmengrundstücks von Händler Herting folgende Belastungen aus:

1. „100.000,00 EUR Hypothek zugunsten der Sparkasse Köln für ein Darlehen, verzinslich mit … Der Grundstückseigentümer ist der sofortigen Zwangsvollstreckung unterworfen. …"
2. „120.000,00 EUR Grundschuld zugunsten der Volksbank Bonn, verzinslich mit … Der Grundstückseigentümer ist der sofortigen Zwangsvollstreckung unterworfen. …"

Welche Unterschiede bestehen zwischen diesen beiden Grundpfandrechten?

Wenn man genau hinschaut, wird beim Vergleich der Formulierungen der eingetragenen Grundpfandrechte der wesentliche Unterschied bereits deutlich: Die Hypothek ist an das

Bestehen einer bestimmten Forderung gebunden, die Grundschuld hingegen nicht. Daraus ergeben sich eine Reihe von Konsequenzen:

Hypothek	Grundschuld
Der Gläubiger wird berechtigt, sich **wegen einer bestimmten Forderung** aus dem Grundstück zu befriedigen (§ 1113 BGB). ▪ Die Hypothek ist an das Bestehen und an die Höhe einer bestimmten Forderung gegen den Schuldner gebunden („akzessorisches" Grundpfandrecht). ▪ Für die Bestellung einer Hypothek muss ein Schuldverhältnis (Grundgeschäft, z. B. ein Darlehensvertrag), *vorhanden* sein. ▪ Die Hypothek entsteht mit der Eintragung ins Grundbuch **und** Auszahlung des Darlehens.	Der Gläubiger wird berechtigt, sich **in Höhe einer Geldsumme** aus dem Grundstück zu befriedigen (§ 1191 BGB). ▪ Die Grundschuld ist nicht an das Bestehen einer bestimmten Forderung gegen den Schuldner gebunden („abstraktes" Grundpfandrecht). ▪ Für die Bestellung einer Grundschuld muss kein Schuldverhältnis (Grundgeschäft) vorhanden sein. ▪ Die Grundschuld entsteht mit der Eintragung ins Grundbuch.
Nur möglich für die Sicherung tatsächlich in Anspruch genommener Kredite.	Auch möglich für die Sicherung eingeräumter, aber noch nicht in Anspruch genommener Kredite.
Nach Abzahlung des Darlehens wird die Hypothek (falls sie nicht gelöscht wird) automatisch zur Eigentümergrundschuld, eine Verwendung dieser Hypothek für weitere Kredite des Gläubigers ist nicht möglich.	Nach Abzahlung des Darlehens bleibt die Grundschuld zugunsten des Gläubigers zunächst bestehen, folgende Möglichkeiten bestehen: ▪ Verwendung zur Sicherung weiterer Kredite dieses Gläubigers; ▪ Löschung (nachrangige Gläubiger rücken auf); ▪ Umwandlung in eine Eigentümergrundschuld; durch diese wird dem Eigentümer eine bestimmte Rangstelle im Grundbuch eingeräumt.
Kann **nicht** von vornherein als „Eigentümerhypothek" bestellt werden.	Kann von vornherein als sogenannte Eigentümergrundschuld bestellt werden, der damit verbundene Rang kann bei späterer Kreditbeschaffung an einen Gläubiger abgetreten werden.

Vorteile der Absicherung durch Grundpfandrechte

Sachverhalt

Kreditgeber A und Kreditgeber B wollen in das Grundstück eines Schuldners in Form einer Zwangsversteigerung zwangsvollstrecken, der Kredit des B ist durch eine Grundschuld oder Hypothek abgesichert. Welche Vorteile hat er gegenüber A?

B hat gegenüber A erhebliche Vorteile durch die dingliche Absicherung seines Kredits:

- Vorrang der eingetragenen Gläubiger vor den nicht eingetragenen Gläubigern.

- Den zur Zwangsvollstreckung notwendigen Vollstreckungstitel erhält der Gläubiger üblicherweise schon im Voraus bei der Bestellung der Grundschuld/Hypothek in Form vertraglicher „Unterwerfungsklauseln“. Durch diese unterwirft sich der Schuldner der sofortigen Zwangsvollstreckung; wird die Unterwerfungsklausel auch ins Grundbuch aufgenommen, gilt sie auch gegen nachfolgende Eigentümer.
- Im Falle der Schuldner-Insolvenz kommt es zur Absonderung der Forderung: Das Grundstück als Sicherungsgut geht nicht in Insolvenzmasse ein, sondern wird vorweg verwertet und der Erlös geht in Höhe der gesicherten Forderung an den Gläubiger.

1.3.2.3 Finanzierungssicherheiten durch dritte Personen

Im Gegensatz zu den Realkrediten erfolgt bei den **Personalkrediten** keine dingliche Sicherung, sondern hier dient vielmehr die Bonität weiterer Personen als Sicherheit.

Bürgschaft

Durch einen Bürgschaftsvertrag verpflichtet sich ein Bürge gegenüber einem Gläubiger (Kreditgeber), für die Erfüllung der Verbindlichkeiten eines Dritten (Hauptschuldner) einzustehen.

Beispiel: *A nimmt einen Kredit zur Finanzierung seines Neuwagens bei der Bank B auf, A's Arbeitgeber unterzeichnet einen Bürgschaftsvertrag mit der Bank.*

Der Bürgschaftsvertrag verlangt nach § 766 BGB die **Schriftform**, ein Kaufmann kann jedoch nach § 350 HGB formlos bürgen, wenn die Bürgschaft für ihn ein Handelsgeschäft ist.

Ausfallbürgschaft
Der Bürge hat grundsätzlich nach § 771 BGB das Recht der „Einrede der Vorausklage“, d. h. er kann die Befriedigung des Gläubigers verweigern, solange der Gläubiger nicht eine Zwangsvollstreckung gegen den Hauptschuldner erfolglos versucht hat.

Selbstschuldnerische Bürgschaft
Da dies für die meisten Kreditgeber lästig und wohl auch mit hohen Kosten verbunden ist, verlangen sie heutzutage generell eine selbstschuldnerische Bürgschaft. Dies wird erreicht, indem der Bürge bereits im Vertrag gemäß § 773 BGB ausdrücklich auf das Recht der Einrede der Vorausklage verzichtet. In einem späteren Prozess kann er diese Einrede dann nicht mehr geltend machen.

Bürgschaften eines Kaufmanns sind per Gesetz grundsätzlich selbstschuldnerische Bürgschaften (§ 349 HGB), sie können jedoch vertraglich als Ausfallbürgschaft vereinbart werden.

Abtretung von Forderungen („Zessionskredit“)

Beim Zessionskredit überträgt der Schuldner (Kreditnehmer) einem Gläubiger (Kreditgeber) vertraglich Forderungen, die er gegen Dritte („Drittschuldner“) hat.

Kommt der Kreditnehmer mit der Tilgung des Kredits in Verzug, kann der Kreditgeber auf die ihm abgetretene Forderung zurückgreifen.

Grundsätzlich kann jegliche Art von Forderung abgetreten werden; z. B. Forderungen aus Kauf-, Miet- oder Pachtverträgen oder Ansprüche aus Lebensversicherungen; es können auch zukünftige Forderungen im Voraus abgetreten werden.

Nach dem Stand der Information des Drittschuldners werden folgende Versionen unterschieden:

- Die **stille Zession**, bei der die Forderungen abgetreten werden, ohne dass der Drittschuldner davon erfährt. Er leistet mit befreiender Wirkung an den Kreditnehmer, der diese Beträge weiterleitet an seinen Kreditgeber.
- Bei der **offenen Zession** kann hingegen der Drittschuldner schuldbefreiend nur an den Kreditgeber leisten. Voraussetzung ist natürlich, dass ihm die Zession und die Rechtsfolgen erklärt werden.

1.3.3 Grundlagen des Insolvenzrechts

1.3.3.1 Wesen, Ziele und Arten des Insolvenzverfahrens

Wesen des Insolvenzverfahrens

Bei einem Insolvenzverfahren handelt es sich um ein Gesamtvollstreckungsverfahren in das Vermögen eines Schuldners durch die Verwertung des gesamten Vermögens mit Ausnahme der unpfändbaren Gegenstände („Insolvenzmasse"). Vollstreckungshandlungen einzelner Gläubiger sind während des Verfahrens unzulässig.

Das Insolvenzverfahren ist in der **Insolvenzordnung (InsO)** geregelt.

Ziel des Insolvenzverfahrens

Ziel des Insolvenzverfahrens ist eine **gleichmäßige Befriedigung** der Gläubiger. Es gibt kein Prioritätsprinzip, wonach bestimmte Gläubiger bevorzugt befriedigt würden. Mit der Insolvenzrechtsreform vom 01.01.1999 wurden die Konkursvorrechte innerhalb der Forderungen abgeschafft, z. B. die Bevorrechtigung von Arbeitnehmern und Fiskus.

Besser gestellt sind jedoch Gläubiger mit dinglichen Sicherheiten, z. B. mit Eigentumsvorbehalt oder Sicherungsübereignung, da diese als unpfändbare Gegenstände nicht in die Insolvenzmasse eingehen.

Ziel des Verfahrens ist bei **natürlichen Personen** als Schuldner außerdem eine Befreiung von den durch die Insolvenz nicht erfüllten Schulden **(Restschuldbefreiung).**

Arten von Insolvenzverfahren

Das **Regelinsolvenzverfahren** ist durchzuführen für

- juristische Personen;
- für natürliche Personen,
  - die zum Zeitpunkt des Insolvenzantrags selbstständig tätig sind oder
  - die selbstständig tätig waren, wenn aus dieser Tätigkeit noch Forderungen aus Arbeitsverhältnissen bestehen (z. B. Forderungen ehemaliger Arbeitnehmer, von Sozialversicherungsträgern oder von Finanzämtern) oder
  - die selbstständig tätig waren, wenn mehr als 19 Gläubiger vorhanden sind.

Das **Verbraucherinsolvenzverfahren (Privatinsolvenz)** ist ein vereinfachtes Verfahren. Es steht natürlichen Personen offen, d. h. Verbrauchern und außerdem ehemaligen

Selbstständigen und Kleingewerbetreibenden, sofern diese weniger als 20 Gläubiger und keine Verbindlichkeiten aus Beschäftigungsverhältnissen mit Arbeitnehmern haben (§ 304 InsO).

1.3.3.2 Ablauf des Regelinsolvenzverfahrens

Antrag und Entscheidung über Eröffnung des Insolvenzverfahrens (§§ 13 ff. InsO)

Der Antrag auf Eröffnung des Insolvenzverfahrens kann vom Schuldner und jedem Gläubiger beim Insolvenzgericht gestellt werden. Insolvenzgericht ist das Amtsgericht am Ort des allgemeinen Gerichtsstands, also am Wohn- oder Verwaltungssitz des Schuldners, bzw. am Ort des Mittelpunkts der selbstständigen wirtschaftlichen Tätigkeit.

Es muss nach §§ 16ff. InsO ein **Insolvenzgrund** gegeben sein. Dazu zählen:

- Zahlungsunfähigkeit, d. h. fällige Forderungen können nicht erfüllt werden. Indizien dafür sind Erklärungen des Schuldners, nicht zahlen zu können, die Einstellung des Betriebs des Schuldners, Nichtzahlung von Arbeitnehmergehältern und Telefon- oder Stromkosten, Flucht des Schuldners vor Gläubigern und Steuer- und Sozialversicherungsrückstände.
- Drohende Zahlungsunfähigkeit, d. h. fällige Forderungen können mit hoher Wahrscheinlichkeit nicht erfüllt werden. Da die Feststellung anhand eines vom Schuldner aufzustellenden Finanzplans erfolgt – das ist ein Vergleich der voraussichtlichen Verbindlichkeiten mit den voraussichtlichen Einnahmen –, kann hier nur der Schuldner einen Eröffnungsantrag stellen.
- Überschuldung bei juristischen Personen, d. h. das Vermögen des Schuldners deckt die bestehenden Verbindlichkeiten nicht mehr. Faktisch bedeutet das, es gibt kein Eigenkapital mehr.

Zur **Abweisung des** Insolvenzantrags durch das Insolvenzgericht kommt es,

- wenn kein Insolvenzgrund vorliegt;
- wenn das Schuldnervermögen die Verfahrenskosten – das sind die Kosten für das Gerichtsverfahren, den Insolvenzverwalter und die Verwertung der Masse – nicht deckt („Ablehnung mangels Masse“); Gesellschaften werden in diesem Fall aus dem Handelsregister gelöscht. Bei natürlichen Personen als Schuldner muss eine die Kosten des Verfahrens deckende Masse nicht vorhanden sein, falls die Stundung der Verfahrenskosten beantragt wurde.

Eröffnung des Insolvenzverfahrens

Die Eröffnung des Verfahrens führt zur Beschlagnahme der Insolvenzmasse. Weitere Verfügungen des Schuldners („Gemeinschuldner“) sind damit unzulässig. Zur Erhaltung der Haftungsmasse können bis zur Entscheidung über den Insolvenzantrag Verfügungsverbote über das gesamte Vermögen oder einzelne Vermögensgegenstände des Schuldners angeordnet werden.

Bei Eröffnung des Insolvenzverfahrens wird durch das Insolvenzgericht ein Insolvenzverwalter eingesetzt, ein Termin für die erste Gläubigerversammlung festgelegt und bestimmt, bis wann die Gläubiger Aus- und Absonderungsrechte anzeigen müssen.

Außerdem wird ein Termin bestimmt, zu dem die Gläubiger ihre Forderungen beim Insolvenzverwalter zur Insolvenztabelle angemeldet haben müssen.

Im sog. Prüftermin werden die angemeldeten Forderungen geprüft. Eine angemeldete Forderung gilt für das weitere Insolvenzverfahren als festgestellt, wenn weder der Insolvenzverwalter noch ein Insolvenzgläubiger widersprechen. Für bestrittene Forderungen kann der Gläubiger versuchen, den Widerspruch z. B. durch Änderung der Höhe oder durch Nachweise der Forderung zu beseitigen, ansonsten muss die Feststellung außerhalb des Insolvenzverfahrens in einem besonderen Rechtsstreit betrieben werden.

Feststellung und Verteilung der Insolvenzmasse durch den Insolvenzverwalter

Die Feststellung und Verteilung der Insolvenzmasse folgt einem genau festgelegten Verfahren. Die folgende Tabelle gibt einen Überblick:

<table>
<tr><th colspan="2">1. Schritt: Feststellung der vorhandenen Vermögenswerte</th></tr>
<tr><th colspan="2">2. Schritt: „Bereinigung" der festgestellten Vermögenswerte</th></tr>
<tr><td rowspan="3"></td><td>Aussonderung von fremdem Eigentum und Rückgabe an den Eigentümer

Beispiele: geleaste Maschine, unter Eigentumsvorbehalt gekaufte Ware</td></tr>
<tr><td>Absonderung von mit dinglichen Rechten belasteten Gegenständen; sie gehen nicht in die Masse ein, sondern werden vorweg zu Geld gemacht und die Gläubiger als Inhaber der dinglichen Rechte aus dem Erlös befriedigt.

Beispiele: ein Grundstück, das mit einer Hypothek/Grundschuld belastet ist; ein Pkw, der an eine Bank sicherungsübereignet wurde; verpfändete Wertgegenstände</td></tr>
<tr><td>Aufrechnung mit Schulden, die Gläubiger gegenüber dem Gemeinschuldner haben

Beispiel: Ein Warenlieferant schuldet dem Gemeinschuldner noch eine Rückzahlung, weil der Gemeinschuldner wegen Mängeln von einem Kaufvertrag zurückgetreten war.</td></tr>
<tr><td colspan="2">Rest = Insolvenzmasse, welche verwertet, d. h. zu Geld gemacht wird</td></tr>
<tr><th colspan="2">3. Schritt: Die Insolvenzmasse wird verwertet, d. h. per Zwangsversteigerung zu Geld gemacht und an die Gläubiger in folgender Reihenfolge verteilt:</th></tr>
<tr><td rowspan="2"></td><td>Befriedigung der Masseverbindlichkeiten, d. h.
▪ der Massekosten (= Kosten des Insolvenzverfahrens)

Beispiel: Gerichtskosten, Insolvenzverwalter

▪ der Masseschulden, d. h. der Verbindlichkeiten, die erst nach der Insolvenzeröffnung durch die Handlungen des Insolvenzverwalters entstanden sind

Beispiel: Miete, Löhne, Einkäufe</td></tr>
<tr><td>Rest für sonstige Insolvenzforderungen, das sind alle übrigen Forderungen („Tabellenforderungen") gemäß der festzustellenden Insolvenzquote.</td></tr>
</table>

Die Tabellenforderungen werden gleichmäßig anhand der Insolvenzquote befriedigt.

Beispiel: *Die Summe der Tabellenforderungen beträgt 200.000,00 EUR, nach Befriedigung der Masseverbindlichkeiten stehen jedoch nur noch 10.000,00 EUR zur Ausschüttung zur Verfügung. Die Quote beträgt damit 5 %, d. h. jeder der Tabellengläubiger erhält 5 % seiner angemeldeten Forderung.*

Hinsichtlich der nicht befriedigten Forderungen kann sich der Gläubiger eine vollstreckbare Ausfertigung des Tabellenauszugs durch das Gericht ausstellen lassen und mit dieser als Vollstreckungstitel nach Abschluss des Insolvenzverfahrens gegen den Gemeinschuldner zwangsvollstrecken.

Für natürliche Personen besteht gem. § 286 InsO die Möglichkeit, die persönliche Haftung nach Abschluss des Verfahrens dadurch zu vermeiden, dass sie beim Gericht erfolgreich die Restschuldbefreiung beantragen.

1.3.3.3 Verbraucherinsolvenzverfahren („Privatinsolvenz")

Wesen und Ziele

Beim Verbraucherinsolvenzverfahren nach § 304 InsO handelt es sich um ein vereinfachtes Insolvenzverfahren, das natürlichen Personen offensteht. Dabei kann es sich handeln um Verbraucher oder um ehemalige Selbstständige und Kleingewerbetreibende, sofern diese weniger als 20 Gläubiger haben und bei ihnen keine Verbindlichkeiten aus Beschäftigungsverhältnissen mit Arbeitnehmern vorliegen.

Ziel der Privatinsolvenz ist es, hoch verschuldeten Privatpersonen nach einer gewissen Zeit einen Neuanfang zu ermöglichen, indem der Schuldner nach Ablauf der „Wohlverhaltensperiode" und Abschluss des Insolvenzverfahrens von der Pflicht zur Tilgung der restlichen Schulden befreit wird (sog. Restschuldbefreiung).

Ablauf der Privatinsolvenz

Der Ablauf des Insolvenzverfahrens bei der Privatinsolvenz lässt sich im Wesentlichen in folgende Schritte gliedern:

1. Schritt: Versuch der außergerichtlichen Einigung
Im ersten Schritt muss der Schuldner versuchen, sich außergerichtlich mit den Gläubigern über eine Rückzahlung der Schulden zu einigen. Zur Beratung im Verbraucherinsolvenzverfahren berechtigt sind Anwälte und behördlich anerkannt Beratungsstellen, z. B. Schuldnerberatungsstellen der Kommunen oder zertifizierte Verbraucherzentralen. Die Inanspruchnahme dieser Stellen ist sinnvoll, da nur sie eine Bescheinigung über das Scheitern des Einigungsversuchs als Voraussetzung für den Insolvenzantrag ausstellen können.

In einem sogenannten **Schuldenbereinigungsplan** werden alle Einnahmen und Ausgaben des Schuldners aufgelistet und ein Vorschlag zur Schuldentilgung unterbreitet.

Gelingt die Einigung zwischen Schuldner und Gläubigern, ist das Verfahren beendet und die Abwicklung der Verbindlichkeiten erfolgt nach dem Schuldenbereinigungsplan.

Wird der Schuldenbereinigungsplan jedoch auch nur von einem der Gläubiger abgelehnt, gilt er als gescheitert; sobald die sachkundige Stelle das Scheitern des Schuldenbereinigungsplans bescheinigt, kann die Eröffnung des Insolvenzverfahrens beim zuständigen Insolvenzgericht beantragt werden. Da das Scheitern der Einigung Voraussetzung für das Insolvenzverfahren ist, wird in der Praxis im Schuldenbereinigungsplan häufig bewusst ein „Null-Plan" vorgelegt, d. h. die vorgeschlagene Anzahl und Höhe der Raten wird mit 0,00 EUR angegeben.

2. Schritt: Gerichtliches Schuldenbereinigungsverfahren

Antrag auf Insolvenzeröffnung
Der Antrag beim Insolvenzgericht muss enthalten:

- Bescheinigung über den gescheiterten Versuch einer außergerichtlichen Einigung innerhalb der letzten 6 Monate,
- Verzeichnis der Gläubiger/Verbindlichkeiten,
- Verzeichnis des Vermögens des Schuldners,
- Schuldenbereinigungsplan,
- Antrag auf Restschuldbefreiung (oder Erklärung, dass diese nicht beantragt werden soll).

Außerdem sollte ein Antrag auf Stundung der Kosten für das Insolvenzverfahren beigefügt sein, damit ein etwaiges Insolvenzverfahren nicht mangels Masse abgewiesen werden muss.

Gerichtlicher Einigungsversuch
Bevor das Insolvenzverfahren eröffnet wird, prüft das Gericht, ob die Durchführung eines gerichtlichen Schuldenbereinigungsplans Aussicht auf Erfolg hat. Ist dies der Fall, stellt das Gericht den Gläubigern den Schuldenbereinigungsplan und das Vermögensverzeichnis zu und fordert sie binnen Monatsfrist zu einer Stellungsnahme auf. Stimmen mehr als die Hälfte der Gläubiger zu **und** beträgt die Gesamtsumme der Forderungen **dieser** Gläubiger mehr als die Hälfte der Summe aller Forderungen, so gilt der Plan als angenommen.

Verbraucherinsolvenzverfahren (Privatinsolvenz)
Scheitert auch der gerichtliche Einigungsversuch wegen Ablehnung durch mehr als die Hälfte der Gläubiger, wird das Verbraucherinsolvenzverfahren eröffnet, welches ein im Vergleich zum Regelinsolvenzverfahren wesentlich vereinfachtes Verfahren ist. Es wird ein Treuhänder eingesetzt, der die Insolvenztabelle erstellt, das pfändbare Vermögen des Schuldners verwertet und den Erlös nach Abzug der Verfahrenskosten an die Gläubiger ausschüttet.

Restschuldbefreiung und Wohlverhaltensperiode
Ist das Insolvenzverfahren abgeschlossen und sind noch Restforderungen offen, was die Regel sein dürfte, besteht für Schuldner, die natürliche Personen sind, die Möglichkeit, von den im Insolvenzverfahren nicht erfüllten Schulden befreit zu werden **(Restschuldbefreiung)**. In der Regel wird die Privatinsolvenz überhaupt durchgeführt, um im Anschluss daran eine Restschuldbefreiung zu erlangen.

Die Restschuldbefreiung kann aber auch in Zusammenhang mit einem Regelinsolvenzverfahren natürlicher Personen erfolgen.

Der Restschuldbefreiung geht eine **„Wohlverhaltensphase"** mit einer sechs Jahre dauernden Periode ab der Eröffnung des Insolvenzverfahrens voraus. Während dieser Zeit

- muss der Schuldner den pfändbaren Teil seines Einkommens an den Treuhänder abtreten und darf keine Zahlungen mehr an einzelne Gläubiger vornehmen, (denn der Treuhänder schüttet das Geld gemäß der in der Insolvenztabelle festgelegten Quote an die Gläubiger aus);

- muss der Schuldner sich um Arbeit bemühen und jede zumutbare Arbeit annehmen;
- muss der Schuldner auf Verlangen des Treuhänders Auskunft über Erwerbstätigkeit, Einkommen und Vermögen geben.

Nach Ablauf der Wohlverhaltensphase kann der Schuldner die Restschuldbefreiung beantragen.

Das Gericht versagt auf Antrag der Gläubiger die Restschuldbefreiung, wenn einer der in § 290 InsO genannten Versagungsgründe vorliegt:

- rechtskräftige Verurteilung des Schuldners aufgrund einer Insolvenzstraftat;
- Falschangaben über wirtschaftliche Verhältnisse des Schuldners, um z. B. Kredite zu erhalten oder Zahlungen auszusetzen;
- Verschwendung von Vermögen;
- Verletzung von Auskunfts- und Mitwirkungspflichten;
- Restschuldbefreiung (oder deren Versagung) innerhalb der letzten zehn Jahre.

Ausgenommen von der Restschuldbefreiung sind z. B. Geldstrafen, die gestundeten Kosten des Insolvenzverfahrens und Verbindlichkeiten aus einer vorsätzlich unerlaubten Handlung.

Die am 07.04.2011 beim 8. Deutschen Insolvenzrechtstag vorgestellte **Insolvenzrechtsreform** sieht vor, das Verfahren der Restschuldbefreiung von sechs auf drei Jahre zu verkürzen, falls in dieser Zeit die Verfahrenskosten und ein bestimmter Anteil der Schulden, z. B. ein Viertel, beglichen wird.

Wiederholungsfragen zu Kapitel 1.3

1. *Unterscheiden Sie Eigentum und Besitz.*
2. *Wie vollzieht sich der Eigentumserwerb im Normalfall?*
3. *Unter welchen Voraussetzungen ist es möglich, Eigentum vom Nichteigentümer zu erwerben?*
4. *Erläutern Sie die Möglichkeiten, Eigentum per Tathandlung zu erwerben.*
5. *Was versteht man unter dem einfachen Eigentumsvorbehalt und in welchen Fällen geht er unter?*
6. *Was versteht man unter einem „erweiterten" Eigentumsvorbehalt?*
7. *Grenzen Sie Verpfändung und Sicherungsübereignung im Hinblick auf die Eigentums- und Besitzverhältnisse voneinander ab.*
8. *Welche Nachteile hat die Verpfändung im Vergleich zur Sicherungsübereignung für den Gläubiger und für den Schuldner?*
9. *Welche Vorteile hat die Sicherungsübereignung im Vergleich zur Verpfändung?*
10. *Worin besteht der grundsätzliche Unterschied zwischen einer Hypothek und einer Grundschuld?*

11. *Grenzen Sie Realkredite und Personalkredite voneinander ab.*
12. *Was versteht man unter einer Bürgschaft?*
13. *Grenzen Sie Ausfallbürgschaft und selbstschuldnerische Bürgschaft voneinander ab.*
14. *Was versteht man unter einem Zessionskredit?*
15. *Worin besteht das Wesen des Insolvenzverfahrens?*
16. *Wem steht das Regelinsolvenzverfahren offen, wem das Verbraucherinsolvenzverfahren?*
17. *Für den Antrag auf Eröffnung des Insolvenzverfahrens muss ein Insolvenzgrund gegeben sein. Welche Insolvenzgründe gibt es?*
18. *Was versteht man unter „Aussonderung" im Insolvenzverfahren?*
19. *Schildern Sie ganz kurz die einzelnen Schritte beim Privatinsolvenzverfahren.*

1.4 Handelsgesetzbuch

1.4.1 Kaufmannseigenschaft

Sachverhalt

Kioskbesitzer K. möchte bei seinem Lieferanten ranzige Schokolade reklamieren. Gilt für ihn § 377 HGB, wonach er die Ware unverzüglich nach der Lieferung hätte prüfen und rügen müssen?

Das Handelsgesetzbuch ist das „Sonderprivatrecht der Kaufleute", ein Kaufmann ist also eine Person oder Gesellschaft, für den bzw. die das HGB gilt. Daher wird zu Beginn des HGB geregelt, wer Kaufmann ist.

1.4.1.1 Istkaufmann – Kannkaufmann

§ 1 HGB

(1) Kaufmann im Sinne dieses Gesetzbuchs ist, wer ein Handelsgewerbe betreibt.

(2) Handelsgewerbe ist jeder Gewerbebetrieb, es sei denn, dass das Unternehmen nach Art oder Umfang einen in kaufmännischer Weise eingerichteten Geschäftsbetrieb nicht erfordert.

Sofern ein Unternehmen keinen nach Art oder Umfang in kaufmännischer Weise eingerichteten Geschäftsbetrieb erfordert, spricht man von einem Kleingewerbe.

Unter **Gewerbe** versteht man jede erlaubte, auf Gewinn ausgerichtete, auf gewisse Dauer angelegte, selbstständige Tätigkeit mit Ausnahme der freien Berufe. Dazu zählen z. B. Ärzte, Künstler, Rechtsanwälte, Steuerberater und Architekten.

Istkaufmann ist man also durch das Betreiben eines Gewerbes, welches nicht Kleingewerbe ist. Die Eintragung in das Handelsregister ist zwar Pflicht, aber für die

Kaufmannseigenschaft ohne Belang, da sie nur kundtut, dass die Kaufmannseigenschaft vorliegt. Sie hat nur eine deklaratorische, d. h. eine rechtsbezeugende Wirkung.

Ob ein Gewerbebetrieb einen in kaufmännischer Weise eingerichteten Geschäftsbetrieb erfordert, hängt von der Art und dem Umfang der Geschäftstätigkeit ab. In der Praxis haben sich u. a. folgende Beurteilungskriterien herausgebildet:

- Vielzahl von Erzeugnissen und Leistungen
- weiträumige, evtl. internationale Tätigkeit
- Umfangreiche Lagerhaltung
- Größe und Organisation des Betriebes
- Zahl der Betriebsstätten
- hohes Umsatzvolumen
- Zahl und Funktion der Beschäftigten

Kleingewerbetreibende werden nach § 2 HGB erst durch die freiwillige Eintragung in das Handelsregister zum Kaufmann. Sie werden deshalb als **Kannkaufmann** bezeichnet. Die Eintragung ist also konstitutiv, d. h. rechtserzeugend.

1.4.1.2 Handelsgesellschaften

Nach § 6 (1) HGB ist jede Handelsgesellschaft Kaufmann. Zu den Handelsgesellschaften gehören OHG, KG, GmbH, AG und KGaA, nicht jedoch die Gesellschaft bürgerlichen Rechts (GbR).

Dabei sind Kapitalgesellschaften, also GmbH, AG und KGaA gemäß § 6 (2) HGB auch dann Kaufmann, wenn die Voraussetzungen des § 1 (2) HGB nicht vorliegen, d. h. insbesondere wenn sie kein Gewerbe betreiben. Die Kapitalgesellschaft ist Kaufmann kraft ihrer Rechtsform **(Formkaufmann)**. Ihre Eintragung in das Handelsregister hat rechtserzeugende Wirkung.

Beispiele: *„Steuerberatungs-GmbH", „Städtische Theaterbetriebs-GmbH"*

1.4.1.3 Scheinkaufmann

Die Rechtsprechung hat den Grundsatz entwickelt, dass jemand, der durch sein Auftreten im Geschäftsverkehr den Eindruck erweckt (Rechtsschein), er sei Kaufmann, die ihn belastenden Folgen der Kaufmannseigenschaft gegen sich gelten lassen muss. Obwohl er also kein Kaufmann ist, haftet er z. B. gegenüber gutgläubigen Dritten wie ein solcher. Die Vorschriften des Handelsrechts werden nur gegen, nicht aber für den Scheinkaufmann angewandt. Der Scheinkaufmann ist gesetzlich nicht geregelt, resultiert aber aus den Geboten von Treu und Glauben.

1.4.2 Firma des Kaufmanns

Umgangssprachlich wird mit dem Begriff „Firma" meist ein Unternehmen, ein Betrieb oder eine Arbeitsstelle bezeichnet.

Das Handelsrecht versteht jedoch nach § 17 HGB unter dem Begriff Firma den Namen eines Kaufmanns, unter dem er seine Geschäfte betreibt.

Zur Führung einer Firma sind nach deutschem Handelsrecht nur Kaufleute berechtigt. Freiberufler und Kleingewerbetreibende treten im Geschäftsleben dagegen unter ihrem bürgerlichen Namen auf oder führen eine firmenähnliche Geschäftsbezeichnung (z. B. Hotel zur Post, Video-Center), auch die GbR kann lediglich eine Geschäftsbezeichnung führen.

Firmenarten sind
- Namensfirma, z. B. „Henkel KGaA", „Manfred Mann e. K.";
- Sachfirma, z. B. „Vermögensanlage GmbH";
- Phantasiefirma, z. B. „Schlaraffenland AG";
- Kombination, z. B. „Meier Kosmetik GmbH".

Bei der Firmierung sind verschiedene **Firmengrundsätze** zu beachten. Dazu gehören u. a.:

- **Firmenzusatz:**
  Die Firma muss einen Zusatz enthalten, der die Rechtsform oder eine allgemein verständliche Abkürzung angibt, z. B. „e. K.", „OHG", „GmbH" oder „AG".

- **Firmenwahrheit und -klarheit** (§ 18 HGB):
  Für Außenstehende muss erkennbar sein, wer Firmeninhaber ist und welche Art von Unternehmung vorliegt. Außenstehende dürfen nicht über wesentliche geschäftliche Verhältnisse, insbesondere Art und Umfang irregeführt werden.

  Beispiel: *Ein Betreiber eines kleinen Gemüsegeschäfts darf sich nicht „Import-Export International" nennen.*

- **Firmenöffentlichkeit:**
  Jeder Kaufmann muss seine Firma nach § 29 HGB in das Handelsregister eintragen lassen. Auf jedem Geschäftsbrief des Kaufmanns muss gemäß § 37a HGB die Firma mit Rechtsformzusatz, Ort der Handelsniederlassung, Registergericht und Nummer, unter der die Firma ins Handelsregister eingetragen ist, genannt werden.

- **Firmenausschließlichkeit** (§ 30 HGB):
  Jede Firma muss sich von anderen eingetragenen Firmen in derselben Gemeinde unterscheiden.

Das Registergericht kann von Amts wegen dafür sorgen, dass eine unzulässige Firma nicht weiterverwendet wird. Dafür steht ihm nach § 37 Abs. 1 HGB die Möglichkeit offen, ein Ordnungsgeld für den Fall anzudrohen, dass die Firma nicht zügig gelöscht wird.

1.4.3 Handelsregister

Das Handelsregister ist ein amtliches Verzeichnis aller Kaufleute eines Amtsgerichtsbezirks.

Das Handelsregister wird beim Registergericht des jeweiligen Amtsgerichtes geführt und kann von jedermann eingesehen werden. Es ist in zwei Abteilungen untergliedert:
- in **Abteilung A** werden Einzelunternehmen und Personengesellschaften eingetragen;
- in **Abteilung B** werden die Kapitalgesellschaften eingetragen.

1.4.3.1 Funktionen des Handelsregisters

Sinn des Handelsregisters ist es, die wichtigsten Rechtsverhältnisse, z. B. Firma, Inhaber, Gesellschafter, Kapital, Geschäftsführer oder Prokura, offenkundig zu machen. Damit hat es eine Publizitätsfunktion, es kann von jedermann ohne Nachweis eines berechtigten Interesses eingesehen werden. Daneben hat es eine Beweisfunktion und – aufgrund der Prüfung der einzutragenden Tatsachen – eine Kontrollfunktion.

1.4.3.2 Eintragung

Die Eintragung wird **auf Antrag des Kaufmanns** vorgenommen. Der Inhaber muss dafür persönlich beim Registergericht erscheinen oder den Antrag schriftlich – mit notariell beglaubigter Unterschrift – stellen.

Eintragungspflichtige Tatsachen sind z. B.:

- die Kaufmannseigenschaft des Istkaufmanns (der Kannkaufmann lässt sich freiwillig eintragen),
- Geschäftssitz und dessen Verlegungen, Zweigniederlassungen,
- Firma und deren Änderungen,
- Erteilung einer Prokura,
- Insolvenzverfahren.

Dritte müssen nach § 15 HGB Eintragungen, z. B. Widerruf der Prokura oder Ausscheiden eines Gesellschafters, gegen sich gelten lassen, auch wenn sie ihnen nicht bekannt waren.

Grundsätzlich tut die Eintragung nur bereits bestehende Tatsachen kund („deklaratorische" bzw. „rechtsbezeugende" Wirkung der Eintragung).

Beispiel: *Prokurist wird jemand bereits mit der Bestellung durch den Geschäftsinhaber, die Eintragung tut dies nur kund.*

In einigen Fällen jedoch werden die Tatsachen erst mit der Eintragung wirksam („konstitutive" bzw. „rechtserzeugende" Wirkung der Eintragung).

Beispiele: *Kleingewerbetreibende werden erst durch die Eintragung (Kann-)Kaufmann; eine GmbH entsteht erst durch ihre Eintragung.*

1.4.3.3 Bekanntmachung

Die Handelsregistereintragungen werden im Bundesanzeiger, in mindestens einer Tageszeitung des Amtsgerichtsbezirkes und unter www.handelsregister.de bekannt gemacht.

Die Eintragung und Bekanntmachung hat nach § 15 HGB in Bezug auf eintragungspflichtige Tatsachen für den Rechtsverkehr große Bedeutung:

- Solange eine eintragungspflichtige Tatsache nicht eingetragen und bekannt gemacht worden ist, kann sie einem Dritten, der die Tatsache nicht kannte, nicht entgegengehalten werden („negative Publizität" des Handelsregisters).

  Beispiel: *Der Prokurist Müller wird wegen Unregelmäßigkeiten entlassen. Bevor das Erlöschen der Prokura amtlich ist, kauft Müller einen Geschäftswagen und verschwindet mit diesem. Das Unternehmen muss den Wagen bezahlen.*

- Ist eine eintragungspflichtige Tatsache eingetragen und bekannt gemacht worden, kann sie einem Dritten entgegengehalten werden, auch wenn er sie nicht kannte.

  Beispiel: *Wäre im o. g. Beispiel das Erlöschen der Prokura bereits bekannt gemacht worden, hätte sich der Geschäftsinhaber darauf berufen können und nicht bezahlen müssen.*

- War die Bekanntmachung fehlerhaft – selbst wenn die Eintragung richtig war –, so kann sich ein Dritter, der die Unrichtigkeit nicht kannte, auf die unrichtig bekannt gemachte Tatsache berufen („positive Publizität" des Handelsregisters).

  Beispiel: *Wurde im o. g. Beispiel durch ein Versehen des Amtsgerichts nicht das Erlöschen der Prokura von Müller, sondern der Prokura des zweiten Prokuristen Möller bekannt gemacht, so könnte sich der Verkäufer des Geschäftswagens darauf berufen.*

1.4.4 Geschäftsführung und Vertretung

Geschäftsführungsbefugnis und Vertretungsmacht bilden ein Begriffspaar:

- Die **Geschäftsführungsbefugnis** bestimmt das rechtliche Dürfen im Innenverhältnis, d. h. im Verhältnis der Gesellschafter untereinander.
- Die **Vertretungsmacht** bestimmt dagegen das rechtliche Können im Außenverhältnis, z. B. gegenüber Kunden, Lieferanten und Banken.

  Beispiel: *Eine OHG besteht aus den Gesellschaftern A, B und C. Während des Urlaubs von A und B beschließt C, das Firmengrundstück durch den Kauf eines Nachbargrundstücks zu erweitern. Im Innenverhältnis ist nach § 116 (2) HGB für den Kaufentschluss als außergewöhnliches Geschäft der Beschluss aller Gesellschafter erforderlich, C überschreitet also seine Geschäftsführungsbefugnis. Trotzdem kann C im Außenverhältnis den Kaufvertrag abschließen und die Gesellschaft wirksam verpflichten, da sich seine Vertretungsmacht nach § 126 BGB auch auf außergewöhnliche Geschäfte erstreckt.*

Der Umfang der Geschäftsführungsbefugnis kann vertraglich abgeändert werden, der Umfang der Vertretungsmacht jedoch nicht.

1.4.4.1 Unselbstständige Hilfspersonen des Kaufmanns

Unselbstständige, d. h. angestellte Hilfspersonen des Kaufmanns, sind der **Handlungsbevollmächtigte** und der **Prokurist.**

Ihre Rechte und Pflichten gegenüber dem Kaufmann werden durch das Arbeitsrecht bestimmt. Ihre Befugnisse nach außen als **Stellvertreter** des Kaufmanns werden grundsätzlich durch die Regelungen für die Stellvertretung bzw. Vollmacht in den §§ 164 ff. BGB bestimmt.

Es gelten jedoch zusätzliche Regelungen des HGB hinsichtlich Erteilung, Umfang und Widerruf. So ist z. B. der Umfang der HGB-Vollmachten, d. h. das Außenverhältnis zu Dritten, gesetzlich festgelegt. Der Geschäftspartner kann dadurch sicher sein, dass der Vertreter auch in diesem gesetzlich vorgegebenen Rahmen handeln darf, da Einschränkungen im Verhältnis zu Dritten ungültig sind.

Handlungsbevollmächtigte im Handelsrecht

Die **Erteilung** der Handlungsvollmachten des Handelsrechts

- erfolgt per ausdrücklicher Erklärung oder Duldung;
- geschieht durch den Kaufmann oder seine Stellvertreter (z. B. den Prokuristen oder jeweils „höhere" Handlungsbevollmächtigten, sie kann nicht per Handelsregistereintrag bekannt gemacht werden).

Nichtkaufleute können keine HGB-Handlungsvollmacht erteilen.

Je nach Umfang der Handlungsvollmacht unterscheidet man zwischen Einzelvollmacht, Artvollmacht und Generalvollmacht.

Arten von Handlungsvollmachten im Handelsrecht (§§ 54 – 58 HGB)	
Art der Vollmacht	**Ermächtigt zu ...**
Einzelvollmacht	... einer einzigen Handlung; ***Beispiel:*** *Ein Angestellter wird beauftragt, an den Lieferer eine Bestellung aufzugeben.*
Artvollmacht	... dauernder Ausführung einer bestimmten Handlungsart; ***Beispiel:*** *Ein Angestellter erledigt wöchentlich die im Unternehmen anfallenden Bestellungen.*
Generalvollmacht	... allen gewöhnlichen Geschäften eines derartigen Unternehmens. Eine besondere Befugnis braucht der Generalbevollmächtigte aber für ▪ die Veräußerung/Belastung von Grundstücken ▪ die Aufnahme von Darlehen ▪ die Prozessführung (§ 54 (2) HGB).

Die **Ladenvollmacht** nach § 56 HGB ist eine Sonderform der Artvollmacht: Der Ladenangestellte gilt für alle Verkäufe/Empfangnahmen als ermächtigt, die gewöhnlich in einem derartigen Laden geschehen.

Prokura

Die Prokura ist die umfassendste Vertretungsmacht im Handelsrecht.

Hinsichtlich Erteilung, Widerruf und Umfang im Außenverhältnis sind folgende Besonderheiten zu beachten:

Erteilung der Prokura

- Die Prokura kann nur ausdrücklich, nie durch Duldung und nur durch den Geschäftsinhaber erteilt werden. Dieser muss zudem Kaufmann im Sinne des HGB sein.
- Die Prokuraerteilung ist nach den §§ 48, 53 HGB in das Handelsregister einzutragen, sie ist jedoch schon wirksam ab Ernennung. Die Eintragung hat nur deklaratorische Wirkung.
- Unterschriften des Prokuristen müssen auf die Prokura hinweisen, z. B. durch den Zusatz „ppa", d. h. per Prokura.

Umfang der Prokura

Während die Generalvollmacht zu allen gewöhnlichen Geschäften eines derartigen Unternehmens ermächtigt, umfasst die Prokura nach § 49 HGB die Ermächtigung zu allen „gerichtlichen und außergerichtlichen", d. h. zu allen gewöhnlichen und außergewöhnlichen Handlungen, die der Betrieb (irgend-)eines Handelsgewerbes mit sich bringt.

Dieser gesetzlich festgelegte Umfang ist im Außenverhältnis nicht beschränkbar.

Beispiel: *Auch gegen die Anweisung des Unternehmensinhabers kann der Prokurist ein untersagtes Geschäft abschließen und das Unternehmen damit rechtswirksam verpflichten.*

Nicht in diesen Rahmen einbezogen sind jedoch **Grundlagengeschäfte**, die den Betrieb als solchen betreffen oder dem Inhaber höchstpersönlich vorbehalten sind, wie:
- Einstellung oder Veräußerung des Geschäftsbetriebes,
- Änderung der Firma,
- Aufnahme von Gesellschaftern,
- Beantragung der Insolvenz,
- Vornahme von Anmeldungen zum Handelsregister,
- Erteilung von Prokura,
- Veräußerung und Belastung von Grundstücken (mit besonderer Erlaubnis aber möglich),
- Unterzeichnung des Jahresabschlusses.

Widerruf der Prokura

- Der Widerruf der Prokura ist nach § 53 (3) HGB in das Handelsregister einzutragen.
- Die Eintragung ist nur „deklaratorisch", d. h. sie tut den auch ohne Eintragung wirksamen Widerruf nur kund.
- Dritte brauchen den Widerruf nach § 15 HGB nicht gegen sich gelten zu lassen, wenn er nicht eingetragen war. Andererseits muss ein Dritter den Widerruf auch bei Unkenntnis gegen sich gelten lassen, falls er eingetragen war.

1.4.4.2 Selbstständige Hilfspersonen des Kaufmanns

Im Bereich des betrieblichen Absatzes spielen neben kaufmännischen Angestellten, z. B. fest angestellten Reisenden, auch **selbstständige** Vermittler wie Handelsvertreter, Kommissionär und Makler eine Rolle, welche als Vergütung eine **Provision** erhalten.

	Handelsvertreter	Handelsmakler	Kommissionär
	§§ 84 ff. HGB	§§ 93 ff. HGB	§§ 383 ff. HGB; bei Handelsgeschäften auch §§ 343–372 HGB
	Die Vorschriften finden auch dann Anwendung, wenn es sich um Kleingewerbe ohne Eintragung ins Handelsregister handelt, also wenn keine Kaufmannseigenschaft vorliegt (bei nichtkaufmännischen Kommissionären die §§ 348–350 HGB jedoch nicht!).		
wesentliche Merkmale	▪ Vermittlung oder Abschluss von Verträgen ▪ ständig für einen anderen tätig	▪ Vermittlung von bestimmten Verträgen ▪ nicht ständig für eine bestimmte Person tätig	Kauf oder Verkauf von Waren oder Wertpapieren im eigenen Namen, jedoch für Rechnung eines anderen, des Kommitenten

	Handelsvertreter	Handelsmakler	Kommissionär
Beispiele	– *Einkaufs- oder Verkaufsvertreter* – *Versicherungsvertreter*	– *Warenmakler, Börsenmakler, Finanzmakler, Versicherungsmakler, Schiffsmakler; § 93 (2) HGB* *Vermittler anderer Geschäfte (z. B. Immobilienmakler, Ehevermittler) fallen unter §§ 652 ff. BGB („Zivilmakler")*	– *Kommissionär im Kunst- und Gebrauchtwagenhandel* – *An- und Verkauf von Wertpapieren durch Banken als Kommissionäre*

Wiederholungsfragen Kapitel 1.4

1. *Wer ist Istkaufmann nach HGB?*
2. *Was versteht man unter einem „Gewerbe"?*
3. *Kann ein kleingewerbetreibender Kaufmann i. S. d. HGB sein? Erläutern Sie Ihre Antwort.*
4. *Wer ist Formkaufmann nach HGB und welche Besonderheit gilt hier bezüglich der Kaufmannseigenschaft?*
5. *Was versteht man unter einem „Scheinkaufmann" und wie wird er von der Rechtssprechung behandelt?*
6. *Was versteht das Handelsrecht unter der Firma eines Kaufmanns?*
7. *Welche Grundsätze sind bei der Firmierung zu beachten?*
8. *Ergänzen Sie: „Das Handelsregister ist ein…".*
9. *Unterscheiden Sie „deklaratorische" und „konstitutive" Wirkung von Handelsregistereinträgen.*
10. *Unterscheiden Sie Geschäftsführungsbefugnis und Vertretungsmacht.*
11. *Worin unterscheidet sich die Handlungsvollmacht von der Prokura im Hinblick auf die Erteilung?*
12. *Worin unterscheidet sich die Generalvollmacht von der Prokura im Hinblick auf den Umfang?*
13. *Unterscheiden Sie Handelsvertreter, Handelsmakler und Kommissionär.*

1.5 Arbeitsrecht

Das Arbeitsrecht regelt die rechtlichen Beziehungen zwischen Arbeitgebern und Arbeitnehmern einerseits sowie zwischen den Vertretern von Arbeitnehmern (Gewerkschaften) und den Vertretern von Arbeitgebern (Arbeitgeberverbände) andererseits.

Das Arbeitsrecht ist überwiegend Privatrecht, teilweise aber auch öffentliches Recht. So sind z. B. die Beamten und Richter keine Arbeitnehmer im Sinne des privaten Rechts, sondern unterliegen vielmehr dem Beamtenrecht, das dem öffentlichen Recht zuzuordnen ist.

Ein einheitliches Arbeitsgesetzbuch existiert nicht. Vielmehr sind Vorschriften in zahlreichen Gesetzen und Verordnungen zu finden.

Individuelles Arbeitsrecht	Kollektives Arbeitsrecht	Arbeitsschutzrecht
Das individuelle Arbeitsrecht regelt die Beziehungen zwischen Arbeitgebern und Arbeitnehmern. Dazu zählt die Ausgestaltung der zwischen den Parteien ausgehandelten Verträge, z. B. ein Arbeitsvertrag oder ein Ausbildungsvertrag.	Das kollektive Arbeitsrecht regelt die Beziehungen zwischen Arbeitgebern oder Arbeitgeberverbänden einerseits und Zusammenschlüssen der Arbeitnehmer (Gewerkschaften oder Betriebsräte) andererseits. Dazu zählen Tarifverträge und Betriebsvereinbarungen.	Das Arbeitsschutzrecht regelt den Schutz aller Arbeitnehmer vor ungerechtfertigten Maßnahmen des Arbeitgebers, die Abwendung von Gefahren, die von der Arbeit ausgehen können, sowie den besonderen Schutz bestimmter Personengruppen. Beispiele dafür sind der technische Arbeitsschutz oder der Schwerbehindertenschutz. Das Arbeitsschutzrecht ist öffentliches Recht, als solches ist es zwingendes Recht und unterliegt keinen Möglichkeiten der vertraglichen Veränderung. Da das Arbeitsschutzrecht sich insbesondere auf die Beziehungen zwischen dem einzelnen Arbeitnehmer und dem Arbeitgeber auswirkt, gehört es zum individuellen Arbeitsrecht.
wesentliche Rechtsquellen: ▪ Bürgerliches Gesetzbuch (BGB) ▪ Handelsgesetzbuch (HGB) ▪ Berufsbildungsgesetz (BBiG) ▪ Handwerksordnung (HwO) ▪ Nachweisgesetz (NachwG) ▪ Entgeltfortzahlungsgesetz (EntgFG)	wesentliche Rechtsquellen: ▪ Grundgesetz (GG) ▪ Betriebsverfassungsgesetz (BVerfG) ▪ Personalvertretungsgesetz (PersVG) ▪ Gesetz über die Mitbestimmung der Arbeitnehmer (MitbestG) ▪ Montanmitbestimmungsgesetz (MoMitbestG) ▪ Tarifvertragsgesetz (TVG)	wesentliche Rechtsquellen: ▪ Arbeitsschutzgesetz (ArbSchG) ▪ Arbeitssicherheitsgesetz (ASiG) ▪ Arbeitszeitgesetz (ArbZG) ▪ Arbeitnehmerentsendegesetz (AEntG) ▪ Arbeitnehmerüberlassungsgesetz (AÜG) ▪ Arbeitsplatzschutzgesetz (ArbPlSchG) ▪ Allgemeines Gleichbehandlungsgesetz (AGG) ▪ Bundesurlaubsgesetz (BUrlG) ▪ Jugendarbeitsschutzgesetz (JArbSchG) ▪ Kündigungsschutzgesetz (KSchG) ▪ Neuntes Sozialgesetzbuch (SGB IX) (für Schwerbehinderte)

Im Arbeitsrecht wirkt – wie gesehen – eine Vielzahl von Rechtsquellen auf ein Arbeitsverhältnis ein. Das Verhältnis dieser Rechtsquellen zueinander ist dabei mitunter widersprüchlich, weil unterschiedliche Inhalte kodifiziert sind. Hinzu kommt, dass neben diese große Vielzahl von Rechtsquellen die aktuelle Rechtsprechung tritt.

Das Verhältnis der einzelnen Rechtsquellen zueinander ergibt sich aus folgender Rangfolge:

- Der **Vertrag** über die Arbeitsweise der Europäischen Union („Lissabon-Vertrag") enthält eine Reihe von zwingenden Normen, die sogar die nationale Gesetzgebung dominieren, z. B. das Verbot der Diskriminierung aufgrund der Staatsangehörigkeit oder die Freizügigkeit der Arbeitnehmer innerhalb der EU (Art. 45 AEUV).
- Die Verfassungen der einzelnen Länder der EU stehen auf der nächsten Stufe. Normen des **Grundgesetzes** in Deutschland können von anderen nationalen Rechtsnormen nicht „ausgehebelt" werden. So sieht das GG zum in Art. 9 (3) die Koalitionsfreiheit vor, auf der die Tarifautonomie basiert.
- Die **Bundes- und ggf. Ländergesetze** enthalten die für ein Arbeitsverhältnis zu beachtenden Mindeststandards.
- Auf der nächsten Stufe stehen die im Rahmen von **Tarifverträgen** formulierten Arbeitsbedingungen, die für alle von den Tarifparteien vertretenen Arbeitnehmer und Arbeitgeber gelten.
- Sofern in einem Betrieb ein Betriebsrat existiert, bestehen **Betriebsvereinbarungen,** die unterhalb der tariflichen Regelungen angesiedelt sind und für alle Arbeitnehmer eines Betriebes gelten.
- **Allgemeine Arbeitsbedingungen** sind hingegen keine Normen, sondern vom Arbeitgeber formulierte Arbeitsvertragsbedingungen. Sie sind damit quasi Allgemeine Geschäftsbedingungen und unterliegen der AGB-Kontrolle nach § 310 (4) BGB.
- Der **Arbeitsvertrag** selbst bestimmt das Verhältnis zwischen einem Arbeitnehmer und seinem Arbeitgeber und definiert u. a. Stellenbezeichnung und -aufgaben, Befugnisse, Befristungen und Entgelt. Sofern Formulararbeitsverträge vorliegen, beschreiben diese lediglich gesetzliche oder tarifvertragliche Regelungen. Es gibt jedoch auch Sondervereinbarungen, die für den einzelnen Arbeitnehmer günstiger sein können.
- Der Arbeitsvertrag begründet in der Regel ein Dauerschuldverhältnis, dessen konkrete Ausgestaltung in der täglichen Arbeit durch formalisierte Regeln bestimmt wird. Diese Regeln sind z. T. kodifiziert, z. B. in Verhaltensanweisungen gegenüber Kunden, z. T. existieren diese Regeln ungeschrieben als Regeln der sozialen Gemeinschaft (z. B. Kleiderordnung). Zusammengefasst werden können diese betrieblichen Regeln als **„betriebliche Übung"**.

Vorrangprinzip

Hinsichtlich der zwingenden Normen (Gesetze, Verordnungen, Tarifverträge) gilt das Vorrangprinzip: Die jeweils ranghöhere Norm gilt immer vor der rangniederen Rechtsnorm. Damit wird erreicht, dass im Arbeitsrecht bestimmte Mindeststandards zwingend festgelegt werden.

Günstigkeitsprinzip

Nach dem Günstigkeitsprinzip darf eine Vereinbarung oder Vorschrift nur dann für einen Arbeitnehmer gelten, wenn es auf der nächsthöheren Stufe keine für ihn günstigere Regelung gibt. Dies ermöglicht den handelnden Parteien einen weitgehenden Gestaltungsspielraum, ohne elementare Rechte der Arbeitnehmer zu verletzen

Beispiel: *Das Bundesurlaubsgesetz sieht als Mindesturlaub 24 Werktage pro Jahr vor, wobei der Samstag auch als Werktag gilt. Der Manteltarifvertrag der metallverarbeitenden Industrie in Nordrhein-Westfalen sieht für alle Arbeitnehmer 30 Werktage vor. Eine Betriebsvereinbarung, die einen geringeren Jahresurlaub vereinbaren würde, wäre nichtig. Über den Arbeitsvertrag könnte ein Arbeitgeber mit einem Mitarbeiter einen höheren Jahresurlaub vereinbaren, keinesfalls jedoch einen geringeren.*

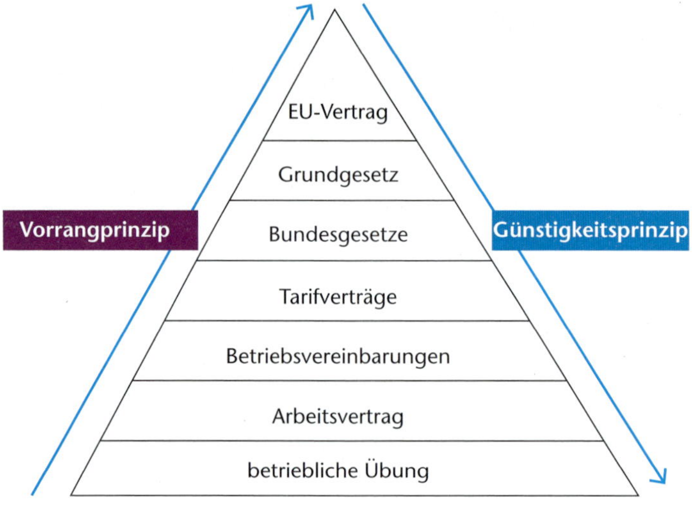

1.5.1 Arbeitsvertragsrecht

Der Arbeitsvertrag, vielfach auch Anstellungsvertrag genannt, ist ein privatrechtlicher Vertrag zur Begründung eines Schuldverhältnisses über die entgeltliche und persönliche Erbringung einer Dienstleistung zwischen Arbeitgeber und Arbeitnehmer.

Der Arbeitsvertrag definiert sämtliche Bedingungen für das zukünftige Arbeitsverhältnis zwischen Arbeitgeber und Arbeitnehmer und begründet ein zukünftiges Arbeitsverhältnis. Er ist eine Unterart des nach § 611 ff. BGB geregelten Dienstvertrags. Sofern der Arbeitgeber Standardarbeitsverträge verwendet, handelt es sich grundsätzlich um Allgemeine Geschäftsbedingungen, die nach dem AGB-Recht nach §§ 305 ff. BGB zu behandeln sind.

Wie oben bereits erwähnt, ist der Arbeitsvertrag in ein komplexes System arbeitsrechtlicher Regulierungen eingebunden, die insofern beachtet werden müssen, als sie zwingend günstigere Bedingungen für den Arbeitnehmer formulieren.

Während es sich jedoch bei dem Dienstverhältnis im Sinne des § 611 BGB grundsätzlich um ein Verhältnis zwischen gleich starken Partnern handelt, ist das Arbeitsverhältnis durch verschiedene Besonderheiten gekennzeichnet.

Merkmale des Arbeitsverhältnisses:

- Es handelt sich um ein **Dauerschuldverhältnis**, das täglich neu erfüllt werden muss.
- Es besteht eine starke **wirtschaftliche Abhängigkeit** des Arbeitnehmers von seinem Arbeitgeber.
- Der Arbeitnehmer unterliegt hinsichtlich der konkreten Erfüllung des Arbeitsvertrages dem **Direktions- und Weisungsrecht** des Arbeitgebers, der letztlich bestimmen kann, was, wie, wann und wo der Arbeitnehmer zu leisten hat.

Arbeitnehmer

Arbeitnehmer sind natürliche Personen, die im rechtlichen Rahmen eines Arbeitsverhältnisses aufgrund eines privatrechtlichen Vertrags verpflichtet sind, ihre Arbeitskraft unselbstständig und weisungsgebunden gegen Entgelt zur Verfügung zu stellen und die vereinbarten Leistungen zu erbringen. Dazu zählen Arbeiter, Angestellte und Auszubildende.

Wesentliche Merkmale eines Arbeitnehmers:

- Er ist dauerhaft persönlich abhängig.
- Er erbringt unselbstständige Arbeit (auch im Sinne des Einkommensteuerrechts).
- Er erbringt diese Dienste fremdbestimmt, eingebunden in die Organisation des Arbeitgebers.
- Er ist wirtschaftlich abhängig.

Keine Arbeitnehmer im Sinne des privaten Arbeitsrechts sind aus einsichtigen Gründen:

- Ehegatten und Kinder, soweit sie familientypische Arbeit verrichten,
- Arbeitslose und Rentner,
- Strafgefangene (Arbeitsleistung im Rahmen eines öffentlich-rechtlichen Gewaltverhältnisses),
- Gewerbetreibende und Freiberufler,
- Vorstandsmitglieder von juristischen Personen,
- Beamte, Richter und Soldaten (öffentlich-rechtliches Dienstverhältnis).

Sobald allerdings eine dieser Personen unter Beachtung der gesetzlichen Regelungen einen Arbeitsvertrag abschließt, wird sie automatisch zum Arbeitnehmer.

Beispiele: *Die Ehefrau eines Architekten arbeitet im Büro ihres Mannes. Der Rentner arbeitet als Supervisor in einem Parkhaus. Eine 16-jährige Schülerin arbeitet an der Kasse eines Supermarktes.*

Arbeitnehmerähnliche Personen gehören nicht direkt zu den Arbeitnehmern. Sie sind

- selbstständige Unternehmer wie Heimarbeiter oder freie Mitarbeiter;
- wirtschaftlich von ihrem Auftraggeber abhängig;
- nicht in die Organisation eingebunden und haben die Möglichkeit der freien Zeiteinteilung.

Beispiel: *Fahrer eines Tiefkühlkostdirektvertriebs, die als selbstständige Unternehmer unterwegs sind.*

Typische arbeitnehmerähnliche Personenkreise sind

- Heimarbeiter,
- Hausgewerbetreibende,
- selbstständige Handelsvertreter als Einfirmen-Vertreter, die während der letzten sechs Monate durchschnittlich nicht mehr als 1.000,00 EUR monatlich verdient haben,
- bestimmte freie Mitarbeiter.

Es ist unmittelbar einsichtig, dass diese wirtschaftlich abhängigen Personen des sozialen Schutzes bedürfen. Zahlreiche Arbeitgeber bringen immer häufiger Menschen aus regulären Arbeitsverhältnissen wegen der hohen Personalnebenkosten in selbstständige Dienstverhältnisse. Deshalb muss in Zweifelsfällen das Vorliegen der Scheinselbstständigkeit geprüft werden, denn dieses ist eine nicht korrekte Umgehung der Sozialversicherungspflicht. Zur Feststellung, ob eine sozialversicherungspflichtige Beschäftigung vorliegt, können die betreffenden Personen bei der Deutschen Rentenversicherung schriftlich im Wege des Anfrageverfahrens eine **Entscheidung** einholen.

Arbeitgeber

Arbeitgeber ist jeder, der mindestens einen Arbeitnehmer beschäftigt. Wer Arbeitgeber ist, bestimmt sich danach, mit wem der Arbeitsvertrag geschlossen wurde.

Arbeitgeber können folglich sein

- natürliche Personen, z. B. die berufstätige Ehefrau, die eine Kinderfrau engagiert; der Architekt, der einen Statiker beschäftigt; der Einzelkaufmann, der eine Buchhalterin einstellt,
- juristische Personen des Privatrechts, wie die AG, die GmbH oder die Genossenschaft,
- rechtsfähige Personenverbunde, wie eine OHG oder KG, auch die GbR aufgrund eines Urteils des BGH,
- öffentlich-rechtliche Körperschaften, wie Kommunen, Länder oder der Bund.

Je nach besonderer Konstruktion des Arbeitsvertrages, z. B. in einem Arbeitsverhältnis, bei dem der Arbeitnehmer zwar von einem Arbeitgeber angestellt wird, die Arbeit jedoch für den Vertragspartner des Arbeitgebers erbringt, z. B. bei einem Leiharbeitsverhältnis nach dem Arbeitnehmerüberlassungsgesetz, kommt es zu einer *Aufspaltung der Arbeitgeberstellung.*

Scharf vom Begriff des Arbeitgebers abzugrenzen sind die Begriffe Unternehmen und Betrieb. Dabei handelt es sich um betriebswirtschaftliche Begriffe; sie spielen im Arbeitsrecht keine Rolle.

Abschluss des Arbeitsvertrags

Der Arbeitsvertrag ist ein zweiseitig verpflichtendes Rechtsgeschäft, das durch zwei übereinstimmende Willenserklärungen zustande kommt.

Voraussetzungen des gültigen Arbeitsvertrages

Zunächst sind die Voraussetzungen zu prüfen, die zum Abschluss eines gültigen Arbeitsvertrags führen:

Beide Parteien müssen geschäftsfähig sein. Zum Abschluss eines Arbeits- oder Ausbildungsvertrags mit Minderjährigen bedarf es der Zustimmung oder Einwilligung des gesetzlichen Vertreters.

Hinsichtlich Abschluss, Inhalt und Form des Arbeitsvertrags sind die beteiligten Personen grundsätzlich frei, sofern andere zwingenden Rechtsquellen dies nicht verhindern:

Abschlussfreiheit	Der Freiheit zum Abschluss eines Arbeitsvertrags könnte auf Arbeitgeberseite der Betriebsrat unter bestimmten Voraussetzungen eine Grenze ziehen. ***Beispiel:*** *Der Betriebsrat widerspricht der Einstellung eines neuen Mitarbeiters, weil zu befürchten ist, dass dieser den Betriebsfrieden nachhaltig stören wird, weil er einer extremen politischen Gruppierung angehört, oder er widerspricht der Einstellung, weil die verhandelte Entlohnung weit unter Tarif liegt.*
Formfreiheit	Grundsätzlich gilt auch für den Abschluss von Arbeitsverträgen, das keine besondere Form verlangt wird. Der Arbeitsvertrag kann deshalb auch mündlich abgeschlossen werden. Allerdings schreibt § 2 des Nachweisgesetzes vor, dass der Arbeitgeber innerhalb von einem Monat eine Niederschrift der wesentlichen Vertragsbestimmungen anzufertigen, diese zu unterschreiben und dem Arbeitnehmer auszuhändigen hat. Gleichwohl hat eine Verletzung dieser Pflicht keine Auswirkung auf die Gültigkeit des geschlossenen Vertrags. Tarifverträge können vorschreiben, dass Arbeitsverträge zum Schutz der Arbeitnehmer schriftlich abzuschließen sind (Beweismittel).
Inhaltsfreiheit	Hinsichtlich der Inhalte des Arbeitsvertrages gilt ebenfalls wieder eine grundsätzliche Gestaltungsfreiheit. Allerdings wird diese in Bezug auf schlechtere Arbeitsbedingungen begrenzt durch sämtliche zwingenden Vorschriften des Arbeitsschutzrechts, durch Tarifverträge und Betriebsvereinbarungen sowie durch die Vorschriften über das AGB-Recht nach § 305 BGB, sofern es sich um Standard-Arbeitsverträge handelt. Grundsätzlich werden folgende **Inhalte** in Arbeitsverträgen geregelt: ▪ Beginn und ggf. Dauer des Arbeitsverhältnisses bei Zeitverträgen ▪ Dauer der Probezeit ▪ Bezeichnung der Tätigkeit ▪ möglichst genaue Beschreibung des Aufgabengebietes ▪ Vertretungsregelungen ▪ Zeichnungsbefugnisse ▪ Bezugnahme auf die Anwendung von Tarifverträgen auf den Arbeitsvertrag ▪ Art und Höhe der Entlohnung (Stundenlohn, Gehalt) ▪ weitere Vergütungen, wie Urlaubsgeld, Provisionen, Zulagen etc. ▪ Dauer des Jahresurlaubs, sofern positiv vom Tarif abweichend ▪ Kündigungsfristen, sofern positiv vom Gesetz abweichend

Nichtigkeit und Anfechtbarkeit und ihre Folgen

Gesetzwidrige, sittenwidrige Klauseln und Lohndumping nach §§ 134, 138 BGB sowie Schein- bzw. Scherzklauseln führen zur Nichtigkeit des Arbeitsvertrages.

Sachverhalt

- Der Kaufmann K bietet dem ehemaligen Strafgefangenen S an, für 50 % des tariflichen Lohns bei ihm zu arbeiten, weil er weiß, dass S gegenwärtig wegen seiner Vergangenheit keine Arbeit bekommt. S nimmt das Angebot an und arbeitet ein Jahr lang für den geringen Lohn, bis er etwas Besseres findet.
- Eine Sekretärin soll sich im Arbeitsvertrag verpflichten, wichtigen Kunden abends Gesellschaft zu leisten. Weil sie gegenwärtig keine Arbeit findet, nimmt sie das Angebot an.

Wegen der üblichen Gründe (Irrtum, Übermittlungsfehler oder widerrechtliche Drohung) sind auch Arbeitsverträge anfechtbar.

Sachverhalt

Der eingestellte Lkw-Fahrer hat schon ein prall gefülltes Punktekonto in Flensburg. Im Personalfragebogen hat er angegeben, dass er seit Jahren ohne Anzeigen oder Bußgelder Auto fahre. Bei dem ersten Überfahren einer roten Ampel nach einem halben Jahr reichen die drei Punkte aus, um das Fass zum Überlaufen zu bringen und dem Lkw-Fahrer den Führerschein zu entziehen.

Sofern der Vertrag nichtig ist, aber ein faktisches Arbeitsverhältnis dennoch entstanden ist, kann dieses sofort beendet werden. Im Gegensatz zu § 139 BGB, der bei Teilnichtigkeit eines Vertrages die Nichtigkeit des ganzen Vertrages in Abrede stellt, gilt dies beim Arbeitsvertrag nicht, sondern es ist von einem Fortbestand des Arbeitsverhältnisses auszugehen.

Beispiel: *Die Sekretärin im oben beschriebenen Fall kann bei der ersten Gelegenheit unter Angabe der Erklärung der Nichtigkeit ohne Frist das Arbeitsverhältnis beenden und u. U. sogar Schadensersatz wegen sexueller Belästigung verlangen. Oder aber sie beruft sich auf die Teilnichtigkeit der benannten Klausel und verweigert die abendlichen Begleitaktionen. Der Arbeitgeber dürfte hier nicht kündigen. Etwas anders ist die Sachlage bei dem ehemaligen Strafgefangenen. Er hat bereits ein Jahr zu dem halben Lohn gearbeitet. Er kann die Nichtigkeit erklären, gleichzeitig aber für das geleistete Jahr die Differenz zum Tariflohn verlangen.*

Die Rechtsfolge der Anfechtung ist im Zweifel die fristlose Kündigung, die wie ein Rücktritt vom Vertrag wirkt. Allerdings hat das Arbeitsverhältnis, d. h. die Konkretisierung des Arbeitsvertrags, bis zur fristlosen Kündigung stattgefunden. Man nennt das ein „faktisches Arbeitsverhältnis". Eine Kündigung von Anfang an ist nicht möglich. Die Vertragsparteien haben sich das zu gewähren, was sie bis zum Zeitpunkt des Austritts schuldig sind: Der Arbeitgeber den restlichen Lohn, der Arbeitnehmer einen Vorschuss.

Beispiel: *Für den Lkw-Fahrer dürfte die Tour hier zu Ende sein. Unrichtige Angaben im Personalfragebogen, die wesentlich für die Erfüllung der Aufgabe sind, oder wissentlich falsche Angaben im Vorstellungsgespräch, gelten als Täuschung und damit als Grund für eine fristlose Kündigung. Das Arbeitsverhältnis ist von dem Moment der fristlosen Kündigung an beendet.*

1.5.1.1 Arten von Arbeitsverträgen

Die wirtschaftlichen Gegebenheiten haben in der Arbeitswelt zu zahlreichen Arten von Arbeitsverträgen geführt. Hier eine Übersicht:

Normales Arbeitsverhältnis	Die normale Version eines Arbeitsvertrags begründet ein unbefristetes Vollzeitarbeitsverhältnis mit Bedingungen, die in vollem Umfang den tariflichen Bedingungen entsprechen.
Befristetes Arbeitsverhältnis	Das Arbeitsverhältnis gilt als für eine bestimmte Zeit geschlossen. Grund sind Vertretungen für Krankheit oder Schwangerschaft oder Unklarheit über die wirtschaftlichen Aussichten.
Teilzeitarbeitsverhältnis	Das Arbeitsverhältnis verpflichtet den Arbeitnehmer, nur an einem Bruchteil der tariflichen Wochenarbeitszeit zu arbeiten. Die Lage der Arbeitszeit kann unterschiedlich geregelt sein.
Minijob-Arbeitsverhältnis	Der Arbeitnehmer arbeitet monatlich für ein Entgelt, das 400,00 EUR im Monat nicht überschreitet.
Berufsausbildungsvertrag	Inhalt dieses Vertrags ist vorwiegend die Ausbildung eines Auszubildenden nach dem BBiG, nicht jedoch eine definierte Arbeitsleistung (s. u.).
Praktikumsvertrag	Inhalt des Vertrags ist, dass der Arbeitnehmer eine bestimmte Tätigkeit zu Ausbildungszwecken in einem Betrieb übernimmt. Die Tätigkeit kann entlohnt werden, dann ist sie sozialversicherungspflichtig, oder sie kann unentgeltlich sein, dann besteht lediglich Unfallversicherungspflicht.
Leiharbeitsverhältnis	Inhalt des Vertrags ist, dass Arbeitnehmer mit seiner Zustimmung von dem Arbeitgeber (Verleiher), der mit ihm im eigenen Namen einen Arbeitsvertrag geschlossen hat, an einen anderen Arbeitgeber (Entleiher) zur Erbringung von Arbeitsleistung überlassen (ausgeliehen) wird.

1.5.1.2 Rechte und Pflichten aus dem Arbeitsvertrag

Der Arbeitsvertrag ist als eine Form des Dienstvertrags ein schuldrechtlicher Vertrag. Wie in jedem schuldrechtlichen Vertrag ergeben sich daraus Rechte und Pflichten, die wie folgt geregelt sind.

§ 611 BGB: Vertragstypische Pflichten beim Dienstvertrag

(1) Durch den Dienstvertrag wird derjenige, welcher Dienste zusagt, zur Leistung der versprochenen Dienste, der andere Teil zur Gewährung der vereinbarten Vergütung verpflichtet.

Aus den Pflichten einer Partei lassen sich die Rechte der jeweils anderen Partei ableiten.

Pflichten des Arbeitnehmers

Arbeitspflicht

- Die Arbeitspflicht ist die Hauptleistung des Arbeitnehmers. Er hat seine Arbeit nach § 613 im Zweifel persönlich zu leisten, es sei denn, im Arbeitsvertrag ist etwas anderes vereinbart. Der Arbeitnehmer kann also nicht einfach eine Vertretung schicken, wenn er verhindert ist. Andererseits braucht er sich aber auch nicht um eine Vertretung bemühen, wenn er krank oder anderweitig verhindert ist.

- Der Arbeitspflicht werden durch einige Sondergesetze Grenzen gezogen, z. B. durch das Mutterschutzgesetz oder das Arbeitsschutzgesetz. Ferner werden Grenzen gesetzt durch gültige Tarifverträge und Betriebsvereinbarungen.
- Inhalt, Ort und Umfang der Tätigkeit richten sich grundsätzlich nach dem vereinbarten Arbeitsvertrag und der ggf. beigefügten Stellenbeschreibung. Im Detail unterliegt der Arbeitnehmer in der täglichen Arbeitspraxis dem Direktions- und Weisungsrecht des Arbeitgebers. Bei einem Leiharbeitsverhältnis gelten die besonderen Vorschriften des Arbeitnehmerüberlassungsgesetzes.
- Der Arbeitnehmer verstößt gegen seine Arbeitspflichten, wenn er zulässige Anweisungen des Arbeitgebers nicht erfüllt. Die Betonung liegt hier auf zulässig.

Sachverhalt

In eine Getränkevertrieb ist in einem besonders heißen Sommer eine Menge los. Der Vertrieb kommt nicht mit der Auslieferung nach. Die Geschäftsleitung weist die Mitarbeiter der Buchhaltung an, mit gemieteten Fahrzeugen Auslieferungen vorzunehmen.

Der Arbeitnehmer ist grundsätzlich nur verpflichtet, die im Arbeitsvertrag vereinbarte Arbeitsleistung zu erbringen. In Notfällen und Ausnahmesituationen ist jedoch der Begriff der Arbeitspflicht weit auszulegen. Hier dürfte die Geschäftsleitung nicht die Buchhalter beauftragen, da Personal zum befristeten Einsatz auf dem Arbeitsmarkt kurzfristig beschafft werden kann. Sollte es allerdings z. B. im Betrieb brennen oder in anderen Krisensituationen kurzfristig keine Hilfe von außen möglich sein, ist jeder Arbeitnehmer aus seiner Treuepflicht heraus verpflichtet, grundsätzlich andere und auch untergeordnete Tätigkeiten zu verrichten.

- Die Zuweisung einer niedriger bezahlten Arbeit ist dagegen grundsätzlich unzulässig. Ohne eine entsprechende Öffnungsklausel im Arbeitsvertrag muss der Arbeitgeber die Zustimmung des Arbeitnehmers einholen, ersatzweise muss er eine Änderungskündigung aussprechen.
- Anders als beim Werkvertrag, bei dem ein Erfolg geschuldet wird, wird beim Dienstvertrag nur das pflichtgemäße Bemühen geschuldet. Der Arbeitnehmer ist also nur verpflichtet, im Rahmen seiner Fähigkeiten zu arbeiten. Würde allerdings ein Bilanzbuchhalter ständig falsche Bilanzen erzeugen oder ein Mitarbeiter an der Werkbank regelmäßig eine hohe Fehlerquote produzieren, kann der Arbeitgeber im Wege der Abmahnung den Mitarbeiter auffordern, sorgfältiger zu arbeiten; im Wiederholungsfall kann er je nach Ursache der Schlechtleistung verhaltens- oder personenbedingt kündigen. Dabei trifft ihn allerdings eine Nachweislast über die Schlechtleistung.

Treuepflicht

Die Treuepflicht ist eine Nebenpflicht aus dem Arbeitsvertrag, unter der eine Reihe von allgemeinen, z. T. selbstverständlichen Pflichten zusammengefasst sind. Diese allgemeinen Nebenpflichten lassen sich aus dem BGB-Grundsatz von Treu und Glauben ableiten. Danach hat der Arbeitnehmer alles zu unterlassen, was die Interessen und die geschäftliche Situation des Arbeitsgebers beinträchtigen könnte. Grundsätzlich gilt dabei, dass die Anforderungen an die Treuepflicht des Mitarbeiters umso höher sind, je höher die Stellung des Mitarbeiters im Unternehmen ist. Es dürfte unmittelbar einleuchten, dass ein

Arbeiter sich in einer Gastwirtschaft ungestraft lautstark und kritisch über seinen Arbeitgeber auslassen kann. Für einen Prokuristen wäre das hingegen eine grobe Verletzung des Vertrauens und damit seiner Treuepflicht.

Im Detail werden folgende allgemeine Pflichten unter der Treuepflicht verstanden:
- Pflicht zur Abwehr von Schäden vom Unternehmen, z. B. Anzeige drohender Gefahren
- Pflicht zur Verschwiegenheit, vor allem über Betriebsgeheimnisse
- Verbot der Annahme von Schmiergeldern
- Wettbewerbsverbot und Verbot der Abwerbung von Kunden
- Pflicht zur Erhaltung des Betriebsfriedens

Die Treuepflicht beginnt bereits bei der Anbahnung eines Arbeitsverhältnisses und reicht entgegen landläufiger Meinung über die Dauer des Arbeitsverhältnisses hinaus.

Beispiele: *Ein Chemiker, der sich bei einem Chemieunternehmen bewirbt, erhält im Vorstellungsgespräch Informationen über bevorstehende Forschungsprojekte. Selbst wenn der Arbeitsvertag nicht zustande kommt, darf er diese Informationen nicht verwenden.*
Ein ehemaliger Mitarbeiter im Vertrieb ist zur Konkurrenz gewechselt und wirbt nun Kunden seines früheren Arbeitgebers ab auf der Basis von Informationen, die er durch sein früheres Arbeitsverhältnis erlangt hat. Das verstößt gegen die Treuepflicht und ist justitiabel.

Vertragspflichten über das Beschäftigungsende hinaus

Am Ende des Arbeitsverhältnisses gehört es zu den Pflichten des Arbeitnehmers, dem Arbeitgeber alle Arbeitsmittel und Geschäftsunterlagen zurückzugeben sowie weiterhin über Geschäfts- und Betriebsgeheimnisse zu schweigen. Der Arbeitgeber hat dem Mitarbeiter notwendige versicherungs- und steuerrechtlich relevante Unterlagen sowie ein Arbeitszeugnis auszuhändigen. Außerdem hat er für den Arbeitnehmer wichtigen Unterlagen bis zum Ende der gesetzlich vorgeschriebenen Verjährungsfristen aufzubewahren.

Inwiefern der Arbeitnehmer nach dem Ende des Arbeitsverhältnisses einem Konkurrenz- oder Wettbewerbsverbot unterliegt, ist abhängig davon, ob dies in seinem Arbeitsvertrag gegen Zahlung einer entsprechenden Entschädigung nach dem Ausscheiden vereinbart wurde. Ansonsten ist der Arbeitnehmer frei in seiner Wahl des nächsten Arbeitgebers.

Haftung des Arbeitnehmers

Grundsätzlich ist die Haftung des Arbeitnehmers aus dem Arbeitsvertrag gegenüber anderen schuldrechtlichen Verträgen erheblich reduziert, denn sonst müsste er für alle Schäden aufkommen, die sich aus seiner Tätigkeit ergeben. Ein Arbeitsvertrag ist jedoch kein Kaufvertrag oder Mietvertrag, weil gerade beim Arbeitsvertrag neben der Leistung des Arbeitnehmers eine Reihe von anderen Faktoren den Erfolg der Arbeit ausmachen, z. B. bestehende Arbeitsanweisungen, ablaufende Prozesse, Kollegen, Vorgesetzte, zur Verfügung stehende Arbeitsmittel oder Kunden und Lieferanten des Unternehmens.
Grundvoraussetzung für eine Haftung ist deshalb eine **schuldhafte Pflichtverletzung** des Arbeitnehmers. Hierbei gilt eine Beweislastumkehr nach § 619a BGB, d. h. der Arbeitgeber muss die Pflichtverletzung nachweisen. Die Haftungsbeschränkung gilt zunächst unabhängig davon, ob es sich um eine sogenannte„gefahrgeneigte“ Arbeit handelt oder nicht. Die Fürsorgepflicht der Arbeitgeber beinhaltet auch die Begrenzung des Haftungsrisikos für Arbeitnehmer durch den Abschluss einer entsprechenden Versicherung bei gefahrgeneigten Tätigkeiten. Typische gefahrgeneigte Tätigkeiten dürften z. B. vorliegen bei Fensterputzern, Gerüstarbeitern, Lkw-Fahrern, im Handwerk oder in der industriellen Holz- und Metallverarbeitung.

Ein sogenannter innerbetrieblicher Schadensausgleich soll die Fälle regeln, in denen der Arbeitnehmer im Rahmen seiner Arbeitsleistung dem Arbeitgeber, einem anderen Arbeitnehmer oder einer betriebsfremden Person einen Schaden zufügt. Damit ist der Ausgleich von Schäden und Schadensersatzpflichten im Verhältnis zwischen Arbeitgeber und Arbeitnehmer gemeint. Entscheidend für den Umfang der Haftung des Arbeitnehmers ist der Grad des Verschuldens. Dabei gelten folgende Kategorien:

- leichte Fahrlässigkeit
- mittlere (normale) Fahrlässigkeit
- grobe Fahrlässigkeit
- Vorsatz

Fahrlässig handelt, wer die im Verkehr erforderliche Sorgfalt verletzt (§ 276 BGB).
Vorsatz ist das Wissen und Wollen des rechtswidrigen Erfolges.

In welche Kategorie des Verschuldens der verursachte Schaden fällt, ist allerdings von den gesamten Umständen des Einzelfalls. Einige Fälle sind jedoch eindeutig.

Beispiele:
Leichte Fahrlässigkeit: *Ein Fahrer raucht am Steuer und lässt die Zigarette fallen. Bei dem Versuch, sie aufzuheben, verursacht er einen Unfall. Eine Buchhalterin vertippt sich, ein Verkäufer verrechnet sich.*
Mittlere (normale) Fahrlässigkeit: *Auffahrunfall oder normale Vorfahrtsverletzung, nennenswerte Geschwindigkeitsübertretung, nicht vollständiges Verzurren einer Lkw-Ladung.*
Grobe Fahrlässigkeit: *Ein Fernfahrer führt sein Fahrzeug unter starkem Alkoholeinfluss oder er betankt sein Fahrzeug statt mit Diesel mit Benzin oder er fährt bei Rot über die Ampel.*

Folgende generelle Haftungsregeln gelten:

Art des Verschuldens	Umfang der Haftung
kein Verschulden oder leichte Fahrlässigkeit	Der Arbeitnehmer haftet nicht.
mittlere Fahrlässigkeit	Es erfolgt eine Haftungsteilung zwischen Arbeitgeber und Arbeitnehmer nach Maßgabe des Einzelfalls. Die Quote des Arbeitnehmers ist dabei abhängig vom Grad des Verschuldens, der Gefahrgeneigtheit, der Tätigkeit, der Schadenshöhe, der Organisation, der Stellung des Arbeitnehmers im Betrieb und der Dauer seiner Betriebszugehörigkeit.
grobe Fahrlässigkeit	Der Arbeitnehmer haftet uneingeschränkt.
Vorsatz	

Eine besondere Rolle kommt der sogenannten „Mankoabrede“ zu. Darunter ist eine Fehlgeldentschädigung zu verstehen, bei der ein Arbeitnehmer für einen Fehlbestand in der Kasse oder bei den Waren einzustehen hat. Ohne eine solche Vereinbarung im Arbeitsvertrag haftet ein Arbeitnehmer nur, wenn eine schuldhafte Verletzung des Arbeitsvertrags oder eine unerlaubte Handlung vorliegt. Der Arbeitgeber muss auch hier die Voraussetzungen beweisen. Die Lösung wird hier häufig durch ein zusätzliches, aber einbehaltenes Entgelt gefunden.

Pflichten des Arbeitgebers

Entgeltzahlungspflicht

Die Hauptpflicht des Arbeitgebers aus § 611 ist die Zahlung der vereinbarten Vergütung. Im Normalfall ergibt sich die Vergütung aus dem Arbeitsvertrag und den zugrundeliegenden Tarifverträgen.

Ist eine Vereinbarung über die Vergütung nicht geschlossen worden, so gilt nach § 612 BGB eine Vergütung als stillschweigend vereinbart, wenn die Dienstleistung den Umständen nach nur gegen eine Vergütung zu erwarten ist. Ist die Höhe der Vergütung nicht bestimmt, so ist bei dem Bestehen einer orts- und branchenüblichen Höhe (z. B. gemäß einem zutreffenden Tarifvertrag) der Vergütung eine solche als vereinbart anzusehen.

Beispiel: *Eine Nachbarschaftshilfe für ein paar Stunden, die regelmäßig und gegenseitig erfolgt, wird keinen Vergütungsanspruch nach sich ziehen können. Wenn ein Landwirt einen 18-jährigen Nachbarssohn über mehrere Wochen mit täglich 5 Stunden als Erntehelfer anstellt, wird eine Vergütung am Ende der Zeit fällig sein und sich nach den üblichen Tarifen zu richten haben.*

Nach § 107 (1) der Gewerbeordnung ist das Arbeitsentgelt in Euro zu berechnen und auszuzahlen. Ein Teil des Arbeitsentgelts können Sachbezüge als sogenannte geldwerte Vorteile sein, jedoch muss mindestens der nicht pfändbare Teil des Arbeitsentgelts in Euro ausgezahlt werden.

Die Höhe des Entgelts kann zwischen Arbeitgeber und Arbeitnehmer grundsätzlich frei vereinbart werden, es sei denn, dass der Arbeitsvertrag der Tarifbindung unterliegt. In diesem Fall sind die tarifvertraglichen Vereinbarungen zu beachten. Folgende Formen der Vergütung sind denkbar:

Entgeltformen	
Lohn	**Zeitlohn** wird gezahlt als Stundenlohn, Wochenlohn oder Monatslohn. **Leistungslohn** wird gezahlt als Akkordlohn in Form des Zeit- oder Stückakkords sowie in Form von Leistungsprämien. Der Leistungslohn ist bei einigen Personengruppen untersagt (z. B. werdende Mütter und Jugendliche).
Gehalt	Das Gehalt ist ein auf den Monat festgelegtes Entgelt, das unabhängig von der Anzahl der Arbeitstage in immer gleicher Höhe gezahlt wird.
Sonderzuwendungen	Zu den Sonderzuwendungen zählen ▪ Urlaubsgeld, ▪ Weihnachtsgeld, ▪ Gratifikationen. Der Anspruch auf Sonderzahlungen ergibt sich entweder aus Manteltarifverträgen oder Betriebsvereinbarungen, dann besteht seitens der Arbeitnehmer ein Rechtsanspruch auf diese Zahlungen. Anders sieht es mit jedes Jahr auf Neue gezahlten freiwilligen Zuwendungen in Form des 13. Monatsgehalts, des Weihnachtsgelds oder einer Gewinnbeteiligung aus. Der Arbeitgeber kann hierfür grundsätzlich einen Rechtsanspruch des Arbeitnehmers auf die Leistung für die Zukunft ausschließen. Tut er das nicht, entsteht ein Rechtanspruch des Arbeitnehmers durch Gewohnheitsrecht.

Entgeltformen	
Zulagen/ Zuschläge	**Tantiemen** stellen eine Art der Erfolgsbeteiligung dar und werden häufig mit Führungskräften vereinbart. **Prämien** werden bei Erreichen eines vorgegebenen Sollwerts gezahlt, das können sein: Zeitprämien für die Unterschreitung eines geplanten Fertigungstermins, Anwesenheitsprämien bei Unterschreitung einer festgelegten Anzahl von Fehltagen oder Qualitätsprämien bei Erreichen bestimmter Qualitätsstandards. **Vergütung aufgrund von Zielvereinbarung** wird bei Erreichen der zwischen Mitarbeiter und Vorgesetztem vereinbarten Ziele gezahlt. Sie stellt oft einen erheblichen Teil der Gesamtvergütung dar. Der Anspruch muss im Arbeitsvertrag festgelegt sein. **Erschwerniszulage und Funktionszulage** können bei besonders schweren und besonderen Tätigkeiten vereinbart werden, z. B. bei der Arbeit an einem Hochofen. **Außertarifliche Zulagen** sollen das tarifvertraglich festgelegte Arbeitsentgelt erhöhen (AT-Zulagen).
Naturalvergütung / Sachbezüge	Zusätzlich zur Vergütung in Geld kann der Arbeitnehmer für seine Arbeit auch durch eine Gegenleistung durch andere geldwerte Vorteile entlohnt werden. Dazu zählen ▪ Gewährung von Produkten des Unternehmens mit Personalrabatt, ▪ Gewährung von Wohnraum, Kost und Logis, ▪ Überlassung eines Pkw, wenn dieser vom Arbeitnehmer auch für Fahrten zwischen Wohnung und Arbeitsstätte sowie zu sonstigen privaten Zwecken genutzt werden darf. Geldwerte Vorteile in Form von Sachbezügen oder Naturalvergütung hat der Arbeitgeber in der Entgeltabrechnung als fiktives Bruttoentgelt anzusetzen und zu versteuern. Arbeitnehmer, die Dienstflüge unternehmen, die vom Arbeitgeber bezahlt werden, können auf einem persönlichen Konto der Fluggesellschaft **Bonusmeilen** (z. B. Miles-and-More) sammeln. Sie haben jedoch kein Recht, diese Bonusmeilen für eigene private Zwecke zu nutzen. Diese stehen dem Arbeitgeber zu. Überlässt dieser sie dem Arbeitnehmer, ist es ein geldwerter Vorteil.

Lohnerhöhungen oder **freiwillige Sonderzahlungen**: Hierbei hat der Arbeitgeber den arbeitsrechtlichen Gleichbehandlungsgrundsatz zu beachten. Eine unterschiedliche Behandlung von Arbeitnehmern setzt voraus, dass es hierfür sachliche Gründe gibt.

Mindestlohn: Die Höhe des Lohns darf einen ggf. in dieser Branche existierenden Mindestlohn nicht unterschreiten.

Erfüllungsort für die Entgeltzahlung ist, sofern nichts anderes vereinbart ist, der Sitz des Betriebes, in dem der Arbeitnehmer arbeitet (Holschuld). Das Entgelt ist also im Zweifel bar auszuzahlen. In den meisten Verträgen wird jedoch eine bargeldlose Zahlung vereinbart. Dann ist die Entgeltzahlung geleistet mit der Gutschrift auf dem Konto des Arbeitnehmers. Hat der Arbeitnehmer vergessen, seine neue Bankverbindung mitzuteilen, muss ihm der Betrag so schnell wie möglich erneut überwiesen werden. Die Übertragung in den nächsten Monat ist nicht zulässig. Ebenso muss eine irrtümlich zu gering ausgefallene Überweisung umgehend korrigiert werden; bei Bagatellbeträgen kann die Übertragung in den Folgemonat nur vorgenommen werden, wenn der Arbeitnehmer ausdrücklich zustimmt.

Fälligkeit: Das Entgelt ist nach § 614 nach der Leistung der Dienste zu entrichten. Ist die Vergütung nach Zeitabschnitten bemessen, so ist sie nach dem Ablauf der einzelnen Zeitabschnitte zu entrichten. In der Regel bedeutet dies, dass das Entgelt spätestens zum Ende des Monats auf dem Konto des Arbeitnehmers zu sein hat.

Lohn- und Gehaltsabrechnung: Der Arbeitgeber hat über die Berechnung des Bruttoentgelts, der Abzüge, des Nettoentgelts sowie des Überweisungsbetrags eine Entgeltabrechnung zu erstellen und diese dem Arbeitnehmer auszuhändigen. Auf Verlangen hat er diese Abrechnung zu erläutern. Wenn statt eines festen Gehaltes die tatsächlich geleistete Arbeitszeit vergütet wird, muss der Arbeitgeber gewährleisten, dass diese korrekt erfasst wird.

Pflicht zur Entgeltzahlung ohne Arbeitsleistung

Arbeitsausfall: Nach § 615 BGB kann der Arbeitnehmer die vereinbarte Vergütung auch dann verlangen, wenn der Arbeitgeber den Arbeitnehmer zeitweise nicht beschäftigen kann, denn der Arbeitgeber trägt das Risiko des Arbeitsausfalls, z. B. durch Schwankungen der Nachfrage, Mängel in der Organisation, fehlendes Gerät oder Stromausfall.

Annahmeverzug des Arbeitgebers: Nimmt der Arbeitgeber die vom Arbeitnehmer angebotene Arbeitsleistung nicht an, gerät er in Annahmeverzug und hat dem Arbeitnehmer die für diese Zeit vereinbarte Vergütung zu zahlen, ohne dass der Arbeitnehmer zur Nachleistung verpflichtet ist.

Erholungsurlaub: Nach § 11 Bundesurlaubsgesetz ist für die Zeit des Urlaubs eine Vergütung zu zahlen, die sich nach dem durchschnittlichen Arbeitsverdienst bemisst, das der Arbeitnehmer in den letzten dreizehn Wochen vor dem Beginn des Urlaubs erhalten hat, mit Ausnahme des zusätzlich für Überstunden gezahlten Arbeitsverdienstes.

Gesetzliche Feiertage: Nach dem Entgeltfortzahlungsgesetz haben Arbeitnehmer gemäß § 2 EntgFG für Arbeitszeit, die infolge eines gesetzlichen Feiertags ausfällt, Anspruch auf das Arbeitsentgelt, das ohne den Arbeitsausfall vom Arbeitgeber zu zahlen gewesen wäre.

Krankheitsfall: Wird ein Arbeitnehmer, dessen Arbeitsverhältnis mindestens vier Wochen ununterbrochen besteht, durch Arbeitsunfähigkeit infolge Krankheit an seiner Arbeitsleistung verhindert, ohne dass ihn ein Verschulden trifft, hat er nach § 3 EntgFG Anspruch auf Entgeltfortzahlung durch den Arbeitgeber für längstens sechs Wochen. Bei Unfällen ist zu prüfen, ob ein Verschulden des Arbeitnehmers vorliegt. Dies ist z. B. bei Verletzungen aufgrund von Extremsport oder Schlägereien der Fall.

Nach Ablauf der sechs Wochen Lohnfortzahlung durch den Arbeitgeber besteht in der Regel ein Anspruch gegen die Krankenkasse auf Zahlung von Krankengeld. Der Arbeitnehmer ist verpflichtet, dem Arbeitgeber die Arbeitsunfähigkeit und deren voraussichtliche Dauer unverzüglich mitzuteilen. Dauert die Arbeitsunfähigkeit länger als drei Kalendertage, hat der Arbeitnehmer eine ärztliche Bescheinigung über das Bestehen der Arbeitsunfähigkeit sowie deren voraussichtliche Dauer spätestens an dem darauffolgenden Arbeitstag vorzulegen.

Beschäftigungspflicht
Der Arbeitgeber hat die Pflicht, den Arbeitnehmer angemessen im Rahmen des vereinbarten Arbeitsvertrages zu beschäftigen. Desgleichen muss sich der Arbeitgeber an die vereinbarten Arbeitszeiten halten, sofern der Arbeitsvertrag nicht ausdrücklich flexible Arbeitszeiten zulässt. Aber selbst bei flexiblen Arbeitszeiten ist eine rechtzeitige Abstimmung über die Dienstzeiten erforderlich.

Kann der Arbeitnehmer aus gesundheitlichen Gründen seine ursprünglich vereinbarte Tätigkeit nicht mehr ausüben, so ist ihm im Rahmen der betrieblichen Möglichkeiten eine andere Arbeit im Unternehmen anzubieten.

Fürsorgepflicht

Die Fürsorgepflicht des Arbeitgebers bezeichnet die Pflicht, für das Wohlergehen der ihm anvertrauten Arbeitnehmer Sorge zu tragen.

Die Fürsorgepflicht ist eine Nebenpflicht aus dem Arbeitsverhältnis und ergibt sich aus § 241 (2) sowie §§ 617–619 BGB. Zur Fürsorgepflicht gehört vor allem das Treffen von Vorkehrungen zum Schutz des Arbeitnehmers, um Gefahren für Leben und Gesundheit von ihm abzuwenden. Dazu gehören im Detail zahlreiche Gesetze, die im Abschnitt 1.5.4 behandelt werden. Das Minimum ist die in § 618 BGB kodifizierte Pflicht zur Einhaltung der im Betrieb geltenden arbeitsschutzrechtlichen Normen.

Daneben hat sich der Arbeitgeber im Rahmen seiner Möglichkeiten um den Schutz anderer Rechtsgüter des Arbeitnehmers zu kümmern. Dazu zählen im Wesentlichen das Eigentum, die Ehre und die Gleichbehandlung. Aktuelle Probleme, für deren Lösung der Arbeitgeber Sorge tragen muss, ergeben sich aus dem demografischen Wandel und der zunehmenden Notwendigkeit der Integration von Mitarbeitern mit Migrationshintergrund.

Arbeitnehmer haben nach § 823 BGB bei einem körperlichen Schaden und einem Verstoß gegen derartige Bestimmungen einen Schadensersatzanspruch gegenüber dem Arbeitgeber.

1.5.1.3 Beendigung des Arbeitsverhältnisses

Das Arbeitsverhältnis wird durch folgende Umstände oder Sachverhalte beendet:

- Tod des Arbeitnehmers, nicht jedoch zwangsläufig durch den Tod des Arbeitgebers
- Geschäftsaufgabe, Liquidation des Unternehmens
- Ablauf einer Befristung
- Aufhebungsvertrag
- Kündigung

§ 620 BGB: Beendigung des Arbeitsverhältnisses
(1) Das Dienstverhältnis endigt mit dem Ablauf der Zeit, für die es eingegangen ist.
(2) Ist die Dauer des Dienstverhältnisses weder bestimmt noch aus der Beschaffenheit oder dem Zwecke der Dienste zu entnehmen, so kann jeder Teil das Dienstverhältnis nach Maßgabe der §§ 621 bis 623 kündigen.
(3) Für Arbeitsverträge, die auf bestimmte Zeit abgeschlossen werden, gilt das Teilzeit- und Befristungsgesetz.

Ablauf einer Befristung

Ein befristetes Arbeitsverhältnis liegt vor, wenn es nach einem kalendermäßig vereinbarten Zeitraum oder nach Wegfall eines bestimmten Grundes endet.

Das Teilzeit- und Befristungsgesetz (TzBfG) regelt neben den Bestimmungen zur Teilzeitarbeit auch die Voraussetzungen und die Durchführung für einen befristeten Arbeitsvertrag. Danach stellt sich die Frage, wann eine Befristung überhaupt zulässig ist.

Befristung mit einem sachlichen Grund

Befristete Arbeitsverträge sind grundsätzlich nur zulässig, wenn sie durch einen sachlichen Grund gerechtfertigt sind oder das Gesetz eine Befristung ohne sachliche Gründe zulässt. Ein sachlicher Grund liegt insbesondere vor, wenn

- der betriebliche Bedarf an der Arbeitsleistung nur vorübergehend besteht;
- die Befristung im Anschluss an eine Ausbildung oder ein Studium erfolgt, um den Übergang des Arbeitnehmers in eine Anschlussbeschäftigung zu erleichtern;
- der Arbeitnehmer zur Vertretung eines anderen Arbeitnehmers beschäftigt wird;
- die Eigenart der Arbeitsleistung die Befristung rechtfertigt;
- die Befristung zur Erprobung erfolgt;
- in der Person des Arbeitnehmers liegende Gründe die Befristung rechtfertigen;
- der Arbeitnehmer aus Haushaltsmitteln vergütet wird, die haushaltsrechtlich für eine befristete Beschäftigung bestimmt sind und er entsprechend beschäftigt wird, oder
- die Befristung auf einem gerichtlichen Vergleich beruht.

Die Befristung eines Arbeitsvertrags bedarf zu ihrer Wirksamkeit immer der Schriftform. Ist die Befristung rechtsunwirksam, so gilt der befristete Arbeitsvertrag als auf unbestimmte Zeit geschlossen.

Die Befristung aus sachlichem Grund gilt so lange, wie der festgelegte Grund die Befristung rechtfertigt. Man spricht daher auch von einer Zweckbefristung. Der Grund ist eindeutig schriftlich festzuhalten.

Befristung ohne sachlichen Grund

Eine Befristung ohne Vorliegen eines sachlichen Grundes ist bis zur Dauer von zwei Jahren zulässig; bis zu dieser Gesamtdauer von zwei Jahren ist auch die höchstens dreimalige Verlängerung eines kalendermäßig befristeten Arbeitsvertrags zulässig. Der Arbeitgeber braucht hierfür keine Begründung gegenüber dem Arbeitnehmer. Hierbei ist allerdings zu beachten, dass mit diesem Arbeitgeber in den letzten drei Jahren zuvor kein Arbeitsvertrag bestand.

Bei einer zulässigen Verlängerung ändert sich nur die Laufzeit des Arbeitsvertrages. Die anderen Vertragsbestandteile (Tätigkeitsbeschreibung, Vergütung, Urlaub usw.) ändern sich nicht.

Will der Arbeitnehmer geltend machen, dass die Befristung eines Arbeitsvertrags rechtsunwirksam ist, muss er nach § 17 TzBfG innerhalb von drei Wochen nach dem vereinbarten Ende des befristeten Arbeitsvertrags vor dem Arbeitsgericht eine Klage auf Festanstellung erheben.

Kettenarbeitsvertrag

Hierbei handelt es sich um ein Arbeitsverhältnis zwischen einem Arbeitgeber und seinem Arbeitnehmer, das auf mehreren befristeten Arbeitsverträgen basiert, die in der Weise aneinander „gekettet" werden, dass mit Fristablauf eines Arbeitsvertrags die Frist des nächsten Arbeitsvertrags beginnt. Solche Arbeitsverträge sind grundsätzlich unzulässig, da mit ihnen der Kündigungsschutz ausgehebelt werden soll. Sie dürfen nur dann abgeschlossen werden, wenn es für die Befristung des jeweils nächsten Arbeitsvertrags jedes Mal einen sachlichen Grund gibt.

Beispiel: *Erster Vertrag für ein Projekt A, zweiter Vertrag für Vertretung einer Schwangeren, dritter Vertrag für Vertretung eines kranken Mitarbeiters, vierter Vertrag für Projekt B.*

Liegt kein sachlicher Grund für die Befristung des Vertrags vor, gilt der Arbeitsvertrag als unbefristet geschlossen. Der Arbeitnehmer kann dann erfolgreich auf Festeinstellung klagen.

Befristung bei Neugründung von Unternehmen

Neu gegründete Unternehmen dürfen in den ersten vier Jahren nach der Gründung die kalendermäßige Befristung eines Arbeitsvertrags ohne Vorliegen eines sachlichen Grundes bis zur Dauer von vier Jahren vornehmen. Dies gilt nur für Neugründungen, nicht für die Umstrukturierung von Unternehmen oder Konzernen.

Befristung für ältere Arbeitnehmer

Um älteren Arbeitssuchenden bessere Chancen auf dem Arbeitsmarkt zu ermöglichen, erlaubt das Gesetz für potenzielle Arbeitnehmer ab 52 Jahren die Befristung ohne Vorliegen eines sachlichen Grundes bis zu einer Dauer von fünf Jahren, wenn der Arbeitnehmer bei Beginn des befristeten Arbeitsverhältnisses mindestens vier Monate beschäftigungslos war.

Aufhebungsvertrag

Ein Aufhebungsvertrag ist eine schuldrechtliche Vereinbarung zwischen Arbeitgeber und Arbeitnehmer, in der beide übereinkommen, das Arbeitsverhältnis zu einem vereinbarten Zeitpunkt zu beenden.

Die Aufhebungsvereinbarung regelt die rechtlichen Beziehungen zur Beendigung des Arbeitsverhältnisses, es ist eine Auflösung des Arbeitsverhältnisses in gegenseitigem Einvernehmen.

Der Aufhebungsvertrag bedarf nach § 623 der Schriftform, beide Parteien müssen unterschreiben.

Als Inhalte sollten mindestens enthalten sein

- die Vertragspartner,
- das Datum des letzten Arbeitstages,
- Nebenabreden, wie z. B. die Zahlung einer Abfindung,
- ggf. die Gründe, die zur Auflösung führen.

Wie bei vielen anderen Verträgen gilt grundsätzlich die Vertragsfreiheit, d. h. die Parteien können Inhalte und Umstände frei verhandeln. Die Initiative dazu kann auch vom

Arbeitnehmer ausgehen. Vielfach wird ein Aufhebungsvertrag abgeschlossen anstelle einer Kündigung oder nach einer bereits ausgesprochenen Kündigung.

Fristen müssen nicht eingehalten werden, insofern kann ein Aufhebungsvertrag sehr kurzfristig wirken. Der Betriebsrat hat bei einem Aufhebungsvertrag kein Mitspracherecht. Ziel eines Aufhebungsvertrags ist regelmäßig die Vermeidung von nachfolgenden Rechtstreitigkeiten, z. B. einer Kündigungsschutzklage.

Aus diesem Grunde kann der Aufhebungsvertrag angefochten werden, wenn es Umstände gibt, die den Arbeitnehmer eher unfreiwillig dazu gebracht haben, den Vertrag zu unterzeichnen. Dazu gehören insbesondere die Tatbestände des Irrtums, der Täuschung und der Drohung.

Beispiele: *Der Arbeitgeber droht mit einer außerordentlichen (fristlosen) Kündigung, mit einer Strafanzeige oder einer hohen Schadenersatzforderung. Der Arbeitgeber lässt den Arbeitnehmer den Aufhebungsvertrag mit Blankodatum bereits bei Abschluss des Arbeitsvertrags unterzeichnen. Der Arbeitgeber setzt den Arbeitnehmer extrem unter Zeitdruck. Die näheren Umstände sind im Klagefall zu prüfen.*

Kündigung

Die Kündigung ist eine einseitige, empfangsbedürftige Willenserklärung, die auf die Beendigung eines Dauerschuldverhältnisses mit Wirkung für die Zukunft gerichtet ist.

Wirksamkeit

Die Kündigung wird wirksam mit Zugang beim jeweiligen Empfänger. Der Zugang der Kündigung ist vom Kündigenden zu beweisen, sofern der Gekündigte den Zugang bestreitet. Deshalb ist zu empfehlen, sich nach Übergabe der Kündigung eine Empfangsquittung aushändigen zu lassen oder die Kündigung durch einen Boten überbringen zu lassen (ebenfalls mit Bestätigung des Erhalts). Einer Übergabe des Kündigungsschreibens steht der Einwurf des Schreibens als Einwurf-Einschreiben in den Hausbriefkasten gleich, d. h. es muss derart in den Einflussbereich des Empfängers gelangt sein, dass dieser unter normalen Umständen vom Inhalt Kenntnis erlangen kann.

Zu ihrer Wirksamkeit bedarf die Kündigung nach § 623 BGB der Schriftform, nicht jedoch der Angabe von Gründen. Dies gilt lediglich gegenüber Auszubildenden und werdenden Müttern. Die elektronische Form ist ausgeschlossen. Die Kündigung kann als Beendigungskündigung oder Änderungskündigung ausgesprochen werden (s. u.).

Mitwirkung des Betriebsrates

Sofern in dem Betrieb ein Betriebsrat existiert, bedarf sowohl die ordentliche als auch die außerordentliche Kündigung der Anhörung des Betriebsrats.

Eine ohne Anhörung des Betriebsrats ausgesprochene Kündigung ist nichtig.

Der Betriebsrat kann einer ordentlichen Kündigung innerhalb von einer Woche, einer außerordentlichen Kündigung unverzüglich, spätestens jedoch innerhalb von drei Tagen schriftlich unter Angabe von Gründen widersprechen. Der Anhörungsbogen an den Betriebsrat muss alle relevanten Informationen als Entscheidungsgrundlage enthalten. Sofern der Betriebsrat bei einer ordentlichen Kündigung widerspricht, hat der

Arbeitnehmer ein Recht auf Weiterbeschäftigung bis zur Entscheidung des Arbeitsgerichts im Rahmen eines Kündigungsschutzprozesses.

Zu unterscheiden sind

- die ordentliche Kündigung; sie erfolgt unter Einhaltung der gesetzlichen, vertraglichen oder tarifvertraglichen Kündigungsfrist;
- die außerordentliche (fristlose) Kündigung; sie kann erfolgen, wenn ein wichtiger Grund vorliegt.

Ordentliche Kündigung

Die ordentliche Kündigung wird fristgemäß ausgesprochen. Die Frist beginnt mit Zugang der Kündigung. Neben den vertraglich vereinbarten Kündigungsfristen sind tarifliche und gesetzliche Kündigungsfristen zu beachten. Die gesetzlichen Kündigungsfristen sind im § 622 BGB geregelt: Nach Abs. 1 kann das Arbeitsverhältnis eines Arbeitnehmers mit einer Frist von vier Wochen zum 15. oder zum Ende eines Kalendermonats gekündigt werden.

Im Absatz 2 sind verlängerte Kündigungsfristen geregelt. Danach richtet sich die Kündigungsfrist durch den Arbeitgeber nach der Dauer des Arbeitsverhältnisses.

Dauer des Beschäftigungsverhältnisses	Kündigungsfrist (jeweils zum Monatsende)
2 Jahre	1 Monat
5 Jahre	2 Monate
8 Jahre	3 Monate
10 Jahre	4 Monate
12 Jahre	5 Monate
15 Jahre	6 Monate
20 Jahre	7 Monate

- Die gesetzliche Kündigungsfrist kann durch den Arbeitsvertrag grundsätzlich nicht zum Nachteil des Arbeitnehmers gekürzt werden.
- Eine vertragliche Verlängerung der Kündigungsfrist ist möglich. Gleichfalls möglich ist eine vertragliche Vereinbarung, dass die verlängerten Kündigungsfristen auch für den Arbeitnehmer gelten sollen.
- Bei einer vereinbarten Probezeit von längstens sechs Monaten kann mit einer Kündigungszeit von zwei Wochen gekündigt werden.
- Bei einem einzelvertraglichen Hinweis auf einen Tarifvertrag, bei Aushilfstätigkeiten und bei Kleinunternehmen sind nach § 622 (3)–(5) Ausnahmen von den oben genannten Mindestkündigungsfristen möglich.

- Sofern ein Arbeitnehmer oder Arbeitgeber es sich vor Beginn des Arbeitsverhältnisses anders überlegt, kann er vor Dienstantritt mit den genannten Fristen kündigen, denn es ist grundsätzlich nicht davon auszugehen, dass die Vertragsparteien eine Mindestbeschäftigungsdauer gewollt haben.

Änderungskündigung

Im Normalfall zielt eine ordentliche Kündigung auf eine Beendigung des Arbeitsverhältnisses. Sie kann jedoch auch darauf abzielen, die Bedingungen des abgeschlossenen Arbeitsvertrages zu ändern. Dann handelt es sich um eine Änderungskündigung.

Eine Änderungskündigung im Arbeitsrecht ist die Kündigung des Arbeitsverhältnisses, verbunden mit dem Angebot, das Arbeitsverhältnis unter veränderten Vertragsbedingungen fortzusetzen.

Die Änderungskündigung ist ausdrücklich im § 2 des Kündigungsschutzgesetzes geregelt (s. S. 104 f.).

Beispiele: *Der Arbeitgeber muss aus wirtschaftlichen Gründen das Entgelt kürzen. Mitarbeiter sollen an einen Arbeitsplatz innerhalb des Betriebes oder an einen anderen Standort versetzt werden.*

Lehnt der Empfänger der Änderungskündigung das darin enthaltene Angebot zur Fortsetzung des Arbeitsverhältnisses unter den geänderten Bedingungen ausdrücklich ab oder erklärt er sich nicht innerhalb der Zeit der Gültigkeit des Angebots, wird das Arbeitsverhältnis beendet. Die Regeln für den Kündigungsschutz gelten auch für eine Änderungskündigung.

Auch der Arbeitnehmer kann dem Arbeitgeber per Änderungskündigung ein Angebot für veränderte Bedingungen machen.

Außerordentliche Kündigung

Die außerordentliche Kündigung ist eine Kündigung aus wichtigem Grund. Der Grund muss so wichtig sein, dass ein Abwarten der Frist für eine ordentliche Kündigung dem Kündigenden (Arbeitgeber oder Arbeitnehmer) nicht zugemutet werden kann. Der Kündigende hat nach § 626 (2) BGB deshalb nur zwei Wochen Zeit, um nach Kenntnisnahme des Grundes oder der Gründe die außerordentliche Kündigung auszusprechen. Das Kündigungsschreiben muss dem Kündigungsadressaten vor Ablauf dieser Frist zugestellt worden sein. Der Gekündigte kann verlangen, dass ihm der Kündigungsgrund unverzüglich mitgeteilt wird.

Sachverhalt

Ein Arbeitgeber hat einen Mitarbeiter am 12. März bei einem Diebstahl erwischt. Soll die Kündigung wirksam sein, muss die Kündigung dem Mitarbeiter vor dem 25. März zugehen.

Für eine wirksame außerordentliche Kündigung müssen ein gravierender Verstoß gegen die arbeitsvertraglichen Pflichten und die Unzumutbarkeit der Fortführung des Arbeitsverhältnisses nach Abwägung der beiderseitigen Interessen vorliegen. Ob und inwieweit ein Fehlverhalten eine außerordentliche Kündigung rechtfertigt, bleibt immer der Einzelfallprüfung vorbehalten und muss vor dem Arbeitsgericht bewiesen werden.

Wichtige **Gründe aus** Sicht **des Arbeitgebers** können sein:
- strafbare Handlungen, wie Diebstahl oder Körperverletzung,
- Arbeitsverweigerung oder mutwillige Zerstörung von Arbeitsgeräten,
- grobe Beleidigungen von Vorgesetzten und Kollegen sowie rassistische Äußerungen,
- sexuelle Belästigung am Arbeitsplatz,
- Vornahme vorsätzlicher falscher Spesenabrechnung,
- eigenmächtiger Urlaubsantritt (Selbstbeurlaubung),
- gravierender Verstoß gegen ein Wettbewerbsverbot.

Wichtige **Gründe aus der** Sicht **des Arbeitnehmers** können sein:
- wiederholte sexuelle Belästigung am Arbeitsplatz,
- grobe Beleidigungen und Tätlichkeiten sowie rassistische Attacken,
- grobe oder nachhaltige Verletzung der Arbeitsschutz- und Unfallverhütungsvorschriften.

Eine außerordentliche Kündigung wegen Zahlungsverzug des Arbeitgebers setzt einen hohen Gehaltsrückstand und vorherige Mahnungen voraus.

Allgemeiner Kündigungsschutz nach dem Kündigungsschutzgesetz

Anwendungsbereich: Ob das Kündigungsschutzgesetz auf ein Arbeitsverhältnis Anwendung findet, hängt von der Größe des Betriebs und vom Beginn des Arbeitsverhältnisses ab.

- Bestand das Arbeitsverhältnis am 01.01.2004 oder danach, findet das Kündigungsschutzgesetz Anwendung, wenn in dem Betrieb in der Regel mehr als zehn Arbeitnehmer (ausschließlich der Auszubildenden) beschäftigt sind.

- Bestand das Arbeitsverhältnis vor dem 01.01.2004, findet das Kündigungsschutzgesetz Anwendung, wenn in dem Betrieb am 31.12.2003 in der Regel mehr als fünf Arbeitnehmer (ausschließlich der Auszubildenden) beschäftigt waren, die zum Zeitpunkt der Kündigung des Arbeitsverhältnisses noch im Betrieb beschäftigt sind. Arbeitnehmer, die nach dem 31.12.2003 neu eingestellt worden sind, werden hierbei nicht mitgezählt. Als Arbeitnehmer wird voll gezählt, wer regelmäßig mehr als 30 Stunden in der Woche beschäftigt ist. Arbeitnehmer, die weniger arbeiten, werden nur anteilig berücksichtigt: bis einschließlich 20 Stunden = 0,5 Arbeitnehmer; bis einschließlich 30 Stunden = 0,75 Arbeitnehmer.

Die zweite wichtige Voraussetzung für die Anwendung des KSchG ist, dass das Arbeitsverhältnis des Arbeitnehmers zum Zeitpunkt der Kündigung in dem Betrieb oder Unternehmen ununterbrochen länger als sechs Monate bestanden hat (Wartezeit).

Das Kündigungsschutzgesetz schützt Arbeitnehmer vor sozial nicht gerechtfertigten Kündigungen.
Nach § 1 KSchG ist eine Kündigung grundsätzlich nur dann sozial gerechtfertigt und damit rechtswirksam, wenn sie durch Gründe, die in der Person oder in dem Verhalten des Arbeitnehmers liegen, oder durch dringende betriebliche Erfordernisse, die einer Weiterbeschäftigung des Arbeitnehmers in diesem Betrieb entgegenstehen, bedingt ist.

Kündigungsgründe nach § 1 KSchG	
Gründe in der Person des Arbeitnehmers	Gründe in der Person des Arbeitnehmers sind u. a. Krankheit oder mangelnde Eignung sowie eine dauerhafte Unfähigkeit zur Erbringung der Arbeitsleistung. ***Beispiel:*** *Der Lkw-Fahrer verliert seinen Führerschein. Eine medizinische Hilfskraft ist dauerhaft infektiös erkrankt. Ein Model wird übergewichtig.* Ein erkrankter Arbeitnehmer genießt entgegen landläufiger Meinung nicht allein wegen der Krankheit einen besonderen Schutz. Die Gründe in der Person müssen erheblich sein. Nicht jedes Nachlassen der Fähigkeiten oder Kräfte kann ein Grund dafür sein, eine Kündigung sozial zu rechtfertigen. Das Gesetz verlangt, dass die Interessen beider Partner des Arbeitsvertrages gegeneinander umfassend abgewogen werden. ***Beispiel:*** *Eine Sekretärin büßt ihre Hörfähigkeit zu 100 % ein, kann aber an einem anderen Arbeitsplatz als Buchhalterin weiterbeschäftigt werden.*
Gründe im Verhalten des Arbeitnehmers	Gründe im Verhalten des Arbeitnehmers sind nachhaltige Pflichtverletzungen des Arbeitsvertrags. ***Beispiele:*** *Unpünktlichkeit, nachlässige Arbeitsleistung, Nichtbeachtung erteilter Anweisungen oder betrieblicher Vorschriften (z. B. Rauchverbot).* Einmalige und geringfügige Vertragsverstöße können eine verhaltensbedingte Kündigung nicht rechtfertigen. Bei der verhaltensbedingten Kündigung ist deshalb eine vorherige **Abmahnung** erforderlich (s. S. 106), es sei denn, es handelt sich um ein krasses Fehlverhalten, das eine fristlose Kündigung rechtfertigen könnte.
betriebsbedingte Gründe	Eine betriebsbedingte Kündigung ist dann gerechtfertigt, wenn das Unternehmen wegen inner- oder außerbetrieblicher Ursachen bestimmte Arbeiten nicht mehr im Betrieb durchführen lassen kann und deshalb eine oder mehrere Stellen im Betrieb überflüssig werden. ***Beispiele:*** *Rationalisierungsmaßnahmen, saisonal oder konjunkturell bedingte Einbrüche bei den Aufträgen, Betriebszusammenlegungen oder -verlagerungen.* Der Arbeitgeber muss die Situation nachvollziehbar darlegen und beweisen. Er muss auch beweisen, dass eine anderweitige Beschäftigung der betroffenen Arbeitnehmer im Unternehmen nicht möglich ist. Inhaltlich bleibt die unternehmerische Entscheidung der Maßnahme vor dem Arbeitsgericht unbestritten. Die betriebsbedingte Kündigung ist jedoch dann sozial nicht gerechtfertigt, wenn der Arbeitgeber bei der Auswahl des Arbeitnehmers soziale Gesichtspunkte nicht oder nicht ausreichend berücksichtigt hat. Dazu gehören regelmäßig die Betriebszugehörigkeit, das Lebensalter, die Unterhaltspflichten oder eine Schwerbehinderung. Eine soziale Auswahlpflicht entfällt für die Mitarbeiter, bei denen die Weiterbeschäftigung wegen hervorgehobener Kenntnisse, Fähigkeiten und Leistungen oder zur Sicherung einer ausgewogenen Personalstruktur im betrieblichen Interesse liegt. Das Lebensalter darf bei der Sozialauswahl nicht zu stark berücksichtigt werden, sonst liegt eine unzulässige Benachteiligung der jüngeren Mitarbeiter vor.

Der Arbeitnehmer muss Kündigungsschutzklage erheben, wenn er geltend machen will, dass die Kündigung rechtsunwirksam ist.

Abmahnung

Die Abmahnung ist eine vom Arbeitgeber ausgesprochene förmliche Missbilligung wegen der Verletzung arbeitsvertraglicher Pflichten durch den Arbeitnehmer, verbunden mit der Nennung arbeitsrechtlicher Konsequenzen im Wiederholungsfall.

Die Rechtsprechung hat strenge Voraussetzungen an die Wirksamkeit einer Abmahnung gestellt, weil sie die Vorstufe zu eine verhaltensbedingten Kündigung ist und sie dem Arbeitnehmer die Gelegenheit geben soll, sein Verhalten zu ändern:

- Das **Fehlverhalten** des Arbeitnehmers muss konkret beschrieben sein, im Idealfall unter Angabe des Orts, der Zeit und der genauen Beschreibung des Sachverhalts und der beteiligten Personen. Wird der Sachverhalt nicht zutreffend beschrieben, ist die Abmahnung unwirksam. Die Abmahnung kann auch mehrere Situationen beschreiben, in denen eine Fehlverhalten des Mitarbeiters festzustellen war. Sobald aber nur eine Pflichtverletzung unzutreffend oder ungenau bezeichnet ist, ist die Abmahnung insgesamt unwirksam.
- Die Abmahnung muss eine klare Aussage dazu machen, was die arbeitsrechtliche Konsequenz ist, mit der der Mitarbeiter im Wiederholungsfall zu rechnen hat, sonst ist sie ebenfalls unwirksam.
- Aus Gründen der Beweissicherung für einen potenziellen Arbeitsgerichtsprozess ist es sinnvoll, die Abmahnung schriftlich zu erteilen.
- Eine Frist für die Abmahnung nach Feststellung des Fehlverhaltens ist nicht vorgeschrieben. Die Abmahnung ist aber wirkungslos, wenn der Arbeitgeber zu lange damit wartet.
- Eine Anhörung des Mitarbeiters ist nicht erforderlich, bietet sich aber an, um die Basis für die Begründung der Abmahnung zu sichern.
- Eine Abmahnung unterliegt grundsätzlich nicht der Mitbestimmung des Betriebsrats.
- Es bedarf nicht mehrerer Abmahnungen für eine ständiges Fehlverhalten eines Mitarbeiters. Eine Abmahnung reicht aus.

***Beispiel:** Ein Mitarbeiter kommt innerhalb von zwei Wochen dreimal mehr als eine Stunde verspätet zur Arbeit. Nach dem dritten Mal erhält er eine Abmahnung. Vier Wochen nach der Abmahnung kommt der Mitarbeiter wieder zweimal zu spät. Nun hat der Arbeitgeber das Recht, eine ordentliche Kündigung auszusprechen.*

Besonderer Kündigungsschutz

Neben dem allgemeinen Kündigungsschutz hat der Gesetzgeber eine Reihe von weiteren Kündigungsschutzvorschriften für bestimmte Personenkreise formuliert, die die Kündigung entweder ganz ausschließen oder erschweren.

Kündigungsschutz für Personen in besonderen Situationen	▪ Verbot der Kündigung von werdenden Müttern bis vier Monate nach der Entbindung nach dem Mutterschutzgesetz (§ 9 MSchG) ▪ Kündigung von Schwerbehinderten nur mit Zustimmung des Integrationsamtes nach dem 9. Buch des Sozialgesetzbuches (§ 95 SGB IX) ▪ Verbot der ordentlichen Kündigung von Auszubildenden nach Ende der Probezeit nach dem Berufsbildungsgesetz (§ 22 BBiG) ▪ Verbot der ordentlichen Kündigung während der Elternzeit nach dem Bundeselterngeld- und Elternzeitgesetz (§ 18 BEEG) ▪ Verbot der ordentlichen Kündigung während der Ableistung von Wehr- oder Zivildienst nach dem Arbeitsplatzschutzgesetz (§ 2 ArbPlSchG)
Kündigungsschutz für Personen in besonderen Funktionen	▪ Verbot der ordentlichen Kündigung von Betriebsratsmitgliedern, Wahlvorstandsmitgliedern und Wahlbewerbern zum Betriebsrat nach dem Kündigungsschutzgesetz (§ 15 KSchG) ▪ außerordentliche Kündigung dieses Personenkreises nur mit Zustimmung des Betriebsrats nach dem Betriebsverfassungsgesetz (§ 103 BetrVG) ▪ Verbot der ordentlichen Kündigung von Personalratsmitgliedern, Wahlvorstandsmitgliedern und Wahlbewerbern nach dem jeweiligen Personalvertretungsgesetz (PerVG) ▪ Verbot der ordentlichen Kündigung von Mitgliedern von Jugend- und Auszubildendenvertretungen nach dem Betriebsverfassungsgesetz oder dem jeweiligen Personalvertretungsgesetz ▪ Verbot der ordentlichen Kündigung von Schwerbehindertenvertretern nach dem 9. Sozialgesetzbuch (§ 96 SGB IX) ▪ Verbot der ordentlichen Kündigung von Datenschutzbeauftragten nach dem Bundesdatenschutzgesetz (§ 4f (3) BDSG)

1.5.1.4 Besonderheiten des Berufsausbildungsvertrages

Der Ausbildungsvertrag ist ein Vertrag zwischen einem Auszubildenden und einem Ausbildungsbetrieb. Ausbildungsverträge dürfen nur solche Betriebe abschließen, denen von der zuständigen Stelle die Ausbildungseignung zugesprochen wurde.

Rechtsgrundlage für jeden Ausbildungsvertrag ist das Berufsbildungsgesetz (BBiG). Für die Ausbildung zuständig sind die Kammern als sogenannte zuständige Stellen (z. B. Industrie- und Handelskammer, Handwerkskammer oder Landwirtschaftskammer).

Der Berufsausbildungsvertrag selbst bedarf keiner besonderen Form, er kann sogar mündlich abgeschlossen werden. Da es sich um einen Vertrag handelt, muss der Auszubildende selbst geschäftsfähig sein. Ist er das nicht, benötigt er die Zustimmung oder Genehmigung seines gesetzlichen Vertreters. Obwohl also grundsätzlich formfrei abschließbar, ist der Ausbildende jedoch nach § 11 BBiG verpflichtet, die wesentlichen Inhalte des Vertrags noch vor Beginn der Ausbildung schriftlich niederzulegen. Diese Niederschrift ist vom Ausbildenden, vom Auszubildenden und ggf. seinem gesetzlichen Vertreter zu unterzeichnen und dem Auszubildenden auszuhändigen. Außerdem ist die Eintragung in das Verzeichnis der Ausbildungsverhältnisse der zuständigen Kammer erforderlich.

Der **Inhalt der Niederschrift** des Berufsausbildungsvertrages muss nach § 11 BBiG folgende Inhalte haben:

- Namen und Anschriften der Vertragspartner
- Ziel der Ausbildung sowie sachliche und zeitliche Gliederung der Ausbildung

- Beginn und Dauer der Ausbildung
- Dauer der Probezeit (mindestens einen Monat, maximal vier Monate)
- Ort der Ausbildung
- Ausbildungsmaßnahmen außerhalb des Betriebes
- Zahlung und Höhe der Ausbildungsvergütung
- Dauer der regelmäßigen Arbeitszeit
- Dauer des Urlaubs
- Voraussetzungen unter denen der Vertrag gekündigt werden kann
- sonstige Vereinbarungen
- Unterschriften aller Vertragspartner

Das Ausbildungsverhältnis beginnt mit einer Probezeit von einem bis max. vier Monaten, in der beide Seiten jederzeit fristlos kündigen können. Danach kann das Ausbildungsverhältnis nur vom Ausbildenden aus wichtigem Grund fristlos oder vom Auszubildenden mit einer vierwöchigen Frist bei Aufgabe der Berufsausbildung gekündigt werden.

Der Ausbildungsvertrag sieht folgende Pflichten vor.

Pflichten des Ausbildenden (Rechte des Auszubildenden)	Pflichten des Auszubildenden (Rechte des Auszubildenden)
▪ Vermittlung der notwendigen Fertigkeiten nach dem Ausbildungsrahmenplan ▪ kostenlose Überlassung von Ausbildungsmitteln ▪ Beachtung von Jugendarbeitsschutz und Unfallschutzvorschriften ▪ Freistellung für Berufsschule und andere Ausbildungsmaßnahmen ▪ Verfügbarkeit geeigneter Ausbilder und Ausbildungsstätten ▪ Ermöglichung ärztlicher Untersuchungen (Erst- und Nachuntersuchung) ▪ Zahlung der Ausbildungsvergütung ▪ Gewährung des Urlaubs ▪ Ausstellung eines Zeugnisses	▪ Aneignung von Fertigkeiten und Kenntnissen ▪ pflegliche Behandlung von Maschinen und Einrichtungen ▪ Besuch der Berufsschule ▪ sorgfältige Ausführung übertragener Arbeiten ▪ Führung von Ausbildungsnachweisen ▪ Wahrung von Betriebsgeheimnissen ▪ Beachtung der Betriebsordnung ▪ Befolgung von Weisungen der Ausbilder und Mitarbeiter des Betriebs, die im Rahmen der Ausbildung erteilt werden ▪ Teilnahme an Ausbildungsmaßnahmen, für die eine Freistellung erfolgt

Der Ausbildungsvertrag endet

- grundsätzlich mit Ablauf der vertraglich festgelegten Ausbildungszeit;
- mit Bestehen der Abschlussprüfung, wenn diese vor Ablauf der Ausbildungszeit stattfindet;
- nach Ablauf der vertraglichen Ausbildungszeit, wenn der Auszubildende die Abschlussprüfung nicht besteht. In diesem Fall verlängert sich das Ausbildungsverhältnis auf sein Verlangen hin bis zur nächstmöglichen Wiederholungsprüfung, höchstens jedoch um ein Jahr;
- bei Tod des Auszubildenden, seinem Umzug oder bei Geschäftsaufgabe des Ausbildenden;
- im gegenseitigen Einvernehmen (Aufhebungsvertrag).

1.5.2 Betriebsverfassungsgesetz

Um die Mitarbeiter eines Betriebes in die Gestaltung der Arbeitsbedingungen einzubeziehen, hat der Gesetzgeber im Betriebsverfassungsgesetz (BetrVG) die Wahl von Betriebsräten vorgesehen.

Der Betriebsrat ist die gewählte Interessenvertretung der Arbeitnehmer eines Betriebes.

Grundgedanke des BetrVG ist es, die Belegschaft über deren gewählte Vertretung an betrieblichen Entscheidungen des Arbeitgebers zu beteiligen, soweit es um Belange geht, die in besonderer Weise die Arbeitnehmer betreffen.

1.5.2.1 Wahl des Betriebsrats

Voraussetzungen § 1 BetrVG	Die Wahl des Betriebsrats ist möglich in Betrieben mit mindestens fünf ständigen wahlberechtigten Arbeitnehmern.
Aktives Wahlrecht § 7 BetrVG	Wahlberechtigt sind alle Arbeiter und Angestellten bzw. Auszubildenden, die am Wahltag das 18. Lebensjahr vollendet haben, unabhängig von der Dauer der Betriebszugehörigkeit und der Staatsangehörigkeit. Wahlberechtigt sind auch Leiharbeiter, wenn sie länger als drei Monate in dem Betrieb eingesetzt sind, in dem gewählt wird.
Passives Wahlrecht § 8 BetrVG	Wählbar sind alle wahlberechtigten (also volljährigen) Personen, die dem Betrieb mindestens sechs Monate angehören.
Betriebsratswahl §§ 13 ff. BetrVG	Der Betriebsrat wird alle vier Jahre in der Zeit vom 01.03. bis 31.05. gewählt. Die Wahl wird organisiert und durchgeführt vom Wahlvorstand. Er besteht in der Regel aus drei wahlberechtigten Arbeitnehmern. In größeren Betrieben kann die Anzahl erhöht werden. Die Wahl ist ▪ unmittelbar, d. h. jede wahlberechtigte Person gibt ihre Stimme persönlich ab; ▪ geheim, d. h. die Wahl erfolgt schriftlich und ohne Zuordnungsmöglichkeit der abgegebenen Stimmen.
Größe des Betriebsrats	Die Mitgliederzahl richtet sich nach der Anzahl der wahlberechtigten Arbeitnehmer im Betrieb: 5 – 20 Arbeitnehmer: 1 Person (= Betriebsobmann) 21 – 50 Arbeitnehmer: 3 Mitglieder 51 – 100 Arbeitnehmer: 5 Mitglieder 101 – 200 Arbeitnehmer: 7 Mitglieder Größere Betriebe haben entsprechend mehr Betriebsratsmitglieder. Ein Betriebsrat mit mehreren Mitgliedern wählt aus seiner Mitte einen Betriebsratsvorsitzenden.
Amtszeit § 21 BetrVG	Die regelmäßige Amtszeit des Betriebsrats beträgt 4 Jahre.

Gesamtbetriebsrat	In größeren Unternehmen mit mehreren Betrieben (und damit auch mehreren Betriebsräten) wird ein Gesamtbetriebsrat gebildet. Jeder Betriebsrat entsendet je nach Größe einen bzw. zwei Vertreter. Der Gesamtbetriebsrat ist für Fragen zuständig, die das gesamte Unternehmen betreffen (z. B. für den Sozialplan). ***Beispiel:*** *In einem Warenhausunternehmen mit 50 Filialen (= Betrieben) in Deutschland können 50 Betriebsräte bestehen, aber der Geschäftsleitung gegenüber steht ein Gesamtbetriebsrat für das ganze Unternehmen. Er würde in diesem Fall aus 50 Mitgliedern bestehen und mehrere Male im Jahr tagen.*
Konzernbetriebsrat	In Konzernen, d. h. einem Zusammenschluss rechtlich selbstständiger Unternehmen unter einer einheitlicher Leitung, kann ein Konzernbetriebsrat errichtet werden. Jeder Betriebsrat oder Gesamtbetriebsrat entsendet einen bzw. zwei Vertreter. Der Konzernbetriebsrat ist dem Gesamtbetriebsrat nicht übergeordnet.

1.5.2.2 Jugend- und Auszubildendenvertretung

Die Jugend- und Auszubildendenvertretung (JAV) ist die gewählte Vertretung der Jugendlichen und Auszubildenden in einem Betrieb. Sie vertritt die Interessen dieses Personenkreises.

Die JAV kümmert sich um Fragen der Berufsbildung und überwacht die Einhaltung der Schutzbestimmungen für Jugendliche.

Eine JAV kann gebildet werden in Betrieben mit mindestens fünf wahlberechtigten Arbeitnehmern.

- **Aktives Wahlrecht:** Wahlberechtigt sind alle Arbeiter und Angestellten, die am Wahltag das 18. Lebensjahr noch nicht vollendet haben, sowie alle Auszubildenden, die am Wahltag das 25. Lebensjahr noch nicht vollendet haben.
- **Passives Wahlrecht:** Wählbar sind alle Arbeitnehmer des Betriebes, die das 25. Lebensjahr noch nicht vollendet haben.

Die Wahlen finden alle zwei Jahre statt.

1.5.2.3 Allgemeine Aufgaben des Betriebsrats

Nach § 80 BetrVG soll der Betriebsrat im Rahmen seiner allgemeinen Aufgaben

- sich der Belange der Arbeitnehmer annehmen und Maßnahmen im Sinne der Arbeitnehmer beantragen und deren Anregungen aufgreifen;
- die Beschäftigung der Arbeitnehmer im Betrieb fördern und sichern;
- darüber wachen, dass die zugunsten der Arbeitnehmer geltenden Normen eingehalten werden;
- Maßnahmen des Arbeitsschutzes und des betrieblichen Umweltschutzes fördern;
- sich um benachteiligte Arbeitnehmer kümmern;
- die Eingliederung Schwerbehinderter, ausländischer und älterer Arbeitnehmer fördern;

- die Gleichberechtigung der Geschlechter und die Vereinbarkeit von Familie und Beruf vorantreiben;
- die Wahl einer Jugend- und Auszubildendenvertretung vorbereiten und durchführen.

1.5.2.4 Beteiligungsrechte des Betriebsrats

Die Beteiligungsrechte sind abgestuft. Sie beginnen bei reinen Informationsrechten, in deren Rahmen der BR auf die mehr oder weniger großzügige Bereitschaft des Arbeitgebers angewiesen ist, Informationen abzugeben, und sie steigern sich dann bis zu den Rechten im Rahmen der erzwingbaren Mitbestimmung, in deren Zusammenhang der Arbeitgeber auf die Zustimmung des BR angewiesen ist.

Informationsrechte u. a. §§ 80, 89, 90, 92, 96, 99, 111 BVerfG	Der Betriebsrat hat das Recht, über betriebliche Vorgänge, vor allem über wirtschaftliche Angelegenheiten, unterrichtet zu werden. Der Arbeitgeber muss den Betriebsrat jedoch erst nach seiner Entscheidung informieren. ***Beispiele:*** *Personalplanung, Unterrichtung des Wirtschaftsausschusses über wirtschaftliche Angelegenheiten des Betriebes, Lohn- und Gehaltslisten, Maßnahmen des Arbeitsschutzes oder Einstellung leitender Angestellter*
Vorschlags- und Beratungsrechte u. a. §§ 90, 92, 96, 97, 111 BetrVG	Der Arbeitgeber ist verpflichtet, von sich aus den Betriebsrat anhand geeigneter Unterlagen zu informieren und seine Meinung einzuholen sowie die Angelegenheiten selbst und die Vorschläge des Betriebsrates dazu zu erörtern. Diese Rechte beziehen sich primär auf personelle Angelegenheiten. ***Beispiele:*** *Gestaltung von Arbeitsplätzen, Betriebsänderungen (Stilllegung oder Zusammenschluss von Betrieben) oder Investitionen*
Mitwirkungsrechte u. a. §§ 99 ff., 111 BetrVG	Der Arbeitgeber muss den Betriebsrat anhören. Dieser hat ein **Widerspruchsrecht**. Im Falle eines Widerspruchs kann der Arbeitgeber dann versuchen, die verweigerte Zustimmung durch das Arbeitsgericht zu ersetzen. Auch diese Mitwirkungsrechte greifen vorwiegend in personellen Angelegenheiten. ***Beispiele:*** *Einstellungen, Versetzungen, Umgruppierungen, Kündigungen, Bekämpfung von Unfall- und Gesundheitsgefahren oder Betriebsänderungen*
Mitbestimmungsrechte § 87 BetrVG	Arbeitgeber und Betriebsrat können Entscheidungen nur gemeinsam treffen; bei Konflikten entscheidet eine von beiden Parteien gebildete Einigungsstelle. Man bezeichnet diese Rechte auch als **erzwingbare Mitbestimmung**. Entscheidet der Arbeitgeber hier ohne Zustimmung des Betriebsrats, ist die Maßnahme oder Entscheidung ungültig oder wirkungslos. Die Mitbestimmungsrechte beziehen sich vorwiegend auf soziale Angelegenheiten. ***Beispiele:*** *Beginn und Ende der täglichen Arbeitszeit einschließlich der Lage der Pausen, Betriebsordnung, Urlaubsgrundsätze und Urlaubsplan, betriebliche Lohngestaltung, betriebliche Berufsbildung, Sozialplan bei Betriebsänderung, Gestaltung des Personalfragebogens oder Beurteilungskriterien*

1.5.2.5 Betriebsverfassungsrechtliche Einrichtungen

Betriebsversammlung §§ 42 ff. BetrVG	Die Arbeitnehmer eines Betriebs sollen regelmäßig über die Arbeit des Betriebsrats informiert werden. Dazu dient die Betriebsversammlung. Sie ist eine Zusammenkunft aller Arbeitnehmer eines Betriebes, an der auch der Arbeitgeber oder einer seiner Vertreter teilnimmt. Eine ordentliche Betriebsversammlung soll mindestens einmal in jedem Kalendervierteljahr stattfinden. Auf Wunsch des Betriebsrats oder des Arbeitgebers können weitere außerordentliche Betriebsversammlungen stattfinden. Betriebsversammlungen finden während der Arbeitszeit statt. Den Arbeitnehmern ist das Arbeitsentgelt für diese Zeit weiterzuzahlen. Der/die Betriebsratsvorsitzende hat die Leitung der Betriebsversammlung. Die ordentliche Betriebsversammlung hat zum Inhalt den Tätigkeitsbericht des Betriebsrats, Informationen über die Ergebnisse der Zusammenarbeit zwischen Arbeitgeber und Betriebsrat, wirtschaftliche Informationen, den Bericht des Arbeitgebers und die Aussprache darüber. Die im Betrieb vertretenen Gewerkschaften haben ein Teilnahmerecht.
Einigungsstelle § 76 BetrVG	Es kann sein, dass Arbeitgeber und Betriebsrat in einer mitbestimmungspflichtigen Angelegenheit verhandeln, aber keine Einigung erzielen. Dann kann jeder Verhandlungspartner die Einsetzung einer Einigungsstelle verlangen. Diese dient zur Beilegung von Streitigkeiten zwischen Arbeitgeber und Betriebsrat im Rahmen der erzwingbaren Mitbestimmung. Die Zusammensetzung erfolgt paritätisch, d. h. je zur Hälfte, aus Mitgliedern, die vom Betriebsrat und vom Arbeitgeber benannt werden. Der Vorsitzende wird von beiden Seiten gewählt und ist eine unparteiische Person, zumeist ein Arbeitsrichter. Der Spruch der Einigungsstelle ist verbindlich. Die Parteien müssen sich dieser Entscheidung unterwerfen. Einigungsstellen sind hauptsächlich vorgesehen für Entscheidungen über ▪ die Mitbestimmung in sozialen Angelegenheiten nach § 87 BetrVG, ▪ die Aufstellung eines Sozialplans bei Betriebsänderungen, ▪ die Durchführung von Berufsbildungsmaßnahmen.
Wirtschaftsausschuss § 106 ff. BetrVG	Der Wirtschaftsausschuss ist ein Gremium, in dem Vertreter des Betriebsrats vom Arbeitgeber über wirtschaftliche Angelegenheiten informiert werden und mit dem Arbeitgeber darüber beraten. ***Beispiele:*** *Produktions-, Absatz- und Finanzlage, Produktions- und Investitionsprogramm, Rationalisierungsvorhaben, Änderung der Betriebsorganisation, Fabrikations- und Arbeitsmethoden, Einschränkung oder Stilllegung des Betriebes oder von Betriebsteilen oder die Verlegung von Betrieben oder Betriebsteilen* Der Wirtschaftsausschuss besteht nur in Betrieben mit mehr als 100 Arbeitnehmern und hat mindestens drei, höchstens sieben, Mitglieder, die vom Betriebsrat oder vom Gesamtbetriebsrat bestimmt werden. Er soll monatlich zusammentreten.

Betriebsvereinbarung (§ 77 BetrVG)	Sofern sich Arbeitgeber und Betriebsrat über eine die Mitarbeiter betreffende Angelegenheit geeinigt haben, können sie dies in einer Betriebsvereinbarung schriftlich fixieren. ***Beispiele:*** *Betriebsurlaub, Pausenregelung oder Lage der Arbeitszeit* Für die Betriebsvereinbarung ist die Schriftform mit den Unterschriften beider Seiten zwingend erforderlich. Auf Basis der Betriebsvereinbarung können alle Arbeitnehmer Ansprüche geltend machen. Sofern die Betriebsvereinbarung befristet war, endet sie mit Fristablauf, ansonsten durch Kündigung einer Vertragspartei.

1.5.3 Tarifvertragsrecht

Das Tarifvertragsrecht basiert auf Art. 9 (3) des Grundgesetzes, der Arbeitgebern und Arbeitnehmern das Recht garantiert, sich freiwillig in Interessenverbänden zusammenzuschließen. Dieses Grundrecht wird als Koalitionsfreiheit bezeichnet.

Das Tarifrecht als Teil des kollektiven Arbeitsrechts regelt das Verhältnis und die Auseinandersetzungen zwischen den Arbeitnehmerverbänden (Gewerkschaften) und den Arbeitgeberverbänden als Tarifparteien. Die zwischen diesen Tarifpartnern ausgehandelten grundlegenden Rahmenbedingungen (Tarifverträge) gelten jeweils für eine Vielzahl von einzelnen Arbeitsverhältnissen.

Der Grundsatz der Tarifautonomie untersagt dem Staat eine direkte Einflussnahme auf die Ergebnisse der Verhandlungen zwischen den Tarifparteien. Die Tarifpartner sind in ihren Entscheidungen hinsichtlich des Abschlusses von Tarifbedingungen völlig autonom, d. h. unabhängig.

Tarifparteien	
Gewerkschaften	**Arbeitgeberverbände**
Die Gewerkschaften sind freiwillige Zusammenschlüsse von Arbeitnehmern zum Zwecke der Wahrung und Förderung der Arbeitsbedingungen ihrer Mitglieder. **Dachorganisation:** Deutscher Gewerkschaftsbund (DGB) **Einzelgewerkschaften:** ▪ IG Bauen–Agrar–Umwelt (IG BAU) ▪ IG Bergbau, Chemie, Energie (IG BCE) ▪ Gewerkschaft Erziehung und Wissenschaft (GEW) ▪ IG Metall (IGM) ▪ Gewerkschaft Nahrung–Genuss–Gaststätten (NNG) ▪ Gewerkschaft der Polizei (GdP) ▪ Eisenbahn- und Verkehrsgewerkschaft (EVG) ▪ Vereinte Dienstleistungsgewerkschaft e. V. (ver.di)	Die Arbeitgeberverbände sind freiwillige Zusammenschlüsse von Arbeitgebern gleicher Wirtschaftszweige einer bestimmten Region und Branche, deren Zweck die Wahrung und Förderung der Interessen ihrer Mitglieder ist. **Dachverband:** Bundesverband deutscher Arbeitgeberverbände (BDA) **Landesverbände:** z. B. Landesvereinigung der Arbeitgeber- und Wirtschaftsverbände Sachsen-Anhalt **Fachspitzenverbände:** z. B. Gesamtverband der metallindustriellen Arbeitgeberverbände e. V.

Ein Tarifvertrag regelt die Rechte und Pflichten der Tarifvertragsparteien und enthält Rechtsnormen, die den Inhalt, den Abschluss und die Beendigung von Arbeitsverhältnissen sowie betriebliche und betriebsverfassungsrechtliche Fragen ordnen können.

Rechtliche Grundlage für Tarifverträge ist das Tarifvertragsgesetz (TVG).
Tarifverträge bedürfen der Schriftform und werden im Tarifregister eingetragen, das beim Bundesministerium für Arbeit und Sozialordnung geführt wird. Folgende Tarifverträge werden unterschieden

Unterscheidung nach den Tarifpartnern	▪ **Verbandstarifvertrag:** Vertragspartner sind hierbei der Arbeitgeberverband einer Branche in einer Region und die für die Branche und die Region zuständige Gewerkschaft. ▪ **Haus-, Firmen- oder Werktarifvertrag:** Vertragspartner sind hierbei ein einzelner Arbeitgeber und die für diesen Betrieb zuständige Gewerkschaft.
Unterscheidung nach dem Inhalt	▪ **Lohn-/Gehaltstarifverträge** regeln vorwiegend die geldlichen Arbeitsbedingungen, z. B. Arbeitsentgelt pro Stunde oder pro Monat in den jeweiligen Entgeltgruppen oder Ausbildungsvergütungen für Auszubildende. Diese Verträge haben kurze Laufzeiten (1–2 Jahre). ▪ **Rahmentarifverträge** regeln die für die Lohn- und Gehaltstarifverträge wichtigen Entgeltgruppen unter Berücksichtigung von Ausbildung, Alter, Schwierigkeitsgrad der auszuführenden Arbeit und haben zumeist eine Laufzeit von mehreren Jahren. ▪ **Manteltarifverträge** regeln allgemeine Arbeitsbedingungen, z. B. Anzahl der wöchentlichen Arbeitsstunden, Anzahl der Urlaubstage pro Kalenderjahr, Regelungen zum 13. Monatsgehalt, Weihnachtsgeld bzw. Urlaubsgeld, Höhe des Arbeitgeberanteils zu den vermögenswirksamen Leistungen, Zuschläge für Mehrarbeit oder für Nacht-, Sonntags- und Feiertagsarbeit, Akkordzuschläge oder den Rationalisierungsschutz. Sie haben eine Laufzeit von mehreren Jahren.

Neue Tarifverträge entstehen durch Verhandlungen und ggf. (zulässige) Arbeitskampfmaßnahmen zwischen den Tarifparteien. Der Weg ist im Folgenden grafisch dargestellt.

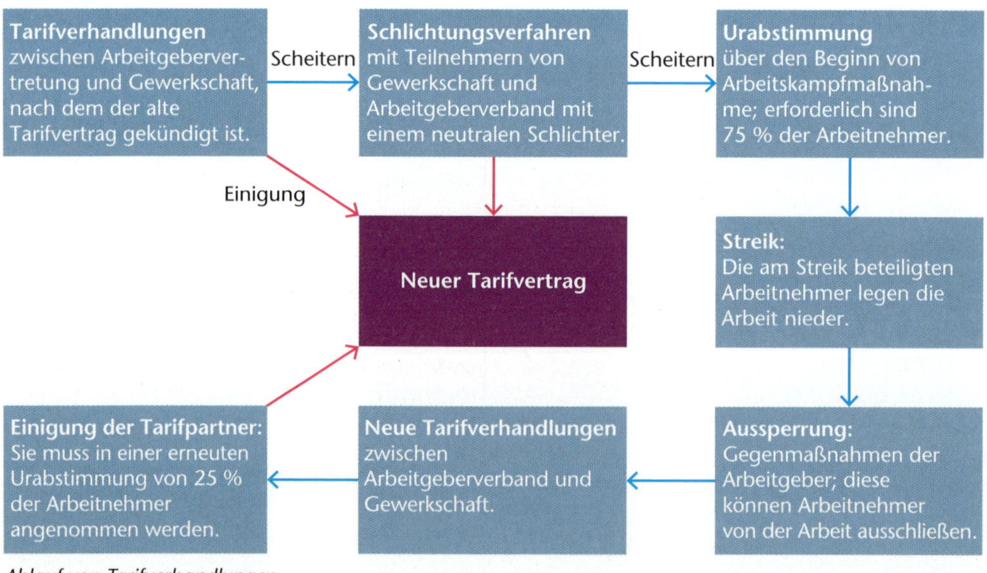

Ablauf von Tarifverhandlungen

1.5.4 Grundlegende arbeitsrechtliche Schutzbestimmungen

Durch zwingendes, d. h. im Arbeitsvertrag nicht abdingbares, Recht hat der Gesetzgeber dafür gesorgt, dass sowohl bestimmte schutzbedürftige Personengruppen als auch alle Arbeitnehmer im Rahmen ihres Arbeitsverhältnisses vor schädlichen Einflüssen und Überbeanspruchung geschützt werden. Damit soll verhindert werden, dass die Gesundheit dieser Personengruppen beeinträchtigt wird oder sie in anderer Weise benachteiligt werden.

1.5.4.1 Technischer Arbeitsschutz

Der technische Arbeitsschutz soll verhindern, dass die Gesundheit der Arbeitnehmer beeinträchtigt wird. Der Arbeitnehmer hat ständig mit technischen Einrichtungen zu tun und ist in Produktionsverfahren eingegliedert, die seine Gesundheit bedrohen können. Dem Schutz vor diesen Gefahren dienen zahlreiche Vorschriften zu Arbeitssicherheit und Gesundheitsschutz.

Zuständigkeit: Für die Sicherheit sind grundsätzlich alle Partner im Arbeitsverhältnis verantwortlich.

- Der **Arbeitgeber** ist dafür verantwortlich, dass die Schutzbestimmungen in seinem Betrieb beachtet werden. Bei Nichteinhaltung der Arbeitsschutzvorschriften durch den Arbeitgeber hat der Arbeitnehmer u. U. ein Recht auf Arbeitsverweigerung.
- Jeder **Arbeitnehmer** ist verpflichtet, die Unfallverhütungs- und Sicherheitsvorschriften zu befolgen.
- Der **Betriebsrat** hat darüber zu wachen, dass die Unfallverhütungs- und Arbeitsschutzmaßnahmen durchgeführt werden. Er hat mitzubestimmen über Regelungen zur Verhütung von Arbeitsunfällen und Berufskrankheiten sowie über den Gesundheitsschutz im Rahmen der gesetzlichen Vorschriften.
- Der **Sicherheitsbeauftragte** soll den Unternehmer, die Führungskräfte, die Fachkraft für Arbeitssicherheit, den Betriebsarzt und die Kollegen darin unterstützen, Unfälle, berufsbedingte Krankheiten und Gesundheitsgefahren zu vermeiden.

Mit dem technischen Arbeitsschutz befassen sich eine Reihe von Vorschriften:

- Das **Arbeitsschutzgesetz (ArbSchG)**, genauer „Gesetz über die Durchführung von Maßnahmen des Arbeitsschutzes zur Verbesserung der Sicherheit und des Gesundheitsschutzes der Beschäftigten bei der Arbeit" enthält Vorschriften, die geeignet sind, die Sicherheit der Mitarbeiter und deren Gesundheitsschutz am Arbeitsplatz zu verbessern. Das Gesetz ist die Ermächtigungsgrundlage zum Erlass von Rechtsverordnungen. Auf dieser gesetzlichen Grundlage wurde z. B. die wichtige **Arbeitsstättenverordnung (ArbStättV)** geschaffen, die wiederum konkretisiert wird durch eine ganze Reihe von „Arbeitsstätten-Regeln". Diese enthalten genaue Definitionen und Auslegungen zu sicherheitsrelevanten Themen, wie Lüftung, Temperatur oder Beleuchtung.
- Das **Geräte- und Produktsicherheitsgesetz (GPSG)** mit seinen Verordnungen, z. B. der Maschinenverordnung, regelt u. a. die Errichtung und den Betrieb überwachungsbedürftiger Anlagen, die gewerblichen oder wirtschaftlichen Zwecken dienen und durch die Beschäftigte u. U. gefährdet werden können.

- Das **Arbeitssicherheitsgesetz (ASiG)** regelt die Pflichten des Arbeitgebers zur Bereitstellung von Betriebsärzten, Sicherheitsingenieuren und Fachkräften für Arbeitssicherheit, beschreibt deren Aufgaben und ihre betriebliche Position und fordert die betriebliche Zusammenarbeit beim Arbeitsschutz und bei der Unfallverhütung. Ziel ist es, eine fachkundige Beratung des Arbeitgebers sicherstellen.
- Die **Unfallverhütungsvorschriften** der Berufsgenossenschaften beinhalten Verhütungsmaßnahmen zur Vermeidung von Arbeitsunfällen sowie Vorschriften für die Gestaltung von Einrichtungen und erforderliche Anordnungen. Diese Vorschriften sind im Betrieb an sichtbarer Stelle auszuhängen und die Mitarbeiter sind darüber genau zu unterrichten.

Zuständige Stellen für den Arbeitsschutz sind

- das **Gewerbeaufsichtsamt**, das die Einhaltung der Schutzbestimmungen überwacht, Betriebsbesichtigungen vornimmt, zur Beseitigung von Mängeln auffordert, neue Einrichtungen begutachtet und bei Unfällen im Betrieb Stellungnahmen abgibt;
- die **Berufsgenossenschaften,** die als Träger der betrieblichen Unfallversicherung Unfallverhütungsvorschriften und Merkblätter zum Zwecke der Unfallverhütung herausgeben, Unfallforschung betreiben und bei Unfällen im Betrieb zu informieren sind;
- autorisierte, unabhängige **Prüfeinrichtungen**, z. B. der TÜV oder die DEKRA, oder andere zugelassene Gutachter, die technische Anlagen wie Fahrzeuge, Fahrstühle und Kesselanlagen regelmäßig auf ihre Sicherheit überprüfen.

1.5.4.2 Mutterschutz

Das Mutterschutzgesetz trägt der besonderen Schutzwürdigkeit von Schwangeren sowie Müttern nach der Entbindung Rechnung.

Die gesetzliche Grundlagen dazu sind das **Mutterschutzgesetz (MuSchG)** sowie das **Bundeselterngeld- und Elternzeitgesetz (BEEG).**

Die wesentlichen Regeln sehen vor, dass

- während der Schwangerschaft und bis zu vier Monate nach der Entbindung sowie während der Elternzeit keine Kündigung erfolgen darf;
- für werdende Mütter grundsätzlich ein Beschäftigungsverbot gilt, wenn Gefahren für die Schwangere oder das Kind bestehen;
- Schwangere während der letzten sechs Wochen der Schwangerschaft und acht Wochen nach der Entbindung überhaupt nicht beschäftigt werden dürfen (absolutes Beschäftigungsverbot);
- nach der Entbindung eine Elternzeit von 36 Monaten genommen werden kann, die wahlweise der Mutter oder dem Vater zusteht. In dieser Zeit wird für maximal 14 Monate ein Elterngeld gezahlt, darüber hinaus bis zum 24. Monat Erziehungsgeld.

1.5.4.3 Schwerbehindertenschutz

Schwerbehindert ist eine Person, die körperlich, seelisch oder geistig behindert und dadurch in ihrer Erwerbsfähigkeit um mindestens 50 % gemindert ist. Sie soll im Arbeitsleben besonders geschützt werden.

Die Rechtsgrundlagen finden sich im **9. Buch des Sozialgesetzbuches (SGB IX).**

Die wesentlichen Regeln sehen vor, dass

- Betriebe, die über mindestens 20 Arbeitsplätze verfügen, auf wenigstens fünf Prozent der Arbeitsplätze Schwerbehinderte beschäftigen;
- die Arbeitsplätze für Schwerbehinderte leidensgerecht ausgestattet sein müssen;
- schwerbehinderte Frauen besonders zu berücksichtigen sind;
- jeder unbesetzte Pflichtplatz mit einer monatlichen Ausgleichsabgabe belegt wird;
- Schwerbehinderte einen erweiterten Kündigungsschutz genießen;
- Schwerbehinderte einen Anspruch auf zusätzlichen Urlaub von fünf Arbeitstagen pro Jahr haben;
- der Arbeitgeber eine jährliche Anzeigepflicht bei der Arbeitsagentur hat.

1.5.4.4 Schutz des Urlaubs

Der Urlaub ist eine wesentliche Komponente zur nachhaltigen Erholung eines Arbeitnehmers und zur Erhaltung seiner Arbeitskraft. Die Erholung des Arbeitnehmers durch seinen Urlaub soll deshalb gewährleistet werden.

Rechtsgrundlage für den Urlaub ist das **Bundesurlaubsgesetz (BUrlG).**

Nach dem Gesetz gelten folgende Regeln:

- Alle Arbeitnehmer einschließlich der Aushilfen und Teilzeitbeschäftigten sowie alle arbeitnehmerähnlichen Personen haben Anspruch auf einen bezahlten Erholungsurlaub.
- Der Urlaubsanspruch beträgt unter Weiterzahlung des Arbeitsentgelts mindestens 24 Werktage pro Jahr. Als Werktage gelten alle Tage außer den Sonn- und Feiertagen. Die 24 Tage beziehen sich auf eine 6-Tage-Woche. Bei einer 5-Tage-Woche hat der Arbeitnehmer somit nur 20 Tage Urlaub.
- Der Anspruch erwächst mit 1/12 je einem vollen Monat geleisteter Arbeit, kann allerdings erstmalig nach einer 6-monatigen Wartezeit genommen werden.
- Der Urlaub muss im Kalenderjahr genommen werden, in dem der Urlaubsanspruch erwachsen ist, darf allerdings bis zum 31.03. des Folgejahres übertragen werden, wenn er aus betrieblichen oder persönlichen Gründen nicht genommen werden konnte. Nach dem 31.03. verfällt der Urlaubsanspruch, der grundsätzlich nicht in Geld ausgezahlt werden kann.
- Der Urlaub ist grundsätzlich zusammenhängend zu gewähren, damit der Erholungseffekt für den Arbeitnehmer gegeben ist.

- Erkrankt der Arbeitnehmer während des Urlaubs, muss der Arbeitnehmer sich dies bescheinigen lassen und den Urlaub später nehmen.

1.5.4.5 Arbeitszeitschutz

Der Arbeitszeitschutz setzt Rahmenbedingungen für alle Fragen, die mit der Arbeitszeit im Betrieb zusammenhängen. Die dort gesetzten Grenzen dürfen nicht überschritten werden.

Rechtsgrundlage ist das **Gesetz zur Vereinheitlichung und Flexibilisierung des Arbeitsrechts (Arbeitszeitgesetz).** Es sieht folgende wesentliche Regeln vor:

- Arbeitszeit ist die Zeit vom Beginn bis zum Ende der Arbeit ohne Ruhepausen.
- Die regelmäßige Arbeitszeit an Werktagen beträgt 8 Stunden.
- Die Arbeitszeit des einzelnen Arbeitnehmers kann auf 10 Stunden ausgedehnt werden, wenn innerhalb von 6 Monaten ein Ausgleich auf eine Gesamtarbeitszeit von 8 Stunden im Durchschnitt geschaffen wird.
- Die tägliche Ruhezeit nach Beendigung der Arbeit beträgt mindestens 11 Stunden.
- Nach § 9 ArbZG gilt grundsätzlich eine Arbeitsruhe an Sonn- und Feiertagen. Nach § 10 gibt es dazu zahlreiche Ausnahmen, z. B. für Not- und Sicherheitsdienste, Krankenhäuser und Pflegeheime, gastronomisches Gewerbe etc.; im Einzelhandel Ausnahmen bei Milcherzeugnissen, Bäcker- und Konditorwaren, Blumen und Zeitungen
- Nach 6 Stunden ist jedem Arbeitnehmer eine Ruhepause von 30 Minuten, ab 9 Stunden von 45 Minuten zu gewähren.

1.5.4.6 Jugendarbeitsschutz

Jugendliche befinden sich zumeist noch in einer körperlichen und seelischen Entwicklung. Zudem ist ihre Belastbarkeit eingeschränkt. Aus diesem Grund sieht das Gesetz zahlreiche Schutzvorschriften vor.

Rechtsgrundlage ist das **Jugendarbeitsschutzgesetz (JArbSchG).**

Der geschützte Personenkreis sind
- **Kinder**, d. h. Personen, die noch nicht 15 Jahre alt sind, sowie
- **Jugendliche**, d. h. Personen, die 15 Jahre, aber noch nicht 18 Jahre alt sind.

Generell gilt ein **Verbot für Kinderarbeit** und für **Akkordarbeit.**

Die **Regelungen** zur **Arbeitszeit** sehen vor, dass

- täglich maximal 8 Stunden gearbeitet werden darf,
- bzw. täglich 8,5 Stunden, wenn an einem Wochentag die Mehrstunden abgegolten werden,
- wöchentlich maximal 40 Stunden gearbeitet werden darf,
- an Samstagen, Sonn- und Feiertagen eine Beschäftigung bis auf Ausnahmen nicht zulässig ist,

- die Schichtzeit die tägliche Arbeitszeit einschließlich der Ruhepausen ist und maximal 10 Stunden betragen darf,
- die tägliche Freizeit mindestens 12 Stunden zwischen Arbeitsende und Arbeitsbeginn am nächsten Tag betragen muss.

Die Ruhepausen betragen
- bei einer täglichen Arbeitszeit von 4,5 – 6 Stunden mindestens 30 Minuten,
- bei einer täglichen Arbeitszeit von über 6 Stunden mindestens 60 Minuten.

Die **Regeln zu Nachtruhe** sehen vor, dass eine Beschäftigung nur zwischen 6:00 und 20:00 Uhr stattfinden darf; Ausnahmen davon bestehen
- im Gaststättengewerbe bis 22:00 Uhr,
- in Bäckereien ab 05:00 Uhr,
- in mehrschichtigen Betrieben bis 23:00 Uhr.

Für den **Urlaub von Jugendlichen** sind abweichend vom Bundesurlaubsgesetz vorgesehen
- 30 Werktage für 15-Jährige,
- 27 Werktage für 16-Jährige,
- 25 Werktage für 17-Jährige.

Die **überwachende Behörde** ist das Gewerbeaufsichtsamt bzw. das Staatliche Amt für Arbeitsschutz.

Wiederholungsfragen zu Kapitel 1.5

1. *Erläutern Sie den Unterschied zwischen dem individuellen und dem kollektiven Arbeitsrecht.*
2. *Gehört das Arbeitsschutzrecht eher zum individuellen oder zum kollektiven Arbeitsrecht? Begründen sie Ihre Antwort.*
3. *Was versteht man unter dem Günstigkeitsprinzip im deutschen Arbeitsrecht?*
4. *Erklären sie die grundsätzliche Natur eines Arbeitsvertrags.*
5. *Was ist der Unterschied zwischen einem Arbeitsvertrag und einem Arbeitsverhältnis?*
6. *Was sind die wesentlichen Merkmale eines Arbeitnehmers?*
7. *Warum ist eine Hausfrau im üblichen Sinne keine Arbeitnehmerin?*
8. *Was ist eine arbeitnehmerähnliche Person?*
9. *Erklären Sie die Begriffe Abschluss-, Form- und Inhaltsfreiheit im Zusammenhang mit dem Abschluss eines Arbeitsvertrags.*
10. *Unter welchen Voraussetzungen ist ein Arbeitsvertrag anfechtbar?*
11. *Welche Rechtswirkung hat es, wenn ein Arbeitsvertrag nichtig ist?*
12. *Nennen Sie vier Arten von Arbeitsverträgen und erläutern Sie diese kurz.*
13. *Nennen Sie die wesentlichen Pflichten des Arbeitnehmers und des Arbeitgebers aus dem Arbeitsvertrag.*
14. *Erläutern Sie wesentliche Merkmale der Arbeitspflicht eines Arbeitnehmers.*

15. *Was ist unter der Treuepflicht des Arbeitnehmers zu verstehen?*
16. *Die Haftung des Arbeitnehmers aus dem Arbeitsvertrag ist anders geregelt als in anderen Schuldverhältnissen. Warum?*
17. *Unterscheiden Sie leichte, mittlere und grobe Fahrlässigkeit im Rahmen eines Arbeitsvertrags anhand von je einem Beispiel.*
18. *Wie ist die Haftung des Arbeitnehmers im Falle der groben Fahrlässigkeit und des Vorsatzes geregelt?*
19. *Was versteht man unter dem innerbetrieblichen Schadensausgleich?*
20. *In welcher Form können Mitarbeiter entlohnt werden? Nennen und beschreiben Sie vier Entgeltformen.*
21. *In welchen Situationen bzw. Sachverhalten ist der Arbeitgeber verpflichtet, den Mitarbeiter auch ohne dessen Arbeit zu entlohnen? Nennen Sie vier Beispiele.*
22. *Wie ist die Entgeltfortzahlung im Krankheitsfall geregelt und unter welchen Voraussetzungen tritt sie ein?*
23. *Inwiefern kann ein Arbeitgeber unter Annahmeverzug geraten und welche Rechte hat dann der Arbeitnehmer?*
24. *Welche Fürsorgepflichten hat ein Arbeitgeber?*
25. *Durch welche Umstände oder Sachverhalte kann ein Arbeitsvertrag beendet werden?*
26. *Unter welchen Voraussetzungen darf ein Arbeitgeber einen Arbeitnehmer befristet beschäftigen?*
27. *Was ist ein Kettenarbeitsvertrag und wie ist er rechtlich zu beurteilen?*
28. *Was ist ein Aufhebungsvertrag und welche rechtliche Wirkung hat er?*
29. *Was ist eine Kündigung?*
30. *Erläutern Sie das Problem des Wirksamwerdens einer Kündigung.*
31. *Welche Rolle spielt der Betriebsrat bei Kündigungen durch den Arbeitgeber?*
32. *Unterscheiden Sie die ordentliche und die außerordentliche Kündigung.*
33. *Nennen Sie mögliche Gründe für eine außerordentliche Kündigung des Arbeitgebers.*
34. *Beschreiben Sie die Voraussetzungen für die Anwendung des Kündigungsschutzgesetzes.*
35. *Wann ist eine Kündigung sozial gerechtfertigt?*
36. *Was ist eine Abmahnung und was sollte der Arbeitgeber dabei beachten?*
37. *Nennen Sie vier Personengruppen, die einen besonderen Kündigungsschutz genießen.*
38. *Nennen Sie je vier Pflichten des Auszubildenden und des Ausbildenden.*
39. *Was sind die beiden allgemeinen Aufgaben eines Betriebsrats?*
40. *Beschreiben Sie die vier abgestuften Rechte des Betriebsrates anhand von je zwei Beispielen.*
41. *Was ist und welche Aufgaben hat eine Einigungsstelle?*

42. *Was regelt eine Betriebsvereinbarung?*
43. *In Deutschland gilt die Tarifautonomie. Was ist darunter zu verstehen?*
44. *Unterscheiden Sie die drei Arten von Tarifverträgen nach dem Inhalt.*
45. *Welche Personen sind in einem Betrieb für die Sicherheit der Arbeitnehmer verantwortlich?*
46. *Welche externen Stellen überwachen den Arbeitsschutz in einem Betrieb?*
47. *Erläutern Sie anhand von zwei Beispielen den besonderen Schutz von Schwerbehinderten.*
48. *Warum existiert ein besonderes Jugendarbeitsschutzgesetz?*
49. *Durch welche Regeln werden werdende Mütter in einem Betrieb geschützt?*

1.6 Grundsätze des Wettbewerbsrechts

Grundsätzlich ist jeder Gewerbetreibende frei in seiner wirtschaftlichen Betätigung. Andererseits endet seine Freiheit dort, wo die Freiheit der anderen Marktteilnehmer beginnt, z. B. die Freiheit der Mitbewerber und der Kunden. Hier setzt das Wettbewerbsrecht an.

Das **Wettbewerbsrecht** besteht zum einen aus dem Recht gegen den unlauteren Wettbewerb, das die anderen Marktteilnehmer vor unlauteren Verhaltensweisen schützen soll. Wichtigste gesetzliche Grundlage ist das **Gesetz gegen den unlauteren Wettbewerb (UWG).**

Zum anderen gilt das Recht gegen Wettbewerbsbeschränkungen, das die Existenz von Wettbewerb sicherstellen soll. Grundlage ist das **Gesetz gegen Wettbewerbsbeschränkungen (GWB)**, das auch „Kartellgesetz" genannt wird.

1.6.1 Gesetz gegen unlauteren Wettbewerb (UWG)

1.6.1.1 Verbot unlauterer geschäftlicher Handlungen

§ 3 UWG
Unlautere geschäftliche Handlungen sind unzulässig, wenn sie geeignet sind, die Interessen von Mitbewerbern, Verbrauchern oder sonstigen Marktteilnehmern spürbar zu beeinträchtigen.

Unlautere geschäftliche Handlungen liegen nach § 4 UWG insbesondere dann vor, wenn ein Unternehmer

- die Entscheidungsfreiheit der anderen Marktteilnehmer durch unangemessenen unsachlichen Einfluss beeinträchtigt;

  Beispiel: *Besuch eines Vertreters für Sterbegeldversicherungen, wenn ein Angehöriger schwer erkrankt ist*

- die geschäftliche Unerfahrenheit, die Leichtgläubigkeit, die Angst oder die Zwangslage von Verbrauchern ausnutzt;

Beispiel: *Hinweis auf die politische Lage, die eine Verknappung lebensnotwendiger Lebensmittel erwarten lässt*

- den Werbecharakter geschäftlicher Handlungen verschleiert;

  Beispiel: *Schleichwerbung*

- bei Verkaufsförderungsmaßnahmen, z. B. Preisnachlässen, Zugaben, Geschenken und Preisausschreiben bzw. Gewinnspielen die Bedingungen nicht klar und eindeutig angibt;
- die Teilnahme an einem Preisausschreiben bzw. Gewinnspiel von dem Erwerb einer Ware abhängig macht;
- einen Mitbewerber herabsetzt oder verunglimpft, z. B. in Bezug auf seine Waren oder sein Unternehmen;
- über die Waren und das Unternehmen eines Mitbewerbers unwahre oder nicht erweislich wahre Tatsachen behauptet, die den Betrieb oder Ruf des Unternehmers schädigen können;

  Beispiel: *Behauptung, es werde beim Mitbewerber ständig mangelhafte Ware geliefert*

- Waren oder Dienstleistungen anbietet, die eine Nachahmung der Waren oder Dienstleistungen eines Mitbewerbers sind;
- Mitbewerber gezielt behindert;

  Beispiele: *Verleitung von Kunden des Mitbewerbers zum Vertragsbruch; Überkleben von Mitbewerberplakaten; Aufforderung an Uhrenfachhändler, den Service an Uhren abzulehnen, die in Filialen einer Kaffeerösterei gekauft wurden.*

- einer gesetzlichen Vorschrift zuwiderhandelt, die auch dazu bestimmt ist, das Marktverhalten zu regeln, z. B. Verbraucherschutzrecht oder Preisangabenverordnung.

  Beispiel: *Ein gewerblicher Verkäufer bietet bei ebay Verbrauchern Waren unter Ausschluss der Mängelhaftung an.*

1.6.1.2 Irreführung

Unlauter und damit unzulässig sind nach § 5 UWG auch geschäftliche Handlungen, die unwahre oder sonstige zur Täuschung geeignete Angaben enthalten, z. B. in Bezug auf die Ware oder Dienstleistung, den Anlass des Verkaufs, das Unternehmen oder Rechte des Verbrauchers.

Beispiele:
- *Unwahre Verwendung von Begriffen wie „Auslese“, „echt“, „extra“, „frisch“, „original“, „spezial“, „1. Wahl“, „bio“, „umweltfreundlich“*
- *Werbung mit Preisreduzierungen von 50 %, wenn nicht alle Preise um 50 % reduziert sind;*
- *Werbung mit „Neueröffnung“, wenn es sich lediglich um eine Wiedereröffnung wegen Umbaus handelt*
- *Hinweis, dass der Verbraucher bei reduzierter Ware keine Gewährleistung bei Mängeln hat;*
- *Werbung mit Preissenkungen, wenn der als ursprünglicher Preis angegebene Preis nicht für eine angemessene Zeit gefordert wurde („Mondpreiswerbung“).*

Irreführung durch Unterlassen

Nach § 5a UWG kann auch Verschweigen wesentlicher Informationen eine Irreführung sein, wenn es dadurch z. B. zu einer Beeinflussung der (Kauf-)Entscheidung kommt, wie z. B. das Verschweigen von

- wesentlichen Merkmalen der Ware/Dienstleistung;

  Beispiel: *Verschweigen von Mängeln*

- Identität/Anschrift des Unternehmers;

  Beispiel: *Ein Unternehmer wirbt in einer Zeitung oder im Internet ohne Hinweis darauf, dass er Gewerbetreibender ist.*

- Endpreis der Ware oder der Lieferkosten;
- Zahlungs-, Liefer- und Leistungsbedingungen;
- Bestehen eines Rücktritts- oder Widerrufsrechts.

1.6.1.3 Vergleichende Werbung; § 6 UWG

Vergleichend ist eine Werbung, die unmittelbar oder mittelbar einen Mitbewerber oder die von einem Mitbewerber angebotenen Waren erkennbar macht.

Vergleichende Werbung ist nicht grundsätzlich unzulässig. Vergleichende Werbung ist jedoch als Verstoß gegen §§ 4 und 5 UWG stets unzulässig, wenn sie unwahre Behauptungen enthält.

Aber auch wahre Angaben sind unlauter, wenn der Vergleich

- sich nicht auf Waren oder Leistungen für den gleichen Bedarf bzw. dieselbe Zweckbestimmung bezieht;

- nicht objektiv auf wesentliche, relevante, nachprüfbare und typische Eigenschaften der Ware oder Dienstleistung oder den Preis bezogen ist;

  Beispiel: *„Unser Service ist freundlicher als bei X, zu jeder Reparatur erhalten Sie auch eine Rose!" (= Vergleich nicht wesentlicher Eigenschaften)*

- zu Verwechselungen zwischen den Mitbewerbern bzw. deren Waren führt;

  Beispiel: *Abbildung fremder Ware im eigenen Katalog ohne Hinweis*

- die Wertschätzung des Kennzeichens eines Mitbewerbers unlauter ausnutzt oder beeinträchtigt;

  Beispiel: *Benutzung der typischen Waren-Farben eines Mitbewerbers*

- die Waren oder Leistungen oder das Unternehmen eines Mitbewerbers herabsetzt bzw. verunglimpft;

- das beworbene Produkt als Nachahmung oder Imitation eines Produktes mit geschütztem Kennzeichen darstellt.

  Beispiel: *„Unsere Programme sind die kostenfreie Version von Microsoft Windows 7."*

1.6.1.4 Unzumutbare Belästigungen

Unlauter und damit unzulässig handelt ein Unternehmer, der Verbraucher in unzumutbarer Weise belästigt, z. B. durch

- Werbung gegen den – z. B. durch einen Briefkastenaufkleber – erkennbaren Willen des Empfängers;
- Telefonwerbung, wenn der Angerufene nicht vorher ausdrücklich seine Genehmigung dazu erteilt hat (sogenannte Opt-in-Lösung);
- Werbung mit Anrufmaschinen, Faxgeräten oder E-Mails ohne Einwilligung und jederzeitige Widerrufsmöglichkeit;
- anonyme Werbung.

1.6.1.5 Rechtsfolgen bei unlauterem Wettbewerb nach UWG

Wer unlautere geschäftliche Handlungen vornimmt, kann nach § 8 UWG auf **Beseitigung** (z. B. von Werbematerial) und bei Wiederholungsgefahr auf **Unterlassung** in Anspruch genommen werden.

Die Ansprüche auf Beseitigung und Unterlassung stehen zu:

- jedem Mitbewerber
- rechtsfähigen Verbänden zur Förderung gewerblicher oder selbstständiger beruflicher Interessen, wenn ihnen eine erhebliche Zahl von Unternehmern angehört, die Waren oder Dienstleistungen gleicher oder verwandter Art auf demselben Markt vertreiben, und wenn die Zuwiderhandlung die Interessen ihrer Mitglieder berührt;
- eingetragenen Verbraucherverbänden, nicht jedoch dem einzelnen Verbraucher
- den Industrie- und Handelskammern
- den Handwerkskammern

Die missbräuchliche Durchsetzung von Ansprüchen durch unseriöse Abmahnvereine, welche lediglich im Eigeninteresse durch wettbewerbsrechtliche Abmahnungen Einnahmen erzielen wollen, ist jedoch unzulässig.

Dem geschädigten Mitbewerber stehen nach § 9 UWG außerdem **Schadensersatzansprüche** zu, die z. B. die Kosten für die Richtigstellung bei unlauter bezugnehmender Werbung, die Anwaltskosten und ebenso den entgangenen Gewinn umfassen. Für Letzteren ist jedoch der erforderliche Nachweis des Zusammenhangs zwischen Umsatzrückgang und wettbewerbswidrigem Verhalten in der Praxis kaum möglich.

Wurde durch eine vorsätzliche Zuwiderhandlung ein Gewinn auf Kosten einer Vielzahl von Abnehmern erzielt (z. B. die Einziehung von Beträgen ohne Rechtsgrund im Internet, Adressbuchschwindel, Mogelpackungen), kann der Verletzer von den o. g. Verbänden und Kammern zur Herausgabe des Gewinns gezwungen werden. Dieser fließt dann dem Bundeshaushalt zu. Im Gegensatz zum Schadensersatzanspruch dient der **Gewinnabschöpfungsanspruch** nach § 10 UWG nicht dem individuellen Schadensausgleich, sondern der Abschreckung („Verbrechen darf sich nicht lohnen!").

Wettbewerbsstreitigkeiten können in einem Gerichtsverfahren vor einem Landgericht geklärt werden. Außerdem ist eine Klärung in einem außergerichtlichen Schlichtungsverfahren vor den Einigungsstellen der Industrie- und Handelskammern und der Handwerkskammern möglich.

1.6.2 Gesetz gegen Wettbewerbsbeschränkungen (GWB)

Das Recht gegen Wettbewerbsbeschränkungen soll den Wettbewerb gegen Beschränkungen durch Wettbewerber schützen, die den Bestand des Wettbewerbs an sich angreifen.

Rechtsgrundlage ist das **Gesetz gegen Wettbewerbsbeschränkungen (GWB)** mit seinen Regelungen

- zu wettbewerbsbeschränkenden Vereinbarungen („Kartellvereinbarungen");
- über die Missbrauchsaufsicht bei Marktbeherrschung;
- zur Kontrolle von Unternehmenszusammenschlüssen („Fusionskontrolle").

Das GWB sieht vielfältige Eingriffsmöglichkeiten der Kartellbehörden vor. Zuständig für die Durchsetzung von Maßnahmen ist in erster Linie das **Bundeskartellamt**, daneben auch die Kartellbehörden der Länder.

Verstöße gegen die Verbote des GWB gelten nach § 81 GWB als Ordnungswidrigkeiten, sie können mit einem Bußgeld von bis zu 1,0 Mio. EUR, in Einzelfällen auch bis zu 10 % des Gesamtumsatzes des Unternehmens geahndet werden.

1.6.2.1 Kartellvereinbarungen

Bei einem Kartell bleiben die Mitglieder rechtlich selbstständig, vereinbaren aber ein **gemeinschaftliches Handeln** in bestimmten Bereichen.

Verbot wettbewerbsbeschränkender Vereinbarungen

§ 1 GWB
Vereinbarungen zwischen Unternehmen, Beschlüsse von Unternehmensvereinigungen und aufeinander abgestimmte Verhaltensweisen, die eine Verhinderung, Einschränkung oder Verfälschung des Wettbewerbs bezwecken oder bewirken, sind verboten.

Ein wettbewerbsbeschränkendes und damit i. d. R. verbotenes Verhalten **zwischen Wettbewerbern** liegt bei folgenden Sachverhalten vor:

- **Preis- und Konditionenabsprachen**, z. B. über Höchst- und Mindestpreise, Rabatte, den Zeitpunkt von Preisänderungen, aber auch Absprachen über z. B. Zahlungsbedingungen, Kreditziele, Verzugszinsen, den Garantieumfang;
- **Marktaufteilung**, bei der sich die Wettbewerber Gebiete oder Kunden zuweisen oder bestimmte (Absatz-)Quoten festlegen;
- **Einkaufskooperationen**, d. h. Vereinbarungen über den gemeinsamen Bezug von Waren oder Dienstleitungen, z. B. um günstige Konditionen mit Lieferanten auszuhandeln; sie können vom Kartellverbot freigestellt sein, z. B. wenn es sich um Kooperationen kleiner und mittlerer Unternehmen (Mittelstandskartelle) handelt.

- **Verkaufskooperationen** sind verboten, sobald damit eine Preisfestlegung für die gemeinsam vermarkteten Produkte verbunden ist. Beschränken sich die Vereinbarungen auf den gegenseitigen Vertrieb der Produkte oder auf gemeinsame Werbung, können sie vom Kartellverbot freigestellt sein, falls z. B. die Vorteile der gemeinsamen Vermarktung in Form niedrigerer Preise an die Verbraucher weitergegeben werden.

Wettbewerbsbeschränkungen **zwischen Lieferanten und Kunden** („vertikale Vereinbarungen") gefährden den Wettbewerb in der Regel weniger stark. Daher sind vertikale Vereinbarungen vom Verbot des § 1 GWB freigestellt und nur unter bestimmten Voraussetzungen verboten.

Beispiele für vertikale Vereinbarungen sind:

- **Ausschließlichkeitsbindungen**, bei denen sich der Vertragspartner verpflichtet, ein Gut ausschließlich an seine Vertragpartner zu liefern bzw. von ihnen zu kaufen;

  Beispiel: *Bierbezug bei Gaststätten*

- **Höchstpreisbindungen und Unverbindliche Preisempfehlungen**; diese sind verboten, falls der Lieferant zu ihrer Durchsetzung Anreize, wie Rabatte gewährt oder Druck ausübt;

- **Preisbindungen** sind absolut verboten (Ausnahme: Preisbindung bei Zeitungen und Zeitschriften).

  Beispiel: *Ein Hersteller legt die Wiederverkaufspreise der Händler fest.*

Freistellung vom Kartellverbot

Gesetzlich freigestellt vom generellen Kartellverbot sind wettbewerbsbeschränkende Vereinbarungen, falls

- durch sie ein Beitrag zur Verbesserung der Warenerzeugung bzw. -verteilung oder zur Förderung des technischen oder wirtschaftlichen Fortschritts geleistet wird,
- der Verbraucher z. B. durch Preissenkungen oder Steigerungen der Produktqualität angemessen am „Gewinn" beteiligt wird,
- und der Wettbewerb auf dem relevanten Markt nicht wesentlich beeinträchtigt wird.

Unternehmen und Verbände tragen die alleinige Verantwortung für die Prüfung, ob diese Voraussetzungen vorliegen; die Möglichkeit, Wettbewerbsverhalten vorab durch die Kartellbehörde prüfen und legalisieren zu lassen, gibt es nicht mehr.

Dadurch entsteht für die Unternehmen auf der einen Seite ein größerer Gestaltungsfreiraum, andererseits ein hohes Risiko bei einer falschen Einschätzung der Freistellungsvoraussetzung: Es droht unter anderem ein Bußgeld bis zu einer Höhe von 1,0 Mio. EUR.

1.6.2.2 Missbrauchsaufsicht bei Marktbeherrschung

> **§ 19 (1) GWB** Die missbräuchliche Ausnutzung einer marktbeherrschenden Stellung durch ein oder mehrere Unternehmen ist verboten.

Für Eingriffe des Kartellamtes müssen demnach Marktbeherrschung und Missbrauch der Marktmacht gegeben sein.

Als **marktbeherrschend** ist ein Unternehmen anzusehen, wenn es

- als Anbieter oder Nachfrager keinem wesentlichen Wettbewerb ausgesetzt ist
- oder eine überragende Marktstellung hat aufgrund eines hohen Marktanteils, besonderer Finanzkraft oder besonderen Zugangs zu Absatz- und Beschaffungsmärkten.

Für die Feststellung eines **Missbrauchs der Marktmacht** nennt § 19 (4) GWB vier Beispieltatbestände. Missbrauch liegt z. B. vor, wenn

- ein Unternehmen ohne sachlich gerechtfertigten Grund ungünstigere Entgelte bzw. Geschäftsbedingungen fordert als auf anderen Märkten,
- oder wenn es anderen Unternehmen den notwendigen Zugang zu eigenen Infrastruktureinrichtungen verweigert, z. B. zu Telekommunikationsnetzen.

1.6.2.3 Kontrolle von Unternehmenszusammenschlüssen („Fusionskontrolle")

Die Zusammenschluss- oder Fusionskontrolle soll die Entstehung oder Verstärkung marktbeherrschender Stellungen von Unternehmen verhindern.

Ein geplanter Zusammenschluss von Unternehmen muss deshalb beim Bundeskartellamt **angemeldet** werden, wenn der Jahresumsatz der beteiligten Unternehmen insgesamt und der Umsatz der einzelnen Unternehmen bestimmte Größenordnungen überschreitet.

Das Bundeskartellamt kann den Zusammenschluss untersagen, wenn durch den Zusammenschluss auf einem der Märkte, die der Zusammenschluss betrifft, eine marktbeherrschende Stellung begründet bzw. verstärkt wird. Trotz marktbeherrschender Stellung kann es zur Freigabe des Zusammenschlusses kommen, wenn dieser zu bedeutenden Verbesserungen der Marktstrukturen führt, z. B. dadurch, dass ein insolvenzbedrohter Wettbewerber am Leben erhalten wird. Eine Freigabeentscheidung des Kartellamtes kann mit Bedingungen sowie Auflagen verbunden werden.

Ein bereits vollzogener Zusammenschluss, den das Bundeskartellamt untersagt oder dessen Freigabe es widerrufen hat, ist aufzulösen.

Zusammenschlüsse auf europäischer Ebene unterliegen der EG-Fusionskontrollverordnung und sind deshalb bei der Europäischen Kommission anzumelden.

Wiederholungfragen zu Kapitel 1.6

1. *Aus welchen beiden Bereichen besteht das Wettbewerbsrecht und welche Gesetzesbestimmungen sind jeweils Grundlage?*
2. *Nennen Sie Beispiele für unlautere geschäftliche Handlungen i. S. d. UWG.*
3. *Erläutern Sie Zulässigkeit bzw. die Unzulässigkeit vergleichender Werbung.*
4. *Welche Rechtsfolgen haben unlautere Handlungen i. S. d. UWG?*
5. *Was versteht man unter einer Kartellvereinbarung? Nennen Sie auch Beispiele.*

6. *Obwohl das GWB auch „Kartellgesetz" genannt wird, geht es hier nicht nur um Kartellvereinbarungen. Was wird noch durch das GWB geregelt?*
7. *Wann ist ein Unternehmen als marktbeherrschend anzusehen?*
8. *Was ist unter der „Fusionskontrolle" zu verstehen?*

1.7 Grundsätze des Gewerberechts

1.7.1 Wichtige Regelungen der Gewerbeordnung (GewO)

1.7.1.1 Gewerbe

Der Gewerbeordnung unterliegt, wer ein Gewerbe betreibt; darunter ist jede selbstständige, planmäßige, auf Dauer und Gewinnerzielung angelegte Tätigkeit zu verstehen.

Obwohl diese Merkmale an sich zutreffen, werden traditionell wissenschaftliche, künstlerische, lehrende, heilende und rechtsberatende Tätigkeiten nicht als „Gewerbe" im Sinne der Gewerbeordnung angesehen, sondern als sogenannte „Freie Berufe". Hierunter fallen z. B. Rechtsanwälte, Wirtschaftsprüfer, Steuerberater, Architekten, Künstler, Ärzte. Die Freien Berufe unterliegen der Gewerbeordnung nicht, jedoch dafür anderen Berufsordnungen, z. B. der Bundesrechtsanwaltsordnung. Ebenso werden die Betriebe der Urproduktion, d. h. Land- und Forstwirtschaft, Garten- und Weinbau, Fischerei und Bergbau, nicht zu den Gewerbebetrieben gezählt.

1.7.1.2 Gewerbeanmeldung

Der Beginn eines Gewerbes ist nach § 14 GewO bei den örtlichen Gewerbeämtern anzuzeigen. Vom Gewerbeamt wird die Anmeldung u. a. an die Industrie- und Handelskammer bzw. Handwerkskammer, das Finanzamt, das Gewerbeaufsichtsamt bzw. Amt für Arbeitsschutz und die Berufsgenossenschaft weitergeleitet.

Ebenfalls anzuzeigen ist die Gründung einer weiteren Betriebsstätte. Beim Wechsel der Tätigkeit muss eine Ummeldung, bei der Verlegung des Betriebs sowie der Aufgabe einer gewerblichen Tätigkeit eine gewerberechtliche Abmeldung vorgenommen werden.

Die §§ 15a, 15b GewO, welche die Verpflichtung zur Anbringung von Name und Firma am Geschäftslokal und zur Namensangabe im Schriftverkehr regelten, wurden 2009 gestrichen. Trotzdem ist Gewerbetreibenden zu empfehlen, weiterhin ihren Namen (Nachnamen und mindestens einen ausgeschriebenen Vornamen) und ihre Geschäftsadresse auf dem Briefbogen anzugeben, um ihre Identität zu gewährleisten und Verwechselungen mit anderen Gewerbetreibenden zu vermeiden.

Die Gewerbeämter erteilen nach § 14 GewO bei Vorliegen eines berechtigten Interesses auf persönliche oder schriftliche Anfrage hin Auskünfte aus dem Gewerberegister über Namen, Betriebsanschrift und angezeigte Tätigkeit des jeweiligen Gewerbes.

Für die Mitteilung weiterer Daten aus dem Gewerberegister wie z. B. Handelsregistereintrag, Rechtsform, An- und Abmeldedatum, Niederlassung(en), Name, Privatanschrift, frühere Betriebsanschrift ist der Nachweis eines rechtlichen Interesses, z. B. die Verfolgung von Ansprüchen, notwendig.

1.7.1.3 Gewerbefreiheit und ihre Einschränkungen

> **§ 1 (1) Gewerbeordnung**
> Der Betrieb eines Gewerbes ist jedermann gestattet, soweit nicht durch dieses Gesetz Ausnahmen oder Beschränkungen vorgeschrieben oder zugelassen sind.

Jeder kann selbstständig ein Gewerbe ausüben, solange die Tätigkeit nicht verboten ist. Die Gewerbefreiheit ist jedoch nicht unbeschränkt. Bestimmte gewerbliche Tätigkeiten sind so gefahrgeneigt oder von so großem öffentlichem Interesse, dass für ihre Ausübung bestimmte besondere Genehmigungen erforderlich sind. Die Genehmigungen setzen in solchen Fällen voraus

- den erfordernden Nachweis bestimmter Fachkenntnisse und/oder bestimmter persönlicher Eigenschaften oder
- die Erfüllung bestimmter behördlicher Auflagen.

Ebenso steht es jedermann frei, sich für den Beruf eines Handwerkers zu entscheiden, für die Ausübung eines selbstständigen Gewerbes ist jedoch nach der **Handwerksordnung** (HWO) eine bestandene Meisterprüfung erforderlich.

1.7.1.4 Erlaubnisfreie, erlaubnispflichtige, überwachungsbedürftige Gewerbe

Erlaubnisfrei ist ein Gewerbe, das mit der Gewerbeanmeldung beim Gewerbeamt ohne weitere Prüfung sofort begonnen werden kann.

Erlaubnispflichtige Gewerbe können erst nach Erteilung der behördlichen Genehmigung, einer sogenannten Konzession, begonnen werden. Zum Nachweis sind bestimmte Kurse zu belegen, Praxisnachweise zu erbringen, bestimmte wirtschaftliche Verhältnisse nachzuweisen oder Befähigungsbeweise vorzulegen. Die Erlaubnispflicht kann sich nach den §§ 30 ff. GewO ergeben oder aufgrund anderer gesetzlicher Regelungen, z. B. dem Arzneimittelgesetz oder dem Gaststättengesetz. Erlaubnispflichtige Gewerbe sind z. B.

- Betreiben von Privatkrankenanstalten,
- Aufstellen von Spielgeräten mit Gewinnmöglichkeit, Betrieb von Spielhallen und ähnlichen Unternehmen,
- Pfandleihgewerbe,
- Bewachungsgewerbe,
- Versteigerungsgewerbe,
- Tätigkeit der Makler, Bauträger und Baubetreuer,
- Beförderungsgewerbe,
- Finanz- und Versicherungsvermittler,
- Gaststättengewerbe nach dem Gaststättengesetz (s. u.),
- Handel mit Waffen oder Arzneimitteln.

Überwachungsbedürftige Gewerbe sind nach § 38 GewO zwar an und für sich erlaubnisfrei, die zuständige Behörde überprüft aber die persönliche Zuverlässigkeit des

Gewerbetreibenden. Zu diesem Zweck hat der Gewerbetreibende ein Führungszeugnis und eine Auskunft aus dem Gewerbezentralregister vorzulegen.

Überwachungsbedürftige Gewerbe sind z. B.:

- Auskunfteien und Detekteien,
- Vermittlung von Eheanbahnungen,
- Betrieb von Reisebüros und Vermittlung von Unterkünften,
- Vertrieb und Einbau von Gebäudesicherungseinrichtungen einschließlich der Schlüsseldienste.

Gewerbeuntersagung wegen Unzuverlässigkeit

Die zuständigen Behörde können einem Gewerbetreibenden die Ausübung eines Gewerbes nach § 35 GewO ganz oder teilweise untersagen, wenn Tatsachen vorliegen, welche die Unzuverlässigkeit des Gewerbetreibenden oder einer mit der Leitung des Gewerbebetriebes beauftragten Person in Bezug auf dieses Gewerbe nachweisen, sofern die Untersagung zum Schutze der Allgemeinheit oder der im Betrieb Beschäftigten erforderlich ist.

1.7.2 Gaststättenrecht

1.7.2.1 Gaststättenerlaubnis (Konzession)

In Deutschland wird über die Gewerbeanmeldung hinaus eine Konzession verlangt, wenn alkoholische Getränke zum Ausschank kommen sollen. Die Gaststättengesetze der Länder regeln insbesondere die Voraussetzungen für Erteilung und den Widerruf einer Konzession, den Umfang der Erlaubnis, die Auflagen und die Versagungsgründe.

Grundvoraussetzungen einer Erlaubniserteilung sind in der Regel die Vorlage eines polizeilichen Führungszeugnisses, eine Unbedenklichkeitsbescheinigung des Finanzamts sowie die Ableistung einer gaststätten- und lebensmittelrechtlichen Unterweisung durch eine Industrie- und Handelskammer. Eine Gaststättenkonzession ist z. B. dann zu versagen, wenn der Antragsteller nicht die notwendige Zuverlässigkeit besitzt, insbesondere weil er selbst „dem Trunke ergeben ist".

1.7.2.2 Weitere Regelungen

Im Gaststättengewerbe ist eine Vielzahl weiterer Regelungen zu beachten:

- So sind z. B. in der **Lebensmittelhygiene-Verordnung** Regelungen über den Umgang mit Lebensmitteln und deren Verarbeitung getroffen; ihre Einhaltung wird von der Gewerbeaufsicht unangemeldet kontrolliert.
- Das **Infektionsschutzgesetz** regelt Beschäftigungsverbote für unter bestimmten ansteckenden Krankheiten leidende Personen, die mit Lebensmitteln in Berührung kommen.
- Bei der Erstellung von Speisekarten sind neben der **Preisangabenverordnung** die Definitionen nach dem **Deutschen Lebensmittelbuch** und die Bezeichnungen sämtlicher Zusatzstoffe nach der Zusatzstoff-Zulassungsverordnung zu beachten.

Beispiel: *Der Unterschied zwischen einem echten „Wiener Schnitzel" (aus Kalbfleisch) und einem „Schnitzel Wiener Art" (aus Schweinefleisch) ist zu beachten.*

- Das **Jugendschutzgesetz** regelt Abgabeverbote für Alkohol und Tabakerzeugnisse an Jugendliche und enthält alters- und betriebsstättenbezogene Aufenthaltsverbote für verschiedene Altersgruppen.
- Das **Jugendarbeitsschutzgesetz** enthält allgemeine Schutzvorschriften zur Beschäftigung von Jugendlichen, desgleichen das Ausbildungsrecht. Ebenso sind die allgemeinen Vorschriften betreffend Arbeitsschutz und Betriebsverfassung zu beachten; wegen der besonderen Arbeitszeitverhältnisse existieren aber diverse Ausnahmeregelungen.
- Betreffend der Wiedergabe von Musik, Fernseh- und Videoaufzeichnungen sind die Bestimmungen des **Urheberrechts** zu beachten.
- Die zum Schutz der Nachtruhe geltende allgemeine Sperrzeit wird nach § 18 Gaststättengesetz durch die Bundesländer bestimmt. Dabei wurden sehr unterschiedliche Regelungen getroffen. Das beharrliche Verstoßen gegen die Sperrzeit kann nach dem Gaststättengesetz zur Aufhebung der Konzession führen.

1.7.3 Ladenschlussrecht

Mitte 2006 wurden im Rahmen der Förderalismusreform die Gesetzgebungskompetenzen in Sachen Ladenschluss auf die Bundesländer übertragen; fast alle Bundesländer haben seitdem durch eigene Regelungen die Ladenschlusszeiten an die Bedürfnisse der Bevölkerung in der jeweiligen Region angepasst.

In den Ländern Baden-Württemberg, Berlin, Bremen, Hamburg, Hessen, Niedersachsen, Nordrhein-Westfalen und Schleswig-Holstein wurden die Ladenöffnungszeiten an den Werktagen völlig freigege-ben, d. h. in das Ermessen der Inhaber von Geschäften gestellt.

Sachsen-Anhalt, Thüringen und Mecklenburg-Vorpommern haben Beschränkungen an den Vorabenden von Sonn- und Feiertagen festgelegt.

Gesetzliche Ladenschlusszeiten gibt es nur noch in den Ländern Bayern, Saarland, Rheinland-Pfalz und Sachsen.

An den Sonn- und Feiertagen müssen die Verkaufsstellen grundsätzlich geschlossen bleiben. Von den zuständigen Gemeinden können jedoch bis zu vier verkaufsoffene Sonntage freigegeben werden, in Brandenburg ist eine Genehmigung bis zu sechs, in Berlin bis zu zehn verkaufsoffenen Sonntagen möglich.

Der Sonn- und Feiertagsschutz genießt in allen Landesgesetzen hohen Stellenwert, jedoch gibt es wei-terhin besondere Regelungen für den Verkauf an Sonn- und Feiertagen. Solche Regelungen bestehen für

- bestimmte **Waren** (z. B. Zeitungen, Backwaren, Blumen und Pflanzen, landwirtschaftliche Produk-te, Milch- und Milcherzeugnisse);
- bestimmte **Verkaufsstellen** in besonderen Lagen (z. B. in Bahnhöfen, Fernbahnhöfen, Flughäfen, an Tankstellen und Apotheken in Touristenregionen) mit bestimmten Öffnungszeiten.

Die Ladenöffnungszeiten bleiben in ständiger Diskussion. So wird in einigen Ländern bereits darüber diskutiert, die liberalen Ladenöffnungszeiten wieder zu begrenzen.

Der Arbeitnehmerschutz der Mitarbeiter in den betroffenen Geschäften wird weiterhin durch besonde-re Arbeitsschutzregelungen in den Landesgesetzen sowie im Arbeitszeitgesetz gewährleistet.

Wiederholungsfragen zu Kapitel 1.7

1. *Welche unternehmerischen Tätigkeiten fallen unter die Gewerbeordnung, welche nicht?*
2. *Unter welchen Voraussetzungen kann man Auskünfte aus dem Gewerberegister erhalten?*
3. *Was versteht man unter Gewerbefreiheit?*
4. *Unterscheiden Sie erlaubnisfreie, erlaubnispflichtige und überwachungsbedürftige Gewerbe und nennen Sie dazu auch jeweils Beispiele.*
5. *Nennen Sie Beispiele für gesetzliche Regelungen, die beim Betrieb einer Gaststätte zu beachten sind.*

2 Steuern

Im Kapitel 1 wurde der Unterschied zwischen privatem und öffentlichem Recht erläutert. Das Steuerrecht ist ein **Spezialgebiet des öffentlichen Rechts**. In der Summe seiner Vorschriften regelt es die Festsetzung und Erhebung von Steuern. Das Steuerrecht gliedert sich in drei wesentliche Bereiche:

<table>
<tr><th>Steuerverfahrensrecht</th><th>Materielles Steuerrecht</th></tr>
<tr><td>Dieser Teil des Steuerrechts regelt das Verfahren der Steuerfestsetzung und der Steuererhebung.</td><td>Dieser Teil des Steuerrechts enthält die konkreten Regeln zur Steuerpflicht, zur Bemessungsgrundlage und zur Höhe der Steuerschuld.</td></tr>
<tr><td>Rechtsquelle: Abgabenordnung (AO)</td><td>Rechtsquellen: einzelne Steuergesetze</td></tr>
<tr><th colspan="2">Steuerverwaltungsrecht und Finanzgerichtsbarkeit</th></tr>
<tr><td colspan="2">Das Steuerverwaltungsrecht legt die rechtlichen Grundlagen der Steuerverwaltung fest, während das Recht der Finanzgerichtsbarkeit Zuständigkeit und Abläufe der Finanzgerichte festlegt.</td></tr>
<tr><td colspan="2">Rechtsquellen: Gesetz über die Finanzverwaltung (FVG), Finanzgerichtsordnung (FGO)</td></tr>
</table>

Nicht zum eigentlichen Steuerrecht gehören dagegen die Vorschriften, die sich mit der Steuergesetzgebung und der Verteilung des Steueraufkommens befassen, denn das sind Fragen der Legislative, und dafür zuständig ist das Verfassungsrecht mit Vorschriften des Grundgesetzes und dem Zerlegungsgesetz, das die Verteilung von Einkommensteuer und Körperschaftsteuer zwischen Bund und Ländern regelt.

2.1 Grundbegriffe des Steuerrechts

Die Abgaben sind der Sammelbegriff für alle finanziellen öffentlich-rechtlichen Lasten. Sie lassen sich wie folgt aufteilen:

Abgaben = Sammelbegriff für alle kraft öffentlicher Finanzhoheit zur Erzielung von Einnahmen erhobenen Zahlungen		
Steuern	**Gebühren**	**Beiträge**
sind Geldleistungen, die keine Gegenleistung für eine besondere Leistung darstellen und von einem öffentlich-rechtlichen Gemeinwesen allen auferlegt werden, bei denen der Tatbestand zutrifft, an den das Gesetz die Leistungspflicht knüpft; die Erzielung von Einnahmen kann Nebenzweck sein. ***Beispiele:*** *Einkommensteuer, Grundsteuer, Kfz-Steuer*	sind Zahlungen für besondere Leistungen einer öffentlichen Körperschaft oder für die (freiwillige oder erzwungene) Inanspruchnahme von öffentlichen Einrichtungen. ***Beispiele:*** *Verwaltungsgebühren: z. B. Gebühren für die Erstellung eines Personaldokuments, einer Beurkundung oder Bescheinigung; Nutzungsgebühren: z. B. Müllabfuhr, Friedhof*	werden zum Ausgleich einer indirekten Leistung erhoben und stellen einen Aufwandsersatz für die mögliche Inanspruchnahme einer konkreten Leistung einer öffentlichen Einrichtung dar. ***Beispiele:*** *Straßenanliegerbeiträge, Sozialversicherungsbeiträge, IHK-Beitrag*

Die genannten Abgabenarten lassen sich deshalb nach folgenden Kriterien unterscheiden:

Steuern	Gebühren	Beiträge
Bei Steuern spielt die Nutzung öffentlicher Einrichtungen keine Rolle, sondern nur die Tatsache, dass der Tatbestand zutrifft, an den das Gesetz die Steuerplicht knüpft.	Bei Gebühren muss eine tatsächliche Nutzung staatlicher Einrichtungen vorliegen. Hier gilt das individuelle Kostendeckungsprinzip.	Bei Beiträgen ist nur die Möglichkeit der Nutzung erforderlich. Hier gilt das gruppenmäßige Kostendeckungsprinzip.
Hat jemand Einkünfte, muss er darauf Einkommensteuern zahlen. Tritt ein Erbfall ein, sind Steuern fällig, sofern die Voraussetzungen vorliegen.	*Auf eine Leistung des Staates folgt eine geldliche Gegenleistung des Bürgers. Wer einen neuen Pass benötigt, muss ihn bezahlen.*	*Wenn eine neue Straße gebaut wird, müssen die Anlieger die entsprechenden Beiträge entrichten, unabhängig davon, ob sie die Straße nutzen oder nicht.*

Sachverhalt

Herr M. ist Friedensaktivist und behält bei seiner jährlichen Einkommensteuerzahlung prozentual den Anteil ein, den die Verteidigungsausgaben am gesamten Haushalt ausmachen, weil er der Meinung ist, dass Deutschland keine Armee braucht.

Herr M. wird mit dieser Argumentation nicht durchkommen, weil jeder einzelne Bürger die Steuern für die Erreichung des Staatszweckes insgesamt zahlen muss. Es gilt im

Gegensatz zu Gebühren und Beiträgen grundsätzlich das Verbot der Zweckbindung einzelner Steuern an bestimmte Staatsausgaben. Die Steuer soll im Prinzip für alle gleichmäßig sein, jeder Bürger soll gleich schwer daran tragen. Aus diesem Gedanken ergibt sich der Grundsatz der Besteuerung nach der wirtschaftlichen Leistungsfähigkeit.

Beispiel: *Wer viel Einkommen hat, soll mehr Einkommensteuer zahlen als derjenige, der wenig Einkommen hat. Wer ein sehr geringes Einkommen hat, braucht bis zu einem bestimmten Betrag überhaupt keine Steuer zu zahlen. Wer viel konsumiert, wird auch mehr Umsatzsteuer zahlen als derjenige, der wenig konsumiert.*

Neben den Steuern werden noch **steuerliche Nebenleistungen** in besonderen Situationen fällig. Dazu gehören Verzögerungsgelder (§ 146 Abs. 2b AO), Verspätungszuschläge (§ 152 AO), Zuschläge gemäß § 162 Abs. 4 AO, Zinsen (§§ 233 bis 237 AO), Säumniszuschläge (§ 240 AO), Zwangsgelder (§ 329 AO) und Kosten (§§ 89, 178, 178a und §§ 337 bis 345 AO) sowie Zinsen im Sinne des Zollkodexes und Verspätungsgelder nach § 22a Abs. 5 EStG.

2.1.1 Prinzipien des Steuerrechts

Das deutsche Steuerrecht wird durch folgende – im Grundgesetz verankerte – Prinzipien geprägt:

- **Besteuerung nach der Leistungsfähigkeit**: Dieses Prinzip ist ein grundlegendes Prinzip der Besteuerung und folgt dem allgemeinen Gleichheitssatz nach dem Grundgesetz (Art. 3 GG). Danach soll jeder Steuerpflichtige nur nach Maßgabe seiner individuellen ökonomischen Leistungsfähigkeit Steuern zahlen.
- **Sozialstaatsprinzip:** Es geht in die gleiche Richtung wie das Leistungsfähigkeitsprinzip, besagt jedoch, dass das Steuerrecht auf die wirtschaftlich schwachen Steuerpflichtigen Rücksicht nehmen muss und die Besteuerung einen sozialen Ausgleich bewirken soll. Dieses Prinzip findet im Rahmen der sekundären Einkommensverteilung des Staates seine Anwendung, u. a. im gestaffelten Steuertarif der Einkommensteuer.
- **Gesetzmäßigkeit der Besteuerung:** Nach diesem Prinzip dürfen Steuern nur aufgrund eines Gesetzes erhoben werden. Das Prinzip ist in Art. 2 des Grundgesetzes formuliert.
- **Gleichmäßigkeit der Besteuerung:** Dieses Prinzip besagt, dass gleiche Sachverhalte auch gleich zu besteuern sind. Es soll sichergestellt werden, dass jeder Steuerpflichtige gleich behandelt wird. Es folgt ebenfalls dem allgemeinen Gleichheitsgrundsatz nach Art. 3 des Grundgesetzes.

2.1.2 Steuersubjekt

Um bei der im folgenden Unterkapitel folgenden Darstellung einzelner Steuerarten keine Missverständnisse aufkommen zu lassen, sollen die im Steuerrecht handelnden Personen kurz beschrieben werden.

Beispiel: *Bei der Kfz-Steuer ist derjenige, der ein Kfz bei der Behörde anmeldet, zur Zahlung der Kfz-Steuer verpflichtet. Er bekommt einen Steuerbescheid und entrichtet die Kfz-Steuer an das Finanzamt, den Steuergläubiger.*

Dieser Betreiber eines Kfz ist nun in einer Person Steuerpflichtiger, Steuerschuldner, Steuerzahler und Steuerträger. Hier treffen also mehrere Begrifflichkeiten auf eine Person zu. Das ist nicht bei allen Steuerarten der Fall. Deshalb die folgende Klarstellung:

Steuerpflichtiger	Der Steuerpflichtige verwirklicht den Tatbestand der steuerlichen Leistungspflicht. Er ist derjenige, der eine durch die Steuergesetze auferlegte Verpflichtung zu erfüllen hat.
Steuerpflichten	Der Steuerpflichtige hat eine Reihe von Steuerpflichten zu erfüllen: ▪ Die materielle Steuerpflicht besteht in der vermögensrechtlichen Verpflichtung zur Steuerzahlung. ▪ Die formellen Steuerpflichten bestehen in bestimmten Aufzeichnungs-, Aufbewahrungs-, Erklärungs- und Auskunftspflichten gegenüber dem Fiskus. ***Beispiel:*** *Setzt ein Steuerpflichtiger Aufwendungen für ein Arbeitszimmer im eigenen Haus als Werbungskosten an, so hat er Auskunftspflichten hinsichtlich der Aufwendungen (Belege), der Aufteilung des Hauses bzw. der Wohnung (Grundriss) und der Darlegung, wozu das Arbeitszimmer benötigt wird.*
Steuerschuldner	Die Person, bei der der Tatbestand realisiert wird, an den das Gesetz die Steuerpflicht knüpft, ist der Steuerschuldner. Der Begriff des Steuerschuldners bezieht sich nur auf die materielle Steuerpflicht. Man kann steuerpflichtig sein, ohne die Steuern zu schulden. Allerdings ist umgekehrt jeder Steuerschuldner zugleich auch Steuerpflichtiger. ***Beispiel:*** *Als Arbeitsloser bezieht man zwar kein zu versteuerndes Einkommen, bezahlt also keine Einkommensteuer. Man muss die Bezüge aus ALG I oder II jedoch dem Finanzamt im Rahmen einer Steuererklärung nachrichtlich angeben.*
Steuerzahler	Steuerzahler ist der, der die Steuern zahlt. Er ist derjenige, der nach dem jeweiligen Steuergesetz die Steuer an den Fiskus zu entrichten hat, weswegen er auch als Steuerentrichtungspflichtiger bezeichnet wird. Bei einer Reihe von Steuerarten verpflichtet das entsprechende Steuergesetz andere Personen zum Steuerzahler für Rechnung des Steuerschuldners. Dies gilt vor allem bei folgenden Steuerarten: ▪ Bei der Lohnsteuer zahlt der Arbeitgeber anstelle des Arbeitnehmers (§§ 38 Abs. 3, 41a EStG). ▪ Bei der Kapitalertragsteuer zahlt statt des Gläubigers der Kapitalerträge (= Anleger) der Schuldner der Kapitalerträge (= Banken, Fonds) die Steuer (§ 44 EStG). ▪ Bei der Versicherungsteuer zahlt statt des Versicherungsnehmers der Versicherer die Steuerschuld (§ 7 VersStG).
Steuerträger	Die Steuern trägt immer die Person, die im Ergebnis mit der oder durch die Steuer wirtschaftlich belastet wird. ***Beispiele:*** *Bei der USt und den anderen Verbrauchsteuern ist das der Endverbraucher. Bei der ESt ist es der Einkommensbezieher. Bei der Versicherungssteuer ist es der Versicherungsnehmer.*
Steuergläubiger	Der Gläubiger der Steuern ist immer ein öffentlich-rechtliches Gemeinwesen, das sind Bund, Länder oder Gemeinden. Ihnen fließt die Steuer zu. Niemand anderes ist befugt, Steuern zu erheben.

2.1.3 Steuerobjekt und Bemessungsgrundlage

Das Steuerobjekt, auch als Steuergegenstand einer Steuer bezeichnet, ist der Tatbestand, an den die jeweilige Steuerpflicht geknüpft ist (Steuertatbestand in qualitativer Hinsicht).

Steuerobjekte können Zustände, Gegenstände oder Ereignisse sein.

- **Zustände** können ein bestehendes Vermögen sein, z. B. bei der in verschiedenen Ländern noch existierenden und in Deutschland diskutierten Einführung der Vermögenssteuer. Hier wird der Zustand des Vermögens besteuert.
- **Gegenstände** sind bewegliche oder unbewegliche Sachen, für die eine Steuer erhoben wird, z. B. Kfz (Kfz-Steuer) oder Grundstücke (Grundsteuer).
- **Ereignisse** können Wertzuflüsse oder Verkehrsvorgänge sein, z. B. ein Wertzufluss in Form von Einkommen (Einkommensteuer), ein Verkehrsvorgang in Form eines Umsatzes (Umsatzsteuer) oder einer Schenkung (Schenkungssteuer).

Beispiel: *Hat eine natürliche Person (= Steuersubjekt) Vermögen, das Kapitalerträge abwirft, stellen diese Kapitalerträge einen Wertzufluss (= Ertrag) dar. Erträge aus Kapitalvermögen sind das Steuerobjekt und müssen unter bestimmten Voraussetzungen im Rahmen der Einkommensteuer versteuert werden.*

Die Bemessungsgrundlage ist die Wert- oder Mengengröße, die das Steuerobjekt quantifiziert (Steuertatbestand in quantitativer Hinsicht).

Sie kann eine technisch-physische oder monetäre Größe sein, die als Grundlage für die Berechnung der Steuer dient. Hierdurch wird der anzuwendende Steuertarif bestimmt und die Steuerschuld ermittelt.

Beispiele:

Steuerart	Steuerobjekt	Bemessungsgrundlage
Umsatzsteuer	*Lieferung und Leistungen gegen Entgelt im Inland*	*Betrag der Transaktion* *= Höhe des zu entrichtenden Entgelts*
Einkommensteuer	*erzielte Einkünfte*	*zu versteuerndes Einkommen*
Versicherungssteuer	*Versicherungsvertrag*	*Versicherungsprämie*
Kfz-Steuer	*Betrieb eines Kfz*	*Hubraum/zulässiges Gesamtgewicht (unter Berücksichtigung des Schadstoffausstoßes)*
Grunderwerbsteuer	*Kaufvertrag über ein Grundstück*	*Kaufpreis des Grundstücks*

Beispiel: *Bei Alleinerziehenden wird nicht das gesamte Einkommen versteuert. Für sie gilt in Deutschland ein Alleinerziehungsentlastungsbetrag von 1.308 EUR. Wenn man die weiteren Freibeträge außer Acht lässt, würde der Einkommensteuertarif bei einem Einkommen z. B. einer alleinerziehenden Ärztin von 51.308 EUR also nur auf (51.308 EUR – 1.308 EUR =) 50.000 EUR angewendet. Das wäre die Bemessungsgrundlage. Bei dem für dieses zu versteuernde Einkommen geltenden Steuersatz von 25,694 % (2010) müssten 12.847 EUR Steuern gezahlt werden.*

2.1.4 Steuertarif und Steuersätze

Der Steuertarif ist die tabellarische, formelmäßige oder grafische Zusammenstellung, die für jede beliebige Höhe der Bemessungsgrundlage einer Steuerart den entsprechenden Steuersatz angibt.

Der Steuertarif gibt die Steuerschuld auf zweierlei Weise an.

- **Steuersatztarif:** Hierbei wird ein Prozent- oder Promille-Satz von der Steuerbemessungsgrundlage berechnet: Steuerschuld = Bemessungsgrundlage x Steuersatz.

  Beispiel: *5,5 % Solidaritätsbeitrag je 1,00 EUR Einkommensteuer; 19 % Umsatzsteuer je 1,00 EUR Umsatz bei Normalbesteuerung*

- **Steuerbetragstarif:** Bei dieser Methode wird die Steuer als Geldbetrag pro Einheit der mengen- oder wertmäßigen Bemessungsgrundlage berechnet.

  Beispiel: *2,19 EUR Kaffeesteuer je 1 kg Röstkaffee; 6,75 EUR Kfz-Steuer je 100 cm³ in der Emissionsklasse 4*

Der Begriff Steuersatz steht keinesfalls immer linear im Verhältnis zur zugrundeliegenden Bemessungsgrundlage. Es gibt verschiedene Arten von Steuersätzen:

- Der **Durchschnittssteuersatz** (= effektiver Steuersatz) wird berechnet, indem man den Steuerbetrag durch das zu versteuernde Einkommen teilt.
- Der **Differenzsteuersatz** ergibt sich, indem man die in Geldeinheiten ausgedrückte Veränderung der steuerrechtlichen Bemessungsgrundlage auf die dadurch ausgelöste Veränderung der Steuerschuld bezieht. Die Frage lautet hier: Mit welchem Satz wird der Differenzbetrag zwischen zwei Bemessungsgrundlagen durchschnittlich besteuert?
- Der **Grenzsteuersatz** (= marginaler Steuersatz) zeigt, welche zusätzliche Steuerschuld aus einer Erhöhung der Bemessungsgrundlage an einer bestimmten Stelle resultiert. Er entspricht dem Steuersatz, mit dem die jeweils letzte Einheit der Bemessungsgrundlage (z. B. 1,00 EUR) besteuert wird. Bei der Einkommensteuer gibt der Grenzsteuersatz an, welcher Prozentsatz des zusätzlich verdienten „zu versteuernden Einkommens" an Steuern zu zahlen ist.

Beispiel aus dem Einkommensteuertarif (Grundtarif 2011):

Bemessungsgrundlage	*Steuer*	*Durchschnittssteuersatz*	*Differenzsteuersatz*	*Grenzsteuersatz*
40.000,00 EUR	*9.007,00 EUR*	*22,5 %*	*1.863 : 5.000[1] × 100 = 37,26 %*	*36 %*
45.000,00 EUR	*10.870,00 EUR*	*24,15 %*		*38 %*

2.1.5 Freibetrag und Freigrenze

Der Freibetrag ist der Betrag, der bei der Ermittlung der Steuerbemessungsgrundlage abgezogen wird und stets steuerfrei bleibt. Freibeträge dürfen die Bemessungsgrundlage nicht negativ werden lassen.

---

[1] 5.000 EUR = Differenz zwischen den beiden Bemessungsgrundlagen von 40.000 EUR und 45.000 EUR

Bei Überschreitung des Freibetrags müssen nicht die gesamten Einnahmen versteuert werden, sondern nur der den Freibetrag übersteigende Teil der Einnahmen. Insofern ist der Freibetrag ein Betrag, der die Steuerbemessungsgrundlage mindert.

Beispiel: *Ein Steuerpflichtiger hat Einnahmen aus Kapitalvermögen in Höhe von 5.000,00 EUR. Davon darf er einen Sparer-Freibetrag in Höhe von 801,00 EUR abziehen, der steuerfrei bleibt. Steuerbemessungsgrundlage ist damit 5.000,00 EUR – 801,00 EUR = 4199,00 EUR = Einkünfte aus Kapitalvermögen.*

Die Freigrenze ist der Betrag, bis zu dem die Bemessungsgrundlage steuerfrei bleibt, bei dessen Überschreiten dann jedoch die volle Bemessungsgrundlage besteuert wird.

Das bedeutet, dass für den Fall, dass eine Freigrenze überschritten wird, die Rechtsfolgen der Besteuerung des Gesamtbetrages eintreten und nicht nur für den die Freigrenze übersteigenden Betrag.

Beispiel: *Gewinne aus privaten Veräußerungsgeschäften bleiben nach § 23 EStG steuerfrei, wenn der erzielte Gesamtgewinn im Kalenderjahre weniger als 600,00 EUR betragen hat (= Freigrenze von 599,00 EUR). Beträgt der Veräußerungsgewinn einer Sache 590,00 EUR, bleibt der erzielte Gewinn insgesamt steuerfrei. Beträgt der Gewinn hingegen 601,00 EUR, unterliegt der gesamte Betrag der Besteuerung, da die Freigrenze überschritten ist.*

2.1.6 Einteilung der Steuern

Wie allgemein bekannt sein dürfte, gibt es zahlreiche Steuerarten. Um sich in diesem System leichter zurechtzufinden, werden Steuern aus verwaltungstechnischen, statistischen und ökonomischen Gründen nach den folgenden Gesichtspunkten eingeteilt:

Gegenstand der Besteuerung	**Besitzsteuern**	Versteuert wird das Einkommen und das Vermögen, z. B. Einkommensteuer, Körperschaftsteuer, Gewerbesteuer.
	Verkehrssteuern	Versteuert werden alle Vorgänge, die Vermögenswerte übertragen, z. B. Umsatzsteuer, Grunderwerbsteuer, Versicherungssteuer, Kraftfahrzeugsteuer.
	Verbrauchssteuern	Versteuert wird die konsumtive Verwendung bestimmter Güter, z. B. Tabaksteuer, Mineralölsteuer, Biersteuer, Zuckersteuer.
Ertragshoheit bzw. Steuergläubiger	**Gemeinschaftssteuern**	Die erhobenen Steuern werden zwischen Bund, Ländern und Gemeinden nach bestimmten Schlüsseln aufgeteilt (Zerlegungsgesetz). Dies gilt z. B. für Umsatzsteuer, Einkommensteuer, Körperschaftsteuer, Kapitalertragsteuer.
	Bundessteuern	Diese Steuern fließen ausschließlich dem Bund zu, z. B. alle Verbrauchsteuern (außer der Biersteuer).
	Landessteuern	Diese Steuern fließen allein dem Land zu, z. B. Kraftfahrzeugsteuer, Biersteuer, Erbschaftsteuer, Lotteriesteuer.
	Gemeindesteuern	Diese Steuern werden von den Gemeinden erhoben, z. B. Grundsteuer, Hundesteuer.

Wirtschaftliche Belastung	**Direkte Steuern**	Bei diesen Steuern sind Steuerschuldner und Steuerträger identisch, z. B. Kfz-Steuer, Einkommensteuer.
	Indirekte Steuern	Bei diesen Steuern wird die wirtschaftliche Steuerlast vom Steuerschuldner auf den Steuerträger übergewälzt. Dazu zählen alle Verbrauchsteuern und die Umsatzsteuer.
Besteuerungsobjekt	**Personensteuern**	Personensteuern sind als Subjektsteuern an die persönlichen Verhältnisse des Steuerpflichtigen geknüpft, z. B. Einkommensteuer, Schenkungssteuer.
	Realsteuern	Die Realsteuern sind als Substanzsteuern unabhängig von den persönlichen Verhältnissen des Steuerbürgers zu zahlen, z. B. Kfz-Steuer, Grunderwerbsteuer.
Art der Erhebung	**Quellensteuer**	Quellensteuern werden direkt an der Quelle der Einkünfte abgeschöpft, z. B. Kapitalertragsteuer, Lohnsteuer.
	Veranlagungssteuer	Veranlagungssteuern werden meist nach einer vorhergegangenen Steuererklärung und einer finanzbehördeninternen Veranlagung für eine bestimmte Periode mit einem Steuerbescheid festgesetzt, z. B. Körperschaftssteuer, Gewerbesteuer.
Behandlung im Rechnungswesen	**abzugsfähige Steuern**	Hierbei handelt es sich um Sachsteuern, die die Besteuerung an einen Gegenstand oder an einen Verkehrsvorgang anknüpfen, z. B. Gewerbesteuern, Kfz-Steuer für einen Firmenwagen.
	nicht abzugsfähige Steuern	Personensteuern, die die private Lebensführung der Steuerpflichtigen betreffen, z. B. Einkommensteuer, Körperschaftsteuer
	aktivierbare Steuern	Diese Steuern können beim Kauf eines Anlagegegenstandes als Nebenkosten aktiviert werden, z. B. Grunderwerbsteuer.

Wiederholungsfragen zum Kapitel 2.1

1. *Erläutern Sie den Unterschied zwischen Steuern, Gebühren und Abgaben.*
2. *Welchen Grundprinzipien folgt das deutsche Steuerrecht?*
3. *Unterscheiden Sie: Steuerpflichtiger, Steuerschuldner, Steuerzahler und Steuerträger.*
4. *Was ist eine Bemessungsgrundlage?*
5. *Unterscheiden Sie den Steuersatztarif und den Steuerbetragstarif an je einem Beispiel.*
6. *Welche Information gibt der Grenzsteuersatz?*
7. *Was ist der Unterschied zwischen einem Freibetrag und einer Freigrenze?*
8. *Unterscheiden Sie Besitz-, Verkehrs- und Verbrauchssteuern. Nennen Sie je ein Beispiel.*
9. *Geben Sie für direkte und indirekte Steuern jeweils zwei Beispiele.*
10. *Worin liegt der Unterschied zwischen einer Quellensteuer und einer Veranlagungssteuer?*

2.2 Unternehmensbezogene Steuern

Die Bedeutung der betrieblich bedingten Steuern und ihre betriebsinterne Behandlung kann durch folgende Übersicht verdeutlicht werden.

Betrieblich bedingte Steuern				
Betriebssteuern				**Privatsteuern**
abzugsfähig		**durchlaufender Posten**	**nicht abzugsfähig**	
aktivierungs-pflichtig	**sofort abzugsfähig**			
Grunderwerb-steuer, Zölle	Grundsteuer, Gewerbesteuer, Kfz-Steuer, Versicherungs-steuer	Umsatzsteuer, einbehaltene Lohnsteuer	Körperschaftsteuer	Einkommensteuer, Erbschaftsteuer
bei allen Unternehmen anfallend, sofern Tatbestand erfüllt			bei GmbH oder AG	bei OHG oder e. K.

Folgendes Strukturmodell macht deutlich, in welchen Stufen des Umsatzprozesses eines Unternehmens welche Steuerarten anfallen:

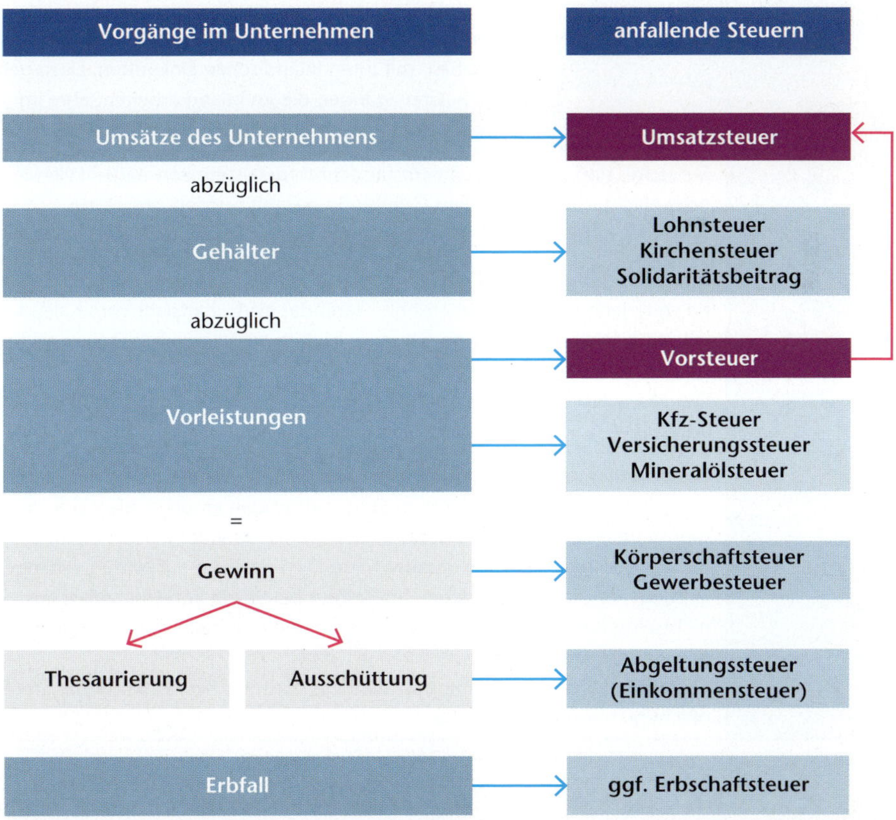

2.2.1 Einkommensteuer

Die Einkommensteuer wird vom Einkommen natürlicher Personen erhoben. Sie ist gesamtwirtschaftlich vom Aufkommen erheblich und machte 2009 37 % der gesamten Steuereinnahmen des Staates aus. Darin enthalten waren die Lohnsteuer, die veranlagte Einkommensteuer, die Kapitalertragsteuer und der Solidaritätszuschlag.
Von der Systematik der Steuereinteilung her ist sie

- eine **direkte Steuer**, da der Steuerschuldner die Steuerbelastung selbst trägt;
- eine **Ertragsteuer**, da sich die Höhe der Steuer nach dem Einkommen richtet;
- eine **Personensteuer**, da eine natürliche Person besteuert wird.

Rechtsgrundlagen	Einkommensteuergesetz (EStG) Einkommensteuerdurchführungsverordnung (EStDV) Einkommensteuerrichtlinien (EStR) für die Steuerverwaltung	
Verteilung	Nach Art. 106 GG stehen die Einnahmen aus der Einkommensteuer Bund, Ländern und Gemeinden gemeinsam zu. Das Zerlegungsgesetz regelt die Verteilung im Detail.	
Steuerpflicht § 1 EStG	**unbeschränkte Steuerpflicht**	Unbeschränkt steuerpflichtig sind alle natürlichen Personen, die im Inland einen Wohnsitz oder ihren gewöhnlichen Aufenthalt haben.
	beschränkte Steuerpflicht	Beschränkt steuerpflichtig sind Personen, die im Inland weder einen Wohnsitz noch ihren gewöhnlichen Aufenthalt haben, mit ihren inländischen Einkünften. Dazu gehören z. B. Grenzgänger, die im Inland arbeiten, aber im angrenzenden Ausland ihren Wohnsitz haben.
steuerfreie Einnahmen § 3b EStG	Steuerfrei sind Zuschläge, die für tatsächlich geleistete Sonntags-, Feiertags- oder Nachtarbeit neben dem Grundlohn gezahlt werden, soweit sie bestimmte Prozentsätze nicht überschreiten.	
Veranlagungszeitraum Erklärungspflicht § 25 EStG	Die Einkommensteuer ist eine Jahressteuer. Veranlagungszeitraum ist das Kalenderjahr. Bei Gewerbebetrieben kann das Wirtschaftsjahr vom Kalenderjahr abweichen. Der Gewinn gilt dann in dem Veranlagungszeitraum als bezogen, in dem das Wirtschaftsjahr endet. Der Steuerpflichtige hat für den Veranlagungszeitraum eine Steuererklärung abzugeben.	
Veranlagung	Die Veranlagung zur Einkommensteuer ist das interne Verfahren der Finanzverwaltung auf der Basis der vom Steuerpflichtigen eingereichten Einkommensteuererklärung. Diese ist bis spätestens 31. Mai des Jahres abzugeben, das auf den Veranlagungszeitraum folgt. Die Frist kann auf Antrag verlängert werden. Für die Veranlagungen auf Antrag bei Bezug von Einkünften aus nichtselbstständiger Arbeit gilt eine vierjährige Frist nach Ablauf des jeweiligen Veranlagungszeitraums. Zuständig für die Veranlagung ist das Finanzamt, in dessen Bezirk der Steuerpflichtige seinen Wohnsitz hat.	

Einkommensteuerbescheid § 36 EStG	Im Einkommensteuerbescheid wird auf Basis der Angaben des Steuerpflichtigen nachvollziehbar das zu versteuernde Einkommen berechnet und der Steuerpflichtige über die festgesetzte Einkommen- und Kirchensteuer, den Solidaritätszuschlag und – sofern beantragt – die Arbeitnehmersparzulage unterrichtet. Im Abrechnungsteil der Steuererklärung werden die im Veranlagungszeitraum getätigten Einkommensteuervorauszahlungen bzw. Abzüge an Lohnsteuern und Kapitalertragsteuern mit der festgesetzten Steuer saldiert und der Steuerpflichtige über eine Nachzahlung oder eine Erstattung informiert. Auf den Steuerbescheid, der ein Verwaltungsakt ist, kann der Steuerpflichtige innerhalb eines Monats nach Bekanntgabe mit einem Einspruch reagieren.
Vorauszahlungen § 37 EStG	Die Einkommensteuererklärung und ihre Festsetzung erfolgen zumeist erst weit nach dem Jahr, in dem die Steuerpflicht entstanden ist. Aus diesem Grund schreibt das EStG die Entrichtung von Vorauszahlungen vor. Im Laufe eines Jahres können die folgenden Vorauszahlungen erfolgen, die auf die Steuerschuld angerechnet werden: ▪ Lohnsteuer als Vorauszahlung auf die ESt des Arbeitnehmers ▪ Kapitalertragssteuer auf Zinsen, Dividenden und Veräußerungsgewinne aus dem Verkauf von Wertpapieren ▪ reguläre Einkommensteuervorauszahlungen bei Einkünften aus Vermietung und Verpachtung, Gewerbebetrieb, selbstständiger Arbeit
Steuergegenstand § 2 EStG	Einkünfte aus sieben verschiedenen Einkunftsarten, gemindert um diverse Freibeträge sowie vor allem um Sonderausgaben und außergewöhnliche Belastungen, führen zum zu versteuernden Einkommen. Siehe hierzu das Schema zu Ermittlung des zu versteuernden Einkommens auf der folgenden Seite. Steuerlich relevant sind Einnahmen und Ausgaben grundsätzlich in dem Kalenderjahr, in dem sie zugeflossen bzw. geleistet wurden (Zu- und Abflussprinzip). Ausnahme: Regelmäßig wiederkehrende Zahlungen (z. B. Zinsen, Arbeitslöhne, Mieten) bis zu 10 Tage vor oder nach dem Jahreswechsel gelten in dem Kalenderjahr bezogen, zu dem sie wirtschaftlich gehören (§ 11 EStG).
Bemessungsgrundlage § 32a EStG	Die Bemessungsgrundlage zur Anwendung des Einkommensteuertarifs ist das zu versteuernde Einkommen. Davon zu unterscheiden sind die Begriffe Einnahmen, Einkünfte, Einkommen.
Steuertarif § 32 EStG	Der Steuertarif ist formelmäßig im EStG festgelegt. Für über dem Grundfreibetrag liegende zu versteuernde Einkommen steigen die Steuersätze in zwei linearprogressiven Zonen. Der Eingangssteuersatz beträgt 14 % für ein zu versteuerndes Einkommen ab 8.005,00 EUR/16.010,00 EUR (Grundfreibeträge für Alleinstehende bzw. zusammen veranlagte Personen). Der Spitzensteuersatz liegt gegenwärtig bei 42 % und greift erst bei 52.882,00 EUR/105.764,00 EUR (Ledig/Verheiratet). Der Höchstsatz für zu versteuernde Einkommen beträgt 45 % und greift ab 250.731,00 EUR/501.462,00 EUR.

Um das zu versteuernde Einkommen zu ermitteln, wird das folgende Berechnungsschema angewendet:

Berechnungsschema zur Berechnung des zu versteuernden Einkommens (§ 2 EStG)	
1. Einkünfte aus selbstständiger Tätigkeit (§ 18 EStG) + 2. Einkünfte aus Gewerbebetrieb (§§ 15–17 EStG) + 3. Einkünfte aus Land- und Forstwirtschaft (§§ 13–14a EStG)	**Gewinneinkunftsarten:** Betriebseinnahmen – Betriebsausgaben = Gewinn
+ 4. Einkünfte aus nichtselbstständiger Arbeit (§§ 19–19a EStG) + 5. Einkünfte aus Kapitalvermögen (§ 20 EStG) + 6. Einkünfte aus Vermietung und Verpachtung (§ 21 EStG) + 7. Sonstige Einkünfte (§§ 22–23 EStG)	**Überschusseinkunftsarten:** Einnahme – Werbungskosten = Überschuss (oder Verlust)
= **Summe der Einkünfte** (bei Zusammenveranlagung: beide Einkünfte)	
– Altersentlastungsbetrag – Entlastungsbetrag für Alleinerziehende – Freibetrag für Land- und Forstwirte	Entlastung für besondere Härten und Lebenssituationen
= **Gesamtbetrag der Einkünfte**	
– Verlustrücktrag/Verlustvortrag – Sonderausgaben (keine Vorsorgeaufwendungen) (§§ 10c–10i EStG) – Vorsorgeaufwendungen einschl. Altersvorsorge (§§ 10 -10a EStG) – außergewöhnliche Belastungen (z. T. Pauschbeträge) – Abzugsbetrag zur Förderung des Wohneigentums	Korrekturpositionen mit wirtschafts-, kultur- und sozialpolitischem Hintergrund (siehe untenstehende Erläuterungen von Sonderausgaben und außergewöhnlichen Belastungen)
= **Einkommen**	
– Freibeträge für Kinder, falls günstiger als Kindergeld – Härteausgleich	
= **zu versteuerndes Einkommen**	Basis für die Anwendung der Einkommensteuertabelle.

Grundsätzlich nicht der Einkommensteuerpflicht unterliegen Einnahmen, die keiner der sieben genannten Einkunftsarten logisch zugeordnet werden können. Dazu gehören insbesondere Einnahmen aus Lotterie- und Rennwettgewinnen oder Preisausschreiben.

Als wesentliche Positionen aus dem Schema zur Ermittlung des zu versteuernden Einkommens sind die folgenden Begriffe erklärungsbedürftig:

Werbungskosten nach § 9 EStG

Werbungskosten sind Aufwendungen zur Erwerbung, Sicherung und Erhaltung der Einnahmen. Sie sind bei der Einkunftsart abzuziehen, bei der sie entstanden sind.

Dies ist also nur möglich bei folgenden Einkünften:

Einkünfte aus nichtselbstständiger Arbeit	***Beispiele:*** *Aufwendungen für die Wege zwischen Wohnung und regelmäßiger Arbeitsstätte, Beiträge zu Gewerkschaften und sonstigen Berufsverbänden, Mehraufwendungen aus doppelter Haushaltsführung, Aufwendungen für Arbeitsmittel, Bewerbungskosten, Fort- und Weiterbildungkosten u. Ä.*
Einkünfte aus Vermietung und Verpachtung	***Beispiele:*** *Schuldzinsen und Abschreibungen (AfA); Steuern vom Grundbesitz, sonstige öffentliche Abgaben, Versicherungsbeiträge; Ausgaben für Hausverwaltung und Hausmeister, soweit diese Aufwendungen nicht auf die Mieter abwälzbar sind; Steuerberatungskosten*
Einkünfte aus Kapitalvermögen	Bei der Ermittlung der Einkünfte aus Kapitalvermögen ist als Werbungskosten ein Betrag von 801,00 EUR abzuziehen (Sparer-Pauschbetrag); der Abzug der tatsächlichen Werbungskosten ist ausgeschlossen. Ehegatten, die zusammen veranlagt werden, wird ein gemeinsamer Sparer-Pauschbetrag von 1.602,00 EUR gewährt.
sonstige Einkünfte	Hier sind die Werbungskosten ansetzbar, die in Verbindung mit Einkünften aus wiederkehrenden Bezügen (z. B. Renten), Unterhaltsleistungen, privaten Veräußerungsgeschäften und anderen sonstigen Einkünften stehen.

Sonderausgaben nach § 10 EStG

Sonderausgaben sind Aufwendungen der privaten Lebensführung, die weder Betriebsausgaben noch Werbungskosten noch außergewöhnliche Belastungen sind, die jedoch aus wirtschaftlichen, politischen oder kulturellen Gründen zu einem bestimmten Teil vom Gesamtbetrag der Einkünfte abgesetzt werden können, sofern sie den Sonderausgaben-Pauschbetrag überschreiten.

Es werden folgende Arten von Sonderausgaben unterschieden:

allgemeine Sonderausgaben §§ 10c–10i EStG	Zu den allgemeinen Sonderausgaben gehören innerhalb bestimmter Grenzen u. a. Unterhaltsleistungen, Renten und dauernde Lasten, gezahlte Kirchensteuer, 2/3 der Aufwendungen für bestimmte Kinderbetreuungskosten, Aufwendungen für die erstmalige Berufsausbildung in einem nicht ausgeübten Beruf, Schulgeld, Zuwendungen für steuerbegünstigte Zwecke (Spenden).
Vorsorgeaufwendungen für die Altersversorgung §§ 10–10a EStG	Vorsorgeaufwendungen für die Altersversorgung sind Beiträge zu folgenden Versicherungen: ▪ gesetzliche Rentenversicherung und gleichgestellte Aufwendungen als Basisversorgung ▪ private Rentenversicherungen, das sind – Aufwendungen zum Aufbau einer Riester-Rente für rentenversicherungspflichtige Arbeitnehmer – Aufwendungen zum Aufbau einer Rürup-Rente für Selbstständige als Basisversorgung – Beiträge zum Aufbau von Anwartschaften einer betrieblichen Altersversorgung Nach Abzug des Arbeitgeberanteils zur Rentenversicherung ergeben sich die abzugsfähigen Vorsorgeaufwendungen. Im Gegenzug zu diesem erweiterten Sonderausgabenabzug sind die Renten in der Auszahlungsphase ab 2040 ganz und bis zu diesem Datum (steigend) teilweise zu versteuern.

Sonstige Vorsorgeaufwendungen § 10 (4) EStG	Sonstige Vorsorgeaufwendungen sind insgesamt bis 1.900,00 EUR abzugsfähig. Dazu gehören u. a Aufwendungen für ▪ Arbeitslosenversicherung, ▪ Erwerbs- und Berufsunfähigkeitsversicherung, ▪ Kranken- und Pflegeversicherung, ▪ Unfallversicherung, Haftpflichtversicherung, ▪ Risikoversicherung auf den Todesfall, ▪ Lebensversicherung unter bestimmten Bedingungen.

Außergewöhnliche Belastungen nach § 33 ff. EStG

Außergewöhnliche Belastungen sind Aufwendungen, die einem Steuerpflichtigen zwangsläufig und in größerem Umfang erwachsen als der überwiegenden Mehrzahl der Steuerpflichtigen gleicher Einkommens- und Vermögensverhältnisse und gleichen Familienstandes. Zwangsläufig bedeutet, dass der Steuerpflichtige sich diesen Aufwendungen aus rechtlichen, tatsächlichen oder sittlichen Gründen nicht entziehen kann.

Ein auf diese Weise betroffener Steuerpflichtiger kann die Einkommensteuer ermäßigen, indem auf seinen Antrag hin der Teil der Belastungen, die die zumutbare Eigenbelastung übersteigt, vom Gesamtbetrag der Einkünfte abgezogen wird. Es werden folgende Arten von außergewöhnlichen Belastungen unterschieden

außergewöhnliche Belastungen allgemeiner Art § 33 EStG	Beispiele hierzu sind ▪ Krankheitskosten, soweit sie nicht von der Krankenkasse übernommen werden; dazu zählt auch eine Augenoperation, die eine Fehlsichtigkeit korrigiert; ▪ Kosten einer Scheidung; ▪ Kosten der Beerdigung eines nahen Verwandten, sofern das Erbe hierfür nicht ausreicht; ▪ Pflegekosten oder Pflegeheimkosten für die Eltern, soweit nicht durch eine gesetzliche oder private Versicherung gedeckt.
außergewöhnliche Belastungen in besonderen Fällen § 33a EStG	Zu den Aufwendungen in besonderen Fällen gehören ▪ Unterhaltsaufwendungen, soweit sie nicht schon als Sonderausgaben angesetzt wurden; ▪ Kosten der Berufsausbildung einer dem Steuerpflichtigen oder seinem Ehegatten gegenüber gesetzlich unterhaltsberechtigten Person; ▪ Sonderbedarf für ein in Berufsausbildung befindliches, auswärtig untergebrachtes volljähriges Kind, für das Anspruch auf einen Freibetrag oder Kindergeld besteht; ▪ Unterhaltsverpflichtungen dem Partner/der Partnerin gegenüber, wenn diese/r keine oder nur geringe eigene Einkünfte und nur ein geringes Vermögen hat.
Pauschbeträge für behinderte Menschen, Hinterbliebene und Pflegepersonen § 33b EStG	Sofern Steuerpflichtige außergewöhnliche Belastungen nicht schon nach § 33 EStG geltend gemacht haben, können sie in bestimmten Fällen einen der folgenden Pauschbeträge in Ansatz bringen, die dann vom Gesamtbetrag der Einkünfte abgezogen werden: ▪ Behinderten-Pauschbetrag zwischen 310,00 EUR (Behinderung > 25 %) und 1.420,00 EUR (Behinderung > 95 %) ▪ Hinterbliebenen-Pauschbetrag 370,00 EUR ▪ Pflege-Pauschbetrag 924,00 EUR

Wie bereits erwähnt, besteht der Einkommensteuerbescheid aus zwei Teilen: Der Berechnung des zu versteuernden Einkommens und dem Abrechnungsteil. Dieser hat den folgenden Inhalt:

Abrechnungsteil des Steuerbescheides	
	Zu versteuerndes Einkommen lt. Berechnung
	Anwendung des Einkommensteuertarif (Grund- oder Splittingtabelle)
=	**Tarifliche Einkommensteuer**
+	Jahressteuer nach Sonderberechnung
–	Steuerermäßigungen (z. B. für haushaltsnahe Dienstleistungen)
+	Hinzurechnungen (z. B. Kindergeld, falls Ansatz der Kinderfreibeträge)
=	**Festzusetzende Jahressteuer**
–	geleistete Vorauszahlungen auf Basis Vorauszahlungsbescheid
–	anzurechnende Kapitalertragsteuer (falls Abgeltungssteuer günstiger)
–	anzurechnende Lohnsteuer (bei Einkünften aus nichtselbstständiger Arbeit)
=	**Einkommensteuernachzahlung oder -erstattung**

2.2.2 Körperschaftsteuer

Die Körperschaftsteuer (KSt) ist die Steuer auf das Einkommen von inländischen juristischen Personen.

Von der Systematik der Steuereinteilung her ist sie

- eine **direkte Steuer**, da der Steuerschuldner die Steuerbelastung selbst trägt;
- eine **Ertragsteuer**, da sich die Höhe der Steuer nach dem Gewinn richtet;
- eine **Personensteuer**, da eine – juristische – Person und kein Gegenstand besteuert wird.

Die Körperschaftsteuer machte 2010 2,3 % des gesamten Steueraufkommens in Deutschland aus und liegt damit noch hinter dem Aufkommen aus Mineralölsteuer und Tabaksteuer.
Die wesentlichen Fakten zur Körperschaftsteuer:

Rechtsgrundlagen	Rechtsgrundlagen für die Körperschaftsteuer sind ▪ das Körperschaftsteuergesetz (KStG), ▪ die Körperschaftsteuer-Durchführungsverordnung (KStDVO), ▪ die Körperschaftsteuer-Richtlinien (KStR), ▪ wesentliche Regeln aus dem Einkommensteuerrecht. Das KStG baut im Wesentlichen auf den Regeln des EStG auf.
Verteilung	Die Körperschaftsteuer ist eine **Gemeinschaftssteuer**, da die Einnahmen sowohl dem Bund als auch den Ländern je zur Hälfte zustehen.

Steuerpflicht § 1 f. KStG	**unbeschränkte Steuerpflicht**	Unbeschränkt körperschaftsteuerpflichtig sind die folgenden Körperschaften, Personenvereinigungen und Vermögensmassen, die ihre Geschäftsleitung oder ihren Sitz im Inland haben: ▪ Kapitalgesellschaften, insbesondere AG, KGaA, GmbH ▪ Genossenschaften ▪ Versicherungs- und Pensionsfondsvereine auf Gegenseitigkeit ▪ sonstige juristische Personen des privaten Rechts ▪ nicht rechtsfähige Vereine, Anstalten, Stiftungen und andere Zweckvermögen des privaten Rechts ▪ Betriebe gewerblicher Art von juristischen Personen des öffentlichen Rechts Die unbeschränkte Körperschaftsteuerpflicht erstreckt sich auf sämtliche Einkünfte (Welteinkommen). ***Beispiel:*** *Eine AG, die ihren Sitz in Deutschland hat, ist sowohl mit ihrem inländischen als auch mit den im europäischen oder außereuropäischen Ausland erzielten Einkommen steuerpflichtig.*
	beschränkte Steuerpflicht	Ist weder der Sitz der Gesellschaft noch der Geschäftsleitung im Inland gelegen, sind die betreffenden Gesellschaften mit ihren inländischen Einkünften beschränkt steuerpflichtig.
Beginn und Ende der Steuerpflicht	Grundsätzlich beginnt die zivilrechtliche Existenz der juristischen Person erst mit der Eintragung in das Handelsregister. Die Steuerpflicht beginnt dagegen schon mit der Entstehung der Vorgesellschaft, das ist der Zeitpunkt der notariellen Beurkundung der Satzung bzw. des Gesellschaftvertrags. Die Steuerpflicht endet mit der rechtsgültigen Beendigung der Liquidation der Gesellschaft.	
steuerfreie Einnahmen § 5 KStG	Die Aufzählung der von der KSt-Pflicht befreiten Gesellschaften ist sehr umfangreich. Dazu gehören vor allem Unternehmen des Bundes, die politischen Parteien sowie die gemeinnützigen, mildtätigen oder kirchlichen Zwecken dienenden Körperschaften, wenn kein wirtschaftlicher Geschäftsbetrieb unterhalten wird.	
Erklärungspflicht, Erhebung und Veranlagung § 31 KStG	Soweit das KStG nichts anderes bestimmt, sind auf die Durchführung der Besteuerung, die Erklärung, die Veranlagung, Entrichtung und Vergütung die Vorschriften des Einkommensteuergesetzes entsprechend anzuwenden.	
Steuergegenstand § 7 KStG	Die Körperschaftsteuer bemisst sich nach dem zu versteuernden Einkommen. Zu versteuerndes Einkommen ist das Einkommen im Sinne des § 8 Abs. 1, vermindert um die Freibeträge der §§ 24 und 25.	

Veranlagungs-zeitraum	Die Körperschaftsteuer ist eine Jahressteuer. Der Veranlagungszeitraum ist grundsätzlich das Kalenderjahr. Hat eine Gesellschaft ein vom Kalenderjahr abweichendes Wirtschaftsjahr, so wird für das abgelaufene Kalenderjahr das Einkommen zugrundegelegt, das der Gesellschaft mit Abschluss des in diesem Jahr abgeschlossenen Wirtschaftsjahres zugeflossen ist.
Bemessungs-grundlage § 8 KStG	Die Körperschaftsteuer bemisst sich nach dem zu versteuernden Einkommen auf Basis des Gewinns der Steuerbilanz. Diese erfolgt grundsätzlich nach den Vorschriften des EStG, sofern keine besonderen Regeln des KStG vorgehen. Ein Ermittlungsschema nach R 29 der KStR 2004 ist unten dargestellt.
Steuertarif § 23 KStG	Der Steuersatz beträgt 15 % des zu versteuernden Einkommens. Zusätzlich werden 5,5 % Solidaritätszuschlag erhoben. Diese Prozentsätze werden unabhängig von der Höhe des Einkommens erhoben. Eine Steuerprogression wie bei der Einkommensteuer ist nicht vorgesehen.

Ermittlung des zu versteuernden Einkommens (Rechenschema auf Basis der KSt-Richtlinie 2004)

Jahresüberschuss laut Handelsbilanz	§ 275 HGB
+/– Korrekturen aufgrund von abweichenden Bewertungsvorschriften	EStG
= Jahresüberschuss laut Steuerbilanz	
+ verdeckte Gewinnausschüttungen	§ 8 (3) KStG
– verdeckte Einlagen	R 40 KStR
+ nichtabziehbare Aufwendungen (z. B. Gewerbesteuer, KSt, Sol.-Beitrag)	§ 10 KStG
+ Gesamtbetrag der Zuwendungen (Spenden)	§ 9 (1) Nr. 2 KStG
+/– Kürzungen/Hinzurechnungen bei Beteiligungen an anderen Kapital- Ges.	
– steuerfreie Einnahmen (z. B. Investitionszulagen)	
– Investitionsabzugsbeträge	
= Einkommen für die Berechnung des Spendenabzugs	§ 9 (2)
– abzugsfähige Zuwendungen (Spenden)	§ 9 (1) Nr. 2 KStG
= Gesamtbetrag der Einkünfte	i. S. d. § 10d EStG
– Verlustabzug	§ 10d EStG
= Einkommen	
– Freibeträge für bestimmte Körperschaften	§§ 24 f. KStG
= **zu versteuerndes Einkommen als Basis für die Anwendung des Tarifs**	

2.2.3 Gewerbesteuer

Die Gewerbesteuer (GewSt) ist eine Steuer, die auf den Gewerbeertrag aller inländischen Gewerbebetriebe erhoben wird.

Von der Systematik der Steuereinteilung her ist sie
- eine **direkte Steuer**, da der Steuerschuldner die Steuerbelastung selbst trägt;
- eine **Ertragsteuer**, da sich die Höhe der Steuer nach dem Gewinn richtet;
- eine **Real- oder Sachsteuer**, da der Gewerbebetrieb besteuert wird.

Im Jahr 2011 betrug das Gewerbesteueraufkommen in Deutschland insgesamt 38 Mrd. EUR und machte damit 6,6 % des gesamten Steueraufkommens aus. Für die Gemeinden stellt die Gewerbesteuer neben der Grundsteuer eine wesentliche Einnahmequelle dar, die aufgrund des Hebesatzes für die Gemeinden beeinflussbar ist. Der Anteil der Gewerbesteuer an den Gemeindehaushalten schwankt zwischen 5 % und 20 %.

Die wesentlichen Fakten zur Gewerbesteuer:

Rechtsgrundlagen	Rechtsgrundlagen sind ▪ das Gewerbesteuergesetz (GewStG), ▪ die Gewerbesteuer-Durchführungsverordnung (GewStDV), ▪ die Gewerbesteuerrichtlinien (GewStR) als allgemeine Verwaltungsvorschrift.
Verteilung **§ 1 GewStG**	Die Gemeinden erheben eine Gewerbesteuer als Gemeindesteuer. Insofern fließt diese zunächst in voller Höhe den Gemeinden zu. Allerdings sind die Gemeinden verpflichtet, im Rahmen der Gewerbesteuerumlage einen Teil davon an den Bund und die Länder abzuführen. Die Höhe der Abführung ist in § 6 des Gesetzes zur Neuordnung der Gemeindefinanzen geregelt.
Steuerpflicht **Steuergegenstand** **§ 2 GewStG** **§ 15 (2) EStG**	Der Gewerbesteuer unterliegt jeder bestehende Gewerbebetrieb, soweit er im Inland betrieben wird. Was ein Gewerbebetrieb ist, definiert das EStG. Danach ist ein Gewerbebetrieb ▪ eine selbstständige ▪ nachhaltige Betätigung, ▪ die mit der Absicht, Gewinn zu erzielen, unternommen wird und ▪ sich als Beteiligung am allgemeinen wirtschaftlichen Verkehr darstellt ▪ und weder als Ausübung von Land- und Forstwirtschaft ▪ noch als Ausübung eines freien Berufs ▪ noch als eine andere selbstständige Arbeit anzusehen ist.
Steuerschuldner	Steuerschuldner der Gewerbesteuer ist der Unternehmer. Als Unternehmer gilt der, für dessen Rechnung das Gewerbe betrieben wird. Ist die Tätigkeit einer Personengesellschaft ein Gewerbebetrieb, so ist Steuerschuldner die Gesellschaft. Dabei ist unwesentlich, wem das Unternehmen gehört, wem die Erträge des Unternehmens zufließen oder wie die persönlichen Verhältnisse des Inhabers sind. Die Gewerbesteuer besteuert nicht die Leistungsfähigkeit einer Person, sondern den Gewerbebetrieb als solchen.
Beginn und Ende der Steuerpflicht	Die Gewerbesteuerpflicht beginnt in dem Moment, indem die Voraussetzungen für den Gewerbebetrieb vorliegen (siehe oben). Bei juristischen Personen wird dieser Zeitpunkt mit der Eintragung in das HR und damit der faktischen Entstehung des Unternehmens angenommen. Die Steuerpflicht endet, wenn der Gewerbebetrieb tatsächlich eingestellt wird. Bei juristischen Personen wird das mit der rechtsgültigen Beendigung der Liquidation der Fall sein.
Erhebungszeitraum	Erhebungszeitraum ist das Kalenderjahr.

Bemessungsgrundlage § 7 GewStG	Ausgangsbasis für die Bemessung der Gewerbesteuer ist der Gewerbeertrag. Das ist der nach dem EStG oder KStG zu bestimmende Gewinn oder Verlust, der im Regelfall übernommen wird und der um bestimmte Hinzurechnungen oder Kürzungen korrigiert wird: **Gewinn aus Gewerbebetrieb** gem. EStG bzw. KStG + Hinzurechnungen – Kürzungen = maßgebender Gewerbeertrag (vor Verlustabzug) – Gewerbeverlust aus Vorjahren = **Gewerbeertrag** (abzurunden auf volle 100 EUR)
Hinzurechnungen § 8 GewStG	Zinsen und andere Entgelte für Schulden + Rentenzahlungen und dauernde Lasten + Gewinnanteile stiller Gesellschafter + 20 % der Mieten, Pachten und Leasingraten für bewegliche Anlagegüter + 50 % der Mieten, Pachten und Leasingraten für unbewegliche Anlagegüter + 25 % der Entgelte für Rechteüberlassungen (Konzessionen und Lizenzen) = Gesamtbetrag der Finanzierungsentgelte – Freibetrag von 100.000 EUR = Zwischensaldo × 25 % = **Gesamtbetrag der Hinzurechnungen**
Kürzungen § 9 GewStG	1,2 % des Einheitswerts des zum Betriebsvermögen gehörenden Grundbesitzes + Gewinnanteile aus einer ausländischen oder inländischen Mitunternehmerschaft + Dividenden einer inländischen Kapitalgesellschaft, soweit zu mindestens 15 % beteiligt + Gewerbeertrag einer ausländischen Betriebsstätte im Sinne des § 12 AO + Zuwendungen zur Förderung steuerbegünstigter Zwecke innerhalb der Höchstbeträge + Dividenden einer ausländischen Kapitalgesellschaft, soweit zu mindestens 15 % beteiligt + bestimmte Dividenden einer ausländischen Kapitalgesellschaft = **Gesamtbetrag der Kürzungen**
Festsetzung des Messbetrages § 11 GewStG	Der Gewerbesteuermessbetrag wird auf der Basis des Gewerbeertrags des Unternehmens ermittelt. Dieser wird vom Finanzamt durch Bekanntgabe eines Gewerbesteuermessbescheids als Grundlage für die tatsächliche Berechnung der Gewerbesteuerschuld durch die Gemeinde festgestellt: **Gewerbeertrag** (abgerundet auf volle 100 EUR) – Abzug eines Freibetrags 24.500,00 EUR für Personenunternehmen (Einzelunternehmer/Personengesellschaften) 5.000,00 EUR für Vereine und juristischen Personen des öffentlichen Rechts 0,00 EUR für Kapitalgesellschaften (kein Freibetrag) = **gekürzter Gewerbeertrag** Multiplikation des gekürzten Gewerbeertrags mit der Steuermesszahl von 3,5 % = **Gewerbesteuermessbetrag**

	Beispiel: *Für eine OHG wurde ein Gewerbeertrag in Höhe von 80.500,00 EUR festgestellt. Der Gewerbesteuermessbetrag errechnet sich wie folgt:* *Gewerbeertrag 80.500,00 EUR* *– Freibetrag 24.500,00 EUR* *= Gewerbeertrag 56.000,00 EUR* *56.000,00 EUR · 3,5 % Steuermesszahl* *= **Gewerbesteuermessbetrag 1.960,00 EUR***
Hebesatz (§ 16 GewStG)	Der Hebesatz ist ein Prozentsatz, mit dem die Gewerbesteuer aufgrund des Steuermessbetrags festgesetzt und erhoben wird. Der Hebesatz wird von der hebeberechtigten Gemeinde bestimmt. Er kann für ein Kalenderjahr oder mehrere Kalenderjahre festgelegt werden. Der Hebesatz muss für alle in der Gemeinde vorhandenen Unternehmen der gleiche sein. Er beträgt mindestens 200 %. Damit soll verhindert werden, dass Gemeinden mit niedrigen Hebesätzen untereinander in einen Wettbewerb um Gewerbeansiedlungen treten. Erfahrungsgemäß sind die Hebesätze in Großstädten höher als in ländlichen Gebieten.
Zerlegung der Gewerbesteuer (§§ 28 ff. GewStG)	Sofern ein Unternehmen Betriebsstätten in mehreren Gemeinden hat oder die Betriebsstätte sich über mehrere Gemeinden erstreckt, muss der Steuermessbetrag auf die betreffenden Gemeinden zerlegt werden. Als Zerlegungsmaßstab dienen die in den einzelnen Gemeinden anfallenden Arbeitslöhne. Über die Zerlegung erteilt das zuständige Finanzamt einen Zerlegungsbescheid.
Ermittlung der Gewerbesteuerschuld	Die Erhebung der Gewerbesteuer erfolgt zumeist durch die zuständigen Gemeinden. Ausnahmen davon bestehen in den Stadtstaaten (Hamburg, Berlin, Bremen), wo die Finanzämter für die Kommunen tätig werden. Auf der Basis des Steuerbescheids über den Steuermessbetrag erteilt die Gemeinde einen Gewerbesteuerbescheid. Die Höhe der Gewerbesteuer wird wie folgt berechnet: Gewerbesteuermessbetrag · Hebesatz = **Gewerbesteuerschuld** ***Beispiel:*** *(Fortführung des Beispiels von oben)* *Hebesatz der Gemeinde: 350 %* *Gewerbesteuermessbetrag 1.960,00 EUR · Hebesatz 350 %* *= **Gewerbesteuerschuld 6.860,00 EUR***

Hebesatz von … bis … Prozent	Anzahl der Gemeinden mit diesem Hebesatz
200–299	525
300–399	10.164
400–499	749
500–599	1
600–699	1
700–799	–
800–899	–
900–999	1
über 1.000	–

Städte und Gemeinden in Deutschland 2010 nach der Höhe der Hebesätze
Quelle: Statistisches Bundesamt

2.2.4 Kapitalertragsteuer (Abgeltungssteuer)

Die Kapitalertragsteuer ist eine besondere Erhebungsform der Einkommensteuer, mit der bestimmte Einkünfte aus Kapitalvermögen besteuert werden.

Die Kaptalertragsteuer wird auch als Abgeltungssteuer oder Quellensteuer bezeichnet, weil sie zu dem Zeitpunkt entsteht und abgegolten wird, in dem die Kapitalerträge dem Gläubiger zufließen, also demjenigen, dem die Erträge zustehen, d. h. dem Sparer oder Anleger. Es existiert kein eigenes Körperschaftsteuergesetz; ihre rechtliche Verankerung findet die Kapitalertragsteuer im Einkommensteuergesetz.

Von der Systematik der Steuereinteilung her ist die Kapitalertragsteuer

- eine **direkte Steuer**, da der Steuerschuldner die Steuerbelastung selbst trägt;
- eine **Ertragsteuer**, da sich die Höhe der Steuer nach dem Gewinn bzw. den Einnahmen richtet;
- eine **Personensteuer**, da eine Person und kein Gegenstand besteuert wird.

Die wesentlichen Fakten:

Rechtsgrundlagen	Ein eigenes Gesetz besteht nicht. Da die Kapitalertragsteuer nur eine besondere Erhebungsform der Einkommensteuer ist (für Einkünfte aus Kapitalvermögen) finden sich die Rechtsvorschriften im Einkommensteuergesetz, §§ 43 bis 45e.
persönliche Steuerpflicht	Steuerpflichtig sind alle natürlichen Personen, die Einkünfte aus Kapitalvermögen haben. Für Kapitalerträge, die im Rahmen einer unternehmerischen Tätigkeit erzielt werden, hat die einbehaltene Steuer keine Abgeltungswirkung.

<table>
<tr>
<td rowspan="2">sachliche Steuerpflicht § 20 (1) EStG</td>
<td>steuerpflichtige laufende Erträge</td>
<td>Der Abgeltungsteuer unterliegen grundsätzlich alle Erträge aus der Überlassung von Kapital: Dazu zählen insbesondere Zinsen, Dividenden, Erträge aus Aktien- und Immobilienfonds und aus Zertifikaten. Die Steuerpflicht besteht unabhängig von der zivilrechtlichen Ausgestaltung der Kapitalanlage.</td>
</tr>
<tr>
<td>Steuerpflichtige Veräußerungsgeschäfte</td>
<td>Gewinne aus Veräußerungsgeschäften ergeben sich dadurch, dass die Kurse der betreffenden Papiere zwischen Kauf und Verkauf steigen. Folgende Veräußerungsgeschäfte sind u. a. steuerpflichtig:
<ul>
<li>die Veräußerung von Anteilen an Körperschaften; das sind Aktien oder Geschäftsanteile sowie die Veräußerung eines Anteils an einer Stillen Gesellschaft oder eines partiarischen Darlehens;</li>
<li>die Veräußerung von Dividenden- oder Zinsscheinen ohne das Stammrecht</li>
<li>die Gewinne aus Devisen- oder Warentermingeschäften</li>
<li>die Übertragung von Rechten aus Hypotheken, Grundschulden und Renten</li>
<li>die Veräußerung einer Kapitallebensversicherung</li>
</ul>
Neben der Veräußerung ist ebenfalls die Einlösung der jeweiligen Kapitalforderung (bei Endfälligkeit) steuerpflichtig.

Beispiel: Ein Kapitalanleger hat eine Obligation zum Kaufkurs von 95 % erworben. Bei Endfälligkeit zahlt ihm das herausgebende Unternehmen den Nominalbetrag von 100 % zurück. Die Differenz zwischen dem Unter-Pari-Kurs und dem Nominalwert ist steuerpflichtig, weil sie einen Kursgewinn darstellt.</td>
</tr>
<tr>
<td>Ausnahmen von der Steuerpflicht</td>
<td colspan="2">Aufgrund bestimmter Sondersituationen gibt es eine Reihe von Ausnahmen zur sachlichen Steuerpflicht. Dies gilt insbesondere
<ul>
<li>in den Fällen, wo ein Abzug von Darlehenszinsen mit dem progressiven Steuersatz und im Gegenzug ein Ansatz der Einnahmen lediglich mit 25 % angestrebt wird; in diesen Fällen werden die Erträge mit dem persönlichen Steuersatz besteuert;</li>
<li>bei Gewinnen durch Veräußerung von Anteilen an Kapitalgesellschaften, wenn der Veräußerer innerhalb der letzten fünf Jahre zu mindestens 1 % am Gesellschaftskapital beteiligt war; diese Erträge zählen zu Einkünften aus Gewerbebetrieb;</li>
<li>bei Kapitalerträgen, die im Rahmen einer gewerblichen Betätigung anfallen;</li>
<li>auf Antrag für Kapitalerträge aus Beteiligung an einer Kapitalgesellschaft, wenn die Beteiligung mindestens 25 % beträgt; bei beruflicher Tätigkeit für die Kapitalgesellschaft reicht 1 %.</li>
</ul>
Diese Ausnahmen werden nicht mit pauschal 25 % besteuert, auch der Sparerpauschbetrag kommt nicht zur Anwendung.</td>
</tr>
</table>

Durchführung der Besteuerung	Jedes im Inland tätige Finanzinstitut ist verpflichtet, den Steuerabzug vorzunehmen und die Steuer an die Finanzverwaltung abzuführen.
Steuersatz § 43 (1) EStG	Der Abgeltungssteuersatz beträgt 25 %. Dazu kommt noch der Solidaritätszuschlag von 5,5 % der Abgeltungssteuer. Das ergibt eine Gesamtbelastung mit Abgeltungsteuer in Höhe von 26,375 % ohne Kirchensteuer. Hinzu kommt ggf. die Kirchensteuer von 8 % oder 9 % der Abgeltungsteuer. Diese reduziert sich jedoch um 25 % der auf die Kapitalerträge entfallenden Kirchensteuer.
Sparerpauschbetrag	Mit der Einführung der Abgeltungssteuer wurde der Werbungskostenabzug bei Kapitaleinkünften abgeschafft. Es gibt weder einen Werbungkostenpauschbetrag, noch kann der Steuerpflichtige tatsächliche Werbungskosten geltend machen. Dafür wird jedem Steuerpflichtigen ein Sparerpauschbetrag in Höhe von 801,00 EUR gewährt. Alle Einnahmen, die unter diese Grenze fallen, werden nicht versteuert. Um die Steuerbefreiung im Vorhinein zu veranlassen, kann der Steuerpflichtige in Höhe dieses Betrags ganz oder in Teilen seiner Bank einen Freistellungsauftrag erteilen. Die Bank, der ein solcher Freistellungsauftrag vorliegt, wird dann in der darin genannten Höhe die Erträge nicht besteuern.
Wirkung der Abgeltung	Wie der Name schon sagt, ist mit der Anwendung der Abgeltungssteuer die Steuerschuld von 25 % beglichen. Solche Kapitalerträge müssen nicht mehr in der Einkommensteuererklärung angegeben werden. Dies ist besonders günstig für Steuerpflichtige mit einem hohen Einkommen, die im Normalfall einen persönlichen Steuersatz von mehr als 25 % zahlen. Andererseits kann es für einen Steuerpflichtigen sinnvoll sein, die gesamten Kapitalerträge in die Einkommensteuerveranlagung einzubeziehen. Dies gilt vor allem für einen Geringverdiener, dessen Grenzsteuersatz für die anderen Einkünfte unter 25 % liegt. Denn mit der Wahl der Besteuerung zum individuellen Steuersatz wird vermieden, dass die Einkünfte aus Kapitalvermögen bei Steuerpflichtigen mit niedrigem Einkommen höher als ihre sonstigen Einkünfte besteuert werden.
Verluste und ihre Behandlung	Zunächst werden alle positiven und negativen Einkünfte auf Ebene der kontoführenden Bank verrechnet. Dabei gilt, dass Kursverluste aus Aktienverkäufen grundsätzlich nur mit Kursgewinnen aus Aktienverkäufen verrechnet werden können. Ein verbleibender Verlust wird von der kontoführenden Bank auf das nächste Jahr vorgetragen. Auf Antrag des Anleger (bis zum 15.12. des Jahres) wird der Verlust von der Bank bescheinigt und kann dann mit Kapitaleinkünften des laufenden Jahres bei anderen Banken verrechnet werden.
Steuerbescheinigung § 32d EStG	Die auszahlende Stelle (= Schuldner der Kapitalerträge) hat dem steuerpflichtigen Anleger (= Gläubiger der Kapitalerträge) auf Verlangen eine Steuerbescheinigung nach amtlich vorgeschriebenem Muster auszustellen. Diese Bescheinigung wird jedoch von den meisten Banken auch ohne Aufforderung erstellt.

2.2.5 Umsatzsteuer

Die Umsatzsteuer (USt) ist eine Steuer, die auf Lieferungen und Leistungen erhoben wird, die ein Unternehmer im Inland gegen Entgelt erbringt, sowie auf seinen Eigenverbrauch und auf die Einfuhr von Gegenständen in das Zollgebiet der Bundesrepublik Deutschland.

Im Prinzip ist die Umsatzsteuer eine „Mehrwertsteuer“, da sie auf jeder Wirtschaftsstufe immer nur den Unterschied zwischen dem Erlös für eine Lieferung oder Leistung und den durch andere Unternehmer bewirkten Vorleistungen besteuert. Von der Erhebung her ist die Umsatzsteuer daher ein „Allphasen-Nettosystem mit Vorsteuerabzug“.

Von der Einordnung in die Steuersystematik her ist die Umsatzsteuer

- eine **Gemeinschaftssteuer**, weil sie zwischen Bund und Ländern aufgeteilt wird;
- eine **Verkehrssteuer**, weil sie auf die Teilnahme am Rechts- und Wirtschaftsverkehr erhoben wird;
- eine **indirekte Steuer**, weil Steuerschuldner und Steuerträger nicht identisch sind und die Steuer letztlich auf den Endverbraucher abgewälzt wird.

Das Grundprinzip ergibt sich aus der folgenden Darstellung: (angewandter Umsatzsteuersatz: 19 %)

Sachverhalt	Rechnung	Zahllastermittlung	Finanzamt / Staat
Sägewerk produziert Holz und liefert dies an einen Möbelhersteller für netto 200,00 EUR	200,00 + 38,00 = 238,00	USt = 38,00 – VSt = 0,00 = **38,00**	38,00
Möbelhersteller baut einen Tisch und liefert diesen an einen Einzelhändler für netto 600,00 EUR	600,00 + 114,00 = 714,00	USt = 114,00 – VSt = 38,00 = **76,00**	76,00
Einzelhändler liefert den Tisch an einen privaten Käufer für netto 700,00 EUR	700,00 + 133,00 = 833,00	USt = 133,00 – VSt = 114,00 = **19,00**	19,00
Konsument kauft Tisch zum Bruttopreis von 833,00 EUR. Darin enthaltene USt = 133,00 EUR	Der Konsument zahlt die im Bruttopreis enthaltene gesamte USt. Da er keine Möglichkeit des Vorsteuerabzugs hat, zahlt und trägt er letztlich die gesamte Umsatzsteuer von 133,00 EUR.		Summe: 133,00

Die wesentlichen Fakten:

Rechtsgrundlagen	Die wesentlichen Vorschriften zu Umsatzsteuer finden sich ▪ im Umsatzsteuergesetz (UStG), ▪ in der Umsatzsteuer-Durchführungsverordnung (UStDV), ▪ in verschiedenen Umsatzsteuer-Richtlinien der EU.

Steuerbare Umsätze § 1 UStG	Der Umsatzsteuer unterliegen die folgenden Umsätze: ▪ Lieferungen und sonstige Leistungen, die ein Unternehmer im Inland gegen Entgelt im Rahmen seines Unternehmens ausführt; ▪ die Einfuhr von Gegenständen im Inland (Einfuhrumsatzsteuer) ▪ der innergemeinschaftliche Erwerb im Inland gegen Entgelt Nicht besteuerbar sind demnach z. B. ▪ Verkäufe zwischen Privatpersonen, da sie keine Unternehmer sind; ▪ Leistungen, die unentgeltlich erbracht werden, z. B. die unentgeltliche Leistung eines Handwerkers im Kindergarten für einen guten Zweck; ▪ Verkauf unter Gesellschaften innerhalb einer umsatzsteuerlichen Organschaft; ▪ Leistungen des Unternehmens für den eigenen Bedarf (Eigenleistungen).
Unternehmer § 2 UStG	Unternehmer ist, wer eine gewerbliche oder berufliche Tätigkeit selbstständig ausübt. Gewerblich oder beruflich ist jede nachhaltige Tätigkeit zur Erzielung von Einnahmen. Eine Gewinnerzielungsabsicht ist nicht erforderlich. Das bedeutet, dass auch gemeinnützige Unternehmen grundsätzlich umsatzsteuerpflichtig sind.
Steuerbefreiungen § 4 UStG	Obwohl grundsätzlich steuerbar, sind eine Reihe von Lieferungen und Leistungen ausdrücklich von der Steuer befreit. Einige wichtige Steuerbefreiungen sind ▪ die innergemeinschaftlichen Lieferungen in andere EU-Länder an andere Unternehmer mit Identifikationsnummer; ▪ Lieferungen in andere Länder außerhalb der EU (Ausfuhren); ▪ Umsätze im Gesundheitsbereich, z. B. die Leistungen der Ärzte, Physiotherapeuten, Heilpraktiker und Krankenhäuser; ▪ Brief- und Paketporti im Privatkundensektor; ▪ zahlreiche Bankdienstleistungen für Privatpersonen; ▪ Wohnungs- und Grundstücksmieten; ▪ Umsätze, die auf der Basis anderer Gesetze bereits versteuert werden, z. B. durch das Grunderwerbsteuergesetz oder das Versicherungssteuergesetz.
Bemessungsgrundlage § 10 UStG	Der Umsatz wird bei Lieferungen und sonstigen Leistungen und bei dem innergemeinschaftlichen Erwerb nach dem Entgelt bemessen. Ausnahmen hiervon gelten für folgende Sachverhalte: ▪ Die Leistung erfolgt zu einem wesentlich günstigeren Preis als dem Marktpreis an einen Gesellschafter oder Mitarbeiter. Die Umsatzsteuer hierfür muss dann vom Marktwert (Wiederbeschaffungswert) berechnet werden. ▪ Gleiches gilt für die unentgeltliche Warenentnahme für den Privatverbrauch. ▪ Für die private Nutzung betrieblicher Gegenstände sind die anteilig entstandenen Kosten zu ermitteln. ▪ Gleiches gilt für den Einsatz von Personal aus dem eigenen Betrieb für den privaten Bedarf. Hier werden die Lohnkosten als Entgelt angesetzt. ▪ Bei Tauschgeschäften ist der Wert des erhaltenen Gegenstands anzusetzen.
Entstehung der Steuerschuld § 13 UStG	Die Umsatzsteuerschuld entsteht ▪ bei der Berechnung der Steuer nach **vereinbarten Entgelten** (Soll-Versteuerung) mit Ablauf des Voranmeldungszeitraums, in dem die Leistungen ausgeführt worden sind, es sei denn, das Entgelt ist vor Leistungsausführung vereinnahmt worden; ▪ bei der Berechnung der Steuer nach **vereinnahmten Entgelten** (Ist-Versteuerung) mit Ablauf des Voranmeldungszeitraums, in dem die Entgelte vereinnahmt worden sind.

Steuersätze § 12 UStG	Der **Regelsteuersatz** beträgt für jeden steuerpflichtigen Umsatz 19 % der Bemessungsgrundlage. Der **ermäßigte Steuersatz** beträgt 7 % und entfällt auf eine Reihe vom im Gesetz erschöpfend aufgeführten Sachverhalten. Dazu zählen insbesondere ▪ die Lieferung von Lebensmitteln, Milch und Milchmischgetränken, ▪ die Lieferung von Büchern, Zeitungen und Zeitschriften, ▪ die Leistungen des öffentlichen Personennahverkehrs, ▪ die Einräumung, Übertragung und Wahrnehmung von Rechten, die sich aus dem Urheberrechtsgesetz ergeben, ▪ die Leistungen aus der Tätigkeit als Zahntechniker sowie bestimmte Leistungen der Zahnärzte, ▪ die Eintritte für Theater, Konzerte und Museen, ▪ die Überlassung von Filmen zur Auswertung und Vorführung, ▪ die Zirkusvorführungen und die Leistungen aus der Tätigkeit als Schausteller, ▪ die Beherbergungsleistungen im Hotel- und Gaststättengewerbe.
Vorsteuer-abzug §§ 14 f. UStG	Der Unternehmer hat das Recht, die ihm von anderen Unternehmern in Rechnung gestellte Umsatzsteuer (= Vorsteuer) mit der von ihm berechneten bzw. vereinnahmten Umsatzsteuer zu verrechnen. Das bedeutet, dass er die Summe der ihm in Rechnung gestellten bzw. entrichteten Umsatzsteuer, Einfuhrumsatzsteuer und Erwerbssteuer dem Finanzamt gegenüber als Forderung ausweist und seine eigene Umsatzsteuerschuld um diesen Betrag kürzt. Die Differenz zwischen beiden Beträgen ist im Normalfall die Zahllast, die der Unternehmer an das Finanzamt überweisen muss. Ist die Vorsteuer höher als die vereinnahmte Umsatzsteuer, erstattet das Finanzamt den übersteigenden Betrag. Durch den Vorsteuerabzug wird sichergestellt, dass die Umsatzsteuer wirtschaftlich nur vom Endverbraucher getragen wird sowie von den Unternehmen, die nicht zum Vorsteuerabzug berechtigt sind. Es soll – wie oben bereits gezeigt – nur der Mehrwert auf jeder einzelnen Wirtschaftsstufe besteuert werden. Stehen die Lieferungen und sonstigen Vorleistungen im Zusammenhang mit steuerfreien Umsätzen, ist ein Vorsteuerabzug ausgeschlossen. Die Voraussetzungen für den Vorsteuerabzug sind der Empfang der Leistung für das Unternehmen sowie der Besitz einer ordnungsgemäßen Rechnung, ausgestellt durch den leistenden Unternehmer, oder eines vergleichbaren Dokuments. Als Vereinfachung ist zugelassen, in Rechnungen bis zu 150,00 EUR nur den Steuersatz anzugeben. Der Unternehmer kann dann den Vorsteuerbetrag selbst errechnen.
Ertmittlung der Zahllast § 18 UStG	Eingenommene oder berechnete Umsatzsteuer auf Lieferungen/Leistungen – gezahlte Umsatzsteuer für Lieferungen/Leistungen (= Vorsteuer) = **Umsatzsteuerschuld** (= Zahllast) oder **Vorsteuerüberhang**
Umsatzsteuer-voranmeldung § 18 UStG	Der Unternehmer erstellt für das Finanzamt eine Umsatzsteuervoranmeldung, in der die Zahllast für den Voranmeldungszeitraum berechnet wird. Diese muss als Vorauszahlung bis zum 10. des Folgemonats an das Finanzamt überwiesen werden. ▪ Die Voranmeldung muss grundsätzlich vierteljährlich erfolgen. ▪ Sie muss monatlich abgeben werden, wenn die USt für das vorangegangene Kalenderjahr mehr als 7.500 EUR betragen hat. ▪ Im Jahr der Unternehmensgründung und dem darauf folgenden Jahr müssen die USt-Voranmeldungen immer monatlich abgeben werden

Umsatzsteuer-erklärung §§ 18, 20 UStG	Nach Ablauf des Kalenderjahres wird vom Unternehmer eine Umsatzsteuererklärung erstellt und ein ggf. sich ergebender Differenzbetrag nachüberwiesen oder zurückgefordert. Das Finanzamt kann nach § 20 UStG auf Antrag gestatten, dass ein Unternehmer die Steuer nicht nach den **vereinbarten Entgelten** (Soll-Versteuerung), sondern nach den **vereinnahmten Entgelten** berechnet (Ist-Versteuerung). Dies gilt für Unternehmer, ▪ deren Gesamtumsatz im abgelaufenen Kalenderjahr nicht mehr als 500.000,00 EUR betragen hat, ▪ der von der Buchführungspflicht nach der AO auf Zeit befreit ist, ▪ soweit er Umsätze aus einer Tätigkeit als Angehöriger eines freien Berufs ausführt. Die Ist-Versteuerung bedeutet einen Liquiditätsvorteil, da der Unternehmer die berechnete Umsatzsteuer erst dann an das Finanzamt abführen muss, wenn das Entgelt tatsächlich bei ihm eingegangen ist, wenn er es also vereinnahmt hat.
Kleinunter-nehmer § 19 UStG	Die Umsatzsteuer wird nicht erhoben, wenn der Umsatz eines Unternehmens zuzüglich der darauf entfallenden Umsatzsteuer im vorangegangenen Kalenderjahr 17.500,00 EUR nicht überstiegen hat und im laufenden Kalenderjahr 50.000,00 EUR voraussichtlich nicht übersteigen wird. Der Unternehmer kann durch Erklärung gegenüber dem Finanzamt mit Bindung für fünf Jahre auf die Anwendung der Kleinunternehmerregelung verzichten (Optionsrecht).

2.2.6 Grundsteuer

Die Grundsteuer ist eine Steuer auf das Eigentum an Grundstücken und deren Bebauung.

Das Grundsteueraufkommen betrug im Jahr 2010 11,4 Mrd. EUR und damit ca. 2 % des gesamten Steueraufkommens in Deutschland. Die Grundsteuer ist als Realsteuer für die Finanzplanung eine relativ konstante Größe, da sich die Einheitswerte nicht oder nur wenig verändern. Ferner sind die Steuerausfälle aufgrund der persönlichen und dinglichen Haftung für die Zahlung der Steuer verschwindend gering.

Von der Steuersystematik her ist die Grundsteuer eine

- **Realsteuer** (auch Objektsteuer), weil im Mittelpunkt der Besteuerung der Grundbesitz steht;
- **Gemeindesteuer**, weil die Steuer den Gemeinden zufließt;
- eine **direkte Steuer**, weil Steuerschuldner und Steuerträger identisch sind.

Zurzeit berät eine Arbeitsgruppe der Länder-Finanzminister über eine Reform der Grundsteuer. Diskutiert werden drei verschiedene Modelle:

- Die Süd-Länder haben vorgeschlagen, nur nach der Fläche des Grundstücks zu besteuern. Lage und Ausstattung von Gebäuden würden dabei nicht berücksichtigt. Es würden nur die Grundfläche und die Zahl der Etagen zählen.
- Die Nord-Länder favorisieren eine Steuer nach dem realen Verkehrswert. Dabei müssten sowohl der Kaufpreis als auch die Lage und die Größe der aufstehenden Gebäude berücksichtigt werden.
- Ein Kompromissvorschlag sieht vor, das Grundstück nach dem Verkehrswert zu berechnen und die Gebäude nach Größe und Nutzung.

Die wesentlichen Fakten des geltenden Grundsteuerrechts:

Rechtsgrundlage	Die gesetzliche Grundlage ist das Grundsteuergesetz (GrStG) vom 07.08.1973.
Zuständigkeit Art. 108 GG	Die Grundsteuer ist eine bundeseinheitliche Steuer. Die Gesetzgebungshoheit liegt bei Bundestag und Bundesrat. Die Verwaltungshoheit liegt bei den Ländern für die Feststellung des Einheitswertes (durch die Finanzämter) und den Gemeinden für die Festsetzung der Grundsteuer. Bei den gemeindefreien Ländern nehmen die Finanzämter beide Aufgaben wahr.
Steuerschuldner § 10 GrStG	Schuldner der Grundsteuer ist derjenige, dem der Steuergegenstand bei der Feststellung des Einheitswerts zugerechnet ist; das ist in der Regel der Eigentümer nach dem Grundbuch. Gleichfalls Steuerschuldner für die wirtschaftliche Einheit des belasteten Grundstücks ist derjenige, dem ein Erbbaurecht, ein Wohnungserbbaurecht oder ein Teilerbbaurecht zugerechnet ist. Sind mehrere Personen Eigentümer eines Grundstücks, so sind sie Gesamtschuldner der Grundsteuer.
Einheitswert § 19 (1) BewG	Die Berechnungsgrundlage der Grundsteuer ist der vom zuständigen Finanzamt festgestellte Einheitswert. Der Einheitswert wird nach den Vorschriften des Bewertungsgesetzes (BewG) ermittelt. In den neuen Bundesländern sind für land- und forstwirtschaftliches Vermögen sogenannte „Ersatzwirtschaftswerte" die Berechnungsgrundlage. Grundsätzlich wird zwischen zwei Grundsteuerarten unterschieden: ▪ Die **Grundsteuer A** (merke: a für agrarisch) gilt für Grundstücke in der Landwirtschaft. ▪ Die **Grundsteuer B** (merke: b für baulich) gilt für bebaute oder bebaubare Grundstücke sowie die darauf befindlichen Gebäude.
Grundsteuer-Messzahl (alte Bundesländer) §§ 14 f. GrStG	Die Grundsteuermesszahl wird als Anteil vom Einheitswert angegeben und dient zur Berechnung des Grundsteuermessbetrages. Sie richtet sich nach der jeweiligen Grundstücksart. Vor allem gibt es gegenwärtig noch eine abweichende Ermittlung der Messzahl im Beitrittsgebiet (neue Bundesländer). Für die alten Bundesländer gilt folgende Regelung: ▪ Für Betriebe der Land- und Forstwirtschaft beträgt die Steuermesszahl 6 ‰ des Einheitswertes. ▪ Für Grundstücke und Gebäude gelten folgende Sätze: – 2,6 ‰ für Einfamilienhäuser für die ersten 38.346,89 EUR des Einheitswerts, 3,5 ‰ für den darüber hinausgehenden Wert, – 3,1 ‰ vom Einheitswert für Zweifamilienhäuser und – 3,5 ‰ vom Einheitswert für alle restlichen Grundstücke.
Grundsteuer-Messzahl (neue Bundesländer) §§ 40 ff. GrStG	Für die neuen Bundesländer gelten für Grundstücke und Gebäude höhere Steuermesszahlen (zwischen 5 ‰ und 10 ‰) auf der Grundlage der alten Einheitswerte nach den Wertverhältnissen zum 01.01.1935. Deren Anwendung folgt einer komplizierten Differenzierung einerseits nach Altbauten, Neubauten und Grundstücken, anderseits nach der Einwohnerzahl der Gemeinden, in denen das Grundstück liegt.

Festsetzung § 27 GrStG	Die Grundsteuer wird für jeweils ein Kalenderjahr festgesetzt. Ist der Hebesatz für mehr als ein Kalenderjahr festgesetzt, kann auch die jährlich zu erhebende Grundsteuer für die einzelnen Kalenderjahre dieses Zeitraums festgesetzt werden.
Hebesatz § 25 GrStG	Der Hebesatz ist die Bezeichnung für den Faktor, der zur Ermittlung der Steuerschuld mit dem Steuermessbetrag multipliziert wird. Die Gemeinde bestimmt, mit welchem Hebesatz die Grundsteuer zu erheben ist. Er kann für ein oder mehrere Kalenderjahre festgesetzt werden. Die Hebesätze in Deutschland liegen nach Berechnungen des Statistischen Bundesamtes im Durchschnitt bei 400 %. Die Hebesätze schwanken etwa zwischen 300 % und 660 %.
Berechnung der Gewerbesteuer	Der vom Finanzamt festgestellte Einheitswert wird zunächst mit der Grundsteuermesszahl multipliziert und das Ergebnis sodann mit dem von der Gemeinde festgesetzten Hebesatz multipliziert. ***Beispiel:*** *Einheitswert eines Einfamilienhauses in Hannover* — *14.000,00 EUR* *Grundsteuermessbetrag 3,5 ‰* — *490,00 EUR* *Hebesatz der Stadt Hannover* — *530 %* *Jahresgrundsteuer 2011 (525,00 EUR · 530 %)* — *2.597,00 EUR* *Vierteljährlich zu zahlende Grundsteuer* — *649,25 EUR*
Erlass der Grundsteuer §§ 32 ff. GrStG	Unter bestimmten Voraussetzungen kann die Grundsteuer auf Antrag erlassen werden. Dies gilt insbesondere für Gebäude, die unter Denkmalschutz stehen, für Kulturgüter oder Grünanlagen (z. B. Parks, Gärten), wenn deren Kosten die Erträge übersteigen. Ferner sind auf Antrag Teilerlasse wegen nachhaltiger und wesentlicher Ertragsminderung der Immobilie möglich.
Grundsteuer als Betriebskosten	Für einen Vermieter stellt die Grundsteuer Betriebskosten dar. Er kann sie daher nach der Betriebskostenverordnung im Rahmen seiner jährlichen Nebenkostenabrechnung auf seine Mieter umlegen.

2.2.7 Grunderwerbsteuer

Die Grunderwerbsteuer (GrESt) ist eine Steuer, die beim Erwerb eines Grundstücks anfällt.

Im Jahr 2011 wurden ca. 7,0 Mrd. EUR Grunderwerbsteuer gezahlt. Das macht etwa 1 % des Steueraufkommens in Deutschland aus.

Von der Steuersystematik her ist sie eine

- **Verkehrssteuer**, da sie durch den Kaufvertrag über ein Grundstück an einen Vorgang des Rechtsverkehrs anknüpft;
- **Ländersteuer**, da sie den Bundesländern in voller Höhe zufällt;
- **direkte Steuer**, weil Steuerschuldner und Steuerträger identisch sind;

Die wesentlichen Fakten:

Rechtsgrundlagen	Die gesetzlichen Grundlagen finden sich im Grunderwerbsteuergesetz (GrEStG) vom 17.12.1982 mit allen folgenden Änderungen.
Steuergegenstand § 1 GrEStG	Steuergegenstand ist der Erwerb eines Grundstückes. Die folgenden drei wesentlichen Voraussetzungen müssen dafür erfüllt sein: ▪ Ein inländisches Grundstück wird erworben. ▪ Es muss ein Erwerbsvorgang vorliegen, z. B. im Wege eines Kaufvertrags, einer Abtretung, einer Schenkung oder eines Höchstgebots im Zwangsversteigerungsverfahren. ▪ Es muss ein Wechsel des Eigentümers vorliegen. Der wohl häufigste Vorgang des Erwerbs eines Grundstücks ist der Kaufvertrag: Darin verpflichtet sich der Verkäufer nach § 433 BGB, dem Käufer das Grundstück zu übereignen. Der Käufer verpflichtet sich, dem Verkäufer den Kaufpreis zu zahlen und das gekaufte Grundstück abzunehmen. Die Grunderwerbsteuer knüpft hier nur an das Vorliegen eines notariell beurkundeten Verpflichtungsgeschäfts an, unabhängig davon, ob der Kaufpreis vom Käufer schon bezahlt worden ist oder nicht. Das Gleiche gilt für ein Rechtsgeschäft, das den Anspruch auf die Übereignung eines Grundstücks begründet, z. B. eine Abtretung oder Schenkung. Wenn ein solcher Anspruch nicht existiert, stellt das Gesetz auf die Auflassung oder den auflassungslosen Eigentumsübergang ab, z. B. beim Erwerb durch Zwangsversteigerung.
Ausnahmen von der Besteuerung § 3 GrEStG	Das Gesetz sieht eine Reihe von Ausnahmen von der Besteuerung vor. Dazu zählen insbesondere folgende Fälle: ▪ Freigrenze von 2.500,00 EUR: Liegt der Wert des erworbenen Grundstücks darüber, ist der gesamte Betrag zu versteuern. ▪ Steuerbefreiung im Falle einer Schenkung eines Grundstücks unter Auflagen, z. B. eines Wohnrechts zugunsten des Schenkenden ▪ Erwerb eines zum Nachlass gehörigen Grundstücks durch Miterben zum Zweck der Teilung des Nachlasses ▪ Erwerb durch den Ehegatten oder Lebenspartner des Veräußerers ▪ Erwerb durch den geschiedenen Ehegatten/Lebenspartner des Veräußerers für Zwecke der Vermögensauseinandersetzung wegen einer Scheidung ▪ Erwerb durch eine Person, die mit dem Veräußerer in gerader Linie verwandt ist. ▪ Umwandlung von gemeinschaftlichem Eigentum in Flächeneigentum
Bemessungsgrundlage § 8 GrEStG	Die Steuer bemisst sich grundsätzlich nach dem Wert der Gegenleistung. In besonderen Fällen, z. B. wenn keine Gegenleistung zu ermitteln ist, wird die Bemessungsgrundlage nach § 138 Abs. 2 bis 4 des Bewertungsgesetzes ermittelt.

Gegenleistung § 9 GrEStG	Bei Kaufverträgen ist die Gegenleistung regelmäßig der vereinbarte Kaufpreis. In anderen Fällen ist die Gegenleistung ▪ beim Tausch: die Tauschleistung des anderen Vertragsteils; ▪ bei einer Leistung an Erfüllung statt: der Wert, zu dem die Leistung an Erfüllung statt angenommen wird; ▪ beim Meistgebot in der Zwangsvollstreckung: das höchste Gebot; ▪ bei der Abtretung des Übereignungsanspruchs: die Übernahme der Verpflichtung aus dem Rechtsgeschäft, das den Übereignungsanspruch begründet hat; ▪ bei der Enteignung: die Entschädigung, die dafür geleistet wird.
Entstehung der Steuerschuld § 14 GrEStG	Die Grunderwerbsteuer entsteht grundsätzlich mit Verwirklichung eines rechtskräftigen Erwerbsvorgangs, es sei denn, die Wirksamkeit dieses Vorgangs ist vom Eintritt einer Bedingung oder Genehmigung abhängig. Dann sind diese abzuwarten.
Steuerschuldner § 13 GrEStG	Steuerschuldner sind ▪ im Normalfall: die an einem Erwerbsvorgang beteiligten Personen; ▪ beim Erwerb kraft Gesetzes: der bisherige Eigentümer und der Erwerber; ▪ beim Erwerb im Enteignungsverfahren: der Erwerber; ▪ beim Meistgebot im Zwangsversteigerungsverfahren: der Meistbietende; ▪ bei der Vereinigung von mindestens 95 von Hundert der Anteile an einer Gesellschaft in der Hand des Erwerbers: der Erwerber; ▪ bei mehreren Unternehmen oder Personen: diese Beteiligten; ▪ bei Änderung des Gesellschafterbestandes einer Personengesellschaft: die Personengesellschaft. In der Regel verpflichtet sich der Erwerber zur Entrichtung der Steuer. Letztlich haften Käufer und Verkäufer als Gesamtschuldner für die Grunderwerbsteuer.
Fälligkeit § 15 GrEStG	Die Steuer wird einen Monat nach der Bekanntgabe des Steuerbescheids fällig. Das Finanzamt darf eine längere Zahlungsfrist setzen.
Nichtfestsetzung, Aufhebung oder Änderung der Steuerfestsetzung § 16 GrEStG	Für bestimmte Fälle sieht das Gesetz auf Antrag eine Nichtfestsetzung, eine Aufhebung oder Änderung der Steuerfestsetzung vor. Dies gilt – nachvollziehbar – vor allem in folgenden Fällen: ▪ wenn ein Erwerbsvorgang rückgängig gemacht wird ▪ wenn der Veräußerer das Eigentum zurückerwirbt ▪ wenn die Gegenleistung für das Grundstück herabgesetzt wird Für die genannten Fälle müssen zusätzlich besondere Voraussetzungen erfüllt sein.
Steuerberechnung § 11 f. GrEStG	Die Steuer betrug bis Ende August 2006 einheitlich 3,5 % von der Bemessungsgrundlage. Seit dem 01.09.2006 dürfen die Bundesländer die Grunderwerbsteuersätze selbst festsetzen. Hierdurch ist bundesweit eine Spreizung entstanden. Die Steuersätze reichen aktuell je nach Bundesland von 3,5 % bis 5 %.

Anzeigepflicht §§ 18 ff. GrEStG	Gerichte, Notare und Behörden sind verpflichtet, dem zuständigen Finanzamt alle grunderwerbsteuerrechtlich relevanten Vorgänge unter Beifügung geeigneter Unterlagen anzuzeigen. Beim notariell beurkundeten Kaufvertrag ist dies eine Abschrift des Vertrages sowie eine nach amtlicher Vorschrift erstellte Veräußerungsanzeige. Auf der Basis dieser Unterlagen erstellt das Finanzamt den Grunderwerbsteuerbescheid.
Unbedenklichkeitsbescheinigung §§ 22 GrEStG	Bezahlt der Steuerschuldner die Grunderwerbsteuer, erhält er im Gegenzug vom Finanzamt eine Unbedenklichkeitsbescheinigung. Ohne diese Bescheinigung erfolgt keine Eigentumsumschreibung, da die Grundbuchämter gesetzlich dazu verpflichtet sind, vorher die Unbedenklichkeitsbescheinigung zu verlangen. Auf diese Weise sichert sich der Fiskus die pünktliche Bezahlung der Steuer, da der Erwerber ein starkes Interesse an der Umschreibung hat, z. B. als Voraussetzung für die Finanzierung.

2.2.8 Erbschaft- und Schenkungssteuer

Die Erbschaftssteuer ist eine Steuer auf den Erwerb von Vermögen von Todes wegen. Die Schenkungssteuer ist eine Steuer, die auf unentgeltliche Zuwendungen unter Lebenden anfällt.

Beide Steuerarten werden in einem Gesetz behandelt. Dabei ergänzt die Schenkungssteuer die Erbschaftssteuer. Das hängt damit zusammen, dass durch Schenkungen des Erblassers vor seinem Todesfall u. U. die Erbschaftssteuer gemindert werden könnte.

Das Aufkommen bei der Erbschaftssteuer lag im Jahr 2010 bei 4,4 Mrd. EUR und betrug damit weniger als 1 % des gesamten Steueraufkommens. Nur etwa 10 % aller Erbfälle waren erbschaftssteuerpflichtig, weil es durch die hohen Freibeträge innerhalb des familiären Bereichs nur bei sehr großen Vermögensmassen zu einer Erbschaftssteuerpflicht kommt. Dagegen fällt Erbschaftssteuer vermehrt an, wenn nichteheliche Lebenspartner, Geschwister oder Freunde erben.

Beide Steuern sind von der Steuersystematik her

- **direkte Steuern**, weil die Steuern bei den begünstigten Personen direkt erhoben wird, Steuerschuldner und Steuerträger also identisch sind;
- **Besitzsteuern** und in diesem Sinne *Ertragsteuern*, da sie den Umstand besteuern, dass einer Person Geld oder geldwerte Güter zufließen und es sich damit um einen Vermögenszuwachs handelt;
- **Ländersteuern**, weil sie ausschließlich den Bundeländern zufließen.

Die wesentlichen Fakten:

Rechtsgrundlage	Die Rechtsgrundlagen für die Erbschafts- und die Schenkungssteuer finden sich ▪ im Erbschaftssteuer- und Schenkungsgesetz (ErbStG) aus dem Jahre 1906, Neufassung im Jahr 1974, umfangreiche Reform im Jahre 2008, letztmalige Änderung im Dezember 2011; ▪ in der Erbschaftssteuer-Durchführungsverordnung (ErbStDV). Die Bewertung des zu vererbenden Vermögens richtet sich nach den Vorschriften des Bewertungsgesetzes, soweit nicht etwas anderes bestimmt ist.

Steuergegenstände § 1 (1) ErbStG	Der Erbschaftssteuer bzw. Schenkungssteuer unterliegen 1. der Erwerb von Todes wegen durch eine Erbschaft oder ein Vermächtnis; 2. Schenkungen unter Lebenden; 3. Zweckzuwendungen, d. h. Vermögensübertragungen, die mit der Auflage verbunden sind, diese Zuwendungen zugunsten eines bestimmten Zwecks zu verwenden; 4. das Vermögen einer Stiftung, sofern sie wesentlich im Interesse einer Familie oder bestimmter Familien errichtet ist, in Zeitabständen von je 30 Jahren als Erbersatzsteuer; Gleiches gilt für einen Verein, der einen entsprechenden Zweck verfolgt.
Persönliche Steuerpflicht § 2 ErbStG	Die **unbeschränkte Steuerpflicht** tritt ein: ▪ für Erbschaften, Zweckzuwendungen und Schenkungen, wenn der Erblasser zur Zeit seines Todes, der Schenker zur Zeit der Ausführung der Schenkung oder der Erwerber zur Zeit der Entstehung der Steuer ein Inländer ist, für den gesamten Vermögensanfall; ▪ für Stiftungen nach § 1 Abs. 1 Nr. 4, wenn die Stiftung oder der Verein die Geschäftsleitung oder den Sitz im Inland hat. Die **beschränkte Steuerpflicht** gilt in allen anderen Fällen als den oben genannten für den Vermögensanfall, der in Inlandsvermögen im Sinne des § 21 des Bewertungsgesetzes besteht.
Steuerbefreiungen § 13 ErbStG	Steuerfrei bleiben mit im Gesetz genau fixierten Grenzen u. a. ▪ Hausrat einschließlich Wäsche und Kleidungsstücke beim Erwerb durch Personen der Steuerklasse I, ▪ Grundbesitz oder Teile vom Grundbesitz, Kunstgegenstände, Kunst- und wissenschaftliche Sammlungen, Bibliotheken und Archive, wenn die Erhaltung dieser Gegenstände im öffentlichen Interesse liegt und die jährlichen Kosten in der Regel die erzielten Einnahmen übersteigen, ▪ Grundbesitz oder Teile von Grundbesitz, die für Zwecke der Volkswohlfahrt der Allgemeinheit ohne gesetzliche Verpflichtung zur Benutzung zugänglich gemacht sind und deren Erhaltung im öffentlichen Interesse liegt, wenn die jährlichen Kosten in der Regel die erzielten Einnahmen übersteigen, ▪ Zuwendungen unter Lebenden zum Zweck des angemessenen Unterhalts oder zur Ausbildung der bedachten Personen, ▪ die üblichen Gelegenheitsgeschenke, ▪ Zuwendungen, die ausschließlich kirchlichen, gemeinnützigen oder mildtätigen Zwecken gewidmet sind, sofern die Verwendung zu dem bestimmten Zweck gesichert ist (Spenden), ▪ Zuwendungen an politische Parteien. Die Vererbung oder Schenkung von selbstgenutztem Wohnraum (Familienheim), der in Deutschland oder einem Mitgliedsland der EU liegt, an den Ehe- oder Lebenspartner oder leibliche Kinder ist unter bestimmten Voraussetzungen gänzlich von der Steuer befreit.

Steuerbefreiung für betriebliche Vermögen §§ 13a f. ErbStG	Es versteht sich von selbst, dass bei Vererbung eines Betriebs oder Übertragung an eine andere Person in nicht unerheblichem Maße Steuern anfallen könnten, die den Fortbestand des Unternehmens u. U. gefährden würden. Aus diesem Grund wurden in der Reform des Gesetzes für Betriebe, die 20 oder mehr Arbeitnehmer beschäftigen, folgende Regeln getroffen, zwischen denen der Erwerber sich unwiderruflich entscheiden muss. ▪ Im Regelfall bleiben 85 % des Wertes als **Verschonungsabschlag** des vererbten Betriebsvermögens sowie bestimmten Anteile an Kapitalgesellschaften von der Erbschaftsteuer befreit. Voraussetzungen: – In einem Zeitraum von fünf Jahren darf die Jahreslohnsumme nicht niedriger als das Vierfache der durchschnittlichen Jahreslohnsumme das Betriebs in den letzten fünf Jahren vor dem Erbfall sein; – Das Verwaltungsvermögen darf nicht mehr als 50 % des gesamten Betriebsvermögens betragen. ▪ Im **Optionsmodell** kann der Erwerber sich für eine Behaltensfrist von sieben Jahren entscheiden. Er erreicht dann einen Verschonungsabschlag von 100 %, was auf eine komplette Befreiung von der Erbschaftssteuer hinausläuft. Voraussetzungen: – Erreichen des Siebenfachen der Ausgangslohnsumme – Verwaltungsvermögen nicht mehr als 10 % des Betriebsvermögens Die Befreiung entfällt ganz oder teilweise, wenn während der Behaltensfrist der Betrieb oder Teile davon verkauft werden oder die genannte Lohnsumme nicht erreicht wird. An diesen Regeln, die sich vor allem auf die Lohnsumme beziehen, wird deutlich, dass es dem Gesetzgeber bei dieser Reform im Jahre 2008 vor allem um den Schutz von Arbeitsplätzen ging. Im Regelfall der fünfjährigen Haltensfrist unterliegen 15 % des betrieblichen Vermögens der Erbschaftsteuer. Liegt dieser Wert aber nicht über 150.000,00 EUR (= Abzugsbetrag), bleibt auch er unversteuert. Der Abzugsbetrag verringert sich um die Hälfte des diese Wertgrenze übersteigenden Betrags, so dass er ab 450.000,00 EUR nur noch 0 beträgt. Auch ist die Zielsetzung klar: Kleinbetriebe sollen bereits im Regelfall gänzlich von der Erbschaftsteuer verschont werden. Der Abzugsbetrag kann innerhalb von zehn Jahren von einer Person nur einmal berücksichtigt werden.
Verschonungsregel bei Wohnimmobilien § 13c ErbStG	Bei zu Wohnzwecken vermieteten Grundstücken beträgt der Verschonungsabschlag 10 %. Damit werden diese Vermögenspositionen nur mit 90 % ihres maßgeblichen Wertes angesetzt. Dies gilt für alle im Inland, in der EU und dem Europäischen Wirtschaftsraum gelegenen Grundstücke, die nicht zum begünstigten betrieblichen Vermögen gehören.

Steuerklassen und Freibeträge
§§ 15 f. ErbStG

Je nach dem Verhältnis des Erben oder Beschenkten zum Erblasser bzw. Schenker werden drei Steuerklassen unterschieden. Jeder dieser Personengruppen werden bestimmte Freibeträge zugestanden (Werte in EUR):

Steuerklasse	Personenkreis	Persönliche Freibeträge (EUR)	Versorgungsfreibeträge (EUR)
I	Ehegatten Kinder und Stiefkinder	500.000,00 400.000,00	256.000,00 10.000,00 – 52.000,00 (altersabhängig)
	Abkömmlinge der Kinder und Stiefkinder	200.000,00	–
	Eltern und Großeltern (bei einem Erbfall)	100.000,00	–
II	Eltern und Großeltern (bei einer Schenkung), Geschwister, Neffen und Nichten, Stiefeltern, Schwiegerkinder, geschiedener Ehegatte	20.000,00	–
III	Freunde eingetragene Lebenspartner	20.000,00 500.000,00	– 256.000,00

Kinder von bereits verstorbenen eigenen Kindern (Enkelkinder) erhalten einen persönlichen Freibetrag von 400.000,00 EUR.

Steuersätze
§ 19 (1) ErbStG

Je nach Steuerklasse und Höhe des Vermögens werden folgende Steuersätze angewendet:

Wert des Vermögens Abzüglich der Freibeträge:	Steuerklasse		
	I	II	III
bis 75.000,00 EUR	7 %	15 %	30 %
bis 300.000,00 EUR	11 %	20 %	30 %
bis 600.000,00 EUR	15 %	25 %	30 %
bis 6.000.000,00 EUR	19 %	30 %	30 %
bis 13.000.000,00 EUR	23 %	35 %	50 %
bis 26.000.000,00 EUR	27 %	40 %	50 %
ab 26.000.000,00 EUR	30 %	43 %	50 %

Berechnung der Steuer/Härtefall-regelung § 19 (2) ErbStG	Von dem Wert des Erbes oder der Schenkung werden zunächst der Freibetrag und ggf. der Versorgungsfreibetrag abgezogen. Der verbleibende Betrag wird zugunsten des Erwerbers auf volle 100 EUR abgerundet. Dann wird auf den **gesamten** Betrag der aus der jeweiligen Tabelle zu entnehmende Steuersatz angewendet. Um mögliche durch diesen Stufentarif entstehende Härten auszugleichen, sieht das Gesetz eine Härtefallregelung vor, die sicherstellt, dass sich eine geringfügige Erhöhung der Erbschaftssumme auch unter Berücksichtigung der Erbschaftsteuer nicht zu Ungunsten des Erben auswirken kann.

Wiederholungsfragen zu Kapitel 2.2

1. *Welche Steuern sind in einem Unternehmen nur durchlaufende Posten, welche Steuern sind abzugsfähige Betriebsausgaben und welche Steuern müssen aktiviert werden?*
2. *Unterscheiden Sie die beschränkte und unbeschränkte Steuerpflicht bei der Einkommensteuer.*
3. *Was ist der Steuergegenstand der Einkommensteuer? Erläutern Sie in diesem Zusammenhang den Unterschied zwischen Gewinneinkunftsarten und Überschusseinkunftsarten.*
4. *Erläutern Sie das Berechnungsschema zur Ermittlung des zu versteuernden Einkommens.*
5. *Erläutern Sie den Begriff der Werbungskosten an zwei Beispielen.*
6. *Was sind Sonderausgaben?*
7. *Welche Vorsorgeaufwendungen werden unterschieden?*
8. *Was sind außergewöhnliche Belastungen und warum dürfen sie im Rahmen der ESt-Erklärung angesetzt werden?*
9. *Was wird im Abrechnungsteil des ESt-Bescheids dargestellt?*
10. *Was ist die Körperschaftssteuer und welcher Steuergegenstand wird besteuert?*
11. *Unterscheiden Sie die Tarifgestaltung bei der Körperschaftssteuer und der Einkommensteuer.*
12. *Erläutern Sie die Steuerpflicht bei der Gewerbesteuer.*
13. *Ordnen Sie die Gewerbesteuer von der Steuersystematik her ein.*
14. *Was ist die Bemessungsgrundlage der Gewerbesteuer und wie wird sie grundsätzlich ermittelt?*
15. *Nennen Sie je zwei Kürzungs- und zwei Hinzurechnungsbeträge, die bei der Ermittlung der Bemessungsgrundlage der Gewerbesteuer angesetzt werden.*
16. *Erläutern Sie die Besonderheit bei der Erhebung der Gewerbesteuer.*
17. *Was ist ein Hebesatz und von wem wird er festgelegt?*
18. *Anhand welcher beiden Größen wird die Gewerbesteuerschuld ermittelt?*

19. *Die Kapitalertragsteuer wird auch als Abgeltungssteuer bezeichnet. Warum?*
20. *Die Kapitalertragsteuer ist im eigentlichen Sinn keine eigene Steuer, sondern ...?*
21. *Erläutern Sie die sachliche Steuerpflicht für die Kapitalertragssteuer.*
22. *Erläutern Sie die Wirkung der Abgeltung im Zusammenhang mit dem Steuertarif.*
23. *Die Umsatzsteuer wurde und wird gelegentlich noch als Mehrwertsteuer bezeichnet. Warum?*
24. *Wer ist bei der Umsatzsteuer Steuerpflichtiger, Steuerschuldner und Steuerträger?*
25. *Welche Umsätze sind steuerbar?*
26. *Selbst wenn bestimmte Umsätze steuerbar sind, sind sie dennoch von der Umsatzsteuer befreit. Nennen Sie einige Beispiele und geben Sie mögliche Gründe für diese Befreiungen an.*
27. *Wann entsteht die Umsatzsteuerschuld?*
28. *Was versteht man unter der Vorsteuer?*
29. *Unter welchen Voraussetzungen ist ein Vorsteuerabzug möglich?*
30. *Was ist die Zahllast und wie wird sie ermittelt?*
31. *Erläutern Sie den Unterschied zwischen einer Umsatzsteuervoranmeldung und einer Umsatzsteuererklärung.*
32. *Worauf wird die Grundsteuer erhoben?*
33. *Anhand welcher Größen wird die Grundsteuer ermittelt?*
34. *Was ist der Steuergegenstand bei der Grunderwerbsteuer?*
35. *Nennen Sie zwei mögliche Ausnahmen von der Besteuerung.*
36. *Was besagt das Gesetz über die Steuerschuldner der Grunderwerbsteuer?*
37. *Was ist eine Unbedenklichkeitsbescheinigung und welche Rolle spielt sie beim Erwerb eines Grundstücks?*
38. *Warum sind die Erbschaftsteuer und die Schenkungsteuer in einem Gesetz abgehandelt?*
39. *Im Erbschaftsteuergesetz sind wesentliche Steuerbefreiungen aufgeführt. Nennen Sie einige.*
40. *Wie ist (die mögliche) Steuerbefreiung für betriebliche Vermögen geregelt?*
41. *Es gibt unterschiedliche Tarife, die nach Steuerklassen gegliedert sind. Nach welchen Gesichtspunkten werden die Steuerklassen unterschieden?*
42. *Im Rahmen der Steuerberechnung werden z. T. umfangreiche Freibeträge gewährt. Warum?*

2.3 Abgabenordnung

Die Abgabenordnung (AO) regelt das Steuerverfahrensrecht. Sie enthält alle grundlegenden und für alle Steuerarten geltenden Regeln über das Besteuerungsverfahren und wird deshalb auch häufig als das Grundgesetz des Steuerrechts bezeichnet.

Die Abgabenordnung besteht aus insgesamt neun Teilen, deren detaillierte Darstellung den Rahmen dieses Buches sprengen würde. Wesentliche Grundbegriffe aus der AO wurden bereits in Abschnitt 2.1 beschrieben. Zusammenfassend lässt sich folgender Überblick geben:

Erster Teil §§ 1–32 AO	**Einleitende Vorschriften** Im ersten Teil der AO wird zunächst der Anwendungsbereich des Gesetzes erklärt. Danach werden wesentliche steuerliche Grundbegriffe definiert und erläutert, wie ▪ Steuern, ▪ steuerliche Nebenleistungen, ▪ Ermessensbegriff, ▪ Behörde und Finanzbehörde, ▪ Amtsträger, ▪ Wohnsitz, ▪ gewöhnlicher Aufenthalt, ▪ Geschäftsleitung, ▪ Angehörige. Im dritten Abschnitt werden die sachlichen und örtlichen Zuständigkeiten für das Steuerverfahren geklärt. Danach ergibt sich die sachliche Zuständigkeit aus den Vorschriften über die Finanzverwaltung. Die örtliche Zuständigkeit richtet sich nach den §§ 17 ff. AO. Sie liegt in der Regel bei dem Finanzamt, in dessen Bezirk der Steuerpflichtige seinen gewöhnlichen Aufenthaltsort (Wohnsitz) oder seinen Geschäftssitz hat. Im Detail ist die örtliche Zuständigkeit von der Steuer abhängig, die erhoben werden soll. Im vierten Abschnitt finden sich die Vorschriften über das Steuergeheimnis. Schließlich wird noch die Haftungsbeschränkung für Amtsträger geklärt.
Zweiter Teil §§ 33–77 AO	**Steuerschuldrecht** Das Steuerschuldrecht definiert die wesentlichen Grundsätze im Verhältnis zwischen Staat und Steuerschuldner. Hier wird zunächst der Begriff des Steuerpflichtigen geklärt sowie seine Pflichten und die seiner gesetzlichen Vertreter bzw. der Verfügungsberechtigten. Im Mittelpunkt des zweiten Abschnitts stehen die Regelungen über das Steuerschuldverhältnis von der Entstehung bis zu seinem Erlöschen, die die Grundlage des materiellen Steuerrechts bilden. Behandelt werden u. a. ▪ die Ansprüche aus dem Steuerschuldverhältnis, ▪ der Missbrauch von Gestaltungsmöglichkeiten, ▪ der Begriff des Steuerschuldners, ▪ der Begriff des Gesamtschuldners, ▪ die Gesamtrechtsnachfolge. Im dritten Abschnitt werden die steuerbegünstigten Zwecke geregelt. Der vierte Abschnitt des zweiten Teils enthält die Regelungen über die Haftung aus der Steuerschuld. Die wesentlichen Grundbegriffe sind im Kapitel 2.1 erläutert.

Dritter Teil §§ 78–133 AO	**Allgemeine Verfahrensvorschriften** Im dritten Teil der AO sind die grundlegenden Vorschriften über das Steuerverwaltungsverfahren enthalten. Zunächst wird festgelegt, wer die Beteiligten am Verfahren sind und ob diese Beteiligten auch handlungsfähig sind. Ferner werden geregelt die Ausschließung und Ablehnung von Amtsträgern und anderen Personen. Sodann folgen die Besteuerungsgrundsätze sowie die Möglichkeiten der Beweiserhebung. Hier werden einerseits die Ermittlungspflichten der Finanzbehörden und andererseits die Mitwirkungspflichten der Beteiligten sowie deren Auskunfts- und Vorlageverweigerungsrechte geregelt. Ferner werden hier die Fristen und Termine mit entsprechenden Verweisen auf die Regelungen des BGB sowie die Wiedereinsetzung in den vorigen Stand normiert. Im zweiten Abschnitt des dritten Teils folgen die Vorschriften über Verwaltungsakte, insbesondere Steuerbescheide sowie deren Rücknahme, Widerruf, Aufhebung und Änderung, Wirksamkeit, Nichtigkeit und die Möglichkeit der Heilung von Verfahrens- und Formfehlern.
Vierter Teil §§ 134–217 AO	**Durchführung der Besteuerung** Der vierte Teil stellt einen wesentlichen Teil der AO dar. Hier werden die Vorschriften über die Durchführung des Besteuerungsverfahrens dargelegt. Vor allem geht es dabei um die genaue Darstellung der jeweiligen Rechte und Pflichten der Finanzbehörde und der Steuerpflichtigen. Im ersten Abschnitt sind die Erfassung der Steuerpflichtigen und hier insbesondere die Personenstands- und Betriebsaufnahme, die Anzeigepflichten über die Erwerbstätigkeit sowie die Erteilung einer Identifikationsnummer geregelt. Der zweite Abschnitt legt die Mitwirkungspflichten fest, dazu zählen insbesondere die Führung von Büchern und Aufzeichnungen und die Abgabe von Steuererklärungen. Der dritte Abschnitt regelt ▪ die Steuerfestsetzung durch den Steuerbescheid, ▪ die Form und den Inhalt von Steuerbescheiden, ▪ die Benennung von Gläubigern und Zahlungsempfängern als Voraussetzung für den Betriebsausgabenabzug, ▪ die Voraussetzungen für die Schätzung der Besteuerungsgrundlagen, ▪ die Steuerfestsetzung unter dem Vorbehalt der Nachprüfung, ▪ die vorläufige Steuerfestsetzung, ▪ das Steueranmeldungsverfahren, ▪ die Festsetzungsverjährung, ▪ die Bestandskraft, ▪ die Kosten bei Inanspruchnahme der Finanzbehörden, ▪ die gesonderte Feststellung von Besteuerungsgrundlagen, ▪ die Festsetzung von Steuermessbeträgen, z. B. bei der Grundsteuer oder Gewerbesteuer, ▪ den Erlass von Haftungsbescheiden. Der vierte Abschnitt regelt die Durchführung der Außenprüfung, der fünfte Abschnitt regelt die Steuerfahndung und der sechste Abschnitt die Steueraufsicht in besonderen Fällen.

Fünfter Teil §§ 218–248 AO	**Erhebungsverfahren** Der fünfte Teil regelt, wie der Steueranspruch der Finanzbehörde realisiert wird. Die Vorschriften beziehen sich insbesondere auf ▪ die Fälligkeit der Steuerschuld, ▪ die Stundung, ▪ den Tag der Zahlung, ▪ die Reihenfolge der Tilgung, ▪ die Aufrechnung, ▪ den Erlass der Steuerschuld, ▪ die Verjährung der Zahlungspflicht, ▪ die Verzinsung von Steuerschulden, ▪ die Erhebung von Säumniszuschlägen, ▪ die Erbringung von Sicherheitsleistungen.
Sechster Teil §§ 249–32 AO	**Vollstreckung** Der sechste Teil bestimmt detailliert, wie die Finanzbehörden Verwaltungsakte, mit denen eine Geldleistung oder ein sonstiges Verhalten vom Steuerpflichtigen gefordert wird, zwangsweise durchsetzen können. Die Zwangsvollstreckungsmöglichkeiten der Finanzbehörden müssen sich dabei nicht auf die Regeln der Zivilprozessordnung stützen. Vielmehr ist – da es sich hier um öffentliches Recht handelt – die Vollstreckung ohne gerichtliche Vollstreckungstitel möglich. Grundlage der Vollstreckung ist hier ein Verwaltungsakt, z. B. ein Steuerbescheid.
Siebter Teil §§ 347–368 AO	**Außergerichtliches Rechtsbehelfsverfahren** In diesem Teil wird geregelt, was ein Steuerpflichtiger tun kann, wenn er mit einem Verwaltungsakt in Abgabeangelegenheiten, insbesondere einem Steuerbescheid der Finanzverwaltung, nicht einverstanden ist. Hier geht es insbesondere um das Einspruchsverfahren als Rechtsschutz des Steuerpflichtigen. Das Finanzamt muss auf der Basis eines Einspruchs seine Entscheidungen überprüfen. Eine Ablehnung eines Einspruchs ist im Normalfall die Voraussetzung für eine Klage vor dem Finanzgericht.
Achter Teil §§ 369–412 AO	**Straf- und Bußgeldvorschriften** Der achte Teil enthält besondere Verfahrensvorschriften zur Verfolgung von Steuerstraftaten; dazu zählen insbesondere ▪ die Steuerhinterziehung als Straftat, wenn mit dem Vorsatz gehandelt wird, die Steuern zu verkürzen; ▪ die leichtfertige Steuerverkürzung als Ordnungswidrigkeit, wenn die Steuerverkürzung aufgrund von Fahrlässigkeit des Steuerpflichtigen entsteht. Des Weiteren finden sich hier die Vorschriften über die Selbstanzeige. Darunter ist zu verstehen, dass der Steuerstraftäter seine Tat bei den Finanzbehörden selbst anzeigt, bevor die Behörde selbst ermittelnd tätig geworden ist. Die Selbstanzeige führt im Ergebnis zu Straffreiheit. Voraussetzung ist, dass der Täter seine Tathandlung korrigiert (d. h. unrichtige oder unvollständige Angaben berichtigt oder ergänzt oder unterlassene Angaben nachholt) und die hinterzogene Steuer entrichtet.

Neunter Teil §§ 413–415 AO	**Schlussvorschriften** Die Schlussvorschriften enthalten als Gesetzesvorbehalt in § 413 AO die mögliche Einschränkung von Grundrechten, insbesondere des Rechts auf körperliche Unversehrtheit und Freiheit der Person, des Briefgeheimnisses, des Post- und Fernmeldegeheimnisses und des Rechts der Unverletzlichkeit der Wohnung nach Maßgabe der Abgabenordnung.

Wiederholungsfragen zu Kapitel 2.3

1. *Was regelt die Abgabenordnung?*
2. *Der zweite Teil der Abgabenordnung befasst sich mit dem Steuerschuldrecht. Was ist darunter zu verstehen?*
3. *Was ist im Rahmen der AO unter „allgemeinen Verfahrensvorschriften" zu verstehen?*
4. *Welche Mitwirkungspflichten sieht die AO für einen Steuerpflichtigen vor?*
5. *Unter bestimmten Voraussetzungen kann die Steuer geschätzt werden. Nennen Sie die wesentlichen Voraussetzungen dazu.*
6. *Im fünften Teil der AO wird das Erhebungsverfahren behandelt. Auf welche Details des Erhebungsverfahrens beziehen sich diese Vorschriften? Nennen Sie fünf Punkte.*
7. *Warum muss die Vollstreckung von Steuerschulden in der AO gesondert geregelt werden?*
8. *Welche Besonderheiten weist das Vollstreckungsverfahren in Steuersachen gegenüber dem zivilrechtlichen Zwangsvollstreckungsverfahren auf?*
9. *Was kann ein Steuerpflichtiger tun, der mit seinem Steuerbescheid nicht einverstanden ist?*
10. *Was ist die Voraussetzung für eine Klage vor dem Finanzgericht?*
11. *Was ist der Unterschied zwischen Steuerverkürzung und Steuerhinterziehung?*
12. *Was versteht die AO unter einer Selbstanzeige und welche Wirkung hat sie?*

Modul 4
Unternehmensführung

1 Betriebsorganisation

2 Personalführung

3 Personalentwicklung

1 Betriebsorganisation

1.1 Unternehmensleitbild, Unternehmensphilosophie, Unternehmenskultur und Corporate Identity

Ein Unternehmen im Sinne der Betriebswirtschaft ist eine planmäßig organisierte, rechtlich und wirtschaftlich selbstständige Wirtschaftseinheit, die Güter und Dienstleistungen beschafft, verwertet und vertreibt. Zu diesem Zweck steht sie in intensiven Beziehungen zu den Beschaffungsmärkten, zum Arbeitsmarkt, zum Kapitalmarkt und zu den Absatzmärkten.

In seinem betriebswirtschaftlichen Handeln unterliegt jedes Unternehmen dabei einer großen Anzahl von Regeln, Einflüssen, Interessen, Ansprüchen und Zwängen. In diesem Geflecht ist die Unternehmensführung gefordert, sich sowohl im Alltagsgeschäft als auch langfristig bei der strategischen Ausrichtung des Unternehmens zu orientieren. Sie hat Entscheidungen zu fällen und die anstehenden Probleme zu lösen, um die Chancen zu nutzen, die sich ihr auf den liberalisierten, globalen Märkten bieten.

Das Unternehmen und seine Umwelt

Als Unternehmensführung soll hier die zielorientierte Gestaltung, Steuerung und Entwicklung eines Unternehmens und seiner Teilbereiche verstanden werden.

Sowohl im Tagesgeschäft als auch in der langfristigen Perspektive braucht eine Unternehmensführung – und mit ihr alle im Unternehmen tätigen Mitarbeiter – ebenso eine Orientierung wie ein Mensch, der seinen Grundsätzen, Ideen und Träumen folgt. Diese Aufgaben erfüllt das Unternehmensleitbild.

1.1.1 Unternehmensleitbild

Das Unternehmensleitbild ist die – i. d. R. schriftlich fixierte – Erklärung über das Selbstverständnis eines Unternehmens und seiner Grundprinzipien. Dabei wird ein Zielzustand formuliert, in dem die Mission, die Vision und die Werte des Unternehmens nach außen und innen zum Ausdruck gebracht werden.

Das Leitbild gibt dem Management und den Mitarbeitern die notwendige Orientierung, um die Zukunft des Unternehmens zu gestalten. Es ist damit ein zentrales Führungsinstrument zur Gestaltung der Erfolgspotenziale des Unternehmens, zur Ableitung des Zielsystems, zur Entwicklung von Strategien, zur Umsetzung geeigneter Maßnahmen und zur Vereinbarung von Spielregeln für das unternehmerische Handeln. Nach außen soll das Leitbild allen interessierten Stakeholdern verdeutlichen, wofür das Unternehmen steht. Einfach ausgedrückt könnte man formulieren: Das Leitbild drückt aus, dass das Unternehmen auf dem Weg zu seinen Zielen das Richtige tun will.

Unternehmen sind einerseits Wirtschaftseinheiten, die nach den Regeln betriebswirtschaftlicher und technischer Erkenntnisse geführt werden. Es sind andererseits aber auch Systeme, die unter der rationalen Oberfläche ungeschriebenen soziologischen und psychologischen Gesetzmäßigkeiten folgen. Das „Leben" eines Unternehmens unterliegt genauso wie das Leben eines Menschen ständigen Veränderungen. Das Leitbild ist wie ein Kompass, der anzeigt, welche Richtung das Unternehmen einschlagen muss, um die langfristigen Ziele zu erreichen. Es vermittelt den Mitarbeitern und Partnern des Unternehmens die vereinbarten Werte und Ziele und gibt damit Sicherheit.

Das Leitbild eines Unternehmens besteht zumeist aus den folgenden Teilen. Um diese zu erfassen und zu formulieren, sollten eine Reihe von Fragen beantwortet werden:

Mission	Vision	Werte
Die Mission umschreibt den Auftrag eines Unternehmens in der Gesellschaft.	Eine Vision ist das innere Bild einer Vorstellung, die auf die Zukunft bezogen ist.	Werte sind Vorstellungen über Eigenschaften von Personen und deren Beziehungen.
▪ Was ist unsere Aufgabe? ▪ Wozu gibt es uns? ▪ Womit verdienen wir unser Geld? ▪ Wie wollen wir gesehen werden?	▪ Wie sehen wir uns? ▪ Wo steht unser Unternehmen in der Zukunft? ▪ Was wollen wir erreichen?	▪ Was prägt unser Handeln? ▪ Wie gehen wir mit unseren Mitarbeitern und Kunden um? ▪ Worauf können sich unsere Partner verlassen?

Mission

Die Mission eines Unternehmens sagt etwas darüber aus, was das Unternehmen im Markt leistet, welchen Zweck es erfüllt. Sie ist gewissermaßen eine Legitimation für seine Existenzberechtigung.

Was muss eine Mission leisten?

Die Formulierung der Mission sollte eine Reihe von Voraussetzungen erfüllen, um für das Leitbild wirksam zu werden. Sie soll
- das Sachziel und damit den Zweck des Unternehmens klar formulieren;
- sich vor allem auf das Kerngeschäft des Unternehmens beziehen;
- für das gesamte Unternehmen anwendbar sein;
- verständlich für alle Mitarbeiter formuliert sein, um das Identifikationsgefühl zu fördern;
- anspruchsvoll, aber glaubhaft und nachvollziehbar formuliert sein;
- ein klares Bild von dem eigenen Potenzial geben;
- besondere, herausragende Kompetenzen des Unternehmens darstellen.

Beispiele für Beschreibungen der Mission verschiedener Unternehmen:
- *Als Luftfahrtunternehmen konzentrieren wir uns auf die Kernkompetenzen unserer Geschäftsfelder: Passagiere, Logistik, Technik, Catering und IT Services. Qualität und Innovation, Sicherheit und Zuverlässigkeit stehen dabei im Mittelpunkt.*
- *Wir produzieren und vertreiben hochwertige Massivholzmöbel und gestalten damit die Umwelt unserer Kunden. Unsere Marken gehören zum Leben der Menschen dazu.*
- *Wir produzieren und vertreiben Lebensmittel und glauben an die Stärke unserer Marken. Mit unseren Produkten verbessern wir die Lebensqualität der Menschen.*

Vision

Die Vorstellung von dem, was die Mission eines Unternehmens ist, dürfte nicht allzu schwer fallen, schildert sie doch einen Ist-Zustand und die gegenwärtigen Grundhaltungen. Schwieriger wird die Formulierung einer Vision sein, denn sie muss vorhanden sein.

Beispiel: *Ein mittelständiger Möbelhersteller produziert drei verschiedene Typen von wenig anspruchsvollen Schleiflackschlafzimmern für vier verschiedene französische Handelsketten. Man macht sich keine Gedanken über die Zukunft.*

Es dürfte klar sein, dass dieses Unternehmen nicht die Spur einer Vision hat. Ganz im Gegenteil. Man arbeitet hier in Strukturen von gestern mit Methoden von heute, ohne eine Vorstellung von der Zukunft zu haben.

Die Vision ist dagegen auf die Zukunft ausgerichtet. Sie setzt voraus, dass man im Unternehmen regelmäßig und konsequent darüber nachdenkt, wo das Unternehmen in den nächsten 3 bis 5 oder sogar 10 Jahren stehen will. Visionäre entwickeln Vorstellungen über eine Welt von morgen und arbeiten an Strategien und Maßnahmen, um diese Visionen zur Realität werden zu lassen.

„Wenn du ein Schiff bauen willst, so trommle nicht die Männer zusammen, um Holz zu beschaffen, Werkzeuge zu bearbeiten und Aufgaben zu vergeben, sondern lehre die Männer die Sehnsucht nach dem endlosen Meer.“
Quelle: Antoine de Saint Exupery, Die Stadt in der Wüste, Deutsch von Oswalt von Nostitz, Karl Rauch Verlag, April 2009

Zahlreiche erfolgreiche Unternehmer hatten solche Visionen und führten auf diese Weise ihr Unternehmen zum Erfolg.

Beispiele: *Dr. August Oetker hatte um 1890 die Vision vom vereinfachten Backen und Kochen. Gottlieb Daimler entwickelte zur gleichen Zeit die Vision von motorgetriebenen Kraftwagen. Hasso Plattner, Dietmar Hopp und andere hatte die Vision von einer effizienteren Nutzung von Informationen und Standardisierung von Business-Software und gründeten das Unternehmen SAP. Steve Jobs von Apple inc. hatte die Vision von Mobilität in der Informatik und brachte die Produkte iPod, iPhone und iPad auf den Markt.*

Die Liste ließe sich beliebig erweitern. Gleichwohl braucht es nicht immer so herausragender Visionen, um erfolgreich zu sein. Es ist bekannt, dass die Wirtschaftskraft eines Staates wie Deutschland nicht durch die 30 DAX-Unternehmen bestimmt wird, sondern durch die große Anzahl kleiner und mittelständischer Unternehmen. Es verwundert daher nicht, dass ca. 80 % aller Innovationen aus kleinen, wenig spektakulären Veränderungen bestehen, durchaus auch von Produkten, die bereits erfunden wurden. Ob es um die technische Verbesserung von Dübeln, die Perfektionierung von Chronometern oder die geschickte Vermarktung qualitativ hochwertiger Naturtextilien geht: Visionen sind gerade in mittelständischen Unternehmen wichtiger als bei großen Innovationsdurchbrüchen.

In diesem Zusammenhang werden immer wieder die „Hidden Champions" genannt, zu deutsch „Heimliche Gewinner". Darunter versteht man relativ unbekannte kleine oder mittelständische Unternehmen, die in ihrem Markt Marktführer sind. In Deutschland gibt es allein ca. 1.500 dieser innovativen Unternehmen, die auf den Weltmärkten Marktführer sind.

Was muss eine Vision leisten?

Sie muss klar formuliert sein und hat die Aufgabe,

- die Mitarbeiter zu motivieren, um ihren Leistungswillen zu fördern,
- das Vertrauen und die Identität bei Mitarbeitern und Kunden zu stärken,
- die Zukunft klar, positiv und plausibel hervortreten zu lassen,
- den Mitarbeitern das Gefühl zu geben, wertvolle Aufgaben für das Unternehmen zu erfüllen,
- die Basis für ein einheitliches Erscheinungsbild des Unternehmens in der Öffentlichkeit zu legen,
- unternehmensspezifische Alleinstellungsmerkmale zu verdeutlichen,
- die Formulierung von Zielen und Strategien zu fördern,
- Rückschläge zu ertragen, ggf. Durststrecken und Umwege in Kauf zu nehmen und Abweichungen zu korrigieren, weil die Richtung klar ist, in die es gehen soll.

Werte

Die Mission und die Vision reichen allein allerdings nicht aus, um das Leitbild eines Unternehmens darzustellen. Hinzu kommen muss noch eine Vorstellung davon, welchen Werten das Management und die Mitarbeiter dieses Unternehmens verpflichtet sind. Die im Leitbild formulierten Werte haben im Prinzip eine mit der Ethik vergleichbare Aufgabe, denn diese stellt Kriterien für gutes und schlechtes Handeln und die Bewertung der Motive und der Folgen des Handelns auf.

Der Erfolg von Unternehmen ist nicht zuletzt auch auf die ethischen Vorstellungen ihrer Gründer, Eigentümer und Führungskräfte zurückzuführen. Nur wenn das Management durchgängig in der Lage ist, die unternehmensspezifischen Werte, wie z. B. Verlässlichkeit und soziale Verantwortung, im täglichen Umgang glaubhaft vorzuleben, wird dieses Verhalten auch von den Mitarbeitern und den Partnern des Unternehmens akzeptiert und honoriert. Das Unternehmen signalisiert damit nach innen und nach außen, dass es nicht nur dem Shareholder Value folgt und damit dem ausschließlichen Interesse der Aktionäre, sondern eher dem Stakeholder Value, und damit Rücksicht nimmt auf die Mitarbeiter und die anderen Partner des Unternehmens. Durch die Ausformulierung der Werte, z. B. in Geschäftsberichten, in einem Verhaltenskodex oder auf der Website des Unternehmens, wird transparent, was dem Management und den Mitarbeitern wichtig ist und worauf sich die Geschäftspartner verlassen können.

Der Wertekanon des Unternehmens soll folgende Anforderungen erfüllen: Die formulierten Werte

- müssen zu den Prioritäten des Geschäfts passen;
- werden auf wenige beständige „Kernwerte“ zugespitzt;
- werden glaubhaft und verständlich formuliert und für alle Mitarbeiter als verbindlich erklärt.

Das kann so weit gehen, dass sich alle Mitarbeiter mit der Einstellung verpflichten, den aufgestellten Werte- und Verhaltenskodex zu befolgen, ja, dass er sogar zu einem Bestandteil des Arbeitsvertrages wird.

Beispiele für Formulierungen von Werten:
„Um langfristig erfolgreich zu sein, bedarf es einer lebenswerten Umwelt und einer intakten Gesellschaft. Deshalb übernehmen wir Verantwortung.“ (BMW)
„Im Einklang mit der ökonomischen Wertschöpfung übernimmt das Unternehmen sowohl ökologische als auch soziale Verantwortung.“ (Dr. Oetker)
„Wir schätzen uns als Leistungsträger gegenseitig in unserer persönlichen und kulturellen Verschiedenartigkeit. Wir unterstützen einander funktions- und prozessübergreifend.“ (Fischerwerke)

Siemens AG: Werte & Vision (Auszüge)

Wir bei Siemens haben eine klare Vorstellung davon, wofür wir stehen und welche Ziele wir uns setzen. ... Diese Erfolgsgeschichte wäre ohne unseren festen Glauben an unsere Unternehmenswerte nie möglich gewesen. ...

Verantwortungsvoll: Wir verpflichten uns zu ethischem und verantwortungsvollem Handeln

Wir bei Siemens sind entschlossen, alle gesetzlichen und ethischen Anforderungen zu erfüllen – und, wo wir können, sogar zu übertreffen. Unsere Verantwortung liegt darin, das Unternehmen entsprechend den höchsten professionellen und ethischen Standards und Praktiken zu führen: ohne Spielraum für nichtkonforme Verhaltensweisen. ...

Exzellent: Wir erzielen Höchstleistung und exzellente Ergebnisse

Wir bei Siemens setzen uns ehrgeizige Ziele. ... Wir unterstützen unsere Kunden bei der Suche nach perfekter Qualität und bieten ihnen Lösungen, die ihre Erwartungen übertreffen. ... Exzellent sein bedeutet zudem, dass wir als Unternehmen für die besten Köpfe, die der Markt bietet, attraktiv sind. Es bedeutet, ihnen die Qualifikationen zu vermitteln und Chancen zu geben, die erforderlich sind, um Höchstleistungen zu erbringen. ...

Innovativ: Wir sind innovativ, um dauerhaft Wert zu schaffen

Innovationen sind der Grundstein des Erfolges von Siemens. Daher richten wir unsere Forschungs- und Entwicklungsaktivitäten eng an unserer Geschäftsstrategie aus. ... Wir sorgen dafür, dass die Energie und Kreativität unserer Mitarbeiter freigesetzt werden. ... Wir messen den Erfolg unserer Innovationen am Erfolg unserer Kunden. Wir erneuern unser Portfolio kontinuierlich, um Antworten auf die wesentlichen Herausforderungen der Gesellschaft zu bieten und schaffen dadurch nachhaltige Werte.

Quelle: Siemens AG, Website, http://www.siemens.com/jobs/de/ueberblick/werte_vision.htm, 09.07.2012

1.1.2 Unternehmensphilosophie

Die Unternehmensphilosophie ist das oberste Wertesystem als Weltanschauung des Unternehmens und seiner Mitarbeiter. Sie kann sowohl explizit in Führungsgrundsätzen im Rahmen des Leitbilds dokumentiert sein als auch implizit von den Eigentümern und Führungskräften des Unternehmens verfolgt werden. Sie gibt damit wieder, welche Wertvorstellungen das Management über den Sinn der unternehmerischen Tätigkeit hat, und prägt damit die Ziele des Unternehmens.

Die Unternehmensphilosophie wird als Weltanschauung stark beeinflusst von der Geschichte des Unternehmens, seinem Geschäftszweck, dem bei Eignern und Führungskräften vorherrschenden Menschenbild sowie Vorstellungen von der Wirtschafts- und Gesellschaftsordnung. Insofern enthält die Unternehmensphilosophie, ob ausformuliert oder nicht, die folgenden drei Komponenten:

- Bezug des Unternehmens zu Gesellschaft und Politik (Gesellschaftsbild),
- Bezug des Unternehmens zum Wettbewerb und
- Bezug des Unternehmens zu seinen Mitarbeitern (Menschenbild).

Diese Philosophie beeinflusst daher maßgeblich die soziale Verantwortung des Betriebs, die Strategien und die Ziele des Unternehmens sowie den Führungsstil und die Führungsgrundsätze im Betrieb.

Beispiel: *„Wir wollen unseren Kunden mit dem Besten dienen, was die Technik zum jeweiligen Zeitpunkt zu bieten hat. Miele hat den Anspruch, weltweit die hochwertigsten Geräte für Haushalt und Gewerbe herzustellen und auf allen Märkten der Welt als das absolute Spitzenprodukt im jeweiligen Bereich zu gelten. Deshalb ist fortwährende Innovation die Grundlage unseres unternehmerischen Handelns. Dabei steht der Kunde im Mittelpunkt, für den wir Produkte herstellen und Dienstleistungen erbringen – auf höchstem Niveau. Getreu dem Leitsatz „Immer besser“, den die Miele Firmengründer aufgestellt haben, werden wir auch in Zukunft unser Unternehmen kontinuierlich verbessern. Denn wenn wir aufhören würden, dieses „Immer besser“ anzustreben, wären wir eines Tages nicht mehr gut.“*
Quelle: Miele & Cie. KG, Gütersloh, Präambel der Unternehmensphilosophie, Website, http://www.miele-nachhaltigkeit.de/media/sustainability/MIELE_Unternehmensphilosophie.pdf, 08.07.2012

1.1.3 Unternehmenskultur

Die Unternehmenskultur ist im Prinzip die gelebte Philosophie eines Unternehmens. Es handelt sich dabei um ein System von Werthaltungen, Verhaltensnormen und Handlungsweisen, das von den Mitarbeitern und den Führungskräften erlernt, akzeptiert und gelebt wird.

Die Kultur eines Unternehmens prägt das Verhalten aller Organisationsmitglieder so, dass alle in der gleichen Weise miteinander und mit Kunden und Lieferanten umgehen, Entscheidungen fällen, Konflikte lösen und ihre Aufgaben erledigen. Aber es sind nicht nur die postulierten großen Werthaltungen, die eine Unternehmenskultur bestimmen. Es können auch die alltäglichen kleinen Dinge sein: Kleidung (Jeans oder Anzug), Anrede (Du oder Sie), Prinzip der offenen Tür oder Anmeldung bei der Sekretärin, Umgang mit Vorgesetzten („Heiligenschein" oder Unterhaltung „auf Augenhöhe"), die Büros (Einzelbüros oder Großraum), Grundhaltungen gegenüber Kunden (positiv oder negativ), Grad der Wertschätzung gegenüber Mitarbeitern, Führungsstil etc.

Aus den genannten Gründen ist die Unternehmenskultur auch nicht verschriftlicht, sie taucht allenfalls in bestimmten Arbeitsanweisungen oder Organigrammen auf.

1.1.4 Corporate Identity

Corporate Identity ist eine umfassende, eigenständige und unverwechselbare Unternehmensidentität bzw. Unternehmenspersönlichkeit.

Drei wesentliche Strukturmerkmale machen die Corporate Identity aus:

- **Corporate Behaviour** (CB) als Unternehmenskultur beinhaltet das Verhalten der Mitarbeiter untereinander, gegenüber Kunden sowie zu Lieferanten, Partnern und der Öffentlichkeit. Corporate Behaviour zeigt sich u. a. in der Mitarbeiterführung, im Umgangston und in der Kritikfähigkeit. Aber auch auf der Mikroebene spielt das CB eine wesentliche Rolle, wenn es um das Verhalten des einzelnen Unternehmensangehörigen geht.
- **Corporate Communication** (CC) umfasst die gesamte Unternehmenskommunikation – und zwar sowohl nach innen wie nach außen. Dadurch wird das einheitliche Erscheinungsbild vermittelt und das damit verbundene Image verstärkt.
- **Corporate Design** (CD) hat die Aufgabe, ein einheitliches, unverwechselbares Erscheinungsbild des Unternehmens nach außen zu tragen. Corporate Design bestimmt die Verwendung von Zeichen, Farben, Schriften, Formaten, Formularen, akustischen Signalen etc.

Gelegentlich werden zur Corporate Identity noch einige andere Teilbereiche dazu gezählt, wie

- Corporate Philosophy (siehe oben unter Unternehmensphilosophie),
- Corporate Culture (siehe oben unter Unternehmenskultur),
- Corporate Publishing u. a. m.

Corporate Design	Corporate Behaviour	Corporate Communication
▪ Firmenname ▪ Firmenlogo ▪ Firmenslogan ▪ einheitliches Layout von Werbemitteln ▪ Hausfarben, Hausschriften ▪ einheitliches Briefpapier, Visitenkarten ▪ Firmenfahrzeugbeschriftung ▪ Firmenkleidung ▪ Auftritt auf Messen	▪ Formulierung von Unternehmensgrundsätzen ▪ aufrichtiges Informationsverhalten ▪ faires Wettbewerbsverhalten ▪ Beteiligung der Mitarbeiter an Entscheidungen ▪ Personalentwicklung ▪ aktive Förderung des Betriebsklimas	▪ einheitlicher Auftritt in Werbemaßnahmen, wie Print-, Radio, Fernseh- und Online-Werbung ▪ Sponsoring ▪ Tage der offenen Tür ▪ regelmäßige Presseartikel ▪ Firmenvideos ▪ Firmenzeitschriften ▪ Maßnahmen des Event-Marketings

Im Zusammenhang mit der CI muss auch auf die die **Corporate Governance** eingegangen werden. Darunter sind Grundsätze der Unternehmensführung zu verstehen, die den Ordnungsrahmen für die Leitung von Unternehmen darstellen. Insofern kann Corporate Governance als die Gesamtheit aller internationalen und nationalen Regeln, Vorschriften und Grundsätze verstanden werden, die für Unternehmen gelten und bestimmen, wie diese geführt und überwacht werden. Basisregeln einer guten Corporate Governance sind:

- eine funktionsfähige Unternehmensleitung
- die Wahrung der Interessen der verschiedenen Gruppen (Stakeholder)
- die Zusammenarbeit von ausführenden und überwachenden Organen (z. B. Aufsichtsrat)
- die Transparenz der Unternehmenskommunikation gegenüber der Öffentlichkeit
- ein angemessener Umgang mit den verschiedenen Risiken der Unternehmensumwelt
- die Ausrichtung von Entscheidungen der Unternehmensführung auf eine langfristige Wertschöpfung

In Deutschland sind die Corporate-Governance-Grundsätze im so genannten Corporate Governance Kodex fixiert worden. Eine vom Bundesministerium der Justiz im September 2001 eingesetzte Regierungskommission hat diesen Kodex am 26.02.2002 verabschiedet. Die derzeitige Fassung wurde am 26.05.2010 aktualisiert. Der Kodex soll dazu beitragen, die in Deutschland geltenden Regeln für die Unternehmensleitung und -überwachung für nationale und internationale Investoren transparent zu machen. Auf diese Weise soll das Vertrauen in die Unternehmensführung deutscher Unternehmen gestärkt werden. Der Kodex besitzt über die Entsprechungserklärung nach § 161 AktG eine gesetzliche Grundlage.

Neben nationalen Regeln bestehen auch internationale Regeln zur Corporate Governance, u. a. von der OECD und von der EU. Allerdings handelt es sich dabei vorwiegend um Empfehlungen, die die Unternehmen nicht notwendigerweise umsetzen müssen.

Abschließend muss noch der Vollständigkeit halber vermerkt werden, dass es zwischen den hier abgehandelten Begriffen vielfältige Überschneidungen gibt, weshalb eine Abgrenzung nicht immer leicht fällt. Dies gilt insbesondere für die Begriffe Unternehmensleitbild, Unternehmensgrundsätze und Unternehmensphilosophie, die in der Literatur als teilweise identische, teilweise stark voneinander abweichende Begriffe dargestellt werden.

Wiederholungsfragen zu Kapitel 1.1

1. *Was versteht man allgemein unter einem Unternehmensleitbild?*
2. *Beschreiben Sie drei Aufgaben eines Unternehmensleitbildes.*
3. *Grenzen Sie die Begriffe Mission, Vision und Werte als Bestandteile eines Unternehmensleitbilds voneinander ab.*
4. *Was ist eine Unternehmensphilosophie und worüber gibt sie Auskunft?*
5. *Erklären Sie den Zusammenhang von Unternehmensphilosophie und Unternehmenskultur.*
6. *Erklären Sie den Begriff „Corporate Identity" und nennen Sie drei wesentliche Strukturmerkmale.*
7. *In vielen Geschäftsberichten liest man immer von „Corporate Governance". Was ist darunter zu verstehen?*

1.2 Strategische und operative Planung

Planung ist die gedankliche Vorwegnahme zukünftigen wirtschaftlichen Handelns und beinhaltet damit die Vorbereitung der Gestaltung zukünftiger Strukturen, Prozesse und Ereignisse.

Die Planung ist die zweite wichtige Station im Managementkreislauf. Sie folgt der Zielsetzung: Die Steuerung eines Unternehmens ist nur dann möglich, wenn feststeht, welche Zielrichtung das Unternehmen einschlagen soll, wenn also vorab ein Kurs fixiert worden ist.

„Ein Schiff, das seinen Hafen nicht kennt, für das ist kein Wind günstig."
Lucius Annaeus Seneca, römischer Philosoph, 01 – 65 n. Ch.

Eine solche Kursfestlegung erfolgt in Unternehmungen durch Ziele, die allen Beteiligten vorgeben, welche Richtung in welchem Ausmaß angestrebt wird. Nur wenn die Ziele festgelegt sind, sind die einzelnen Entscheidungsträger im Unternehmen in der Lage, die geeigneten Entscheidungen für Maßnahmen so zu treffen, dass diese Ziele auch erreicht werden.

Damit Ziele für die Planung brauchbar sind, müssen sie folgende Anforderungen erfüllen:

- Es muss sich um operationale Ziele handeln, d. h. die Zielerreichung muss gut messbar sein und es muss einen Zeitbezug geben.

  Beispiel: *Umsatzsteigerung um 5 % im März, Kostenreduzierung um 30.000,00 EUR im 2. Halbjahr*

- Die Einzelziele müssen mit dem Unternehmensziel vereinbar sein, das bedeutet, dass ein angestrebtes Ziel sich entweder komplementär (unterstützend) zum Unternehmensziel verhält oder es nicht berührt. Keinesfalls darf zwischen dem Unternehmensziel und dem Teilziel ein Zielkonflikt entstehen.

Beispiel: *Wenn das Unternehmensziel eine kurzfristige Steigerung der Rentabilität zum Inhalt hat, dann ist jedes Kostensenkungsziel damit vereinbar. Nicht damit vereinbar wäre eine Verbesserung der freiwilligen sozialen Leistungen für die Arbeitnehmer.*

- Die Zielvorgaben müssen realistisch sein, damit sie in der Lage sind, den verantwortlichen Entscheidungsträger bzw. die Mitarbeiter anzuspornen.

  Beispiel: *Wenn das bisherige Marktwachstum bei 3 % lag, ist ein Wachstumsziel von 10 % Umsatzsteigerung für den Vertriebsbereich illusorisch, es sei denn, es sollen entsprechende Anstrengungen in der Produkt- oder Kommunikationspolitik dieses Ziel unterstützen.*

- Die Zielformulierung muss partizipativ erfolgen, im Zweifel also gemeinsam mit dem Entscheidungsträger. Kompetenz und Verantwortung müssen auch hier übereinstimmen.

  Beispiel: *Für die Festlegung der individuellen Ziele des Mitarbeiters eignen sich die Jahresgespräche, die ein Vorgesetzter im Oktober oder November mit seinen Mitarbeitern führt.*

Um es auf eine einfache Formel zu bringen: Ziele müssen **SMART** *sein:*

S → *spezifisch-konkret (präzise und eindeutig formuliert)*
M → *messbar (quantitativ oder qualitativ)*
A → *attraktiv (positiv formuliert, motivierend)*
R → *realistisch (Das Ziel muss für den Mitarbeiter erreichbar sein.)*
T → *terminiert (Bis wann? In welchem Zeitraum?)*

Aufgaben und Wesen der Planung

Sind die Ziele fixiert, setzt die Planung darauf auf. Sie erfüllt in jedem Unternehmen drei wesentliche Aufgaben:

- Sie verfolgt eine gedankliche, d. h. rationale **Durchdringung und Gestaltung der betrieblichen Zukunft**, damit auch in Krisenzeiten der Handlungsspielraum für die Unternehmensführung gegeben ist.
- Sie dient als **Grundlage der Lenkung der betrieblichen Realisation**, ist also gewissermaßen eine Regieanweisung für die Mitarbeiter.
- Sie wird benötigt als **Vergleichsmaßstab** und ist damit Grundlage für die am Ende einer Wirtschaftsperiode durchzuführende Kontrolle.

Aus der Planung ergeben sich für alle Ergebnisverantwortlichen Maßgrößen und Vorgaben, die für den Planungszeitraum verbindlich sind. Diese Vorgaben müssen im Rahmen der Unternehmenssteuerung koordiniert und realisiert werden. Unabdingbare Voraussetzung zur Planungsakzeptanz ist die Einbeziehung aller verantwortlichen Mitarbeiter in den Planungsprozess. Je stärker die Beteiligten in diesen Prozess eingebunden sind, umso höher ist die Akzeptanz der Planung und die Motivation zur Zielerreichung.

Wesen der Planung

- Planung ist zukunftsbezogen, hat aber gestaltenden Charakter. Damit unterscheidet sie sich wesentlich von der Prognose, die aussagt, wie die Zukunft wahrscheinlich bei Zutreffen bestimmter Annahmen aussehen könnte.
- Planung ist ein rationaler Prozess. Jede Planung beinhaltet immer einen Denkprozess.

- Teilpläne dürfen nicht isoliert betrachtet und geplant werden, denn es gibt vielfältige Beziehungen zwischen den einzelnen Teilplänen (Interdependenz der Teilpläne).
- Jede Planung muss Annahmen über die Rahmenbedingungen machen, sogenannte Planungsprämissen.
- In jedem Planungsprozess müssen die folgenden Fragen beantwortet werden:
  - Von welchen Planungsprämissen/Faktoren sind die zu planenden Größen abhängig?
  - Wie verändern sich diese Größen, wenn sich die Einflussfaktoren verändern; welches Ursache-Wirkungs-Verhältnis liegt also dem einzelnen Planungsbereich zugrunde?
  - Wie werden sich die Größen zukünftig verhalten?
- Jede Planung ist mit einem mehr oder weniger hohen Grad an Unsicherheit behaftet. Künftige Entwicklungen, erst recht Krisen oder sonstige Friktionen im Unternehmensumfeld, können nicht antizipiert, d. h. vorweggenommen werden.
- Jede Planung muss genug Raum für Improvisation geben, sonst ist sie zu starr.

Planungshorizonte

Da sich jede Planung auf die Zukunft bezieht, ist es logisch zu fragen: Welche Zukunft, für welchen Zeitraum soll geplant werden? Die Antwort darauf führt zu drei unterschiedlichen Planungshorizonten:

- **Strategische Planung:** Sie ist eine langfristige Planung mit einem Planungshorizont von ca. drei bis fünf Jahren, in Großunternehmen u. U. auch bis zu 10 Jahren. Inhaltlich befasst sich die strategische Planung mit grundsätzlichen und wegweisenden Bereichen.

  Beispiele: *Geschäftsfelder, Produktportfolios, Standort, Betriebsgröße, Forschungsvorhaben, Finanzstruktur, Änderungen der Unternehmensform oder grundlegende Personalpolitik*

- **Taktische Planung:** Sie ist eine mittelfristige Planung mit einem Horizont von einem bis drei Jahren. Inhaltlich befasst sie sich mit den grundlegenden Maßnahmen, die geeignet sind, die strategischen Ziele zu erreichen.

  Beispiele: *Produktentwicklung, Investitionen, Finanzierung, Personalentwicklung, Eigenfertigung oder Fremdbezug, Bestellpolitik oder Rationalisierung*

- **Operative Planung:** Die operative Planung ist eine kurzfristige Planung mit einem Planungshorizont von bis zu einem Jahr. Es ist eine Detailplanung, die für alle Mitarbeiter und das Management eine Art Handlungsanweisung für die kommenden Monate abgibt.

  Beispiel: *Absatzplan der kommenden Monate, Kostenbudget einzelner Abteilungen nach Monaten, aber auch sehr kurzfristige Planungen, wie Maschinenbelegungspläne, Personaleinsatzpläne, Materialbereitstellungspläne, Liquiditätspläne usw.*

1.2.1 Strategische Planung

Der Begriff Strategie wird aus dem griechischen Wort *strategos* abgeleitet und bedeutet so viel wie „Feldherr" oder „Kommandant". In der Tat wurden Strategien ursprünglich im rein militärischen Bereich als Denkmodell für die Durchführung von Schlachten angewendet. Aber auch im Schachspiel oder in der Spieltheorie taucht dieser Begriff und meint dann immer die langfristige Orientierung der Spieler.

Als Strategie wird im Allgemeinen das Anstreben eines längerfristig ausgerichteten Ziels unter Berücksichtigung der verfügbaren Mittel und Ressourcen verstanden.

Inzwischen wurde der Begriff auch für wirtschaftliche Zwecke adaptiert und meint damit die langfristige Ausrichtung eines Unternehmens. So werden hier unter Strategien die (meist langfristig) geplanten Verhaltensweisen der Unternehmen zur Erreichung ihrer Ziele verstanden.

Besonderheiten der strategischen Planung

Strategische Planung findet nicht einmal in ein paar Jahren statt, sondern ist ein vielstufiger, immer wieder zu leistender Prozess. Die strategische Planung soll idealerweise aus dem Unternehmensleitbild und den grundsätzlichen Unternehmenszielen entwickelt werden. Die Strategie legt fest, auf welchen Märkten mit welchen Produkten und welchen notwendigen Innovationen eine Unternehmung aktiv sein soll und wie die Auseinandersetzung mit dem Wettbewerb erfolgen soll. Die strategische Planung stellt damit den grundsätzlichen Orientierungsrahmen für zentrale Unternehmensentscheidungen dar.

Allerdings kann auch eine strategische Entscheidung durchaus kurzfristig erfolgen.

Beispiele: *Einem Unternehmen wird überraschend ein wichtiges Patent angeboten, das einen entscheidenden Baustein im Wettbewerb darstellt. Ein Unternehmen muss kurzfristig die Entscheidung über eine strategische Partnerschaft fällen, die ihr von einem anderen Marktteilnehmer angeboten wird.*

Insofern erscheint es sinnvoll, die Zuordnung eines Sachverhaltes zur strategischen, taktischen oder operativen Ebene nicht nur nach der Fristigkeit, sondern eher nach der Sache zu entscheiden.

Die Verantwortung für die strategische Planung liegt im Wesentlichen bei den oberen Managementebenen (Geschäftsführer, Bereichsleitung und Vorstand). Allerdings sind auch Situationen denkbar, in denen aus den unteren Ebenen des Unternehmens Anregungen oder Innovationen kommen, die zwangsläufig zu einer strategischen Neuorientierung führen.

Merkmale von Unternehmensstrategien

- Strategien basieren auf den zentralen Einstellungen und Wertvorstellungen der Entscheidungsträger und dem Leitbild des Unternehmens.
- Strategien sind vorwiegend auf das ganze Unternehmen ausgerichtet.
- Strategien legen die grundlegenden Geschäftsfelder der Unternehmung langfristig fest.
- Strategien haben sehr weitreichende Konsequenzen in Bezug auf die Bindung der Ressourcen.
- Änderungen der Strategie sind mit hohen Kosten und Investitionen verbunden.
- Strategien beziehen sich zumeist auf die Mitbewerber im Markt.
- Strategien berücksichtigen deshalb die Stärken und Schwächen des Unternehmens im Verhältnis zu den Mitbewerbern.

- Strategien berücksichtigen die Chancen und Risiken, die sich aus der aktuellen und möglichen zukünftigen Umweltsituation ergeben.
- Strategien reagieren auf die gesellschaftlichen und ökonomischen Rahmenbedingungen. Sie nehmen diese nicht wie ein Datum hin, sondern versuchen sie aktiv im eigenen Sinne zu beeinflussen.
- Strategien haben eine hohe Bedeutung für die zukünftige Vermögens- und Ertragslage eines Unternehmens.
- Strategien erfordern für ihre erfolgreiche Umsetzung die Formulierung von taktischen Maßnahmenplänen für die betroffenen Funktionsbereiche.

Die strategische Planung bedient sich einer Reihe von „Werkzeugen“ aus dem strategischen Controlling. Dazu gehören u. a.
- Potenzialanalyse (SWOT-Analyse),
- Produktlebenszyklus-Analyse,
- Portfolio-Analyse,
- Benchmarking,
- Balanced Scorecard.

1.2.1.1 Potenzialanalyse/SWOT-Analyse

Der Begriff SWOT steht für die Anfangsbuchstaben der vier englischen Begriffe:

Strengths = Stärken
Weaknesses = Schwächen
Opportunities = Chancen
Threats = Risiken

Die SWOT–Analyse ist ein sehr gut geeignetes Instrument zur Positionsbestimmung und Zielformulierung im Rahmen der strategischen Planung. Mit dieser relativ einfachen und flexiblen Methode können auch gut kleine und mittelständische Unternehmen arbeiten. Bei dieser Analyse werden zunächst die innerbetriebliche Stärken und Schwächen ermittelt. Diese ergeben eine Potenzialanalyse des Unternehmens. Sodann werden die die externen Chancen und Gefahren analysiert, die die Geschäftsfelder des Unternehmens betreffen.

Interne Analyse (Stärken und Schwächen)	Externe Analyse (Chancen und Risiken)
In der internen Analyse erfolgt eine möglichst schonungslose und objektive Selbstbeobachtung des Unternehmens und seiner Geschäftsprozesse. Das Ergebnis sind die Eigenschaften des Unternehmens, die im Zweifel angepasst werden müssen.	In der externen Analyse wird die Unternehmensumwelt untersucht. Die Umweltbedingungen sind für das Unternehmen weitgehend vorgegeben. Das Unternehmen registriert diese Veränderungen und reagiert darauf mit der Anpassung seiner Strategie.

Untersuchungsfelder der interne Analyse	Untersuchungsfelder der externe Analyse
▪ Know-how, Erfindungen ▪ Finanzen ▪ Personal ▪ Produktionsverfahren ▪ Image, Bekanntheitsgrad ▪ usw.	▪ technologische Entwicklung ▪ politische Situation ▪ wirtschaftliche Entwicklung ▪ Wettbewerb ▪ Trends ▪ usw.

Aus der Kombination der analysierten Stärken und Schwächen einerseits mit den Chancen und Risiken der Umwelt andererseits kann nun eine ganzheitliche Strategie für das Unternehmen entwickelt werden. Dabei dürfen die Stärken und Schwächen nicht absolut gesehen werden, sondern sie müssen immer im Vergleich zu den Mitbewerbern beurteilt und eingeordnet werden.

SWOT-Analyse		Interne Analyse	
		Stärken (Strenghts)	Schwächen (Weaknesses)
Externe Analyse	**Chancen (Opportunities)**	In diesem Aktionsfeld sollten neue Chancen auf den Märkten, die gut zu den Stärken des Unternehmens passen, verfolgt werden. Fragen: Welche unserer Stärken passen zu welchen Chancen? Wie können wir welche Stärken nutzen, um die sich bietenden Chancen zu realisieren?	In diesem Aktionsbereich sollten die vorhandenen Schwächen eliminiert werden, um die sich am Markt bietenden neuen Chancen zu nutzen. Fragen: Wie können Schwächen zu Stärken entwickelt werden? Welche Schwächen müssen wir eliminieren? Wo können aus Schwächen Chancen entstehen?
	Gefahren (Threats)	In diesem Aktionsfeld müssen Strategien her, die die drohenden Gefahren durch vorhandene Stärken abweisen können. Fragen: Welchen Gefahren können wir mit welchen Stärken begegnen? Wie können unsere vorhandenen Stärken geschickt eingesetzt werden um drohende Gefahren abzuwenden?	In diesem Aktionsfeld helfen nur Strategien, die die vorhandenen Schwächen nicht zum Ziel von externen Bedrohungen werden lassen. Fragen: Wo befinden sich unsere Schwächen? Was müssen wir tun, damit diese Schwächen nicht zur Bedrohung werden? Wie können wir uns vor Schäden schützen?

Die Einsatzmöglichkeiten der SWOT-Analyse sind vielfältig. Sie eignet sich sowohl für die strategische Ausrichtung des Marketings im Bereich der Produktpolitik als auch für nahezu alle strategischen Entscheidungen, z. B. Entscheidungen über Standorte, für die Beteiligung an anderen Unternehmen oder die Bildung strategischer Partnerschaften.

1.2.1.2 Produktlebenszyklus

Nahezu jedes Produkt, das auf den Markt kommt, unterliegt ebenso wie ein Tier oder ein Mensch einem Lebenszyklus, d. h. einem Grundmuster in seiner Entwicklung, das sich vereinheitlichen lässt. So beschreibt der **Produktlebenszyklus** den Prozess zwischen der

Entwicklung bzw. Markteinführung eines marktfähigen Produkts und seiner Herausnahme (Eliminierung) aus dem Markt. Dabei wird die „Lebensdauer" eines Produktes in verschiedene Phasen unterteilt, an denen sich die Produktpolitik eines Unternehmens mit ihren Maßnahmen orientieren muss.

Das Grundmodell eines solchen Produktlebenszyklus lässt sich wie folgt darstellen.

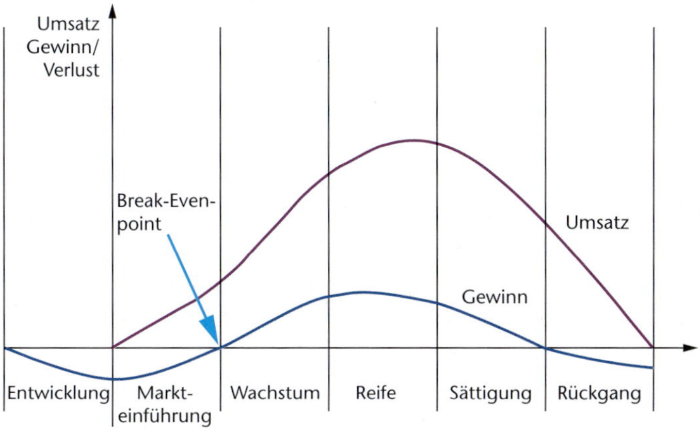

- In der **Entwicklungsphase** wird das Produkt gestaltet, die Produktion wird vorbereitet und das Produkt wird am Markt durch eine Einführungswerbung bekannt gemacht. In dieser Phase werden hohe Mittel aufgewendet, die als Investition in die Zukunft zu sehen sind.
- In der **Einführungsphase** wird das Produkt mit großem Engagement des Vertriebs und hohem Werbe- und PR-Aufwand in den Markt gebracht. Die Umsätze steigen allmählich an, übersteigen jedoch nicht die bisherigen Aufwendungen, sodass auch in dieser Phase weiterhin Verluste auflaufen. In dieser Phase entscheidet sich, ob das Produkt vom Markt angenommen wird oder ob es zum Flop wird. Sofern das Produkt vom Markt sehr gut aufgenommen wird, kann es allenfalls zu Produktionsengpässen aufgrund einer besonders hohen Nachfrage kommen. Diese Phase ist dann beendet, wenn der kumulierte Break-Even-Point erreicht ist, d. h. wenn die kumulierten Aufwendungen von den kumulierten Erträgen gedeckt sind.
- In der **Wachstumsphase** nimmt der Bekanntheitsgrad des Produktes zu und der Umsatz steigt progressiv an. Weitere Werbung beschleunigt dieses Wachstum. Das Gesetz der Massenproduktion greift, und die Herstellkosten sinken aufgrund hoher Produktionszahlen. Das Produkt erwirtschaftet nun Gewinn. Die Wachstumsphase endet, wenn die Umsatzkurve von einer progressiven auf eine degressive Steigung wechselt.
- In der **Reifephase** steigt der Umsatz auch noch an und erreicht gegen Ende sein Maximum. Das Produkt ist jetzt technisch ausgereift. Die Herstellkosten sind niedrig. Das Produkt wirft in dieser Phase die höchsten Gewinne ab. Allerdings wird der Wettbewerb härter, weil Konkurrenten mit vergleichbaren Produkten auf den Markt drängen. Das Unternehmen muss nun vor allem die Preis- und Konditionenpolitik einsetzen und letztlich Preiszugeständnisse machen. Zum Ende dieser Phase führt das zu einem Absinken des Gewinns. Das Unternehmen hält in dieser Phase einen hohen Marktanteil und wird versuchen, durch Produktvariationen weiteres Marktpotenzial abzuschöpfen.

- In der **Sättigungsphase** hat das Produkt kein Wachstum mehr. Der Umsatz und der Gewinn gehen zurück. In dieser Phase wird versucht, durch einen Produktrelaunch, d. h. eine Verbesserung des Produktes oder Beigaben von zusätzlichem Nutzen, die Lebensphase zu verlängern. Diese Phase endet, wenn die Umsatzerlöse so weit zurückgehen, dass die Kosten nicht mehr gedeckt werden. Das Produkt ist am Ende der Gewinnzone angelangt.
- In der **Rückgangphase** (Degenerationsphase) nimmt aufgrund der Marktsättigung sowie durch Geschmackswandel der Umsatz stark ab. Die Verbraucher wenden sich neuen Produkten zu. Das Produkt ist in der Verlustzone und das Unternehmen muss über die Herausnahme des Produktes aus dem Markt entscheiden. Damit wäre der Produktlebenszyklus beendet.
- In einer **Nachlaufphase** muss das Unternehmen noch je nach Produkt eine Reihe von Aufwendungen erbringen. Dazu gehören z. B. Garantieleistungen, Versorgung der Altkäufer mit Ersatzteilen, Entsorgung von Altgeräten und die Umschichtung oder der Abbau von Produktionsanlagen. Den hier getätigten Aufwendungen stehen kaum noch Einzahlungen gegenüber, sodass sich damit der Gesamterfolg des Produktes noch einmal schmälert.

1.2.1.3 Portfolio-Analyse

Als in der zweiten Hälfte des vergangenen Jahrhunderts immer mehr Unternehmen durch Produktdiversifizierung und durch divisionale Strukturierung in ganz unterschiedlichen Geschäftsfeldern tätig wurden, entwickelte die Beratungsunternehmung Boston Consulting Group ein Konzept, das bis heute als Grundlage für unternehmerische Produkt- und Investitionsentscheidungen verwendet werden kann. Die Geschäftsfelder (z. B. Produktgruppen oder Unternehmensbereiche) werden einer zweidimensionalen, in vier Felder aufgeteilten, Matrix zugeordnet, dem sogenannten BCG-Portfolio. Diesem Portfolio liegen unter anderem die Erkenntnisse aus dem Produktlebenszyklus, der aktuellen Konkurrenzsituation und den bisherigen Erfahrungen mit dem Produkt zugrunde. Das Portfolio folgt dabei im Prinzip den vier wesentlichen Phasen des Produktlebenszyklus.

In der Matrix werden das Marktwachstum und der relative Marktanteil in ein Verhältnis zueinander gesetzt. Dabei ist der relative Marktanteil das Verhältnis von eigenem Marktanteil zum Marktanteil des stärksten Konkurrenten. Die Mittelpunkte der Kreise (= strategische Geschäftsfelder und Produktgruppen) sind im Schnittpunkt ihres relativen Marktanteils und des Wachstums ihres Marktes angeordnet. Der Durchmesser der Kreise wird durch den Umsatzanteil am Gesamtumsatz des Unternehmens bestimmt und drückt dessen relative Bedeutung für das Unternehmen aus.

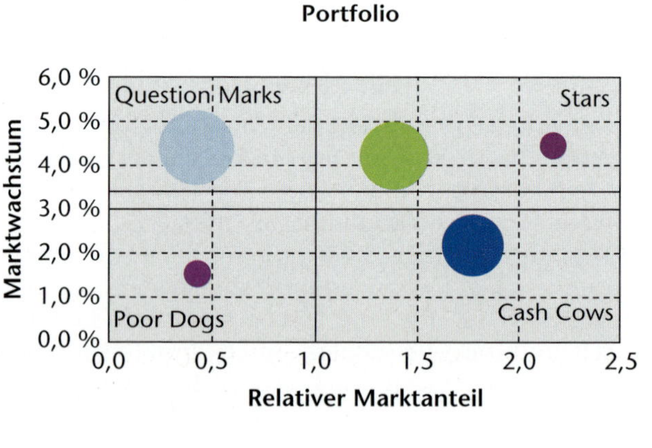

- **Question Marks**: Die Fragezeichen, auch als Nachwuchsprodukte bezeichnet, sind neue Geschäftsfelder. Sie befinden sich noch in der Einführungsphase und weisen noch eine geringe Wachstumsrate auf, die aber steigt. Der relative Marktanteil ist noch gering. In dieser Phase übersteigen die Ausgaben für das Produkt die Einnahmen. Das Geschäftsfeld sollte zu einem Star weiterentwickelt werden. Normstrategie: Investieren und weiterentwickeln.

- **Stars**: Die Stars sind die Sterne des Unternehmens, sie befinden sich in der Wachstumsphase, haben nicht nur einen hohen relativen Marktanteil, sondern auch ein hohes Marktwachstum. Sie sollten möglichst lange in dieser Position gehalten werden. Für sie müssen Investitionen in Marketing und Produktion gemacht werden. Bei sinkendem Marktwachstum werden sie zu Cash Cows, wenn sie Marktanteile verlieren, fallen sie wieder zurück auf die Position Question Mark. Normstrategie: Investieren.

- **Cash Cows**: Die Cash Cows, zu Deutsch Melkkühe, haben einen großen Marktanteil, jedoch nur noch ein geringes Marktwachstum. Im Produktlebenszyklusmodell ist das die Reifephase. Mit den Cash Cows wird gegenwärtig viel Geld verdient. In diese Geschäftsfelder sollte nicht mehr viel investiert werden, sondern sie sollten nur noch gemolken werden. Normstrategie: Position halten und Erträge abschöpfen.

- **Poor Dogs**: Die Poor Dogs sind als „arme Hunde" am Ende ihres Produktlebenszyklus angekommen. Es sind Problemprodukte, die im Modell des Lebenszyklus in der Sättigungs- oder Rückgangphase angekommen sind. Sie weisen nicht nur ein geringes Marktwachstum auf, sondern auch einen niedrigen relativen Marktanteil. Daneben besteht die Gefahr, dass diese Produkte hohe Verluste einfahren, wenn nicht investiert wird (z. B. durch einen Produktrelaunch). Normstrategie: Innovation oder Eliminierung.

1.2.1.4 Benchmarking

Benchmarking ist eine kontinuierliche Vergleichsanalyse von Produkten (Dienstleistungen), Prozessen und Methoden des eigenen Unternehmens mit denen des besten Konkurrenten. Zweck ist es, die Leistungslücke zum führenden Unternehmen in der Branche systematisch zu schließen.

Benchmarking umfasst die folgenden fünf Schritte:

1. Auswahl des Objekts, das analysiert und verglichen werden soll. Das kann ein Produkt, eine bestimmte Methode oder ein Geschäftsprozess sein

2. Festlegen der zu überprüfenden Vergleichswerte und Auswahl eines oder mehrerer Vergleichsunternehmen

3. Datengewinnung entweder über Sekundärinformationen oder Sichtung von Primärinformationen (z. B. Einblick in Originalunterlagen, Dokumentationen, Zeichnungen oder Betriebsbesichtigungen)

4. Diagnose der Leistungslücken und ihrer möglichen Ursachen

5. Schließung der Lücken durch Entwicklung und Anwendung einer eigenen *Best Practice*

	Beispiele:	Vorteile	Nachteile
Benchmarking mit anderen Bereichen des Unternehmens	Vergleich mehrerer verschiedener Werke, Verkaufsniederlassungen oder Abteilungen des eigenen Unternehmens	▪ guter Zugang zu den verschiedenen Daten ▪ vorteilhaft bei vergleichbaren Strukturen	▪ nur interne Sicht der Dinge ▪ wenn wegen einer falschen Organisation alle etwas falsch machen, wird das nicht entdeckt
Benchmarking mit den Wettbewerbern des Unternehmens	Vergleich eines Großhandelsunternehmen mit Unternehmen der gleichen Branche (z. B. Möbel)	▪ beste Rückwirkung auf eigenes Unternehmen ▪ übereinstimmende Märkte und Prozesse ▪ eigene Position gut bestimmbar	▪ Wettbewerb erhält sensible Daten ▪ bietet keine Anhaltspunkte, wie man es besser als der Wettbewerb machen kann
Benchmarking mit branchenfremden, aber strukturähnlichen Unternehmen	Vergleich zwischen den Vertriebsabteilungen eines Lebensmittel-, eines Süßwaren- und eines Getränkeherstellers	▪ vielseitige Vergleichsmöglichkeiten ▪ neue Vorgehensweise und Ideen sind möglich	▪ schwierig, vergleichbare Daten zu finden und auszutauschen ▪ u. U. schwierige Übertragung der Daten

Ausschlaggebend ist, dass für jeden angestrebten Vergleich derjenige Konkurrent herangezogen wird, der sich durch die Best Practice auszeichnet oder aber führend auf diesem Gebiet ist.
Best Practices existieren auf verschiedenen Ebenen und treten in folgenden Formen auf:

- Auf der obersten Betrachtungsebene werden Konzepte, Leitbilder, Geschäftsfelder oder strategische Ziele infrage gestellt. Hier geht es darum, *„die richtigen Dinge zu tun"* – also die Effektivität der eingesetzten Ressourcen zu verbessern.
- Auf den unteren Betrachtungsebenen werden Prozesse und Methoden betrachtet und unter die Lupe genommen. Hier geht es darum, *„die Dinge richtig zu tun"* – also die Prozesseffizienz zu verbessern.

Ein Grundsatz ist bei jedem Benchmarking zu beachten, insbesondere mit Wettbewerbern:

Der Austausch von Daten darf nicht dazu führen, dass sensible Daten des eigenen Unternehmens herausgegeben werden und man selbst dafür „gefakte" Daten eines oder mehrerer anderer Unternehmen erhält. Durch geeignete Maßnahmen ist auszuschließen, dass das eigene Unternehmen Opfer von Betriebsspionage wird.

Er ist einleuchtend, dass ein internes Benchmarking am einfachsten durchgeführt werden kann. So können z. B. die Filialen eines Handelsunternehmens oder die Auslieferungsniederlassungen eines Industrieunternehmens verglichen werden. Hier könnte allerdings das Problem auftreten, dass keine Unterschiede registriert werden, weil alle nach gleichen Organisationsanweisungen arbeiten; oder aber die beobachteten Organisationseinheiten weisen dieselben Mängel in der Effizienz auf, was nicht offengelegt werden kann.

Deshalb ist der Vergleich mit anderen Unternehmen besonders aussagefähig. Hier können z. B. Kennzahlen aus dem Umsatz- und Kostenbereich, Methoden der Produktentwicklung oder Produktionsabläufe miteinander verglichen werden. Wenn Wettbewerber untereinander zu misstrauisch sind oder deren Daten zu sensibel, kann ein verdeckter Vergleich durch eine überbetriebliche Clearingstelle organisiert werden. Die Daten werden durch Indexierung so verfremdet, dass sie zwar den Zweck des Benchmarkings noch erfüllen, aber so anonymisiert sind, dass sie dem einzelnen Unternehmen nicht mehr zugeordnet werden können. Häufig ist Benchmarking unter Wettbewerbern auch über Unternehmensberatungen und Branchenverbände möglich. Die Ergebnisse eines Branchenbenchmarkings dürfen nicht dazu führen, dass das Unternehmen nur versucht, den Besten im Markt einzuholen. Denn: „Wer immer nur in die Fußstapfen eines anderen tritt, wird ihn nicht überholen können."

Auch der Vergleich mit strukturähnlichen, aber branchenfremden Organisationen kann interessante Erkenntnisse liefern. Allerdings ist es hier u. U. schwierig, geeignete Partner zu finden und die Ergebnisse im eigenen Unternehmen anzuwenden.

Beispiele: *Verschiedene Hersteller im Metallbereich vergleichen ihre Produktionsprozesse im Bereich der Oberflächenveredlung miteinander. Unternehmen aus verschiedenen Branchen an einem Ort vergleichen die Kostensituation ihrer Kantinen miteinander. Die Personalabteilungsleiter eines Personalleiterzirkels in einer Region beschließen, die Abläufe ihrer Personalentwicklung miteinander zu vergleichen.*

1.2.2 Operative Planung

Die operative Planung ist die Umsetzung der strategischen Planung in einzelne betriebliche Teilpläne.

Die operativen Planungsinhalte sollen durch kurzfristige Vorgaben dazu beitragen, die gesteckten Ziele zu erreichen. Hierzu zählen vor allem Absatz- und Umsatzpläne, Beschaffungs- und Produktionspläne, Kosten- und Erfolgspläne (DB-Rechnungen), Investitions- und Finanzierungspläne, Planbilanzen und GuV sowie Projektpläne.

Die Planung erfolgt für den betrachteten Zeitraum, der im Normalfall ein Jahr beträgt. Die Planungsperiode beträgt jedoch zumeist einen Monat. In diesen Zeiträumen unterliegt die kurzfristige Planung auch der Kontrolle durch den Plan-Soll-Ist-Vergleich.

Beteiligt sind an der Planung im Allgemeinen auf der einen Seite die Geschäftsleitung und das Controlling und auf der anderen Seite die einzelnen Budget- und Planverantwortlichen, die später ggf. Abweichungen von ihren Plänen zu verantworten haben. Die Planvorstellungen der beiden Planungsebenen müssen aufeinander abgestimmt werden, was nur durch intensive sachliche Diskussion gewährleistet werden kann. Insofern läuft zwischen den Beteiligten ein interaktiver Prozess ab, bei dem die einzelnen Teilpläne aufeinander abgestimmt werden müssen. Im Detail könnte ein Planungsprozess in einem Unternehmen folgenden Verlauf nehmen:

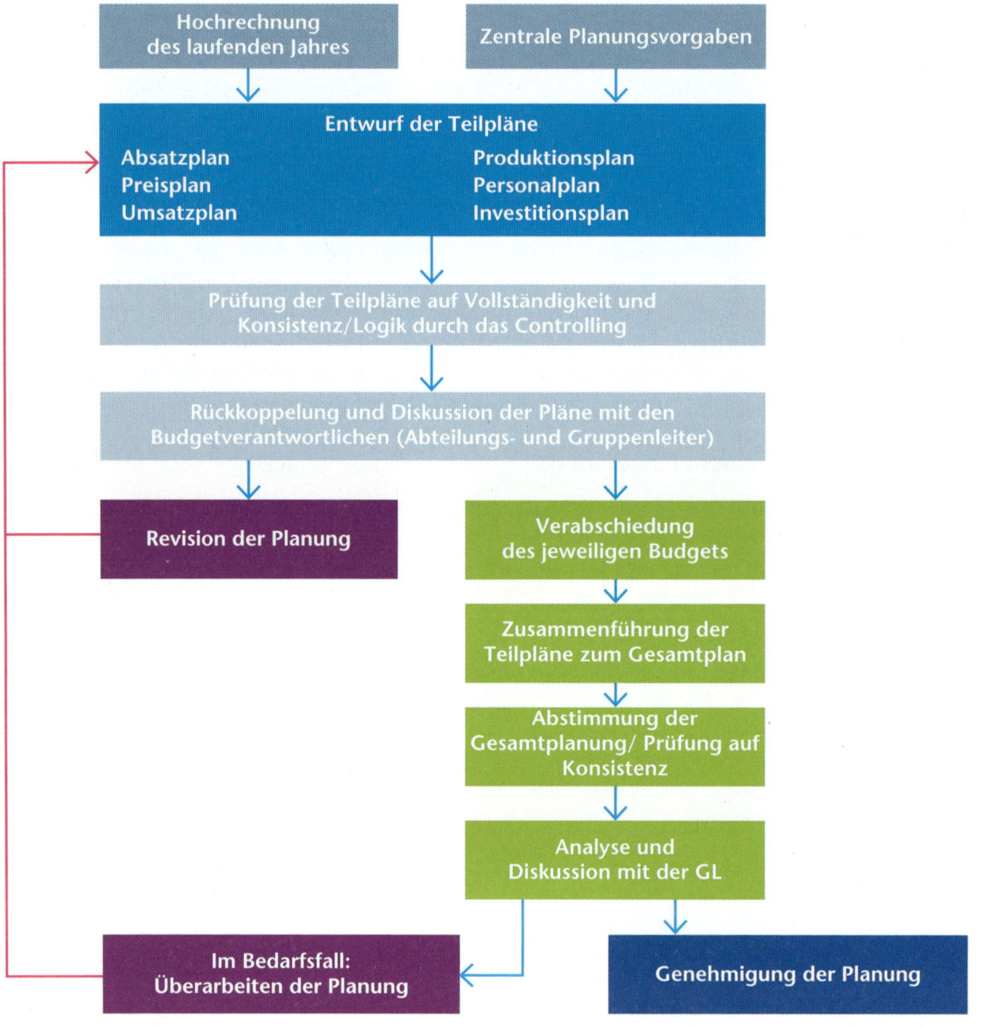

Beispiel: *Für einen industriellen Hersteller von Elektrogeräten könnte ein operativer Planungsprozess, ausgehend von Absatz-, Umsatz- und Lagerplan, wie folgt ablaufen:*

1. *Ermittlung der Planabsatzmengen und Ableitung des Produktionsplans (unter Einbeziehung der Bestandspläne)*
2. *Auflösung des Produktionsplans in Arbeitspläne und Stücklisten; Ergebnis: Nettobedarf an Werkstoffen, Personal und Leistungsmengen*
3. *Bewertung der Planmengen mit Planpreisen*
4. *Ermittlung der Planherstellkosten je Erzeugniseinheit (Stückkostenrechnung)*
5. *Festlegung des Gemeinkostenbudgets (Kostenplan der einzelnen Kostenstellen)*
6. *Bewertung des Planabsatzes mit den Stückkosten. Ergebnis: Planbetriebsergebnis, DB-Rechnungen*

Je größer das Unternehmen, desto komplexer wird die Aufgabe der Koordination der Planung, denn die Planungsprozesse können in den seltensten Fällen simultan, also gleichzeitig, erfolgen. Um die einzelnen Teilpläne und den damit verbundenen Planungsprozess in zeitlicher, personeller und inhaltlicher Hinsicht zu koordinieren, hat die betriebliche Praxis drei Planungsprinzipien entwickelt.

Top-down-Planung	Bei der Top-down-Planung werden auf der obersten Hierarchiestufe die wesentlichen Ziele für die Planperiode formuliert und dann von oben nach unten „heruntergebrochen", das bedeutet die jeweils nächste Hierarchiestufe detailliert die Planungen weiter aus, bis auf der untersten Stufe differenzierte Teilpläne erstellt werden können. Der Vorteil liegt hier darin, dass die nachgeordneten Unternehmensbereiche quasi in einer Zielhierarchie ihre Teilziele und Maßnahmen einordnen können. Nachteilig wirkt sich aus, dass die Unternehmensleitung zwar wohlfeile Ziele formulieren kann, ob diese aber realistisch sind, kann im Wesentlichen nur die mittlere und untere Ebene des Managements wissen und entscheiden. Mitarbeiter und untere Führungseben identifizieren sich nicht so leicht mit „verordneten Planzahlen".
Bottom-up-Planung	Bei der Bottom-up-Planung werden die Teilpläne auf der unteren Stufe des Unternehmens entwickelt und dann nach oben hin weiter verdichtet, bis sich auf der obersten Stufe ein Gesamtbild ergibt. Vorteile dieses Verfahrens sind, dass die unteren Ebenen realistisch die Machbarkeiten einschätzen und sich mit ihren eigenen Zahlen identifizieren können. Nachteilig wirkt sich aus, dass die unterschiedlichen Bereiche einen hohen Grad an Kommunikation benötigen, um die Teilpläne untereinander abzustimmen, und dass die verdichteten Teilpläne u. U. nicht in der Lage sind, das gesamtunternehmerische Zielniveau zu erreichen.
Gegenstrom-Planung	Das Gegenstrom-Verfahren nutzt die Vorteile beider Systeme und „vereint" praktisch beide Verfahren: Das Top-Management beginnt mit der Formulierung der Gesamtziele für die kommende Planperiode. In mehreren Schritten werden diese Ziele als Teilpläne bis zur unteren Ebene heruntergebrochen. In der unteren Ebene findet dann ein Prozess der Prüfung, Identifikation und Plausibilitätsprüfung statt. Dies ist häufig eingebunden in die sogenannten „Jahresgespräche" oder „Zielvereinbarungsgespräche" eines Management by Objectives oder vergleichbare Management-Techniken. Anschließend erfolgt eine Verdichtung der so geprüften Teilpläne stufenweise nach oben, um zu sehen, ob die Gesamtzielsetzungen tatsächlich erreicht werden. Ist das nicht der Fall, kann es zu einem zweiten Durchgang kommen, der sogenannten „Knetphase", in der geprüft wird, welche zusätzlichen Maßnahmen doch noch zu einer Gesamtzielerreichung führen können. Dieses Planungsverfahren verlangt einen hohen Koordinationsgrad, der zumeist von der Abteilung Controlling geleistet wird.

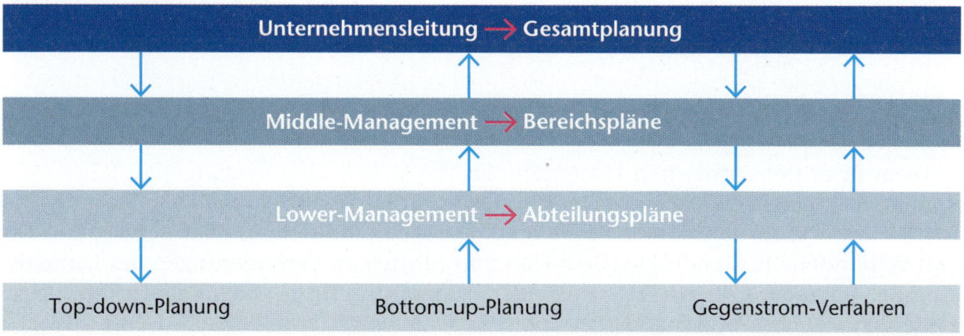

Das Ergebnis eines operativen Jahresplans sind in der Regel die auf den Monat heruntergebrochenen Monatspläne, die man auch als Ausführungspläne oder nachgelagerte Pläne bezeichnet. Sie sollen so gestaltet sein, dass sie Antworten auf folgende Fragen geben:

- **Was** soll getan werden?
- **Wann** oder bis wann soll es getan werden?
- **Wer** soll die Aufgabe erledigen/den Planwert erfüllen?
- **Wie** soll das getan werden, auf welche Weise und mit welchen Maßnahmen?
- **Womit** soll das getan werden, mit welchem Sachmittel?

Zwischen strategischer und operativer Planung besteht eine Reihe von Unterschieden, die in den bisherigen Ausführungen schon angesprochen wurden. Sie werden in folgender Tabelle noch einmal gegenübergestellt:

Merkmale	Strategische Planung	Operative Planung
verantwortliche Führungsebene	oberste Ebene: Geschäftsführung, Vorstand + Controlling	alle Ebenen + Controlling
Planungshorizont	3 bis 10 Jahre	bis 1 Jahr
Unsicherheitsgrad	hoch	gering
Art der Probleme	meistens unstrukturierte, neue Problemlagen	gut durchstrukturiert und sich oft wiederholend
Planungszyklus	mittel- bis langfristig, unregelmäßig und problemorientiert	kurz- bis mittelfristig, regelmäßig und periodenorientiert
Ausrichtung und Ziele	langfristige Existenzsicherung	Rentabilität und Liquidität
Denkrichtung	Konzepte: Innovation und Wachstum „Die richtigen Dinge tun!“	Prozesse und Methoden: Wirtschaftlichkeit und Effizienz „Die Dinge richtig tun!“
Planungs- und Entscheidungsgrundlage	Chancen / Risiken Stärken / Schwächen	Ein- und Auszahlungen Leistungen und Kosten
Handlungsalternativen	Bandbreite möglicher Entwicklungen ist groß	Bandbreite möglicher Entwicklungen ist eher gering
Planungsgegenstand	strategische Geschäftseinheiten; Marktentwicklung / Mitarbeiterentwicklung	funktionsbezogene Teilpläne und deren Integration in einen Gesamtplan
Grad der Detailliertheit	global, wenig detailliert vorwiegend qualitativ	relativ groß vorwiegend quantifiziert

1.2.3 Integrative Managementsysteme

Vor allem in mittelständischen Unternehmen hat sich in den vergangenen Jahren ein tief greifender Wandel vollzogen. Die Herausforderungen sind vielfältig, seien es dynamische Märkte, anspruchsvollere Kunden oder eine zunehmende Globalisierung und der damit verbundene Kostendruck. Diese Faktoren führten zu Veränderungen des Umfelds, die immer schnellere Anpassungen der Betriebsorganisation und der Geschäftsprozesse erforderlich machten und machen.

Aus diesen Gründen muss ein Ordnungsrahmen geschaffen werden, damit bei aller Flexibilität und Dezentralisierung der Unternehmenszusammenhalt gesichert wird. Managementsysteme können diesen Ordnungsrahmen schaffen und Unternehmern Orientierung bieten. Die Festlegung von Strukturen und die Beschreibung von Soll-Abläufen fördern die effiziente Abwicklung von Geschäftsprozessen und Aktivitäten. Managementsysteme stellen die Qualität, den Kunden, die Umwelt, die Sicherheit, die Wirtschaftlichkeit und die Prozesse in den Mittelpunkt ihrer Betrachtung. Sie leisten damit einen nachhaltigen Beitrag zur Steigerung des Unternehmenswerts.

Managementsysteme sind moderne Werkzeuge der Unternehmensführung. Die Verwendung des Begriffs „Managementsystem" wird allerdings seit ca. 20 Jahren als inflationär erlebt. Dabei ist zu unterscheiden zwischen der Verwendung im eigentlichen Sinn, z. B. dargelegt in Normen der DIN oder der ISO, und andererseits kreativen Wortschöpfungen, die oft nichts anderes sind als alter Wein in neuen Schläuchen.

Es gibt eine Reihe von Managementsystemen, die betriebsübergreifend jeweils für einzelne Unternehmensfunktionen entwickelt wurden. Ganz gleich, ob es sich um Qualität, Umwelt oder Arbeitsschutz handelt: Einzelne Managementsysteme sorgen für Verbesserungen in ihrem jeweiligen Bereich. Auf das gesamte Unternehmen bezogen, stellen diese Systeme allerdings häufig nur Insellösungen dar, mit der Folge, dass die Systeme isoliert arbeiten und Synergien kaum genutzt werden. Systemübergreifende Strategien für die Bereiche Qualität, Umweltschutz, Arbeitsschutz und andere Bereiche sind deshalb eine Forderung für die Zukunft.

Ein integriertes Managementsystem fasst Methoden und Instrumente zur Einhaltung von Anforderungen aus verschiedenen Managementbereichen in einem einheitlichen System zusammen. Diese dienen den Grundsätzen der Corporate Governance, d. h. der Formulierung von Grundsätzen einer positiven Unternehmensführung.

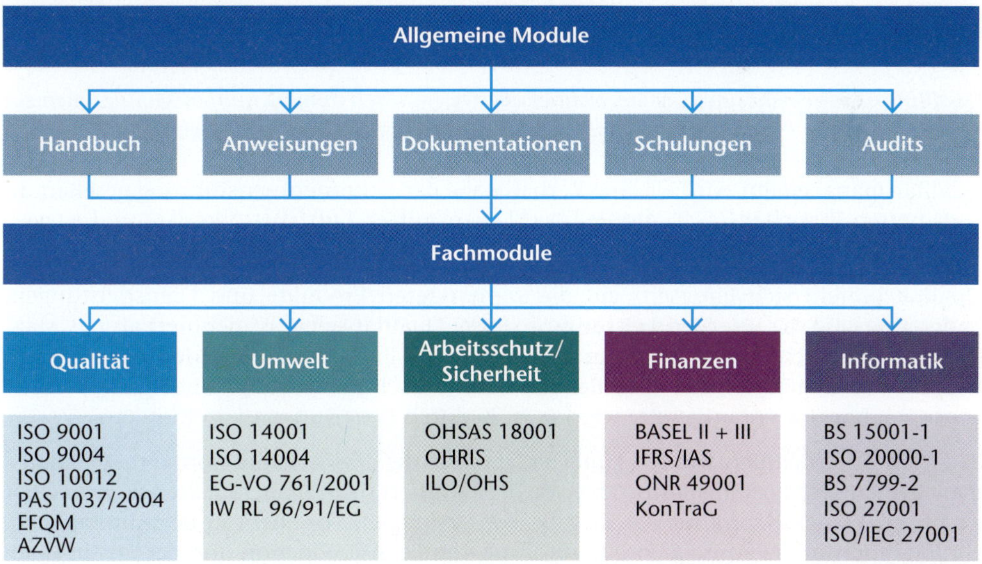

Voraussetzung für den Erfolg eines integrierten Managementsystems in einem Unternehmen ist eine klare Unternehmenspolitik. Sie markiert den Stellenwert von Qualität, Umwelt und Sicherheit in Relation zum angestrebten wirtschaftlichen Erfolg nach innen und nach außen. Im Rahmen integrierter Managementsysteme gewinnt die übergreifende, ganzheitliche Verantwortung an Bedeutung. Sie muss allerdings auch umgesetzt, bzw. vorgelebt werden.

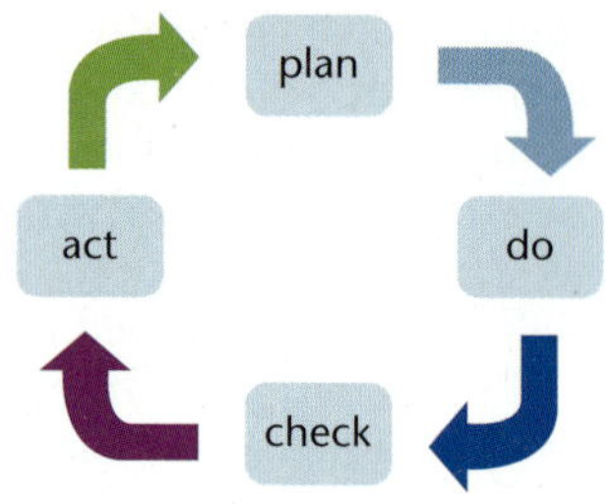

Bei allen Management-Systemen hat sich der PDCA-Zyklus bewährt:

Das Managementsystem muss Planung, Steuerung, Überwachung und Verbesserung aller Betriebsabläufe umfassen. Diese Schritte werden in einem Kreislauf ständig wiederholt, um eine kontinuierliche Verbesserung zu erreichen.

- **Plan:** Im ersten Schritt muss herausgefunden werden, wo Bedarf und Ansatzpunkte für Verbesserungen liegen. Es gilt, zuerst für diejenigen Bereiche Ziele festzulegen, wo mit möglichst geringem Aufwand Verbesserungen erzielt werden können bzw. wo besonders dringender Handlungsbedarf besteht.
- **Do:** Im zweiten Schritt werden Maßnahmen durchgeführt, mit denen die Ziele effizient erreicht werden.
- **Check:** Danach werden die erreichten Verbesserungen (Ist) mit den im ersten Schritt geplanten Zielen (Soll) verglichen.
- **Act:** Falls das Ziel nicht erreicht wurde, muss geprüft werden, ob die Voraussetzungen und Rahmenbedingungen geändert werden müssen. Beispielsweise kann es nötig sein, die Aufbau- oder Ablauforganisation zu ändern. Danach können neue Ziele und Maßnahmen geplant werden (2. Zyklus).

Drei Managementsysteme sollen im Folgenden vorgestellt werden.

1.2.3.1 Qualitätsmanagementsysteme

Qualitätsmanagement oder QM bezeichnet alle systematisch durchgeführten Maßnahmen zur Verbesserung von Produkten, Prozessen oder Dienstleistungen eines Unternehmens.

Qualitätsmanagement wird als eine Kernaufgabe der Unternehmensführung gesehen. In bestimmten Branchen (z. B. Arznei- und Lebensmittel, Luftfahrt oder Gesundheitsversorgung) ist das QM vorgeschrieben.

Qualität bezieht sich einerseits auf die vermarkteten Produkte und Dienstleistungen, andererseits auf die internen Leistungsprozesse. Qualität selbst ist definiert als das Maß, in dem ein betrachtete Produkt oder ein betrachteter Prozess den Anforderungen genügt. Die Anforderungen können ausdrücklich definiert sein, z. B. vom Kunden, sie können aber auch implizit vorausgesetzt werden (z. B. durch Erwartungen von Kunden).

In vielen Unternehmen wurden zunächst ab Ende der 1980er Jahre normierte Qualitätsmanagementsysteme eingeführt. Ab etwa 1990 wurden sie in manchen Branchen zu einer wichtigen Voraussetzung für die Vergabe von Aufträgen, vor allem in der Autobranche. Hintergrund war die konsequente Einführung von Lean-Production und der Just-in-time-Lieferungen, deren Voraussetzung die Lieferung von 100-prozentiger Qualität war. Ein weiterer Hintergrund war die in dieser Zeit in Deutschland eingeführte Beweislastumkehr durch das Produkthaftungsgesetz, denn von nun waren die Hersteller im Streitfall verpflichtet, die Fehlerfreiheit ihrer Produkte zu beweisen. Diese Forderung lässt sich jedoch bei sicherheitsrelevanten Produkten, die zudem in einer komplexen Logistikkette hergestellt und geliefert werden, nur durch einen lückenlosen Nachweis des gesamten Herstellungsprozess, bis hinunter in die Produktion selbst des kleinsten Zulieferteils, erreichen.

Inhalt des QM sind die Verbesserung von Kommunikationsstrukturen, professionelle Lösungsstrategien für auftretende Qualitätsprobleme, die Erhöhung der Zufriedenheit von Kunden oder Klienten, eine Steigerung der Motivation der Mitarbeiter, die Standardisierung bestimmter Handlungs- und Arbeitsprozesse, Normung und Typung für Produkte oder Dienstleistungen, Dokumentation, Anweisungen, Schulung von Mitarbeitern, Ausstattung und Gestaltung von Arbeitsräumen und die Durchführung von Audits.

Um einem weit verbreiteten Irrtum vorzubeugen: Auch ein Billigprodukt kann unter qualitativen Gesichtspunkten produziert worden sein und auch selbst bestimmten qualitativen Ansprüchen genügen. Denn QM führt nicht zwangsläufig zu einem höherwertigen Produkt oder Prozess, sondern steuert nur die stetige Erreichung einer *vorgegebenen* Qualität.

Beispiel: *Der Hersteller eines hochwertigen rahmengenähten Herrenschuhs mit Ledersohle für einen Handelsabgabepreis von 300,00 EUR kann ebenso wie Hersteller eines billigen Herrenschuhs mit Kunststoffsohle einer Qualitätszertifizierung nach ISO unterliegen. An die Produktqualität werden in beiden Fällen nur unterschiedliche Qualitätsstandards gesetzt. Erst wenn in der Qualität der vergleichbaren Schuhe erhebliche Schwankungen zu registrieren sind, hat das Qualitätsmanagement versagt.*

Folgende QM-Normen werden als Rahmen, als Orientierung oder als verpflichtende Vorgabe für die Etablierung eines Qualitätsmanagementsystems verwendet. Wie ernst Unternehmen diese Qualitätsstandards nutzen, hängt von regionalen und branchenspezifischen Besonderheiten ab.

EFQM-Modell

Das EFQM-Modell liefert Vorgaben für ein Total Quality Management und wurde 1988 von der European Foundation for Quality Management (EFQM) entwickelt. Das Modell bietet Organisationen Hilfestellung für den Aufbau und die kontinuierliche Weiterentwicklung eines umfassenden Qualitätsmanagementsystems.

Das einfache Modell geht von dem Grundgedanken aus, dass Menschen in Prozessen arbeiten und Ergebnisse erzielen, die wiederum Menschen zugute kommen.

Das erweiterte System unterscheidet neun Kriterien, die aus fünf Voraussetzungen und vier Ergebniskriterien bestehen:

Voraussetzungen/Befähiger	Ergebniskriterien
1. Führung	6. mitarbeiterbezogene Ergebnisse
2. Strategie	7. kundenbezogene Ergebnisse
3. Mitarbeiter	8. gesellschaftsbezogene Ergebnisse
4. Partnerschaften und Ressourcen	9. Schlüsselergebnisse
5. Prozesse, Produkte und Leistungen	

Durch die permanente und auf allen Ebenen des Unternehmens stattfindende Beachtung und Analyse aller Prozesse werden einerseits Informationen über den aktuellen Stand erhoben, andererseits wird ein kontinuierlich stattfindender Verbesserungsprozess eingeleitet. Dieser Prozess, in dem es keinen Stillstand gibt, sondern eine ständige Veränderung, soll helfen, eigene Stärken und Schwächen sowie Verbesserungspotenziale zu erkennen und die Unternehmensstrategie darauf auszurichten.

DIN EN ISO 9000 ff.

ISO 9000 ff. ist eine internationale und branchenübergreifende Normengruppe, die Forderungen an ein kunden- und prozessorientiertes Qualitätsmanagementsystem definiert und zwar zum Nachweis der Fähigkeit, ein Produkt oder eine Dienstleistung entwickeln und liefern zu können. Sie zielt einerseits auf die Verhütung von Fehlern (durch Prozessnormierung), andererseits auf das Erreichen einer kontinuierlichen Verbesserung ab.

Mit der Normenreihe DIN EN ISO 9000 ff. sind Normen geschaffen worden, die die Grundsätze festlegen, nach denen eine Qualitätsmanagement installiert werden kann. Gemeinsam bilden sie einen zusammenhängenden Satz von Normen für QM-Systeme, die das gegenseitige Verständnis über die Qualität von Produkten und Prozessen sowohl auf nationaler als auch auf internationaler Ebene erleichtern sollen.

Die Abkürzungen bedeuten:
ISO = Normenbezeichnung der International Organisation for Standardization, einer Organisation, die international gültige Normen festlegt. Diese Organisation hat als erste Einrichtung diese Norm formuliert.
EN = Normenbezeichnung für Europäische Normen, die von einem der drei europäischen Komitees für Normung herausgegeben haben. Sie haben die ISO Norm übernommen.
DIN = Steht für Deutsches Institut für Normung, das die EN ISO 9000 ff. übernommen hat.

Jedes Produkt und jede Dienstleistung unterliegt besonderen Anforderungen und ist folglich nur unter individuellen Qualitätssicherungsmaßnahmen zu erzeugen. QM-Systeme sind deshalb nicht produktorientiert – dafür sorgen branchenspezifische Normen –, sondern sie sind prozessorientiert aufgebaut.

Die Normenreihe EN ISO 9000 ff. geht davon aus, dass der Weg zum Erfolg über die Einführung und Aufrechterhaltung eines QM-Systems führt, das auf ständige Leistungsverbesserung ausgerichtet ist, indem es die Erfordernisse von Kunden, Mitarbeitern und Lieferanten berücksichtigt.

Die EN ISO 9001 legt die Mindestanforderungen an ein QM-System fest, die ein Unternehmen erfüllen muss, um Produkte und Dienstleistungen bereitzustellen, die einerseits den Kundenansprüchen genügen und andererseits behördliche Anforderungen erfüllen. Zugleich soll das QM stetig verbessert werden.

Grundsätze für ein Qualitätsmanagementsystem nach EN ISO 9001:

1. Kundenorientierung
2. Verantwortlichkeit der Führung
3. Einbeziehung der beteiligten Personen
4. prozessorientierter Ansatz
5. systemorientierter Managementansatz
6 kontinuierliche Verbesserung
7 sachbezogener Entscheidungsfindungsansatz
8. Lieferantenbeziehungen zum gegenseitigen Nutzen

1.2.3.2 Umweltmanagementsysteme

Jedes Unternehmen kann Umweltschutzmaßnahmen ergreifen: Abfälle trennen, Emissionen senken oder vermeiden oder Ressourcen schonend einsetzen. Sofern der betriebliche Umweltschutz allerdings zielgerichtet die umweltrelevanten Schwachstellen des Unternehmens aufdecken und beseitigen soll, müssen diese Maßnahmen systematisiert und koordiniert werden. Dazu dienen Umweltmanagementsysteme. Ihre Einführung verursacht Aufwendungen, aber sie zahlen sich aus: Zertifizierte Betriebe werden bei Gebühren entlastet, sie erhalten Erleichterungen bei Verwaltungsvorgängen und sie verbessern ihr Image.

Umweltschutzmaßnahmen werden in zwei Kategorien eingeteilt:

- Beim **nachsorgenden Umweltschutz** wird ein Produktionsanlage oder ein Produktionsprozess so verändert, dass sich ihre/seine Auswirkungen auf die Umwelt verringern, z. B. durch den Einbau von Filtern oder durch Reinigung des Abwassers. Die Produktionsrückstände werden dabei in eine Form überführt, in der sie weniger umweltgefährdend oder besser zu entsorgen sind.
- Der **vorsorgende, produktionsintegrierte Umweltschutz** setzt bereits bei der Planung der Produktionsprozesse und der Produktionsanlagen an. Im Idealfall entstehen durch diesen vorausschauenden Umweltschutz Abfälle, Emissionen oder Abwasser erst gar nicht, z. B. durch Substitution gefährlicher Stoffe oder die Kreislaufführung von Wasser.

Wo immer möglich, sollte dem vorsorgenden Umweltschutz Vorrang vor dem nachsorgenden gegeben werden. Weil dies jedoch nur bis zu einem bestimmten Grad möglich ist, wird der betriebliche Umweltschutz mit einem Maßnahmen-Mix optimiert.

Umweltschutzmanagementsysteme sind Bündel von Maßnahmen, die koordiniert eingesetzt werden, um den Umweltschutz eines Unternehmens nachhaltig zu verbessern.

Ein Unternehmen kann dabei zwischen verschiedenen Systemen wählen.

Umweltmanagementsystem nach EMAS

1993 hat die Europäische Gemeinschaft das „Gemeinschaftssystem für das freiwillige Umweltmanagement und die Umweltbetriebsprüfung“ (Eco-Management and Audit Scheme, EMAS) entwickelt. Teilnehmende Organisationen und Unternehmen verpflichten sich, eine Umwelterklärung zu erstellen, in der sie z. B. ihren Ressourcen- und Energieverbrauch oder die Menge an Emissionen und Abfällen aufführen; außerdem müssen sie die Umwelt-Ziele, die sie erreichen möchten, formulieren. Ein unabhängiger, staatlich zugelassener Umweltgutachter begutachtet diese Umwelterklärung in einem Umwelt-Audit unter Zuhilfenahme interner Dokumente. Fällt die Prüfung positiv aus, wird der Betrieb in ein Register eingetragen und darf das EMAS-Logo verwenden.

Folgende Ziele sollen erreicht werden:

- stetige Verbesserung der umweltbezogenen Aspekte im betrieblichen Ablauf, der Umweltauswirkungen und der Umweltleistung
- Einbeziehen der Mitarbeiterinnen und Mitarbeiter in den kontinuierlichen Verbesserungsprozess
- interne und externe Kommunikation des Engagements im Umweltschutz

- Einhaltung aller umweltrelevanten Rechts- und Verwaltungsvorschriften
- Verhinderung von Unfällen und Notfallsituationen und die Planung von Notfallmaßnahmen

Der Begriff der Organisation ist bei EMAS sehr weit gefasst: Eine Organisation ist gekennzeichnet durch eigene Funktionen und eine eigene Verwaltung. Unter diesen Begriff fallen sowohl öffentliche als auch private Gesellschaften, Körperschaften, Betriebe, Unternehmen, Behörden und Einrichtungen, unabhängig davon, ob sie eine eigene Rechtspersönlichkeit besitzen. Auch Teile oder Kombinationen der vorgenannten Einheiten gelten als Organisation im Sinne von EMAS.

Seit 2011 können auch Organisationen außerhalb des Europäischen Wirtschaftsraums teilnehmen. Jede Organisation kann freiwillig entscheiden, ob sie diese Verordnung anwendet und ihr Umweltmanagementsystem an dieser Norm ausrichtet. Um das Umweltmanagementsystem nach EMAS einzuführen, sind neun Schritte notwendig (siehe untenstehende Grafik).

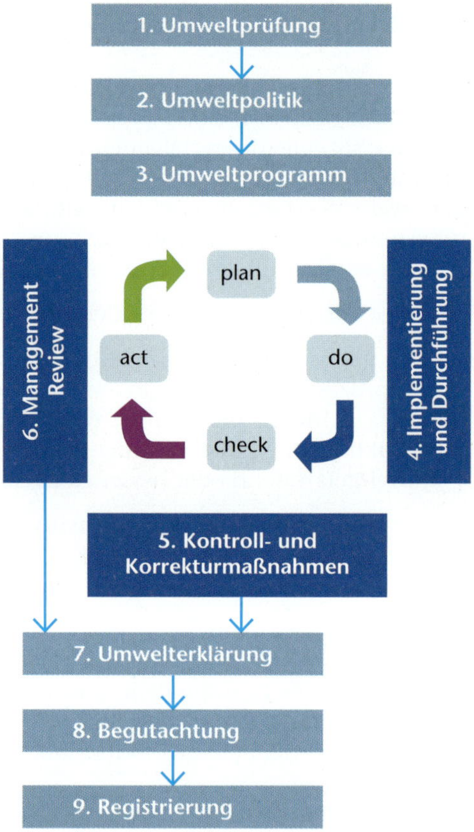

Diese werden auch bei der Aufrechterhaltung und Überprüfung immer wieder durchlaufen und angepasst. So ist ein kontinuierlicher Verbesserungsprozess des Systems gewährleistet.

DIN EN ISO 14001

Bei der DIN EN ISO 14001 handelt es sich um eine internationale Norm zur Einführung eines Umweltmanagementsystems. Die ISO 14001 legt den Schwerpunkt auf einen KVP (kontinuierlichen Verbesserungsprozess) als Mittel zur Erreichung der jeweils definierten Zielsetzung in Bezug auf die Umweltleistung eines Unternehmens oder einer Behörde. Der KVP beruht wie bei EMAS auf der Methode „Plan–Do–Check–Act" (PDCA).

Jedes Unternehmen, das sich konsequent auf die Bedürfnisse eines nachhaltigen Umweltschutzes ausrichten will, muss eine konsistente betriebliche Umweltpolitik formulieren. Dazu gehören
- die Festlegung von Umweltzielen,
- ein Umweltprogramm,
- ein geeignetes Managementsystem, das bei der Zielerreichung hilft.

Die kontinuierliche Verbesserung wird durch die regelmäßige Überprüfung der gesetzten Umweltziele und des Umweltmanagementsystems erreicht. In der Norm wird ausdrücklich betont, dass sie keine absoluten Anforderungen für die Umweltleistung festlegt. Sie fordert aber die Einhaltung der Verpflichtungen, die sich die Organisation selbst in ihrer Umweltpolitik auferlegt hat.

Im Vergleich zur EMAS-Verordnung stellt die ISO 14001 geringere Anforderungen.

Insbesondere müssen ISO 14001-Organisationen

- keine Umwelterklärung erstellen,
- keine indirekten Umweltaspekte berücksichtigen,
- weniger strenge Vorgaben im Hinblick darauf erfüllen, wie sie die Einhaltung der Rechtsvorschriften sicherstellen,
- sich nur zur kontinuierlichen Verbesserung des Umweltmanagementsystems, nicht jedoch der Umweltleistung, verpflichten (z. B. wird keine Verringerung des Ressourcenverbrauchs gefordert).

1.2.3.3 Arbeitsschutzmanagementsysteme

Arbeitsschutzmanagementsysteme (AMS) sind ein wirksames Instrument zur Verbesserung des Arbeitsschutzes. Sie haben die Senkung der Anzahl der Arbeitsunfälle und die Verbesserung der Gesundheit der Mitarbeiter zum Ziel.

Arbeitsschutzmanagementsysteme sind für Unternehmen nicht verpflichtend vorgeschrieben, werden aber trotzdem in immer mehr Betrieben freiwillig eingesetzt. Die Gründe hierfür mögen vielfältig sein. Sicher ist aber, dass immer mehr Unternehmer die wirtschaftlichen Vorteile von AMS erkannt haben. Denn arbeitsbedingte Erkrankungen oder Unfälle von hoch qualifiziertem Fachpersonal können sehr teuer werden und u. U. den Produktionsprozess massiv stören, wenn Mitarbeiter über einen längeren Zeitraum ausfallen. Zunehmend setzten Unternehmen daher auf Prävention.

Ein AMS eignet sich sehr gut, um die Maßnahmen zur Prävention auf ihre Wirksamkeit zu prüfen, denn auch in diesem System wird mit dem Regelkreis von „Plan–Do–Check–Act" gearbeitet und festgestellt, ob die durchgeführten Maßnahmen des Arbeitsschutzes im Betrieb ausreichen oder ob diese Maßnahmen korrigiert werden müssen. Ein AMS ist folglich kein starres System, sondern bietet den Unternehmen vielfältige Möglichkeiten, die besonderen Anforderungen auf die jeweilige Branche des Betriebs bzw. die Betriebsgröße anzupassen. Zwei AMS werden hier vorgestellt:

OHSAS 18001

OHSAS (= Occupational Health and Safety Assessment Series) lehnt sich eng an die QM-Norm ISO 9001 und an die UM-Norm ISO 14001 an. Im Jahr 2007 wurde OHSAS 18001 als britische Norm festgelegt. Es handelt sich nicht um eine weltweit gültige ISO-Norm, denn weltweit wird eine Normung von AMS nach wie vor abgelehnt. Insbesondere die Staaten, in denen noch Kinderarbeit toleriert wird und Arbeitnehmer massiv unterdrückt werden, haben kein großes Interesse, solche Arbeitsstandards zu beachten, geschweige denn, sie als zugelassene Norm einzuführen.

Daher wurde die Internationale Arbeitsorgansiation (ILO) von der ISO gebeten, einen weltweit gültigen Leitfaden für AMS zu erstellen (ILO-OSH 2001). Mit einer Verbreitung in mehr als der Hälfte aller Länder ist OHSAS der bekannteste und bedeutsamste Standard für ein AMS.

Ein AMS nach OHSAS enthält folgende Bausteine:

- **Arbeitsschutzpolitik:** Die Unternehmensleitung erstellt eine dokumentierte Arbeitsschutzpolitik als Erklärung über die Absichten und Grundsätze des Unternehmens im Arbeitsschutz. Diese muss unter anderem ein Bekenntnis zur Prävention und zur Verpflichtung zur Einhaltung des relevanten Arbeitsschutzrechts enthalten.
- **Planung:** Der Abschnitt Planung umfasst die Gefährdungsermittlung und Risikobeurteilung, wobei das Risikoausmaß einzuschätzen und zu entscheiden ist, ob Risiken akzeptabel sind oder beseitigt werden müssen. Das Unternehmen muss relevante gesetzliche Vorschriften und andere Anforderungen ermitteln und beim Aufbau des Systems berücksichtigen, möglichst messbare Ziele für den betrieblichen Arbeitsschutz festlegen und ein Programm zur Verwirklichung der Ziele auflegen.
- **Verwirklichung und Betrieb:** Hier fordert die Norm, Ressourcen, Aufgaben, Verantwortlichkeiten, Berichtspflichten und Befugnisse festzulegen, die entsprechenden Fähigkeiten der Beschäftigten durch Schulung und Ausbildung sicherzustellen und Verfahren zur Kommunikation, Beteiligung und Beratung festzulegen. Ferner gilt es, das Managementsystem zu dokumentieren und solche betrieblichen Abläufe zu planen und zu betreuen, bei denen die ermittelten Arbeitsschutzrisiken dieses erfordern. Mögliche Notfallsituationen müssen ermittelt und Reaktionen hierauf festgelegt werden.
- **Überprüfung:** Die Arbeitsschutzleistung muss regelmäßig überwacht und gemessen werden, dies schließt auch die Überwachung der Wirksamkeit von Regelungen ein. Die Einhaltung relevanter Rechtsvorschriften und anderer Anforderungen muss regelmäßig bewertet werden. Zum Nachweis der Konformität mit eigenen und Normanforderungen sind Aufzeichnungen zu führen, das gesamte System wird durch regelmäßige interne Audits geprüft.
- **Managementbewertung:** Die Unternehmensleitung bewertet das Managementsystem regelmäßig, um sicherzustellen, dass es weiterhin geeignet, angemessen und wirksam ist. Hierzu werden unter anderem Auditergebnisse, die Ergebnisse der Leistungsüberwachung, der Untersuchung von Vorfällen und der Status von Korrektur- und Vorbeugungsmaßnahmen herangezogen.
- **Zertifizierung:** Nach dem Aufbau des Managementsystems kann dieses zertifiziert werden. Zur Zertifizierung wird u. a. ein externes Zertifizierungsaudit durchgeführt.

OHRIS 2010

OHRIS (= Occupational Health and Risk Management System) ist ein Managementsystem der Bayerischen Staatsregierung für mehr Gesundheit bei der Arbeit und die Sicherheit technischer Anlagen. Es wurde von der bayerischen Gewerbeaufsicht gemeinsam mit der Wirtschaft entwickelt, um den Arbeitsschutz in den Betrieben weiter zu verbessern und wirtschaftlicher zu gestalten.

OHRIS kann unabhängig von der Betriebsgröße und dem Betriebszweck in allen Unternehmen eingeführt werden. Im Jahr 2010 wurde das AMS-Konzept einer Revision unterzogen, um die Systemelemente an die aktuellen Entwicklungen anzupassen. Gleichzeitig gelang es, die Verbindung von OHRIS mit vorhandenen QM-Systemen nach ISO 9001:2008 im Sinne eines integrierten Managementsystems zu verbessern.

Ferner wurden die auf dem Systemkonzept basierenden Hilfsmittel zur Einführung und Anwendung von OHRIS überarbeitet. Das Ergebnis der Revision wurde im August 2010 in der Publikation „Das OHRIS-Gesamtkonzept" veröffentlicht. In dieser Broschüre sind sowohl das Systemkonzept als auch die Hilfsmittel zusammengefasst. Diese Veröffentlichung bietet in einem Werk alle erforderlichen Hinweise und Hilfsmittel für die Einführung und Anwendung eines betrieblichen Arbeitsschutzmanagementsystems.

OHRIS erfüllt nahezu die Vorgaben aller wesentlichen nationalen und international anerkannten Spezifikationen für den Arbeitsschutz.

OHRIS erfordert keine Fremdzertifizierung und verursacht keine dadurch bedingte Kostenbelastung für die Unternehmen. Unternehmen können bei der freiwilligen Einführung eines betrieblichen Arbeitsschutzmanagementsystems auf der Grundlage von OHRIS ihr System auch überprüfen lassen und erhalten nach einem erfolgreichen Audit die Zertifizierung.

Wiederholungsfragen zu Kapitel 1.2

1. *Was versteht man allgemein unter dem Begriff Planung?*
2. *Gelegentlich wird gesagt, Ziele müssten S.M.A.R.T. sein. Was ist darunter zu verstehen?*
3. *Welche Aufgaben erfüllt eine Planung in einem Unternehmen?*
4. *Charakterisieren Sie das Wesen einer jeden Planung durch vier Merkmale.*
5. *Unterscheiden Sie die Unternehmensplanung nach den zeitlichen Horizonten.*
6. *Nennen Sie vier Merkmale von Unternehmensstrategien.*
7. *Die strategische Planung bedient sich einer Reihe von sogenannten Werkzeugen. Nennen Sie drei dieser Werkzeuge.*
8. *Was ist der Inhalt einer SWOT-Analyse?*
9. *Wie ist eine SWOT-Analyse aufgebaut?*
10. *Beschreiben Sie die fünf Phasen eines Produktlebenszyklus.*
11. *Welche grundsätzlichen Informationen bietet eine Portfolio-Analyse?*
12. *Welche Strategien werden für die vier Felder einer Portfolio-Matrix empfohlen?*
13. *Was ist das Ziel von Benchmarking und wie wird es durchgeführt?*
14. *Grenzen Sie die die strategische und die operative Planung anhand von fünf Merkmalen voneinander ab.*
15. *Beschreiben sie den Unterschied zwischen einer Top-down-Planung und einer Bottom-up-Planung in Bezug auf Vorgehensweise und mögliche Nachteile.*
16. *Wie wird bei einer Gegenstrom-Planung vorgegangen?*
17. *Was ist allgemein unter „integrativen Managementsystemen" zu verstehen?*
18. *Für welche Fachbereiche eines Unternehmens existieren bereits Managementsysteme?*
19. *Welche allgemeinen Module sollte ein integriertes Managementsystem enthalten?*

20. *Bei allen Management-Systemen hat sich der PDCA-Zyklus bewährt. Was ist darunter zu verstehen?*
21. *Welche Aufgabe haben Qualitätsmanagementsysteme?*
22. *Nennen Sie einige Grundsätze für Qualitätsmanagementsysteme.*
23. *Welche Ziele sollen mit einem Umweltmanagementsystem verfolgt werden?*
24. *Welchen Zweck verfolgen Arbeitsschutzssysteme?*
25. *Was sind wesentliche Bausteine eines Arbeitschutzsystems?*

1.3 Aufbauorganisation

Der Begriff Organisation wird in dreifacher Weise verwendet.

1. Zunächst ist darunter eine *Tätigkeit* zu verstehen: *„Der Betrieb wird organisiert."*
2. Organisation ist aber auch das Ergebnis dieser Tätigkeit und damit ein *Zustand*: *„Der Betrieb hat eine Organisation."*
3. Ferner wird der Begriff zur Umschreibung eines sozio-technischen Systems verwendet: *„Der Betrieb ist eine Organisation."* In diesem soziologischen Sinn kann der Organisationsbegriff nicht auf Wirtschaftsunternehmen, sondern auch auf Einrichtungen, Verbände und Institutionen jeglicher Art angewendet werden.

Merkmale der Organisation

- Betriebliche Organisation setzt immer das Vorhandensein von Elementen voraus (Menschen und Sachmittel), die zusammenwirken und eine organische Einheit bilden. Die Elemente können wahlweise so zugeordnet werden, dass sich folgende Kombinationen ergeben:
  - Mensch-Mensch-System
  - Mensch-Maschine-System
  - Maschine-Maschine- System
- Die Zuordnung der Elemente erfolgt in der Weise, dass sich ein System von Regeln ergibt. Diese Struktur ist planvoll und rational zustande gekommen. Sie entsteht also nicht zufällig, sondern als Ergebnis eines gewollten und methodischen Denkprozesses.
- Die Organisation hilft, vorgegebene Ziele unter Beachtung des ökonomischen Prinzips zu erreichen. Sie setzt also nie selbst Ziele und kann deshalb nie Selbstzweck sein.
- Organisatorische Regelungen sind auf Dauer gerichtet. Sie müssen deshalb grundsätzlich wiederholbar sein.
- Schließlich ist die Organisation als ein dynamischer Prozess zu verstehen, in dem die Erfahrungen der Vergangenheit stets in neue Regeln umgesetzt werden müssen. Damit muss die Organisation den Anforderungen von Stetigkeit auf der einen Seite und Flexibilität auf der anderen Seite genügen.

Arbeitsgebiete der Organisation	
Aufbauorganisation	**Ablauforganisation**
Die Aufbauorganisation beantwortet die Frage: *„Wer übernimmt welche Aufgabe?"* Gegenstand der Aufbauorganisation ist die Gliederung des Unternehmens, die Ordnung von Zuständigkeiten und die Festlegung der Beziehungen der Organisationseinheiten untereinander; diese ergibt sich aus der Aufgabenverteilung.	Die Ablauforganisation beantwortet die Frage: *„Wie wird die Aufgabe erfüllt?"* Gegenstand der Ablauforganisation ist die Regelung der Arbeitsprozesse hinsichtlich Ort, Zeit, Sachmitteln und Reihenfolge der einzelnen Tätigkeiten, Bestimmung und Abstimmung von Terminen, Fragen der Arbeitsplatzgestaltung etc.

Organisationsanlässe

Drei Anlässe für Neu- oder Umorganisation werden unterschieden:

- **Wirtschaftliche Entwicklung:** Wachstum oder Schrumpfung des Betriebes machen Anpassungsprozesse erforderlich, da sich die Anzahl von Mitarbeitern, Stellen und Sachmitteln verändert. Dem muss organisatorisch Rechnung getragen werden.
- **Technische Entwicklung:** Neue Arbeitsverfahren, neue Arbeitstechniken und neue Sachmittel machen neue Strukturen und Abläufe notwendig, die von der Organisation geschaffen werden.
- **Soziale Entwicklung:** Humanisierung und Demokratisierung sowie Mitbestimmung von Arbeitnehmern in kooperativen Strukturen erfordern neue organisatorische Regeln.

1.3.1 Bildung von Organisationseinheiten

Die Aufbauorganisation hat die Aufgabe, einen Rahmen zu schaffen, in dem das angestrebte Sachziel optimal erreicht werden kann.

Bevor überhaupt Organisationseinheiten gebildet werden können, bedarf es einer Analyse der Aufgaben eines Unternehmens, denn eine klare Aufgabengliederung ist eine wichtige Voraussetzung für die Zuordnung von Aufgaben zu Aufgabenträgern.

1.3.1.1 Aufgabenanalyse

Das Sachziel einer Unternehmung kann auch als die Gesamtaufgabe bezeichnet werden. Die Gesamtaufgabe definiert, welche Leistungen das Unternehmen am Markt erbringt (z. B. Herstellung und Vertrieb von Zeitschriften, Verkauf und Einbau von Küchenmöbeln oder Veranstaltung von Busreisen).

Die **Gesamtaufgabe** muss zunächst analysiert werden, um **Hauptaufgaben** zu erhalten, die wieder in Teil- bzw. **Elementaraufgaben** zerlegt werden. Dieser Vorgang ist notwendig, um danach die einzelnen Elementaraufgaben nach bestimmten Gesichtspunkten den Aufgabenträgern zuordnen zu können.

Jede Aufgabe ist nur dann vollständig beschrieben, wenn folgende Merkmale enthalten sind:

- **Verrichtung** (Tätigkeiten: Fräsen, Schreiben, Lackieren oder Berechnen)
- **Objekt** (Arbeitsgegenstand: Gussstück, Brief, Reflektor oder Kalkulation)
- **Rang** (ausführende oder leitende Aufgabe)
- **Phase** (planende, durchführende oder kontrollierende Aufgabe)
- **Zweckbeziehung** (produzierende oder verwaltende Aufgabe)

Beispiel 1: *Herr Müller ist Facharbeiter und überprüft anhand einer Zeichnung und mithilfe einer Messlehre die Maße eines hergestellten Werkstückes.*	***Beispiel 2:*** *Herr Meier ist Abteilungsleiter und bereitet sich anhand eines Beurteilungsbogens, den er ausfüllt, auf ein bevorstehendes Beurteilungsgespräch vor.*
Verrichtung : Prüfen Objekt: Werkstück Rang: ausführende Aufgabe Phase: kontrollierende Tätigkeit Zweckbeziehung: produzierende Tätigkeit	Verrichtung : Schreiben Objekt: Beurteilungsbogen Rang: leitende Aufgabe Phase: planende Tätigkeit Zweckbeziehung: verwaltende Tätigkeit

Das Ergebnis der Aufgabenanalyse ist ein Aufgabengliederungsplan. In ihm finden sich alle Elementaraufgaben, die letztlich zur Erfüllung der Gesamtaufgabe eines Unternehmens beitragen. Insofern ist der Vergleich mit einer großen Maschine, in der jedes noch so kleine Rädchen für das Funktionieren notwendig ist, durchaus angebracht.

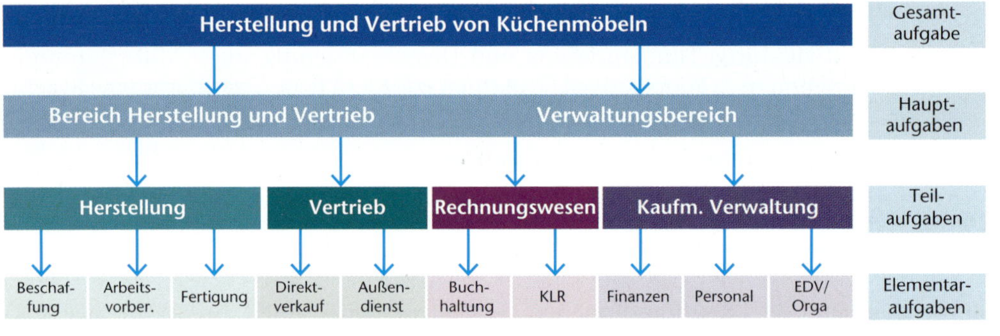

Die hier dargestellte Aufgabengliederung erfolgt nach dem Prinzip der Verrichtung. Jede Aufgabe wird in der nächsten Unterteilung nach dem Prinzip Verrichtung (= Tätigkeit) untergliedert: Verkaufen, Buchen, Finanzieren etc.

Die Aufgabengliederung kann auch nach Objekten oder anderen Kriterien erfolgen. So könnten die Herstellung und der Vertrieb von Küchenmöbeln in der ersten Zergliederung nach Objekten unterteilt werden, z. B. Unterschränke, Oberschränke, Arbeitsplatten, Hochschränke, Türen, Küchengeräte usw.

Die Analyse soll zweckmäßig sein und sinnvollen Kriterien folgen. In der Praxis werden deshalb je nach Bedarf in den verschiedenen Stufen der Aufgabenanalyse unterschiedliche Kriterien verwendet.

Beispiele: *Die Beschaffung könnte nach Objekten wie Kunststoff, Spanplatten, Halbteile weiter untergliedert werden. Der Vertrieb könnte wie oben genannt nach Verrichtungen gegliedert werden.*

Das Ergebnis der Aufgabenanalyse ist ein detaillierter Aufgabengliederungsplan, der alle Elementaraufgaben des Unternehmens enthält.

1.3.1.2 Aufgabensynthese

Aufgabensynthese ist die Zusammenfassung sachlogisch zusammenhängender Teilaufgaben zu Aufgabenkomplexen im Hinblick auf ihre Erfüllung durch einen Aufgabenträger. Ergebnis der Aufgabensynthese ist die Bildung von Stellen und Abteilungen.

Folgende Gründe sprechen für die Aufgabensynthese:

- **Spezialisierung:** Der Bestand eines Unternehmens ist von seiner Stellung am Markt abhängig. Daher sind die Mitarbeiter gezwungen, sich zu spezialisieren. Die „Allrounder" sind allenfalls noch in kleinen Unternehmen anzutreffen.
- **Überschaubarkeit:** Die Spezialisierung der Mitarbeiter führt dazu, dass immer mehr Teilaufgaben auf verschiedene Mitarbeiter verteilt werden müssen. Dies kann bei schlechter Organisation zu einer mangelnden Überschaubarkeit führen.
- **Kompetenzklarheit:** Damit schnell und richtig entschieden werden kann, muss klar sein, wer die Kompetenzen und die Verantwortung hat.

Stellenbildung

Bei der Aufgabensynthese wird wie folgt vorgegangen: Je nach Größe des Unternehmens werden Haupt- oder Teilaufgaben sinnvoll zusammengefasst und einer Stelle zugeordnet.

Eine Stelle ist die kleinste organisatorische Einheit in einem Betrieb.

Nach ihrer Befugnis und ihrem Tätigkeitsinhalt werden folgende Stellenarten unterschieden:

- **Ausführende Stellen** sind Stellen, die keine Leitungsbefugnisse besitzen (z. B. Sachbearbeiter, Schreibkraft oder Facharbeiter).
- **Instanzen** sind Stellen, die Anordnungs-, Entscheidungs- und Kontrollbefugnisse gegenüber rangniedrigeren Stellen haben (z. B. Gruppenleiter, Abteilungsleiter oder Geschäftsführer).
- **Stabstellen** und **Assistenten** sind Hilfsstellen der Instanz und nicht weisungsberechtigt. Sie bereiten durch Informationen und Beratung die Entscheidung der Instanz vor. Auf die Stabsstellen wird im Unterkapitel 1.3.3 (Organisationsformen) näher eingegangen.

Abteilungsbildung

Wenn alle Aufgaben auf die einzelnen Stellen verteilt werden, können die Stellen zu größeren Organisationseinheiten zusammengefasst werden. Zu diesem Zweck werden Stellen, die gleiche oder ähnliche Arbeiten verrichten, zu einem größeren organisatorischen Gebilde zusammengefasst. In der Regel ist das eine Abteilung. Gleichzeitig wird ein Abteilungsleiter benannt, der die Leitung und die Verantwortung für die Abteilung übernimmt.

Abteilungen können nach den gleichen Prinzipien gebildet werden, nach denen auch die Aufgabenanalyse erfolgt:

- Abteilungsbildung nach Objekten

  Beispiel: *Bereiche Kühlschränke, Waschmaschinen und Geschirrspülmaschinen bei einem Küchenmaschinenhersteller*

- Abteilungsbildung nach Verrichtungen

  Beispiel: *Einkauf, Lagerhaltung, Verkauf, Rechnungswesen in einer Holzgroßhandlung*

- Abteilungsbildung nach Phasen

  Beispiel: *Arbeitsvorbereitung, Fertigungsdurchführung und Qualitätskontrolle in der Fertigung eines Maschinenherstellers*

Strukturierung des Unternehmensaufbaus

Nachdem nun in der beschriebenen Weise Stellen zu Abteilungen zusammengefasst wurden, lassen sich verschiedene Abteilungen wieder zu Hauptabteilungen zusammenfügen und diese wiederum zum gesamten Unternehmen. Auf diese Weise erhält man die Hierarchie des Unternehmens. Diese Hierarchie besteht aus verschiedenen Ebenen. Stellen, die auf einer Ebene liegen, haben den gleichen Rang. Innerhalb der Hierarchie muss es Stellen geben, die gegenüber den jeweils darunter liegenden Stellen Anweisungs- und Entscheidungsbefugnisse haben. Diese Stellen werden als Instanzen bezeichnet.

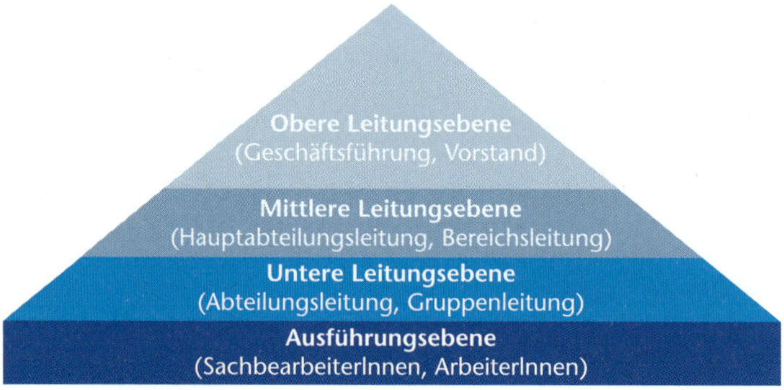

Betriebspyramide

Der Betriebspyramide folgt das Leitungssystem eines Unternehmens.

Ein Leitungssystem beschreibt die Weisungsbeziehungen der übergeordneten zu den untergeordneten Stellen sowie die Berichtswege der untergeordneten zu den übergeordneten Stellen für den Austausch von Kontrollinformationen.

Die einzelnen Leitungssysteme werden im Teilkapitel 1.3.3 (Organisationsformen) ausführlich beschrieben.

Kontrollspanne

Jeder Vorgesetzte – als Inhaber einer Instanz – kann nur eine begrenzte Anzahl von Mitarbeitern erfolgreich koordinieren, leiten und kontrollieren. Die Anzahl der Mitarbeiter, die einem Vorgesetzten direkt unterstellt ist, bezeichnet man als **Leitungsspanne** oder Kontrollspanne.

Diese ist abhängig davon,

- welche Tätigkeiten die Abteilung zu erledigen hat (kreative oder repetitive Aufgaben),
- welchen Schwierigkeitsgrad diese aufweisen (Werkzeugschlosserei oder Fließbandtätigkeit),
- über welche fachliche und persönliche Eignung die Mitarbeiterinnen und Mitarbeiter und die Führungskraft verfügen.

Zentralisation und Dezentralisation

Bei der Stellen- und Abteilungsbildung sind Zentralisation und Dezentralisation die beiden wichtigsten Gestaltungsprinzipien.

Zentralisation
bedeutet die Zusammenfassung gleichartiger Aufgaben an einer zentralen Stelle.

Dezentralisation
bedeutet die Aufteilung gleichartiger Teilaufgaben auf unterschiedliche Aufgabenträger.

Sowohl die Zentralisation als auch die Dezentralisation können nach den Aufgabenmerkmalen „Verrichtung“ oder „Objekt“ vorgenommen werden, wobei unmittelbar einleuchtet, dass eine Zentralisation nach Verrichtungen eine Dezentralisation nach Objekten nach sich zieht.

Beispiel: *Ein Unternehmen, das vier verschiedene Produkte herstellt, entscheidet sich dafür, jeden Produktbereich eigenverantwortlich mit allen Tätigkeiten zu betrauen, die die Erstellung des entsprechenden Produkts mit sich bringt. Das ist eine Zentralisierung nach dem Objekt (Produkt). Damit würde z. B. die zentrale Einkaufsabteilung überflüssig werden, weil die Verrichtung ‚Einkaufen‘ dezentralisiert wurde und damit in jedem Produktbereich einmal vorhanden ist.*

1.3.2 Instrumente der Aufbauorganisation

1.3.2.1 Stellenbeschreibung

Bereits an anderer Stelle wurde deutlich gemacht:
Eine Stelle ist die kleinste organisatorische Einheit.

In diesem Zusammenhang erscheint es wichtig, darauf hinzuweisen, dass dieser Begriff grundsätzlich nicht mit dem Begriff „Arbeitsplatz“ oder „Mitarbeiter“ verwechselt werden darf. Denn es gibt u. U. eine Reihe von Überschneidungen und Unterschieden:

- So kann eine Stelle durchaus von zwei Mitarbeitern am gleichen Arbeitsplatz ausgefüllt werden, z. B. bei einem Job-Sharing. Hier teilen sich zwei Halbtagskräfte eine Stelle.
- Ein Stelleninhaber kann seine Stelle an verschiedenen Arbeitsplätzen ausführen. Man denke an einen Heizungsinstallateur: Seine Arbeitsplätze sind die Baustellen, auf denen er täglich arbeitet.
- Es besteht ferner die Möglichkeit, dass mehrere Stelleninhaber sich einen Arbeitsplatz teilen. Man denke an fünf Reisende eines Unternehmens, die sich einen Computerarbeitsplatz teilen und dort an jeweils einem Tag in der Woche arbeiten.

Ein wesentliches Hilfsmittel der Aufbauorganisation ist die Stellenbeschreibung. Sie existiert als Instrument der Führung nicht in allen Unternehmen, gleichwohl ist sie aus arbeitsrechtlichen, ökonomischen und organisatorischen Gründen hilfreich.

Eine Stellenbeschreibung legt im Wesentlichen folgende Punkte fest:

- Bezeichnung der Stelle
- Eingliederung in die Aufbauorganisation (instanzielle Eingliederung)
- Stellvertretung (Wen vertritt der Stelleninhaber? Von wem wird er vertreten?)
- Ziele der Stelle (Was soll das Ergebnis der Aufgabenerfüllung sein?)
- Aufgaben (Was muss der Stelleninhaber leisten, damit die Ziele erreicht werden?)
- Verantwortlichkeiten
- Befugnisse (Bis zu welchem Betrag darf der Stelleninhaber Verpflichtungen eingehen?)
- Anforderungen an den Stelleninhaber (Berufsabschlüsse, Fachkompetenz, Sozialkompetenz, Methodenkompetenz, Berufserfahrung etc.)

Beispiel für eine Stellenbeschreibung:

Stellenbezeichnung	Reklamationssachbearbeiter
Hauptabteilung	Vertrieb
Abteilung	Verkauf Innen
Unterstellung	Abteilungsleiter Verkauf Innen
Überstellung	Auszubildende bei deren Aufenthalt in der Abteilung
Stellvertretung	passiv: wird vertreten durch Kundenbetreuer 1 aktiv: vertritt Kundenbetreuer 2
Aufgaben	▪ Bearbeitung eingehender Reklamationen ▪ Verhandlungen mit Kunden ▪ Entscheidungen über Reaktionen auf Mängelrügen ▪ Führen der Reklamationsstatistik ▪ Veranlassung geeigneter innerbetrieblicher Maßnahmen ▪ ständige Mitarbeit im Arbeitskreis „Qualitätssicherung"
Befugnisse	Stelleninhaber entscheidet selbstständig über Gutschriften für Kunden bis zu einem Wert von 800,00 EUR
Anforderungen	▪ Abschluss als Industriekauffrau/mann ▪ sehr gute Kenntnisse des gesamten Produktsortiments ▪ mehrjährige Berufserfahrung im Verkauf ▪ Verhandlungsgeschick im Umgang mit Kunden bei Konfliktgesprächen ▪ Kontaktbereitschaft und gute Gesprächsführung ▪ Teamfähigkeit

Die Stellenbeschreibung ist u. a. in folgenden Situationen von Nutzen:

- Grundlage für die Ausschreibung der Stelle bei Kündigung des Stelleninhabers („Welche Anforderungen braucht ein neuer Mitarbeiter?")
- Gesprächsgrundlage bei Einstellungsgesprächen
- Handreichung für den neuen Stelleninhaber zur Einarbeitung
- Grundlage für die Erstellung von Zeugnissen („Was hatte der Mitarbeiter für Aufgaben?")
- Übersicht über die Tätigkeitsgebiete seiner Mitarbeiter für einen neuen Vorgesetzten

1.3.2.2 Organigramm

Ein Organigramm ist eine grafische Darstellung des organisatorischen Aufbaus (Leitungssystem) eines Unternehmens.

Dass Organigramm – gelegentlich auch als Organisationsplan oder Organisationsschaubild – liefert einen Überblick über das ganze Unternehmen und enthält folgende Elemente:

- Anordnung der Stellen und ihre Zusammenfassung zu Abteilungen
- Rangordnung der Stellen (Über-, Gleich- oder Unterordnung)
- Instanzenzüge (Anordnungswege)
- Dienstwege (Kommunikationswege)
- Einordnung von Stabsstellen in der Organisation
- ggf. Einordnung von ständigen Ausschüssen oder Komitees

Mit welcher Detailliertheit das Organigramm das Unternehmen abbildet, hängt ab von der Größe des Unternehmens und der Bedeutung, die dem Organigramm im Unternehmen beigelegt wird. Wird aktiv damit gearbeitet, kann das Organigramm auch als ein Stellenplan und – als Hilfsmittel für das Personalwesen – als Stellenbesetzungsplan mit Angabe der Stelleninhaber verwendet werden. In diesem Plan geht jede einzelne Stelle aus dem Organigramm hervor.

Beispiel: *Ein Großunternehmen mit 5.000 Mitarbeitern wird in der Gesamtübersicht mit einem Grobplan arbeiten, einzelne Bereiche können einen Detailplan erstellen, aus dem jede Stelle hervorgeht.*

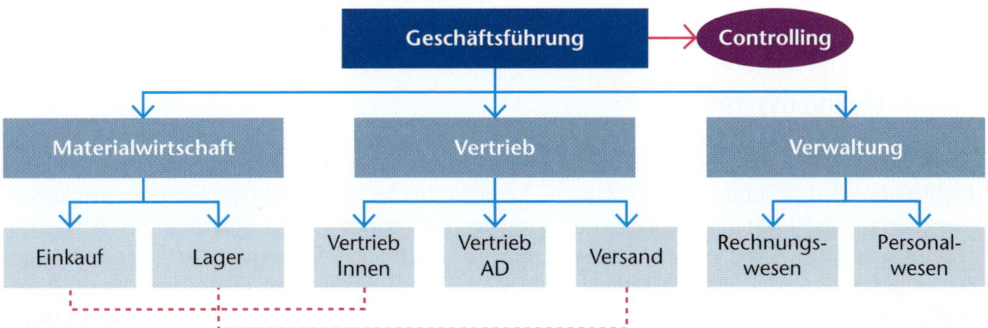

Beispiel für ein Organigramm

In der Regel werden in einem Organigramm folgende Symbole verwendet:

	Rechteckige oder quadratische Symbole verdeutlichen Stellen innerhalb der Linie, das können ausführende Stellen oder Instanzen sein.
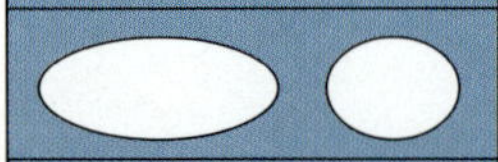	Kreisförmige oder elliptische Zeichen symbolisieren eine Stabsstelle. Die Bedeutung der Stabsstelle wird im folgenden Unterkapitel genauer erläutert.
	Durchgezogene Linien verdeutlichen Weisungs- bzw. Anordnungswege (von oben nach unten) oder Berichtswege (von unten nach oben); insgesamt bezeichnet man diese Linien auch als Dienstwege im Organigramm.
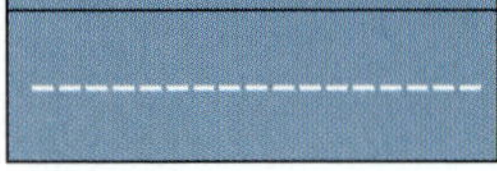	Gestrichelte Linien deuten an, dass zwischen diesen Stellen auf gleicher Ebene Beratungs- oder enge Kommunikationsverbindungen bestehen.

1.3.3 Organisationsformen/Leitungssysteme

Die von der Unternehmensleitung getroffenen Entscheidungen müssen in jeder Aufbauorganisation umgesetzt werden und an die nachgelagerten Führungsebenen sowie die Ausführungsebene weitertransportiert werden. Das wirft die Frage auf, wer wem in einem Unternehmen Anweisungen erteilen kann.

Ein Leitungssystem beschreibt die Weisungsbeziehungen der übergeordneten zu den untergeordneten Stellen sowie die Berichtswege der untergeordneten zu den übergeordneten Stellen für die Kontrollinformationen.

Der Begriff Organisationsform kann für den Begriff Leitungssysteme synonym verwendet werden.

Traditionelle Organisationsformen	Moderne Organisationsformen
Traditionelle Leitungssysteme sind das Einliniensystem und das Mehrliniensystem, sie weisen jedoch teilweise erhebliche Mängel auf.	Sie wurden aufgrund der Mängel der traditionellen Systeme entwickelt, um den neuen Anforderungen Rechnung tragen zu können. Dazu gehören im Wesentlichen das Stab-Linien-System, die Spartenorganisation und die Matrixorganisation.

1.3.3.1 Einliniensystem

Das Einliniensystem ist gekennzeichnet von dem Prinzip der *„Einheitlichkeit der Auftragserteilung"*. Das bedeutet, dass jeder Mitarbeiter in einem Unternehmen nur einen Vorgesetzten hat, der ihm gegenüber weisungsberechtigt ist. Es gibt nur einen Dienstweg für Anordnungs- und Kontrollinformationen. Die Bezeichnung rührt daher, dass im Organigramm von jedem Mitarbeiter jeweils nur eine Linie zum jeweils nächsten überstellten und unterstellten Mitarbeiter führt. Die von oben nach unten laufenden Linien bilden den Instanzenweg, die Linien, die von unten nach oben führen, bilden den sogenannten Dienstweg oder auch Berichtsweg.

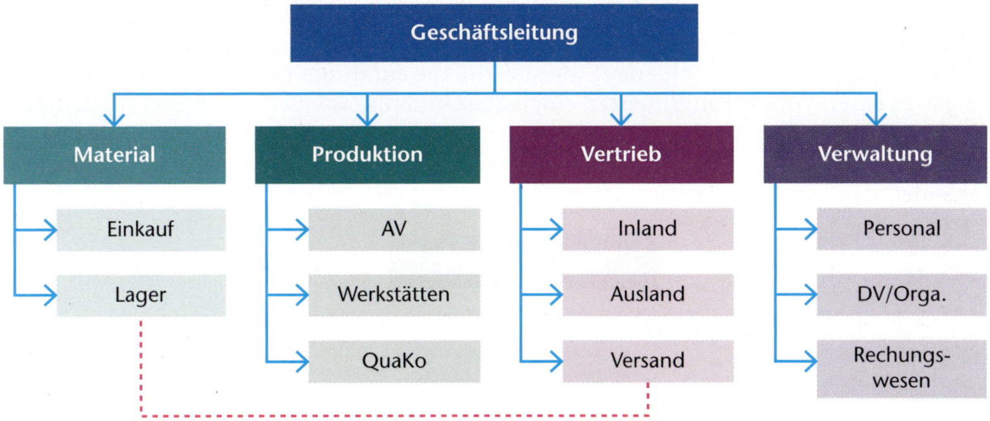

Organigramm eines Einliniensystems

Vorteile	Nachteile
Vorteile dieses Systems liegen ▪ in dem klaren und übersichtlichen Aufbau, ▪ in der genauen Kompetenzabgrenzung, ▪ in der Zuordnung der Verantwortung ▪ und in den guten Kontrollmöglichkeiten.	Nachteilig in diesem System ist, dass ▪ die Dienstwege lang und schwerfällig sind, ▪ die Instanzen u. U. fachlich und quantitativ überlastet sind, ▪ die Gefahr der Filterung von Informationen sowohl auf dem Weg nach oben als auch nach unten besteht.

Um den Nachteil des relativ langen und schwerfälligen Dienstwegs zu umgehen, hat Henri Fayol, auf den im Wesentlichen die theoretischen Grundlagen dieses Systems zurückgehen, eine Kommunikationsbrücke zwischen Stellen aus verschiedenen Abteilungen vorgesehen, die häufig miteinander zu tun haben. Diese Verbindung wird auch als *„Fayolsche Brücke"* bezeichnet.

Beispiel: *Im Beispieldiagramm ist zwischen dem Lager und dem Versand eine Kommunikationsbrücke vorgesehen. Diese beiden Stellen können und sollen miteinander kommunizieren, ihre Daten austauschen und gegenseitig notwendige Prozesse veranlassen, ohne den Dienstweg über ihre jeweiligen Abteilungsleiter gehen zu müssen. Das bedeutet eine Entlastung der Instanzen.*

Angewendet wird das System aus den genannten Gründen vorwiegend in Klein- und Mittelbetrieben mit einer homogenen Produktpalette. Dazu gehören z. B. Handwerksbetriebe, Einzelhandelsunternehmen, kleine Industriebetriebe und Großhandlungen.

1.3.3.2 Mehrliniensystem

Im Mehrliniensystem sind grundsätzlich jedem Mitarbeiter mehrere Vorgesetzte zugeordnet, an die er sich mit speziellen Problemen wenden kann. Die Vorgesetzten verfügen nur in ihrem Fachgebiet über Weisungskompetenz. Entstanden ist das Mehrliniensystem, als der Organisationswissenschaftler F. W. Taylor nach einem Weg suchte, die fachliche Überlastung der Vorgesetzten im Einliniensystem abzubauen. Deshalb setzte er in einer Werkstattorganisation verschiedene Meister ein, die auf ihrem Gebiet Spezialisten waren. So gab es einen Vorrichtungsmeister, einen Maschinenmeister, einen Meister für Zeitkontrolle und einen für Arbeitsvorbereitung. Aus diesem Grund ergeben sich in der grafischen Darstellung zwischen jedem Mitarbeiter und jedem Vorgesetzten Linien. Das bedeutet, dass ein Arbeiter von mehreren Instanzen gleichzeitig Anweisungen erhält.

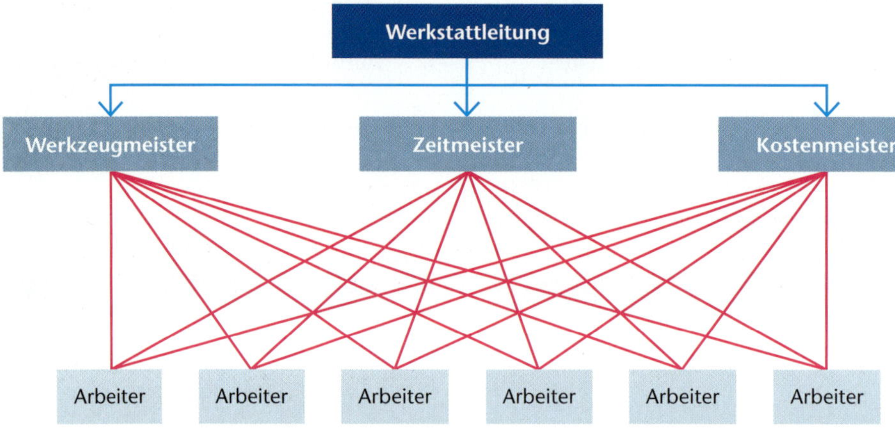

Organigramm eines Mehrliniensystems

Vorteile	Nachteile
▪ Die fachliche Überlastung der Instanzen ist aufgehoben. Jeder Fachvorgesetzte ist Spezialist auf seinem Gebiet. ▪ Die Dienstwege sind sehr kurz gehalten. ▪ Die Mitarbeiter haben für jedes Problem einen geeigneten Ansprechpartner.	▪ Die Kompetenzabgrenzung ist unklar. („Wer ist für was zuständig?") ▪ Es kommt unweigerlich zu Weisungskonflikten aufgrund der unklaren Verantwortlichkeiten der Instanzen. ▪ Die Verunsicherung der untergeordneten Stellen ist groß. („Diener zweier Herren") ▪ Die Kontrolle der Arbeitsabläufe und Arbeitsergebnisse ist kompliziert und aufwendig. ▪ Es besteht ein erheblicher Koordinationsaufwand.

Die Nachteile sind in so hohem Maße vorhanden, dass das System in seiner reinen Form wohl kaum in einem Unternehmen eingesetzt werden kann.

1.3.3.3 Stab-Linien-System

Das Stab-Linien-System versucht, die Nachteile des Einliniensystems zu mildern. Der Instanz wird zur Entlastung ein sogenannter Stab zugeordnet. Stäbe können als Stabsstellen oder bei umfangreicheren Aufgaben auch als Stabsabteilungen tätig sein. Sie haben die Aufgabe, die Linieninstanz zu beraten, Entscheidungsaufgaben vorzubereiten und die Linie von Routineaufgaben zu befreien. Ihnen fehlt jedoch die Kompetenz, Weisungen zu erteilen. Grafisch sind die Stäbe deshalb immer außerhalb der Linie als Kreis oder Ellipsen dargestellt. Typische Stabsstellen sind die Bereiche Recht, Steuern, Organisation, Revision oder Controlling.

Beispiel: *In einem Unternehmen der Lebensmittelindustrie liegt die einstweilige Verfügung einer Verbraucherschutzorganisation auf dem Tisch mit der Maßgabe, ein aktuelles Produkt wegen Irreführung des Verbrauchers auf der Verpackung aus dem Handel zu nehmen. Ein Gremium aus Geschäftsführer, Vertriebsleitung, Einkauf, Produktmanager aus dem Marketing, Kostenrechner und Rechtsabteilung soll die Entscheidung fällen, ob man den Klageweg beschreitet oder die einstweilige Verfügung akzeptiert. Es geht einerseits um hohe Kosten bei Produktions- und Absatzstopp und andererseits um Prozesskosten, Imageverlust etc. Die Stabstellen Produktmanagement und Rechtsabteilung können das Gremium nur beraten, jedoch selbst keine Entscheidung fällen. Die Entscheidung wird von den beteiligten Linienstellen getroffen und letztlich von der Geschäftsführung abgesegnet.*

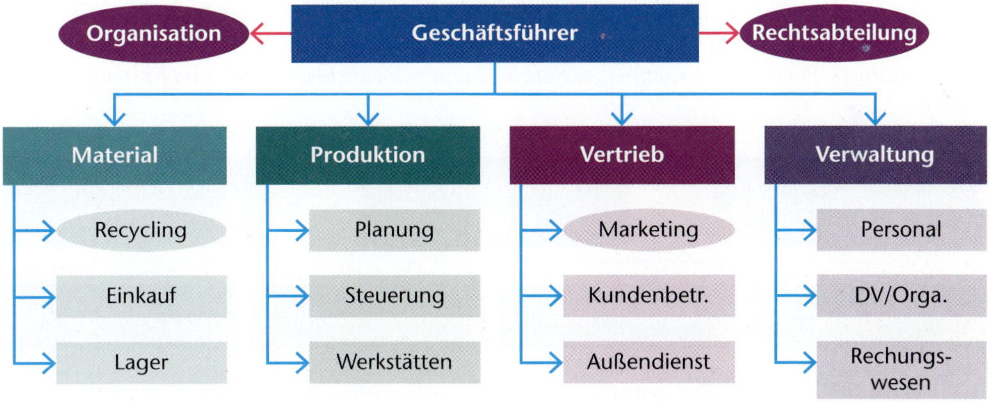

Organigramm eines Stab-Linien-Systems

Vorteile	Nachteile
▪ Die Struktur und Vorteile des Einliniensystems bleiben erhalten. ▪ Die Linieninstanzen werden für das Tagesgeschäft erheblich entlastet. ▪ Die Entscheidungsfähigkeit der Linien wird durch die Entlastung und Beratung erhöht.	▪ Die Stäbe haben keine Weisungsbefugnis. ▪ Linieninstanzen können Empfehlungen der Stäbe wider besseres Wissen ignorieren. ▪ Linieninstanzen können Erfolge aufgrund guter Beratung für sich verbuchen. („Schmuck mit fremden Federn“)

Stabsabteilungen sind für junge Universitätsabsolventen sehr geeignete Sprungbretter in die Praxis für eine spätere Karriere in Linienabteilungen. Allerdings kann die formale Machtlosigkeit von Stabsstellen und Stabsabteilungen auch zu Frustrationen führen. Andererseits kann sich durch die fachliche Überlegenheit der Stäbe („Macht der Experten“) eine gezielte Steuerung und unter Umständen auch Manipulation der Linieninstanzen ergeben.

1.3.3.4 Spartenorganisation

Die Spartenorganisation (Divisionalorganisation) als eine moderne Form eines Leitungssystems berücksichtigt die Tatsache, dass viele Großunternehmen inzwischen eine nahezu unüberschaubare Struktur mit sehr verschiedenen Produkten haben. Die Spartenorganisation zerlegt das Unternehmen in verschiedene Geschäftsbereiche, das sind entweder große eigene Bereiche oder aber tatsächlich Teilunternehmen eines Konzerns. Dabei bilden gleiche oder verwandte Produkte (Objekte) jeweils eine Sparte. Diese Sparten operieren relativ selbstständig. Die Bereichsleiter sind gegenüber der Gesamtunternehmensleitung in der Ergebnisverantwortung. Viele Großunternehmen wie Bayer, Bertelsmann, ThyssenKrupp oder Unilever sind nach diesem Prinzip organisiert.

Beispiel: *Es ist unmittelbar einsehbar, dass ein Unternehmen wie die Bayer AG, die so unterschiedlichen Produkten vertreibt wie Arzneimittel, Pflanzenschutz- und Schädlingsbekämpfungsmittel sowie Werkstoffe aus Kunststoff, eine völlig andere Organisation benötigt als ein Möbelhersteller, der ein relativ homogenes Absatzprogramm vertreibt. Bei Bayer gibt es in jedem Produktbereich unterschiedliche Kunden auf den jeweiligen Märkten, es gibt unterschiedliche Lieferanten und es gibt unterschiedliche Produktionsstrukturen, die auch zu unterschiedlichen Ertrags- und Kostenstrukturen führen.*

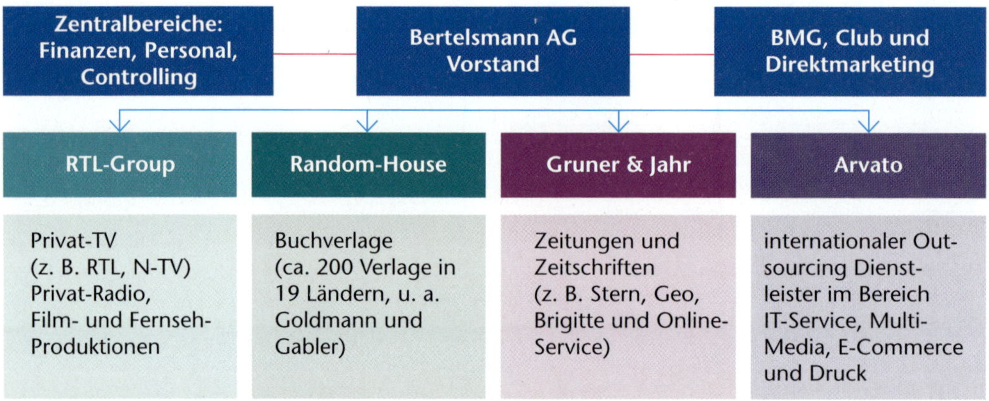

Organigramm einer Spartenorganisation

Vorteile	Nachteile
▪ Die einzelnen Sparten verfügen über eine große Marktnähe. ▪ Es gibt eine klare Zuordnung der Verantwortung, die vorwiegend über den erzielten Gewinn erfolgt (Profit-Center-Prinzip).	▪ Die verschiedenen Bereiche verfolgen u. U. gleiche Ziele, ohne voneinander zu wissen, z. B. in der Grundlagenforschung. Damit werden aber unnütz Mittel verschwendet. ▪ Es besteht die Gefahr, dass der Gesamtleitung die Übersicht und damit die Kontrolle über die Sparten entgleitet.

1.3.3.5 Matrixorganisation

Die Matrixorganisation ist eine Antwort auf die Anforderungen, denen sich Markenartikelhersteller und andere am Markt orientierte Unternehmen gegenübersehen. Ausgangspunkt ist hierbei die Überlegung, dass die in einem klassischen Einliniensystem und auch im Stab-Linien-System zumeist funktionsbezogen operierenden Instanzen und ausführenden Stellen sich vorwiegend auf ihre Tätigkeiten konzentrieren: Der Einkäufer will möglichst günstig einkaufen, der Verkäufer will möglichst viel Umsatz machen, der Produktionsleiter will möglichst große Stückzahlen zu geringen Kosten produzieren etc. Bei dieser „eindimendionalen" Sichtweise verlieren diese Mitarbeiter u. U. das einzelne Produkt aus dem Auge. Beim Marketing, das die Aufgabe hat, den Käufer mit möglichst guten Produkten zu versorgen, liegt der Fokus jedoch auf den einzelnen Produkten oder Produktgruppen. Der Produktmanager ist sozusagen der „Anwalt seines Produkts" und vertritt dessen „Interessen" quer durch die einzelnen Linien des Unternehmens.

Beispiele: *Während ein Funktionsmanager im Einkauf für Verpackungsmaterialien das Ziel verfolgt, möglichst günstig einzukaufen, verfolgt der für ein Produkt zuständige Produktmanager das Ziel, eine möglichst aufwendige, weil auffällige Verpackung durchzusetzen. Für einen Produktmanager ist es wichtig, ein neues Produkt im Markt zu etablieren. Für den Vertriebsmitarbeiter ist das neue Produkt zunächst schwierig, weil es den Kunden erst von sich überzeugen muss. Er verkauft lieber bereits eingeführte, unproblematische Produkte.*

Aus diesem Grund wird in diesem Leitungssystem quer zu einer *Verrichtungsebene* eine *objektbezogene Ebene* installiert. Aus dieser Darstellung ergibt sich zwangsläufig eine Matrix.

Da hier zumeist gegenläufige Interessen vorliegen, kommt es zwangsläufig zu einem Konflikt, aus dem durch entsprechende Auseinandersetzung ein tragbarer Kompromiss werden soll. In diesem Leitungssystem sollen durch programmierte Konflikte und die Bereitschaft und Fähigkeit der Mitarbeiter, damit kreativ umzugehen, möglichst optimale Lösungen entwickelt werden.

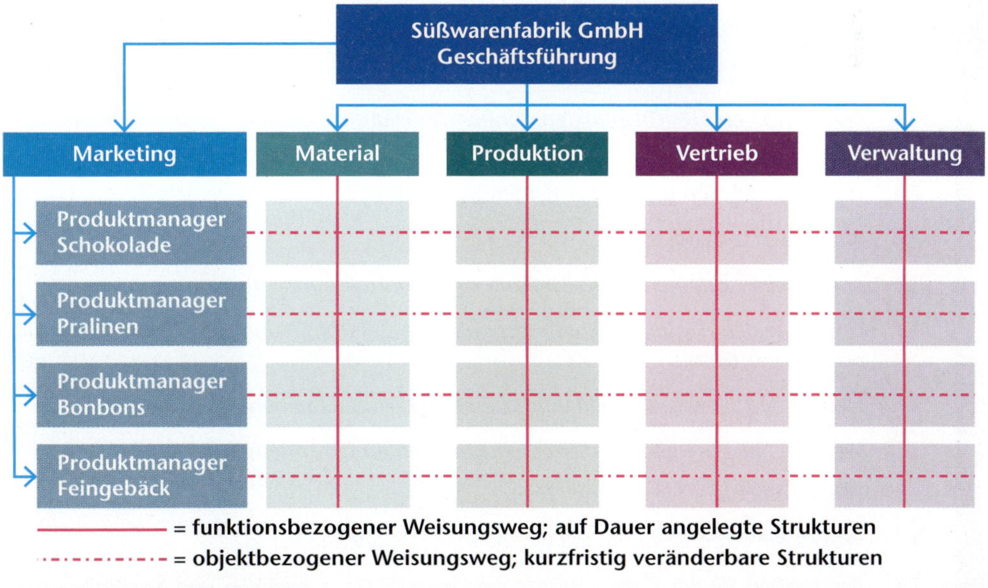

Organigramm Matrixorganisation

Vorteile	Nachteile
▪ Das System orientiert sich an den Produkten und Kunden und entwickelt damit eine große Marktnähe. ▪ Durch die kreative Unruhe wird das schöpferische Potenzial der Mitarbeiter genutzt. ▪ Die Dialogbereitschaft der Mitarbeiter führt zu den für den Markt „besten" Lösungen.	▪ Es besteht die Gefahr, dass entstehende Konflikte nicht mehr sachbezogen, sondern persönlich ausgetragen werden. ▪ Das System ist aufgrund der erforderlichen Abstimmungsprozesse und Diskussionszeiten sehr kostenintensiv.

Dieses Leitungssystem wird vorwiegend bei Markenartikelunternehmen eingesetzt. Aber auch Unternehmen, die Großprojekte betreuen, wenden dieses System an, z. B. Bauunternehmen, Werften etc.

Wiederholungsfragen zu Kapitel 1.3

1. *Nennen Sie drei wesentliche inhaltliche Merkmale der Organisation.*
2. *Aus welchen beiden wesentlichen Arbeitsgebieten besteht die Organisationslehre und wie lassen sich diese unterscheiden?*
3. *Aus welchen Anlässen heraus wird Organisation notwendig?*
4. *Welche Aufgabe hat die Aufbauorganisation?*
5. *Anhand welcher Merkmale lässt sich eine Aufgabe beschreiben bzw. analysieren?*
6. *Was geschieht bei einer Aufgabensynthese?*
7. *Unterscheiden Sie Stelle und Arbeitsplatz.*
8. *Was ist eine Instanz?*
9. *Nach welchen Gesichtspunkten können Abteilungen gebildet werden? Erläutern Sie dies anhand von Beispielen.*
10. *Was versteht man unter einer Betriebspyramide?*
11. *Was ist ein Leitungssystem?*
12. *Von welchen Faktoren ist der Umfang einer Kontrollspanne abhängig?*
13. *Unterscheiden Sie die Gestaltungsprinzipien Zentralisierung und Dezentralisierung anhand des Beispiels „Einkauf".*
14. *Nennen Sie die wesentlichen Inhalte einer Stellenbeschreibung.*
15. *Welchen Nutzen haben Stellenbeschreibungen für ein Unternehmen?*
16. *Welche Nachteile weisen Stellenbeschreibungen auf?*
17. *Was ist ein Organigramm und welche Informationen liefert es?*
18. *Beschreiben Sie das Einliniensystem und nennen Sie je zwei Vor- und Nachteile.*

19. Das Mehrliniensystem kommt in der Praxis kaum vor. Warum?

20. Wodurch ist ein Stab-Linien-System gekennzeichnet und welche Vorteile bietet es?

21. Welche Aufgaben hat ein Stabsmitarbeiter?

22. Welche Gründe sprechen bei einem Unternehmen für eine Spartenorganisation?

23. Erläutern Sie das Prinzip einer Matrixorganisation.

24. Warum kommt eine Matrixorganisation häufig in Markenartikelunternehmen vor?

1.4 Ablauforganisation

Die Ablauforganisation hat die Aufgabe, die Leistungsprozesse im Betrieb möglichst optimal hinsichtlich Funktion (Tätigkeit), Raum, Zeit und Sachmitteln zu gestalten.

Damit zielt die Ablauforganisation auf die Regelung von Geschäftsprozessen.

Ein Geschäftsprozess ist eine bestimmte Menge von logisch aufeinanderfolgenden und damit zusammengehörigen Aktivitäten, die gemeinsam eine Leistung (Produkt/Dienstleistung für die Kunden des Unternehmens erzeugen.

Dabei ist eine Aktivität als eine Arbeitseinheit anzusehen, die von einem Stelleninhaber durchgeführt wird, die jedoch als Einzelleistung keinen Wert für den Kunden darstellt.

An Geschäftsprozesse werden eine Reihe von Anforderungen gestellt. Sie sollen

- *abgesichert sein,* d. h. ein Geschäftsprozess ist immer so zu gestalten, dass er in der Wiederholung das gleiche Ergebnis mit dem gleichen Aufwand liefert;
- *wirtschaftlich sein,* d. h. das Ergebnis soll mit möglichst geringen Kosten erreicht werden;
- *effizient ablaufen,* d. h. es sollen möglichst wenig Produktionsfaktoren verbraucht werden;
- *schnell ablaufen,* d. h. es solle eine möglichst niedrige Durchlaufzeit geben bzw. das Ziel des Prozesses soll in möglichst kurzer Zeit erreicht sein.

Beispiel: *Bestellung eines Elektrogerätes durch einen Kunden. Der Kernprozess „Auftragsbearbeitung“ wird in die folgenden Aktivitäten zerlegt:*

1. *Der Brief oder das Fax wird empfangen.*
2. *Die Bestellung wird an die Auftragsbearbeitung weitergeleitet.*
3. *Die Bestelldaten werden in das DV-System eingegeben.*
4. *Das System prüft, ob das Gerät im Lager vorhanden ist.*
5. *Ist Nr. 3 bestätigt, wird eine Lieferanweisung (Lieferschein) an den Versand gegeben.*
6. *Der Versand holt das Gerät aus dem Lager, verpackt und verschickt es.*
7. *Der Versand markiert die Bestellung im DV-System als abgeschlossen.*
8. *Übergabe der Lieferdaten an die Fakturierung/Rechnungsschreibung. Damit wird ein neuer Geschäftsprozess eröffnet, der dann mit der Buchung des Zahlungseingangs endet.*

Folgende Geschäftsprozesse lassen sich in nahezu jedem mittleren und größeren Unternehmen identifizieren und modellieren:

- Planungsprozess
- Investitionsprozess
- Produktentwicklungsprozess
- Vertriebsprozess
- Beschwerdebearbeitungsprozess
- Materialbereitstellungsprozess
- Produktionsprozess
- Logistikprozess
- Qualitätssicherungsprozess
- Finanzierungsprozess
- Bilanzierungsprozess
- Debitorenmanagement
- Kreditorenbuchhaltung

Geschäftsprozesse werden wie folgt unterschieden:

Kernprozesse	***Kernprozesse sind Geschäftsprozesse, in denen die Wertschöpfung des Unternehmens erfolgt.*** Kernprozesse sind Bestandteile der Wertschöpfungskette des Unternehmens. Mit ihnen wird der Cash Flow verdient. Ein Kernprozess definiert Tätigkeiten und Aufgaben, in denen ein Unternehmen Kernkompetenz besitzt und vermarktet. Kernprozesse eines Unternehmens zeichnen sich in der Regel durch eine starke Verknüpfung mit Hauptfunktionen aus und werden auch von den zuständigen Hauptabteilungen verantwortet. Aus organisatorischer Sicht sind drei Eigenschaften von Kernprozessen kennzeichnend: Sie haben eine hohe strategische Bedeutung, sie laufen in der Organisation quer zu den Linienabteilungen und sie haben u. U. eine große Reichweite: Kernprozesse beginnen mit dem Kundenwunsch und enden mit der Erfüllung des Kundenwunsches. **Beispiele:** *Produktentwicklung und Design, Marketingprozess, Logistikprozess, Vertriebsprozess oder der CRM-Prozess (Customer Relationship Management)*
Unterstützende Prozesse	***Unterstützende Prozesse – oft auch als Supportprozesse bezeichnet – sind betriebliche Geschäftsprozesse, die den Kernprozess zwar unterstützen, aber selbst keinen direkten Kundennutzen erzeugen.*** Unterstützende Prozesse tragen nur indirekt zur Wertschöpfung bei. Da sie nicht zu den Kernkompetenzen gehören, können sie u. U. auch ausgelagert werden, weil sie von externen, spezialisierten Anbietern günstiger, schneller und besser erbracht werden. Dem steht entgegen, dass durch eine Auslagerung Identifizierung und Einsatzbereitschaft von Mitarbeitern verloren geht, insbesondere in Bezug auf die Beziehungen zu Kunden und Lieferanten. Außerdem entstehen zusätzliche Schnittstellen und damit einhergehende Fehlerquellen und Kompetenzprobleme. **Beispiele:** *Personalwirtschaftliche Prozesse (Einstellung von Mitarbeitern), Prozesse in der Finanzbuchhaltung (Kreditoren bearbeiten, Monatsabschluss buchen) oder Prozesse in der Instandhaltung*

Management-prozesse	***Managementprozesse umfassen die Planung, Gestaltung und Steuerung der Kernprozesse und der unterstützenden Prozesse.*** Managementprozesse haben die Aufgabe, die einzelnen Stellen und deren Funktionen zu strukturieren. Im Wesentlichen handelt es sich um die Funktionen der Führung, auf die im Kapitel 2 näher eingegangen wird. ***Beispiele:*** *Entwicklung von Visionen, Formulierung des Leitbildes, Strategieformulierung, Bestimmung von Zielen, Personalführung, Qualitätsmanagement, Risikomanagement oder Finanzmanagement*
Zusammenhang zwischen den Geschäftsprozessen	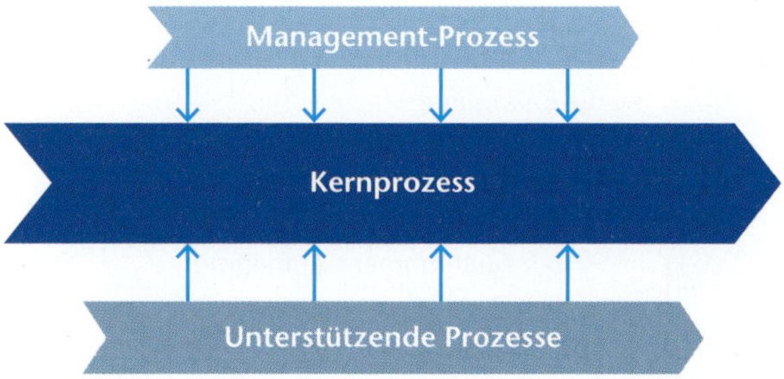

Bei der Realisierung von Geschäftsprozessen verfolgt die Ablauforganisation gleichzeitig zwei wesentliche Ziele:

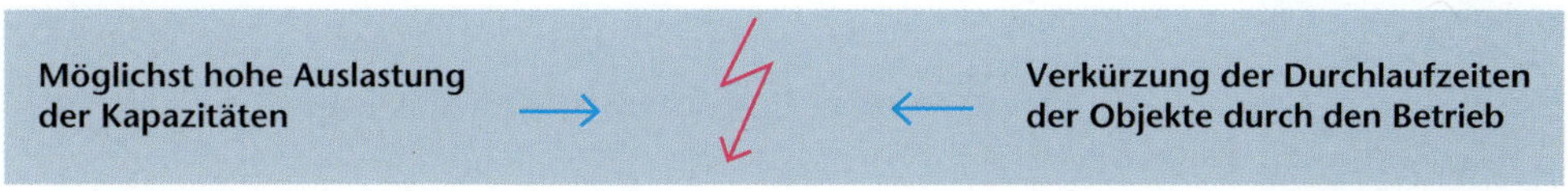

Diese beiden Ziele verhalten sich zueinander jedoch gegenläufig, sie bilden einen **Zielkonflikt.** Man spricht deshalb auch von dem *„Dilemma der Ablaufplanung"*.

Beispiel: *Ein Paketdienst hat sich einerseits seinen Kunden gegenüber verpflichtet, Pakete innerhalb von 24 Stunden vom Absender zum Empfänger zu bringen (kurze Durchlaufzeit). Andererseits ist das Unternehmen bestrebt, die eingesetzten Lkw auszulasten, um die Kosten niedrig zu halten (Auslastung der Kapazitäten). Ist nun auf einer geplanten Strecke nur ein geringes Aufkommen von Paketen, müsste das Unternehmen eigentlich so lange warten, bis der Lkw voll ist. Das darf es aber nicht, weil das nicht mit der oben ausgeführten, selbstauferlegten Verpflichtung übereinstimmt. Die Lösung liegt in dem Versuch, die Abläufe im Betrieb und die eingesetzten Sachmittel zu optimieren. Im Beispiel könnte das Unternehmen mit zwischengeschalteten Sammel- und Verteilerstellen und unterschiedlichen Kfz-Größen arbeiten.*

1.4.1 Gliederung und Prinzipien der Ablauforganisation

Die Tätigkeiten und Arbeitsprozesse in der Ablauforganisation – sei es für eine Neuorganisation oder eine Umorganisation – laufen im Prinzip nach folgendem Schema ab.

Ziele formulieren	Wenn ein Prozess identifiziert wird, der neu gestaltet werden soll, oder ein neuer Prozess zu gestalten ist, dann müssen die Ziele dafür formuliert werden. Generelle Ziele sind ▪ die Kundenorientierung, ▪ die Wirtschaftlichkeit, ▪ die Flexibilität. Sofern die Frage, ob dieser Prozess einen Nutzen für den externen Kunden hat, verneint wird, muss weiter gefragt werden, ob dieser Prozess einen Nutzen für den Mitarbeiter des Unternehmens (interner Kunde) hat. Wird auch das verneint, kann der Prozess unter Umständen abgeschafft oder ausgelagert werden.

Ist-Zustand erfassen	Der Ist-Zustand kann erfasst werden über
	▪ die Befragung,
	  – per Fragebogen
	  – per Interview
	▪ die Beobachtung,
	  – per Multimoment-Aufnahme
	  – per Dauerbeobachtung
	▪ per Selbstaufschreibung.
	
	Diese Methoden werden im Kapitel 1.5 detailliert beschrieben.

Ist-Zustand darstellen	Im Wesentlichen werden ablauforganisatorische Ist-Zustände durch ▪ Arbeitsablaufdiagramme, ▪ Balkendiagramme, ▪ Netzpläne, ▪ Datenflusspläne dargestellt. Diese Darstellungsformen werden detailliert im Kapitel 1.4.2 dargestellt.
Ist-Zustand bewerten	Anhand der grafischen Darstellung und der Beschreibungen als Ergebnis der Ist-Aufnahme erfolgen unter Einbeziehung aller beteiligten Stellen eine Analyse und Kritik des bisherigen Ablaufs und eine Ideenfindung, wie dieser Prozess optimiert werden kann.
Planung des neuen Arbeitsablaufs/ Prozesses	Im Wesentlichen müssen bei der Planung des neuen Geschäftsprozesses folgende Schritte absolviert werden: ▪ **Design der Prozesskette:** Das ist im Prinzip wieder eine grafische Darstellung, in der die einzelnen Aktivitäten des Geschäftsprozesses und ihre Zuordnung zueinander bzw. ihre Reihenfolge dargestellt werden. Man spricht hier auch von einem Geschäftsprozessmodell. ▪ **Zuweisung der Prozessverantwortung:** Jede Aktivität muss einem Funktionsträger zugeordnet sein, der sich für seine Aktivität verantwortlich fühlt und die Schnittstellen zu den anderen Aktivitäten erkennt und respektiert. Der Gesamtprozess wird einem Prozessverantwortlichen oder einem Team übergeben. ▪ **Externe Prozessverkettung:** Sofern der Prozess mit Stellen, Unternehmen oder Organisationen (z. B. Speditionen, Lagerhäusern oder externen Rechenzentren) außerhalb des Unternehmens verbunden ist, muss der interne Prozessablauf mit diesen externen Funktionsträgern verkettet werden.

Realisierung/ Probelauf	Sofern kein Probelauf erforderlich ist, kann nach Abwägung aller Risiken der neue Geschäftsprozess in Gang gesetzt werden. Häufig wird – sofern das möglich ist – der alte Ablauf parallel „gefahren", um z. B. Daten zu sichern und bei einem Scheitern des Probelaufs auf diese Daten zurückgreifen zu können.
Kontrolle	Neue Prozesse werden nach einer relativ kurzen Zeit überprüft und es wird festgestellt, ob die erhofften Kosten- und Zeiteinsparungen erreicht wurden. Bereits laufende Prozessabläufe werden regelmäßig überprüft und gegebenenfalls neu angepasst. Dabei unterscheidet man zwischen der kontinuierlichen Prozessverbesserung (auch als KVP = kontinuierlicher Verbesserungsprozess oder Kaizen bekannt) und der Prozessreorganisation (auch als Process-Reengineering bezeichnet).

Im Rahmen der Ablauforganisation müssen bestimmte Prinzipien beachtet werden, auf die z. T. schon bei der Aufgabenanalyse eingegangen wurde. Im Wesentlichen handelt es sich dabei um die Merkmale einer Aufgabe.

Sachverhalt

Der Facharbeiter Peter Müller fräst an einer Drehbank in der Werkstatt II 20 Metallgussteile, die um 15:00 Uhr fertiggestellt sein müssen, um dann in der Montage verarbeitet zu werden.

An diesem Beispiel lassen sich die verschiedenen Merkmale der Ablauforganisation darstellen, die für die Prozessgestaltung erforderlich sind:

Prinzip/Merkmal	Fragestellung	Beispiel aus dem Sachverhalt
Verrichtung	Welche Tätigkeit wird durchgeführt? Was ist zu tun?	Fräsen
Objekt	Woran wird die Verrichtung vollzogen? Was wird bearbeitet?	20 Metallgussteile
Rang	Hat die Tätigkeit ausführenden oder leitenden Charakter?	ausführende Tätigkeit
Phase	Handelt es sich um eine planende, realisierende oder kontrollierende Tätigkeit? In welcher Phase befindet sich die Tätigkeit?	Realisierung
Zweckbeziehung	Handelt es sich bei der Tätigkeit um den Bestandteil eines Kernprozesses oder um Teil eines unterstützenden Prozesses?	Kernprozess, Tätigkeit dient unmittelbar dem Sachzweck des Unternehmens
Sachmittel/ Hilfsmittel	Womit oder woran wird die Aktivität verrichtet?	Drehbank
Zeit	Wie lange dauert die Aktivität? Bis wann muss sie fertiggestellt sein?	bis 15:00 Uhr
Raum	Wo wird die Tätigkeit ausgeübt?	Werkstatt II
Aufgabenträger	Wer führt die Aktivität durch?	Facharbeiter Peter Müller

1.4.2 Darstellungs- und Durchführungsformen der Ablauforganisation

Die tätigkeitsorientierte Ablauforganisation legt die Reihenfolge der einzelnen Tätigkeiten fest, koordiniert deren Erledigung und versucht, Aufgaben möglichst auch parallel zu erledigen, um Stillstandszeiten zu vermeiden. Als Hilfs- und Planungsmittel werden dabei Arbeitsablaufdiagramme, Flussdiagramme und Arbeitsablaufbeschreibungen eingesetzt.

1.4.2.1 Arbeitsablaufbeschreibung

Sachverhalt

Der folgende Fertigungsprozess für das Teil 789-134 soll ablauftechnisch für 100 Stück untersucht werden. Dazu liegt die folgende Arbeitsablaufbeschreibung vor:

Nr.	Vorgang	Minuten
1	Sägen	80
2	Transport zur Fräse	10
3	Fräsen	150
4	Zwischenkontrolle	25
5	Transport zur Oberflächenbehandlung	15
6	Grundieren	40
7	Trocknen	60
8	Schleifen	35
9	Lackieren	40
10	Trocknen	60
11	Endkontrolle	20
12	Transport zur Montage	25

Diese einzelnen Tätigkeiten aus der Arbeitsablaufbeschreibung werden zwecks Analyse nun in eine Arbeitsablaufkarte übertragen und den Hauptfunktionen zugeordnet:

Nr.	Vorgang	Bearbeitung	Transport	Prüfung	Verzögerung	Lagerung	Zeit
1	Sägen	X					80
2	Transport zur Fräse		X				10
3	Fräsen	X					150
4	Zwischenkomtrolle			X			25
5	Transport zur Oberfl.		X				15
6	Grundieren	X					40
7	Trocknen				X		60
8	Schleifen	X					35
9	Lackieren	X					40
10	Trocknen				X		60
11	Endkontrolle			X			20
12	Transport zur Montage		X				25

Auf Basis der Zuordnungen kann der Organisator nun die einzelnen Gesamtzeiten der Hauptfunktionen sowie die Gesamtzeit des Prozesses berechnen.

Bearbeitung:	345 Min.
Transport:	50 Min.
Prüfung:	45 Min.
Verzögerung:	120 Min.
Lagerung:	–
Gesamtdurchlaufzeit:	**560 Min.**

Eine veraltete Form der Arbeitsablaufkarte arbeitet mit Symbolen für die einzelnen Hauptfunktionen, die dann miteinander verbunden werden.

Nr.	Arbeitsschritt	Grafische Darstellung
1	Der Verkaufsleiter erhält eine Anfrage von der Poststelle.	
2	Der Verkaufsleiter macht einen Vermerk mit Bearbeitungshinweis und bestimmt den Sachbearbeiter.	
3	Die Anfrage geht per Hauspost an den Sachbearbeiter.	
4	Der Sachbearbeiter prüft, ob die Anfrage vollständig ist und auf die Produkte zutrifft.	
5	Der Sachbearbeiter prüft anhand der Kundendatei, ob der Anfragende bereits Kunde ist. Ggf. muss die Bonität geprüft werden.	
6	Der Sachbearbeiter erbittet einen Liefertermin von der Disposition.	
7	Die Anfrage wird auf Wiedervorlage gelegt, bis der Liefertermin durchgegeben wird.	
8	Der Sachbearbeiter diktiert das Angebot, ggf. erfolgt eine Rückfrage oder eine Absage.	
9	Der Sachbearbeiter wartet auf die Reinschrift vom Sekretariat, erledigt in der Zwischenzeit weitere Anfragen.	
10	Der Sachbearbeiter prüft Reinschrift und unterzeichnet rechts.	
11	Das Angebot geht per Hauspost an den Vertriebsleiter in der Unterschriftenmappe.	
12	Der Vertriebsleiter prüft und unterschreibt links.	

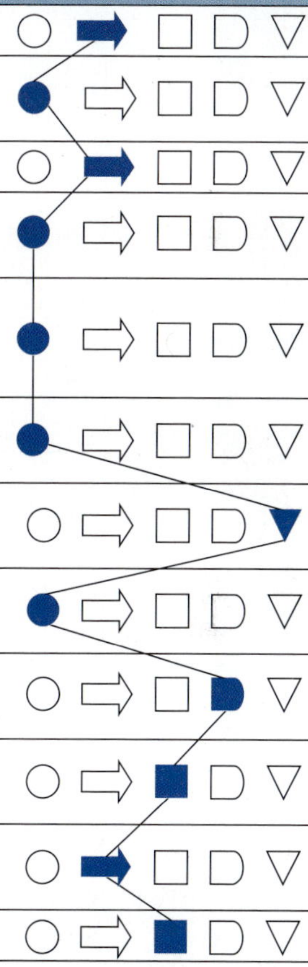

1.4.2.2 Funktionendiagramm

Ein Funktionendiagramm ordnet einzelne Aktivitäten den an einem Prozess oder in einer Abteilunge beteiligten Stellen in Form einer zweidimensionalen Matrix zu. Das Funktionendiagramm verknüpft auf diese Weise die Geschäftsprozesse der Ablauforganisation mit den Zuständigkeiten und Strukturen der Aufbauorganisation.

Einkaufsabteilung	Einkaufs-leiter	Einkaufs-assist.	Einkauf I (Metall)	Einkauf II Elektro)	Einkauf III (Sonst.)	Termin-stelle	Rechnungs-prüfung	Material-lager	Sekretariat
Markterkundigung	E	PA	A	A	A				
Einkaufsplanung	E	X	X	X	X				
Bedarfsprüfung	E		X	X	X				
Angebotseinholung			X	X	X				
Vertreterempfang	X		X	X	X				
Bestellung			X	X	X				
Lieferkontrolle						X			
Rechnungsprüfung							X		
Bestandsüberwachung			K	K	K			A	
Inventurbewertung			X	X	X				
Korrespondenz			X	X	X				X

Funktionendiagramm

Die Zeichen in den Schnittpunkten von Funktionen und Stellen haben folgende Bedeutung:

X = Gesamtfunktion (Planung + Ausführung + Kontrolle)

E = Entscheidung

P = Planung
A = Ausführung
K = Kontrolle

Aus den Zeilen des hier gezeigten Funktionendiagramms wird ersichtlich, welche Aktivitäten von welchen Stellen erledigt werden (dürfen). Die Zeilen sind damit eine Grundlage für Arbeitsablaufdarstellungen. Aus den Spalten sind die einzelnen Stellen der Einkaufsabteilung zu entnehmen. Die Spalten sind dadurch Grundlage für die Erstellung von Stellenbeschreibungen. Im Gegensatz zu einer Stellenbeschreibung enthält ein Funktionendiagramm wesentlich weniger Informationen über die einzelnen Stellenaufgaben, es vermittelt dafür aber eine Übersicht der beteiligten Stellen.

Vorteile	Nachteile
▪ übersichtliche und knappe Darstellung ▪ organisatorische Mängel leicht erkennbar ▪ niedriger Änderungsaufwand	▪ Abgrenzungsschwierigkeiten ▪ schematische Darstellungsweise lässt detaillierte Regelungen (z. B. Sonderfälle) sehr schwer oder gar nicht darstellen.

1.4.2.3 Flussdiagramm

Durch ein Flussdiagramm können Tätigkeiten oder Abläufe in ihrer logischen zeitlichen Abfolge dargestellt werden. Dabei werden die Tätigkeiten stark abgekürzt in die Symbole geschrieben. Damit die verschiedenen Symbole beim Lesen eine Logik ergeben, werden sie durch Pfeile verbunden. Flussdiagramme können verwendet werden für die Darstellung von Arbeitsprozessen, für Programmabläufe oder für den Datenfluss innerhalb eines Unternehmens:

Die DIN 66001 vereinheitlicht Sinnbilder für Datenfluss und Programmabläufe:

	**Tätigkeit:** Ein Prozess besteht aus einer Folge von Tätigkeiten. Sind weiterführende Detailregelungen für das Ausführen einer Tätigkeit erforderlich, wird an der entsprechenden Stelle darauf verwiesen.
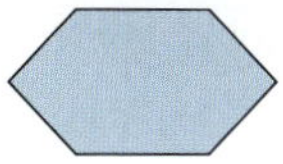	**Prüfung:** Für eine durchzuführende Prüfung werden folgende Punkte geklärt und bei Bedarf weiterführende Regelungen getroffen: Prüfkriterien, Prüfablauf, Ergebnisaufzeichnung, wenn erforderlich Art des Prüfmittels, Vorgehen bei negativem Ergebnis, Prüfzeitpunkt und -zyklus.
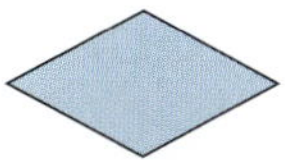	**Entscheidungen:** Sie werden von einem Verantwortlichen getroffen oder ergeben sich aus einer logischen Verzweigung. In der Regel gibt es nur zwei Ausgänge aus Entscheidungen: ja/nein oder dafür/dagegen
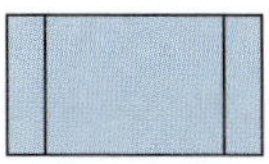	**Schnittstellen:** Hier handelt es sich um Übergänge von oder zu einem anderen Prozess oder Verfahren, vielleicht in einem anderen Arbeitsbereich. Schnittstellen können innerhalb oder am Ende eines Prozesses stehen und lösen einen Folge- oder Folgeteilprozess aus.
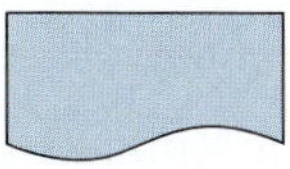	**Dokumente:** Sie werden erstellt, in bestimmter Weise gelenkt und aufbewahrt. Nach ihrer Bearbeitung werden sie nicht mehr verändert. Die jeweils geltenden Dokumente werden den Tätigkeiten und Prüfungen zugeordnet. Die zu erstellenden Aufzeichnungen werden in Flussdiagrammen zugewiesen und benannt.

	**Vorgabedokumente:** Dokumente, die Qualitätsanforderungen enthalten oder Vorgehensweisen beschreiben. Das können interne Dokumente sein (z. B. Checklisten oder Rezepturen) oder externe Dokumente (z. B. Gesetze und Verordnungen).
	**Konnektor:** Der Ablauf wird an anderer Stelle fortgesetzt.
	**Start oder Ende eines Ablaufs**, wenn dieser nicht in eine andere Schnittstelle oder anderes Verfahren mündet.

Sachverhalt

Arbeitsanweisung für die Bearbeitung eines Kundenauftrags: Wenn ein Kundenauftrag eingeht, ist zunächst zu prüfen, ob der Lagerbestand für die Lieferung ausreicht. Reicht der Bestand nicht aus, muss der Kunde über die Lieferverzögerung benachrichtigt werden (Mail oder Telefonat). Lehnt der Kunde die spätere Lieferung ab, wird der Auftrag nicht weiter bearbeitet. Ansonsten wird die Bestellung bei Disposition/Einkauf veranlasst. Ist ausreichend Ware vorhanden, wird der Auftrag bearbeitet, ein Lieferschein ausgedruckt. Der Lieferschein geht an die Versandstelle. Kommt die Kopie des Lieferscheins aus dem Versand zurück, ist eine Rechnung auszudrucken und an den Kunden zu schicken.

Für diesen Arbeitsablauf ist ein Arbeitsablaufdiagramm zu erstellen.

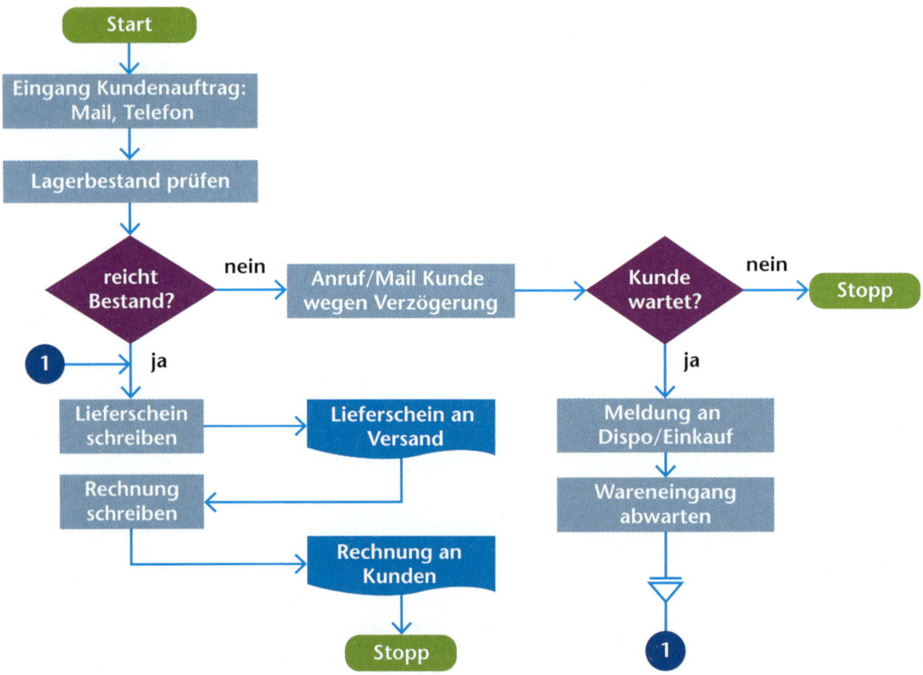

Beispiel für ein Flussdiagramm

Die zeitorientierte Ablauforganisation hat die Aufgabe, die Arbeitsabläufe optimal zu koordinieren. Hilfsmittel dafür sind das Balkendiagramm und die Netzplantechnik als Planungsinstrumente.

1.4.2.4 Balkendiagramm

Das von H. L. Gantt entwickelte Balkendiagramm – in Ehrung seines Erfinders auch gerne Gantt-Diagramm genannt – stellt die geplante Dauer sowie die geplanten Anfangs- und Endtermine von Teilarbeiten als Balken auf einer horizontalen Zeitachse grafisch dar.

Sachverhalt

Aus einer Arbeitsanweisung: Bitte erledigen Sie noch die Maschinenbelegung für Werkstatt 4 für die Maschinen M1 bis M3 (Metallverarbeitung): Die Aufträge A 21, B 35 und C 71 sollen am Donnerstag, 13.04., erledigt werden. Es muss unbedingt beachtet werden, dass die Aufträge in der angegebenen Reihenfolge bearbeitet und dass die Leerzeiten minimiert werden. Aus fertigungstechnischen Gründen können die Aufträge auf den einzelnen Maschinen nicht geteilt werden.

Auftrag	Stufen der Verarbeitung		
	1. Stufe	2. Stufe	3. Stufe
A 21	M3: 2 Std	M1: 4 Std	M2: 3 Std
B 35	M1: 2 Std	M3: 4 Std	M2: 1 Std
C 71	M2: 3 Std	M3: 2 Std	M1: 1 Std

Das Ergebnis könnte wie folgt aussehen:

Stunden->	1	2	3	4	5	6	7	8	9	10
Maschine 1	B 35	B 35	A 21	A 21	A 21	A 21	C 71	C 71	C 71	C 71
Maschine 2	C 71	C 71	C 71				A 21	A 21	A 21	B 35
Maschine 3	A 21	A 21		C 71	C 71	B 35	B 35	B 35	B 35	

1.4.2.5 Netzplantechnik

Der Netzplan gliedert den Gesamtablauf eines Projekts oder eines großen Auftrags in eine Folge logisch miteinander verknüpfter Vorgänge. Er ermöglicht damit eine Terminplanung einzelner Vorgänge und weist als Ergebnis einen kritischen Weg aus.

Sachverhalt

Aus dem Protokoll einer Abteilungsleiterbesprechung:

TOP 3: Großauftrag Handelskontor Rotterdam

Aus der Besprechung ist zu diesem Punkt Folgendes festzuhalten (In Klammern die während der Besprechung eingeholten Zeiten, die die verantwortlichen Stellen für ihre Aufgabenerledigung benötigen):

Es soll unverzüglich eine Auftragsbesprechung der verantwortlichen Gruppenleiter aus den Bereichen Vertrieb, Kostenrechnung, Einkauf und Fertigung stattfinden (A: 1 Tag); unmittelbar darauf erfolgt die Erstellung der technischen Zeichnung (B: 2 Tage); parallel dazu erfolgen die technische Spezifikation (C: 6 Tage) sowie die Maschinenbelegungsplanung/Kapazitätsplanung (D: 4 Tage). Unmittelbar nach Vorgang D erfolgt die Personalbedarfsplanung (G: 5 Tage). Erst wenn die technische Zeichnung und die Spezifikation erstellt sind, können die Angebote bei den Lieferanten eingeholt werden (E: 8 Tage). Nach Vorliegen dieser Angebote und Abschluss der Personalbedarfsrechnung (G: 5 Tage), die unmittelbar nach Vorgang D erfolgt, können die Fertigungskosten sowie die Angebotspreise kalkuliert werden (F: 3 Tage). Nach Abschluss der Kalkulation kann der Angebotsentwurf mit allen Unterlagen erstellt und dem Kunden zugeleitet werden (H: 2 Tage).

Für die Vorbereitung des Netzplans ist es unerlässlich, dass eine Vorgangsliste erstellt wird. Sie enthält alle Vorgänge, deren Nummern, die Dauer des einzelnen Vorgangs sowie die Vorgänger und Nachfolger eines jeden Vorganges. Die Vorgangsliste für den beschriebenen Sachverhalt sieht wie folgt aus:

	Vorgang	Dauer	Vorgänger	Nachfolger
A	Auftragsbesprechung	1	–	B; C; D
B	technische Zeichnung	2	A	E
C	technische Spezifikation	6	A	E
D	Masch.-/Kapazitätsplan	4	A	G
E	Angebotseinholung	8	B; C	F
F	Kalkulation	3	E; G	H
G	Personalbdarfsplanung	5	D	F
H	Angebotsentwurf	2	F; E	–

Für die Erstellung eines Netzplanes nach dem hier dargestellten Verfahren sind die folgenden Grundregeln zu beachten:

Ein Vorgang wird in Form eines kleinen Rechtecks dargestellt (Vorgangsknoten).

1. Die Abhängigkeit wird in Form von Pfeilen dargestellt. Der Vorgang, aus dem der Pfeil abgeht, muss abgeschlossen sein, bevor der nachfolgende Vorgang beginnen kann.
2. Müssen mehrere Vorgänge beendet sein, bevor ein nachfolgender Vorgang beginnt, münden alle Pfeile der Vorgänger im nachfolgenden Vorgang ein.
3. Können mehrere Aktivitäten erst beginnen, bevor ein anderer Vorgang beendet ist, dann gehen von diesem Vorgang Pfeile zu allen unmittelbaren Nachfolgern dieses Vorganges.
4. Ein Netzplan enthält – anders als Datenflusspläne oder Programmablaufpläne – keine Schleifen. Gleiche Vorgangsfolgen, die sich im beschriebenen Ablauf wiederholen, müssen durch eine neue Vorgangskette neu dargestellt werden.

Aus der vorstehenden Vorgangsliste kann dann per Hand oder mit einer speziellen Software ein Netzplan erstellt werden, der folgendes Aussehen hat:

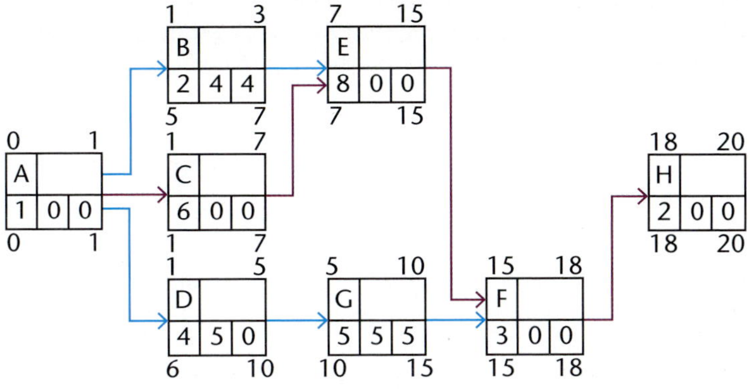

⟶ = Kritischer Pfad:

Die Darstellung bedarf der folgenden Erklärungen:

Im Rahmen der Vorwärtsterminierung werden am oberen Rand eines Vorgangsknotens der **früheste Anfangszeitpunkt FAZ** und der **früheste Endzeitpunkt** FEZ eingetragen. Die Differenz ergibt sich durch die Dauer des Vorgangs. Im gezeigten Beispiel beginnt der Vorgang D frühestens zum Zeitpunkt 1 (übernommen vom Vorgänger A: FEZ 1) und endet wegen der Dauer von 4 Zeiteinheiten frühestens zum Zeitpunkt 5.

Der hier gezeigte Pfeil kommt vom Vorgang A. Dieser ist frühestens zum Zeitpunkt 1 beendet, also kann der Vorgang D, genauso wie die Vorgänge B und C, frühestens zum Zeitpunkt 1 beginnen.

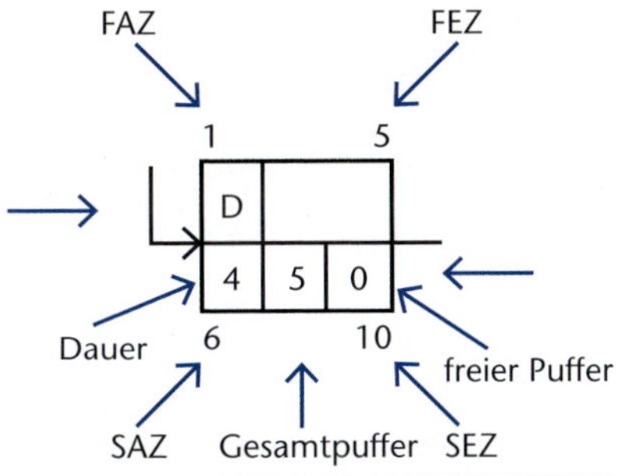

In der unteren Zeile des Vorgangsknotens wird links die **Dauer** eingetragen. In der Mitte wird der **Gesamtpuffer** eingetragen. Er ergibt sich durch die Berechnung SEZ – FEZ eines Vorganges, hier also 10 - 5 = 5.
Der **freie Puffer** wird im rechten Kästchen eingetragen. Er ergibt sich durch die Berechnung FAZ vom Folgevorgang – FEZ vom betrachteten Vorgang. Im Beispiel hat der Folgevorgang G die FEZ 5, der Vorgang D die FAZ 5, das Ergebnis ist also 0.

Im Rahmen der Rückwärtsterminierung werden am unteren Rand eines Vorgangsknotens der **späteste Anfangszeitpunkt SAZ** und der **späteste Endzeitpunkt SEZ** eingetragen. Die Differenz ergibt sich durch die Dauer des Vorgangs. Im gezeigten Beispiel muss der Vorgang D spätestens zum Zeitpunkt 10 beendet sein. Da er eine Dauer von 4 Zeiteinheiten hat, muss er spätestens zum Zeitpunkt 6 beginnen.

Vorgänge, bei denen sowohl der Gesamtpuffer als auch der freie Puffer gleich 0 sind, liegen auf dem **kritischen Pfad.** Kommt es bei einem dieser Vorgänge zu einer Verzögerung, verzögert sich der gesamte Zeitplan um die Überschreitung bei dem einen Vorgang.

Die raumorientierte Ablauforganisation beschäftigt sich mit der räumlich optimalen Zuordnung der einzelnen Arbeitsplätze und Abteilungen, um die Transportwege zu minimieren und einen geordneten Fluss der Arbeitsobjekte durch den Betrieb zu gewährleisten. Im Bereich der Produktion sind zu diesem Zweck Organisationstypen der Fertigung entwickelt worden, die sich an der Art der Produkte, der einzusetzenden Sachmittel und der Fertigungsstufen orientieren (z. B. Werkstattfertigung, Fließfertigung oder Baustellenfertigung).

Im kaufmännischen bzw. verwaltenden Bereich bearbeitet die raumorientierte Ablauforganisation z. B. Entscheidungen über die Aufteilung von Büros oder regelt Fragen der optimalen Kommunikation persönlicher oder schriftlicher Natur.

Die sachmittelorientierte Ablauforganisation entscheidet über den optimalen Einsatz von Sachmitteln zur Bewältigung der betrieblichen Aufgaben. Fragen wie: „Welches Lagersystem ist optimal?" oder „Sollen wir in jedem Einzelbüro einen Drucker aufstellen oder soll ein Hochleistungsdrucker an einer zentralen Stelle pro Etage etabliert werden?" werden von der Organisationsabteilung beantwortet.

Wiederholungsfragen zu Kapitel 1.4

1. *Welche Aufgabe hat die Ablauforganisation in einem Unternehmen?*
2. *Was versteht man unter einem Geschäftsprozess?*
3. *Unterscheiden Sie Kernprozesse, unterstützende Prozesse und Managementprozesse anhand von Beispielen.*
4. *Was sind die beiden wesentlichen Zielsetzungen der Ablauforganisation und in welchem Verhältnis stehen sie zueinander?*
5. *Schildern Sie die einzelnen Stationen eines ablauforganisatorischen Arbeitsprozesses.*
6. *Anhand welcher Merkmale kann eine Aufgabe im Rahmen der Ablauforganisation beschrieben werden?*
7. *Welche Darstellungsmöglichkeiten stehen der Ablauforganisation zur Verfügung?*
8. *Welchen Zweck verfolgt eine Arbeitsablaufbeschreibung?*
9. *Was beschreibt ein Funktionendiagramm?*
10. *Wofür benötigt man ein Flussdiagramm?*
11. *Unterscheiden Sie das Balkendiagramm und den Netzplan.*
12. *Was bezeichnet der kritische Pfad in einem Netzplan?*

1.5 Analysemethoden

Exkurs: Methoden der Ist-Aufnahme zur Feststellung des Ist-Zustandes der Organisation
Probleme und Reibungsverluste in organisatorischen Abläufen oder eine völlig neue Arbeitsaufgabe lösen in der Regel vor einer Um- oder Neuorganisation eine Ist-Aufnahme des vorhandenen organisatorischen Ablaufs oder Geschäftsprozesses aus. Dafür gibt es verschiedene Methoden der Ist-Aufnahme:

Befragung

- **Fragebogen**
  Mitarbeiter eines Unternehmens, einer Abteilung oder die beteiligten Mitarbeiter eines Geschäftsprozesses können mit einem vorstrukturierten Fragebogen nach der täglichen Aufteilung ihrer Arbeit, nach Details von Arbeitsabläufen, nach ihrer Arbeitsbelastung oder nach ihrer Meinung zu neuen Prozessen befragt werden. Aus solchen Angaben könnte der Organisator Schwachstellen im Organisationsablauf entnehmen, z. B. Überschneidungen in der Verantwortung, Doppelarbeit oder Unzufriedenheit mit vorhandenen Regeln. Allerdings muss ein solcher Fragebogen erst entwickelt werden. Das ist relativ teuer und deshalb wird der Fragebogen meist auf eine große Anzahl von Befragten angewendet, z. B. alle Mitarbeiter eines Unternehmens oder eines großen Betriebsteils.

- **Interview**
  Bei einem Interview erfolgt die Befragung gewissermaßen „face to face", das heißt während der Befragung sitzen sich Organisator und befragte Person gegenüber. Das Interview kann entweder vollstrukturiert, teilstrukturiert oder völlig offen sein.

  - Das *vollstrukturierte Interview* folgt im Prinzip einem Fragebogen und bietet den Vorteil, dass alle Antworten später miteinander vergleichbar sind.
  - Das *teilstrukturierte Interview* bietet dem Interviewer einen Leitfaden, ermöglicht ihm aber immer wieder, direkt nachzufragen, wenn noch nicht völlige Klarheit besteht oder wenn eine Aussage nicht schlüssig ist.
  - Ein völlig *offenes Interview* dürfte relativ selten sein und vor allem im Bereich Mediation, psychologische Betreuung oder Konfliktgespräch sinnvoll sein. Der Interviewer passt sich hierbei völlig dem Gesprächsverlauf an und regiert auf Signale und Aussagen der befragten Person.

- **Selbstaufschreibung**
  Diese Methode ist ähnlich wie die Fragebogen-Methode, nur erfolgt hierbei die Aufschreibung über einen längeren Zeitraum. In der Regel werden auf der Basis eines standardisierten Formblatts Aufzeichnungen gemacht über Arbeitsinhalte, dafür verbrauchte Zeiten, besondere Vorkommnisse und Ähnliches. Ein schwerwiegender Nachteil dieser Methode ist, dass die Mitarbeiter sich u. U. bei den Eintragungen abstimmen oder „geschönte" Angaben machen, die den Organisator in die Irre führen.

Beobachtung

- **Dauerbeobachtung**
  Bei dieser Methode beobachtet ein Organisator einen Arbeitsablauf, eine Gruppe von Mitarbeitern oder eine Person über einen bestimmten Zeitraum. Diese Methode bringt

insbesondere bei Büroarbeiten keine oder nur geringe Ergebnisse. Das Verfahren wird deshalb vorwiegend im Produktionsbereich angewendet, um Zeiten von Mitarbeitern zur Berechnung von neuen Akkordvorgaben zu nehmen oder um einen Teil des Fertigungsprozesses zu analysieren, um ihn später neu zu gestalten.

- **Multi-Moment-Aufnahme**
  Bei dieser Methode wird eine große Zahl von Stichprobenbeobachtungen gemacht. Von der Häufigkeit, mit der bestimmte Merkmale beobachtet wurden, schließt man auf ihren Anteil an der Gesamttätigkeit.
  Dieses Verfahren der Ist-Aufnahme eignet sich besonders gut, um zeitliche Problemstellungen im Organisationsgefüge zu analysieren. So wird dieses Verfahren häufig angewendet, um die Verteilung der Arbeitszeit von Mitarbeitern auf Haupt-, Neben-, Verteil- und sonstige Zeiten festzustellen.

- **Dokumentenanalyse**
  Eine Sonderform der Beobachtung, die wohl als relativ objektiv bezeichnet werden kann, ist die Dokumentenanalyse. Der Organisator hält sich zu diesem Zweck in der Abteilung oder an den Stellen, die ein Geschäftsprozess durchläuft, auf und studiert die Unterlagen, die die Mitarbeiter für die Erledigung ihrer Aufgabe benötigen. Das können Vorschriften, Richtlinien, Verordnungen, Tabellen, Gebührenordnungen, Lieferscheine oder Eingangsrechnungen sein.
  Diese Methode eignet sich insbesondere für die Zwecke der Systemanalyse, die vor der Modellierung eines Betriebsablaufes oder Geschäftsprozesses durchgeführt wird. Ebenso wird die Dokumentenanalyse wichtig vor der Programmierung von betriebsinterner Individual-Software.

1.5.1 Methoden zur Messung der Kundenzufriedenheit und Auswertung der Ergebnisse

Wie bereits mehrfach angedeutet und erwähnt, ist die moderne Unternehmung mit Marketing und Geschäftsprozessorientierung ganz auf den Markt ausgerichtet und dort vor allem auf den Kunden. Der folgende relativ eingängige Orientierungsspruch macht das deutlich:

Qualität ist, wenn der Kunde wiederkommt und nicht die Ware!

Ein Kunde kann nur dann zufrieden sein, wenn er mit dem Produkt zufrieden ist. Das bedeutet, dass die Unternehmensführung sowohl vor, während als auch nach dem Kauf den Fokus auf den Kunden und seine Zufriedenheit mit dem Produkt legen muss. Bereits seit den 1980er Jahren hat sich in deutschen Unternehmen die Auffassung durchgesetzt, dass die Bindung bestehender Kunden profitabler ist als die reine Konzentration auf das Neukundengeschäft. Folglich setzen Unternehmen auch Kundenzufriedenheitsanalysen ein, um die Qualität ihrer Kundenbeziehungen zu messen und zu verbessern. Vor, während und nach dem Verkaufsvorgang steht eine Reihe von Methoden zur Verfügung.

1.5.1.1 Erhebungen vor dem Verkaufsvorgang (Pre-Sales-Aktivitäten)

Pre sales bezeichnet im Vertrieb von Unternehmen alle Tätigkeiten und Aufgaben, die vor dem eigentlichen Verkaufsvorgang erledigt werden müssen. In Industrieunternehmen ist diese Phase relativ leicht abzugrenzen, in Handelsunternehmen fällt das schwerer, da hier der reine Verkaufsvorgang vom davor liegenden Beratungsvorgang nicht leicht zu trennen ist. Das gilt insbesondere für technisch anspruchsvolle Produkte (z. B. Maschinenbau) und beratungsintensive Dienstleistungen (z. B. Finanzprodukte).

Folgende Maßnahmen zur Messung und Wahrung zukünftiger Kundenzufriedenheit kann ein Unternehmen durchführen:

- **Wertanalyse** (dieses Verfahren wird umfangreich im folgenden Teilkapitel beschrieben).
- **Workshops mit ausgewählten Kunden:** Insbesondere dort, wo umfangreiche technische oder systemische Probleme zu lösen sind (z. B. Maschinenbau, Software oder Gebäudesanierung), kann es sinnvoll sein, die Anwender der Produkte oder Problemlösungen ins eigene Haus zu holen und mit ihnen ihre Probleme zu diskutieren und diese Ergebnisse zu visualisieren. Sie können bei der Produktentwicklung wichtige Erkenntnisse liefern, die dabei helfen, den Kunden später zufrieden zu machen.
- **Machbarkeitsstudien und Klärung technischer Fragen:** Hier werden dem Kunden im Vorfeld des Verkaufs Probleme und ihre Lösungsmöglichkeiten aufgezeichnet, die mit dem Produkt gelöst werden können. So könnte z. B. ein Möbelhersteller sich von einem Hersteller für Verbindungs- und Montagetechnik komplette Systemlösungen konzipieren und anbieten lassen.
- **Untersuchungen im Testlabor:** Mithilfe von wissenschaftlichen Methoden können in Testlabors die Nutzung der Produkte von Kunden (z. B. bei Lebensmittelzutaten oder technischen Geräten), die Wirkung der Werbung auf Kunden (z. B. Fernseh- oder Zeitschriftenwerbung) getestet werden. Die Ergebnisse führen dazu, dass Produkte bedienungsfreundlicher werden und die Werbung ansprechender.
- **Produktpräsentationen:** Vor der Einführung von Produkten können ausgewählte Testkunden und Entscheider aus dem Groß- und Einzelhandel die Produkte anschauen, ausprobieren und ggf. anwenden oder verkosten. Die Aussagen der beteiligten Personen können dann – sollten sie gravierend sein – in die Überarbeitung des Produkts eingehen.
- **Erstellung von aussagefähigen Kunden-Angeboten:** Ein Kunde, dem zu viel versprochen wird, wird immer unzufrieden sein, egal wie gut objektiv die Leistung ist. Daraus sind entsprechende Schlüsse für die Angebotserstellung zu ziehen. Es sollte nichts versprochen werden, was nicht eingehalten werden kann.

1.5.1.2 Erhebungen während des Verkaufsvorgangs oder im unmittelbaren zeitlichen Zusammenhang (Sales-Aktivitäten)

Während des Kaufvorganges kann der Kunde schlecht nach seinen Empfindungen und seinen Erfahrungen mit dem Produkt gefragt werden. Er hat es ja noch nicht in Betrieb genommen und noch nicht ausprobiert. Lediglich der Verkaufsvorgang selbst kann Gegenstand einer Untersuchung darüber sein, ob der Kunde zufrieden ist.

- **Video-Aufzeichnung:** Der Verkaufsvorgang wird per Video aufgezeichnet und später ausgewertet. Körpersprache und ggf. mündliche Äußerungen des Kunden können dann ausgewertet werden.
- **Befragung des Verkaufspersonals im Handel:** Sie kann dazu führen, dass Nachfragen der Kunden nach dem untersuchten Produkt erfasst oder Kaufwiderstände verdeutlicht werden.
- **Kartenbefragung des Kunden:** Der Kunde kann im Einzelhandel durch Kartenbefragung darüber befragt werden, ob er mit dem Verkaufs- und Beratungsvorgang an sich zufrieden war oder nicht.

1.5.1.3 Erhebungen nach dem Verkaufsvorgang (After-Sales- Aktivitäten)

After Sales bezeichnet alle Maßnahmen des Vertriebs und des Marketings eines Unternehmens, um nach dem erfolgten Verkauf den Kunden an das gerade verkaufte Produkt oder die Produktgruppe, die eigene Dienstleistung, die eigene Marke oder das eigene Unternehmen zu binden. Es hat die Aufgabe, den Kunden nachträglich in seiner Entscheidung für das Produkt oder das Unternehmen zu bestätigen und zu bestärken und eine langfristige Kundenbindung sicherzustellen. Gerade im After-Sales-Bereich bietet sich eine Reihe von Methoden zur Messung der Kundenzufriedenheit an, denn der Kunde kann erst jetzt deutlich machen, ob er nachhaltig mit dem Unternehmen und seinen Leistungen zufrieden ist. Folgende Maßnahmen sind dankbar:

- **Online-Befragungen:** Bei einer Online-Umfrage wird ein Online-Fragebogen entwickelt und von der befragten Person im Internet-Browser auf seinem Rechner ausgefüllt. Danach wird der Fragebogen dann wieder auf den Server des fragenden Marktforschungsinstituts geschickt und dort ausgewertet.
- **Aufforderung zum E-Mail-Kommentar:** Auf der Produktverpackung ist heute bei vielen Konsumgütern eine E-Mail-Adresse genannt, an die Rückmeldungen zur Nutzung des Produktes gerichtet werden können. Hier wird zwar die Quote der negativen Meldungen überwiegen, aber die Rückmeldungen sind im Wesentlichen ernst zu nehmen.
- **Telefonbefragungen:** Insbesondere dort, wo das Unternehmen über die Telefonnummer des Käufers verfügt, kann eine sinnvolle Telefonbefragung ansetzen. Die Befragung ist standardisiert und der Inhalt der Befragung richtet sich zumeist auf den Verkaufsvorgang selbst und auf die Nutzung des Produkts oder den Erfolg einer Dienstleistung. Insbesondere die Automobilbranche setzt zunehmend auf Telefonbefragungen, häufig unmittelbar nach dem Verkaufsvorgang und meist eine gewisse Zeit danach in Bezug auf die Nutzung des Fahrzeugs und auf das Verhalten der Vertrags-Werkstatt. Auch im Maschinenbau oder in der Finanzdienstleistungsbranche kann es zu Telefonbefragungen kommen.
- **Schriftliche Befragungen mit Fragebögen:** Sofern dem Produkt ein Fragebogen oder eine Karte beigelegt ist, kann der Käufer damit aufgefordert werden, seine Meinung zum Produkt abzugeben. Auch auf den Websites können Rückmeldeformulare hinterlegt sein.
- **Mündliche Befragungen mit Audio- und Video-Mitschnitt:** Eine professionelle Befragung von festen Kunden oder Nutzern von Produkten, die per Anzeige gesucht werden, kann durch Marktforschungsinstitute durchgeführt werden. In der Regel

erfolgen solche Befragungen, die extrem teuer sind, wenn sie valide (gültig und aussagefähig) sein sollen, zur Vorbereitung eines umfangreichen Produkt-Relaunchs, z. B. bei der Neugestaltung der Verpackung eines Massenprodukts.

- **Auswertung von Reklamationsstatistiken:** Wie oben bereits angemerkt, soll nicht das Produkt zurückkommen. Wenn es das doch tut, dann ist ein Unternehmen gut beraten, eine sehr aussagefähige Reklamationsstatistik zu führen und diese regelmäßig auszuwerten. Eine solche Statistik kann u. a. nach folgenden Gesichtspunkten gegliedert werden:
  - Vertriebsfehler, z. B. falsche Beratung, falsche Ware, falsche Anzahl, falsche Farbe oder Ausführung
  - Transportschaden: Verpackungsfehler, Fehler des Spediteurs oder fehlgeleitete Ware
  - Produktionsfehler: Funktionsfehler, Oberflächenfehler oder fehlende Teile

1.5.2 Wertanalyse

Wertanalyse ist eine funktionsgerichtete und systematische Untersuchungsmethode, mit deren Hilfe Möglichkeiten entwickelt werden, um den vom Kunden erwarteten Wert eines Erzeugnisses mit den geringsten Kosten herzustellen.

Zur Einführung in die Problematik dient die folgende grafische Situationsbeschreibung:

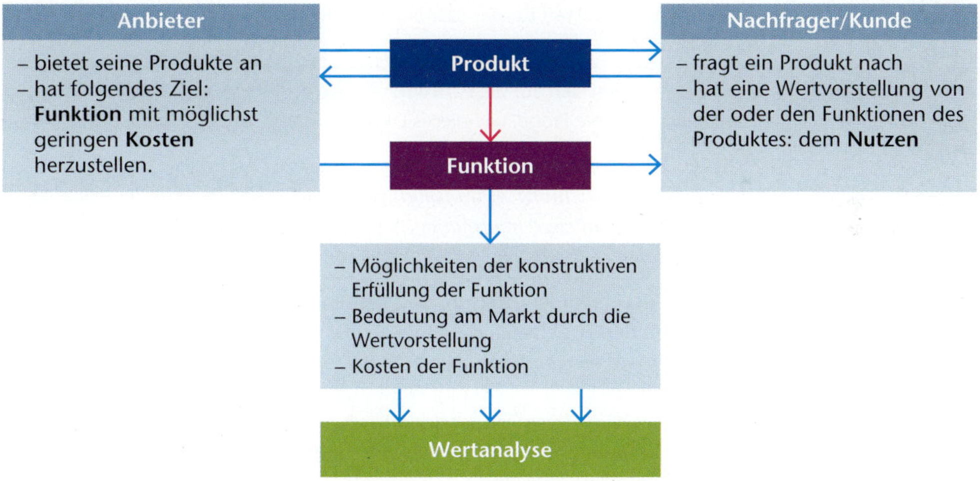

Fassen wir die Ausgangslage noch einmal zusammen:

- Jedes herzustellende Produkt muss bestimmte **Funktionen** erfüllen.
- Der Kunde will einen möglichst hohen **Nutzen**, vermutlich auch zu einem geringen Preis.
- Der Anbieter will zu möglichst geringen **Kosten** produzieren.

In dieser Situationsanalyse scheinen Widersprüche zu stecken. Diese Widersprüche werden durch die Wertanalyse aufgelöst. Sie setzt sich im Wesentlichen mit den drei genannten Begriffen auseinander:

Funktion des Produkts – Nutzen des Produkts – Kosten der Herstellung des Produkts

Die Wertanalyse geht zurück auf Lawrence D. Miles, um 1948 Chefeinkäufer von General Electric, der für das Wertanalyseverfahren auf einige bereits bekannte und für dieses Verfahren geeignete Techniken zurückgriff. Es wurde nichts wirklich Neues für dieses Verfahren verwendet, sondern bereits bekannte Analysetechniken, wie die ABC-Analyse, Teamarbeit und Ideenfindungstechniken wie das Brainstorming zusammengefasst.

Wirklich neu war eine Reihe von Fragen, die Miles stellte:

Das war die Frage...	... und dieser Gedanke bzw. diese Tätigkeit steckte dahinter:
Was ist das Ding? (WA-Arbeitsschritt 1)	Hierbei ging es darum, das Objekt der Wertanalyse zu identifizieren, d. h. aus der Menge der möglichen Gegenstände, Materialien und Endprodukte diejenigen herauszusuchen, die als Untersuchungsobjekt dienen sollen. Probates Hilfsmittel dafür ist die ABC-Analyse. Sie liefert als Ergebnis aus einer bestimmten Kategorie die 5 % der Objekte, die 80 % der Werte dieser Objekte insgesamt ausmachen. Identifiziert wird also etwas, für das es sich lohnt, eine Reihe von Mitarbeitern viele Stunden in Teamsitzungen verbringen zu lassen. Wenn das Objekt identifiziert ist, kann eine WA-Gruppe gegründet werden, um die Kosten für das identifizierte Objekt zu analysieren und damit zu senken.
Was tut das Ding? (WA-Arbeitsschritt 2)	Diese Frage richtet sich auf die Funktion des betrachteten Gegenstands. Wesentlich ist also nicht die Frage, wie dieses Ding etwas tut, sondern was es tut. ***Beispiel:*** *Ein Gabelstapler hat die Funktion, schwere Gegenstände in horizontaler und vertikaler Richtung zu transportieren. Eine Verpackung hat die Funktion, das Produkt zu schützen, Informationen zu geben und schön zu sein, um zum Kauf anzuregen.*
Was kostet das Ding? besser: Was kostet das, was das Ding tut? (WA-Arbeitsschritt 3)	In diesem Schritt werden durch Analyse der Funktionen eines Produkts in Verbindung mit den Einzelteilen des Produkts die **Hauptfunktionen**, die **Nebenfunktionen** und die **verzichtbaren Funktionen** definiert und mit ihren Kosten bewertet. Bereits hier kann erkannt werden, ob es überflüssige Funktionen gibt, die man eliminieren kann, oder ob es Nebenfunktionen gibt, die zu günstigeren Kosten hergestellt werden können und ob die Kosten für die Hauptfunktionen gerechtfertigt sind.
Welches andere Ding kann das gleiche tun, aber zu geringeren Kosten? (WA-Arbeitsschritt 4 und 5)	In diesem Schritt wird für die Hauptfunktionen und diejenigen Nebenfunktionen, die unverzichtbar, aber zu teuer in der Herstellung sind, nach neuen Materialien, Teilen und Techniken gesucht, um diese durch kostengünstigere Lösungen zu ersetzen. Hier werden die Kreativitätstechniken eingesetzt. ***Beispiel:*** *Seitdem man feststellte, dass eine Stoßstange zwar schön ist, aber die Funktion, zu schützen, nur unzureichend erfüllt, gleichzeitig aber teuer ist, ersetzte man diese durch Kunststoff. Viele Teileverbindungen werden heute nicht mehr geschraubt und geschweißt, sondern geklebt, weil man feststellte, dass die Funktion „verbinden“ durch Kleben weniger Kosten verursacht.*

Der Wert eines Produkts für den Verbraucher wird – wie gesehen – von seiner Wirtschaftlichkeit und seiner Qualität bestimmt. Es fragt sich aber, ob alle Funktionen erforderlich sind. Um das zu verdeutlichen, ist ein Unterschied zu machen zwischen dem Gebrauchswert und dem Geltungswert eines Produkts.

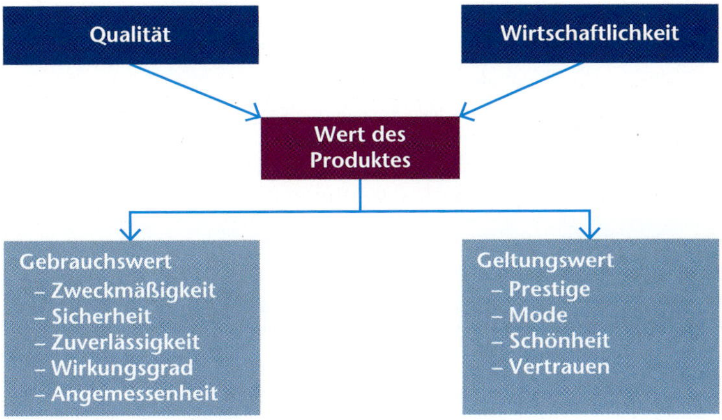

Zwei Beispiele für eine Wertanalyse:

1. *Bei der Wertanalyse einer Brotmaschine kam man auf die Idee, dass durch den Einsatz einer besonders geschliffenen, sehr scharfen Messerscheibe die Hauptfunktion „Brot schneiden“ durch die Funktionen „Wurst und Käse schneiden“ erweitert werden könnte. Ein verbessertes Lager und eine schärfere Scheibe konnten mit geringen Kosten realisiert werden, aber aus der Brotmaschine wurde dadurch ein „Allesschneider“, den man zu einem wesentlich höheren Preis verkaufen konnte.*
2. *Die deutsche Armbanduhrenindustrie hatte in der zweiten Hälfte des vergangenen Jahrhunderts den Anschluss an den Weltmarkt verpasst, weil sie sich die Frage stellte: Wie können wir unsere Uhren mit den vielen komplizierten Rädchen billiger produzieren? Die japanische Uhrenindustrie stellte sich wertanalytisch die Frage: Was ist die Funktion einer Uhr? Die Antwort lautete: Zeit anzuzeigen. Die Frage, welches Teil oder welche Technik das günstiger machen könnte als ein kompliziertes Räderwerk, führte zur Anwendung der – sinnigerweise – in Deutschland entwickelten, sehr günstigen Quarztechnologie auf die Armbanduhr. 1969 produzierte Seiko in Japan mit der „Astron“ die erste Quarz-Armbanduhr für den Massenmarkt; die Batteriekapazität reichte etwa ein Jahr. Damit wurde der Grundstein für eine weltweite japanische Marktdominanz gelegt.*

Die Vorgehensweise eines Wertanalyseprozesses wird durch eine Norm geregelt. Das ist keine Vorschrift, aber es ist ein bewährter Ablaufplan, der das gesamte Verfahren strukturiert und in der Regel zu einem Erfolg führt.

Wertanalyse-Arbeitsplan nach DIN 69910		
	Grundschritt	**Teilschritt**
1	**Vorbereitende Maßnahmen**	1. Auswählen des WA-Objektes und Stellen der Aufgabe 2. Festlegung des quantifizierten Zieles 3. Bilden der Arbeitsgruppe 4. Planen des Ablaufs

Wertanalyse-Arbeitsplan nach DIN 69910		
	Grundschritt	**Teilschritt**
2	**Ermitteln des Ist-Zustandes**	1. Informationen beschaffen und WA-Objekt genau beschreiben 2. Beschreiben der Funktionen 3. Ermittlung der Funktionskosten
3	**Prüfen des Ist-Zustandes**	1. Prüfen der Funktionserfüllung 2. Prüfen der Kosten
4	**Ermitteln von Lösungen**	1. Suchen nach allen denkbaren Lösungen (Kreativphase)
5	**Prüfen der Lösungen**	1. Prüfen der sachlichen Durchführbarkeit 2. Prüfen der Wirtschaftlichkeit
6	**Vorschlag und Verwirklichung der Lösung**	1. Auswählen der Lösung(en) 2. Empfehlen einer Lösung 3. Verwirklichen der Lösung

Zu einzelnen Schritten hier noch eine Reihe von Ergänzungen:

- **Grundschritt 1, Teilschritt 2 Festlegen eines quantifizierten Zieles:** Die Kostenziele eines WA-Projekts müssen beschrieben werden. Es hat sich als zweckmäßig herausgestellt, Kostenzielvorgaben nicht nur in Prozent (z. B. Kostenreduktion um 30 %), sondern in absoluten Zahlen zu nennen.
- **Grundschritt 1, Teilschritt 3 Bilden der Arbeitsgruppe:** Die WA-Arbeitsgruppe sollte vier bis sechs Mitarbeiter umfassen und sich aus den Personen zusammensetzen, die schwerpunktmäßig betroffen sind. Zweck der WA-Arbeitsgruppe ist es, das Wissen aller zu bündeln, um durch Überwindung von Ressortschranken eine Funktions- und Kostenoptimierung quer durch das Unternehmen zu erreichen („Wir ziehen alle an einem Strang"). Dabei sollten folgende Kompetenzen verteilt werden: Die Machtkompetenz hat der Hauptbetroffene, die Fachkompetenz bringen ein für die Zuliefererseite der Einkäufer, für die Abnehmerseite der Verkäufer, für die Kostenseite der Controller und für die Verhaltenskompetenz wird ein WA-Fachmann hinzugezogen. Das kann ein externer Berater sein oder ein Mitarbeiter, der dafür ausgebildet wurde.
- **Grundschritt 2, Teilschritt 3 Ermitteln der Funktionskosten:** Die Funktionskosten spielen – wie beschrieben – in der Wertanalyse eine besondere Rolle. Sie geben die Kosten wieder, die für die Bereitstellung einer Funktion eines Produktes aufgewendet werden müssen. Die Kostenanalyse gehört zu der Funktionsanalyse und führt einerseits zu neuen Ansätzen in der Funktionsoptimierung und andererseits zur Kosteneinsparung. Funktionskosten ermöglichen dem WA-Team eine tiefe Einsicht in die Wertstruktur eines Objektes. Sie fordern im WA-Team eine kritische Diskussion heraus, weil jedes Kostenelement zumindest einer Funktion zugeordnet ist. Deshalb muss seine Notwendigkeit erklärt werden. Kann sie das nicht, muss das Element entfernt oder mit wesentlich geringeren Kosten produziert werden. Die Funktionskostenmatrix hat folgendes Aussehen:

Kosten der Funktionsträger			Funktionen					
			Funktion 1		Funktion 2		Funktion 3	
	Kosten	%	Kosten	%	Kosten	%	Kosten	%
Bauteil 1								
Bauteil 2								
Bauteil 3								
Bauteil 4								
Gesamt								

- **Grundschritt 4, Teilschritt 1 Suchen nach allen denkbaren Lösungen (Kreativitätsphase):** Stets rational denkenden Menschen ist zumeist ein beträchtlicher Teil ihrer Kreativität abhanden gekommen. Deshalb sind in diesem Teilschritt Techniken anzuwenden, die durch den Abbau von Wahrnehmungsschwellen und von sozialen und kulturellen Hemmungen das schöpferische Potenzial einer Gruppe in einer Art von „Billiard-Prinzip" fördern können. Dazu gehören u. a. Brain-Storming, Brain-Writing, Delphi-Methode, Synektik, Bionik, Morphologischer Kasten, Methode 6-3-5 und andere.

Zusammenfassend kann festgehalten werden:

Wertanalyse = *WA-Team + WA-Projekt/Objekt + WA-Methodik*

1.5.3 Betriebsstatistiken als Entscheidungshilfe

Die Betriebsstatistik trägt Zahlenmaterial aus allen Bereichen des Betriebes zusammen, ordnet die Zahlen, stellt sie möglichst grafisch dar und bietet damit Möglichkeiten

- für den **Vergleich mit früheren Perioden** (z. B. Vergleich mit Vorjahreswerten, mit dem Vergleichsmonat des Vorjahres oder die zeitliche Entwicklung der letzten Jahre);
- für den **innerbetrieblichen Vergleich** (z. B. Umsätze nach Kunden, Produkten und Gebieten, Zusammensetzung der Kosten, Gewinnquote, Rentabilität usw.);
- den **außerbetrieblichen Vergleich** (z. B. eigene Kosten, Umsatzzahlen oder Personalbestandsdaten im Verhältnis zu Daten ähnlicher Unternehmen).

Die Daten der Statistik bilden die Grundlage für Planungen und Entscheidungen. Deshalb müssen sie bestimmten Anforderungen entsprechen: Sie sollten

- möglichst auf den Nutzer zugeschnitten sein und seine Bedürfnisse erfüllen,
- übersichtlich dargestellt sein und wesentliche Aussagen in wenigen Sekunden erfassbar machen,
- möglichst aktuell sein.

Die Auswertung des Zahlenmaterials kann in folgenden Formen vorgenommen werden:

- **Tabellen:** Zunächst wird das Zahlenmaterial in tabellarischer Form in Spalten und Zeilen dargestellt und zusammengefasst.
- **Grafische Darstellungen:** Die Tabellen können in anschauliche grafische Darstellungen in Form von Diagrammen umgeformt werden:
  - **Linien- oder Kurvendiagramme** dienen häufig zur Veranschaulichung von Entwicklungen;
  - **Balken- oder Säulendiagramme** eignen sich für Vergleiche absoluter oder relativer Werte;
  - **Kreis- oder Tortendiagramme** werden für die Struktur eines Gesamtwertes gewählt;
  - **Flächendiagramme** in Rechteck-, Dreieck- oder Quadratform dienen dazu, einige wenige Zahlenwerte miteinander zu vergleichen.

Sachverhalt

Für das vergangene Jahr legt das Rechnungswesen Ihnen eine Verkaufsstatistik und eine Personalstatistik vor. Sie sind aufgefordert, diese Zahlen nach verschiedenen Gesichtspunkten auszuwerten.

Verkaufsstatistik nach Vertretern:

Verkaufsgebiet	Jahresumsatz in TEUR (Berichtsjahr)	Jahresumsatz in TEUR (Vorjahr)	Anzahl verkaufte Artikel (Absatz)	Anzahl Kunden	Rohgewinn (TEUR)
Nord	2.350,4	2.281,9	60.278	164	802,4
Mitte	1.512,3	1.400,3	45.132	78	453,7
Ost	788,1	743,5	21.487	67	264,1
Süd	2.351,5	2.399,5	56.147	154	748,2
Gesamt	**7.002,3**	**6.825,2**	**183.044**	**463**	**2.268,4**

Personalstatistik nach Abteilungen:

Abteilung	Mitarbeiter gesamt	Anzahl Männer	Anzahl Frauen	Summe Personalkosten in TEUR	Krankheitstage gesamt
Produktion	35	20	15	882,0	280
Vertrieb	6	4	2	302,4	30
Verwaltung	4	3	1	175,2	39
Rechnungswesen	3	2	1	121,8	28
Gesamt	**53**	**33**	**20**	**1.678,9**	**434**

Folgende Fragen könnten für die Geschäftsführung und die jeweiligen Abteilungsleiter von besonderer Bedeutung sein:

Aus der Verkaufsstatistik:

- Welche Umsatzsteigerung gegenüber dem Vorjahr insgesamt und je Verkaufsgebiet wurde erzielt?
- Welcher durchschnittliche Umsatz wurde im Berichtsjahr in den einzelnen Verkaufsgebieten je Kunde erzielt?
- Welcher Rohgewinn wurde in Prozent vom Umsatz erzielt?

Aus der Personalstatistik:

- Welchen Anteil haben Männer und Frauen in den einzelnen Abteilungen (Personalstruktur)?
- Wie hoch sind die durchschnittlichen Personalkosten je Mitarbeiter in den einzelnen Abteilungen?
- Wie hoch ist die Krankenquote in den einzelnen Abteilungen?

Die Antworten zu diesen Fragen könnten wie folgt aussehen:

Welche Umsatzsteigerung wurde in den einzelnen Verkaufsgebieten und insgesamt erzielt?
Hierfür ist zunächst die Differenz zwischen dem Umsatz des laufenden Jahres und dem Vorjahresumsatz zu bilden. Diese Differenz, dividiert durch den Umsatz des Vorjahres und mit 100 multipliziert, ergibt die Umsatzsteigerung in Prozent.

Verkaufsgebiet	Umsatzsteigerung in %
Nord	3,0
Mitte	8,0
Ost	6,0
Süd	–2,0
Gesamt	2,6

Welcher durchschnittliche Umsatz wurde in den einzelnen Verkaufsgebieten je Kunde erzielt?
Der Umsatz des laufenden Jahres wird durch die Anzahl der Kunden geteilt. Das Ergebnis ist der durchschnittliche Umsatz je Kunde.

Verkaufsgebiet	Umsatz je Kunde in TEUR
Nord	14,33
Mitte	19,39
Ost	11,76
Süd	15,27
Gesamt	15,12

Es ist der Anteil des Rohgewinns an den Umsatzerlösen in Prozent vom Umsatz darzustellen. Der Wert der Umsatzerlöse steht dabei für 100 %.

Die Struktur unterschiedlich hoher Zahlen in ihrer relativen Aufteilung kann anhand von **Säulendiagrammen** dargestellt werden, wobei jede Säule 100 % entspricht. Um die Anteile auf diese Weise darzustellen, muss vorher noch der Differenzbetrag zwischen den Umsatzerlösen und dem Rohgewinn ausgerechnet werden.

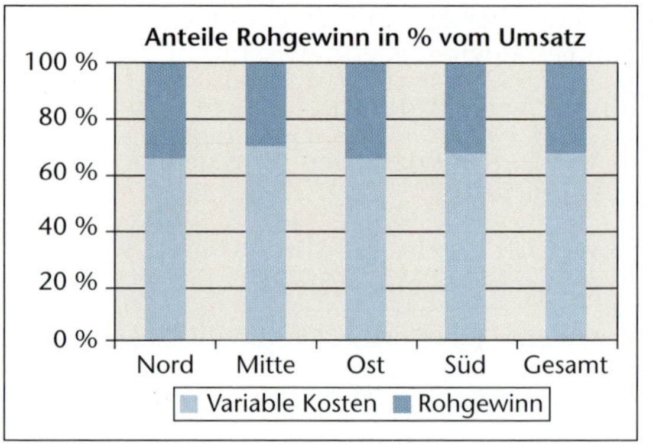

Säulendiagramm

Es sollen die Anteile der Umsätze in den Verkaufsgebieten als Kreisdiagramm dargestellt werden.

Anteile von einzelnen Werten an einem Gesamtwert lassen sich durch ein **Kreis- oder Tortendiagramm** darstellen. Dieses setzt die in absoluten Werten angegebenen Zahlen in vergleichbare Kreisabschnitte. In diesem Fall ist deutlich zu erkennen, dass die Bereiche Süd und Nord zusammen bereits 67 % und damit zwei Drittel des gesamten Umsatzes bringen.

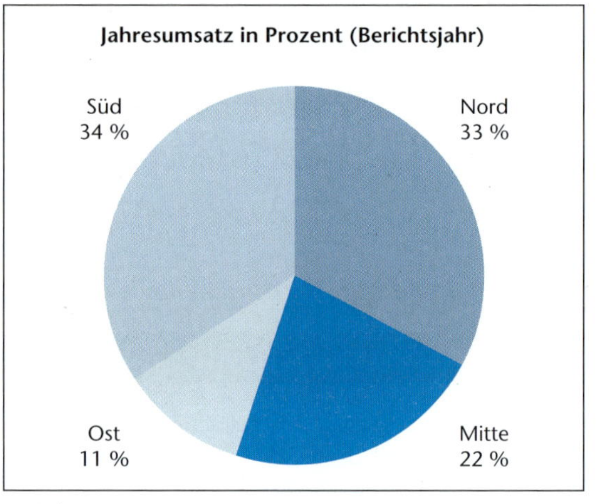

Kreisdiagramm

Die Personalstärke und die Personalstruktur nach Geschlechtern ist als Säulendiagramm darzustellen.

Der Vergleich unterschiedlich hoher Zahlen je Merkmal (Männer und Frauen je Abteilung) lässt sich gut mit einem **Säulendiagramm** durchführen.

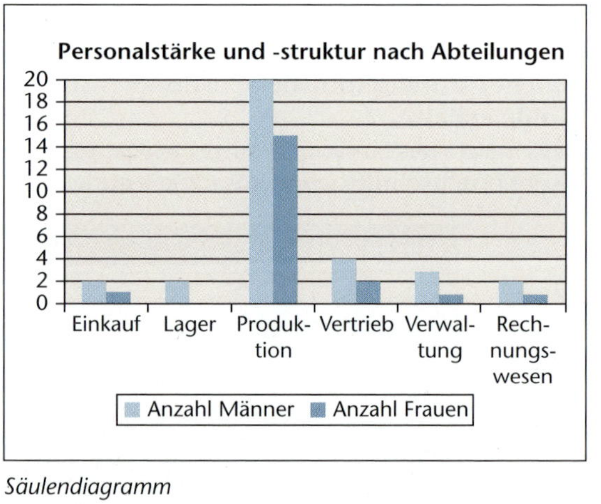

Säulendiagramm

Die Krankheitsquote soll in einem Balkendiagramm dargestellt werden.

Dabei ist davon auszugehen, dass jeder Mitarbeiter dem Unternehmen 220 Tage im Jahr zur Verfügung steht.

Vergleiche von mehreren Zahlen lassen sich gut mit übereinander liegenden Balken darstellen. Um die Krankheitsquote ausrechnen zu können, müssen die Krankheitstage mit 100 multipliziert werden und dann zu der Summe aller Arbeitstage (Mitarbeiter × Arbeitstage pro Jahr) in Beziehung gesetzt werden.

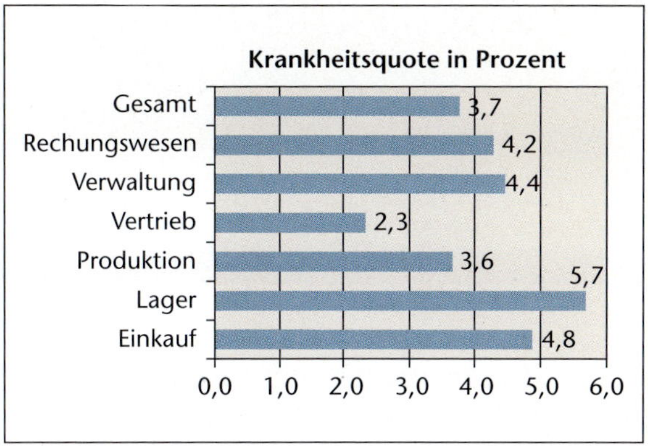

Balkendiagramm

Wiederholungsfragen zum Kapitel 1.5

1. *Methoden zur Ist-Aufnahme von organisatorischen Zuständen lassen sich grundsätzlich in Methoden der Befragung und der Beobachtung unterscheiden. Nennen Sie jeweils zwei Beispiele.*
2. *Unterscheiden Sie die Anwendungsmöglichkeiten von Fragebogen und Interview als Methoden der Ist-Aufnahme.*
3. *Beschreiben Sie die Vorgehensweise bei einer Multi-Moment-Aufnahme.*
4. *Welchem Zweck dient eine Dokumentenanalyse im Rahmen der Ist-Aufnahme von organisatorischen Prozessen?*
5. *Erläutern Sie die Notwendigkeit der Messung der Kundenzufriedenheit.*
6. *Anhand welcher Methoden kann nach einem Verkaufsvorgang die Kundenzufriedenheit gemessen werden? Nennen Sie drei Beispiele.*
7. *Was ist eine Wertanalyse?*
8. *Welche drei Begriffe spielen eine zentrale Rolle bei der Wertanalyse?*
9. *In welchen wesentlichen Schritten sollte ein Wertanalyseprozess ablaufen?*
10. *Unterscheiden Sie die Begriffe Gebrauchswert und Geltungswert eines Produkts anhand einiger Kriterien.*
11. *Welche Aufgaben hat die Betriebsstatistik?*
12. *In welchen beiden grundsätzlich unterschiedlichen Formen kann betriebliches Zahlenmaterial präsentiert werden?*
13. *Geben Sie drei Beispiele für Diagrammarten und deren Anwendungsbereich.*

2 Personalführung

2.1 Zusammenhang zwischen Unternehmenszielen, Führungsleitbild und Personalpolitik

Wie bereits im ersten Kapitel detailliert beschrieben, ist das Leitbild eines Unternehmens eine Zusammenstellung der drei wesentlichen Komponenten Mission, Vision und Werte, die in ihrer Gesamtheit die Unternehmensphilosophie verkörpern und damit das Selbstverständnis des Unternehmens konkretisieren. Der Wertekanon des Unternehmens sollte deshalb u. a. auch Antworten auf die Frage geben: Wie gehen wir mit unseren Mitarbeitern um? Worauf können sich unserer Mitarbeiter verlassen? Die Antworten auf diese Fragen gibt das Führungsleitbild.

2.1.1 Führungsleitbild

Das Führungsleitbild eines Unternehmens macht Aussagen darüber, von welchem Menschenbild das Unternehmen ausgeht, welcher Führungsstil gepflegt werden soll und mit welchen Führungstechniken gearbeitet wird. Das Führungsleitbild ist integraler Bestandteil des Unternehmensleitbilds.

Eine (willkürliche) Auswahl von vier Auszügen zeigt Elemente der Führungsleitbilder von zwei familiengeführten Unternehmen und zwei DAX-Konzernen:

Wilhelm Böllhoff GmbH & Co. KG, Verbindungselemente, Bielefeld: „Fairness bildet den Rahmen für die Gestaltung aller Beziehungen zu … unseren Mitarbeitern. Sie ist für das tägliche Miteinander unserer Unternehmensangehörigen unabdingbar. Fairness entsteht aus gegenseitiger Achtung, Teamgeist, Offenheit und Entfaltungsmöglichkeit. So erfüllen wir die Wertvorstellungen unserer Mitarbeiter …"
Quelle: Wilhelm Böllhoff GmbH & Co. KG, Website: http://www.boellhoff.de/de/de/joining-together/gesellschaftliches-engagement/leitbild.php, 8.07.2012

Miele & Cie. KG, Hersteller von Hausgeräten sowie gewerblichen Geräten für Wäschepflege, Spülen und Desinfektion, Gütersloh: „Zum Miele-Selbstverständnis gehört ein respektvoller und verantwortungsbewusster Umgang mit jedem Mitarbeiter. Zur Bekräftigung dieses Anspruches hat sich Miele im Jahr 2004 dazu verpflichtet, den internationalen Sozialstandard SA 8000 an den eigenen Produktionsstandorten zu erfüllen."
Quelle: Miele & Cie. KG, Website: http://www.miele-nachhaltigkeit.de/international/de/nachhaltigkeit/2984.htm, 8.07.2012

Deutsche Bank AG, Frankfurt: Das Finanzwesen ist unser Geschäft. Doch hinter allem, was wir tun, steht gezieltes Engagement. Das Engagement für unsere Mitarbeiter, ihre Entlohnung, ihre Ausbildung und ihre Entwicklung. Das Engagement für Vielfalt – und die Kraft, die daraus erwächst. Das Engagement, unsere gesellschaftliche Verantwortung wahrzunehmen und soziales Kapital aufzubauen. Das Engagement, eine sichere und zukunftsfähige Umwelt für kommende Generationen zu schaffen.

Quelle: Deutsche Bank AG, Website: https://www.db.com/careers/content/de/unser_engagement.html, 8.7.2012

Volkswagen AG, Wolfsburg: „In diesem gesamten Prozess nimmt das Management eine entscheidende Rolle ein. Unser Prinzip muss „Führen und Fordern und Fördern" heißen. Nur durch eine vorbildliche Führung und gute Zusammenarbeit zwischen Vorgesetzten und Mitarbeiten kann der Konzern seine Ziele erreichen. Dies schließt ebenso die gezielte und kontinuierliche Personalentwicklung wie auch die Arbeitsgestaltung ein, die wir durch den Volkswagen – Weg kontinuierlich weiterentwickeln."

Quelle: Volkswagen AG, Website: http://www.volkswagenag.com/content/vwcorp/content/de/human_resources/basic_principles.html, 8.07.2012

Auf der Basis des Leitbilds und der darin formulierten Vision entwickelt jedes Unternehmen seine strategischen Ziele, aus denen im Rahmen des weiterführenden Planungsprozesses die operativen Ziele entwickelt werden.

Diese Ziele sind die Basis einer ganzheitlichen Unternehmenspolitik, deren wichtiger Bestandteil die Personalpolitik ist.

2.1.2 Personalpolitik

Die Personalpolitik beinhaltet das Setzen von Zielen im Personalbereich eines Unternehmens und die Festlegung von Maßnahmen, um die gesetzten Ziele zu erreichen.

Die Personalpolitik ist von einer ganzen Reihe von Interessengruppen und Einrichtungen abhängig, die von innen und von außen auf das Unternehmen einwirken:

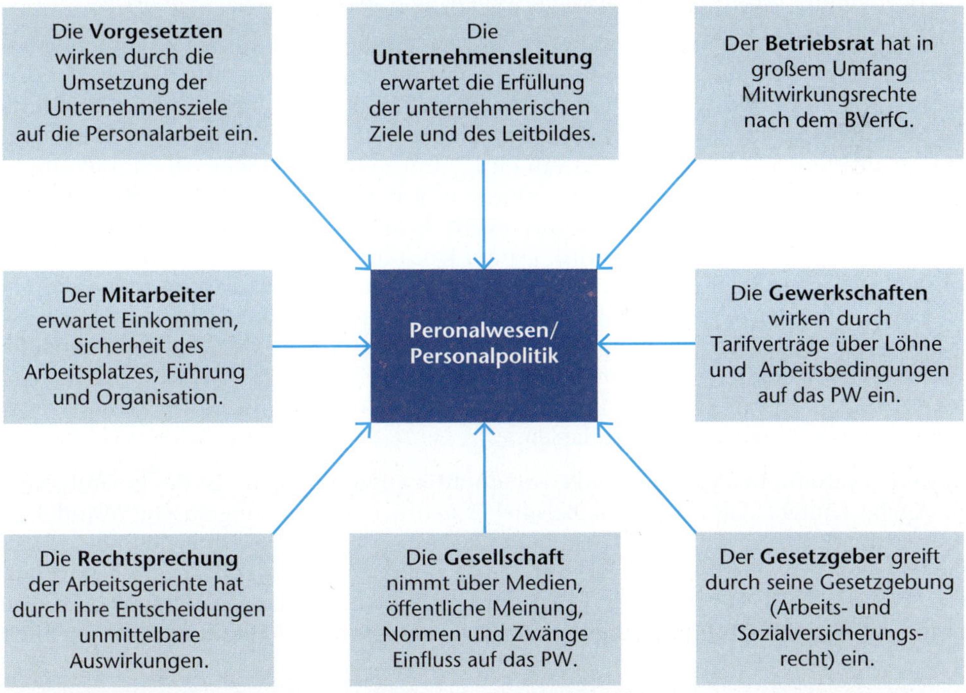

Einwirkung von internen und externen Einflussfaktoren auf die Personalpolitik

Aber es sind nicht nur die internen und externen Interessengruppen und Einrichtungen, die mittelbar oder unmittelbar mit unterschiedlicher Stärke Einfluss auf die Personalpolitik ausüben. Es sind auch ökonomische und gesellschaftliche Einflüsse, auf welche die Personalpolitik sowohl kurz- als auch langfristig reagieren muss. Die Dynamik einer gesellschaftlichen und ökonomischen Umwelt lässt sich an zwei Beispielen festmachen.

Beispiel 1: *Als in Folge des Zusammenbruchs von Lehman Brothers im Herbst 2008 die Finanzkrise ausbrach, hatte das innerhalb von ca. sechs Monaten Auswirkungen auf den Konsum, die Nachfrage und damit den Absatz von zahlreichen Unternehmen. Die Produktion wurde quer durch alle Branchen zurückgefahren. Die Unternehmen mussten personalpolitisch darauf reagieren. Während einige Unternehmen betriebsbedingte Kündigungen aussprachen, reagierten andere Unternehmen weitsichtiger: Sie meldeten für große Teile der Belegschaft Kurzarbeit an. Wichtigster Grund: Das Potenzial, das in gut ausgebildeten Mitarbeitern steckte, sollte nicht aus dem Unternehmen gelassen werden. Als die Konjunktur wieder ansprang, waren die Mitarbeiter sofort wieder einsatzbereit. Nicht so in den anderen Unternehmen. Hier mussten die neu eingestellten Mitarbeiter zunächst wieder eingearbeitet werden. Ein unter wirtschaftlichen Gesichtspunkten falsches personalpolitisches Ziel führte hier zu zusätzlichen Personalkosten.*

Beispiel 2: *Der demografische Wandel hat dazu geführt, dass sich das Durchschnittsalter der Arbeitnehmer seit Jahren ständig nach oben bewegt. Zum ersten Mal gab es 2010 in der Europäischen Union weniger potenzielle Berufseinsteiger als Personen, die sich darauf vorbereiteten, in den Ruhestand zu gehen. Während in früheren Zeiten häufig ältere Arbeitnehmer durch jüngere Mitarbeiter ausgetauscht wurden, weil man der (irrigen) Meinung war, diese seien grundsätzlich leistungsfähiger, zeigen neue Arbeitsmodelle und Untersuchungen, dass es sich für Unternehmen lohnen kann, wirtschaftliche und soziale Ziele zu verbinden. Das geschieht in der Weise, dass Teams von Arbeitnehmern gebildet werden, in denen alte und junge Mitarbeiter gemeinsam arbeiten. Während junge Mitarbeiter vor allem ihre körperliche und geistige Leistungsfähigkeit einbringen, bringen die älteren Arbeitnehmer vor allem ihre Erfahrung, ihre betrieblichen Detailkenntnisse und ihr problemorientiertes Denken ein.*

Wie oben im Beispiel 1 deutlich zu sehen ist, spielen die ökonomischen Rahmenbedingungen eine große Rolle. Es ist zu bedenken, dass die menschliche Arbeit einen der drei elementaren Produktionsfaktoren darstellt. Deren Einsatz muss immer unter ökonomischen Gesichtspunkten erfolgen, darf aber gleichwohl soziale Perspektiven nicht aus dem Auge verlieren. Handelt es sich um eine lohnintensive Branche, in der das Unternehmen tätig ist, muss es sich der Herausforderung stellen, dass die Lohnkosten in Drittländern wie China oder Marokko nur einen Bruchteil dessen ausmachen, was in Deutschland und Europa gezahlt wird. Darauf kann das Unternehmen nur mit Produktionsverlagerungen oder extremer Rationalisierung und Automatisierung reagieren, um international konkurrenzfähig zu bleiben. Ebenso können konjunkturelle oder saisonale Einflüsse es erforderlich machen, dass die Personalausstattung des Unternehmens der Auftragslage angepasst werden muss. Hier hat die Personalpolitik kreative Lösungsansätze zu finden, um diese Anpassungsprozesse für Unternehmen und Mitarbeiter möglichst ohne Friktionen ablaufen zu lassen.

Ein weiteres Kraftfeld, dem sich die Personalpolitik ausgesetzt sieht, ist das gesamtgesellschaftliche Umfeld. Dies wird am Beispiel 2 deutlich. Der demografische Wandel ist gegenwärtig eines der zentralen Themen der Personalpolitik vieler Unternehmen. Hinzu kommt, dass sich gesellschaftliche Werte und politische Rahmenbedingungen verändern. Während z. B. vor mehr als 50 Jahren im Verhältnis zwischen Vorgesetztem und Mitarbeiter eher ein Unterordnungsverhältnis nur aufgrund der Funktion zu beobachten war, begegnen sich heute beide auf Augenhöhe. Liberalisierungs- und Aufklärungsprozesse haben dazu geführt, dass der Vorgesetzte sich durch persönliche und fachliche Kompetenz die Anerkennung seiner Mitarbeiter erarbeiten muss. Autoritäre Strukturen bröckeln, weil Mitarbeiter ein Mitspracherecht einfordern.

Die Personalpolitik definiert auf strategischer und operativer Ebene die Ziele und Methoden, nach denen das betriebliche Personalmanagement zu verfahren hat.

Wirtschaftliche Ziele	Soziale Ziele
Die wirtschaftliche Zielsetzung besteht darin, die menschliche Arbeitskraft so auszuwählen und zu gestalten, das die Arbeit im Rahmen der Kombination der Produktionsfaktoren eine möglichst hohe Effizienz ergibt. Im Ergebnis bedeutet dies die Bereitstellung der benötigten Arbeitskräfte nach quantitativen, qualitativen, zeitlichen und lokalen Erfordernissen sowie die Steigerung der menschlichen Arbeitskraft.	Die soziale Zielsetzung besteht darin, die materiellen und immateriellen Verhältnisse der Mitarbeiter unter Berücksichtigung ihrer individuellen Fähigkeiten, Neigungen, Erwartungen, Bedürfnisse und Forderungen zu verbessern. Im Detail gehören dazu die Sicherung der Arbeitsplätze, des Einkommens, der Qualifikation und der Arbeitsfähigkeit sowie die Gestaltung und Verbesserung des Betriebsklimas und der Führungskultur.

Dabei ist unmittelbar nachvollziehbar, dass wirtschaftliche und soziale Ziele und Prozesse zusammenhängen. Ein gutes Betriebsklima und eine hohe Mitarbeiterzufriedenheit wirken sich positiv auf Arbeitsproduktivität, Kreativität und Verantwortungsbewusstsein aus sowie auf eine längere Betriebszugehörigkeit. Auf diese Weise werden qualifizierte Mitarbeiter langfristig an das Unternehmen gebunden, der Krankenstand und die Fehlzeiten sind niedrig. All diese positiven Effekte einer durchgängigen Mitarbeiterzufriedenheit unterstützen aber auch wieder unmittelbar die Erfüllung der wirtschaftlichen Zielsetzung durch hohe Produktivität, niedrigere Personalstückkosten und kreative und schnelle Reaktionen auf Veränderungen am Markt. Die Durchsetzung der personalpolitischen Ziele obliegt dem Personalmanagement.

2.1.2.1 Personalmanagement

Das Personalmanagement basiert auf den Zielen der Personalpolitik und stellt die Summe aller personellen Gestaltungsmaßnahmen zur Verwirklichung der Unternehmensziele dar.

Für diesen Begriff wird neuerdings auch synonym der aus dem angelsächsischen Bereich stammende Begriff **Human Resource Management** verwendet.

Das Personalmanagement hat eine sehr breit gefächerte Aufgabenstruktur, die durch die folgende Übersicht verdeutlicht wird.

Personalmarketing		Personalentwicklung			Personal-organisation
Personalplanung	Personalbeschaffung	Personaleinsatz	Qualifikation	Motivation	Steuerung
▪ Marktanalysen ▪ quantitative Bedarfsermittlung ▪ qualitative Bedarfsermittlung	▪ Personalakquisition ▪ Personalauswahl ▪ Vertragswesen	▪ Einführung neuer Mitarbeiter ▪ Laufbahn- und Karriereplanung	▪ individuelles Lernen am Arbeitsplatz (Ausbildung) ▪ Lernen in Gruppen ▪ organisiertes Lernen	▪ Ziele vereinbaren ▪ Mitarbeiter-Beurteilungen ▪ Anreizsysteme	▪ Personal-Informations-System ▪ Personalverwaltung ▪ Personaleinsatzplanung

Aber es ist nicht allein das Personalmanagement, das sicherstellen kann, dass Mitarbeiter zufrieden sind. Hier ist auch die Personalführung gefragt.

2.1.2.2 Personalführung

Personalführung ist die ziel- und ergebnisorientierte Steuerung des Verhaltens von Mitarbeitern mit der Absicht, die Ziele des Unternehmens so weit wie möglich mit denen der Mitarbeiter in Übereinstimmung zu bringen.

Wie bereits beschrieben, ist es das Ziel eines Unternehmens, langfristig eine angemessene Rentabilität des eingesetzten Kapitals zu erreichen und dabei die Substanz des Unternehmens zu sichern. Das kann nur erreicht werden, wenn das Unternehmen langfristig am Markt erfolgreich ist. Die entscheidende Voraussetzung dafür ist, die Kunden zufriedenzustellen, sie langfristig an das Unternehmen zu binden und sie zu Multiplikatoren zu machen. Die Kundenzufriedenheit wird heute jedoch nicht nur über gute Produkte und ein vernünftiges Preis-Leistungs-Verhältnis erreicht, sondern in zunehmendem Maße durch die Qualität der Dienstleistung. Eine hoher Servicegrad ist wiederum in hohem Maß von der Bereitschaft der Mitarbeiter abhängig, sich für den Kunden einzusetzen, seine Wünsche zu erkennen und zu erfüllen. Wertschätzung und Freundlichkeit gehören neben Produktqualität und pünktlicher Lieferung zu den wesentlichen Erfolgsfaktoren von Unternehmen. Erfolge am Markt sind damit Verhaltenserfolge. Weil in Zeiten eines gravierenden demografischen Wandels die Mitarbeiter einer der wichtigsten Erfolgsfaktoren eines Unternehmens sind, kommt der Personalführung eine zunehmende Bedeutung zu.

Die zwei entscheidenden Fragen, die die Personalführung zu beantworten hat, sind folgende:

- Was motiviert einen Mitarbeiter, in ein Unternehmen einzutreten und dort zu bleiben?
- Was motiviert den Mitarbeiter, einen Beitrag zum Erreichen der Unternehmensziele zu leisten?

Das Personalmanagement ist in den meisten Unternehmen institutionalisiert durch die Abteilung Personalwesen. Die Personalführung ist institutionalisiert durch die Führungskräfte eines Unternehmens, insbesondere die direkten Vorgesetzten und die Geschäftsleitung.

Personalmanagement und Personalführung haben die Aufgabe, die Ziele der Personalpolitik, die durch das Unternehmensleitbild und die Unternehmenspolitik beeinflusst sind, unter Beachtung der ökonomischen und gesellschaftlichen Rahmenbedingungen zu realisieren.

Ein weiterer Teilhaber an der Aufgabe einer erfolgreichen Realisierung personalwirtschaftlicher Ziele ist der **Betriebsrat**. Auch er ist ein nicht zu unterschätzender Faktor in einer erfolgreichen Personalarbeit. Man denke hier etwa an seine Beteiligungsrechte in vielen personellen Angelegenheiten sowie seine Mitbestimmungsrechte in sozialen Angelegenheiten. Ein betriebliches Umfeld, in dem die Unternehmensleitung mit dem Betriebsrat langfristig auf „Kriegsfuß" steht, wird eine gedeihliche Personalarbeit zunichte machen. Dagegen gibt es zahlreiche Belege dafür, dass eine – übrigens im Betriebsverfassungsgesetz auch geforderte – vertrauensvolle Zusammenarbeit sowohl die Ziele des Unternehmens als auch die Interessen der Mitarbeiter sinnvoll und erfolgreich kombinieren kann.

Die Aufgaben der Personalarbeit sind vielfältig. Die folgende Tabelle gibt einen Überblick und zeigt gleichzeitig auf, wer in die Erledigung der Aufgaben mit eingebunden ist bzw. daran beteiligt ist.

Bereiche der Personalarbeit	Personalabteilung	Vorgesetzter	Betriebsrat
Personalplanung	x	x	x
Personalmarketing	x		
Personalbeschaffung	x	x	
Personalauswahl	x	x	x
Personaleinsatz		x	
Personalführung		x	
Personalentwicklung	x	x	x
Personalverwaltung	x		
Personalbetreuung	x	x	x
Personalentlohnung	x	x	x
Personalcontrolling	x		
Personalfreisetzung	x	x	x

Funktionendiagramm der Personalarbeit

Die folgende Darstellung fasst den Gesamtzusammenhang dieses Teilkapitels noch einmal zusammen:

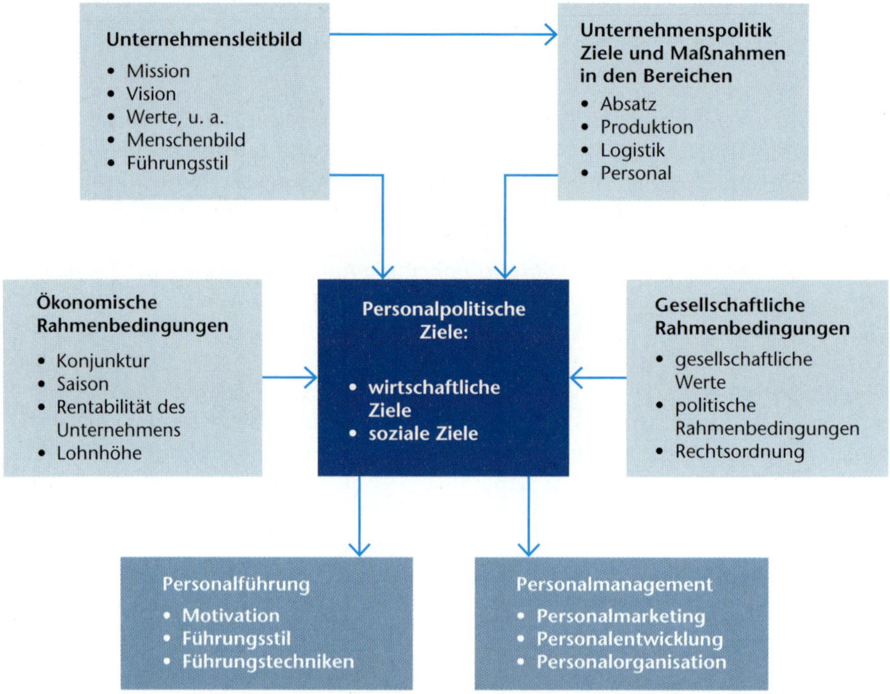

Zusammenhang von Leitbild, Unternehmenszielen und Personalpolitik

Wiederholungsfragen zum Kapitel 2.1

1. *Welche Aussagen macht das Führungsleitbild eines Unternehmens?*
2. *Welche Aufgabe hat die Personalpolitik?*
3. *Nennen Sie fünf Interessengruppen und Einrichtungen, die auf personalpolitische Entscheidungen Einfluss nehmen bzw. nehmen wollen.*
4. *Die Personalpolitik definiert wirtschaftliche und soziale Ziele. Erläutern Sie anhand von Beispielen diese Zielsetzungen.*
5. *Geben Sie einen Überblick über die Aufgaben des Personalmanagements.*
6. *Welche Aufgabe hat die Personalführung?*
7. *Stellen Sie den inneren Zusammenhang her zwischen den Unternehmenszielen, dem Führungsleitbild und der Personalpolitik eines Unternehmens.*

2.2 Arten von Führung

Unter Führung soll hier die zielorientierte, wechselseitige, interpersonelle bzw. soziale Einflussnahme von Personen zur Erfüllung gemeinsamer Aufgaben verstanden werden.

Die Führung von Mitarbeitern als eine soziale Interaktionsform weist folgende Besonderheiten auf:

Merkmale von Führung

- Jede Führungskraft hat eine Position inne, die mit formaler Autorität ausgestattet ist. Sie erlaubt es dem Vorgesetzten, Anweisungen zu geben und zu erwarten, dass diesen Anweisungen gefolgt wird.
- Führung beinhaltet das Anstoßen von Aktivitäten und das Steuern und Überwachen dieser Aktivitäten mit der Intention, die geplanten Ergebnisse zu erreichen.
- Führung erfordert damit die gezielte Steuerung und Gestaltung des Handelns anderer Personen in Bezug auf ein übergeordnetes Interesse.
- Führung erfolgt durch die Beeinflussung der Einstellung und des Verhaltens von Einzelpersonen, die Interaktion in Gruppen und zwischen Gruppen mit dem Zweck, gemeinsam die unternehmerischen Ziele zu erreichen.
- Führung soll Menschen dazu zu bringen, in Bezug auf die Zielerreichung zu kooperieren.
- Führung ist das erwartete und realisierte Ergebnis der sozialen Interaktion zwischen der Führungskraft und seinem Mitarbeiter.

Aufgaben der Führung

Jede Führungskraft, ob sie an der Spitze eines Unternehmens steht oder nur eine kleine Gruppe von Mitarbeitern auf der unteren Ebene führt, hat in mehr oder weniger weit reichendem Umfang die folgenden Managementaufgaben regelmäßig zu bewältigen:

- **Zielsetzung:** Die Formulierung von Zielen ist die vornehmste Aufgabe der Führung. Dabei ist das Sachziel („Was ist zu tun?") ebenso zu formulieren wie die Formalziele („Wie wollen wir das tun?"). Damit die Zielerreichung kontrolliert werden kann, müssen die Ziele spezifisch, messbar, anspruchsvoll, realistisch und terminierbar sein. Siehe hierzu auch Kapitel 1.2 in diesem Modul.

  ***Beispiel:** „Wir wollen uns im kommenden Jahr im französischen Markt etablieren und dort im ersten Jahr einen Umsatz von 1,5 Mio. EUR erzielen."*

- **Planung:** Planung bedeutet die gedankliche Vorwegnahme dessen, was im Unternehmen zukünftig gewollt ist. Im Detail bedeutet das die Festlegung von Maßnahmen, um die vorgegebenen Ziele zu erreichen. Ein Merkmal der Planung ist, dass nicht nur eine starre „eindimensionale" Planung stattfindet, sondern dass sie Handlungsalternativen anbietet. Siehe hierzu auch das Kapitel 1.2.

Management-Kreislauf

Beispiel: Es werden fünf Niederlassungen in Frankreich geplant mit jeweils zwei Mitarbeitern und einem Gesamtbudget von 1,4 Mio. EUR.

- **Entscheidung:** Entscheiden heißt, aus einer Reihe von realisierbaren Handlungsalternativen diejenige auszuwählen, die unter Beachtung geeigneter Kriterien und Gewichtungsfaktoren die Beste ist.

  Beispiel: Mit welchen fünf der insgesamt zur Verfügung stehenden 15 französischen Handelsvertreter wollen wir zusammenarbeiten?

- **Organisation der Realisierung:** Die Planung muss vollzogen werden. Gegenstand der Organisation der Realisierung ist die Verteilung der Aufgaben auf Menschen und Sachmittel, die Übertragung von Entscheidungskompetenzen und die Gestaltung der Abläufe zwischen den betroffenen Unternehmensbereichen. Siehe hierzu Kapitel 1.3 und 1.4 in diesem Modul.

  Beispiel: Die Auftragsbearbeitungsprozesse zwischen den französischen Vertriebsbüros und dem deutschen Herstellerwerk sind abzustimmen und zu verbessern.

- **Kontrolle/Feedback:** Die Kontrolle prüft, ob die angestrebten Ziele erreicht wurden, d. h. wie und in welcher Weise und in welchem Umfang die Zielerreichung stattgefunden hat. Grundvoraussetzung für die Kontrolle ist, dass die Ziele quantifiziert wurden. Denn nur, wenn Zielgrößen formuliert wurden, besteht die Möglichkeit, das Ausmaß der Zielerreichung zu messen.

  Beispiel: Soll-Ist-Vergleich sowohl im Bereich Umsatzerreichung (Ist = 1,3 Mio. EUR) als auch im Bereich Budget (Ist = 1,45 Mio. EUR) mit Ursachenanalyse und Empfehlung von Maßnahmen.

Abgrenzung von Führungsstil, Führungstechnik und Führungsmittel

Der Führungsstil ist eine für den Mitarbeiter verlässliche, d. h. dauerhaft gezeigte, grundsätzliche Verhaltensweise einer Führungskraft gegenüber ihren Mitarbeitern.

Es ist die Art und Weise, in der der Vorgesetzte seine Mitarbeiter führt.

Der Führungsstil eines Vorgesetzten ist gekennzeichnet durch:

- die Einstellung der Führungskraft gegenüber ihren Mitarbeitern,
- die Art seiner Willensbildung, Willensdurchsetzung und Kontrolle,
- das mit seinen Mitarbeitern gepflegte Informations- und Kommunikationssystem und
- das soziale Klima.

Die Führungstechniken (Managementtechniken) sind eine Reihe von Verfahren zum Zwecke der konkreten Ausgestaltung von Führung, die auch als Führungsprinzipien zu interpretieren sind.

Darunter werden mit ihrem Management-Bezug die „Management-by-Techniken“ verstanden. Mit diesen Führungstechniken werden vor allem zwei Ziele verfolgt:

- Die Führungskräfte sollen von Routineaufgaben entlastet werden und können sich dadurch mehr mit echten Führungsaufgaben befassen.
- Den Mitarbeitern werden je nach eingesetzter Führungstechnik mehr Aufgaben, mehr Eigeninitiative oder mehr Verantwortung übertragen mit der Folge einer erhöhten Motivation.

Die wesentlichen – wohl auch am häufigsten eingesetzten Managementtechniken – werden weiter unten im Detail behandelt. Es sind

- Management by Objectives
- Management by Delegation
- Management by Exception
- Management by Results

Die Führungsmittel oder Führungsinstrumente sind ein umfassender Ausdruck jener Mittel und Verfahren, die zur konkreten, häufig situativen Beeinflussung des Mitarbeiterverhaltens eingesetzt werden können.

Führungsmittel zeigen, **womit** konkret im Einzelfall geführt wird. Je nach Ausprägung von Führungsstil und angewendeter Führungstechnik wird das eine oder andere Mittel stärker zum Zuge kommen.

- **Kommunikation:** Dazu gehören Mitarbeitergespräche, Besprechungen, Arbeitsgruppen und Konferenzen, die dem direkten unmittelbaren Austausch von Gedanken und Ideen dienen und sich nach Zweck, Inhalt und Anzahl der Beteiligten unterscheiden.
- **Kooperation:** Förderung der Zusammenarbeit von Führungskraft und Mitarbeitern und Einbeziehung von Mitarbeitern in Arbeits- und Projektgruppen.
- **Information:** Nur ein informierter Mitarbeiter ist in der Lage, sein Arbeitsumfeld und seine Aufgabenerledigung sinnvoll in das Unternehmensganze einzufügen. Die Information kann auf vielfältige Weise erfolgen, z. B. durch ein Briefing, durch E-Mails, Unternehmensnewsletter, Rundschreiben etc.
- **Partizipation:** Mitarbeiter werden an Entscheidungen beteiligt und ihnen werden bestimmte anspruchsvolle Tätigkeiten übertragen. Ihnen werden zu diesem Zweck die Aufgaben sowie die dazu erforderlichen Kompetenzen, aber auch die Verantwortung übertragen.
- **Kritik:** Die Mitarbeiter benötigen für ihre geleistete Arbeit ein Feedback. Dieses kann regelmäßig in Form von konstruktiver, sachbezogener Kritik erfolgen. Eine besonders wichtige Rückmeldung aus motivationaler Sicht sind die Anerkennung und die Wertschätzung. In besonders negativen Fällen kann die Kritik aber auch formal in Form von Vorwürfen, Verweisen oder Abmahnungen erfolgen.
- **Beurteilung:** Eine langfristig angelegte Form von Rückmeldung ist die Beurteilung. Diese erfolgt periodisch im Rahmen eines Beurteilungsverfahrens anhand von Beurteilungsbögen und Beurteilungsgesprächen.
- **Entwicklung:** Verantwortungsvolle Führungskräfte sind am Wachstum ihrer Mitarbeiter interessiert. Sie fördern diese innerbetrieblich in Form von Job-Rotation und Job-Enrichment oder außerbetrieblich in Form von Seminaren.
- **Arbeitsbedingungen:** Der Vorgesetzte ist hier gemeinsam mit der Personalabteilung gefordert, die sogenannten Hygienefaktoren zu fördern. Dazu gehört die Gestaltung von Arbeitsplatz, Arbeitszeit, Entgelt und ggf. sozialen Komponenten.
- **Motivation:** Die Motivation versucht die Ziele der Mitarbeiter zu erfassen und darauf mit vielfältigen Anreizen zu reagieren, um die Mitarbeiter dazu zu bringen, die Ziele des Unternehmens zu verfolgen, weil sie selbst es wollen. Siehe dazu den folgenden Abschnitt.

2.2.1 Führen über Motivation

Im Kapitel 2.1. wurde bereits darauf hingewiesen, dass Vorgesetzte sich die Frage stellen müssen, was ihre Mitarbeiter nachhaltig dazu veranlasst, einen Beitrag zum Erreichen der Unternehmensziele zu leisten. Dies ist die Frage nach der Motivation der Mitarbeiter.

Motivation ist die wichtigste Voraussetzung für zielorientiertes Verhalten und deshalb aus der Perspektive der Führungskraft der Hauptansatzpunkt für die leistungssteigernde Beeinflussung der Mitarbeiter.

Die Motivation gibt Aufschluss über die Beweggründe des Verhaltens eines Menschen. Die verschiedenen Motivationstheorien versuchen deshalb stets, den Aufbau, die Aufrechterhaltung und den möglichen Abbau von Verhalten zu beschreiben und zu erklären. Die Motivation lässt sich allerdings nicht direkt messen, weil sie nur den Input (Anreize) und den Output (tatsächliches Verhalten) beobachten und beschreiben kann.

Führungskräfte, die vorwiegend über die Motivation führen wollen, sollten die wesentlichen Grundlagen der bekanntesten Motivationstheorien kennen. Dabei sind die beiden folgenden die am häufigsten dargestellten Theorien:

2.2.1.1 Die Bedürfnispyramide von Maslow

Die Theorie von Abraham Maslow unterscheidet fünf Bedürfnisgruppen, die im Hinblick auf ihre Dringlichkeit in Form einer Pyramide hierarchisch angeordnet sind.

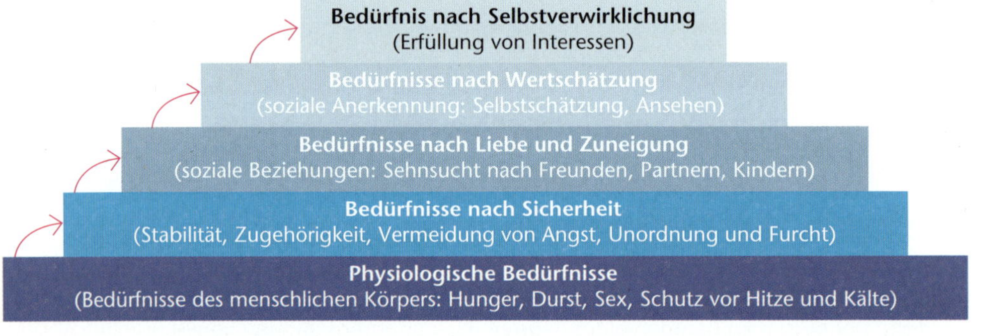

- **Physiologische Bedürfnisse:** Die Grundbedürfnisse drücken das existenzielle Verlangen nach Trinken, Essen, Bekleidung und Wohnung aus. Ihr Vorrang vor den übrigen Bedürfnisarten ergibt sich aus der Natur des Menschen.
- **Sicherheitsbedürfnisse:** Die Sicherheitsbedürfnisse ergeben sich aus dem Verlangen von jedermann nach Schutz vor Bedrohung oder Versehrtheit des Lebens und der Gesundheit, z. B. durch Unfälle, Überfälle, Krankheit.
- **Soziale Bedürfnisse:** Sie beinhalten das Streben nach Zusammengehörigkeit und Gemeinschaft.

- **Bedürfnisse nach Wertschätzung:** Sie drücken den Wunsch der Menschen nach Anerkennung und Achtung aus. Die Anerkennung kann sich auf andere Personen beziehen, es kann aber auch die Schaffung von Selbstvertrauen sein, z. B. durch die Lösung einer schwierigen Aufgabe. Im Wesentlichen ist es der Wunsch von Menschen, gebraucht zu werden und nützlich zu sein.
- **Bedürfnis nach Selbstverwirklichung:** Die höchste Gruppe der Bedürfnisse beziehen sich auf die Selbstverwirklichung des Menschen. Damit ist die Verwirklichung der kreativen und schöpferischen Anlagen des Menschen gemeint sowie sein Streben nach Unabhängigkeit und Entfaltung seiner gesamten Persönlichkeit.

Die hierarchische Anordnung der Bedürfnisse deutet darauf hin, dass die ersten drei Stufen im Entwicklungsprozess des Menschen früher in Erscheinung treten. Die Darstellung als Pyramide baut auf zwei wesentlichen Annahmen auf:

1. Menschen streben danach, unbefriedigte Bedürfnisse zu befriedigen. Solange diese unbefriedigt bleiben, gibt es kein Streben mehr nach höheren Bedürfnissen.
2. Sobald – von der unteren Stufe beginnend – die Bedürfnisse einer Stufe befriedigt sind, besteht kein Handlungsanreiz mehr, sodass die nächsthöhere Stufe nach Befriedigung drängt. Ist diese zufriedengestellt, rückt die wiederum nächste Stufe in den Fokus usw. Diese Entwicklung wird angehalten, wenn auf einer der bezeichneten Ebenen keine Befriedigung des Bedürfnisses erfolgt. Das nächsthöhere Bedürfnis kann dann nicht mehr das Verhalten bestimmen.

2.2.1.2 Die Zwei-Faktoren-Theorie von Herzberg

Die von Frederik Herzberg und seinen Mitarbeitern entwickelte Theorie geht davon aus, dass Zufriedenheit und Unzufriedenheit zwei unabhängige Dimensionen bzw. Faktoren des menschlichen Daseins darstellen:

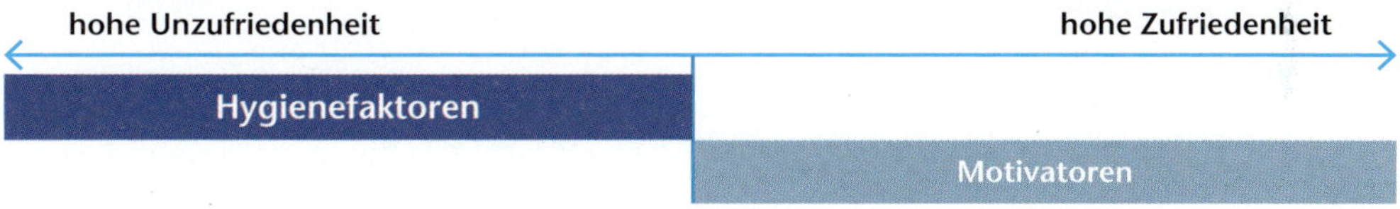

Unzufriedenheit wird durch das Fehlen von **extrinsischen Arbeitsbedingungen**, sogenannten Hygienefaktoren hervorgerufen. Dazu gehören z. B. eine leistungsgerechte Entlohnung, ein bestimmter Status, fachliche Kompetenz des Vorgesetzten, Höflichkeit, Respekt und Freundlichkeit, eine gute Beziehung zum Vorgesetzten, zu Kollegen und anderen Mitarbeitern. Die Hygienefaktoren werden von Mitarbeitern als selbstverständlich empfunden. Sind sie nicht oder nicht ausreichend erfüllt, führt das zu Unzufriedenheit. Sind sie in ausreichendem Maß vorhanden, führt das nur zum Fehlen von Unzufriedenheit. Der Mitarbeiter verspürt aber noch keine Zufriedenheit in seiner Arbeit. Hygienefaktoren wirken nur sehr kurzfristig.

Zufriedenheit kann nach Herzberg nur durch **intrinsische Motivation** erreicht werden. Die sogenannten Motivatoren beziehen sich auf den Inhalt der Arbeit und deren erfolgreiche Bewältigung mitsamt den positiven Reaktionen der Umwelt: Die wichtigsten Motivatoren sind deshalb die – möglichst anspruchsvolle – Arbeit selbst, Herausforderungen, Übernahme von Verantwortung, Erfolgserlebnisse, Aufstieg und möglichst vielfältige Chancen und Möglichkeiten zur Entwicklung der Persönlichkeit. Die Personalführung muss folglich zunächst dafür sorgen, dass die Hygienefaktoren in ausreichendem Maße vorhanden bzw. diesbezügliche Bedürfnisse zufriedengestellt sind, bevor die Motivatoren greifen können. Motivatoren haben eine langfristige Wirkung.

Ohne das Vorhandensein von Motivatoren kann es keine wirkliche Zufriedenheit und damit Motivation geben. Aus diesem Grunde wirken auch die häufig als Motivationsinstrumente missverstandenen Auszeichnungen von Mitarbeitern nach internen Wettbewerben in Form von Incentives und Prämien eher kurzfristig und haben keine nachhaltige Wirkung.

Selbst F. W. Taylor, der Begründer der Akkordarbeit, stellte bei seinen Untersuchungen fest, dass die beobachteten Arbeiter ihre Leistung durch höhere Geldeinheiten über ein bestimmtes Maß hinaus nicht steigern wollten und konnten.

Schaut man genauer hin, stellt man fest, dass die Maslowsche und Herzbergsche Theorie gar nicht so weit auseinanderliegen. Stellt man die beiden Theorien nebeneinander, stellt man fest, dass die Hygienefaktoren im Wesentlichen aus dem Basisbereich der Maslowschen Pyramide stammen, die Motivatoren hingegen dem oberen Bereich der Pyramide zuzuordnen sind.

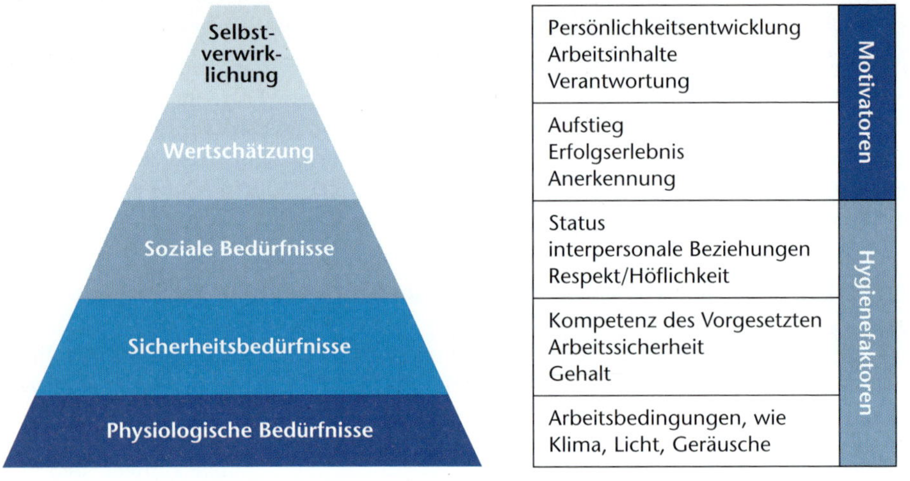

2.2.1.3 Konsequenzen für das Verhalten der Führungskraft

Welche Erkenntnisse lassen sich aus den beiden dargestellten Motivationstheorien für die praktische Arbeit einer Führungskraft gewinnen? Die Arbeit wird von Mitarbeitern dann als befriedigend und motivierend empfunden, wenn sie folgende Anforderungen erfüllt:

- Gut ausgebildete Mitarbeiter stellen heute hohe Anforderungen an eine ganzheitliche Tätigkeit. Soweit es möglich ist, sollten sie ihre Arbeit allein oder im Team selbst planen, ausführen und auch kontrollieren. Die Trennung von Planung und Vorbereitung von Arbeit einerseits und der reinen Durchführung mit anschließender Fremdkontrolle andererseits wird eher als fremdbestimmt empfunden.
- Engagierte Mitarbeiter wollen nicht einfach nur eine Arbeit erledigen, sondern durch die Arbeit sich selbst und möglichst auch ihre Arbeitsumwelt verändern. Um das kreative Potenzial von Mitarbeitern zu fördern, bedarf es Einrichtungen wie eines sinnvollen betrieblichen Vorschlagswesens und regelmäßiger Feedback-Gespräche, in denen auch der Vorgesetzte beurteilt werden kann.

- Das Verhältnis von Input und Output einer Arbeit muss stimmen. Zunehmend selbstbewusste Mitarbeiter empfinden es als unangenehm, wenn ihre Arbeit durch bürokratische Vorschriften eingeengt und reguliert wird oder ihr Engagement durch komplizierte Arbeitsprozesse aufgerieben wird.
- Die meisten Menschen suchen nicht nur in ihrem privaten Bereich, sondern auch in ihrem Arbeitsumfeld soziale Kontakte. Eine Führungskraft sollte den Mitarbeitern deshalb Gelegenheit geben, sich auszutauschen und im Team zusammenzuarbeiten.
- Den Mitarbeitern sollte generell ein hohes Maß an Ehrlichkeit, Glaubwürdigkeit und Offenheit entgegengebracht werden. Ehrliche Wertschätzung und echte Empathie können dazu führen, dass Mitarbeiter nicht nur gerne in das Unternehmen kommen, sondern auch gerne in ihre Abteilung und zu ihrem Vorgesetzten. Mitarbeiter, die sich ausgenutzt oder manipuliert fühlen, werden auf Dauer ihre innere Kündigung aussprechen und – schlimmer noch – damit beginnen, gegen das Unternehmen oder die Kollegen zu arbeiten. Die Fehlzeiten steigen und u. U. wird die gemeinsame Arbeit sabotiert.
- Wenn eine Führungskraft an einer dauerhaften und kooperativen Arbeitsbeziehung interessiert ist, muss sie durch regelmäßige Gespräche mit ihren Mitarbeitern herausfinden, welche Defizite vorhanden sind und bei welchen Mitarbeitern es notwendig ist, weitere Motivatoren einzusetzen.

2.2.2 Führen durch Zielvereinbarung

Die Führungstechnik „Führen durch Zielvereinbarung", auch bekannt als „Management by Objektives", basiert darauf, dass zwischen dem Vorgesetzten und den Mitarbeitern Ziele vereinbart werden; es erfolgt keine einseitige Zielvorgabe durch den Vorgesetzten.

Eine wichtige Voraussetzung dazu ist, dass der Vorgesetzte seinem Mitarbeiter die zur geplanten Aufgabenerledigung erforderlichen Kompetenzen überlässt. Im Gegenzug trägt der Mitarbeiter die Verantwortung für die Aufgabenerledigung.

Grundlegende Elemente des **Management by Objectives** sind:

- das gemeinsam zu erarbeitende Zielsystem, das aus Abteilungs- und Mitarbeiterzielen besteht;
- die Organisation, mit der die Kompetenz- und Verantwortungsbereiche klar festgelegt sind;
- das Kontrollsystem zur Ermittlung und Analyse von Soll-Ist-Abweichungen;
- ein regelmäßiger Austausch zwischen Mitarbeitern und Vorgesetzte durch Zielvereinbarungsgespräche.

Ziel dieser Managementtechnik ist es, sowohl die Ziele des Unternehmens als auch die der Mitarbeiter umzusetzen, indem Ziele für jede Abteilung, ein Team und auch die persönlichen Arbeitsziele des Mitarbeiters gemeinsam festgelegt werden.

Diese Ziele sollen nach der „SMART"-Regel folgenden Anforderungen genügen. Sie sollen

- S → spezifisch sein, d. h. bezogen auf die jeweilige Abteilung, das Team und die Mitarbeiter,
- M → messbar sein, d. h. durch klare quantifizierbare Vorgaben bestimmt,

- A → aktiv beeinflussbar sein, d. h. vom Mitarbeiter durch entsprechende Kompetenzen steuerbar,
- R → realistisch sein, d. h. vom Mitarbeiter in der vereinbarten Zeit mit den vereinbarten Mitteln erreichbar,
- T → terminiert sein, d. h. mit einem klaren Zeitlimit (Zeitraum oder Zeitpunkt) versehen.

Aus der Summe der Einzelziele der Mitarbeiter können die Abteilungsziele und darüber hinaus die Unternehmensziele zusammengesetzt werden. Die Mitarbeiter richten ihre tägliche operative Arbeit an ihren Zielen aus und arbeiten damit im Sinne der Zielsetzung des Gesamtunternehmens. Wenn die Vorgesetzten die Leistung ihrer Mitarbeiter beurteilen, prüfen sie, inwieweit die Mitarbeiter ihre vereinbarten Ziele erreicht haben.

Zentrales Instrument dieser Managementtechnik stellt das **Mitarbeitergespräch** dar, das viertel- oder halbjährlich stattfindet.

- Zu Beginn des Gesprächs werden die Ergebnisse der letzten Vereinbarungsperiode besprochen, auch die Gründe, warum die Ziele über- oder untererfüllt sind.
- Sodann werden die Zielsetzungen der Abteilung im Rahmen des ganzen Unternehmens hinsichtlich Zeitbezug (lang-, mittel-, kurzfristig) und Inhalt dargestellt.
- Dabei wird vom Vorgesetzten mitgeteilt, welche Absichten für die genannte Periode hinter den Zielen für die Abteilung oder das Unternehmen stehen.

Inhalte des Gespräches über die individuelle Zielvereinbarung

- Aufgaben des Mitarbeiters und Vereinbarung über Ziele und Schwerpunkte der Arbeit
- Intentionen des Mitarbeiters und seine persönlichen Ziele
- Darstellung von zukünftigen Anforderungen an den Arbeitsplatz
- Vereinbarung der Menge und Güte der Arbeitsergebnisse, Termine und Kosten
- Festlegung der Mittel, die dem Mitarbeiter für die Erledigung der Aufgabe zur Verfügung stehen
- Festlegung der Kompetenzen, die der Mitarbeiter für Entscheidungen benötigt
- Besprechung möglicher Schwierigkeiten bei der Zielerreichung
- Festlegung von sogenannten „Meilensteinen", also Zwischenüberprüfungen und -berichten
- Abklärung der notwendigen Kenntnisse und/oder Fertigkeiten des Mitarbeiters
- Erörterung von Möglichkeiten zusätzlich erforderlicher Qualifizierungen
- Festlegung der finanziellen Rahmenbedingungen (z. B. Gehalt oder Prämien)
- schriftliche Dokumentation der vereinbarten Punkte

Der Ablauf von Management by Objektives kann wie folgt dargestellt werden:

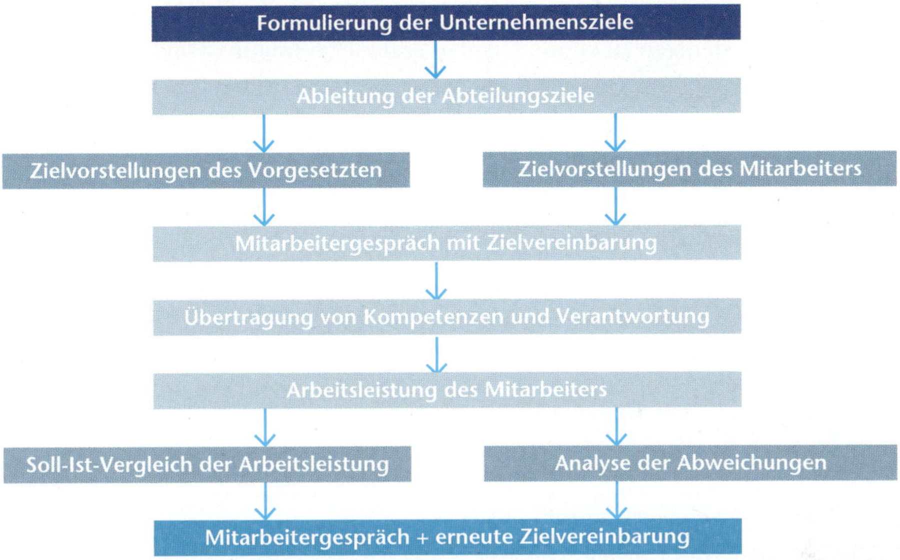

Vorteile	Nachteile
▪ Das System entspricht den Bedürfnissen von Mitarbeitern nach Gestaltungsspielraum. ▪ Ziele, Wünsche und Vorstellungen von Mitarbeitern werden einbezogen. ▪ Die Ziele der Mitarbeiter werden mit den Zielen des Unternehmens sinnvoll verknüpft. ▪ Leistungsbereitschaft, Verantwortungsbewusstsein und Teamgeist werden gefördert. ▪ Die Identifikation der Mitarbeiter mit den Zielen des Unternehmens wird gesteigert.	▪ Über einen längeren Zeitraum fehlt die Kontrolle des Mitarbeiters, was u. U. zu Fehlentwicklungen führen kann, die später nicht mehr rückgängig zu machen sind. ▪ Für noch nicht erfahrene Mitarbeiter wird subjektiv ein zu starker Druck aufgebaut. ▪ Es besteht die Gefahr, dass mehr quantitative Ziele verfolgt werden als qualitative.

2.2.3 Aufgabenbezogenes Führen

Liegt der Fokus des Vorgesetzten stärker auf der Erledigung der Aufgabe, stehen dem Vorgesetzten verschiedene Führungstechniken zur Verfügung.

2.2.3.1 Management by Delegation

Management by Delegation bedeutet zu Deutsch „Führung durch Bevollmächtigung" und ist eine Führungstechnik, bei der delegierbare Aufgaben durch einen Vorgesetzten an seine Mitarbeiter übertragen werden.

Welchen Umfang die übertragenen Aufgaben haben, liegt allein im Ermessen des Vorgesetzten. Er steht dem Mitarbeiter für Fragen zur Erledigung der Aufgabe zur Verfügung und nimmt am geplanten Ende einer Aufgabe oder periodisch die Erfolgskontrolle vor. Um die Aufgaben erledigen zu können, bedarf es der Übertragung von Kompetenzen und Vertretungsbefugnisse an den Mitarbeiter.

Delegation ist ein Mittel zur Dezentralisation, da nun eine größere Anzahl von Personen Entscheidungskompetenz haben und diese wiederum, wenn sie die Befugnis dazu haben, ihrerseits Aufgaben und Entscheidungen delegieren können. Die Mitarbeiter und mittleren Führungskräfte können allerdings nicht mitentscheiden und müssen deshalb die Ziele des Unternehmens zu ihren eigenen machen.

Vor der Entscheidung, bestimmte Aufgaben zu delegieren, muss die delegierende Person Überlegungen zu folgenden Details anstellen, um die Aufgaben und Entscheidungskompetenzen sinnvoll zu verteilen.

Inhalt	**Was soll getan werden?** ▪ Was ist zu tun und in welchen Schritten? ▪ Welches Ziel wird angestrebt?
Person	**Wer soll die Aufgabe erledigen?** ▪ Wer ist geeignet für diese Aufgabe? ▪ Wer könnte behilflich sein?
Motivation	**Warum soll diese Person die Aufgabe erledigen?** ▪ Welche Bedeutung hat die Aufgabe? ▪ Was muss man vom Hintergrund der Aufgabe wissen?
Details	**Wie soll die Aufgabe erledigt werden?** ▪ Welche Vorschriften und Verfahren sind zu beachten? ▪ Welche Stellen müssen einbezogen werden? ▪ Welche Kosten werden anfallen?
Sachmittel/ Informationen	**Womit soll die Aufgabe gelöst werden?** ▪ Welche Hilfsmittel werden benötigt? ▪ Welche Informationen sind erforderlich?
Zeit	**Wann soll die Aufgabe erledigt werden?** ▪ Welche Rahmentermine sind zu berücksichtigen? ▪ Wann muss die Arbeit spätestens begonnen werden?

Vorteile	Nachteile
▪ Eine Führungskraft kann nicht alle Aufgaben alleine erledigen. Delegieren ist deshalb ein wichtiges Führungsmittel. ▪ Mit dieser Führungstechnik kann sich der Vorgesetzte von Routineaufgaben befreien. ▪ Die Führungskraft kann sich auf die Erledigung ihrer zentralen Führungsaufgaben konzentrieren.	▪ Mitarbeiter sind unterfordert oder überlastet, weil sie ihre persönlichen Intentionen nicht eingebracht haben. ▪ Nur der Vorgesetzte entscheidet darüber, welche Aufgaben die Mitarbeiter erhalten. ▪ Mitarbeiter werden u. U. nicht vollständig informiert, damit fehlen ihnen wichtige Details zur Aufgabenerledigung.

2.2.3.2 Management by Exception

Die Führungstechnik Management by Exception bedeutet übersetzt „Führen nach dem Ausnahmeprinzip". Dabei überlässt die Führungskraft die Erledigung von Routinefällen den zuständigen Mitarbeitern zur eigenverantwortlichen Entscheidung und behält sich die eigene Entscheidung nur für Ausnahmefälle vor.

Diese Führungstechnik betont die **Entscheidung als Führungsfunktion**. Der Mitarbeiter bekommt ein Aufgabenfeld zugewiesen bzw. bestimmte Aufgaben werden an ihn delegiert. Zu diesem Zweck erhält er die erforderlichen Kompetenzen, die jedoch durch einen Ermessenspielraum begrenzt sind. Der Mitarbeiter weiß, dass er die über diesen Spielraum hinausgehenden Ereignisse an seinen Vorgesetzten zur Entscheidung oder Bearbeitung weiterleiten muss. Die Führungskraft muss also nach der Delegation nur noch dann in den Arbeitsprozess eingreifen, wenn Ausnahmesituationen auftreten, die nicht innerhalb des vorgegebenen Handlungsspielraums des Mitarbeiters liegen. Gleiches gilt für außergewöhnliche, bisher noch nicht aufgetretene Situationen oder im Arbeitsablauf auftretende Probleme.

Zur Definition der Ausnahmesituation muss der **Ermessensspielraum** des Mitarbeiters genau abgegrenzt werden. Fälle, die eine nur geringe Abweichung vom Normalfall aufweisen, regelt der Mitarbeiter selbst. Der Vorgesetzte wird nicht unterrichtet und muss nicht eingreifen.

Beispiel: *Ein Reklamationssachbearbeiter bekommt für die Bearbeitung der Reklamationen von Standardkunden einen Ermessensspielraum von 500,00 EUR. In diesem Bereich darf er über Gutschriften und Rücksendungen entscheiden. Darüber hinausgehende Beträge muss er vom Vorgesetzten „absegnen" lassen. Ferner darf er keinen Reklamationsfall bei einem Premiumkunden (Umsatz > 200.000,00 EUR) bearbeiten, sondern muss diesen gleich an den Verkaufsleiter weitergeben.*

Management by Exception ist als Führungstechnik vor allem in mittelständischen Unternehmen sehr weit verbreitet und hat in der Unternehmenspraxis eine nicht zu unterschätzende Bedeutung.

Vorteile	Nachteile
▪ Der Vorgesetzte wird von Routineaufgaben entlastet. ▪ Je nach Formulierung und Festlegung des Ermessensspielraums kann sich der Vorgesetzte in mehr oder weniger großem Umfang von „Kleinkram" und Routinetätigkeiten entlasten. ▪ Je nach Erfahrung mit den Fähigkeiten eines Mitarbeiters kann er für diesen den Ermessensspielraum erhöhen.	▪ Der Mitarbeiter kommt immer nur mit Ausnahmesituationen und Problemen zu seinem Vorgesetzten. Das kann zu einem Imageverlust des Mitarbeiters führen („Der Mitarbeiter ist problembehaftet.") ▪ Negative Auswirkungen auf die Motivation des Mitarbeiters bleiben nicht aus, weil ihm nachhaltig Erfolgserlebnisse fehlen. ▪ Informationen und Anregungen des Mitarbeiters in Richtung auf eine qualitative Verbesserung der Arbeit bleiben aus.

2.2.3.3 Management by Results

Der Begriff Management by Results bezeichnet eine ergebnisorientierte Führungstechnik, die dem Mitarbeiter klare Ziele und Leistungsergebnisse vorgibt, die anschließend überprüft werden.

Dem Mitarbeiter werden in einem Mitarbeitergespräch Aufgaben zugewiesen und gleichzeitig konkrete zu erzielende Ergebnisse vorgegeben. Die Führungstechnik ist gekennzeichnet durch einen systematischen Ausbau der Zielplanung zur Koordinierung dezentraler Entscheidungen. Die Ergebnisse sollen nach der SMART-Formel definiert werden, d. h. messbar, akzeptabel, realistisch und mit konkreten Terminen versehen sein. Sie sollten schriftlich fixiert werden

Dann findet regelmäßig viermal oder zweimal im Jahr eine Besprechung über den Soll-Ist-Vergleich statt. In diesem Gespräch werden nicht nur die positiven und negativen Abweichungen erörtert, sondern auch die möglichen positiven und negativen Konsequenzen für die Mitarbeiter. Für den Erfolg von Management by Results ist die Vereinbarung von Konsequenzen wichtig, z. B. zusätzliche Vergütung bei Erreichung der Ziele oder Vergütungskürzung bei Nicht-Erreichen der Zielvorgaben.

Management by Results ist eine, verglichen mit dem Management by Objectives, relativ autoritäre Führungskonzeption, bei der die Mitarbeiter nur geringe Mitbestimmungsmöglichkeiten haben. Dem Modell liegt eine skeptische Grundhaltung gegenüber dem Leistungswillen der Mitarbeiter zugrunde, die angeblich nur durch Kontrolle – statt durch Vertrauen – zu führen sind.

Vorteile	Nachteile
▪ Die Mitarbeiter können durch die klaren Zielvorgaben gut kontrolliert werden. ▪ Durch die Beschränkung auf wenige Aufgaben können sich die Mitarbeiter besser auf ihr Ziel konzentrieren.	▪ Die Zielvorgaben können unrealistisch sein, weil sie nicht vereinbart, sondern zugewiesen werden. ▪ Die fremdbestimmten Zielvorgaben, die damit verbundenen ständigen Kontrollen und die geringen Entfaltungsmöglichkeiten demotivieren die Mitarbeiter.

Die vier wesentlichen Führungstechniken lassen sich im Überblick wie folgt zusammenfassen:

	Beschreibung	bestimmendes Merkmal
Management by Objectives	**Führung durch Zielvorgabe:** Vorgesetzte und Mitarbeiter erarbeiten eine Zielvereinbarung. Die Mitarbeiter versuchen, das Ziel eigenständig umzusetzen.	Eindeutige Formulierung der Unternehmensziele wird vorausgesetzt. Mitarbeiter müssen von der Notwendigkeit der Ziele überzeugt sein.
Management by Exception	**Führung nach dem Ausnahmeprinzip:** Der Vorgesetzte greift nur ein, wenn Abweichungen vom Gesamtziel oder Probleme von herausragender Bedeutung auftreten.	Festlegung von Zielen für die Mitarbeiter; Kontrollspanne und Maßgrößen der Ausnahmeregelung sind entscheidend.

	Beschreibung	bestimmendes Merkmal
Management by Delegation	**Führung durch Aufgabendelegation:** Ein Aufgabenbereich wird mit Kompetenzen und Verantwortung übertragen.	Mitarbeiter müssen die Unternehmensziele akzeptieren und diese zu ihren eigenen machen.
Management by Results	**Führung durch Ergebnisse:** Dem Mitarbeiter werden Ziele und Arbeitsergebnisse vorgegeben und später deren Erreichung kontrolliert.	Entscheidungen werden nach dem Verhältnis von Aufwand und Ertrag zueinander in Beziehung gesetzt.

Wiederholungsfragen zum Kapitel 2.2

1. *Was versteht man allgemein unter Führung?*
2. *Nennen Sie vier Merkmale von Führung als einer besonderen sozialen Interaktionsform.*
3. *Nennen Sie die Aufgaben von Führung als Stationen des Management-Kreislaufs.*
4. *Grenzen sie Führungsstil, Führungstechnik und Führungsmittel voneinander ab.*
5. *Nennen Sie fünf Führungsmittel/Instrumente der Führung.*
6. *Was ist – allgemein ausgedrückt – unter Motivation zu verstehen?*
7. *Erläutern Sie den Aufbau der Bedürfnispyramide nach A. Maslow.*
8. *Erläutern Sie die Begriffe „Hygienefaktor" und „Motivator" und schildern Sie den Zusammenhang.*
9. *Erläutern Sie drei wesentliche Anforderungen, die u. a. erfüllt sein müssen, damit Arbeitnehmer motiviert sind.*
10. *Schildern Sie in Grundzügen das „Management by Objektives".*
11. *Welche Vorteile bietet das MbO?*
12. *Was bedeutet „Management by Delegation" und wie wird es angewendet?*
13. *Nennen Sie drei Fragen, die sich ein Vorgesetzter beantworten sollte, bevor er eine Aufgabe an Mitarbeiter delegiert.*
14. *Wie funktioniert die Führungstechnik „Management by Exception"?*
15. *Beschreiben Sie die Nachteile von „Management by Results".*

2.3 Führungsstile

Wie bereits an anderer Stelle ausgeführt, bezeichnet der Begriff Führungsstil ein verlässliches, von aktuellen Situationen unabhängiges Verhaltensmuster einer Führungskraft, das zugleich dessen Grundeinstellungen gegenüber den ihm unterstellten Menschen zum Ausdruck bringt.

Jedes Unternehmen benötigt für den langfristigen Erfolg zufriedene und treue Kunden. Dafür benötigt es zufriedene und treue Mitarbeiter. Eine alleinige Ausrichtung des

Unternehmens auf die Interessen des Marktes reicht langfristig nicht aus. Ziel einer erfolgreichen Unternehmensführung muss es sein, die Wünsche und Motive von Mitarbeitern zu kennen und zu befriedigen. Der Führungsstil hat in diesem Zusammenhang einen nicht unerheblichen Anteil am Erfolg eines Unternehmens. Gut geführte Mitarbeiter sind zumeist motiviert und engagiert. Das wirkt sich positiv auf ihre Leistung und letztlich damit auf ihr Leistungsverhalten gegenüber anderen Mitarbeitern und gegenüber den Kunden aus.

Jedes Unternehmen muss sich im Laufe der Zeit fragen, ob der gegenwärtig praktizierte Führungsstil noch zeit- und problemgemäß ist. Dieses Kapitel will einen Überblick über die heute im Wesentlichen diskutierten und praktizierten Führungsstile geben.

Unterscheidung der Führungsstile nach der Anzahl der Orientierungsmerkmale		
Eindimensionale Führungsstile	**Zweidimensionale Führungsstile**	**Mehrdimensionale Führungsstile**
betrachten einen einzigen Aspekt der Führung und unterscheiden danach die Führungsstile ▪ nach Lewin ▪ nach Weber ▪ nach Tannenbaum und Schmid	betrachten zwei Aspekte der Führung gleichzeitig und ordnen die Führungsstile ein ▪ Führungsgitter nach Blake und Mouton ▪ Polaritätenprofil nach Bleicher	untersuchen mehrere Aspekte der Führung und formen idealtypische Führungsstile ▪ situativer Führungsstil

Von den in diesem Überblick genannten Führungsstilen werden im Folgenden einige exemplarisch herausgegriffen und näher erläutert.

2.3.1 Eindimensionale Führungsstile

2.3.1.1 Klassische Führungsstile nach Lewin

Der amerikanische Sozialpsychologe Kurt Lewin legte mit seiner Untersuchung über die Frage des Verhaltens und der Arbeitsleistung in Gruppen unter Variation der Führungsstile den Grundstein für die heutige – weit verbreitete – Unterscheidung der folgenden Führungsstile. Die Dimension, anhand der hier die Führungsstile miteinander verglichen werden, ist der Entscheidungsanteil von Mitarbeitern und Vorgesetzten.

Autoritärer bzw. direkter/autonomer Führungsstil

Bei diesem Führungsstil werden die für die Abteilung relevanten Aktivitäten vom Vorgesetzten allein gestaltet. Er fragt die Mitarbeiter weder nach ihrer Meinung, noch bezieht er sie in den Entscheidungsprozess ein. Da der Vorgesetzte in allen Belangen alleine entscheidet, findet die Delegation nur in der Form statt, dass die Mitarbeiter zu reinen Befehlsempfängern werden. Der Vorgesetzte gibt vor, wer, was, wann, wo und wie zu tun hat. Die Mitarbeiter können bei diesem System naturgemäß ihre Fähigkeiten und Talente nicht entfalten.

Der Vorgesetzte traut seinen Mitarbeitern nur wenig zu. Die Mitarbeiter sind nicht selten demotiviert. Sie haben gegenüber dem Vorgesetzten keinerlei Kontrollrecht. Von seinen Untergebenen erwartet der Vorgesetzte Gehorsam, auch duldet er keinen Widerspruch oder gar Kritik. Macht der Mitarbeiter Fehler, wird das sanktioniert, statt ihm zu helfen.

Ein autoritärer bzw. hierarchischer Führungsstil ist dort vorherrschend, wo klare Entscheidungen schnell getroffen werden müssen.

Dies dürfte primär in Klein- und Mittelbetrieben der Fall sein, wo sich der Unternehmer und seine Führungskräfte um die Führung an sich keine Gedanken machen. Auch dort, wo über die auszuführenden Tätigkeiten nicht diskutiert werden kann, wird dieser Führungsstil häufiger anzutreffen sein, z. B. im Handwerk und im Produktionsbereich.

Fraglich ist, ob die Mitarbeiter, die autoritär geführt werden, darüber unglücklich sind. Das hängt wohl im Wesentlichen davon ab, welches Menschenbild der Vorgesetzte hat und welche Grundeinstellung zu seinen Mitarbeitern er hat.

Vorteile	Nachteile
▪ schnelle Entscheidungen ▪ Übersichtlichkeit der Kompetenzen ▪ gute Kontrollmöglichkeiten ▪ klare Zuordnung von Verantwortung ▪ kurzfristig ein hoher Einfluss auf die Arbeitsleistung	▪ fehlende Motivation der Mitarbeiter ▪ Einschränkung der freien Entfaltung von Mitarbeitern ▪ Gefahr von Fehlentscheidungen durch überforderte Vorgesetzte ▪ Risiko einer fehlenden Vertretung bei Ausfall des Vorgesetzten

Kooperativer (demokratischer) Führungsstil

Der Vorgesetzte bezieht seine Mitarbeiter in das Betriebsgeschehen mit ein. Er erlaubt nicht nur Diskussionen, er fördert sie sogar und verlangt die Meinung der Mitarbeiter. Er erwartet sachliche Unterstützung.

Ein kooperativer Führungsstil zeichnet sich dadurch aus, dass die Führungskraft und ihre Mitarbeiter sowohl an der Entwicklung von Ideen als auch an der Umsetzung gemeinsam arbeiten. Verantwortlichkeiten und Aufgaben werden gemeinsam aufgeteilt. Das Delegieren von Verantwortung und die Motivation der Mitarbeiter sind wichtige Bestandteile dieses Führungsstils. Die Eigeninitiative der Mitarbeiter wird gefördert. Durch die Verteilung der Verantwortung auf mehrere Personen und deren Kenntnis wichtiger Vorgänge wird der Ausfall eines Verantwortungsträgers besser bewältigt.

Die Aufgabe der Führungskraft ist es, die Aktivitäten der einzelnen Mitarbeiter zu steuern und dafür zu sorgen, dass „alle an einem Strang" ziehen. Fehler werden in diesem System nicht bestraft, sondern als Chance begriffen, daraus zu lernen und es zukünftig besser zu machen.

Vorteile	Nachteile
▪ niedriges Risiko einer Fehlentscheidung ▪ höhere Identifikation mit dem Unternehmen ▪ hohe Motivation der Mitarbeiter ▪ Entfaltung kreativen Potenzials ▪ höhere Selbstständigkeit der Mitarbeiter ▪ Entlastung des Vorgesetzten ▪ Vertretung des Vorgesetzten ist möglich ▪ angenehmes Arbeits- und Betriebsklima	▪ hoher Informations- und Kommunikationsbedarf ▪ Entscheidungen dauern u. U. lange ▪ Mitarbeiter müssen qualifiziert sein ▪ System ist u. U. kostenintensiver

Laissez-faire-Führungsstil

Der Laissez-faire-Führungsstil lässt den Mitarbeitern viele – man darf sagen: allzu viele – Freiheiten. Der Vorgesetzte verzichtet weitgehend auf das Eingreifen in die Arbeitsabläufe. Die Mitarbeiter bestimmen ihre Arbeit, die Aufgaben und die Organisation selbst. Sie sind keinen Regeln unterworfen und kontrollieren sich selbst innerhalb des Teams. Jedes Mitglied der Arbeitsgruppe kann sein Arbeitsumfeld nach eigenen Vorlieben gestalten. Die Informationen fließen mehr oder weniger zufällig. Der Vorgesetzte greift nicht in das Geschehen ein, er hilft oder bestraft auch nicht.

Vorteile	Nachteile
▪ hoher Freiheitsgrad bei der Arbeit ▪ eigenständige Arbeitsweise der Mitarbeiter ▪ Entscheidungen werden eigenständig getroffen ▪ Individualität der Mitarbeiter wird gewährt	▪ mangelnde Disziplin ▪ Kompetenzstreitigkeiten und Rivalitäten zwischen Mitarbeitern ▪ Unordnung und Durcheinander ▪ Bildung konkurrierender informeller Gruppen ▪ Außenseiter werden benachteiligt

Der Laissez-faire-Führungsstil wird in der Praxis kaum gepflegt. Häufiger anzutreffen sind dagegen der autoritäre und der kooperative Führungsstil. Sie werden in der folgenden Darstellung anhand verschiedener Kriterien noch einmal gegenübergestellt und damit vergleichbar gemacht:

Merkmal	Autoritärer Führungsstil	Kooperativer Führungsstil
Entscheidungsfindung	Der Vorgesetzte entscheidet alleine ohne Rücksprache mit Mitarbeitern.	Der Vorgesetzte und seine Mitarbeiter entscheiden gemeinsam unter Koordination des Vorgesetzten.
Qualität der Entscheidung	Der Vorgesetzte kann nur auf seine eigenen Kenntnisse zurückgreifen.	Die vielfältigen Kenntnisse der Mitarbeiter können genutzt werden.
Dauer der Entscheidungsfindung	Entscheidungen können im Bedarfsfall zügig durch den Vorgesetzten getroffen werden.	Entscheidungen benötigen u. U. mehr Zeit, weil sie zeitraubend diskutiert werden.
Entscheidungsdurchsetzung	Die Anordnungen werden „befehlsmäßig" an die Mitarbeiter verteilt.	Die Mitarbeiter erhalten Entscheidungsbefugnisse, um die Aufgaben zu erledigen.
Form der Arbeitsanweisung	Die Durchführung der Arbeit ist bis in kleinste Details geregelt.	Es bestehen globale Rahmenregelungen mit Zielvorgaben.
Art der Kontrolle	Der Vorgesetzte kontrolliert bis in die Details.	Die Mitarbeiter kontrollieren selbst oder untereinander.
Handlungsmotive des Mitarbeiters	Zwang, Anpassung, Druck, Frustvermeidung	Bereitschaft zur Realisation gemeinsam getroffener Entscheidungen
Auswirkungen auf die Arbeitsbereitschaft der Mitarbeiter	Die Mitarbeiter arbeiten stets auf Anweisung. Das fördert u. U. die Abneigung gegen die Arbeit.	Die Freude an der Arbeit wird gefördert. Die Mitarbeiter entwickeln mehr Eigeninitiative.
fachliche Anforderungen an die Mitarbeiter	Es sind nur geringe Fachkenntnisse erforderlich.	Qualifizierte Fachkenntnisse der Mitarbeiter sind erforderlich.
Kommunikationsbeziehungen	Die Informationen beziehen sich nur auf das Notwendigste. Darüber hinausgehende Informationen, z. B. über das Warum, fehlen.	Information und Kommunikation werden als wesentliche Voraussetzungen für das Lösen der Aufgaben eingesetzt.
Einstellung Vorgesetzter -> Mitarbeiter	Der Vorgesetzte traut den Mitarbeitern und ihren Leistungen wenig zu.	Der Vorgesetzte hat eine positive Meinung von seinen Mitarbeitern.
Einstellung Mitarbeiter -> Vorgesetzter	Die Mitarbeiter sind dem Vorgesetztem gegenüber eher skeptisch und/oder abwehrend.	Die Mitarbeiter vertrauen dem Vorgesetzten, weil sie seine positive Einstellung ihnen gegenüber kennen.
Betriebsklima	Im Wesentlichen ist das Klima gespannt, im besten Fall ist es durch eine nüchterne, kühle Atmosphäre gekennzeichnet.	Das Betriebsklima ist offen, verträglich und lebendig. Es ist von gegenseitiger Wertschätzung geprägt.

2.3.1.2 Tradierte Führungsstile nach Weber

Die folgenden Führungsstile gehen auf die idealtypischen Formen der Herrschaft zurück, die von dem Soziologen Max Weber identifiziert wurden. Die zentrale Frage lautete: „Warum lassen sich Menschen beherrschen?" Anhand der Gründe, die er erkennt, formuliert Weber verschiedene Formen der Herrschaft.

Die Führungslehre hat diese Grundformen aufgegriffen, sie hinsichtlich der Führung in Unternehmen und Organisationen modifiziert und vier grundlegende Führungsstile definiert:

- **Patriarchalischer Führungsstil:** Dieser Führungsstil ist gekennzeichnet durch eine „Vaterfigur". Der Vorgesetzte als Vater führt seine Mitarbeiter mit Autorität und Güte. Es besteht ein klares Über- und Unterordnungsverhältnis. die Mitarbeiter haben jederzeit Zugang zu ihrer Führungskraft und können mit ihren Sorgen und Problemen zu ihm kommen. Er hat viel Verständnis, kann aber auch streng sein und bestrafen, wenn eine Leistung nicht so erbracht wird, wie er sich das vorstellt.

  Sein Herrschaftsanspruch wird mit seinem Alters-, Wissens- oder Erfahrungsvorsprung begründet. Dieser Führungsstil ist sicher nicht mehr zeitgemäß, aber immer noch in einigen, meistens kleineren oder mittelständischen Familienunternehmen anzutreffen.

- **Charismatischer Führungsstil:** „Charisma" bedeutet die Fähigkeit eines Vorgesetzten, andere Menschen allein durch die persönliche Ausstrahlungskraft zu führen. Bei diesem Führungsstil sind starke Emotionen im Spiel. Solche Vorgesetzte sind in der Lage, ihre Mitarbeiter zu begeistern. Sie empfinden eigene Emotionen als sehr stark und sind in der Lage, andere Menschen diese starken Gefühle erleben zu lassen.

  Der Charismatiker verlangt von seinen Mitarbeitern Opfer, er erwartet, dass sie für ihn „durch´s Feuer gehen". Er fühlt sich den Mitarbeitern gegenüber jedoch im Gegenzug zu nichts verpflichtet. Die charismatische Führung kann Zuversicht vermitteln und Dinge nach vorne bringen. Die Untergebenen werden vom Vorgesetzten in emotionaler Hinsicht abhängig. Dieser Führungsstil ist in heutiger Zeiten kaum noch beobachtbar und aufgrund der zunehmend aufgeklärten und selbstbewussten Mitarbeiter auch kaum noch anwendbar.

- **Bürokratischer Führungsstil:** Der Führungsanspruch beim bürokratischen Führungsstil leitet sich aus bürokratischen Regeln ab. Die Funktion ist nicht an eine Person gebunden, sondern auf Zeit verliehen und übertragbar.

  Der Führungsstil betont Regularien sowie bürokratische Instanzen und Dienststellenbefugnisse. Der Vorgesetzte hat ein „Amt" verliehen bekommen und leitet seinen Führungsanspruch aus der ihm zugewiesenen Vorgesetztenposition ab. Er verwaltet seine Abteilung mehr, als dass er die ihm zugewiesene Position mit einem natürlichen Führungsanspruch ausfüllt. Führungsinstrumente dieses Führungsstils sind genaue Tätigkeitsbeschreibungen und Verwaltungsabläufe, Richtlinien und Dienstanweisungen.

  Dieser Führungsstil ist heute in modernen, wirtschaftlich orientierten Unternehmen nicht mehr vertreten. Allenfalls ist er noch in Verwaltungen zu finden, aber bereits auch dort nur noch selten.

2.3.2 Zweidimensionale Führungsstile

Richtungsbezogener Führungsstil (nach Blake und Mouton)

Um den Zusammenhang zwischen Führung und Verhalten theoretisch darstellen zu können, haben die amerikanischen Wirtschaftswissenschaftler Robert Blake und Jane Mouton das sogenannte Führungsgitter (Managerial Grid) entwickelt.

Dabei handelt es sich um ein Verhaltensgitter als ein wissenschaftliches Modell, durch das das Verhalten von Führungskräften in zwei Dimensionen beschrieben werden kann.

- Die **Dimension Aufgabenorientierung** gibt an, wie ziel- und leistungsorientiert sich ein Vorgesetzter verhält. Eine starke Aufgabenorientierung trägt zum ökonomischen Erfolg des Unternehmens bei. Der Vorgesetzte kann sich mehr oder weniger intensiv um die Erledigung der Aufgaben durch seine Mitarbeiter kümmern. Diese Intensität kann auf einer Skala von 1 bis 9 dargestellt werden.
- Die **Orientierung an den Mitarbeitern** stellt die zweite Dimension dar. Auch sie ist ein wesentliches Element des unternehmerischen Erfolgs, denn nur zufriedene und motivierte Mitarbeiter tragen zur Zielerreichung bei. Außerdem ist der Arbeitsalltag neben der Arbeit auch durch menschliche Beziehungen geprägt. Sind die zwischenmenschlichen Beziehungen positiv gestaltet, fällt auch der Austausch über Aufgaben und Prozesse leichter. Das gilt natürlich auch für das Verhältnis der Vorgesetzten zu ihren Mitarbeitern. Die Intensität, mit der sich ein Vorgesetzter um seine Mitarbeiter kümmert, kann ebenfalls auf einer Skala von 1 bis 9 dargestellt werden.

Durch die Darstellung beider Dimensionen ergibt sich ein Verhaltensgitter, auf dem verschiedene – idealtypische – Führungsstile sowie deren Zwischenformen dargestellt werden können. Fünf Positionen – die vier „Ecken" und das Zentrum – des zweidimensionalen Verhaltensgitters werden hier exemplarisch beschrieben:

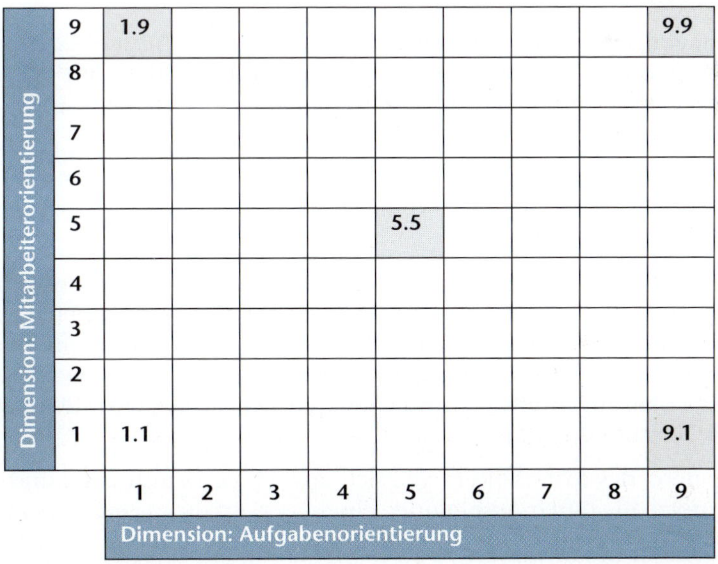

Verhaltensgitter nach Blake/Mouton

1.1 Überlebens-Management	Geringstmögliche Einwirkung auf die Arbeitsleistung mit geringen Zielvorgaben und wenig Kontrolle und andererseits eine geringe Beachtung zwischenmenschlicher Bedürfnisse führt – vermutlich – zu geringen Arbeitsergebnissen.
1.9 Glacéhandschuh-Management	Eine sorgfältige Beachtung der zwischenmenschlichen Beziehungen führt zu einer angenehmen Arbeitsleistung und einem niedrigen Arbeitstempo. Den Mitarbeitern geht es gut, die betriebliche Ziele sind untergeordnet.
9.1 Befehl-Gehorsam-Management	Eine hohe Arbeitsleistung wird erwartet, ohne viel Rücksicht auf die zwischenmenschlichen Beziehungen zu legen. Die zwischenmenschlichen Beziehungen beschränken sich nur auf die Erreichung der betrieblichen Ziele.
5.5 Organisations-Management	Eine mittlere Arbeitsleistung wird erzeugt durch die Herstellung eines Gleichgewichts zwischen der Notwendigkeit zur Arbeitsleistung und der Aufrechterhaltung der Betriebsmoral.
9.9 Team-Management	Eine hohe Arbeitsleistung wird von begeisterten Mitarbeitern erbracht. Die Verfolgung des gemeinsamen Ziels motiviert und führt zu guten zwischenmenschlichen Beziehungen und einem guten Betriebsklima.

2.3.3 Mehrdimensionale Führungsstile

Situativer Führungsstil

Die bisher gezeigten Führungsstile gehen von einer relativ homogenen Mitarbeitergruppe aus. Das ist jedoch nicht immer der Fall: Siehe den Abschnitt „Führen von Gruppen“ (S. 285).

Aus dieser Erkenntnis heraus entstand die Forderung, die Führungskraft müsse ihren Führungsstil situativ nicht nur der einzelnen Situation, sondern auch dem einzelnen Mitarbeiter gegenüber anpassen. Das ist unmittelbar einleuchtend:

Beispiel: *Es kann Krisensituationen geben, in denen auch ein ansonsten kooperativ führender Vorgesetzter gefordert ist, in relativ kurzer Zeit Entscheidungen zu treffen und diese mit den vorhandenen Mitarbeitern in kurzer Zeit umzusetzen, z. B. eine bevorstehende Geschäftseröffnung eines Verbrauchermarktes, bei der Probleme auftreten.*

Ein Modell geht auf diese Besonderheiten ein: Das Reifegradmodell des situativen Führens nach Hersey und Blanchard. In diesem Modell wird angenommen, dass jeder Mitarbeiter nach seinem individuellen Reifegrad geführt werden muss, um seine Potenziale auszuschöpfen. Die Führungskraft passt ihren Führungsstil im Rahmen der Grenzen ihrer eigenen Erfahrungen und Persönlichkeit an den Bedarf des Mitarbeiters an. Der Reifegrad wird bestimmt durch

- die **Kompetenz des Mitarbeiters**, die sich aus seinen Kenntnissen und Fertigkeiten zusammensetzt, die durch Ausbildung, Übung und Erfahrung erworben wurden,
- das **Engagement des Mitarbeiters** als Kombination aus Selbstvertrauen und Motivation; wobei sich die Motivation aus dem Interesse und der Begeisterung für die gestellten Aufgaben zusammensetzt.

Der Reifegrad der Mitarbeiter ist naturgemäß nicht statisch, sondern er verändert sich mit der Zeit und er kann zusätzlich bei verschiedenen Aufgaben unterschiedlich ausgeprägt sein. Es werden vier Reifegradstufen der Mitarbeiter unterschieden:

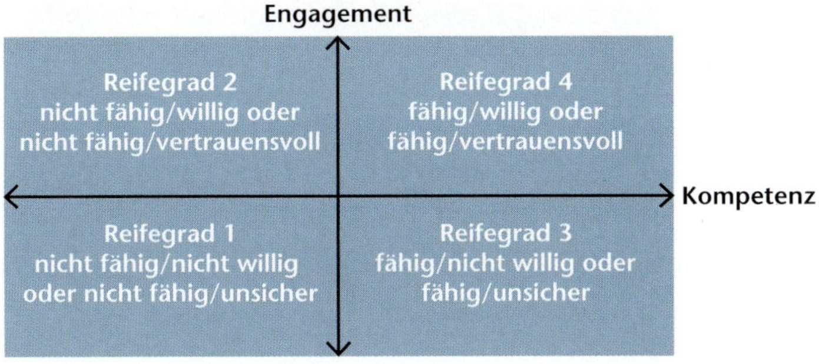

Zu den vier Reifegraden der Mitarbeiter gibt es entsprechend vier situative Führungsstile:

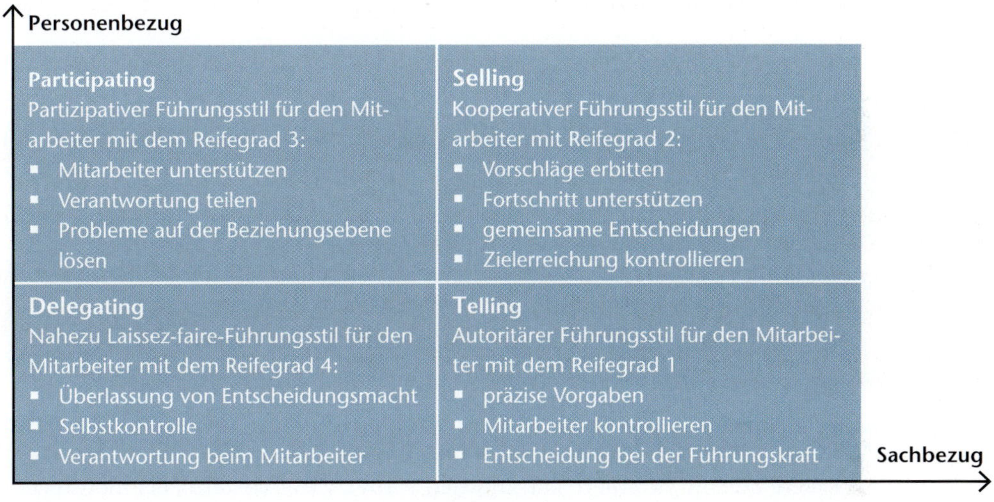

Der Vorgesetzte ist beim situativen Führungsstil gefordert, seine Mitarbeiter richtig einzuschätzen. Das setzt voraus, dass er sich mit ihnen intensiv auseinandersetzt. Problematisch erscheint, dass der Vorgesetzte seinen Führungsstil in der Bandbreite von Laissez-faire über kooperativ bis autoritär variieren soll. Der Vorgesetzte ist durch seine Erfahrungen geprägt. Sich an Führungsstilen zu versuchen, die ihm selbst nicht liegen oder hinter denen er nicht steht, ist für ihn schwierig und wirkt unter Umständen unglaubwürdig.

Es hat Versuche gegeben, die Gültigkeit der Theorie von Hersey und Blanchard empirisch zu untermauern. Diese Versuche sind gescheitert. Wie bereits oben angedeutet, ist es schwierig, wenn nicht unmöglich, für eine Führungskraft, ihren Führungsstil wie ein Chamäleon situationsbedingt anzupassen. Sicher braucht eine Führungskraft einen gewissen Grad an Flexibilität im Umfang mit ihren Mitarbeitern, sie sollte aber ihren Führungsstil als durchgängige Konstante ihrer Persönlichkeit behalten und sich dabei treu bleiben.

Die neuere Forschung befasst sich kaum noch mit der Suche nach dem „optimalen" Führungsstil, sondern konzentriert sich auf messbare, für zukünftige Strategien erforderliche Persönlichkeitsmerkmale und Führungskompetenzen sowie deren Verbesserung.

Wiederholungsfragen zum Kapitel 2.3

1. *Was ist ein Führungsstil?*
2. *Nach welchen Kriterien lassen sich die verschiedenen Führungsstile unterscheiden?*
3. *Grenzen Sie den autoritären und den kooperativen Führungsstil voneinander ab.*
4. *Nennen Sie die Nachteile eines Laissez-faire-Führungsstils.*
5. *Was versteht man unter einem patriarchalischen, was unter einem charismatischen Führungsstil?*
6. *Beschreiben Sie das Verhaltensgitter nach Blake und Mouton.*
7. *Was versteht man unter einem situativen Führungsstil?*

2.4 Führen von Gruppen

Was ist eine Gruppe? Wodurch zeichnet sie sich aus und welche Strukturen bestehen in einer Gruppe?

Beispiel 1: *Sehen wir uns eine Reihe von Menschen an, die an einer Straßenbahnhaltestelle stehen und auf die Bahn warten. Ist das bereits eine Gruppe?*

Die Personen, die hier warten, haben nur eines gemeinsam: Sie wollen alle mit der Bahn fahren. Sie benutzen die Bahn als Fortbewegungsmittel. Aber sie haben weder ein gemeinsames Ziel noch gibt es irgendwelche Beziehungen zwischen den einzelnen Personen. Es handelt sich eher um eine lose Ansammlung von Menschen.

Beispiel 2: *Plötzlich geschieht vor der Haltestelle ein Unfall. Ein Mensch liegt auf dem Pflaster, das Auto versperrt den Verkehr und der Fahrer hat offensichtlich einen Schock.*

Die Personen, die auf die Straßenbahn warten, werden nun aktiv. Zwei Personen kümmern sich um den Verletzten, eine Person ruft per Handy die Polizei und den Krankenwagen, eine andere Person kümmert sich um den Fahrer. Zwei weitere Personen regeln provisorisch den Verkehr. Eine oder zwei Personen behalten einen kühlen Kopf und koordinieren diese Tätigkeiten, verteilen u. U. sogar Aufgaben.

Allgemein ausgedrückt: Die Menschen an der Haltestelle stehen plötzlich in einer Beziehung zueinander und sie haben ein gemeinsames Ziel. Die Menschen, die mithelfen, die anstehenden Aufgaben in Zusammenhang mit dem Unfall zu erledigen, treten zueinander in Interaktion, sie kommunizieren miteinander und lösen anstehende Probleme. Dabei sind sie sich auch der anderen mithelfenden Menschen bewusst.

Mit anderen Worten: Die Personen, die bisher völlig zusammenhanglos miteinander auf die Bahn warteten, werden – natürlich nur für einen relativ kurzen Zeitraum – zu einer Gruppe.

Eine Gruppe ist eine erkennbare, strukturierte, andauernde Gesamtheit von Personen, die gemäß sozialen Normen, Interessen und Werten im Streben nach gemeinsamen Zielen wechselseitig aufeinander abgestimmte Rollen spielen.

Merkmale einer Gruppe:

- eine Sammlung von mehreren Personen (3 bis max. 25 Personen);
- diese Personen verfolgen bestimmte gemeinsame Ziele;
- die Mitglieder stehen zueinander in einer Beziehung;
- zwischen den Mitgliedern muss eine Interaktion möglich sein;
- die Interaktion folgt bestimmten Regeln;
- die Gruppe besteht relativ dauerhaft;
- die Gruppe entwickelt gemeinsame Normen und Werte;
- den Gruppenmitgliedern werden bestimmte Rollen zugewiesen;
- die Gruppe entwickelt ein mehr oder weniger starkes Wir-Gefühl.

Jemand gehört einer Gruppe an, wenn er sich der Gruppe zugehörig fühlt und wenn dies von der Gruppe akzeptiert wird.

Wenn eine Gruppe in der Vorstellung eines Mitglieds besteht, dann ist das seine „Bezugsgruppe". Ein Mensch kann durchaus Mitglied mehrerer Bezugsgruppen sein. Jede Gruppe entwickelt eine Gruppenidentität, ein „Wir-Gefühl". Das Wir-Gefühl ist ein wesentlicher Faktor für den Erhalt und Bestand von Gruppen. Je stärker das Wir-Gefühl ist, desto stärker ist der Zusammenhalt in der Gruppe, die Gruppenkohäsion.

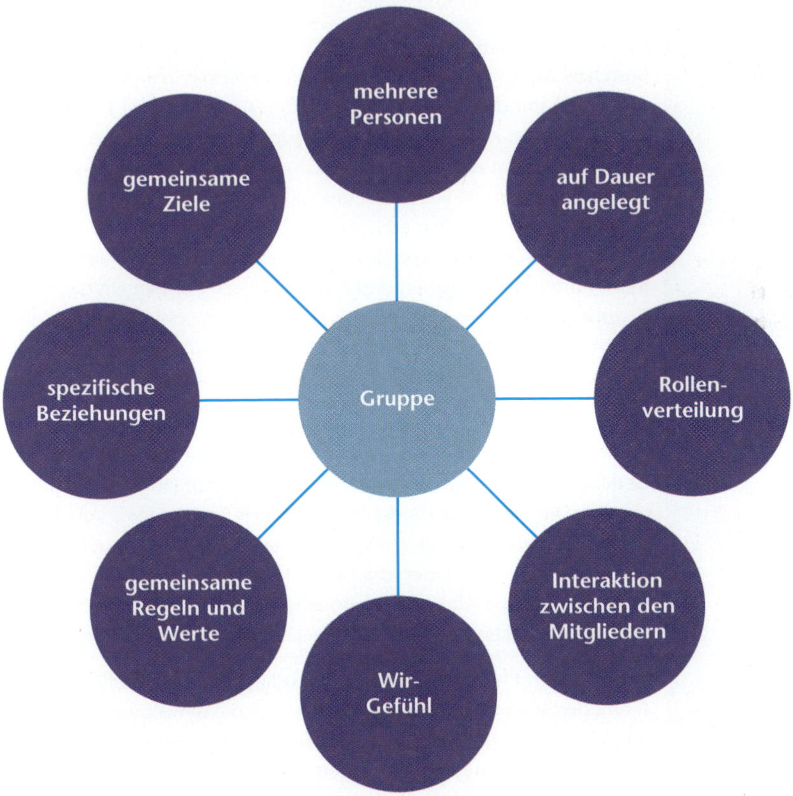

2.4.1 Gruppenstrukturen und deren Merkmale

2.4.1.1 Gruppenbildung

Das Zusammenleben und Zusammenarbeiten innerhalb einer Gruppe ist geprägt durch dauerhafte soziale Beziehungen und Kontakte der Mitglieder untereinander. Sie handeln gemeinsam auf der Basis von gemeinsamen Werten und Normen. Sie nehmen sich wechselseitig wahr durch ihre dauernde Anwesenheit, durch ihre direkte Interaktion und durch ihre aufeinander abgestimmten sozialen Rollen.

Bevor eine Ansammlung von Personen zu einer Gruppe wird, ist ein Anpassungsprozess erforderlich.

Nach Tuckman durchläuft eine Gruppe die folgenden vier Phasen, bis sie eine relativ stabile Struktur aufweist:

Forming = Orientierungsphase	Die Orientierungsphase ist die Entstehungsphase der Gruppe. Die Mitglieder finden aufgrund bestimmter Erwartungen ihre Rolle. Diese Phase ist geprägt von einer vorsichtigen Orientierung, dem Streben nach Sicherheit und gegenseitigem Kennenlernen. Die Gruppenmitglieder entwickeln noch kein Vertrauen zueinander und vermeiden Konfrontationen. Man konzentriert sich auf die zu lösenden Probleme oder die zu erledigenden Aufgaben und orientiert sich an der Führungskraft, welche die Gruppe in dieser Phase führt.
Storming = Konfrontationsphase	Die Konfrontationsphase ist eine Entscheidungsphase, die für das weitere Bestehen von großer Bedeutung ist: Entweder das Team besteht weiter oder es zerfällt aufgrund unüberbrückbarer Differenzen. In dieser Phase kommt es zu Machtkämpfen zwischen einzelnen Gruppenmitgliedern um die informelle Führung und um den Status in der Gruppe. Dazu müssen Meinungen und Gefühle ausgedrückt werden, jedes Gruppenmitglied stellt sich gewissermaßen selbst dar und damit den anderen vor („Ich-Orientierung"). Werden die dabei entstehenden Konflikte von der Gruppe gelöst, kommt es zur Abgrenzung und Bestimmung der Aufgaben und Rollen. Danach hat sich ein Grundkonsens der Gruppe gebildet. Die Gruppenmitglieder stehen „unter Beobachtung", es werden Vergleiche angestellt, wodurch sich die Orientierung von der Führungskraft weg hin zum gesamten Team bewegt. In dieser Phase muss die eingesetzte Führungskraft die Ziele der Gruppe bestimmen und deutlich machen.
Norming = Kooperationsphase	Die Kooperations- oder Regelphase prägt die „Wir-Orientierung". Ideen und Gedanken werden offen ausgetauscht. Es entsteht langsam ein Klima des Vertrauens. Die Interaktion findet in der ganzen Gruppe statt. Alle Gruppenmitglieder werden einbezogen. Das Team hat einen Konsens gefunden, eine gemeinsame Basis, auf der es arbeiten kann und die weiter ausgebaut werden kann. Die Gruppe wächst zusammen und die Führungskraft hat nur noch koordinierende Funktion in Bezug auf die Gruppenmitglieder und die Aufgaben.
Performing = Wachstumsphase	In der letzten Phase, der Wachstums- oder Arbeitsphase, fließt die gesamte Teamenergie in Lösung der Probleme oder die Bewältigung der gestellten Aufgaben. In Abhängigkeit von der Gruppenkohäsion und der Gruppenidentität sind nun auch gute Leistungen möglich. Die Führungskraft kann ihre Energie vor allem auf die Vorgabe von Zielen und Aufgaben legen und weniger auf die Lösung zwischenmenschlicher Probleme.

Wie gesehen, sind die bedeutenden Einflüsse auf die Gruppenbildung die Führungsperson, die Gruppenmitglieder, die Aufgabe und die Umwelt.

Sobald ein neues Mitglied in die Gruppe eintritt, sich die Aufgabe verändert oder die Gruppe organisatorisch eine neue Zuordnung bekommt, werden die einzelnen Phasen u. U. erneut durchlaufen. Jede Gruppenbildung oder Gruppenneubildung ist mit Stress und hoher persönlicher Betroffenheit verbunden. Es gibt Gruppen, die aufgrund eines hohen Konfliktpotenzials das Stadium der Arbeitsphase gar nicht erreichen, zumindest keine kontinuierliche Leistung erbringen, weil viel Energie aufgewendet wird, um Konflikte zu lösen. Die Gruppe beschäftigt sich nicht mit der Aufgabe, sondern mit sich selbst. Andererseits gibt es Gruppen, die nur eine kurze oder u. U. gar keine Konfliktphase benötigen, um zu harmonieren.

2.4.1.2 Gruppenstruktur

Zusammensetzung der Gruppe: Die Gruppenstruktur ergibt sich zunächst durch die Zusammensetzung der Gruppe. Es gibt homogene Gruppen, hier sind die Eigenschaften der Gruppenmitglieder gleich, z. B. vergleichbares Alter, gleiches Geschlecht oder gleicher Bildungsstand. Umgekehrt sind bei heterogenen Gruppen die Eigenschaften weit gefächert. Die Zusammensetzung einer Gruppe beeinflusst den Gruppenbildungsprozess nicht unerheblich. So haben homogene Teams zumeist geringere Koordinationskonflikte, verfügen jedoch nur über eine geringere Ressourcenvielfalt. Heterogene Teams weisen zwar Leistungsvorteile auf, sind jedoch eher instabil. In einer gut funktionierenden Gruppe übersteigt die Gemeinschaftsleistung die Summe der Einzelleistungen.

Gruppenkohäsion: Eine weitere strukturbildende Komponente ist die Gruppenkohäsion. Damit wird der innere Zusammenhalt der Gruppe beschrieben. Die Gruppenkohäsion hängt von folgenden Faktoren ab:
- der Attraktivität der Gruppe nach außen
- der Art der Aufgabe (z. B. kreativ oder repetitiv)
- den Beziehungen der Gruppenmitglieder untereinander
- dem Klima in der Gruppe

Die Gruppenkohäsion ist umso größer, je eher die Gruppenmitglieder sich Vorteile im Hinblick auf die Erreichung persönlicher Ziele versprechen, z. B. im Hinblick auf das Ansehen, das mit der Zugehörigkeit zu dieser Gruppe verbunden ist oder auf die Möglichkeiten, bestimmte Bedürfnisse (z. B. nach Status) zu befriedigen. Allerdings geht eine hohe Gruppenkohäsion in der Regel einher mit einer starken Normierung des Verhaltens der Gruppenmitglieder (sogenannter „Korpsgeist"). Das führt dazu, dass ein Mitglied u. U. einer in der Gruppe gefassten Meinung nicht widersprechen will und kann. Eine hohe Gruppenkohäsion führt zu einer hohen Leistung, allerdings nur dann, wenn die Leistungsnorm der Gruppe besonders hoch ist.

Außenverhältnis: Ein weiterer wesentlicher Faktor für die Struktur einer Gruppe ist das Verhältnis der Gruppe nach außen. Hier wird die Frage beantwortet, wie sich die Gruppe von ihrem Umfeld und von anderen „Fremdgruppen" abgrenzt. Das ist wiederum abhängig von den in der Gruppe geprägten Werten und Normen.

Gruppenart: Je nach Aufgabe und Organisationsgrad werden folgende Gruppen unterschieden:

- Die **formelle Gruppe** ist gekennzeichnet durch die erkennbare Organisationsstruktur. Es handelt sich zumeist um Gruppen mit einer vorgegebenen, dauerhaften Aufgabe.

Die Mitgliedschaft in einer solchen Gruppe ist nicht freiwillig. Der Leiter legt die Gruppenbildung, die Aufgabenverteilung und die Organisation der Gruppenprozesse von außen fest.

***Beispiele** für formelle Gruppen sind: Die Mitarbeiter einer Abteilung, die Gruppe der Abteilungsleiter, eine Klasse in einer Schule oder ein Fußballteam.*

- Die **informelle Gruppe** entsteht ohne ausdrückliche Absprachen. Menschen mit gleichen Einstellungen und Zielen treten miteinander in Kontakt, sodass ein Zusammengehörigkeitsgefühl entsteht. Informelle Gruppen können sich auch innerhalb einer formellen Gruppe entwickeln oder zwischen Mitgliedern unterschiedlicher Gruppen.

  Informelle Gruppen sind in der Lage, die formale Organisation zu unterlaufen und zu schädigen, andererseits können sie in labilen Organisationen in der Lage sein, die formale Organisation zu stützen und zur Aufgabenerledigung beizutragen, so z. B. durch den sogenannten „kleinen Dienstweg".

  ***Beispiele:** Vier Abteilungsleitersekretärinnen treffen sich mittags zum Essen. Fünf Mitarbeiter der Wertpapierabteilung einer Bank verabreden sich regelmäßig zum Joggen.*

Gruppengröße: Die Gruppengröße hat zum einen Auswirkungen auf die Leistungsfähigkeit, zum anderen darauf, wie die Mitglieder sich in der Gruppe fühlen. Während kleine Gruppen eher leistungsfähig, aber auch konfliktträchtiger sind, sind große Gruppen u. U. durch eine zu große Kontrollspanne durch den Vorgesetzten nicht mehr wirkungsvoll zu führen. Eine mittlere Gruppengröße von fünf bis sieben Mitarbeitern wird von Fachleuten als ideal bezeichnet.

Gruppennorm: Die Gruppe entwickelt im Laufe der Zeit durch die Mehrheit der Mitglieder Vorstellungen über das erwünschte Verhalten der Gruppenmitglieder. Diese Verhaltensnorm schreibt den Gruppenmitgliedern für bestimmte Situationen ihre Denk- und Handlungsweisen vor. Der Norm liegen eigene Werte und Gesetze zugrunde, die sich die Gruppe als Spielregeln gegeben hat. Meist sind diese Regeln nicht schriftlich fixiert, sondern informell entwickelt und weitergegeben. Auf diese Weise wird eine reibungslose Zusammenarbeit geregelt und es werden Leistungskriterien entwickelt.

Gruppenrollen: Von besonderer Bedeutung für die Gruppenstruktur sind die von den einzelnen Gruppenmitgliedern übernommenen Rollen. Eine Rolle ist die Gesamtheit der einem Gruppenmitglied innerhalb der Gruppe zugeschriebenen Erwartungen, Werte und Verhaltensweisen. Diesen Anforderungen muss sich ein Gruppenmitglied entsprechend seiner Rolle stellen. Man erwartet diese oder jene Handlungsweise von ihm. Eine Reihe von sogenannten „Stereotypen" kann helfen, das Rollenverständnis zu beleuchten.

- Der **informelle Gruppenführer** hat die Aufgabe, die Gruppe zusammenzuhalten. In Gruppen, in denen es einen formalen Gruppenleiter gibt, ist dies zumeist der Beliebteste in der Gruppe („emotional leader"). Er hat die Aufgabe, die Gruppe auch in schwierigen Situationen zusammenzuhalten; er ist sympathisch und wird von vielen gemocht.
- Der **Macher**, in einer Gruppe ohne formelle Gruppenführung zumeist auch der Gruppenführer, vertritt die Leistungsziele der Gruppe („instrumental leader").
- Der **Organisator** oder **Stratege** tritt immer dann auf den Plan, wenn komplizierte Abläufe zu regeln oder Pläne aufzustellen sind. Er übernimmt dabei für die Planungsphase kurzfristig die geistige Führung, ansonsten hält er sich auch mal gerne im Hintergrund auf.

- Der **Mitläufer** orientiert sich an dem Gruppenführer oder anderen starken Personen in der Gruppe. Er schließt sich jedoch nicht aus innerer Überzeugung der Gruppe an, sondern folgt einem Gruppenzwang. Er nimmt auch keine tragende Rolle ein, sondern sucht nur die soziale Umgebung.
- Der **Vermittler** sieht seine Aufgabe darin, zwischen Meinungsmachern und Außenseitern, aber auch bei sonstigen Meinungsverschiedenheiten, zu vermitteln.
- Der **Opponent** oder **Kritiker** hat als starkes Mitglied ebenfalls Leitungsqualitäten, ist jedoch nicht zum Führer gemacht worden und macht deshalb dem Gruppenführer dessen Position streitig. Der Opponent ist auch derjenige, der verdeckte Konflikte bewusst macht und deren Lösung einfordert. Er kann auch durch sein Verhalten für das Entstehen von sozialen Konflikten verantwortlich sein.
- Der **Clown** versucht, sich durch Späße und Lacher beliebt zu machen. Häufig hat er die Funktion, bei Stresssituationen das Gruppenklima aufzulockern und Spannungen durch Späße abzubauen. Häufig steckt dahinter allerdings die Angst, ohne die Aufmerksamkeit zum Außenseiter zu werden.
- Der **Opportunist** versucht, es jedem in der Gruppe recht zu machen. Es ist verständlich, dass er damit nicht besonders beliebt in der Gruppe ist und auch kein hohes Ansehen genießt.
- Der **Sündenbock** (häufig auch als "Hannemann" bezeichnet) ist das schwächste Gruppenmitglied. Er wird häufig für eine Minderleistung der Gruppe verantwortlich gemacht.
- Der **Außenseiter** gehört nicht zum inneren Kern der Gruppe, die ihn u. U. sogar kollektiv als unsympathisch einstuft. Nicht selten antwortet er auf eine erfolgte Ausgrenzung mit einer Selbstausgrenzung. Es gibt verschiedene Ausprägungen der Außenseiterrolle: Es kann der Trottel, der unerwünschte Mitläufer oder einfach ein nicht beachtetes Gruppenmitglied sein.

Sozialer Status: Der soziale Status bezeichnet die soziale Position, die ein Gruppenmitglied innerhalb einer Gruppe bekleidet, und die Zuordnung dieser Position zu einer sozialen Rangordnung. Die Gesamtheit der sozialen Statuspositionen ergibt die soziale Struktur einer Gruppe. Die Kriterien, nach denen sich ein sozialer Status bemisst, sind das Können, der Machtumfang, der Einfluss auf die Gruppe, das Einkommen und das Prestige. Der soziale Status eines Gruppenmitglieds ist eng verknüpft mit seiner Rolle.

2.4.2 Gruppenverhalten und dessen Auswirkungen

Eine Gruppe, einmal gebildet, ist kein starres Gebilde, das sich nicht verändert. Vielmehr werden externe Einflüsse, wie wirtschaftliche Probleme des Unternehmens oder eine Umorganisation des Unternehmens, sowie interne Einflüsse, wie neue Mitarbeiter, der Wechsel des Vorgesetzten und neue Aufgaben, gruppendynamische Prozesse auslösen, welche die Struktur, die Kohäsion und die Rollenverteilung einer Gruppe verändern.

2.4.2.1 Gruppendynamik

Als Gruppendynamik bezeichnet man die Kräfte, die in Gruppen entstehen und die von Gruppen auf deren Mitglieder und andere Gruppen ausgeübt werden.

Will eine Führungskraft mit ihrer Arbeitsgruppe auf Dauer Erfolg haben, muss sie die gruppendynamischen Prozesse im Auge behalten, denn die Gruppe ist eine der drei wesentlichen Komponenten, die den Führungserfolg möglich machen.

In jeder Gruppe kann eine Reihe von Problemen auftreten, die durch unterschiedliches Gruppenverhalten ausgelöst werden:

2.4.2.2 Gruppenzwang und Gruppendenken

Ein Gruppenzwang oder Gruppendruck liegt immer dann vor, wenn einzelne Gruppenmitglieder ihr ursprüngliches Verhalten (vor Eintritt in die Gruppe) ändern oder sich ungewohnt verhalten.

Sie passen sich dem Gruppendruck an und ändern – meistens nur in der Gruppe – ihre Einstellungen und ihr Verhalten, weil sie glauben, damit besser bei der Gruppe anzukommen, nicht anzuecken oder keine Probleme in der Gruppe zu bekommen. Dieses Konformitätsverhalten ist u. a. abhängig von Alter, Geschlecht, Status, Intelligenz, Kreativität und Persönlichkeit der jeweiligen Person.

Beispiel: *Ein neues Mitglied mit niedrigem Status, geringer Intelligenz, schwacher Persönlichkeit, das zudem noch relativ jung ist, wird es schwer haben, sich dem Gruppendruck zu entziehen. Dagegen wird ein „alter Hase" mit starker persönlicher Ausstrahlung und relativ hohem Ansehen dem Gruppendruck standhalten können und eine eigene Meinung vertreten.*

Gruppendenken bezeichnet einen Vorgang, bei dem eine Gruppe mit einem starken Zusammenhalt (Gruppenkohäsion), in der durchaus kompetente Mitglieder agieren, dennoch falsche, schlechte oder realitätsferne Entscheidungen trifft.

Der Grund liegt darin, dass die Gruppenmitglieder ihre eigene Meinung hintanstellen und an die – vermeintliche – Gruppenmeinung anpassen. Im Ergebnis kann das dazu führen, dass die Gruppe eine Entscheidung fällt oder eine Handlung vornimmt, die jeder Einzelne aus der Gruppe unter normalen Umständen abgelehnt hätte. Folgende Symptome sind ein Indiz für Gruppendenken: Die Gruppe schiebt Warnungen und Bedenken einzelner Mitglieder mit scheinrationalen Argumenten beiseite. Kritiker werden als böse, kontraproduktiv oder schwach abqualifiziert. Schwache Gruppenmitglieder haben von vornherein in solchen Situation eine „Schere im Kopf" und zensieren ihre eigene Meinung. Schweigen wird von der Gruppe kurzerhand als Zustimmung deklariert. Die Gruppe hat die Illusion der „Unverwundbarkeit", die zu großem Optimismus dahingehend führt, dass die Entscheidung richtig ist. Gruppendenken ist häufig auch die Ursache für falsche politische Entscheidungen.

Beispiel: *Die Führungsmannschaft eines Industrieunternehmens (Geschäftsführung plus Abteilungsleiterrunde) ist fest davon überzeugt, dass es gut sei, einen sehr wichtigen Zulieferanten, der von der Bilanzsumme, dem Umsatz und der Mitarbeiterzahl her dreimal so groß ist, durch eine feindliche Übernahme unter ihre Kontrolle zu bringen. Das Vorhaben scheitert grandios. Das Unternehmen gerät in Zahlungsschwierigkeiten. Die Mehrheit der Gruppenmitglieder, alles intelligente und kompetente Ökonomen, hätte – individuell befragt – dieses Ziel als zu riskant abgelehnt. Das Gruppendenken führt hier jedoch zu einer falschen Entscheidung.*

Zur Vermeidung von Gruppenzwang und Gruppendenken empfehlen sich folgende Verhaltensweisen:

- Die Gruppenmitglieder werden über die Gefahren des Gruppendenkens aufgeklärt.
- Die Gruppenmitglieder werden dazu ermutigt, bei Zweifeln ihre Einwände zu äußern.
- Im Bedarfsfall übernimmt ein Gruppenmitglied eine künstliche Gegenposition, er spielt den sogenannten „advocatus diaboli".
- Zur konkurrierenden Bearbeitung eines wichtigen Teilproblems werden Untergruppen gebildet.
- Zur Beurteilung der Situation werden externe Beobachter und Gutachter herangezogen.
- Die vorläufige Einigung auf eine Lösung wird noch einmal sorgfältig überdacht.
- Es wird eine zweite Gruppe eingesetzt, die parallel am gleichen Problem arbeitet.

2.4.2.3 Gruppenkonflikte

Gruppenkonflikte sind Konflikte zwischen Personen (= interindividuelle Konflikte) oder zwischen Gruppen (= intergruppale Konflikte). Solche Konflikte liegen vor, wenn eine Situation entsteht, in der mindestens zwei (Konflikt-)Parteien, die voneinander abhängig sind, mit Nachdruck versuchen, unvereinbare Ziele oder Pläne zu verwirklichen und sich dabei ihrer Gegnerschaft bewusst sind.

Die Parteien versuchen, die Kontrolle über knappe Mittel oder über bestimmte Positionen zu gewinnen. Folgende Konflikte sind denkbar:

- Bei einem **Zielkonflikt** streitet man über das richtige Ziel. Häufige Ursachen für Zielkonflikte sind mangelnde Absprache und mangelnde Koordination sowie ein in sich nicht logisches oder konsistentes Zielsystem der Unternehmung.

  Beispiel: *Ein typischer Zielkonflikt kann zwischen Vertrieb und Fertigung entstehen. Während der Vertrieb sich eine möglichst schnelle Durchlaufzeit und die damit verbundene kurze Lieferzeit für die Kunden wünscht, besteht die Produktion auf einer Auslastung der Kapazitäten, um die Kosten zu senken. Das verhindert aber kurze Durchlaufzeiten.*

- Ein **Bewertungskonflikt** liegt vor, wenn verschiedene Parteien die Effektivität oder die Wirkung verschiedener Methoden zur Zielerreichung unterschiedlich bewerten. Die Tatsache, dass bestimmte Ergebnisse erwartet werden können, wird nicht in Frage gestellt.

  Beispiel: *Betriebsrat und Geschäftsführung sind sich darüber einig, dass zur Leistungssteigerung in der Produktion ein Leistungslohn eingeführt werden soll. Der Betriebsrat ist für den Prämienlohn, die Geschäftsleitung will aber den Akkordlohn einführen.*

- Ein **Verteilungskonflikt** liegt vor, wenn beide Parteien die Vorteile (oder die Vermeidung der Nachteile) und die Wahrscheinlichkeit des Eintretens einer bestimmten Situation gleich einschätzen. Beide wissen jedoch, dass nur eine Partei in den Genuss des Nutzens kommen kann. Letztlich kann eine Partei ihr Ziel nur auf Kosten der anderen Partei erreichen. Man spricht deshalb auch von einem Nullsummenspiel: Der Vorteil der einen Partei entspricht dem Nachteil der anderen Partei.

  Beispiel: *Ein Unternehmen aus München will einen neuen Standort in Leipzig eröffnen und einen Teil der Vertriebsabteilung dorthin verlegen. Alle Mitarbeiter wollen in München bleiben, wissen aber, dass nur die Hälfte bleiben kann.*

- Bei einem **Beziehungskonflikt** erleben die Beteiligten störende zwischenmenschliche Spannungen in der Zusammenarbeit. Ursachen für Beziehungskonflikte sind Vorurteile, Antipathie aufgrund bestimmter persönlicher Merkmale sowie vorausgegangene andere Konflikte.

  Beispiel: *In einer Abteilung gibt es einen jungen dynamischen Mitarbeiter, der die zu erledigenden Dinge rasch abarbeitet. Dabei unterlaufen ihm regelmäßig Fehler aufgrund der mangelnden Erfahrung. Dafür wird er von einem älteren Mitarbeiter gerügt, der zwar nicht so schnell arbeitet, dafür gründlich und aufgrund seiner Erfahrung fehlerfrei. Zwischen beiden entstehen ständig Reibereien.*

Wenn Konflikte nicht gelöst werden, hat das verschiedene, mitunter schwerwiegende Konsequenzen:

- Ein **intergruppaler Konflikt** zwischen zwei Gruppen führt im Allgemeinen dazu, dass der Zusammenhalt innerhalb der Gruppe wächst. Die Bereitschaft, einen autoritären Führungsstil zu akzeptieren, nimmt zu. Kontakte innerhalb der Gruppe werden zu Lasten der Außenkontakte intensiviert, die Gruppe schließt sich enger zusammen und entwickelt eine „Bunkermentalität". Es kommt schlimmstenfalls zu Grabenkriegen mit der anderen Gruppe, was für das ganze Unternehmen schädlich ist.

- Ein **interpersoneller Konflikt** beschädigt vor allem das Klima und das Arbeitsergebnis der Gruppe. Minderleistungen, Unzufriedenheit und schlechte Stimmung im Team sind die Folge. Es kommt zu ansteigenden Krankenständen einzelner Mitarbeiter, offenen Zornausbrüchen, bei lang anhaltenden, schwelenden Konflikten sogar zu inneren oder tatsächlichen Kündigungen.

Konflikte gehören dazu, wenn unterschiedliche Menschen miteinander arbeiten müssen. Sicherlich werden Konflikte von den betroffenen Parteien als unangenehm empfunden, aber jede Auseinandersetzung, wenn sie richtig geführt wird, trägt die Chance in sich, dass sich die Verhältnisse verbessern oder dass sogar kreative Lösungen herauskommen. Dazu gehört es, die Ansichten und Denkweisen der anderen Person oder Gruppe kennenzulernen und die eigenen Positionen zu überdenken. Der Konflikt kann aber nur dann zu positiven Lösungen führen, wenn es eine Kultur der Auseinandersetzung gibt und diese bei Streitigkeiten berücksichtigt wird. Führungskräfte sollten das in der Gruppe oder zwischen Gruppen bestehende Konfliktpotenzial schon in den Anfängen erkennen und ggf. ansprechen.

Zur Konfliktvermeidung können folgende Maßnahmen bzw. Verhaltensweisen dienen:

- Das Unternehmen entwickelt einen Verhaltenskodex, in dem bestimmte Verhaltensweisen gefordert oder untersagt sind.
- Mitarbeiter sollten nicht – und schon gar nicht vor Kollegen – miteinander verglichen werden.
- Die Mitarbeiter sollten in Entscheidungsfindungen einbezogen werden.
- Die Führungskraft sollte sich stets gesprächsbereit zeigen.
- Aufgabenbereiche müssen klar definiert und voneinander erkennbar abgegrenzt werden.
- Abläufe sollten möglichst störungsfrei organisiert werden.
- Alle Mitarbeiter sollten immer ausreichend informiert werden.
- Positive und negative Rückmeldungen sollten immer angemessen sein.
- Jeder Mitarbeiter sollte an der richtigen Stelle arbeiten. Dazu sind die Aufgaben der Stelle mit den Fähigkeiten und Interessen des sie ausführenden Mitarbeiters aufeinander abzustimmen.
- Interpersonale und intergruppale Konflikte können durch folgende Verhaltensweisen des Vorgesetzten oder der Unternehmensleitung vermieden oder gering gehalten werden.
- Einzelne Gruppen und Mitarbeiter nehmen an Schulungen teil, in denen sie lernen, mit Konflikten umzugehen. Dazu gehören z. B. folgende Verhaltensweisen:
  - Jeder Mitarbeiter hat das Recht auf eine eigene Meinung und darf diese vortragen.
  - Wertschätzende Aussagen über Kollegen sind willkommen.
  - Die Gruppenmitglieder lassen sich gegenseitig aussprechen.
  - Störungen in der Kommunikation werden sofort behoben. Sie haben Vorrang.
  - Kritik ist wichtig, sogar erwünscht, muss aber sachlich und konstruktiv geäußert werden!

2.4.2.4 Gruppenbezogener Führungsstil

Grundlage dieses im Prinzip kooperativen Führungsstils ist die Bereitschaft des Vorgesetzten, offen auf seine Gruppe zuzugehen, gesprächsbereit zu sein und die Gruppe in Entscheidungen einzubinden. Darüber hinaus betrachtet der Vorgesetzte jeden Mitarbeiter in der Gruppe und stellt dessen Stärken und Schwächen fest. Seine Aufgabe ist es, die Persönlichkeit und die Kompetenzen eines jeden Mitglieds in die Arbeitsgruppe zu integrieren. Dazu wird jeder Mitarbeiter entsprechend seinem Verhalten und seinem Ansehen in der Gruppe behandelt. Folgende, an der jeweiligen Rolle orientierten Verhaltensweisen der Führungskraft bieten sich dabei an:

- **Neulinge und Außenseiter** haben zumeist Ängste, die abgebaut werden müssen. Sie werden vorsichtig an die Gruppe herangeführt und bekommen das Angebot von Hilfen zum Einstieg. Dies kann z. B. erfolgen, indem ein Gruppenmitglied die Rolle des Mentors und Begleiters übernimmt.
- **Leistungsschwache Mitarbeiter** sollten durch gezieltes Aktivieren ihrer Ressourcen und klar definierte, stetig zu steigernde Ziele aktiviert werden. Erfolgserlebnisse werden besonders betont.
- **Leistungsstarke Mitglieder** können durch die Übertragung von Kompetenzen und Verantwortung weiter motiviert werden.
- **Opponenten und Clowns** testen ihre Grenzen aus und sollen diese auch deutlich gezeigt bekommen. Hier sind klare und deutliche Anweisungen notwendig. Insbesondere durch Opponenten kann die Autorität des Vorgesetzten untergraben werden. Deshalb muss ihr Verhalten durch gütige Strenge und klare Leistungsziele gebremst werden.
- **Vorsichtige und problembeladene** Gruppenmitglieder sollten ermuntert werden, ihnen ist mit Verständnis und Anteilnahme zu begegnen. Sie brauchen gelegentlich einen Zuhörer, der für ihre Probleme Verständnis zeigt. Hier ist die Empathie der Führungskraft gefragt.

Wiederholungsfragen zu Kapitel 2.4

1. *Was versteht man unter einer Gruppe?*
2. *Nennen Sie vier Merkmale einer Gruppe.*
3. *Nennen Sie die vier Phasen, die bei einer Gruppenbildung durchlaufen werden.*
4. *Durch welche verschiedenen Merkmale ist eine Gruppenstruktur gekennzeichnet?*
5. *Was versteht man unter einer Rolle innerhalb einer Gruppe?*
6. *Schildern Sie vier typische Rollen, die Personen innerhalb einer Gruppe innehaben.*
7. *Was kennzeichnet einen gruppendynamischen Prozess?*
8. *Wodurch ist ein Gruppendenken gekennzeichnet?*
9. *Was ist Gruppenzwang und was passiert dabei mit den einzelnen Gruppenmitgliedern?*
10. *Was ist ein Gruppenkonflikt?*
11. *Nennen Sie drei Arten von Gruppenkonflikten.*
12. *Geben Sie ein Beispiel für einen Bewertungskonflikt zwischen zwei Gruppen.*
13. *Wie kann eine Führungskraft gruppenbezogen führen?*

2.5 Personalplanung

Die Personalplanung ist ein integraler Teil der Unternehmensplanung. Diese wird – wie bereits zum Thema Planung ausgeführt – nicht nur von betrieblichen Faktoren bestimmt, sondern auch von zahlreichen externen Entwicklungen, unter denen die Konjunktur einen hohen Stellenwert einnimmt.

Ziel der Personalplanung ist es, das für das Unternehmen zu festgelegten Zeitpunkten erforderliche Personal nach Anzahl und Qualität bereitzustellen und es möglichst ökonomisch einzusetzen.

Die Personalplanung steht dabei immer wieder vor dem Zielkonflikt, auf der einen Seite die Kosten des Personals zu minimieren, andererseits Personalengpässe stets zu vermeiden.

Die obige Zieldefinition gibt bereits die Trennung in die quantitative und die qualitative Personalplanung vor. Es sind grundsätzlich folgende Bereiche der Personalplanung zu unterscheiden:

Teilbereiche der Personalplanung

- Die **Personalbedarfsplanung** stellt fest, wie viele Mitarbeiter mit welcher spezifischen Qualifikation zu welchem Zeitpunkt und an welcher Stelle eines Unternehmens gebraucht werden.
- Die **Personalbeschaffungsplanung** legt fest, in welcher Weise das erforderliche Personal definiert, umworben und ausgewählt wird.
- Die **Personaleinsatzplanung** legt fest, wie die vorhandenen Mitarbeiter möglichst optimal eingesetzt werden können. Dazu zählt z. B. in einem Kaufhaus die an der Kundenfrequenz orientierte Besetzung mit Verkäufern.
- Die **Personalanpassungsplanung** hat die Aufgabe, festzulegen, wie ein überschüssiges Potenzial an Mitarbeitern unter Vermeidung von sozialen Härten abgebaut bzw. angepasst werden kann.
- Die **Personalentwicklungsplanung** hat die Aufgabe, für die vorhandenen Mitarbeiter Perspektiven für deren berufliche Entwicklung im Unternehmen zu suchen und dazu ggf. systematisch angemessene Weiterbildungsmaßnahmen zu entwickeln oder zu veranlassen.
- Die **Personalkostenplanung** ist dafür zuständig, die gesamten Personalkosten unter Berücksichtigung der Bruttoentgelte und der Personalnebenkosten zu ermitteln.

Diese planenden Tätigkeiten des Personalwesens greifen mehr oder weniger ineinander und ergänzen sich. Insbesondere größere Unternehmen sind ohne eine umfassende und wirkungsvolle Personalplanung nicht mehr denkbar. Selbst in einem Handwerksbetrieb können Teilbereiche der Personalplanung bereits sinnvoll einsetzbar sein, z. B. die Personalbedarfs- und die Personaleinsatzplanung.

Voraussetzung für eine umfassende Personalplanung ist jedoch eine detaillierte Planung der anderen Teilbereiche des Unternehmens. Dazu gehören mindestens der Absatz- und der Produktionsplan sowie der Investitionsplan; aber auch die Budgets der einzelnen Abteilungen sind von Bedeutung.

Bei den **Fristen der Personalplanung** wird unterschieden in

- einen kurzfristigen Zeitraum bis zu einem Jahr **(operative Planung)**,
- einen mittelfristigen Zeitraum, der bis zu drei Jahre umfassen kann **(taktische Planung)**,
- einen langfristigen Zeitraum, der bis zu fünf Jahre umfasst **(strategische Planung)**.

Diese Einteilung ist aber immer von der Größe und dem Leistungsprogramm des Unternehmens abhängig. Je größer der Planungszeitraum ist, umso unsicherer wird die Planung.

Gleichwohl gibt es eine Reihe von Anlässen, die es notwendig machen, sich über die langfristige Entwicklung Gedanken zu machen.

Beispiel: *Gegenwärtig dürfte das Personalwesen in Großunternehmen sich im langfristigen Bereich vor allem Gedanken über die demografische Entwicklung machen. Ihnen ist die damit verbundene Problematik bewusst, dass einerseits wichtiges Know-how und Erfahrung die Unternehmen in Gestalt der älteren Arbeitnehmer verlässt, gleichzeitig aber vor allem in den Disziplinen Ingenieurwissenschaften, Mathematik, Physik, Chemie und Informatik zu wenig wissenschaftlich ausgebildetes Personal nachrückt. Gleichzeitig geht auch die Anzahl der Bewerber für Ausbildungsplätze dramatisch zurück und ein großer Teil der Schulabgänger ist für klassische Ausbildungsberufe aufgrund fehlender Kenntnisse in den Fächern Deutsch und Mathematik nicht einsetzbar.*

Der Personalbedarf eines Unternehmens ist die Gesamtheit des Personals, das zur Wahrnehmung aller Aufgaben benötigt wird (Brutto-Personalbedarf). Der genaue Personalbedarf lässt sich als Stellenbedarf für einen bestimmten Zeitpunkt bzw. als Mengenbedarf (z. B. Mitarbeiter-Monate) für einen Zeitraum oder für eine bestimmte Aufgabe feststellen.

Folgende Personalbedarfsarten lassen sich unterscheiden:

- Der **Personaleinsatzbedarf** ist die Summe der Mitarbeiter, die zu einem bestimmten Zeitpunkt oder in einem bestimmten Zeitraum für das Erreichen der Unternehmensziele zur Verfügung gestellt werden muss.
- Ein **Personalreservebedarf** entsteht regelmäßig wegen der unvermeidlichen und vermeidlichen Ausfälle wie Krankheit, Unfall und sonstiger Fehlzeiten, wie z. B. Personalentwicklungszeiten.
- Der **Bruttopersonalbedarf** setzt sich aus dem Personaleinsatzbedarf und dem Personalreservebedarf zusammen.
- Ein **Personalersatzbedarf** entsteht durch Veränderungen im Ist-Bestand durch Abgänge wegen Pensionierung, Kündigung, Tod, etc.
- Ein **Personalneubedarf** liegt vor, wenn der zukünftige Bestand höher sein soll als der gegenwärtige Personalbestand. Dies wird notwendig durch die Erhöhung des Outputs, durch organisatorische Änderungen oder durch die Einführung neuer Arbeitsmittel.
- Der **Nettopersonalbedarf** ergibt sich aus der Summe von Personalersatzbedarf und Personalneubedarf.
- Ein **Personalfreisetzungsbedarf** tritt immer dann auf, wenn der gegenwärtige Bestand größer ist als der Soll-Bestand, d. h. wenn Personal abgebaut werden muss.

Durch den Vergleich von Soll- und Ist-Personalbestand ergibt sich
- eine ausreichende Deckung,
- eine Überdeckung oder
- eine Unterdeckung.

Bei einer Unterdeckung müssen Maßnahmen zur Personalbeschaffung, bei Überdeckung Maßnahmen zur Personalfreisetzung ergriffen werden.

2.5.1 Quantitative Personalbedarfsplanung

Das Ziel der quantitativen Personalbedarfsplanung ist die Berechnung der Menge an Arbeitskräften nach den benötigten Kategorien, die zu bestimmten Zeitpunkten vorhanden sein muss, um die geplante Leistung des Unternehmens realisieren zu können.

Zu diesem Zweck müssen entweder die Arbeitsmengen (Produkte, Arbeitsvorgänge und Arbeitsschritte), die durch Arbeitszeit gemessen werden können, ermittelt werden, oder aber die Stellen, die für erwartete, aber gegenwärtig noch ungewisse Arbeitsmengen bereitgehalten werden müssen.

Die quantitative Personalbedarfsplanung läuft im Prinzip nach folgendem Schema ab:

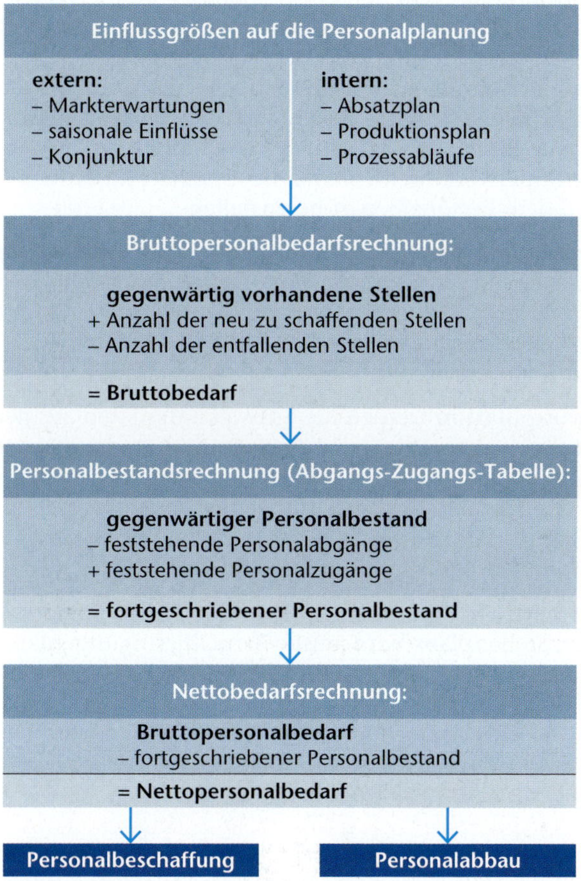

2.5.1.1 Methoden zur Ermittlung des Bruttopersonalbedarfs

- **Schätzverfahren** sind nicht wissenschaftlich, aber in der betrieblichen Praxis, vor allem in Klein- und Mittelbetrieben, weit verbreitet. Beim einfache Schätzverfahren schätzen die Führungskräfte anhand ihrer Erfahrungen, ihres Wissens aus der Vergangenheit und aus ihrer Einschätzung der zukünftigen Entwicklung die geplanten Zahlen für die Zukunft. Beim verfeinerten Schätzverfahren wird eine Gesprächsrunde angesetzt, an der alle Führungskräfte teilnehmen. Zusätzlich können Führungskräfte und Experten befragt werden, die nicht direkt zur Linie gehören.

- Die **Delphi-Methode** basiert letztlich auch auf Schätzungen, ist aber wesentlich differenzierter und bringt genauere Ergebnisse. Es handelt sich um eine Expertenbefragung, bei der die Führungskräfte anhand eines standardisierten und systematisch aufgebauten Fragebogens zur Abgabe einer Schätzung des zukünftigen Personalbedarfs befragt werden. Diese Schätzungen werden ausgewertet, verdichtet und mit zusätzlichen Informationen an die Führungskräfte zurückgegeben, die dann eine erneute, vermutlich genauere Schätzung vornehmen.
- Die **Kennzahlenmethode** stellt den Personalbedarf in einen direkten Bezug zur konkreten Arbeitsmenge aufgrund der Auftrags- und Produktionslage. Dazu muss je nach Bereich und Stellenkategorie eine geeignete Bezugsgröße gefunden und eine einfache Kennzahl formuliert werden. Eine gebräuchliche Kennzahl ist die Produktivität der Arbeit. Dabei wird eine bestimmte Erfolgsgröße, z. B. der Umsatz oder Produktionsstückzahlen, in eine Beziehung zur Zahl der Beschäftigten oder der Arbeitszeit gesetzt. Durch das Kennzahlenverfahren ist es einfach, einen Zusammenhang zwischen der Bezugsgröße und dem Personalbedarf herzustellen.

  Beispiel: *Bei einem Industrieunternehmen beträgt der Anteil der Personalkosten der Vertriebsmitarbeiter am Umsatz 6 %. Ist für das Folgejahr eine Umsatzausweitung von 1,5 Mio. EUR geplant, würde das eine Erhöhung des Personalbudgets im Vertrieb von 90.000,00 EUR bedeuten. Angenommen, ein Vertriebsmitarbeiter kostet durchschnittlich 45.000,00 EUR, so könnte man zwei zusätzliche neue Stellen schaffen.*

- Bei der **Trendextrapolation** werden die Entwicklungsdaten aus der Vergangenheit in die Zukunft fortgeschrieben. Wenn die abgelaufene Zeitperiode nach Möglichkeit lang und betrieblich stabil war, dann ist dieses Verfahren von großer Sicherheit. Voraussetzung ist jedoch, dass sich die Verhältnisse der Vergangenheit auch in der Zukunft nicht ändern. Allerdings müssen zur höheren Genauigkeit auch Einflussfaktoren wie die tarifliche Arbeitszeit berücksichtigt werden.
- Die **Stellenplanmethode** wird häufig in Verwaltungsbereichen angewendet. Anhand des bestehenden Stellenplans wird unter Berücksichtigung zukünftiger zusätzlicher Aufgaben ermittelt, ob ein zusätzlicher Personalbedarf oder ein Personalüberhang besteht.

2.5.1.2 Ermittlung des Personalbestands

Nachdem der Bruttopersonalbedarf feststeht, muss der voraussichtliche künftige Personalbestand unter Berücksichtigung der bekannten Veränderungen ermittelt werden. Die Zahlen des künftigen Personalbestands sind in der Regel geringer als der aktuelle Bestand, da es zu natürlichen Abgängen durch Renteneintritte, Mutterschaft oder Kündigungen durch Arbeitnehmer kommen kann. Andererseits müssen feststehende Zugänge wie die Übernahme von Auszubildenden oder die Rückkehr aus einem Erziehungsurlaub berücksichtigt werden. Wichtiges Instrument für die Ermittlung des voraussichtlichen zukünftigen Personalbestands ist die Abgangs-Zugangs-Tabelle. Sie ist wie folgt aufgebaut:

Abgangs-/Zugangs-Tabelle		Abteilung:		
		Januar 201..	Februar 201..	März 201..
01	**Bestand am Anfang der Periode**			
	– geplante (feststehende) Abgänge			
02	Rente			
03	Bundeswehr/Soziales Jahr			
04	Beförderung innerhalb der Abteilung			
05	Versetzung in eine andere Abteilung			
06	Ausbildung, Fortbildung, Studium			
07	Entlassung durch den Betrieb, Zeitverträge			
08	Krankheit			
09	Kündigung durch Arbeitnehmer			
10	Mutterschutz, Elternzeit			
11	Sonstige Abgänge			
12	**Summe der Abgänge (2–11)**			
13	**Bestand nach Abgängen (1–12)**			
	+ geplante (feststehende) Zugänge			
14	Rückkehr aus Bundeswehr oder Sozialem Jahr			
15	Beförderung innerhalb der Abteilung			
16	Versetzung in die Abteilung			
17	Rückkehr aus Ausbildung, Studium etc.			
18	Übernahme aus Ausbildungsverhältnis			
19	Rückkehr aus Mutterschutz bzw. Elternzeit			
20	Sonstige Zugänge (Einstellungen)			
21	**Summe der Zugänge (14–20)**			
22	**Personalbestand Ende der Periode (13 + 21)**			

2.5.1.3 Nettobedarfsrechnung/Abgleich

Wenn der künftige voraussichtliche Personalbestand und der errechnete Bruttopersonalbestand gegenübergestellt werden, entsteht der Nettopersonalbestand. Aus diesem werden entweder ein Personalüberhang oder ein Personalbedarf sichtbar. Wird anhand des

Nettopersonalbestands eines von beiden festgestellt, führt das zu weiterem Handlungsbedarf.

Beispiel: Personalbedarfsplanung für die Produktion eines Industrieunternehmens	
Ausgangsdaten für die Planung	
geplante Produktionsmenge	*500.000 Stück*
geplante ∅ Fertigungszeit je Stück	*15 Minuten*
∅ Mitarbeiterzahl aktuelles Jahr	*74 MA*
∅ tägliche Arbeitszeit	*7,5 Std.*
Feiertage	*11 Tage*
Urlaub	*30 Tage*
∅ Krankheitstage je Mitarbeiter	*10 Tage*
∅ zusätzliche Fehlzeiten (Weiterbildung, Sonderurlaub, etc.)	*5 Tage*

Planung des Personaleinsatzbedarfs	
Bruttoproduktionszeit 500.000 Stück × 0,25 Stunden	*125.000 Std*
geteilt durch Soll-Arbeitsstunden/Mitarbeiter *365 – 104 Tage (Sa./So.) – 11 Feiertage – 30 Urlaubstage = 220 · 7,5*	*1.650 Std.*
= Personaleinsatzbedarf	*75,75 MA*

Planung des Personalreservebedarfs	
Krankheitstage	*10 Tage*
+ zusätzliche Fehlzeiten	*5 Tage*
= weitere Abwesenheit gesamt	*15 Tage*
Reservebedarf 15 ÷ 220 · 100	*6,8 %*

Ermittlung des Bruttopersonalbedarfs	
Personaleinsatzbedarf	*75,75 MA*
Reservebedarf = 75,75 · 6,8 %	*5,15 MA*
= Bruttopersonalbedarf	*80,90 MA*
Ermittlung des Nettopersonalbedarfs	
Bruttopersonalbedarf	*81 MA*
– gegenwärtiger ∅ Personalbestand	*74 MA*
= Nettopersonalbedarf (noch einzustellende Mitarbeiter)	*7 MA*

Folgende Instrumente dienen als Hilfsmittel der quantitativen Personalplanung und der Personaleinsatzplanung:

- Im **Stellenplan** sind alle Stellen aufgeführt, gleichgütig ob sie besetzt sind oder nicht. Damit hat der Stellenplan immer einen Soll-Charakter. Im Gegensatz zum Organigramm, das häufig nur Abteilungen und deren Leitungen ausweist, enthält der Stellenplan jede Stelle und damit auch den Bedarf an Personal, der für die Erfüllung der Aufgaben benötigt wird. Dargestellt wird der Stellenplan entweder als erweitertes Organigramm oder als Liste.
- Der **Stellenbesetzungsplan** hat den Stellenplan als Grundlage. Hier werden nur die tatsächlich besetzten Stellen als Ist-Situation dargestellt und mit den Mitarbeitern genannt, die die Stelle aktuell besetzen. Eine Differenz zwischen dem Stellenplan und dem Stellenbesetzungsplan zeigt einen Personalüberhang oder einen Personalbeschaffungsbedarf an.
- Die **Personalstatistik** sammelt alle Informationen über das vorhandene Personal und wertet diese unter bestimmten Gesichtspunkten aus. Dazu gehören u. a. die Altersstruktur, die Qualifikationsstruktur, die Fehlzeitenquote, die Fluktuationsrate und die Entwicklung der Personalkosten.

2.5.2 Qualitative Personalbedarfsplanung

Das Ziel der qualitativen Personalbedarfsplanung ist die Ermittlung der fachlichen und persönlichen Eigenschaften, über welche die Mitarbeiter in der Zukunft verfügen müssen, um das geplante Leistungsprogramm des Unternehmens erfolgreich realisieren zu können.

Zu diesem Zweck befasst sich die qualitative Personalbedarfsplanung mit der Ableitung von Anforderungen an Kenntnisse, Fähigkeiten und Verhaltensweisen aus den geplanten Aufgaben.

Die Erfassung des qualitativen Personalbedarfs ist Voraussetzung für erfolgreiche Personalentwicklungsmaßnahmen. Dieser Themenbereich wird im Kapitel 3 behandelt.

Die Bestimmung der Anforderungen in Form von Anforderungsprofilen kann erfolgen über:

- die **Gliederung nach Berufsbildern**, z. B. Elektroniker, Bankkaufmann, Feinmechaniker
- die **Gliederung nach Berufsgruppen**, z. B. gewerbliche Arbeitnehmer, technische Angestellte und kaufmännische Angestellte, Auszubildende
- die **Gliederung nach Qualifikationsgruppen**, z. B. Facharbeiterausbildung mit Berufserfahrung, Hochschulausbildung ohne Berufserfahrung, Industriemeisterausbildung mit Betriebserfahrung
- die **Gliederung nach Tätigkeiten**, z. B. Einkaufen, Handeln mit Wertpapieren, Verwalten, Hilfsarbeiten, kreative Tätigkeiten, repetitive Verwaltungsarbeiten
- die **Gliederung nach der hierarchischen Ebene**, z. B. Führungstätigkeiten der oberen, mittleren und unteren Ebene, ausführende Tätigkeiten

Folgende **Hilfsmittel** werden als Instrumente der qualitativen Personalplanung eingesetzt:

- Die **Stellenbeschreibung** enthält alle wesentlichen Beschreibungsmerkmale einer Stelle. Dazu gehören im Wesentlichen: Ziel der Stelle, Aufgaben, Kompetenzen, organisatorische Einordnung, Über- und Unterstellung, Vertretungsregelungen und das Anforderungsprofil für den ausführenden Stelleninhaber. Die Stellenbeschreibung wurde ausführlich im Kapitel 1.3.2.1 beschrieben.
- Der **Laufbahnplan** enthält alle Positionen, die ein Mitarbeiter im Laufe der Zeit in einem Unternehmen durchlaufen soll, um in der Hierarchie nach oben zu kommen. Er bezieht sich immer auf konkrete Personen.
- Der **Nachfolgeplan** ist das Gegenstück zum Laufbahnplan. Er macht stellenbezogene Angaben über die Personen, die in der Zukunft eine frei werdende Stelle besetzen sollen.

Das **Anforderungsprofil** ist das zentrale Instrument der qualitativen Personalbedarfsplanung. Hier werden alle Fähigkeiten, Fertigkeiten und ggf. auch Belastungen zusammengefasst, denen ein Stelleninhaber gerecht werden muss. Anforderungsprofile sind immer auf die Stelle bezogen und nicht auf die Person, die sie ausfüllt. Anforderungsprofile sind einerseits einfacher zu erstellen als Stellenbeschreibungen und können auch dort eingesetzt werden, wo keine Stellenbeschreibungen existieren. Ein Anforderungsprofil enthält für jeden Arbeitsplatz die typischen Arbeitsanforderungen nach Art und Ausprägungsgrad. Das Anforderungsprofil ist quasi das Gegenstück zum personenbezogenen Qualifikationsprofil eines Stelleninhabers oder eines Bewerbers um eine Stelle. Während das Anforderungsprofil aufzeigt, was eine Stelle an Anforderungen von einem Stelleninhaber verlangt bzw. fordert (Soll-Qualifikation), zeigt das Qualifikationsprofil auf, was der Stelleninhaber oder ein Bewerber an Fähigkeiten mitbringt (Ist-Qualifikation). Legt man beide Profile übereinander, erhält man die Defizite und die Überqualifikationen des Stelleninhabers.

Die Anforderungen einer Stelle können in absolut notwendige (Muss-Anforderungen) und wünschenswerte Merkmale (Soll- und Kann-Anforderungen) untergliedert werden.

- **Notwendige Anforderungen** sind Kriterien, die vom Stelleninhaber unbedingt erfüllt sein müssen, wenn er den Arbeitsplatz überhaupt ausfüllen möchte, z. B. der Lkw-Führerschein eines Kraftfahrers oder die Englischkenntnisse einer Chefsekretärin.
- **Wünschenswerte Anforderungen** sind Fähigkeiten des Stelleninhabers, die für den Arbeitsplatz auch typisch sind, die jedoch mit unterschiedlichen Ausprägungsgraden erfüllt werden.

Je nach Aufgabenstellung und Zielsetzung des Arbeitsplatzes kann zwischen verschiedenen Anforderungsmerkmalen ausgewählt werden:

Merkmalsgruppen für Anforderungsprofile

- **Allgemeine Anforderungen** stellen auf persönliche Eigenschaften von Mitarbeitern ab, z. B. Freundlichkeit, Sauberkeit oder Pünktlichkeit.
- **Kenntnismerkmale** beschreiben Anforderungen an die schulische und berufliche Ausbildung, an das notwendige Fachwissen und Fachkönnen sowie die verlangte Berufserfahrung, z. B. DV-Kenntnisse, Sprachen, Kenntnisse des Steuer- bzw. Arbeitsrechts oder Steuerungstechnik.

- **Geistige Anforderungen** beinhalten die an die Intelligenz der Mitarbeiter gestellten Anforderungen, z. B. Auffassungsgabe, Abstraktionsvermögen oder logisches Denken.
- **Verhaltensmerkmale** können sowohl in Bezug auf das Arbeits- als auch auf das Sozialverhalten festgelegt werden, z. B. Konzentrationsfähigkeit, Teamfähigkeit oder Kommunikationsverhalten.
- **Körperliche Anforderungen** berücksichtigen alle von der Arbeitsausführung und Arbeitsumgebung ausgehenden Belastungen. Sie werden vorwiegend im gewerblichen Bereich benötigt, z. B. Ausdauer, Feinmotorik oder Toleranz gegenüber Umgebungseinflüssen (Hitze, Lautstärke).
- **Vorgesetzteneigenschaften** legen die an Führungskräfte zu stellenden Anforderungen fest, z. B. Delegations- oder Kritikfähigkeit.

Anforderungsprofil: Bilanzbuchhalter	gering			mittel			hoch		
	1	2	3	4	5	6	7	8	9
Berufs- und Weiterbildung						x			
Kenntnisse Steuer- und Handelsrecht									x
Kenntnisse Kostenrechnung								x	
Sprachkenntnisse Englisch				x					
EDV-Kenntnisse						x			
Branchenerfahrung		x							
Auffassungsgabe							x		
Analytisches Denkvermögen								x	
Phantasie		x							
Urteilsfähigkeit							x		
Sprachliche Ausdrucksfähigkeit					x				
Zuverlässigkeit								x	
Selbstständigkeit								x	
Teamfähigkeit						x			
Durchsetzungsvermögen					x				

Die Anfertigung von Anforderungsprofilen erfolgt durch die Personalentwicklung (Personalwesen) in Zusammenarbeit mit dem zuständigen Vorgesetzten und/oder dem Stelleninhaber selbst. Das Profil kann in den folgenden drei Schritten angefertigt werden:

1. **Schritt: Erhebung der Informationen**
   Die Informationen können in Form von Beobachtungen, Befragungen, Sichtung von Unterlagen, Zählungen, Messungen oder Systemanalysen erhoben werden.

2. **Schritt: Katalog der Merkmale**
   Auf Basis der Informationen wird der Katalog der aufzunehmenden Merkmale fixiert. Dabei werden alle notwendigen und die wesentlichen wünschenswerten Kriterien berücksichtigt.

3. **Schritt: Gewichtung der Kriterien**
   Es reicht nicht aus, die ausgewählten Merkmale zu nennen, sie müssen mit ihrem jeweiligen Ausprägungsgrad gewichtet werden. Nur durch die Festlegung der Ausprägung der einzelnen Merkmale wird der spätere Vergleich des Anforderungsprofils mit dem Qualifikationsprofil möglich.

Wiederholungsfragen zu Kapitel 2.5

1. *Welche Aufgabe hat die Personalplanung in einem Unternehmen?*
2. *Nennen Sie vier Teilbereiche der Personalplanung.*
3. *Unterscheiden Sie Brutto-Personalbedarf und Netto-Personalbedarf.*
4. *Welche internen und externen Faktoren wirken auf den quantitativen Personalbedarf ein?*
5. *Nennen Sie drei übliche Verfahren zur Ermittlung des Bruttopersonalbedarfs.*
6. *Wie ist eine Abgangs-Zugangstabelle aufgebaut?*
7. *Welche Hilfsmittel stehen der quantitativen Personalbedarfsplanung zur Verfügung?*
8. *Was ist das Ziel einer qualitativen Personalbedarfsplanung?*
9. *Was ist ein Anforderungsprofil?*
10. *Nennen Sie drei Merkmalsgruppen eines Anforderungsprofils.*

2.6 Personalbeschaffung und -auswahl

Die Personalbeschaffung hat die Aufgabe, den im Rahmen der Personalplanung ermittelten Personalbedarf dem Unternehmen zum richtigen Zeitpunkt und in der richtigen Qualifikation möglichst kostengünstig zur Verfügung zu stellen.

Die Personalbeschaffung – in manchen Unternehmen auch als Recruiting bezeichnet – steht dabei vor einer mitunter schwierigen Aufgabe. Ein Beispiel mag dies verdeutlichen:

Sachverhalt

Ein Unternehmen sucht einen neuen Gruppenleiter im Einkauf und wählt aus 50 Personen einen scheinbar geeigneten Bewerber aus. Die Personaleinstellungskosten betragen 8.000,00 EUR. Der neue Mitarbeiter, der monatliche Personalkosten von 5.000,00 EUR verursacht, stellt sich gegen Ende der sechsmonatigen Probezeit als Fehlgriff heraus. Inzwischen sind damit durch die Fehleinstellung 38.000,00 EUR Kosten verursacht, und das Unternehmen steht wieder am Anfang. Wenn dieses Unternehmen über ein Eigenkapital von 2,0 Mio. EUR verfügt so bedeutet diese Fehlentscheidung bereits eine Minderung der Eigenkapitalrendite von fast 2 %.

Diverse Untersuchungen und Befragungen von Personalleitern haben zutage gefördert, dass bei einer Fehlbesetzung eines normalen Angestellten mit Kosten zu rechnen sind, die zwischen 50 % und 75 % der Jahrespersonalkosten dieser Stelle ausmachen. Die Personalauswahl von Führungskräften ist wegen der dann häufig involvierten Personalberater weitaus teurer. Allein schon aus Kostengesichtspunkten erscheint es daher sinnvoll, bei der Suche und der Auswahl von neuen Mitarbeitern besonders sorgfältig vorzugehen.

Aber ein zweiter Grund sollte auch zu Denken geben. Aufstrebende Unternehmen wollen langfristig ihre Ziele erreichen und Märkte erobern. Dazu benötigen sie geeignete Mitarbeiter, die sich mit dem Unternehmen identifizieren, die loyal sind, die gewillt sind, ihr Know-how einzubringen und ihre Fähigkeiten langfristig zu verbessern.

Jedes Unternehmen muss sich vor einer Neueinstellung zwei Fragen beantworten:

- **Wo kann ich die Menschen finden, die ich brauche?** Die Beantwortung dieser Frage führt zu den internen und externen Beschaffungsmöglichkeiten und der Ansprache geeigneter Bewerber.
- **Wie wähle ich den für mich am besten geeigneten Mitarbeiter aus den Bewerbern aus?** Diese Frage richtet sich auf die richtige Personalauswahl und den sinnvollen Einsatz geeigneter Auswahlverfahren.

2.6.1 Personalbeschaffungsplanung

Bevor sich ein Unternehmen auf die Suche nach neuen Mitarbeitern macht, sollten folgende Fragen beantwortet sein:

- Wie viele Mitarbeiter werden benötigt?
  Quantitative Dimension: Anzahl der Mitarbeiter, Stellenumfang (halbe, ganze Stellen)
- Welche Qualifikationsanforderungen müssen die Bewerber mitbringen?
  Qualitative Dimension: Anforderungsprofile der Stellen
- Ab wann soll der neue Mitarbeiter anfangen und wie lange wird er benötigt?
  Zeitliche Dimension: Einstellungsdatum und Zeitdauer
- Wo soll der neue Mitarbeiter eingesetzt werden?
  Räumliche Dimension: Arbeitsplatz/Region/Betriebsteil

Vor der Suche nach neuen Mitarbeitern sollte natürlich geprüft werden, ob es sich wirklich um einen langfristig auftretenden Personalbedarf handelt. Ein kurzfristig auftretender Arbeitsmehrbedarf kann sehr gut durch Überstunden, Mehrarbeit oder Urlaubsverschiebungen gedeckt werden.

Jeder Personalabteilung stehen, je nach Größe des Unternehmens, verschiedene Quellen zur Verfügung.

Interne Personalbeschaffung	Externe Personalbeschaffung
	passiv
▪ interne Stellenausschreibung	▪ Bundesagentur für Arbeit
▪ Versetzung von Mitarbeitern	▪ private Arbeitsagenturen
▪ Umbesetzung von Mitarbeitern	▪ Auswertung von Initiativbewerbungen
▪ Ausbildung	▪ Nutzung des vorhandenen Bewerberpools
▪ Übernahme von Auszubildenden	▪ Durchforsten von Stellengesuchen
▪ Umwandlung von Teilzeit- in Vollzeitarbeitsverhältnisse	▪ Empfehlungen von Mitarbeitern, Kunden oder Lieferanten
▪ Umwandlung von befristeten in unbefristete Arbeitsverhältnisse	**aktiv** ▪ klassische Stellenanzeigen
▪ Übernahme von bisher beschäftigten Zeitarbeitnehmern	▪ Internet-Stellenportale
▪ gezielte Personalentwicklung	▪ Zeitarbeitsfirmen (Personal-Leasing)
	▪ Hochschulmarketing
	▪ Hinzuziehen von Personalberatern
	▪ Öffentlichkeitsarbeit
	▪ Abwerbung (über Headhunter)

Beurteilung der internen Personalbeschaffung	Beurteilung der externen Personalbeschaffung
Vorteile	**Vorteile**
▪ geringe zeitliche und finanzielle Aufwendungen der Personalauswahl	▪ Es gibt eine größere Auswahlmöglichkeit durch die Vielzahl an Bewerbern.
▪ geringes Risiko von Fehlbesetzungen, weil der Bewerber und seine Fähigkeiten bekannt sind	▪ Externe Bewerber bringen neues Wissen, neue Ideen und u. U. wertvolle Marktinformationen über Wettbewerber und Kunden mit.
▪ Der Bewerber kennt das Unternehmen, die Branche, die Prozesse und vielfach auch die Personen, wodurch eine schnelle Einarbeitung gewährleistet ist.	▪ Externe Bewerber haben bei Mitarbeitern und Vorgesetzten eine höhere Akzeptanz.

Beurteilung der internen Personalbeschaffung	Beurteilung der externen Personalbeschaffung
Nachteile ▪ Problem der Nachbesetzung ▪ „Betriebsblindheit" bei internen Bewerbern ▪ Demotivation nicht genommener Bewerber ▪ Unterstützung der Förderung nach dem „Senioritätsprinzip"	**Nachteile** ▪ hohe Personalbeschaffungskosten ▪ längere Einarbeitungszeiten durch mangelnde Kenntnis der Branche, des Betriebes und der Prozesse ▪ Risiko einer Fehlbesetzung oder Fluktuation des Bewerbers

Stellenanzeigen

Wirkungsvolle Stellenangebote im Internet oder in Tageszeitungen können helfen, dem Unternehmen eine bestimmte Menge von interessierten Bewerbern zuzuführen, aus denen dann ausgewählt werden kann. Dazu sind einige Dinge zu beachten:

Wahl des Mediums: Es versteht sich von selbst, dass junge Leute heute besser über das Internet angesprochen werden, weil viele keine Tageszeitung mehr lesen. Sachbearbeiter bis Gruppenleiter lassen sich gut in Internet-Jobbörsen und regionalen Tageszeitungen umwerben. Ab Abteilungsleitern aufwärts bieten sich jedoch überregionale Tageszeitungen (z. B. FAZ, Süddeutsche Zeitung, Handelsblatt) oder Fachzeitschriften an.

Inhalte: Die Stellenanzeige sollte so aufgebaut sein, dass ein Bewerber sich ein ausführliches Bild machen und entscheiden kann, ob er mit seiner Qualifikation für die Stelle geeignet ist oder nicht. Dazu gehört auch, dass das Unternehmen seinen Namen preisgibt. Stellenanzeigen unter Chiffre sind unseriös. Empfehlenswert ist folgender Aufbau:

Wir sind:	Informationen über das werbende Unternehmen mit: Firmenname, Branche, Größe, Anschrift, Position in der Branche
Wir haben:	Informationen über die freie Stelle mit: Grund der Stellenausschreibung, Beschreibung der Aufgaben, Verantwortung und Kompetenzen, Entwicklungsmöglichkeiten
Wir suchen:	Angabe der erforderlichen Voraussetzungen: Berufsausbildung, Anforderungen der Stelle lt. Stellenbeschreibung
Wir bieten:	Leistungen des Unternehmens: Arbeitszeit, Angaben zu Lohn und Gehalt
Wir erbitten:	Bewerbungsart und Unterlagen: Online-Bewerbung oder klassische Bewerbung mit gewünschten Unterlagen

Allgemeines Gleichbehandlungsgesetz: Nach dem im Jahr 2006 in Kraft getretenen AGG sollte die Stellenanzeige so formuliert sein, dass kein Tatbestand der Ungleichbehandlung in Bezug auf das Geschlecht, das Alter, den Gesundheitszustand oder die Staatsangehörigkeit erfüllt wird.

Beispiele: *Wir suchen einen männlichen Bewerber. Junge, dynamische Buchhalterin gesucht. Wir suchen einen deutschen Koch. usw.*

2.6.2 Personalauswahl

Nachdem durch die Aktivitäten der Personalbeschaffung erste Bewerbungen eingegangen sind, geht es im Rahmen der Personalauswahl darum, den oder die richtige BewerberIn auszusuchen. Der Auswahlprozess verläuft dabei etwa in folgenden Schritten:

Personalanforderung	Auslöser eines Bewerbungsverfahrens ist die Anforderung eines bzw. mehrerer Mitarbeiter durch die Abteilung, in der Personalbedarf besteht.
Stellenbeschreibung oder Anforderungsprofil	Diese beinhalten die erforderliche Berufsausbildung und Anforderungen der zu besetzenden Stelle.
Interne bzw. externe Personalwerbung	Einleitung des Bewerbungsverfahrens durch innerbetriebliche Stellenausschreibung bzw. durch Anzeigen in Tageszeitungen/Fachzeitschriften oder online, Auswertung von Anzeigen von Stellensuchenden oder Vermittlung durch die Agentur für Arbeit
Bewerbungseingang und 1. Vorauswahl	Eingegangene Bewerbungsunterlagen werden zunächst gesammelt und sodann in einer ersten Vorauswahl gesichtet. Ungeeignet erscheinende Bewerber erhalten sofort eine Absage.
Zusätzliche Informationsbeschaffung	Alle restlichen Bewerber erhalten eine Bestätigung, dass ihre Bewerbung eingegangen ist. Zudem erhalten sie einen einheitlichen Personalfragebogen mit der Bitte, diesen unverzüglich und wahrheitsgemäß auszufüllen und an das Unternehmen zurückzuschicken.
2. Vorauswahl Einladung zu Tests	Die Bewerbungsunterlagen und die Personalfragebogen der verbliebenen Bewerber werden analysiert und eine weitere Auswahl getroffen. Dieser Bewerberkreis wird zu einem Einstellungstest und/oder einem Assessment-Center eingeladen. Nicht berücksichtigte Bewerber erhalten eine Absage.
Tests und Assessment-Center	Die Bewerber nehmen an den Tests und/oder dem Assessment-Center teil. Leistungstests, Intelligenztests und Persönlichkeitstests geben ein genaueres Bild über die Bewerber. Die Ergebnisse werden gesammelt.
3. Vorauswahl Einladung zum Bewerbungsgespräch	Die Ergebnisse der Tests werden analysiert und weitere Bewerber in die engere Wahl genommen. Diese erhalten eine Einladung zum Vorstellungsgespräch.
Vorstellungsgespräch	Interviews durch Personal- und/oder Abteilungsleiter, ggf. mit externen Beratern
Entscheidung und Vorläufige Einstellung (Probezeit)	Das Unternehmen wählt den aus seiner Sicht am besten geeigneten Bewerber aus. Ggf. wird zur genaueren Klärung (z. B. über Gehaltsfragen) noch mit zwei oder drei Bewerbern ein zweites Gespräch geführt. Danach wird entschieden und dem ausgewählten Bewerber ein Arbeitsvertrag angeboten. Der Bewerber entscheidet, ob er den Vertrag annimmt. Über die geplante Einstellung muss der Betriebsrat unterrichtet werden.

Oberster Grundsatz der Personalauswahl muss sein, dass Bewerber streng nach der Übereinstimmung zwischen Anforderungsprofil und Qualifikationsprofil ausgesucht werden müssen.

2.6.2.1 Bewerbungseingang und 1. Vorauswahl

Die eingehenden Bewerbungen werden über einen gewissen Zeitraum je nach Dringlichkeit der Stellenbesetzung gesammelt und zunächst auf Mindestkriterien überprüft. Dazu gehören Vollständigkeit, Sauberkeit, Rechtschreibung und sachlicher Bezug zur Stelle. Alle Unterlagen, die nicht diesen Kriterien entsprechen, gehen zurück an die Absender. Das muss so sein, weil das Anschreiben zwar in das Eigentum des Unternehmens übergeht, aber die beigefügten Unterlagen (Zeugniskopien, Foto, Mappe) Eigentum des Bewerbers bleiben, wenn er abgelehnt wird.

Personalfragebogen

Die Abforderung eines Personalfragebogens ist sinnvoll. Zum einen kann das Unternehmen auf diese Weise besser zwischen den Bewerbern vergleichen, zum anderen können so die Daten des Bewerbers vervollständigt werden, weil im Fragebogen auch Informationen abgefragt werden können so die im Normalfall nicht in einer Bewerbung enthalten sind. Generell setzt ein Fragerecht des Arbeitgebers ein berechtigtes und schutzwürdiges Interesse voraus und besteht grundsätzlich nur zur Klärung aller für das konkrete Arbeitsverhältnis erforderlichen Tatsachen. Fragen, die darüber hinausgehen, sind unzulässig und verpflichten den Arbeitnehmer nicht zu wahrheitsgemäßer Beantwortung. So darf selbstverständlich nach Führerscheinen und Fremdsprachenkenntnissen gefragt werden, nicht aber nach einer Schwangerschaft, nach einer Behinderung, nach dem allgemeinen Gesundheitszustand, der Religionszugehörigkeit oder der Zugehörigkeit zu einer Partei oder Gewerkschaft.

Bewerbungsunterlagen

Bei der Analyse der Bewerbungen werden in drei Schritten das Bewerbungsschreiben, der Lebenslauf und die beigefügten Arbeitszeugnisse geprüft.

Um das **Anschreiben** zu analysieren, sollten folgende Fragen gestellt werden:

- Ist das Anschreiben logisch aufgebaut und klar gegliedert?
- Wird die Motivation für die Bewerbung deutlich?
- Ist der Grund für die Bewerbung glaubhaft und nachvollziehbar?
- Gibt es eine gezielte Auseinandersetzung mit dem Unternehmen?
- Wird die aktuelle Beschäftigung erwähnt?
- Ist die Sprache klar und verständlich?
- Hat der Bewerber sich für die Bewerbung angestrengt und sorgfältig gearbeitet?

Die **Lebenslauf** sollte formal klar und logisch gegliedert sein (persönliche Daten, Schul- und Berufsausbildung, beruflicher Werdegang, besondere Kenntnisse) und einen zeitlich richtigen Überblick über die persönliche und berufliche Entwicklung des Bewerbers geben. Dabei ist in Bezug auf die Zeitfolge, die Positionen und die Branchen zu prüfen, ob der Lebenslauf in seiner beruflichen Entwicklung auf die ausgeschriebene Stelle hin ausgerichtet ist und logisch dazu passt.

Beispiel: *Ein Einkäufer aus dem Bereich Einzelhandel Textilien passt schlecht zu einer Stelle eines Verkäufers in einem Industrieunternehmen, das Maschinenteile herstellt.*

Vorsicht ist stets bei Lücken von mehr als zwei Monaten geboten. Dahinter kann sich eine verschwiegene Arbeitslosigkeit (was an sich nicht schlimm ist), ein in der Probezeit abgebrochenes Arbeitsverhältnis oder – im schlimmsten Fall – die Verbüßung einer Haftstrafe verstecken. Zumindest mangelt es hier an Ehrlichkeit.

Die **Arbeitszeugnisse** sollen Informationen geben über die Dauer der Tätigkeit, die Stelle, die Aufgaben dieser Stelle, das Leistungsverhalten und das Sozialverhalten des Bewerbers sowie den Grund des Ausscheidens. Während die ersten drei Inhalte objektiv bestimmbar sind und keine unwahren Angaben enthalten dürfen, unterliegen die Aussagen zum Leistungsverhalten und zum Sozialverhalten verklausulierten Formulierungen und damit einer häufig nur von Insidern zu lesenden Zeugnissprache. Dazu gehört etwa die *Formulierungsskala zum Leistungsverhalten*:

Formulierung	Bedeutung
„Hat die ihr/ihm übertragenen Aufgaben...	
... stets zu unserer vollsten Zufriedenheit erledigt."	–1– sehr gut
... stets zu unserer vollen Zufriedenheit erledigt."	–2– gut
... zu unserer vollen Zufriedenheit erledigt."	–3– befriedigend
... zu unserer Zufriedenheit erledigt."	–4– ausreichend
„Hat sich bemüht, die ihr/ihm übertragenen Aufgaben zu unserer Zufriedenheit zu erledigen."	–5– mangelhaft

Eine weitere Kategorie sind sogenannte *„Spezialformulierungen"*. Diese können sowohl zum Leistungsverhalten als auch zum Sozialverhalten Aussagen machen:

Formulierung	Bedeutung
Er hat sich im Rahmen seiner Fähigkeiten eingesetzt.	Er hat getan, was er konnte, aber es ist nicht viel dabei herausgekommen.
Er hat alle Aufgaben ordnungsgemäß erledigt.	Er ist ein Bürokrat, der keine Initiative entwickelt.
Sie zeigte für ihre Arbeit Verständnis.	Sie war faul und hat nichts geleistet.
Durch seine Geselligkeit trug er sehr zum Betriebsklima bei.	Er neigt zu übertriebenem Alkoholgenuss.
Für die Belange der Belegschaft bewies er stets großes Einfühlungsvermögen.	Er suchte Sexkontakte bei Betriebsangehörigen.

Eine weiteres Mittel, um nicht direkt auf die Arbeit und das Sozialverhalten eingehen zu müssen, ist die „Methode des vielsagenden Verschweigens". Bestimmte, vor allem nichtssagende Merkmale wie etwa Pünktlichkeit und Korrektheit werden überbetont, aber über die wirklich substanziellen Leistungsmerkmale wie Fachkönnen, Kreativität und Teamfähigkeit wird nichts gesagt.

Das **Bewerberfoto** sollte sorgfältig hergestellt sein und nicht aus einem Automaten stammen. Die auf dem Foto abgebildete Kleidung sollte zu der Stelle passen. Ein Auszubildender, der sich im Businessanzug bewirbt passt genauso wenig wie ein Leiter des Finanzressorts, der sich im T-Shirt präsentiert.

2.6.2.2 Testverfahren

Testverfahren sind besonders bei größeren Unternehmen üblich, da sie die Personalabteilung in die Lage versetzen, eine größere Anzahl von Bewerbern ohne größeren Personalaufwand auf ihre Fähigkeiten hin prüfen zu können. Die Tests sind abhängig von der ausgeschriebenen Stelle (technisch/kaufmännisch) und dem Anspruch an die Bewerber (repetitive Tätigkeit/kreative Tätigkeit). Folgende Tests sind üblich:

- **klassische Intelligenztests**, die sprachliches, logisches und räumliches Vorstellungsvermögen untersuchen
- **Tests über das Allgemeinwissen**, in denen das Wissen über politische, wirtschaftliche, soziale und kulturelle Fakten und Sachverhalte abgefragt wird
- **Leistungs- bzw. Belastungstests**, die auf die Erfassung der geistigen Dauerbelastbarkeit, Ermüdbarkeit und Konzentrationsfähigkeit gerichtet sind
- **psychologische Tests;** sie erlauben Rückschlüsse über die Persönlichkeit der Bewerber. Sie dürfen nur von geschultem Beraterpersonal durchgeführt werden und kommen nur dann zum Einsatz, wenn die Anforderungen im Berufsalltag von den Bewerbern ganz spezielle Eigenschaften verlangen, z. B. hohe psychische Belastbarkeit wie bei Piloten oder Sicherheitspersonal.
- **fachbezogene Tests**, die Fachkenntnisse und Fertigkeiten der Bewerber überprüfen sollen, z. B. im Handwerk, bei Elektroberufen, medizinischen Hilfsberufen etc.

2.6.2.3 Assessment-Center

Ein Assessment-Center (englisch: to assess = beurteilen) ist ein diagnostisches Beurteilungsverfahren, bei dem das Verhalten mehrerer Teilnehmer durch mehrere Beobachter in verschiedenen beruflichen Anforderungssituationen beobachtet und hinsichtlich der Anforderungskriterien bewertet wird.

Je nach Position und Funktion kann es auch ein Einzelassessment-Center geben. Ein solches Setting hat folgende Ziele:

- **Diagnose** der aktuellen fachlichen und persönlichen Kompetenz (Was ist vorhanden?)
- **Prognose** der zukünftig ausbaufähigen Potenziale des Bewerbers (Was wird möglich sein?)

Das Grundprinzip der Verfahrensauswahl ist es, festzustellen, ob die Qualifikationen des Bewerbers mit den im Anforderungsprofil ermittelten Anforderungen übereinstimmen. Bewerber, bei denen die höchste Übereinstimmung festgestellt wird, kommen in die engere Wahl.

Folgende Bausteine können in einem Assessment-Center eingesetzt werden:

- **Präsentation** als Vortrag nach einer kurzen Vorbereitungszeit zu einem selbst gewählten oder anforderungsbezogenen (Fach-)Thema oder eine Selbstpräsentation
- **Gruppendiskussion** zu einem vorgegebenen Problem, das i. d. R. zu einem Wahlkonflikt zwischen Wettbewerb oder Kooperation führt, mit einem – wie auch immer gestalteten – Diskussionsziel
- **Postkorbübung** als Simulation der Bearbeitung eines typischen Postkorbs einer Fach- oder Führungskraft mit diversen Inhalten, zu denen vom Bewerber Aktionen erwartet werden, z. B. Termine vereinbaren, Probleme strukturieren, Briefe entwerfen, Anweisungen für Mitarbeiter formulieren etc. Es versteht sich von selbst, dass diese Übung unter Zeitdruck durchgeführt wird.
- **Rollenspiel** als Simulation von alltagstypischen Problemsituationen, bei dem die Teilnehmer jeweils eine Rolle mit Vorgaben bekommen, die in dem Gespräch zu vermitteln oder durchzusetzen sind. Das können Verhandlungs-, Mitarbeiter-, Verkaufs- oder Kollegengespräche sein.
- **Stressinterviews,** bei denen Bewerber durch kritische Gesprächssituationen massiv unter Druck gesetzt werden. Hier soll geprüft werden, ob der Bewerber in der Lage ist, sich elastisch und flexibel zu verhalten und Fehler zuzugeben, oder ob er lieber „mit dem Kopf durch die Wand geht".

2.6.2.4 Vorstellungsgespräche

Das Einstellungsinterview ist zumeist das letzte Glied in der Kette der Auswahlverfahren. Es soll dem Fachvorgesetzten und dem Personalreferenten einen persönlichen Eindruck von dem Bewerber verschaffen. Ein solches Gespräch sollte sinnvollerweise folgenden Verlauf haben.

Der überwiegende Gesprächsanteil liegt in dieser Phase beim....				
		Der überwiegende Gesprächsanteil liegt in dieser Phase beim....		
empfohlene Teilschritte	**mögliche Inhalte**	**Arbeitgeber**	**AG/ Bewerber**	**Bewerber**
1. Schritt: **Begrüßung**	Der Bewerber wird begrüßt. Durch einen einführenden Small-Talk wird die Situation entkrampft und dem Bewerber die Nervosität genommen, um eine entspannte Gesprächsatmosphäre herzustellen.		X	
2. Schritt **Persönlicher Werdegang**	Zunächst lässt man den Bewerber seinen persönlichen Werdegang erläutern mit Herkunft, Elternhaus, familiärer Situation und seinen Hobbys. Rückfragen sind hilfreich.			X

empfohlene Teilschritte	mögliche Inhalte	Der überwiegende Gesprächsanteil liegt in dieser Phase beim....		
		Arbeitgeber	AG/ Bewerber	Bewerber
3.Schritt **Beruflicher Werdegang**	Der Bewerber berichtet über seinen beruflichen Werdegang mit Berufsausbildung, kurzer Beschreibung der bisherigen Stellen sowie absolvierten Weiterbildungen.			X
4. Schritt **Klärung der beruflichen Entwicklung**	Der Bewerber berichtet ausführlich über Position, Aufgaben und Verantwortung der letzten beiden Stellen sowie seinen Berufsplänen und der Motivation zur Bewerbung.			X
5. Schritt **Informationen über das Unternehmen**	Der Fachvorgesetze gibt Informationen über das Unternehmen, die Branche, die Abteilung und die Stelle mit detaillierten Angaben zu den Aufgaben. Rückfragen des Bewerbers sollten ausführlich beantwortet werden.	X		
6. Schritt **Klärung der Arbeitsbedingungen**	Hier tauschen sich die zukünftigen Vertragspartner über die wesentlichen Arbeitsbedingungen, wie Entlohnung, Arbeitszeit und Weiterbildungsmöglichkeiten aus.		X	
7. Schritt **Abschluss des Gesprächs**	Das Gespräch wird abgeschlossen, ohne dem Bewerber eine konkrete Zusage zu machen, aber mit Hinweis auf das weitere Vorgehen.		X	

Der Arbeitgeber sollte sich durch möglichst viele offene Fragestellungen einen möglichst umfassenden Eindruck über die fachlichen und persönlichen Fähigkeiten und Fertigkeiten des Kandidaten verschaffen.

Typische Fragen in Vorstellungsgesprächen können sein:

- Wie gut kennen Sie sich in unserer Branche aus? Wie gut kennen Sie unsere Produkte?
- Welche besonderen Fähigkeiten haben Sie?
- Was ist Ihre größte Schwäche?
- Was würden Ihre Freunde Positives über Sie sagen?
- Warum haben Sie sich bei unserem Unternehmen beworben?
- Warum wollen Sie wechseln? Was sind Ihre Motive für den Arbeitsplatzwechsel?
- Wie gehen Sie mit Stress bzw. kurzfristig hoher Arbeitsbelastung um?
- Welche Hobbys üben Sie aus und warum?
- Wo wollen Sie in fünf Jahren beruflich stehen?

Zu beachten ist auch hier, dass eine Reihe von Fragen vom Gesetzgeber oder der Rechtsprechung als nicht zulässig eingestuft wurden (vgl. oben unter Personalfragebogen).

Das Gespräch sollte möglichst offen an einem ruhigen, ungestörten Ort mit genügend Zeit durchgeführt werden. Der Arbeitgeber sollte daran denken, dass auch ein – u. U. guter Bewerber – kritisch prüft, wie sich das Unternehmen ihm gegenüber verhält, denn es gibt folgende Erfahrung: So, wie sich ein Arbeitgeber im Rahmen des Bewerbungsverfahrens gibt, so wird er sich auch später im Rahmen des Arbeitsverhältnisses verhalten.

Sollte sich im Vorstellungsgespräch schon herausstellen, dass der Bewerber ungeeignet ist, kann ihm dies während des Gesprächsverlaufs vermittelt werden, noch bevor Informationen über das Unternehmen preisgegeben werden. Zusagen sollten erst nach Abschluss aller Bewerbungsgespräche gemacht werden. Bei Absagen sind auch hier die Vorschriften des AGG zu berücksichtigen.

2.6.2.5 Probearbeit und Vorstellung in der Arbeitsgruppe

In manchen Situationen bietet es sich an, dem Bewerber die Möglichkeit zu geben, sein Können für einen begrenzten Zeitraum unter Beweis zu stellen. Der Arbeitgeber kann dann feststellen, welches Arbeits- und Sozialverhalten der Bewerber an den Tag legt. Eine solche Gelegenheit ist auch für den Bewerber von Vorteil.

Bei Führungskräften oder herausgehobenen Fachkräften, z. B. im kreativen Bereich, erscheint es sinnvoll, dem Bewerber die Möglichkeit zu geben, in einem Gespräch mit den zukünftigen Mitarbeitern diese kennenzulernen und umgekehrt die Gelegenheit zu bieten, seinerseits Fragen zu beantworten. Diese Maßnahme dient vorwiegend der Beantwortung der Frage, ob „die Chemie stimmt".

2.6.2.6 Personalberater

Ein Wort noch zu den Personalberatern. Sie haben zum einen das Know-how, für das Unternehmen ein strukturiertes Bewerbungsverfahren zu modellieren, nach dem das Unternehmen dann grundsätzlich vorgeht.

Ein wesentlich wichtigeres Tätigkeitsgebiet liegt jedoch darin, komplette Bewerbungsverfahren, insbesondere für Fach- und Führungskräfte, durchzuführen, Assessment-Center zu organisieren und Unternehmen in personalpolitischen Grundsatzfragen zu beraten.

Wiederholungsfragen zu Kapitel 2.6

1. *Welche Aufgabe hat die Personalbeschaffung?*
2. *Nennen Sie je drei interne und externe Quellen der Personalbeschaffung.*
3. *Welche Informationen sollte eine Stellenanzeige mindestens enthalten?*
4. *Nennen Sie die wesentlichen Stationen eines Personalauswahlverfahrens.*
5. *Welchen Sinn hat ein Personalfragebogen?*
6. *Welche wesentlichen Informationen sollte ein Bewerbungsschreiben enthalten?*
7. *Was sollte eine Personalabteilung an einem eingereichten Lebenslauf prüfen?*

8. *Mithilfe von Tests wird die Kompetenz von Bewerbern geprüft. Nennen Sie drei übliche Arten von Testverfahren.*
9. *Was ist ein Assessment-Center?*
10. *Nennen Sie drei mögliche Bausteine eines Assessment-Centers.*
11. *Wozu dient ein Vorstellungsgespräch?*
12. *Welche Sachverhalte dürfen in einem Vorstellungsgespräch grundsätzlich nicht abgefragt werden?*

2.7 Personalanpassungsmaßnahmen

Personalanpassungsmaßnahmen werden dann notwendig, wenn die erforderliche Beschäftigung im Unternehmen aufgrund konjunktureller, saisonaler oder branchenbezogener Auftragsrückgänge kleiner wird als die aktuellen oder absehbaren personellen Ist-Kapazitäten in einem Unternehmen.

Inhaltlich sind die erforderlichen Maßnahmen auch unter den Begriffen Personalfreisetzung, Personalabbau oder Personalentlassung bekannt. Die denkbaren Möglichkeiten müssen in zwei Gruppen unterschieden werden. Im Überblick sind folgende Maßnahmen denkbar.

Strategien der Personalanpassung

Personalbestand wird nicht reduziert	Personalbestand wird reduziert
Ziel: Der Mitarbeiterbestand und das damit verbundene Potenzial bleiben in ihrer Substanz und Anzahl dem Unternehmen erhalten.	Ziel: Der Mitarbeiterbestand wird reduziert. Das Unternehmen muss sich in Bezug auf Mitarbeiterzahl und Kompetenzen der Mitarbeiter verkleinern.
▪ Abbau von Überstunden ▪ Einstellungsstopp ▪ Flexibilisierung der Arbeitszeit ▪ vorgezogener Urlaub ▪ Reduzierung der Arbeitszeit ▪ Angebot von Teilzeit/Sabbatzeit ▪ Insourcing ▪ Kurzarbeit ▪ innerbetriebliche Versetzungen	▪ vorzeitiger Ruhestand ▪ Ausnutzung der natürlichen Fluktuation ▪ Aufhebungsverträge ▪ Abbau Personalleasing ▪ Auslauf von Teilzeitarbeitsverträgen und Probearbeitszeitverhältnissen ▪ Beschäftigungsgesellschaften ▪ Kündigung ▪ Outplacement

Landläufig werden unter den Begriffen Personalanpassung oder Personalfreisetzung nur Kündigungen verstanden. Sich in Krisenzeiten so zu verhalten, wäre betriebswirtschaftlich außerordentlich kurzsichtig:

Jedes Unternehmen hat mit seinem Personalbestand ein mehr oder weniger großes Polster an fachlichem und persönlichem Know-how, an gewachsenen sozialen Strukturen und letztlich auch an Vertrauen der Mitarbeiter in die Geschäftsführung hinsichtlich des Erhalts ihrer Arbeitsplätze. Diese wesentliche Basis des Firmenwertes durch überstürzte

Kündigungen zu vernichten, wäre unklug. Es ist mehrfach bestätigt worden, dass eines der Erfolgsgeheimnisse der besonders von Familien geführten Unternehmen darin liegt, den vorhandenen Personalbestand auch in Krisenzeiten besonders gut zu pflegen.

Insofern ist vor dem Aussprechen von Kündigungen eine große Zahl von intelligenten und die Bedürfnisse der Mitarbeiter berücksichtigenden Maßnahmen zu prüfen.

2.7.1 Personalanpassung ohne Reduzierung des Personalbestandes

Personalanpassungsmaßnahamen werden häufig durch einen saisonal oder konjunkturell bedingten Nachfragerückgang ausgelöst. Hier können je nach Fristigkeit folgende Maßnahmen ergriffen werden, die den Erhalt des Personalbestandes sichern:

- **Überstundenstopp und Abbau von Überstunden:** Diese Maßnahme hat eine direkte Wirkung im Produktionsbereich und bei auftragsbezogenen Tätigkeiten. Es werden keine Sonderschichten mehr gefahren. Für die Rücknahme der Mehrarbeit muss der Betriebsrat nicht beteiligt werden.
- **Einstellungsstopp:** Das Unternehmen entschließt sich, keine neuen Arbeitnehmer mehr einzustellen. Ein etwaiger Personalbedarf muss durch Umsetzung zufriedengestellt werden.
- **Flexibilisierung der Arbeitszeit/Arbeitszeitkonten:** Sofern das Unternehmen bereits eine Betriebsvereinbarung über die Flexibilisierung vereinbart hat, ist es denkbar, dass über Arbeitszeitkonten und Arbeitszeitkorridore der Jahresarbeitszeit kurzfristige Kapazitätsanpassungen und Reduzierungen unproduktiver Arbeitszeiten erreicht werden können.
- **Vorgezogener Urlaub:** Kurzfristig ist eine Beschäftigungsanpassung ohne Personalabbau möglich, indem Mitarbeiter den Urlaub unter Beachtung der rechtlichen Vorschriften (Bundesurlaubsgesetz) vorziehen. Ferner sind von Mitarbeitern gewünschter unbezahlter Urlaub, Sonderurlaub oder die Verlegung der Betriebsferien denkbar. Hierbei hat der Betriebsrat ein Mitbestimmungsrecht.
- **Reduzierung der Arbeitszeit:** Über Betriebsvereinbarungen lässt sich die tägliche, wöchentliche, monatliche oder jährliche Arbeitszeit der gesamten Belegschaft reduzieren und damit der Personalbestand erhalten.
- **Angebot von Teilzeit/Sabbatzeiten:** Hier werden den vom Auftragsrückgang betroffenen Mitarbeitern unter Garantie des Arbeitsplatzes Teilzeitarbeitsverträge angeboten. Auch die Gewährung von Langzeiturlauben in Form von Sabbatzeiten können weitere wirkungsvolle Maßnahmen sein.
- **Kurzarbeit:** Die Arbeitszeit wird nach vorheriger Ankündigung generell für alle Mitarbeiter verkürzt. Die Lohnkosten werden kurzfristig reduziert und der Lohnausfall der Mitarbeiter durch das Kurzarbeitergeld der Bundesanstalt für Arbeit nach dem III. Sozialgesetzbuch begrenzt.

Bewertung dieser Maßnahmen

Zu den sicherlich effektivsten und unmittelbar wirkenden Mitteln gehören die Arbeitszeitgestaltung und der vorgezogene Urlaub. Für die Arbeitnehmer sind diese Maßnahmen auch weitgehend sozial zumutbar. Ein Einstellungsstopp kann über einen längeren

Zeitraum gesehen zu einer Überalterung des Personals führen, verbunden mit einem Qualifikationsengpass. Die Kosten für diese Maßnahme sind gering, genauso wie die Risiken für Arbeitgeber und Arbeitnehmer. Dennoch müssen für echte Lücken im Personalbestand Anpassungsschulungen bei Umbesetzungen erfolgen.

Die Reduzierung der Wochenarbeitszeit ohne Lohnausgleich setzt die Bereitschaft von Mitarbeitern und Betriebsrat voraus, führt aber ebenfalls direkt zur Einsparung bei den Personalkosten.

2.7.2 Personalanpassung mit Reduzierung des Personalbestandes

Angesichts eines sich stetig verschärfenden Wettbewerbs, ausgelöst durch steigende Anforderungen von Kunden und die zunehmende Globalisierung, sind nahezu alle Unternehmen gezwungen, ihre Leistungsfähigkeit ständig zu verbessern. Unternehmen, Teile von Unternehmen und Geschäftsprozesse werden auf ihre Effektivität hin untersucht und Schwachstellen identifiziert. Die Folgen sind Fusionen mit der Nutzung von Synergie-Effekten, Standortwechsel, Stilllegungen von unrentablen Abteilungen oder Betriebsteilen, Outsourcing von Funktionen sowie Produktionsverlagerungen.

In diesen Fällen werden zwangsläufig auch langfristig wirkende Personalanpassungen notwendig, die zu einer Reduzierung des Gesamtpersonalbestandes führen. Ein wesentliches Ziel solcher Anpassungsprozesse sollte es sein, Alternativen zu Entlassungen zu finden und – wenn dieses Mittel nicht zu verhindern ist – Entlassungen sozialverträglich durchzuführen. Folgende Maßnahmen sind denkbar:

- **Abbau Personalleasing:** Hierbei werden die bestehenden Personalleasingverträge gekündigt oder nicht verlängert.
- **Auslauf von befristeten Arbeitsverträgen und Probearbeitszeitverhältnissen:** Diese Arbeitsverträge sind zeitlich befristet und enden automatisch mit Fristablauf.
- **Ausnutzung der natürlichen Fluktuation:** Hierbei wird durch Verzicht auf Ersatzeinstellungen bei Ausscheiden von Mitarbeitern durch Arbeitgeberwechsel, Tod, Invalidität oder Regelruhestand angestrebt, die Anzahl der Mitarbeiter im Unternehmen zu reduzieren.
- **Aufhebungsverträge:** Hierbei werden gezielt bestimmten Mitarbeitern Aufhebungsverträge mit dem Anreiz der Abfindung angeboten. Der Vertrag basiert auf Freiwilligkeit, es gibt dafür keine Kündigungsschutzregelungen und der Betriebsrat ist nicht eingebunden.
- **Vorzeitiger Ruhestand:** Diese freiwillige Maßnahme führt dazu, dass die betroffenen Mitarbeiter vor Erreichen ihrer gesetzlich vorgesehenen Altersgrenze in den Ruhestand gehen. Für jeden Monat, in dem die gesetzliche Rente vor Erreichen der Altersgrenze bezogen wird, wird sie für die gesamte Dauer der Zahlung um 0,3 % pro Monat des vorzeitigen Bezugs gekürzt. Für die aus den Abschlägen resultierenden Einbußen des Arbeitnehmers gewähren manche Arbeitgeber zusätzlich zu den sonstigen Leistungen noch Abfindungszahlungen.
- **Altersteilzeit** Eine weitere Form des vorzeitigen Ruhestandes ist die Altersteilzeit nach dem Altersteilzeitgesetz von 1996. Die Altersteilzeit gibt älteren Mitarbeitern ab Vollendung des 55. Lebensjahrs die Möglichkeit, gleitend in den Ruhestand überzuwechseln.

Diese Maßnahme läuft jedoch aus. Aktuell können Mitarbeiter, die nach 1951 geboren sind, diese Maßnahme nicht mehr in Anspruch nehmen.

- **Kündigung:** Betriebsbedingte Kündigungen sind die härtesten Maßnahmen der Personalanpassung. Sie sollten immer nur dann ausgesprochen werden, wenn die oben beschriebenen sozialverträgliche Alternativen von Personalanpassungen nicht realisierbar oder zu unwirtschaftlich sind. Die grundlegenden rechtlichen Regelungen zur Kündigung werden im Modul Recht im Kapitel 1.5.1 behandelt. Massenentlassungen liegen nach § 17 Kündigungsschutzgesetz vor, wenn innerhalb eines Monats in Betrieben mit
  - 21 bis 59 Arbeitnehmern mindesten 6 Arbeitnehmer
  - 60 bis 499 Arbeitnehmern 10 % oder mindestens 26 Arbeitnehmer,
  - 500 oder mehr Arbeitnehmern mindestens 30 Arbeitnehmer entlassen werden.

  Massenentlassungen sind gegenüber der Bundesagentur für Arbeit anzeigepflichtig.

  Um Kündigungen, insbesondere Massenentlassungen, sozial abzufedern, können Unternehmen die folgenden beiden Maßnahmen ergreifen.

- **Beschäftigungsgesellschaften:** Große und mittlere Unternehmen, die sich ihrer sozialen Verantwortung bewusst sind und die Kosten dafür tragen können, gründen für die entlassenen Arbeitnehmer eine Beschäftigungs- und Qualifizierungsgesellschaft mit dem Ziel, den Personalabbau für die Mitarbeiter sozialverträglich zu gestalten. Das kündigende Unternehmen zahlt seinen früheren Mitarbeitern nicht nur eine Abfindung, sondern bietet ihnen über Transfer- und Qualifizierungsleistungen neue Beschäftigungschancen auf dem ersten Arbeitsmarkt an.

- **Outplacement:** Hier wird versucht, Mitarbeitern, die das Unternehmen verlassen müssen, bei der beruflichen Neuorientierung zu helfen. Dies kann erfolgen durch Veränderungsberatung, psychologischer und praktischer Hilfestellung in Form des Coachings sowie der Vermittlung von Kontakten. Outplacement wird primär bei Führungskräften angewendet, insbesondere um hohe Abfindungen, Klagen und den damit verbundenen Imageverlust zu verhindern.

Bewertung dieser Maßnahmen

Das Auslaufenlassen von befristeten Arbeitsverträgen führt praktisch nicht zu Kosten und verursacht auch keine arbeitsrechtlichen Risiken. Beim Arbeitnehmer entsteht allerdings das Risiko, auf dem freien Arbeitsmarkt keine gleichwertige Stelle zu bekommen und in die Arbeitslosigkeit entlassen zu werden.

Die Ausnutzung der natürlichen Fluktuation ist ebenfalls nicht mit Kosten verbunden, entspricht aber in ihrer Wirkung dem Einstellungsstopp, weil u. U. Mitarbeiter mit technischer oder betriebswirtschaftlicher Kompetenz nicht ersetzt werden, was insgesamt zu einem Verlust von Know-how führen kann.

Aufhebungsverträge stellen in Einzelfällen eine wirksame Maßnahme dar, sind jedoch in Abhängigkeit von der Betriebszugehörigkeit u. U. sehr kostenintensiv.

Sofort wirksam und damit effektiv, dafür aber ebenfalls mit Kosten verbunden sind die vorzeitige Verrentung von Mitarbeitern und die Altersteilzeit. Mit dieser Maßnahme kann ein überaltertes Unternehmen erreichen, dass die Altersstruktur des Unternehmens wieder ausgeglichen wird.

Eine besondere Härte stellt die Kündigung von Mitarbeitern dar, ob es sich nun um Einzelkündigungen oder um Massenentlassungen handelt. Aus diesem Grunde sollte diese Maßnahme die ultima ratio, die letzte Maßnahme sein. Die Kündigung hat – insbesondere für ältere Arbeitnehmer ohne besondere Qualifikationen – meistens schwerwiegende finanzielle und soziale Folgen.

Aus diesem Grunde bieten Unternehmen mit sozialer Verantwortung Beschäftigungsgesellschaften und Outsourcing sowie bezahlte Qualifizierungen an, um den betroffenen Mitarbeitern neue Chancen auf dem regulären Arbeitsmarkt zu bieten.

Wiederholungsfragen zu Kapitel 2.7

1. *Welche beiden unterschiedlichen Strategien kann ein Unternehmen bei Personalanpassungsmaßnahmen verfolgen?*
2. *Welche Maßnahmen sind denkbar, wenn das Unternehmen den Personalbestand nicht reduzieren will?*
3. *Kündigungen sind das letzte Mittel zur Reduzierung des Personalbestandes. Welche anderen – sozialverträglicheren – Maßnahmen kann das Unternehmen ergreifen?*
4. *Beschreiben Sie drei übliche Maßnahmen der Personalanpassung ohne Reduzierung des Personalbestandes.*
5. *Was versteht man unter einer Beschäftigungsgesellschaft?*
6. *Welche Maßnahmen ergreift ein Unternehmen beim Outsourcing?*

2.8 Entgeltformen

2.8.1 Bestimmungsgrößen

Um es gleich vorwegzunehmen: *Eine gerechte Entlohnung gibt es nicht!* Gerechtigkeit ist ein Begriff, der sich einer objektiven Bewertung entzieht. Für den Arbeitgeber zählt die Entlohnung der Mitarbeiter zu den Kosten. Er wird versuchen, einen möglichst niedrigen Lohn zu zahlen. Für den Arbeitnehmer stellt der Lohn eine Existenzgrundlage dar. Je nach seinen persönlichen Ansprüchen würde er sich eine hohe Entlohnung wünschen, um für sich und seine Familie möglichst viele Bedürfnisse befriedigen zu können.

In Bayern wird in einem Handwerksbetrieb mehr gezahlt als in Schleswig-Holstein, in der Chemieindustrie wird mehr gezahlt als in der Nahrungsmittelindustrie, ein Akkord-Arbeiter verdient tendenziell mehr als ein nach Stunden entlohnter Arbeitnehmer. Ein IT-Spezialist kann ein höheres Gehalt verlangen als ein Bauingenieur. Langjährig beschäftigte Mitarbeiter in einer Verwaltung verdienen mehr als junge Kollegen.

Durch diese Feststellungen wird deutlich, dass das Entgelt von sehr vielen Einflussfaktoren abhängig ist. Der Arbeitgeber kann und sollte im Rahmen seiner Entgeltpolitik versuchen, hinsichtlich des Gerechtigkeitsempfindens der Mitarbeiter und in Bezug auf seine Eigenkapitalrentabilität Kriterien zu finden, die für den einzelnen Mitarbeiter transparent und nachvollziehbar sind und ihm die Möglichkeit geben, sich mit anderen Arbeitnehmern innerhalb und außerhalb des Betriebes zu vergleichen.

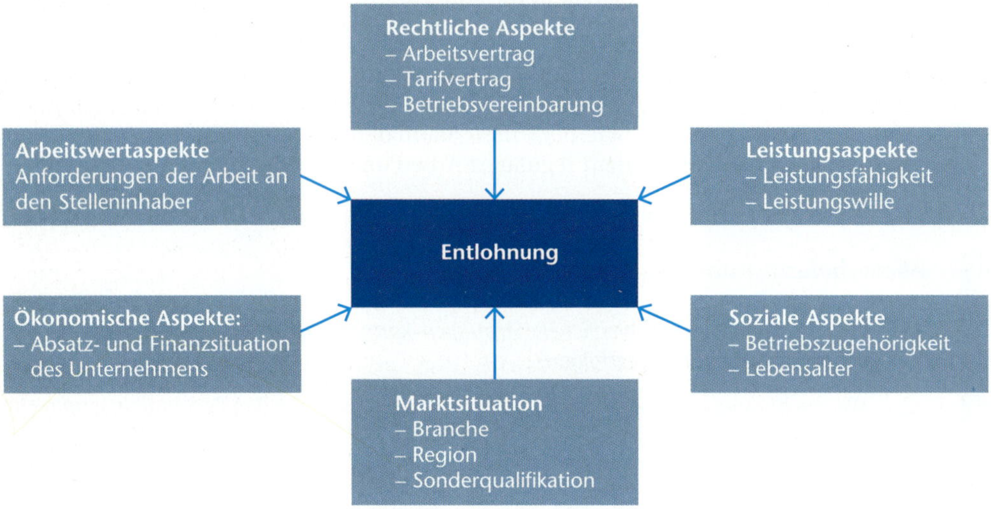

Bestimmungsgrößen der Entlohnung

2.8.1.1 Rechtliche Aspekte

Als Rechtsgrundlagen für die Personalentlohnung gelten folgende Quellen:

- Zunächst ist das **BGB** zu beachten. Darin wird im § 611 Abs. 1 der arbeitsrechtliche Zusammenhang zwischen dem zu zahlenden Arbeitsentgelt und der Arbeitsleistung begründet. Der Arbeitgeber wird gegenüber dem Arbeitnehmer zur Zahlung des vereinbarten Arbeitsentgelts verpflichtet.
- Der **Tarifvertrag** ist ein Vertrag zwischen Arbeitgeberverbänden bzw. einzelnen Arbeitgebern und Gewerkschaften, in dem die Entgeltbedingungen für einen bestimmten Zeitrahmen für beide Seiten verbindlich festgelegt werden, z. B. ein längerfristiger Manteltarifvertrag mit Angaben zu Urlaubszeiten und Urlaubsgeld bzw. ein- bis zweijährige Lohn- und Gehaltstarifverträge, die die Stunden- und Monatslöhne sowie die Gehälter und Ausbildungsvergütungen regeln. Die Gruppe außertariflich bezahlter Arbeitnehmer bleibt von diesen Bestimmungen unberührt. Für sie gilt nur der individuelle Arbeitsvertrag (s. u.).
- Die **Betriebsvereinbarung** ist eine vertragliche Regelung zwischen einem Arbeitgeber und dem Betriebsrat, die auch Bestimmungen zur Entlohnung enthält. So hat der Betriebsrat nach § 87 BetrVG ein qualifiziertes Mitbestimmungsrecht bei der Einführung und Anwendung technischer Einrichtungen sowie bei Fragen der betrieblichen Lohngestaltung und bei der Festsetzung von Akkord- und Prämiensätzen.
- Der **Arbeitsvertrag** ist ein privatrechtlicher Vertrag, in dem sich der Arbeitgeber zur Lohnzahlung und der Arbeitnehmer zur Arbeit verpflichtet. Hier können beide Parteien von Tarifvertrag und Betriebsvereinbarung abweichende Vereinbarungen treffen, z. B. über die Lohnhöhe. Dies gilt allerdings nur, wenn diese Vereinbarungen für den Arbeitnehmer günstiger sind.

2.8.1.2 Arbeitswertaspekte

Was ist eine Arbeit wert? Selbst zwischen den Mitarbeitern eines Unternehmens kann es umstritten sein, wie viel Lohn für eine bestimmte Tätigkeit gerecht ist.

***Beispiele:** Soll ein Bilanzbuchhalter mit der Verantwortung für richtige Bilanzen mehr verdienen als ein Kranfahrer mit der Verantwortung für Menschen und Material? Soll ein Arbeiter an einem Hochofen mit einer extremen körperlichen Belastung mehr verdienen als ein Transportdisponent mit einer hohen geistigen Belastung?*

Jeder Arbeitsplatz stellt ganz bestimmte Anforderungen an den diese Arbeit ausführenden Arbeitnehmer. Die Anforderungen bestimmen den Schwierigkeitsgrad der Arbeit. Der Schwierigkeitsgrad einer Arbeit kann durch **Arbeitswertstudien** ermittelt werden. Sie dienen der Bewertung eines Arbeitsplatzes und stellen damit eine Säule für die Bestimmung der Lohnhöhe dar. Im Rahmen solcher Arbeitswertstudien werden die vorhandenen Arbeitsplätze analysiert, beschrieben und anschließend anhand von Anforderungsarten bewertet. Solche Anforderungsarten bietet das sogenannte „Genfer Schema".

Genfer Schema		
Merkmale	**Anforderungsarten**	
	Können	**Belastung**
Geistige Anforderungen	① Fachwissen, Denkfähigkeit, Fertigkeiten, Berufserfahrung im ausgeübten Beruf z. B. Buchen, Zeichnungen lesen, Winkel berechnen	② Belastung der Nerven, der Aufmerksamkeit und der Sinne z. B. simultan Signale verarbeiten, Tätigkeiten parallel abwickeln, Stress
Körperliche Anforderungen	③ Feinmotorik, Geschicklichkeit, Handfertigkeit als Fähigkeiten z. B. Metall formen, Uhren reparieren, Holzverbindungen herstellen (sägen)	④ Belastung des muskulären Systems und der Gelenke durch körperliche Arbeit z. B. Lasten heben, über Kopf arbeiten, statische Muskelbelastung
Umgebungseinflüsse		⑤ Beanspruchung durch äußere Einflüsse wie Hitze, Kälte, Lärm, Krankheitsrisiko z. B. Arbeiten am Hochofen, im Tiefkühllager, Außenarbeiten
Verantwortung	⑥ Verantwortung für Menschen, Maschinen, Produkte, Prozesse z. B. Behälter sicher verschließen, richtige Buchungen durchführen, Material rechtzeitig bereitstellen, Kollegen bei Außenarbeiten absichern	

Es gibt einen ähnlichen Anforderungskatalog nach REFA, der im Prinzip auf den gleichen Anforderungsmerkmalen und Anforderungsarten aufbaut.

Die genaue Beschreibung der Arbeitsbewertung würde den Rahmen dieser Ausführungen sprengen; es kann jedoch folgender Überblick gegeben werden, wobei zu erkennen ist, dass die verschiedenen Methoden der Arbeitsbewertung sich nach zwei Merkmalen unterscheiden lassen:

	Summarische Verfahren Hierbei erfolgt eine Bewertung der Arbeit als Ganzes. Die einzelnen Anforderungsarten finden nur global Berücksichtigung.	**Analytische Verfahren** Hierbei erfolgt eine detaillierte Bewertung nach den verschiedenen Anforderungsarten des Arbeitsplatzes.
Prinzip der Reihung Die Bewertung erfolgt, indem eine fortlaufende Reihe gebildet wird.	**Rangfolgeverfahren** Die einzelnen Stellen werden paarweise verglichen. Wenn jede Stelle mit jeder anderen verglichen ist, gibt es eine Rangfolge aller im Betrieb bestehenden Stellen.	**Rangreihenverfahren** Auch wird hier paarweise eine Einordnung von der einfachsten bis zur schwierigsten Verrichtung vorgenommen, allerdings für jede Anforderungsart getrennt
Prinzip der Gruppierung Die Bewertung erfolgt, indem Lohngruppen oder Lohnklassen gebildet werden.	**Lohngruppenverfahren** Hierbei werden Lohn- oder Gehaltsgruppen) gebildet und diese in allgemeiner Form nach Schwierigkeitsgraden abgestuft und mit Beispielen versehen. Dieses Verfahren wird von den meisten geltenden Tarifverträgen genutzt.	**Stufenwertzahlverfahren** Jede Wertzahl des Anforderungskatalogs wird einzeln mit der Dauer der jeweiligen Anforderung/Belastung multipliziert. Die erhaltenen Punkte werden addiert. Die Summe erlaubt dann die Einordnung in eine Lohngruppe.

2.8.1.3 Leistungsaspekte

Es ist nachvollziehbar, dass eine alleinige Einstufung einer Tätigkeit in einer Lohn- oder Gehaltsgruppe noch nicht ausreicht, um eine für die Mitarbeiter zufriedenstellende Entlohnung zu gestalten.

Generell sollten im Personalbereich gelten:

- **Anforderungsgerechtigkeit:** Die schwierigere und anstrengendere Arbeit muss höher entlohnt werden als die einfachere bzw. leichtere.
- **Leistungsgerechtigkeit:** Bei einer gleich schwierigen oder anstrengenderen Arbeit muss der Mitarbeiter höher entlohnt werden, der die bessere Leistung erbringt.

Beispiel: *Ein Industrieunternehmen entwickelt zum Zweck der Transparenz folgendes Entlohnungssystem: Im Unternehmen existierten insgesamt 20 Gehaltsgruppen. Jeder Mitarbeiter wird nach den Arbeitswertzahlen seiner Stelle in eine dieser Gruppen eingeordnet. Es besteht völlige Transparenz im Unternehmen, welcher Mitarbeiter in welche Gruppe eingeordnet wird. Es wissen neben der Personalabteilung allerdings nur der Vorgesetzte und der Mitarbeiter, wie hoch die individuelle Leistungskennziffer des Mitarbeiters ist, ausgedrückt in Prozent von 100. Diese wird ermittelt durch die jährliche Leistungsbeurteilung durch den Vorgesetzten. Der Leistungsgrad eines jeden Mitarbeiters gibt nun an,* *wo er im Rahmen des Intervalls seiner Gehaltsgruppe einzuordnen ist. Ist z. B. ein Mitarbeiter in der Gehaltsgruppe 12 eingestuft (3.500,00 EUR bis 4.000,00 EUR) und beträgt sein aktuell gültiger, individueller Leistungsgrad 60 %, so verdient er 3.500,00 EUR + 60 % von 500,00 EUR = 3.800,00 EUR. Sein Kollege, der mit einem Leistungsgrad von 80 % bewertet wird, verdient 3.500,00 EUR + 80 % von 500,00 EUR = 3.900,00 EUR.*

Die Leistung der Mitarbeiter ist von zwei Komponenten abhängig, die bei der Leistungsbeurteilung durch den Vorgesetzten zu erkennen sind.

Leistungsfähigkeit	Leistungswille
Die Leistungsfähigkeit der Mitarbeiter ist von folgenden Faktoren abhängig: ▪ Begabung ▪ allgemeine und fachliche Bildung ▪ Berufserfahrung ▪ soziale Kompetenz	Trotz prinzipieller Leistungsfähigkeit ist der Leistungswille von weiteren Faktoren abhängig: ▪ Struktur und Dringlichkeit der Bedürfnisse ▪ Arbeitsbedingungen/Arbeitsorganisation ▪ Güte des Betriebsklimas

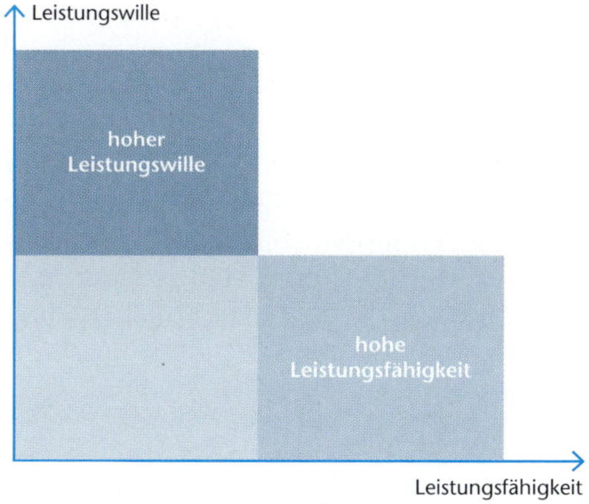

Leistungsfähigkeit und Leistungswille haben folgenden Zusammenhang.

Der Mitarbeiter (dunkelblau) kompensiert seine niedrige Leistungsfähigkeit durch einen hohen Leistungswillen, während der Mitarbeiter (hellblau) mit einer hohen Leistungsfähigkeit und einem relativ niedrigen Leistungswillen – volumenmäßig – die gleiche Leistung erzielt.

Die Messung der Leistung ist bei repetitiven Tätigkeiten relativ leicht, z. B. gesägte Raummeter Holz, Anzahl der Buchungen pro Tag, lackierte Metallteile pro Stunde oder verbrauchte Minuten je Metallteil. Hier wird die beobachtete Leistung zu einer definierten Normalleistung in Beziehung gesetzt:

$$\textbf{Leistungsgrad} = \frac{\text{Istleistung}}{\text{Normalleistung}} \cdot 100$$

Beispiel: *Hat ein Mitarbeiter in einer Stunde 69 Metallstücke lackiert und beträgt die Normalleistung 60 Stück pro Minute, so beträgt sein Leistungsgrad: 69 : 60 · 100 = 115 %*

Bei verwaltenden, komplexen oder kreativen Tätigkeiten greift man auf Beurteilungsverfahren zurück, an deren Ende aufgrund der Bewertung in verschiedenen Leistungskategorien ebenfalls ein Leistungsgrad ermittelt werden kann. Die Mitarbeiterbeurteilung als Grundlage der Leistungsbeurteilung wird im Kapitel 3.1.3 beschrieben.

2.8.1.4 Marktsituation und andere ökonomische Aspekte

Es versteht sich von selbst, dass der Arbeitsmarkt – mit tariflichen und arbeitsrechtlichen Einschränkungen – den Gesetzen des Marktes unterworfen ist.

Während in bestimmten Branchen aufgrund der dort nachhaltig hohen Wertschöpfungen relativ hohe Löhne und Gehälter gezahlt werden (z. B. der Chemiebereich), gibt es andere Branchen, die ihre Arbeiter und Angestellten traditionell niedriger entlohnen.

Ein gleicher Aspekt gilt für bestimmte Regionen. Während in Bayern und Baden-Württemberg das Lohnniveau relativ hoch ist, ist es in den neuen Bundesländern relativ niedrig.

Das liegt im Wesentlichen an dem Verhältnis von Angebot und Nachfrage. Ein Blick auf die Arbeitslosenstatistiken in bestimmten Regionen und deren Vergleich mit den durchschnittlich gezahlten Löhnen und Gehältern pro Stunde zeigt, dass ein Angebotsüberschuss an Arbeit auf das Lohnniveau drückt. Eine weitere Komponente stellen die Qualifikationen der Bewerber und die Sonderqualifikationen dar.

Beispiel: *Wenn es im physikalisch-technischen Bereich bei der komplizierten Herstellung eines Rohstoffs nur etwa 15 Personen in Deutschland gibt, die als Wissenschaftler in der Lage sind, den Herstellungsprozess vollständig zu definieren und zu gestalten, dann werden diese Personen aufgrund ihres Spezialwissens hohe Gehälter fordern können. Anders die gegenwärtig hohe Anzahl von Architekten, Bauingenieuren und Rechtsanwälten, die aufgrund ihrer Marktsituation nur „normale" Gehälter fordern können und bezahlt bekommen.*

Hinzu kommt die Situation des Unternehmens. Zeigt sich die Absatzsituation aufgrund guter Produkte gegenwärtig und zukünftig stabil, wird das Unternehmen eher geneigt sein, seine Mitarbeiter mit außertariflichen Zulagen am Erfolg des Unternehmens zu beteiligen. Gleiches gilt für eine zufriedenstellende finanzielle Situation. Gerät ein Unternehmen in Schieflage und ist die ökonomische Situation nur durch dramatische Kostensenkung zu retten, so kann es sein, dass die Unternehmensleitung Lohn- und Gehaltskürzungen durchsetzen muss, um wirtschaftlich zu überleben.

Ein eigenes Diskussionsfeld ist die Frage von Mindestlöhnen.

Ein Mindestlohn ist das meistens pro Stunde festgelegte, niedrigste rechtlich zulässige Arbeitsentgelt. Der Mindestlohn kann durch eine gesetzliche Regelung oder durch die Festschreibung in einem für allgemein verbindlich erklärten Tarifvertrag erfolgen.

Neben nationalen und regionalen Mindestlöhnen gibt es auch auf Branchen bezogene Mindestlöhne.

Die Verfechter von Mindestlöhnen vertreten die Meinung, dass von Mindestlöhnen positive Kaufkraftimpulse ausgehen, die die Binnennachfrage stärken (Kaufkrafttheorie), während die Gegner anführen, dass von Mindestlöhnen durch Wettbewerbsnachteile der betroffenen Unternehmen sowie durch Produktionsverlagerungen ins Ausland und den damit verbundenen Entlassungen negative Beschäftigungseffekte ausgehen.

2.8.1.5 Soziale Aspekte

Der Grundsatz „Gleicher Lohn für gleiche Arbeit!“ wird durch soziale Komponenten durchbrochen.

Als soziale Bestimmungsfaktoren könnten folgende Aspekte herangezogen werden:

- Lebensalter
- Familienstand
- Kinder
- Betriebszugehörigkeit

Hier lautet die – berechtigte – Frage: Warum soll jemand, der älter oder verheiratet ist oder Kinder hat, mehr verdienen als jemand der jung, ledig und kinderlos ist?

In der Tat sollten soziale Aspekte bei der Lohnfindung nur eine untergeordnete Rolle spielen, zumal sie bereits durch einkommensteuerrechtliche Regeln berücksichtigt sind (z. B. Splittingtarif, Kindergeld, Altersfreibetrag). Sie kommen jedoch immer wieder vor.

In einigen Tarifverträgen, vor allem im öffentlichen Dienst, ist das Senioritätsprinzip in den Lohn- und Gehaltstabellen partiell eingearbeitet. So sind dort Stufenlaufzeiten enthalten, nach denen jemand, der eine gewisse Zeit in der Stufe X einer Entgeltgruppe tätig ist, nach einer bestimmten andauernden Tätigkeit in dieser Entgeltgruppe die nächsthöhere Stufe erreicht.

Manche Unternehmen honorieren auch durch einmalige Zahlungen die Familiengründung oder die Geburt von Kindern. Andere wiederum stellen ihren Mitarbeitern ohne Gegenleistung bestimmte Warenkontingente zur Verfügung oder gewähren Personalrabatte.

2.8.2 Entgeltformen

Folgende Darstellung bietet einen Überblick über die verschiedenen Entgeltformen:

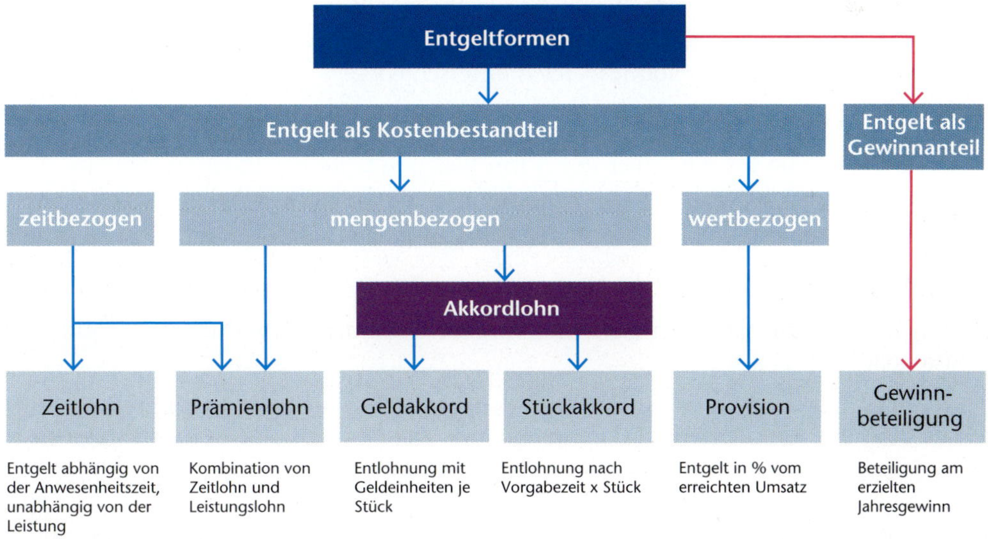

2.8.2.1 Zeitlohn

Beim Zeitlohn erhält der Arbeitnehmer seinen Lohn für die geleistete Arbeitszeit. Die Messgröße für das auszuzahlende Entgelt ist die Stunde (Stundenlohn) oder das Gehalt (Monatsgehalt).

Wochen- oder Tagelohn sind kaum noch verwendete Zeitlohnarten. Die Entlohnung nach Zeit darf nicht darüber hinwegtäuschen, dass vom Arbeitnehmer auch hier eine definierte Normalleistung erwartet wird. Bei Angestellten bemisst sie sich nach der Stellenbeschreibung und den dort aufgeführten Aufgaben, im gewerblichen Bereich wird eine bestimmte Stückleistung in Abstimmung mit oder aufgrund von Vorgaben durch die Arbeitsvorbereitung erwartet.

Der Zeitlohn ist vor allem anwendbar für Tätigkeiten, die Sorgfalt, Genauigkeit und Qualität erfordern, sowie für alle nicht messbaren Tätigkeiten.

Die Berechnung erfolgt nach der Formel: Zeiteinheiten · Lohnsatz = Bruttolohn

Vorteile	Nachteile
▪ einfache Abrechnung ▪ überschaubar für den Arbeitnehmer ▪ Qualitätsarbeit und Dauerleistung bei niedrigem Arbeitstempo	▪ kein Leistungsanreiz ▪ Unternehmer trägt allein das Risiko der Minderleistung ▪ Arbeitskontrollen notwendig

2.8.2.2 Prämienlohn

Der Prämienlohn verbindet den Zeitlohn mit Elementen des Leistungslohns. Zu einem vereinbarten Grundlohn, der nicht unter dem Tariflohn liegen darf, wird planmäßig ein zusätzliches Entgelt als Prämie gewährt, dessen Höhe auf einer messbaren Mehrleistung des Arbeitnehmers beruht.

Die Mehrleistung kann sich auf verschiedene Bezugsgrößen beziehen. Folgende Prämienarten werden je nach Anwendungsbereich unterschieden:

- **Mengenleistungsprämie** für eine über der festgelegten Norm liegende Zusatzmenge
- **Qualitätsprämie** für eine über der Norm liegende Güte der Produkte bzw. für eine unter der Norm liegende Anzahl von Reklamationen oder Rückläufern
- **Terminprämie** für eine unter der Vorgabe liegende Produktionszeit
- **Nutzungsprämie** für unter der Norm liegenden Warte-, Reparatur- und Rüstzeiten
- **Ersparnisprämie** für einen unter der Vorgabe liegenden Verbrauch an Energie oder Material

Eine Kombination dieser verschiedenen Prämienarten ist möglich, wenn die zu erbringende Leistung von mehreren Faktoren abhängt. Der Prämienlohn ist damit wesentlich breiter und flexibler einsetzbar als der reine Leistungslohn.

Im Gegensatz zum Akkordlohn kommt die Vergütung für die Mehrleistung dem Arbeitnehmer nicht in voller Höhe zugute. Sie wird nach bestimmten Schlüsseln zwischen Arbeitgeber und Arbeitnehmer geteilt.

Dem Prämienlohn kommt eine stetig wachsende Bedeutung zu, da der Arbeitnehmer durch den zunehmenden Anteil an automatisierten Fertigungsprozessen und Fließfertigung einen immer geringer werdenden Einfluss auf das Produktionsergebnis hat, dafür aber umso mehr zu organisieren, zu steuern, zu überwachen und für eine hohe Qualität zu sorgen hat.

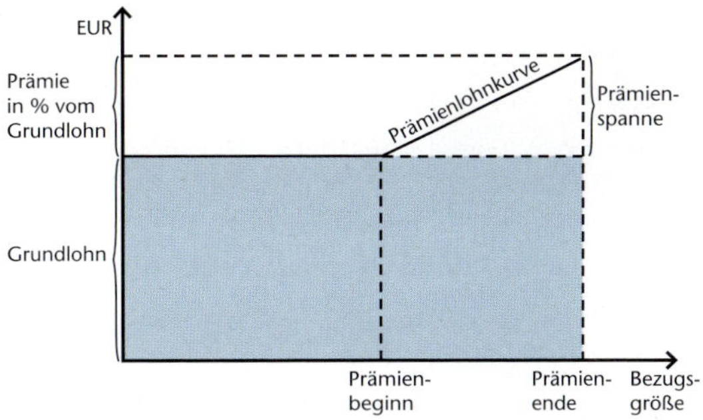

Aufbau eines Prämienlohnsystems

2.8.2.3 Akkordlohn

Der Akkordlohn ist eine rein an der Leistung orientierte Lohnform. Er wird für ein Stück/eine Verrichtung bezahlt, ohne dabei die benötigte Arbeitszeit zu berücksichtigen.

Folgende Voraussetzungen müssen für die Akkordfähigkeit gegeben sein:

- Die Tätigkeit muss bewertbar sein.
- Die Tätigkeit muss sich regelmäßig wiederholen.
- Der Arbeitnehmer muss sein Arbeitstempo und damit die Ausbringung selbst bestimmen können.

Hinzu kommt, dass die Tätigkeit *akkordreif* sein muss, d. h. frei von organisatorischen Mängeln, die die Zeiten des Arbeitnehmers behindern könnten.

Der Akkord tritt in zwei möglichen Formen auf:

- dem Stückzeitakkord, bei dem die Entlohnung in Abhängigkeit von der vorgegebenen Zeit je produziertem Stück gerechnet wird;
- dem Stückgeldakkord, bei dem je produziertem Stück ein bestimmter Geldbetrag vergütet wird.

Grundlegende Berechnung	tariflicher Mindestlohn → entspricht dem Mindestlohn bei Zeitlohn, es wird eine bestimmte Mindestleistung erwartet + Akkordzuschlag → beträgt 10 bis 25 % des Mindestlohns = Akkordrichtsatz → Stundenverdienst bei Normalleistung; liegt über dem Zeitlohn für vergleichbare Arbeit
Stückzeitakkord	$\underbrace{\frac{\text{Akkordrichtsatz}}{\text{60 Minuten}}}_{\textbf{Minutenfaktor}} \cdot \underbrace{\frac{\text{60 Minuten}}{\text{Normalleistung}}}_{\textbf{Vorgabezeit}} \cdot \text{geleistete Stück} = \text{Bruttolohn}$ Normalleistung = produzierte Stückzahl bei einem Leistungsgrad von 100 % Sofern das Unternehmen mit Dezimalminuten rechnet, wird statt der 60 Minuten 100 eingesetzt. Eine Dezimalminute hat dann 36 Sekunden.

Beispiel	*Tariflicher Mindestlohn: 12,00 EUR* *Akkordzuschlag: 20 %* *Normalleistung: 120 Stück Platten bohren/Std.* *Istleistung: 138 Platten* *Akkordrichtsatz = 12,00 + (12,00 · 0,20) = 14,40 EUR* *Minutenfaktor = 14,40 : 60 = 0,24 EUR* *Vorgabezeit je Platte = 60 : 120 = 0,5 Minuten* *Bruttolohn = 0,24 · 0,5 · 138 = 16,56 EUR*
Stückgeldakkord	$\underbrace{\frac{\text{Akkordrichtsatz}}{\text{Normalleistung}}}_{\textbf{Stückgeldsatz}} \cdot \text{geleistete Stück} = \text{Bruttolohn}$
Beispiel	*Daten wie oben:* *Stückgeldsatz = 14,40 : 120 = 0,12 EUR* *Bruttolohn = 0,12 · 138 = 16,56 EUR*

Es wird deutlich, dass beide Berechnungen zum gleichen Ergebnis führen. Üblich ist heute der Stückzeitakkord, da beim Stückgeldakkord bei einer Lohnerhöhung für alle Tätigkeiten ein neuer Stückgeldsatz ermittelt werden muss. Beim Stückzeitakkord ändert sich lediglich der Minutenfaktor je Tätigkeit bzw. Mitarbeiter.

Vorteile	Nachteile
▪ Leistungsanreiz ▪ bei Minderleistungen des Arbeitnehmers trägt der Betrieb kein Risiko ▪ konstante Lohnkosten je Stück/Verrichtung	▪ Gefahr der Überbeanspruchung von Mensch und Maschine ▪ umfangreiche Vorarbeiten zur Ermittlung der Vorgabezeiten

2.8.2.4 Provision

Die Provision ist eine regelmäßig in Prozent einer Wertgröße, meistens vom Umsatz oder Deckungsbeitrag eines Produkts, berechnete Form der Vergütung für die verkäuferische oder vermittelnde Tätigkeit von Arbeitnehmern. Sie wird meist neben einem festen Grundgehalt gezahlt.

Beispiel: *Ein angestellter Immobilienmakler hat mit seinem Arbeitgeber im Arbeitsvertrag ein Grundgehalt von 2.000,00 EUR zuzüglich 5 % der für das Unternehmen hereingeholten Maklercourtage vereinbart. Hat der Mitarbeiter im Monat März eine Courtage von 60.000,00 EUR für das Unternehmen erwirtschaftet, so steht ihm für diesen Monat zusätzlich zum Grundgehalt von 2.000,00 EUR eine Provision von 5 % von 60.000,00 EUR = 3.000,00 EUR zu. Sein Bruttoentgelt würde dann 5.000,00 EUR betragen und wäre in dieser Höhe zu versteuern und zu versichern.*

Provisionen sind aus dem Außendienst von Vertriebsmitarbeitern der Industrie, aber auch aus dem vermittelnden Geschäft der Finanzdienstleistungen von Banken und

Versicherungen nicht mehr wegzudenken. Je nach geforderter Zielerreichung, zu bearbeitendem Kundenkreis und zu vermittelnden Produkten sind die Systeme von unterschiedlichen Größen abhängig und mehr oder weniger ausgeklügelt.

2.8.2.5 Gewinnbeteiligung der Arbeitnehmer

Bei der Gewinnbeteiligung nehmen die Mitarbeiter eines Unternehmens teil am Gewinn des Unternehmens, ggf. verbunden mit einer Kapitalbeteiligung. Grundlage ist eine freiwillige Vereinbarung. Die Bezugsgröße für die Gewinnbeteiligung ist zumeist der Bilanzgewinn.

Die in der Praxis auftretenden Unterschiede ergeben sich aus der Funktion der Gewinnbeteiligung und dem Auszahlungs- und Verfügungsmodus.

Es werden folgende Beteiligungsformen unterschieden:

- Auszahlung eines bestimmten **Anteils des Bilanzgewinns** an die Arbeitnehmer (Gewinnausschüttung in bar)
- Beteiligung der Arbeitnehmer am **Eigenkapital** des Unternehmens durch die Ausgabe von Belegschaftsaktien oder Kommanditbeteiligungen
- Beteiligung der Arbeitnehmer am **Fremdkapital** durch die Ausgabe von Genussscheinen und Obligationen (Anleihen) oder durch das Belassen der Gewinnanteile im Unternehmen

Folgende **Gründe** sprechen für eine Gewinnbeteiligung:

- Anreiz zur Leistungssteigerung
- Senkung der Fluktuation und Bindung der Arbeitnehmer an das Unternehmen
- bessere Zusammenarbeit zwischen Arbeitgeber und Arbeitnehmer

Probleme, insbesondere in der Auseinandersetzung mit dem Betriebsrat, ergeben sich aufgrund unterschiedlicher Auffassungen regelmäßig bei der

- Wahl der Bemessungsgrundlage (z. B. Umsatz, Gewinn),
- Wahl des Verteilungsschlüssels (z. B. nach Durchschnittslohn, Betriebszugehörigkeit, Lebensalter),
- Wahl der Beteiligungsform.

Wiederholungsfragen zu Kapitel 2.8

1. *Die Entlohnung von Mitarbeitern ist von zahlreichen Einflussgrößen abhängig. Nennen Sie vier dieser Bestimmungsgrößen.*
2. *Welche Rechtsgrundlagen hat ein Arbeitgeber bei der Lohngestaltung zu berücksichtigen?*
3. *Was versteht man allgemein unter Arbeitswertstudien?*
4. *Welche Inhalte hat das Genfer Schema?*
5. *Bei den Arbeitswertstudien unterscheidet man summarische Verfahren und analytische Verfahren. Was ist der Unterschied?*

6. *Welches Arbeitswertverfahren ist die Grundlage für die meisten Tarifverträge?*
7. *Von welchen beiden Faktoren ist die Leistung eines Mitarbeiters abhängig?*
8. *Was versteht man unter einem Leistungsgrad?*
9. *Welche Vorteile hat ein Zeitlohn?*
10. *Wie ist ein Prämienlohn grundsätzlich aufgebaut?*
11. *Nennen Sie vier Arten von Prämienlohnsystemen.*
12. *Was ist ein Akkordrichtsatz, und wie wird er ermittelt?*
13. *Welche beiden Akkordsysteme werden unterschieden?*
14. *Welche Vorteile bietet ein Akkordlohnsystem?*
15. *Für welche Mitarbeiter eignet sich ein Provisionssystem?*
16. *Nennen Sie drei Möglichkeiten für die Gestaltung einer Gewinnbeteiligung von Arbeitnehmern.*
17. *Was verspricht sich ein Unternehmen von einer Gewinnbeteiligung?*

3 Personalentwicklung

Personalentwicklung ist die systematische Gestaltung von Prozessen, die es ermöglichen, das Lern- und Leistungspotenzial einzelner Mitarbeiter und Gruppen zu erkennen, zu erhalten und zu fördern, damit diese in der Lage sind, ihre aktuellen und zukünftigen Aufgaben quantitativ und qualitativ erfolgreich zu bewältigen.

Personalentwicklung umfasst alle Maßnahmen der Ausbildung, der Fortbildung und der Förderung von Mitarbeitern und damit indirekt der Weiterentwicklung der gesamten Organisation. Die Personalentwicklung ist im Personalbereich angesiedelt, im Detail jedoch eine elementare Führungsaufgabe.

Die Personalentwicklung zielt darauf ab, einerseits die Mitarbeiter dazu zu befähigen, die Ziele des Unternehmens zu erreichen, und dabei andererseits deren Interessen soweit wie möglich zu berücksichtigen. Sie unterstützt und entwickelt die Fähigkeiten und Potenziale der Mitarbeiter und versetzt sie in die Lage, die Leistungsfähigkeit und die Wirtschaftlichkeit des Unternehmens zu verbessern, die Kundenorientierung zu steigern und die Anpassungsfähigkeit der Mitarbeiter im Umgang mit neuen Anforderungen zu erhöhen.

Eine erfolgreiche Personalentwicklung muss

- mit dem Zielsystem des Unternehmens, insbesondere mit den strategischen Zielen harmonieren;
- mit der voraussichtlichen Entwicklung von Kosten und Finanzen abgestimmt werden;
- von den verantwortlichen Führungskräften in ihrer Bedeutung erkannt werden;
- die Mitarbeiter und die Führungskräfte bei der Erarbeitung von Konzepten beteiligen;
- die erforderlichen Ressourcen zur Verfügung stellen.

Ziele der Personalentwicklung

Die Personalentwicklung ist kein kurzfristiges Instrument der Personalpolitik eines Unternehmens, vielmehr sind Art und Umfang der Maßnahmen abhängig von den strategischen Zielen des Unternehmens. Sie dienen allerdings nicht nur den Zielen des Unternehmens mit der gewünschten Verbesserung der zukünftigen Wettbewerbsfähigkeit und des Unternehmenserfolgs, sondern sie kommen auch den Zielen der Mitarbeiter entgegen. Darüber hinaus erfüllen sie eine Reihe von gesellschaftlichen Zielen.

Ziele der Personalentwicklung

PE-Ziele des Unternehmens	PE-Ziele der Mitarbeiter
▪ Verbesserung und Aufrechterhaltung der fachlichen und persönlichen Qualifikationen ▪ Training von Nachwuchskräften ▪ Sicherung des zukünftigen Fach- und Führungskräftebestandes und Bindung von Mitarbeitern ▪ Sicherung der Wettbewerbsfähigkeit ▪ Erkennen von Talenten ▪ Anpassung an zukünftige Entwicklungen ▪ Aufdecken von Defiziten und Fehlbesetzungen ▪ Erhöhung der Motivation der Mitarbeiter ▪ Vermittlung von Schlüsselqualifikationen ▪ Erleichterung von Change-Management ▪ Unabhängigkeit vom externen Arbeitsmarkt ▪ Verminderung der Personalbeschaffungskosten	▪ Verbesserung und Aufrechterhaltung der fachlichen und persönlichen Qualifikation ▪ Ausübung einer neigungsnahen Tätigkeit ▪ Aktivierung bisher ungenutzter Potenziale ▪ Übertragung neuer, interessanter Aufgaben ▪ verbesserte Karrierechancen ▪ Senkung des Risikos des Arbeitsplatzverlustes ▪ Verbesserung der Chancen am Arbeitsmarkt ▪ Steigerung der individuellen Mobilität auf dem internen und externen Arbeitsmarkt ▪ Entfaltung der Persönlichkeit ▪ bessere Chancen auf Selbstverwirklichung ▪ Erhöhung des persönlichen Prestiges ▪ Einkommensverbesserung

Gesellschaftliche Ziele, die mit Personalentwicklung erreicht werden können

- langfristige Befähigung von Menschen für den Arbeitsmarkt (Employability)
- Unterstützung des Grundrechts auf freie Entfaltung der Persönlichkeit
- Förderung von Chancengleichheit und der beruflichen und sozialen Mobilität

3.1 Arten der Personalentwicklung

Die Gewinnung, Förderung und Entwicklung von Mitarbeitern gewinnt vor dem Hintergrund einer Reihe von wirtschaftlichen und sozialen Entwicklungen zunehmend an Bedeutung. Folgende Aspekte sind zu berücksichtigen:

- Der demografische Wandel verursacht in den kommenden 20 Jahren einen permanenten Abfluss von Wissen und Erfahrung durch die Verrentung von Mitarbeitern.
- Es ist ein anhaltender und zunehmender Fachkräftemangel auf dem Arbeitsmarkt zu beobachten.
- Die permanente Verkürzung der Halbwertzeit von Wissen fordert eine immer raschere Anpassung der Mitarbeiter an den Stand des technischen und ökonomischen Wissens.

- Die zunehmende Globalisierung verursacht eine Verlagerung der Produktion in Billiglohnländer und damit im Gegenzug notwendige Investitionen in Forschung, Entwicklung und neue Technologien in den „alten" Industriestaaten.
- Die oben beschriebene Arbeitsmarktsituation macht es erforderlich, die Mitarbeiter in ihrer professionellen und persönlichen Entwicklung zu unterstützen und die Leistungs- und Kernkompetenzträger langfristig an das Unternehmen zu binden.

Die Personalentwicklung nur auf das Entwickeln von bereits eingearbeitetem Personal zu reduzieren,wäre deshalb zu kurz gedacht. Vielmehr muss eine erfolgreiche Personalentwicklung ein Bündel von aufeinander abgestimmten und an den Zielen des Unternehmens ausgerichteten Maßnahmen ergreifen.

Das Baukastensystem von Maßnahmen der Personalentwicklung umfasst

- die Durchführung und Förderung der **Ausbildung,** insbesondere der beruflichen Ausbildung,
- die Durchführung und Förderung von **Fort- und Weiterbildungsmaßnahmen,**
- die individuelle **Förderung von Mitarbeitern und Gruppen,**
- die **Weiterentwicklung der Organisation** auf der Basis der Strategien und Bedürfnisse des Unternehmens.

Diese Maßnahmenbündel bauen wie folgt aufeinander auf:

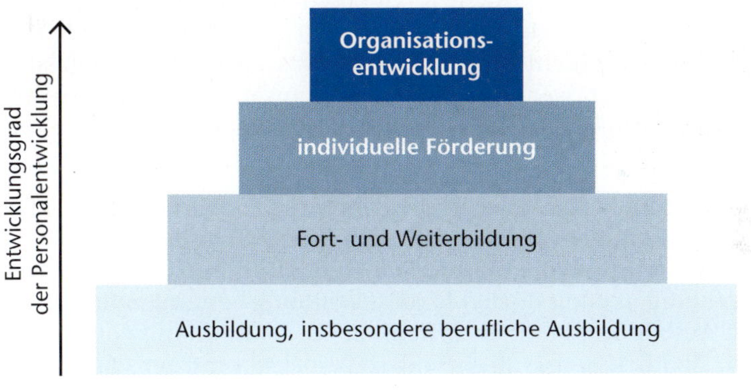

3.1.1 Ausbildung

Unternehmen, die in der heutigen Zeit einen Bedarf an Fachkräften haben, können sich nicht allein auf den Arbeitsmarkt verlassen, sondern sie müssen selbst solche Fachkräfte ausbilden.

Beispiel: *Ein Funktionär einer regionalen Arbeitgeberorganisation im metallverarbeitenden Bereich bemängelte vor geraumer Zeit das Fehlen von 150 Werkzeug- und Maschinenschlossern in seiner Branche. Dieser Mangel wäre nicht entstanden, hätten die betroffenen Unternehmen auf der Basis ihrer langfristigen Personalplanungen im Rahmen ihrer Personalentwicklung den entsprechenden Bedarf selbst ausgebildet.*

Die berufliche Erstausbildung stellt die Basis der betrieblichen Personalentwicklung dar. Hier werden für die staatlich anerkannten Berufe die notwendigen Fachkenntnisse und Fähigkeiten vermittelt, die zu einer beruflichen Handlungsfähigkeit führen.

Die berufliche Ausbildung erfolgt im Rahmen einer dualen Ausbildung im handwerklichen, kaufmännischen oder industriell-gewerblichen Bereich, aber auch in der öffentlichen Verwaltung, im Gesundheits- und Sozialwesen und anderen Dienstleistungsbereichen, z. B. bei Banken und Versicherungen.

Die berufliche Ausbildungszeit dauert je nach Ausbildung und Schulabschluss zwischen zwei und vier Jahren und endet mit einer theoretischen und praktischen Prüfung vor der zuständigen Stelle, z. B. der IHK oder der Handwerkskammer. Die duale Berufsausbildung ist aufgeteilt in einen praktischen und einen schulischen Teil. Während seiner Berufsausbildung steht der Auszubildende in einem Beschäftigungsverhältnis mit dem Ausbildungsbetrieb und bezieht in dieser Zeit eine Ausbildungsvergütung. Es darf nur in geeigneten Ausbildungsstätten ausgebildet werden. Dazu gehören eine entsprechende Ausstattung des Betriebs und ausreichend qualifiziertes Ausbildungspersonal.

Ausbildender ist der Betrieb oder die Ausbildungsstätte; Ausbilder/Ausbilderinnen sind die Mitarbeiterinnen und Mitarbeiter, die im Betrieb die Ausbildung vermitteln.

Auszubildende darf nur einstellen, wer persönlich dazu geeignet ist.
Ausbilden darf nur, wer persönlich und fachlich dazu geeignet ist.

- **Persönlich nicht geeignet** ist, wer nach dem Jugendarbeitsschutzgesetz (§ 25 JArbSchG) Kinder und Jugendliche nicht beschäftigen darf, weil er z. B. innerhalb der letzten fünf Jahre wegen eines Verbrechens zu einer Freiheitsstrafe von mindestens zwei Jahren oder wegen eines Sittlichkeitsdelikts verurteilt worden ist. Außerdem ist persönlich ungeeignet, wer wiederholt oder schwer gegen das Berufsbildungsgesetz, die Handwerksordnung oder die aufgrund dieser Gesetze erlassenen Vorschriften verstoßen hat.
- **Fachliche Eignung** liegt vor, wenn die erforderlichen beruflichen und arbeitspädagogischen Fertigkeiten, Kenntnisse und Fähigkeiten vorhanden sind, die für die Vermittlung der Ausbildungsinhalte erforderlich sind. Grundsätzlich muss der Ausbilder die Abschlussprüfung in einer dualen Berufsausbildung bestanden haben, die dem zu vermittelnden Ausbildungsberuf entspricht. Bei der Ausbildung von Fachangestellten in Arztpraxen, Apotheken und Rechtsanwaltskanzleien müssen die Ausbilder und Ausbilderinnen als Arzt, Apotheker oder Rechtsanwalt zugelassen sein. Im Handwerk ist als Ausbilder auf jeden Fall fachlich geeignet, wer die Meisterprüfung in dem Handwerk, in dem ausgebildet werden soll, bestanden hat.

Ausbilder haben in der Regel die berufs- und arbeitspädagogischen Fertigkeiten, Kenntnisse und Fähigkeiten durch eine Prüfung nach der Ausbilder-Eignungsverordnung (AEVO) nachzuweisen.

Über die Eignung der Ausbildungsstätte wie auch die persönliche und fachliche Eignung der Ausbildenden und der Ausbilder wachen die zuständigen Stellen, z. B. die Kammern.

Die folgende Tabelle gibt einen Überblick über die Details der dualen Berufsausbildung.

Lernort	Betrieb	Schule
	Hierzu gehören alle Betriebe der Industrie, des Handwerks sowie Betriebe aus dem Bereich Handel und Dienstleistungen, die eine Ausbildungsberechtigung besitzen.	Hierzu gehören alle staatlichen oder von Unternehmen gegründeten berufsbildenden Schulen, die entsprechend ihrer Größe eine unterschiedliche Zahl von Berufen ausbilden.
Aufgabe	Vermittlung von fachpraktischen Kenntnissen und Fertigkeiten entsprechend der Ausbildungsordnung und dem Ausbildungsberufsbild in den verschiedenen Abteilungen des Betriebes	Vermittlung von fachtheoretischen, berufsbezogenen (Fächer: z. B. Betriebswirtschaftslehre, Rechnungswesen) und berufsübergreifenden Lerninhalten (Fächer: z. B. Deutsch, Gesellschaftslehre mit Geschichte, Religion, Sport)
Rechtsquellen und deren Inhalte	**Ausbildungsordnung**	**Rahmenlehrplan**
	▪ Ausbildungsdauer ▪ Berufsbild ▪ Ausbildungsrahmenplan ▪ Ausbildungsplan ▪ Prüfungsanforderungen	▪ Unterrichtsfächer ▪ Anzahl der Unterrichtsstunden Lernziele und Lerninhalte ▪ zeitliche Zuordnung der Lerninhalte (Unterstufe, Mittelstufe, Oberstufe der Berufsschule)

Die zentrale rechtliche Grundlage für die duale Berufsausbildung ist die Ausbildungsordnung. Sie enthält alle Vorschriften, die für einen speziellen Ausbildungsberuf von Bedeutung sind. Die Ausbildungsordnung ist im Rechtsrang eine Verordnung und legt bundeseinheitliche Standards für die betriebliche Ausbildung fest. Sie regelt die sachliche und zeitliche Gliederung der Ausbildung. Grundlage für die Ausbildungsordnung ist das Berufsbildungsgesetz (BBiG).

Nach § 5 BBiG und § 26 HwO muss eine Ausbildungsordnung mindestens folgende Inhalte besitzen:

1. Dauer der Ausbildung: sollte nicht mehr als drei und nicht weniger als zwei Jahre betragen
2. Bezeichnung des Ausbildungsberufes, der anerkannt wird
3. Berufsbild: Überblick über die Kenntnisse, Fähigkeiten und Fertigkeiten, die erworben werden
4. Ausbildungsrahmenplan als nähere Beschreibung des Berufsbilds und des zeitlichen Ablaufs
5. Prüfungsanforderungen mit Inhalten der Zwischen- und Abschlussprüfung bzw. Gesellenprüfung

Die rechtlichen Regelungen über den Berufsausbildungsvertrag werden im Modul Recht im Kapitel 1.5.1.4 behandelt.

Neben der beschriebenen beruflichen Ausbildung sind folgende besondere Formen möglich:

- **Verbundausbildung:** In einem Ausbildungsverbund können zwei oder mehrere Betriebe zusammenwirken und gemeinsam die von der Ausbildungsordnung festgelegten Ausbildungsinhalte vermitteln. Die Verantwortlichkeit der beteiligten Betriebe für die Ausbildungszeit insgesamt, wie auch für die einzelnen Abschnitte, muss sichergestellt sein.
- **Teilzeitausbildung:** Bei berechtigtem Interesse können Auszubildende und Ausbildende einvernehmlich bei der zuständigen Stelle die Durchführung der Berufsausbildung in Teilzeitform unter Beibehaltung der regulären Gesamtausbildungsdauer beantragen.
- **Ausbildung von behinderten Menschen:** Behinderte Menschen sollen grundsätzlich in anerkannten Ausbildungsberufen ausgebildet werden. Ist dies wegen Art und Schwere der Behinderung nicht möglich, erlassen die zuständigen Stellen Ausbildungsregelungen, die auf die individuellen Bedürfnisse der behinderten Menschen abgestimmt sind.

Ein besonderes Problem vieler Ausbildungsbetriebe ist es heute, dass nicht genügend geeignete Schulabgänger zur Verfügung stehen. So bemängelten in einer Umfrage des DIHK im Jahre 2011 mehr als 40 % der befragten Unternehmen Mängel im Ausdrucksvermögen und im Rechnen sowie Mängel in der Leistungsbereitschaft, in der Disziplin und der Belastbarkeit. Zahlreiche Ausbildungsbetriebe gehen deshalb im Rahmen ihrer Personalentwicklung dazu über, bereits im Vorfeld der beruflichen Ausbildung zu handeln.

Beispiel: *Ein Industriebetrieb, der einen Mangel an geeigneten Bewerbern für seine Ausbildungsplätze im gewerblichen Bereich feststellt, kooperiert mit Hauptschulen, indem er Schüler aus den letzten beiden Klassen tageweise in seinem Unternehmen mit den beruflichen Grundlagen verschiedener Tätigkeitsbereiche vertraut macht. Die Motivation dieser Schüler aufgrund der praktischen Einblicke in den Berufsalltag und die beruflichen Entwicklungsmöglichkeiten führten zu einem signifikanten Anstieg der Hauptschulabschlüsse und der anschließenden Übernahme in ein Ausbildungsverhältnis.*

Neben der dualen Ausbildung werden Ausbildungsgänge mit einem integrierten Praxisteil angeboten, die zu einem Berufsabschluss führen, z. B. Erzieher/in. Im tertiären Ausbildungsbereich führt ein Studium mit dem Abschluss des Bachelors oder Masters zu einem Beruf.

Auch hier sind die Unternehmen gefordert, sich bereits weit im Vorfeld des Abschlusses von geeigneten Studiengängen zukünftige Mitarbeiter zu sichern. Dies gelingt durch Kooperationen mit Fachschulen, Fachhochschulen und Universitäten.

So gibt es bundesweit mehr als 500 duale Studiengänge an Fachhochschulen, Berufsakademien und einigen Universitäten. Diesen Ausbildungsangeboten ist ein ständiger Wechsel zwischen theoretischem Unterricht an der Hochschule und praktischen Phasen im Ausbildungsbetrieb gemeinsam. Die enge Verzahnung von Theorie und Praxis setzt ein gut organisiertes Studium voraus. Hinzu kommt, dass sich zahlreiche Unternehmen inzwischen dazu entschieden haben, diejenigen Studenten finanziell zu unterstützen und in Problemsituationen zu beraten, die sich im Gegenzug verpflichten, nach dem Studium in das betreuende Unternehmen einzusteigen.

3.1.2 Fortbildung

Während die berufliche Ausbildung die Grundlagen für die berufliche Handlungsfähigkeit schafft, hat die Fort- und Weiterbildung darüber hinausgehende Ziele.

Die berufliche Fortbildung soll die in einem Ausbildungsberuf erworbenen Qualifikationen erhalten, erweitern, der technischen Entwicklung anpassen oder so ausbauen, dass ein beruflicher Aufstieg möglich wird.

Nach dem Ziel der Fortbildung werden folgende Fortbildungen unterschieden:

- **Erhaltungsfortbildung:** Sie dient der Reaktivierung und Auffrischung von beruflichen Fertigkeiten und Fähigkeiten, z. B. nach längerer Berufsuntätigkeit. Ziel ist es dabei, die Fähigkeiten für die auszuübende Tätigkeit auf den aktuellen Stand zu bringen.

  Beispiel: *Eine Buchhalterin lernt nach ihrer Elternzeit die Arbeit mit einem inzwischen neu eingeführten Buchhaltungsprogramm.*

- **Erweiterungsfortbildung:** Hierbei handelt es sich um Fortbildungen, die zusätzliche Kenntnisse und Fähigkeiten vermitteln und zumeist auf Initiative des Unternehmens inner- oder überbetrieblich erfolgen, jedoch nicht zwangsläufig mit einem beruflichen Aufstieg verbunden sind.

  Beispiel: *Einer Auswahl von Technikern und Ingenieuren werden zur Verbesserung der Kommunikation mit den Kaufleuten des Unternehmens betriebswirtschaftliche und kostenrechnerische Grundlagen vermittelt.*

- **Anpassungsfortbildung:** Sie dient der Aktualisierung der individuellen beruflichen Fähigkeiten und Fertigkeiten an technische, wirtschaftliche und rechtliche Entwicklungen. Sie erfolgt deshalb zumeist im Rahmen betrieblicher oder überbetrieblicher Veranstaltungen.

  Beispiel: *Die Sicherheitsbeauftragten mehrerer Unternehmen besuchen ein Seminar zu einer neuen Rechtsverordnung nach dem Arbeitsschutzgesetz über Gesundheit und Sicherheit am Arbeitsplatz.*

- **Aufstiegsfortbildung:** Sie erfordert mehrjährige überbetriebliche Lehrgänge zum Erwerb höherer beruflicher Qualifikationen als Grundlage für einen beruflichen Aufstieg. Solche Fortbildungen werden im Normalfall mit einer Prüfung von der zuständigen Kammer abgeschlossen und mit einem Zertifikat versehen. Die meisten dieser Fortbildungen sind hinsichtlich der Inhalte und der Durchführung der Prüfung durch bundesweit gültige Rechtsverordnungen geregelt.

  Beispiele: *Lehrgänge zum Fachwirt, Fachkaufmann, Meister oder Techniker oder Lehrgänge nach der Ausbildereignungsverordnung*

Die Begriffe berufliche Fortbildung und berufliche Weiterbildung werden häufig irrtümlich synonym verwendet. Der Begriff der beruflichen Weiterbildung ist umfassender. Er umschließt die berufliche Fortbildung, daneben aber auch Umschulungen, informelle Weiterbildung durch Alltags- und Erfahrungslernen und bestimmte betriebliche Weiterbildungsmaßnahmen, die alle nicht zur Fortbildung im Sinne des BBiG zählen.

3.1.3 Innerbetriebliche Förderung

Die berufliche Aus- und Fortbildung sind im wesentlichen Bildungsmaßnahmen, die nicht betriebsspezifisch angelegt sind, sondern darauf abzielen, die Kompetenzen der Teilnehmer dieser Maßnahmen überbetrieblich zu entwickeln und sie für einen Beruf, eine Branche oder eine spezielle Anwendung zu qualifizieren. Damit bleiben die Besonderheiten einzelner Betriebe häufig unberücksichtigt.

Beispiel: *Ein überbetriebliches Seminar für Verkäufer in Konsumgüterunternehmen fördert zwar deren Basisqualifikationen, kann aber nur bedingt auf die speziellen Anforderungen der Vertriebsabteilungen einzelner Unternehmen eingehen, weil diese unterschiedliche Produkte an u. U. andere Kundenkreise verkaufen.*

Die nächste Stufe der Personalentwicklung setzt genau hier an und passt die Kompetenzen der Mitarbeiter den Anforderungen des eigenen Unternehmens an.

Die innerbetriebliche Förderung beinhaltet alle Maßnahmen zur Intensivierung der Handlungskompetenzen von Mitarbeitern und Gruppen unter Berücksichtigung der individuellen Bedürfnisse des Unternehmens. Um die Handlungskompetenz der Mitarbeiter zu verbessern, stehen dem Unternehmen folgende Instrumente zur Verfügung.

Mitarbeiterbezogene Instrumente	Teamfördernde Instrumente
▪ Leistungsbeurteilungen ▪ Potenzialanalyse ▪ Mitarbeitergespräche ▪ Job-Enrichment ▪ Job-Enlargement ▪ Job-Rotation ▪ Counseling ▪ Coaching ▪ Mentoring	▪ Teamentwicklung ▪ Teamcoaching ▪ Teammentoring ▪ Projektmanagement ▪ Wertanalyse ▪ Gruppenarbeit

Auf die Leistungsbeurteilung in Verbindung mit der Potenzialanalyse wird in Kapitel 3.2 eingegangen, ebenso auf die Mitarbeitergespräche.

3.1.3.1 Job-Enrichment

Der Begriff stammt aus dem Englischen und bedeutet Arbeitsbereicherung. Damit ist eine Maßnahme der Arbeitsgestaltung gemeint, mit der die Tätigkeit eines Mitarbeiters interessanter und abwechslungsreicher gemacht werden soll. Eine Ausweitung des Arbeitsbereichs kann durch zusätzliche Kompetenzen und qualitativ höherwertige Aufgaben erreicht werden. Der Mitarbeiter wird in die Lage versetzt, in höherem Maße eigenverantwortlich zu arbeiten. Man spricht daher auch von einer Maßnahme der vertikalen Umstrukturierung von Tätigkeiten.

Beispiel: *Ein Mitarbeiter aus dem Bereich Kosten- und Leistungsrechnung bekommt zusätzliche Aufgaben übertragen, die in den Bereich Controlling hineingehen.*

3.1.3.2 Job-Enlargement

Dieser Begriff lässt sich mit Arbeitserweiterung oder Arbeitsfeldvergrößerung übersetzen. Es ist eine Maßnahme der Arbeitsgestaltung, bei der einer ursprünglich von einem Mitarbeiter ausgeübten Tätigkeit noch weitere Arbeitselemente mit dem gleichen Anforderungsniveau angegliedert werden, die ihr bisher vor- oder nachgelagert waren. Der Tätigkeitsspielraum wird damit erweitert, nicht die Arbeitsbelastung. Es handelt sich um eine Maßnahme der horizontalen Umstrukturierung von Tätigkeiten. Ziel des Job Enlargements ist es, durch eine bewusst herbeigeführte Vielfältigkeit der Einzelverrichtungen eine eventuell eintretende Eintönigkeit der Arbeit zu vermeiden. Job Enlargement wird häufig auch im gewerblichen Bereich eingesetzt, z. B. durch einen Wechsel von statischer zu dynamischer Muskelbelastung oder einen Wechsel von sitzender zu stehender Tätigkeit.

Beispiel: *Einem Mitarbeiter im Verkauf werden neben der Angebotsbearbeitung auch noch Aufgaben der Auftragsbearbeitung und der Stammdatenverwaltung übertragen.*

3.1.3.3 Job-Rotation

Allgemein ist mit diesem Begriff ein systematischer Arbeitsplatz- oder Aufgabenwechsel gemeint. Darunter lassen sich zwei Bedeutungsinhalte subsumieren:

1. Zunächst ist darunter ein systematischer Arbeitsplatzwechsel *zur Vermeidung von Arbeitsmonotonie und einseitiger Belastung* zu verstehen. Dabei werden in Wechselrhythmen von einer halben bis zu zwei Stunden die Arbeitsplätze verschiedener Mitarbeiter untereinander gewechselt. Ziel ist ein Belastungsausgleich der Mitarbeiter.

   Beispiel: *Die vier Arbeiter einer autonomen Arbeitsgruppe in der Polsterei eines Möbelherstellers wechseln jede halbe Stunde ihren Arbeitsplatz innerhalb der Gruppe und erledigen eine andere Arbeit. Im Endeffekt hat bei einer 8-Stunden-Schicht jeder Arbeiter die vier verschiedenen Tätigkeiten jeweils zwei Stunden lang ausgeführt. Diese Maßnahme soll die unterschiedliche muskelmäßige Belastung ausgleichen und Eintönigkeit verhindern.*

2. Die zweite Bedeutung meint einen systematischen und geplanten Arbeitsplatzwechsel zur Entfaltung und Vertiefung der Fachkenntnisse und Erfahrungen von Mitarbeitern, zur Einarbeitung des *Führungsnachwuchses* und zur Weiterbildung betrieblicher Führungskräfte. Der Wechsel erfolgt in Intervallen von Wochen oder Monaten. Der Mitarbeiter erlangt auf diese Weise Kenntnisse von Arbeitsbereichen, mit denen er später zu tun haben wird oder für die er als Führungskraft zuständig ist.

   Beispiele: *Ein neu eingestellter Junior-Controller eines Unternehmens durchläuft planmäßig für jeweils einen Monat Stellen in Verkauf, Einkauf und Logistik, um die Kernprozesse des Unternehmens kennenzulernen. Der gegenwärtige Leiter „Vertrieb Deutschland“ als Anwärter auf den Posten des Leiters „Vertrieb Europa“ hält sich planmäßig für jeweils eine Woche im Monat in den Vertriebszentren von Frankreich, Spanien, Italien, England und Skandinavien auf.*

Im Extremfall findet dieses Instrument z. B. in einer Trainee-Ausbildung Anwendung. Diese könnte über einen Zeitraum von ein bis zwei Jahren laufen und mit einem quartalsweisen Wechsel der Abteilung verbunden sein.

3.1.3.4 Counseling

Counseling bedeutet ursprünglich die Initiierung, Steuerung und Begleitung von Veränderungsprozessen. Dem Mitarbeiter soll durch eine geplante und überwachte Form der Arbeitsdurchführung die Möglichkeit gegeben werden, eigene Erfahrungen zu sammeln.

Die Aufgabe des Counselors ist hier darauf gerichtet, durch Hilfestellung und Anregung das Hineinwachsen in eine neue Aufgabenstellung zu erleichtern.

Beim Counseling geht also nicht darum, das der Vorgesetzte sein Fachwissen an den Mitarbeiter weitergibt, sondern darum, gemeinsam mit dem Mitarbeiter
- dessen Potenziale zu erschließen,
- vorhandene und neu gewonnene Erkenntnisse zu realisieren,
- neue Optionen zu entwickeln.

Der Fokus liegt dabei auf der Aufgabe, anhand der eine Weiterentwicklung des Einzelnen oder einer Gruppe erfolgt. Dabei werden alle wichtigen Faktoren, die auf das Beratungsergebnis Einfluss haben, in Beziehung gesetzt und berücksichtigt.

Beispiel: *Ein Junior-Controller hat sich in einem externen Seminar Kenntnisse des „Zero Base Budgeting“ angeeignet. Er ist von dieser Technik angetan und will sie im Unternehmen versuchsweise einsetzen. Sein Vorgesetzter Senior-Controller begleitet und betreut ihn dabei.*

3.1.3.5 Coaching

Das Coaching ist ein Konzept zur Persönlichkeitsentwicklung, bei dem ähnlich wie bei einem Sport-Trainer („Coach“) die Aufgabe einer dazu bestimmten Person darin besteht, durch eine individuelle Betreuung der Mitarbeiter auf deren Leistungsverhalten einzuwirken.

Durch Coaching soll ein Ausgleich zwischen den Anforderungen des Unternehmens und den Bedürfnissen der Mitarbeiter erreicht werden. Coaching ist zwar lösungs- und zielorientiert, jedoch steht hier im Gegensatz zum Counseling der Mitarbeiter oder das Team im Fokus. Zu diesem Zweck wird einzelnen Mitarbeitern oder einem Team die Gelegenheit zur Selbstreflexion gegeben, um die eigene Wahrnehmung und das Verhalten positiv zu verändern. Diese geschieht immer im Kontext ihrer beruflichen Entwicklung.

Coaching ist ein Instrument der Personalentwicklung, bei dem der Klient oder das Team das Ziel vorgibt und der Coach eine Art Begleiter auf dem Weg zu diesem Ziel darstellt. Der Coach gibt gezieltes Feedback, vermeidet aber Ratschläge oder Handlungsanweisungen. Coaching ist zumeist zeitlich auf wenige Sitzungen begrenzt, wird aber zum Teil auch berufsbegleitend über eine längere Periode durchgeführt. In sehr seltenen Fällen kann das Coaching auch dazu führen, dass ein Mitarbeiter eine andere Position im Unternehmen übernimmt, oder sich bei einem anderen Unternehmen bewirbt.

Beispiel: *Ein neuer hochdynamischer Gruppenleiter im Vertrieb eines Investitionsgüterunternehmens muss auf die Gepflogenheiten seines neuen Arbeitsfeldes eingestimmt werden. Zu diesem Zweck stellt man ihm einen erfahrenen Abteilungsleiter aus dem Vertrieb als Coach zur Seite.*

3.1.3.6 Mentoring

Zuweilen ist es erforderlich, einen neuen Mitarbeiter oder eine angehende Führungskraft mit speziellem Wissen über das Unternehmen und seine Strukturen zu versorgen, um seine beruflichen, betriebliche und persönliche Entwicklung zu unterstützen. Hier kann ein Mentor helfen.

Mentoring ist die Funktion einer erfahrenen Person, des Mentors, die ihre organisatorischen Erfahrungen und ihr fachliches Wissen über das Unternehmen oder die Branche an eine unerfahrene Person, den Mentee oder Protegé, weitergibt.

Mentoring kann sowohl in der Ausbildung, in der Förderung des Führungskräftenachwuchses als auch bei der Einarbeitung neuer Mitarbeiter eingesetzt werden. Praktisch erfolgt das Mentoring in der Weise, dass ein Ratgeber oder erfahrener Berater mit seiner Erfahrung und seinem Wissen die Entwicklung des Mentees fördert. Im Unterschied zum Coach ist der Mentor allerdings nicht speziell für diese Funktion ausgebildet, sondern verfügt lediglich über einen für diese Rolle geeigneten Erfahrungs- und Wissensvorsprung. Mentoring wird eingesetzt, um den Wissenstransfer über innerbetriebliche Strukturen wie die formelle und informelle Organisation zu fördern. Die inhaltlichen Schwerpunkte von Mentoring-Beziehungen sind grundsätzlich abhängig von der jeweiligen Form und dem Einsatzbereich des Mentorings. Grundsätzlich steht allerdings stets die Vermittlung von Erfahrungswissen im Vordergrund.

Formen des Mentoring	
Institutionalisiertes Mentoring: Mentoren werden den betreuten Mitarbeitern von einer zentralen Stelle zugeteilt und bei Zielvereinbarung und Gesamtablauf unterstützt.	**Informelles Mentoring:** Der Mentor wird außerhalb von institutionalisierten Strukturen auf der Basis von persönlichen Beziehungen oder Netzwerken vermittelt.
Internes Mentoring: Der Mentor wird innerhalb einer Unternehmung ausgesucht und einem Mitarbeiter zugeordnet.	**Externes Mentoring:** Der Mentor kommt aus einem anderen Unternehmen oder einer anderen Branche.
Individuelles Mentoring: Ein Mentor betreut einen Mitarbeiter.	**Team-Mentoring:** Ein Mentor betreut ein Team von Mitarbeitern.
Cross-Gender Mentoring: Es handelt sich um ein gemischtgeschlechtliches Mentoring-Tandem.	**Equal-Gender Mentoring:** Es handelt sich um ein gemischtgeschlechtliches Mentoring-Tandem.

Betreute Mitarbeiter bekommen die Möglichkeit, Einblicke in die Strukturen des Unternehmens und der Branche zu erhalten, entsprechende Kontakte zu knüpfen, ein Netzwerk zu knüpfen und darin neue Kooperationsmöglichkeiten zu gewinnen, Unterstützung bei der neuen Tätigkeit zu erhalten und Mut zur eigenen Karriere im Unternehmen zu entwickeln, diese richtig einzuschätzen und zielstrebig anzugehen.

Aber auch für Mentoren kann sich das Mentoring auszahlen. Sie haben die Chance, soziale und kommunikative Kompetenzen zu trainieren, ihre eigene Tätigkeit zu reflektieren und neue, unverbrauchte Ideen vom betreuten Mitarbeiter zu erhalten.

3.1.3.7 Teamentwicklung

Auf die Gruppenbildung und die Führung von Gruppen wurde im Kapitel 2.4 ausführlich eingegangen.

Teams bieten mit ihrem Fundus an Fähigkeiten und Ideen ein hohes Leistungspotenzial. Die Leistung für ein funktionierendes Team aus vier Köpfen kann deshalb wie folgt aufgestellt werden: 1 + 1 + 1 + 1 = 5. Denn ein Team ist nicht einfach die Summe aus den Leistungen von vier Einzelpersonen, sondern es entwickelt in der Regel mehr Ideen, Lösungsansätze und Gesamtleistungen, weil sich die Teammitglieder untereinander stützen, gegenseitig inspirieren und – wo es notwendig ist – auch Fehler korrigieren. Allerdings gilt für Teams auch das, was bereits zu den Gruppen gesagt wurde: Es handelt sich um Persönlichkeiten mit unterschiedlichen Erfahrungen, Bildungswegen und Werten. Deshalb kann es in Teams zu gruppendynamisch verursachten Krisen kommen. Diese entstehen zumeist durch veränderte Rahmenbedingungen, neue Zielsetzungen oder eine neue Teamzusammensetzung.

Hier greift die Teamentwicklung ein. Sie kann zur aktuellen Beseitigung von Krisen eingesetzt werden; sollte aber auch bereits im Vorfeld der Teamgründung eingesetzt werden, um sich für zu lösende Aufgaben gut aufzustellen. Je nach Teamhistorie, Zielsetzung und aktuellem Anlass bedarf es einer anderen Maßnahme. Dabei kann es sich um einen eintägigen Workshop, ein Warm-up oder um eine mehrtägige Veranstaltung mit Coaching, Teamevent oder ein Problemlösungs-Setting mit kreativem Ansatz handeln.

Die Komponenten des Erfolgs zeigt die folgende Übersicht. Sie zu verbessern und zu fördern ist das Ziel der Teamentwicklung.

Typische Inhalte von Teamentwicklungen sind:

- Vertrauen untereinander schaffen
- Wirksamkeit vorhandener Spielregeln überprüfen
- Zusammenarbeit reflektieren und optimieren
- Zuordnung von Aufgaben und Verantwortlichkeiten klären
- Erwartungen an Führung und Teammitglieder klären
- gemeinsame Ziele transparent machen
- Selbstverständnis im Rahmen des Unternehmens klären
- Wirksamkeit genutzter Instrumente und Problemlösungsprozesse überprüfen
- Umgang mit Konflikten und Meinungsverschiedenheiten lernen
- aktuelle Themen und Herausforderungen bearbeiten

Typische Anlässe für eine Teamentwicklung sind

- Start eines neuen Teams
- Vorbereitung für besondere Aufgaben
- Start eines neuen Geschäftsjahres mit Rückblick und Vorschau
- Wechsel des Vorgesetzten oder Veränderungen in der Organisation
- Veränderungen in der Ausrichtung oder Arbeitsmethodik
- Störungen in der Zusammenarbeit
- inhaltliche Konflikte

Die folgende Tabelle gibt einen Überblick über fünf wahrscheinliche Typen von Teamentwicklungen:

Typ oder Anlass	Definition/Ziel	Charakteristika/mögliche Maßnahmen und Inhalte
Start eines Teams	Teams bei Beginn der Zusammenarbeit	Maßnahme vor dem Arbeitsbeginn einer Gruppe, um die Grundlagen und Spielregeln für die Teamarbeit festzulegen. Diese Art der Teamentwicklung ist präventiv und eignet sich u. U. für die Dynamisierung und Verkürzung der Storming- und Forming-Phase einer Gruppenbildung. Die Maßnahmen sollten zu einem Standard bei der Implementierung von Teams gehören.
Rückblick („Manöverkritik")	Betrachtung des Teamgeschehens aus der Metaebene und Kritik des Verhaltens und der Abläufe	Maßnahme nach Bewältigung einer Aufgabe oder eines Teilziels einer Teamarbeit. Folgende Inhalte sollten behandelt werden: ▪ Qualität der Teamkommunikation ▪ Review auf die Teamziele ▪ Teamerfolge und Schwierigkeiten Setting: Alle Teammitglieder sollten teilnehmen, die Sitzung sollte abseits des Arbeitsplatzes erfolgen und durch einen Prozessberater (Supervisor) begleitet werden.

Problemlösung (aufgabenbezogen)	Problemlösungs-Workshop mit einem zugrundeliegenden, klar umrissenen Problem	Ein bestehendes Team nimmt eine Auszeit, um ein besonderes, genau umrissenes Problem zu bearbeiten oder um Verbesserungsmaßnahmen zu planen. Gegenstand des Workshops sind nicht interne Prozesse des Teams, sondern sachliche Probleme, z. B. die Vermittlung von Total Quality Management (TQM), Wertanalyse oder KVP-Techniken (KVP = Kontinuierlicher Verbesserungsprozess) durch Experten.
Probleme im Team (personenbezogen)	Intervention, gerichtet auf die Diagnose personenbezogener Probleme	Nach der Feststellung, dass das Team nicht effektiv arbeitet und die Gründe hierfür nicht bekannt sind, wird versucht, das Problem im Team zu identifizieren und nach den möglichen Ursachen zu suchen. Anschließend können geeignete Strategien durch das Team erarbeitet werden.
Soziale Prozesse verbessern	Schaffung eines positiven sozialen Klimas und Sicherung des Wohlbefindens der Teammitglieder	Hierbei sollen die interpersonalen Beziehungen im Team betrachtet werden. Verbessert werden sollen: ▪ die soziale Unterstützung ▪ das Teamklima ▪ die Unterstützung für die Entwicklung der Fähigkeiten der Teammitglieder ▪ die Techniken der Konfliktbewältigung

Wiederholungsfragen zu Kapitel 3.1

1. *Nennen Sie drei wesentliche Ziele der Personalentwicklung aus Sicht des Unternehmens.*
2. *Nennen Sie drei wesentliche Aufgabenbereiche der Personalentwicklung.*
3. *Was ist die wesentliche Aufgabe der Berufsausbildung?*
4. *Wer darf Auszubildende einstellen?*
5. *Welche Personen dürfen nicht ausbilden?*
6. *Was versteht man unter dem dualen System der Berufsausbildung?*
7. *Welche Inhalte muss eine Ausbildungsordnung mindestens enthalten?*
8. *Was versteht man unter einer Verbundausbildung?*
9. *Welches Ziel verfolgt die berufliche Fortbildung?*
10. *Unterscheiden Sie drei Arten der beruflichen Fortbildung nach deren Zielsetzung.*
11. *Unterscheiden Sie Job-Enrichment und Job-Enlargement.*
12. *Zu welchen beiden unterschiedlichen Zwecken wird das Instrument Job-Rotation eingesetzt?*
13. *Unterscheiden Sie die Förderungsinstrumente Counseling und Coaching.*
14. *Was ist Mentoring und zu welchem Zweck wird es eingesetzt?*

15. Welche Faktoren machen den Erfolg eines Teams aus?

16. Zu welchen Anlässen können Teamentwicklungen als Fördermaßnahme eingesetzt werden?

17. Nennen Sie vier mögliche Inhalte von Maßnahmen zur Teamentwicklung.

3.2 Potenzialanalyse

Die Personalentwicklung erfolgt in einem stetigen Wirkungskreislauf, dessen einzelne Stationen nacheinander durchlaufen werden:

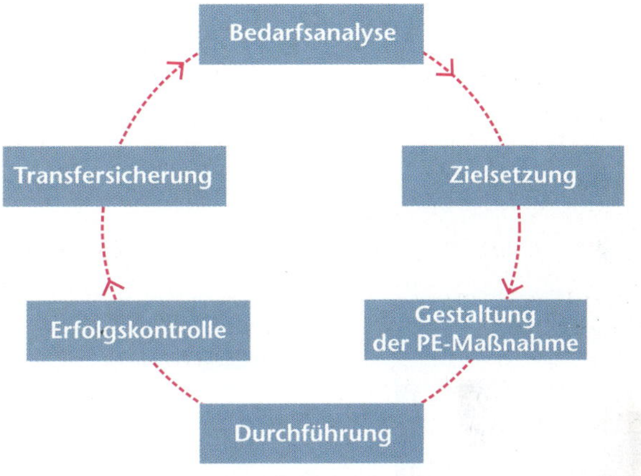

Die Bedarfsanalyse steht am Beginn jeglicher Personalentwicklung. In diesem Zusammenhang sind folgende Fragen zu klären, um später die erforderlichen Maßnahmen zu ergreifen:

- **Wissen:** Hier ist zu fragen, ob die Mitarbeiter über das, was sie an Aufgaben zu erledigen haben, auch genügend informiert sind und ob sie das, worüber sie informiert wurden, auch verstanden haben.
- **Wollen:** Hier lautet die Frage, ob die Mitarbeiter bereit sind, die Aufgaben, die ihnen zugewiesen wurden, auch mit Engagement zu erledigen, und, wenn ja, aus welchen Gründen? Hier stellt sich die Frage nach der Motivation oder Demotivation der Mitarbeiter.
- **Können:** Hier ist zu untersuchen, ob die Mitarbeiter mit den nötigen Fachkenntnissen und Fertigkeiten ausgestattet sind und ob sie ausreichend mit den Aufgaben und Prozessen vertraut gemacht wurden, sodass sie diese auch beherrschen.
- **Dürfen:** Wissen, Wollen und Können reichen nicht aus, um Aufgaben mutig anzugehen. Die Bedarfsanalyse muss auch erheben, ob die Mitarbeiter es sich zutrauen, zupackend, kreativ und kollektiv die Spielräume zu nutzen, die eine Stelle ihnen bietet.

Die Bedarfsanalyse führt unmittelbar zur Potenzialanalyse, die sich an den Ressourcen der Mitarbeiter orientiert. Hier wird untersucht, über welche Fähigkeiten, welches Wissen, welche Kenntnisse und welche Fertigkeiten die Mitarbeiter verfügen.

Die Potenzialanalyse (PA) umfasst alle Verfahren zur Ermittlung und Erfassung bestimmter persönlicher Eigenschaften, Verhaltensmuster und Fähigkeiten. Mit verschiedenen Methoden wird das individuelle Muster aus Stärken, Schwächen, Interessen und vorhandenen Talenten analysiert.

Die Potenzialanalyse versucht folgende Fragen zu beantworten:

- Was für ein Mensch ist der Mitarbeiter?
- Welche Fähigkeiten hat er?
- Was und wohin will er?

Die Personalentwicklung erhält so ein möglichst objektives Bild der individuellen Persönlichkeitseigenschaften und Qualifizierungsmerkmale der Mitarbeiter. Oft wird dabei auch Verborgenes zu Tage kommen, wodurch sich bisher unentdeckte Möglichkeiten und neue Handlungsspielräume ergeben können.
Ein wichtiger Teil der Potenzialanalyse ist die Untersuchung der Handlungskompetenzen des Mitarbeiters.

Die berufliche Handlungskompetenz ist die Fähigkeit des einzelnen Mitarbeiters, sich in beruflichen und gesellschaftlichen Situationen sachgerecht, angemessen und sozial verantwortlich zu verhalten.

Die **Handlungskompetenz** setzt sich aus folgenden Teilkompetenzen zusammen:

Fachkompetenz	Hierunter sind alle Fähigkeiten zusammengefasst, um die für den Beruf typischen Aufgaben anforderungsgerecht, selbstständig und eigenverantwortlich zu erledigen. Die hierzu erforderlichen Fähigkeiten bestehen aus den Lerninhalten der Berufsausbildung sowie etwaiger Fortbildungen, der Berufserfahrung, dem Verständnis fachspezifischer Zusammenhänge sowie der Fähigkeit, Probleme einwandfrei zu lösen.
Methodenkompetenz	Hierunter ist die Fähigkeit zu verstehen, den Umgang mit fachlichem Wissen zu ermöglichen. Dazu gehört es, Gemeinsamkeiten und Unterschiede wahrzunehmen, Regeln zu erkennen, gelernte Strategien auf neue Situationen zu übertragen, kreativ zu sein, Arbeitstechniken zweckmäßig zu handhaben, sich angemessen auszudrücken und Informations- und Kommunikationstechnologien sachgerecht zu nutzen.
Sozialkompetenz	Hiermit sind alle Fähigkeiten gemeint, die es einem Mitarbeiter möglich machen, in positiver Weise auf das Verhalten und die Einstellungen anderer Mitarbeiter einzugehen und diese zu beeinflussen. Dazu gehört z. B. die Fähigkeit, zuzuhören, empathisch und offen auf andere Menschen zugehen zu können und teamfähig zu sein.
Reflexionskompetenz	Hierunter ist die Fähigkeit zu verstehen, das eigene Handeln in unterschiedlichen Situationen kritisch zu analysieren und zu bewerten. Zu einer Reflexion gehört die Beschreibung ▪ der Situation mit Ort, Zeit, Tätigkeiten und Verlauf; ▪ der an ihr teilnehmenden Menschen und ihres Verhaltens; ▪ des eigenen Verhaltens vor und in der Situation; ▪ der Rückschlüsse für zukünftige ähnliche Situationen.
Veränderungskompetenz	Hiermit ist die Fähigkeit gemeint, auf neue Situationen flexibel zu reagieren und seine eigene Einstellung und sein Verhalten an die neue Situation oder das neue Umfeld anzupassen. Im Prinzip wird hier gefragt, ob ein Mitarbeiter eher statisch ist oder ob er in der Lage ist, neue Situationen dynamisch zu verarbeiten und zu meistern und damit zu einem lebenslangen Lernen bereit ist.

Auf der Basis der Ergebnisse der erfassten Merkmale kann ein Potenzialprofil erstellt werden. Dieses wird den betrieblichen Anforderungen, insbesondere den Anforderungen der aktuellen oder möglichen neuen Stelle, gegenübergestellt. In darauf folgenden

Personalentwicklungsmaßnahmen können die festgestellten Schwächen abgebaut und die Stärken gezielt gefördert werden. Das Eignungsprofil des Mitarbeiters sollte möglichst dem Anforderungsprofil der Stelle entsprechen.

Es liegt auf der Hand, dass die Potenzialanalyse auch ein Instrument zur Personalbindung ist. Eine wesentliche Forderung im Rahmen des Personaleinsatzes ist es, dass eine Stelle immer im angemessenen Verhältnis der Anforderungen der Stelle zu dem Profil des Mitarbeiters besetzt werden muss. Geschieht das nicht, ist Unter- oder Überforderung von Mitarbeitern die Folge, die beide zu Demotivation führen können.

Die Potenzialanalyse ordnet jeder Kompetenz bestimmte Kriterien zu, die sich besser erfassen lassen.

Beispiele:

Kriterien für		
Fachkompetenz	***Methodenkompetenz***	***Soziale Kompetenz***
▪ berufsspezifisches Wissen ▪ Fachkenntnisse ▪ Fertigkeiten ▪ Arbeitstempo ▪ Leistungsbereitschaft ▪ analytisches Denken	▪ Innovationsfreude ▪ Präsentationsfähigkeit ▪ Ausdrucksfähigkeit ▪ Führungskompetenz ▪ Kostenbewusstsein ▪ Handhabung von Hilfsmitteln	▪ Selbstbewusstsein ▪ Selbstmanagement ▪ Engagement in der Gruppe ▪ Kooperationsfähigkeit ▪ Konflikt- und Kritikfähigkeit ▪ Fairness

Die Qualität der Potenzialanalyse hängt entscheidend von der Anzahl und Auswahl der Kriterien ab, die verwendet werden. Es werden verschiedene Arten der Potenzialanalyse unterschieden:

- **Sequentielle Analyse:** Hier wird untersucht, ob ein Mitarbeiter für eine nächsthöhere Stelle in der Hierarchie geeignet ist. Es versteht sich von selbst, dass hier stärker soziale Kompetenzen im Fokus stehen.
- **Absolute Analyse:** Hier wird untersucht, welche Kompetenzen absolut vorhanden sind, welche davon Mängel aufweisen und verbesserungsbedürftig sind und welche voll ausgebildet sind und keiner weiteren Förderung mehr bedürfen.

Potenzialanalysen können rein individuell für eine Person erstellt werden, was in der Personalentwicklung die Regel ist, aber es können auch Profile für Gruppen erstellt werden, um deren Entwicklungspotenzial zu erkennen.

Um einen konkreten PE-Bedarf festzustellen, kommen üblicherweise folgende Instrumente zum Einsatz:
- Erstellen von Anforderungsprofilen der zu besetzenden Stelle
- Intelligenztests
- Persönlichkeitstests
- Assessment-Center
- Interview/Fördergespräche
- Leistungserfassung
- Leistungsbewertung
- systematische Beurteilungsverfahren

Die Testverfahren wurden im Wesentlichen bereits im Kapitel 2.6 Personalbeschaffung besprochen, da sie der Auswahl eines geeigneten Menschen aus einer größeren Anzahl von Bewerbern dienen.

Sehr gut geeignet für die Potenzialanalyse des bestehenden Mitarbeiterstamms sind Beurteilungen. Sie sind in vielen mittelständischen und großen Unternehmen verbreitet.

Unter einer Personalbeurteilung (auch: Mitarbeiterbeurteilung) versteht man ein Verfahren, mit dem Informationen über die Leistungen (= Leistungsbeurteilung) und/oder die Potenziale (= Potenzialbeurteilung) von Mitarbeitern gewonnen, verarbeitet, ausgewertet und besprochen werden.

Im Personalbereich von Unternehmen gibt es viele Situationen, in denen es notwendig ist, Mitarbeiter möglichst objektiv zu beurteilen. Insofern unterscheidet man zwischen

- **Beurteilungen aus konkretem Anlass,** z. B. bei Beförderungen, Weiterbildungen oder Kündigungen oder Entlassungen von Mitarbeitern zwecks Zeugniserstellung;
- **periodischen Beurteilungen**, die am Ende einer Periode (Jahr oder Halbjahr) von den Führungskräften für ihre Mitarbeiter erstellt werden.

Die Personalbeurteilung sollte in folgenden Phasen ablaufen:

- **Festlegung von Beurteilungskriterien:** Zunächst sollten die wichtigen Beurteilungsmerkmale festgelegt und den Mitarbeitern bekannt gegeben werden. Die Anzahl der Kriterien sollte begrenzt sein, damit die Beurteilung nicht zu umfangreich und damit unhandlich wird.
- **Planung der Beobachtungen:** Hier muss festgelegt werden, zu welchen Zeiten und Gelegenheiten der Mitarbeiter beobachtet werden soll, z. B. die Arbeitsergebnisse, Gespräche und Teamsitzungen. Damit ist ausgeschlossen, dass die Beobachtung dem Zufall überlassen bleibt und nicht etwa kurz vor dem Beurteilungstermin die größte Anzahl an Beobachtungen erfolgt.
- **Sammeln von Beobachtungsdaten und deren Beschreibung:** Zu bestimmten, vorher festgelegten Zeitpunkten werden die Leistungen des Mitarbeiters und sein Verhalten registriert. Das beobachtete Verhalten und die Leistungsergebnisse werden nach den einzelnen Kriterien getrennt fixiert. Die Beschreibung dieser Beobachtungen sollte möglichst objektiv sein.
- **Bewerten der Daten und Erstellen einer Beurteilung:** Hier werden die Einzelbeobachtungen im Rahmen der verschiedenen Kriterien bewertet, ggf. gewichtet und eine Beurteilung des Mitarbeiters erstellt.
- **Beurteilungsgespräch:** Die Beurteilung wird mit dem Mitarbeiter in einem Mitarbeitergespräch mitgeteilt und besprochen.

Folgende **Beurteilungskriterien** mit den sie beschreibenden Inhalten eignen sich für eine Beurteilung:

- **Arbeitsgüte:** Genauigkeit der Arbeit, fehlerlose Briefe und E-Mails, geringe Abweichungen von den Planzahlen, präzise Ausführung von Vorgängen
- **Arbeitsmenge:** Anzahl von bearbeiteten Vorgängen, Menge der beantworteten E-Mails und Briefe, Anzahl der Telefonate, Summe des Einkaufsvolumens
- **Organisation und Planung:** Planung des Tagesablaufs, Organisation der eigenen Arbeitsabläufe, übersichtliche Terminplanung
- **Engagement/Selbstständigkeit:** liefert Anregungen für Verbesserung von Arbeitsabläufen, ergreift die Initiative beim Wechsel von Materialien oder Lieferanten, stellt selbstständig Verbindung zu neuen Lieferanten her
- **Zusammenarbeit/Teamfähigkeit:** stimmt sich mit anderen Mitarbeitern der Gruppe ab, hält Kontakt zu anderen Abteilungen, hilft Kollegen bei Problemen, nimmt erfolgreich an Ausschüssen teil
- **Ergebnis des Arbeitsbereichs:** Zufriedenheit bei anderen Abteilungen über die Leistung dieser Stelle, keine Reibungsverluste, hohe Einsparungen
- **Personalführung:** motiviert Mitarbeiter, delegiert Tätigkeiten, führt sachgerecht

Jede dieser Beurteilungskriterien wird mit einem Skalenwert bewertet. Dazu eignen sich zum einen die bekannten Schulnoten von 1 bis 6, wobei 1 die beste Note, 6 die schlechteste Note darstellt. Im Ergebnis sollte der Mitarbeiter ähnliche einem Schulzeugnis je Kriterium eine Note erhalten.

Da Problem dieser Bewertung liegt darin, dass der Beurteiler nur eine sehr enge Skala zur Verfügung hat. Besser geeignet erscheint für Beurteilungen ein System, in dem das Mittelfeld in Anlehnung an eine Gauß'sche Normalverteilung der Leistungen besser ausdifferenziert werden kann und in dem der höchste Wert auch der höchsten Leistung entspricht:

Skalenwerte	Bedeutung
9	Beste Leistung, wird nur von einer sehr kleinen Anzahl der Beurteilten erreicht
7 und 8	Gute Leistung, wird von einer etwas größeren Anzahl von Beurteilten erreicht, eine Binnendifferenzierung kann in zwei Gruppen erfolgen
4 und 5 und 6	Zufriedenstellende Leistung, wird von einer großen Zahl von Beurteilten erreicht; hier ist deshalb eine weitere Binnendifferenzierung in drei Gruppen möglich
2 und 3	Ausreichende Leistungen, eine Binnendifferenzierung in zwei Gruppen ist möglich
1	Nicht ausreichende, mangelhafte Leistungen, wird nur bei einer kleinen Anzahl von Beurteilten festgestellt

Ziel der Mitarbeiter sollte es hierbei sein, einen möglichst hohen Punktwert je Kriterium zu erzielen sowie eine möglichst hohe Summe aller Punktwerte.

Eine weitere Verfeinerung kann durch Gewichtungsfaktoren erfolgen. Wenn ein Beurteilungssystem für ein ganzes Unternehmen einheitlich verwendet wird, liegt es auf der Hand, dass in unterschiedlichen Tätigkeiten unterschiedliche Kriterien besonders wichtig sind.

Beispiel: *So spielt die Arbeitsmenge bei einem vorwiegend kreativ arbeitenden Werbetexter eine geringere Rolle als bei einem Debitorenbuchhalter. Bei einem Produktmanager spielt die Zusammenarbeit eine größere Rolle als die Organisation und Planung.*

Die Gewichtungsfaktoren können beliebig gewählt werden, z. B. 1 bis 5 oder 1 bis 10, und werden dann den einzelnen Kriterien nach Bedeutung zugeordnet.

Eine Beurteilung kann dann auch durch den Vergleich der maximal möglichen Punkte mit den tatsächlich erreichten Punkten einen Prozentwert als Zielerreichungsgrad des Mitarbeiters auf dieser Stelle ausweisen. Eine Beurteilung könnte dann wie folgt aussehen:

S. Althoff GmbH	Beurteilungsbogen			
Abteilung:	Einkauf	**Tarifeinstufung:**	K 5	
Name:	Mira Sophie Klein	**Effektivgehalt:**	2.320,00	
Personal-Nr.:	E 06-045			
Beurteilungsmerkmale	**Gewichtungsfaktor (G)**	**max. gewichtete Punktzahl (G * 9)**	**erreichte Punktzahl**	**erreichte gewichtete Punktzahl**
1. Arbeitsgüte	10	90	7	70
2. Arbeitsmenge	8	72	8	64
3. Organisation und Planung	6	54	6	36
4. Engagement/Selbstständigkeit	8	72	7	56
5. Zusammenarbeit/Teamfähigkeit	6	54	7	52
6. Ergebnis des Arbeitsbereiches	9	81	6	54
7. Personalführung	-	-	-	-
	Summe 1 =	**423**	Summe 2 =	**332**
Prozentzahl:	**78,5**	= Summe 2 * 100 / Summe 1		
Beurteilung erstellt am:	15.10.20..			
Beurteilung besprochen am:	20.10.20..			
Unterschriften:	Klein	Petersen		Frölich
	Mitarbeiter	Beurteilender		Bereichsleiter

In diesem Beispiel werden die Arbeitsgüte und das Ergebnis des Arbeitsbereichs relativ hoch bewertet, Organisation und Planung und Zusammenarbeit dagegen eher niedrig. Von den Mitarbeitern erreichbar sind je Kategorie maximal 9 Punkte. In der der Spalte

„maximale gewichtete Punktzahl" werden die Gewichtungsfaktoren je Kriterium mit der maximal erreichbaren Punktzahl (= 9) multipliziert. Die Summe ergibt hier 423. Ein Einkäufer, der diese Punktzahl erreichen würde, hätte 100 Prozent Zielerreichung bzw. Leistung erbracht. Tatsächlich wird die erreichte Punktzahl mit den Gewichtungsfaktoren multipliziert und die Summe (332) zu der maximal erreichbaren Punktzahl ins Verhältnis gesetzt. Das Ergebnis ist hier 78,5 %, ein befriedigender Wert.

Über die Beurteilung muss nun mit dem Mitarbeiter ein Gespräch geführt werden. In diesem Gespräch wird das Beurteilungsergebnis besprochen, es werden Konsequenzen für die Zukunft gezogen und ggf. neue Ziele besprochen und Vereinbarungen getroffen. Dem Mitarbeiter wird transparent gemacht, nach welchem System, wie und warum er so bewertet wurde. Ein solches Gespräch hat eine Reihe von Vorteilen:

- Es können unterschiedliche Sichtweisen und Meinungsverschiedenheiten besprochen und schriftlich festgehalten werden.
- Wiederholte Beurteilungsfehler durch den Vorgesetzten werden damit vermieden.
- Es sind Ziele und Vorgaben als Basis für die nächste Beurteilungsperiode vorhanden.

Ziele des Beurteilungsgesprächs

- Der Mitarbeiter soll eine Rückmeldung über die Einschätzung seiner Vorgesetzten und über die bisher gezeigte Arbeitsleistung erhalten.
- Der Vorgesetzte kann erfahren, ob der Mitarbeiter mit seiner derzeitigen Tätigkeit einverstanden und zufrieden ist.
- Die Zielerreichung für die abgelaufene festgelegte Periode kann überprüft werden und neue Ziele für die kommende Periode können festgelegt werden.
- Da die Beurteilungsgespräche zumeist einmal im Jahr erfolgen, kann auch über eine Anpassung der Vergütung an die veränderten Anforderungen, Fähigkeiten und Leistungen des Mitarbeiters gesprochen werden.
- Die gegenwärtigen und zukünftigen Anforderungen in Bezug auf die Aufgaben des Mitarbeiters und Maßnahmen für die Personalentwicklung können besprochen werden. Gleichzeitig kann der Mitarbeiter seine Wünsche in Bezug auf Weiterbildungsmaßnahmen äußern.
- Positive Beurteilungsergebnisse motivieren den Mitarbeiter und spornen ihn zu neuen Leistungen an. Aber es muss auch über negative Ergebnisse und Leistungen offen gesprochen werden, da sich der Mitarbeiter sonst auch in Zukunft nicht ändern wird.

Da es um ein sensibles Thema geht, sollten folgende Überlegungen bei der Anbahnung und Durchführung eines erfolgreichen Beurteilungsgesprächs eine Rolle spielen:

- **Vor dem Gespräch:** Zeit und Raum für das Gespräch sollten vorher festgelegt werden. Dazu gehört ein ungestörter Raum und es sollte genügend Zeit eingeplant werden.
- **Gesprächseröffnung:** Gerade bei einem Beurteilungsgespräch kann bei einem oder beiden Gesprächsbeteiligten Nervosität und eine gespannte Erwartungshaltung auftreten. Ein freundlicher, persönlicher Einstieg trägt zu einer Lockerung der Atmosphäre bei und prägt das Klima des Gesprächs gleich zu Beginn positiv.

- **Positive Ergebnisse:** Der Beurteilende sollte immer mit einer positiven Rückmeldung beginnen. Dem Beurteilten wird dann vermittelt, dass er als Person geschätzt wird und nicht nur das zu ändernde Verhalten im Vordergrund steht. Hier bietet sich an, die Verbesserungen des Mitarbeiters gegenüber der letzten Beurteilung anzusprechen. Die verbesserten Leistungen sollten nicht global, sondern detailliert angesprochen werden und mit einem Dank für die erbrachten Leistungen verbunden werden.
- **Negative Ergebnisse:** Zu einem Beurteilungsgespräch gehört auch eine konstruktive Kritik. Der Vorgesetzte sollte die kritischen Punkte klar und deutlich, aber immer sachbezogen und nie pauschalisierend vortragen. Die Kritik sollte mit anschaulichen Beispielen untermauert werden.
- **Stellungnahme des Mitarbeiters:** Hier erhält der Mitarbeiter die Gelegenheit, sowohl zu den positiven wie negativen Aspekten der Beurteilung Stellung zu beziehen, Begründungen abzugeben, Selbstkritik zu äußern, aber auch externe oder organisatorische Einflüsse auf eine mögliche Minderleistung anzusprechen. Der Vorgesetzte ist hier gefordert, aktiv zuzuhören, damit der Mitarbeiter das Gefühl bekommt, verstanden zu werden.
- **Ursachenanalyse:** Gemeinsam können die Gesprächspartner diskutieren, worin die Gründe für die negativen Ergebnisse liegen. Dabei sollte klar werden, wo Unterschiede in den Meinungen oder Einschätzungen bestehen, und es können die Gründe für eventuelle Unklarheiten besprochen werden. Wenn bei unterschiedlichen Auffassungen eventuell vorhandene Fronten geklärt werden und die Standpunkte herausgearbeitet werden, lassen sich auch Gegensätze überbrücken.
- **Lösungsmöglichkeiten diskutieren:** In dieser Phase sollten die Gesprächspartner dazu übergehen, Maßnahmen zu besprechen, wie vorhandene Defizite ausgeglichen werden könnten und welche Personalentwicklungsmaßnahmen sich dazu eignen, die Leistungspotenziale des Mitarbeiters auszubauen. Der Mitarbeiter kann persönliche Ziele formulieren und Wünsche für Veränderungen in seinem Aufgabengebiet äußern. In dieser Phase kann ggf. auf der Basis von nachvollziehbaren Kritikpunkten des Mitarbeiters die Beurteilung entsprechend angepasst werden.
- **Abschluss des Gesprächs:** Hier werden die wesentlichen Inhalte des Gesprächs noch einmal zusammengefasst, die Gemeinsamkeiten und Unterschiede festgehalten und ggf. protokolliert. Das Gespräch endet mit einem positivem Ausblick auf die Zukunft, dem Dank an den Mitarbeiter und der Unterschrift beider Seiten unter die Beurteilung und das Gesprächsprotokoll.

Im Lauf des hier geschilderten Beurteilungsprozesses sind eine Reihe von Beurteilungsfehlern möglich, die die Objektivität der Beurteilung negativ beeinflussen können. Beim Beurteilten wird das dazu führen, dass er sich ungerecht behandelt fühlt. Dadurch wird der im Prinzip positive Ansatz einer Beurteilung zunichte gemacht. Der Beurteilte lehnt sich gegen die Beurteilung auf und lehnt diese ab.

Typische Beurteilungsfehler

- **Halo- oder Überstrahlungseffekt:** Einzelne Eigenschaften einer Person erzeugen einen Gesamteindruck, der die Wahrnehmung weiterer Eigenschaften der beurteilten Person „überstrahlt".
- **Fehler des ersten Eindrucks:** Der erste Eindruck, den der Vorgesetzte von dem Mitarbeiter hatte, ist so stark, dass die anderen Eigenschaften übersehen werden.
- **Vorurteile:** Ähnlich dem Fehler des ersten Eindrucks; der Vorgesetzte hat einmal etwas beobachtet und sucht zukünftig immer die Bestätigung dieses „Urteils".
- **Tendenzfehler:** Der Beurteiler selbst hat eine Tendenz zur Milde, eine Tendenz zur Strenge oder eine Tendenz zur Mitte.
- **Egoismus des Vorgesetzten:** Der Vorgesetzte will nicht wahrhaben, dass ein Mitarbeiter in bestimmten Kategorien besser ist als er selbst.
- **Situative Beurteilungsfehler:** Der Vorgesetzte hat eine Situation beobachtet, die er falsch eingeschätzt hat, oder er selbst ist in dieser Situation nicht unvorbelastet und es folgt eine falsche Einschätzung.
- **Selektive Wahrnehmung:** Der Vorgesetzte registriert nur bestimmte Verhaltensweisen oder Leistungen, andere werden „selektiert", d. h. gar nicht wahrgenommen.
- **Sympathie oder Antipathie:** Die persönliche Haltung zum Mitarbeiter kann die objektive Beurteilung verhindern.

Wiederholungsfragen zu Kapitel 3.2

1. *Was bezeichnet man als Handlungskompetenz eines Mitarbeiters?*
2. *Aus welchen Teilkompetenzen setzt sich die Handlungskompetenz zusammen?*
3. *Nennen Sie je drei Kriterien zur Beurteilung der Fachkompetenz und der Methodenkompetenz.*
4. *Unterscheiden Sie sequentielle Analyse und absolute Analyse der Personalentwicklung.*
5. *Über welche Instrumente verfügt die Potenzialanalyse? Nennen Sie vier Instrumente.*
6. *Was wird mit einer Personalbeurteilung angestrebt?*
7. *In welchen Phasen sollte ein Beurteilungsverfahren ablaufen?*
8. *Nennen Sie vier Kriterien, anhand derer eine Beurteilung eines Mitarbeiters erfolgen kann.*
9. *In welchen wesentlichen Phasen sollte ein Beurteilungsgespräch ablaufen?*
10. *Nennen Sie vier typische Fehlerquellen im Rahmen der Personalbeurteilung.*

3.3 Kosten- und Nutzenanalyse der Personalentwicklung

An die Planung der Personalentwicklung und ihre Umsetzung sollte sich eine Kosten-Nutzen-Analyse anschließen, denn nur durch eine regelmäßige Überprüfung kann festgestellt werden, ob bzw. inwieweit die angestrebten Ziele erreicht wurden. Die Personalentwicklung muss sich – wie alle Bereiche eines Unternehmens – an der Maxime einer Optimierung der Kosten und Leistungen ausrichten, also an der Wirtschaftlichkeit.

3.3.1 Personalentwicklungskosten

Zu diesem Zweck ist zunächst eine möglichst genaue und vollständige Kostenerfassung nach Art und Höhe erforderlich. Solche Kostenpositionen sind im Wesentlichen folgende:

- Ausbildungsvergütungen der beruflichen Erstausbildung
- Arbeitsentgelt für die ausgefallene Arbeitszeit der Teilnehmerinnen und Teilnehmer
- Arbeitsentgelt für die als Vertretung eingesetzten Mitarbeiter
- bei externen Seminaren: Teilnahmegebühren und Reisekosten
- bei Inhouse-Seminaren oder geschlossenen Veranstaltungen: Kosten für Räume, Verpflegung, Arbeitsunterlagen sowie Honorare für Referenten
- Prüfungsgebühren
- Kosten der Erhebung des PE-Bedarfs
- Kosten für die Planung und die Umsetzung von PE-Maßnahmen

Durch eine vollständige Kostenerfassung ist es zunächst möglich, den Gesamtumfang der Personalentwicklungskosten zu erheben. Bei Vorliegen einer Betriebsabrechnung können die Kosten den Kostenstellen bzw. Abteilungen, deren Mitarbeiter qualifiziert werden, mit den für sie angefallenen Kosten belastet werden.

Die erfassten und planbaren Kosten sind zugleich eine gute Planungs- und Entscheidungsgrundlage für zukünftige PE-Maßnahmen. Bei Entscheidungen zwischen alternativen Personalentwicklungsangeboten und zwischen internen oder externen Maßnahmen können diese Daten neben qualitativen Erkenntnissen berücksichtigt werden. Sie spielen für die Budgetierung der PE-Maßnahmen der Folgeperiode eine wichtige Rolle.

3.3.2 Personalentwicklungserfolg

Bei manchen PE-Maßnahmen ist der Erfolg offensichtlich, z. B. bei planmäßigen Unterweisungen.

Beispiel: *Die Personalabteilung verfügt aufgrund der schlechten Ergebnisse der Auszubildenden eine Prüfungsvorbereitung durch einen externen Lehrer. Man stellt fest, dass sich die Durchfallquote entscheidend verringert und das Durchschnittsergebnis der Prüfungsergebnisse um eine Note verbessert hat.*

Bei anderen Maßnahmen gestaltet sich die Erfolgskontrolle schwierig. Man kann dabei zwischen dem Zufriedenheitserfolg, dem Lernerfolg und dem Verhaltenserfolg der Teilnehmer von PE-Maßnahmen unterscheiden:

Zufriedenheits-erfolg	Hierbei geht es um die Reaktionen der Teilnehmer einer PE-Maßnahme. Unmittelbar nach der Maßnahme bewerten die Teilnehmer die Trainingsinhalte, die Methoden, das Arbeitsmaterial, die Anwendbarkeit der Maßnahme und die Rahmenbedingungen. Die Zufriedenheit kann sehr leicht mit Feedback-Bewertungen gemessen werden. Diese Stufe der Beurteilung sollte auf jeden Fall durchgeführt werden. Ein positives Feedback ist allerdings keine Garantie für einen guten Lernerfolg, umgekehrt ist jedoch ein negatives Feedback für den Lernerfolg hinderlich.
Lernerfolg	Der Lernerfolg einer PE-Maßnahme zeigt sich in der Erweiterung von Wissen, Fertigkeiten und Fähigkeiten. Was die Teilnehmer gelernt haben, lässt sich über Tests, Simulationen, Beurteilungen oder Probearbeiten ermitteln. Es erscheint sinnvoll, solche Messungen jeweils vor und nach einer PE-Maßnahme vorzunehmen. Der Lernerfolg ist dann sofort erkennbar.
Verhaltens-erfolg	In diesem Teil der Evaluation wird gefragt, ob und wie sich das Verhalten von Teilnehmern einer PE-Maßnahme verändert hat und was im Arbeitsalltag konkret umgesetzt wird. Der Transfererfolg von PE-Maßnahmen ist nicht leicht zu ermitteln, zumal nicht immer sofort Veränderungen im Arbeitsverhalten eintreten. Regelmäßige Mitarbeitergespräche und Supervision in der Gruppe sind geeignete Methoden, mit denen Führungskräfte feststellen können, inwieweit Trainingsinhalte erfolgreich umgesetzt werden.

3.3.3 Personalentwicklungsrentabilität

Mit der Überprüfung der Rentabilität der Personalentwicklung versucht man, den Erfolg der Investition Personalentwicklung zu messen.
Die Rentabilität ist – allgemein ausgedrückt – das Verhältnis des Erfolgs als Differenz von Ertrag und Aufwand zu dem eingesetzten Kapital. Angewendet auf eine PE-Maßnahme ergibt sich folgende Formel:

Rentabilität einer PE – Maßnahme

$$= \frac{(\text{Ertrag der Maßnahme} - \text{Kosten der Maßnahme}) \times 100}{\text{Kosten der Maßnahme}}$$

Als Problem stellt sich hier dar, welche Größen verwendet werden sollen. Stellt man z. B. den Gewinnzuwachs von einem zum anderen Jahr in ein Verhältnis zu der Summe der Personalentwicklungskosten, spielen in diese Kennzahl dermaßen viele Faktoren hinein (z. B. Kostenentwicklung in anderen Bereichen, Marktverhalten, Attraktivität der Produkte, Preisentwicklung der Produkte), dass der Aussagewert dieser Kennzahl gleich Null wäre bzw. bei konkreter Anwendung in die Irre führen würde.

Insofern verwendet man nicht die gesamten Personalentwicklungskosten, sondern nur die Kosten einzelner PE-Maßnahmen. Als Grundlage für die Rentabilitätsrechnung würde man hier die PE-Kosten einer Maßnahme ansetzen und als Ertrag den Wert der Maßnahme, der entweder dem erzielten Ertrag oder den vermiedenen Verlusten entspricht.

Die Problematik einer derartigen Rentabilitätsrechnung liegt auf der Hand: Zunächst ist es im Einzelfall schwierig, PE-Kosten einer Einzelmaßnahme genau zu bestimmen. Sodann kann ein eindeutiger Zusammenhang zwischen dieser Maßnahme und dem Erfolg der Maßnahme kaum hergestellt werden. Schließlich ist es nahezu unmöglich, den Wert der Qualifizierung von Mitarbeitern eindeutig zu bestimmen.

Beispiel: *Wenn für die Verkäufer eines Unternehmens im Dezember des Jahres 01 eine intensive Verkaufsschulung durchgeführt wurde, die 10.000,00 EUR gekostet hat, so kann die im Laufe des Jahres 02 erreichte Umsatzsteigerung keinesfalls nur auf die Schulung zurückgeführt werden, sondern es spielen auch zahlreiche weitere Faktoren eine Rolle; so z. B. konjunkturelle oder branchenspezifische Entwicklungen, Personalwechsel im Verkaufspersonal, interne Motivationsmaßnahmen etc.*

Aus den genannten Gründen müssen andere Erfolgsfaktoren herangezogen werden, um den Erfolg von PE-Maßnahmen zu bewerten. Dazu gehören u. a.

- die erlangte Zeitersparnis bei Arbeitsprozessen,
- eine verbesserte Arbeitsqualität,
- eine verminderte Unfallquote,
- ein geringerer Krankenstand,
- die Verkürzung von Entscheidungsprozessen,
- verbesserte und effektivere Meetings,
- eine geringere Anzahl von Konflikten.

An dieser Stelle werden die Grenzen einer exakten Kosten-Nutzen-Analyse der Personalentwicklung deutlich. Ähnlich wie bei anderen betrieblichen Maßnahmen, in denen multikausale Zusammenhänge eine Rolle spielen, wie beispielsweise der Erfolg von Marketing-Maßnahmen, können hier nur Annäherungswerte und Tendenzen beobachtet bzw. ermittelt werden.

Wiederholungsfragen zu Kapitel 3.3

1. *Geben Sie eine Begründung ab für die Durchführung einer Kosten-Nutzen-Analyse der Personalentwicklung.*
2. *Nennen Sie vier Kostenpositionen, die bei der Durchführung von PE-Maßnahmen anfallen können.*
3. *Wie lässt sich der Zufriedenheitserfolg als Reaktion der Teilnehmer einer PE-Maßnahme messen?*
4. *Worin zeigt sich der Lernerfolg einer PE-Maßnahme?*
5. *Worin liegt die Schwierigkeit, den Transfererfolg einer PE-Maßnahme zu messen?*
6. *Was versteht man unter der PE-Rentabilität?*
7. *Aus welchen Gründen ist die exakte Messung der PE-Rentabilität unmöglich?*
8. *Welche Erfolgsfaktoren können ersatzweise herangezogen werden, um den Erfolg von PE-Maßnahmen langfristig zu messen? Nennen Sie drei Kenngrößen.*

Sachwortverzeichnis